LES LIEUX SOMBRES

Gillian Flynn est née à Kansas City dans le Missouri. Après des études d'anglais et de journalisme, elle rejoint l'équipe d'*Entertainment Weekly*, un magazine spécialisé dans le cinéma pour lequel elle travaillera pendant dix ans. Elle publie en 2007 son premier roman, *Sur ma peau*, qui a été récompensé par plusieurs prix littéraires – dont, fait unique dans l'histoire, deux Britain's Dagger Award. Publiée dans plus de vingt-cinq pays, Gillian Flynn est considérée par la critique comme l'une des voix les plus originales du thriller contemporain. Son troisième livre, *Les Apparences*, a connu un succès hors norme en France comme à l'étranger.

Paru dans Le Livre de Poche :

GILLIAN FLYNN

Les Lieux sombres

TRADUIT DE L'ANGLAIS (ÉTATS-UNIS) PAR HÉLOÏSE ESQUIÉ

SONATINE ÉDITIONS

Titre original :

DARK PLACES

Pour mon fringant époux, Brett Nolan.

Les Day étaient un clan qu'aurait pu vivre longtemps
Mais la cervelle de Ben s'est détraquée salement
Le fiston avait soif du pouvoir de Satan
Il a tué sa famille en un sombre moment

La petite Michelle il lui a serré le kiki
Debby c'est à la hache qu'il l'a raccourcie
Et Patty la maman, pour soigner sa sortie
L'a fait sauter sa tête d'un grand coup de fusil

Et la petiote Libby elle a sauvé sa peau
Mais survivre au massacre c'est pas très rigolo.

Comptine de cour d'école, autour de 1985

Libby Day
Aujourd'hui

La mesquinerie qui m'habite est aussi réelle qu'un organe. Si on me fendait le ventre, elle pourrait fort bien se glisser dehors, charnue et sombre, tomber par terre, et on pourrait sauter dessus à pieds joints. C'est le sang des Day. Il a quelque chose qui cloche. Je n'ai jamais été une petite fille sage, et ça a empiré après les meurtres. En grandissant, Libby la petite orpheline est devenue maussade, lymphatique, trimballée de mains en mains au sein d'un groupe de parents éloignés – des cousins issus de germains, des grands-tantes, des amis d'amis –, collée dans une série de mobil-homes ou de ranches décatis aux quatre coins du Texas. J'allais à l'école dans les vêtements de mes sœurs mortes : des chemises aux aisselles jaunies. Des pantalons comiquement lâches, retenus à la taille par une ceinture élimée serrée jusqu'au dernier cran, qui faisaient des poches aux fesses. Sur les photos de classe, j'ai toujours les cheveux en bataille – mes barrettes pendouillent au bout de mes mèches comme des objets aéroportés pris dans les nœuds – et j'ai toujours des poches gonflées sous les yeux, mes yeux de vieille patronne de pub alcoolique. Peut-être les lèvres retroussées à contrecœur en lieu et place d'un sourire. Peut-être.

Je n'étais pas une enfant aimable, et je suis devenue une adulte profondément mal aimable. Si on voulait

11

dessiner mon âme, on obtiendrait un gribouillis avec des crocs pointus.

*

C'était un mois de mars calamiteux, il pleuvait comme vache qui pisse, et, couchée dans mon lit, je pensais à me tuer, un de mes hobbies. Rêverie complaisante de l'après-midi : un fusil, ma bouche, un « bang » et ma tête qui tressaute une fois, deux fois, du sang sur le mur. Splash, splash. « Est-ce qu'elle voulait être enterrée ou incinérée ? » demanderaient les gens. « Qui devrait assister à la cérémonie ? » Mais personne ne saurait. Les gens, quels qu'ils soient, se contenteraient de regarder leurs chaussures respectives jusqu'à ce que le silence s'installe. Puis quelqu'un lancerait une cafetière, avec une certaine brusquerie et en faisant un maximum de tintamarre. Le café se marie parfaitement avec la mort soudaine.

J'ai poussé un pied hors des draps, mais n'ai pu me résoudre à le poser par terre. Je suis déprimée, j'imagine. Je suis déprimée, j'imagine, depuis environ vingt-quatre ans. Je pressens la présence d'une meilleure version de moi-même quelque part à l'intérieur de moi – cachée derrière un foie, ou attachée à un bout de rate à l'intérieur de mon corps rachitique et enfantin. Une Libby qui me dit de me lever, de faire quelque chose, de grandir, de tourner la page. Mais en général, c'est la mesquinerie qui l'emporte. Lorsque j'avais sept ans, mon frère a massacré ma famille. Ma mère, mes deux sœurs, parties : pan pan, crac crac, couic couic. Après ça, je n'ai pas vraiment eu grand-chose à faire, on n'attendait rien de moi.

À l'âge de dix-huit ans, j'ai hérité de 321 374 dollars, fruits des contributions de toutes ces bonnes âmes qui avaient lu ma triste histoire, des bienfaiteurs qui *étaient de tout cœur avec moi.* À chaque fois que j'entends cette phrase, et je l'entends souvent, je me représente des petits cœurs bien juteux, avec des ailes et tout et tout, en train de voler vers un des nombreux foyers merdiques de mon enfance. Moi, petite fille à la fenêtre, j'agite la main en attrapant chaque cœur lumineux tandis que les billets verts me pleuvent dessus : *merci, merci mille fois !* Quand j'étais encore enfant, les donations étaient placées sur un compte en banque géré sans risque, lequel, à l'époque, connaissait un bond tous les trois ou quatre ans, chaque fois qu'un magazine ou une chaîne d'info quelconques publiaient un point sur ma vie. Le tout nouveau Jour de Libby Day : anniversaire doux-amer pour l'unique survivante du massacre des Prairies, dix ans. (Moi, en nattes miteuses sur la pelouse compissée par les opossums devant le mobil-home de ma tante Diane. Les jambes en poteaux de Diane, dévoilées, fait rare, par une jupe, plantées derrière moi sur les marches de la caravane.) Les seize printemps de la courageuse Baby Day ! (Moi, toujours minuscule, le visage éclairé par des bougies d'anniversaire, ma chemise trop serrée sur des seins passés au bonnet D en un an, ce qui leur donnait l'air de sortir d'une BD, ridicules, vaguement porno sur mon petit corps étroit.)

Je vivais sur cet argent depuis plus de dix ans, mais il n'en restait presque plus. J'avais un rendez-vous cet après-midi-là pour déterminer la nature exacte de ce « presque ». Une fois par an, le gestionnaire du compte, un imperturbable banquier aux joues roses du nom de Jim Jeffreys, insistait pour m'emmener déjeuner, histoire de faire un « check-up », comme il disait. On mangeait dans un restau qui coûtait dans les vingt dollars, et on parlait de ma vie – il me connaissait depuis que j'étais haute comme ça, après tout, hi, hi, hi. Pour ma part, je ne savais absolument rien de Jim Jeffreys, et je ne lui posais jamais de questions – je considérais toujours nos rencontres avec un point de vue d'enfant : sois polie, mais à peine, et expédie la chose. Des réponses monosyllabiques, des soupirs las. (Le seul soupçon que je nourrissais à l'égard de Jim Jeffreys, c'est qu'il devait être chrétien, bigot – il avait la patience et l'optimisme de quelqu'un qui pense que Jésus n'est pas loin.) Je n'étais pas censée avoir de « check-up » avant huit ou neuf mois, mais Jim Jeffreys m'avait harcelée en me laissant des messages téléphoniques d'une voix sérieuse et étouffée, disant qu'il avait fait tout ce qu'il avait pu pour prolonger « la vie du fonds », mais qu'il était temps de penser aux « prochaines étapes ».

Ma mesquinerie, une fois de plus, est revenue au galop : J'ai immédiatement pensé à cette autre petite héroïne des tabloïds, Jamie Quelquechose, qui avait perdu sa famille la même année – 1985. Elle avait eu une partie du visage cramée dans un incendie allumé par son père qui avait tué tous les autres membres de la famille. À chaque fois que je passe au distributeur automatique, je pense à cette Jamie : si elle ne m'avait pas volé la vedette, j'aurais deux fois plus d'argent. Cette Jamie Machinchose était dans un grand magasin quelconque, en train de s'acheter avec mon fric des sacs à main à la mode, des bijoux et du fond de teint bien gras pour étaler sur son visage luisant et balafré. C'était une pensée horrible, bien sûr. Bon, au moins, j'en avais conscience.

Enfin, enfin, enfin, j'ai réussi à m'extirper du lit avec un gémissement théâtral et me suis traînée jusqu'à la pièce de devant. Je loue un petit pavillon en brique dans un ensemble d'autres petits pavillons en brique, lesquels sont tous perchés sur un promontoire massif qui domine les anciens parcs à bestiaux de Kansas City. Kansas City dans le Missouri, pas Kansas City au Kansas. Ce n'est pas la même chose.

Mon quartier n'a même pas de nom, il est tellement oublié. On l'appelle « Quelque Part Par Là ». Une zone bizarre de logements à crédit, pleine d'impasses et de crottes de chien. Les autres pavillons sont occupés par des vieux qui les habitent depuis leur construction. Avec leurs cheveux gris et leurs corps caoutchouteux, ils s'assoient derrière leurs fenêtres grillagées pour surveiller ce qui se passe dans la rue à toute heure du jour et de la nuit. Parfois, lorsqu'ils marchent jusqu'à leurs voitures sur la pointe des pieds, de leur pas prudent de vieillards, je me sens coupable, comme si je devais aller les aider. Mais ça ne leur plairait pas. Ce ne sont pas des petits vieux sympathiques, ce sont des petits vieux pète-sec et aigris qui n'apprécient pas de m'avoir pour voisine, moi, la *nouvelle*. Tout le quartier bourdonne de leur désapprobation. En plus du chuintement de leur mépris, il y a le chien roux rachitique à deux maisons de chez moi qui aboie toute la journée et hurle toute la nuit : le bruit de fond constant dont vous ne réalisez pas qu'il vous rend dingue jusqu'à ce qu'il s'arrête, pour quelques instants bénis, avant de reprendre de plus belle. Le seul bruit joyeux du quartier que j'entends généralement de mon lit : les gazouillements matinaux des bambins. Une troupe de petits, avec des visages ronds et tout un tas de couches de vêtements, se dirigent vers quelque garderie cachée encore plus loin dans le cloaque de rues derrière moi, s'accrochant tous à une longue corde que tire un adulte devant eux. Avec leur démarche de pingouin, ils passent devant ma maison tous les matins, mais je ne les ai jamais vus rentrer. Peut-être font-ils le tour du monde en trottinant et reviennent-ils à temps pour repasser devant ma fenêtre le lendemain matin. En tout cas, je suis attachée à eux. Il y a trois petites filles et un petit garçon, avec tous un faible pour les vestes rouge vif – et quand je ne les vois pas, quand je dors trop tard, ça me file le bourdon, en fait. C'est ce mot-là qu'emploierait ma mère, pas un truc aussi grandiloquent que *déprimée*. J'ai le bourdon depuis vingt-quatre ans.

*

J'ai enfilé une jupe et un chemisier pour le rendez-vous : j'ai l'impression d'être une naine, car mes vêtements d'adulte ne me vont jamais tout à fait. Je fais à peine 1,50 mètre – 1,48 mètre, en fait, mais j'arrondis. Vous pouvez m'attaquer en justice si ça vous chante. J'ai trente et un ans, mais les gens ont tendance à me parler comme à un bébé, et ça ne m'étonnerait pas plus que ça s'ils me filaient des pots de couleurs pour m'amuser.

J'ai descendu la pente pleine de mauvaises herbes devant ma maison, sous les aboiements inquisiteurs du chien roux du voisin. Les squelettes écrasés de deux oisillons gisent sur le trottoir, à côté de ma voiture. Leur bec et leurs ailes aplatis leur donnent un air reptilien. Ils sont là depuis des semaines. Je ne peux pas m'empêcher de les regarder à chaque fois que je monte en bagnole. Il nous faudrait une bonne pluie, pour les emporter.

Deux vieilles femmes bavardaient sous le porche d'une maison de l'autre côté de la rue : j'ai senti leur refus ostentatoire de me regarder. Je ne connais le nom de personne. Si l'une de ces femmes passait l'arme à gauche, je ne pourrais même pas dire : « La pauvre vieille Mme Zalinsky est morte. » Je serais obligée de dire : « La vieille salope d'en face a cassé sa pipe. »

J'avais l'impression d'être un fantôme d'enfant quand j'ai grimpé dans ma berline anonyme, qui semble faite principalement de plastique. Je m'attends toujours à ce que quelqu'un de la concession se pointe pour m'annoncer l'évidence : « C'est une blague. Vous ne pouvez pas conduire ça, en fait. On plaisantait. » Dans une espèce de transe, j'ai roulé dans ma voiture jouet pendant quinze minutes en direction du centre pour retrouver Jim Jeffreys. J'avais vingt minutes de retard quand je me suis engouffrée dans le parking du grill, sachant qu'il me gratifierait d'un sourire chrétien et ne me ferait aucune remarque.

J'étais censée l'appeler de mon portable à mon arrivée pour qu'il puisse se précipiter dehors afin de m'escorter. Le restaurant – un super grill à l'ancienne de Kansas City – est entouré par des immeubles désaffectés qui l'inquiètent. À l'écouter, on dirait qu'une troupe de violeurs est constamment tapie dans leurs carcasses vides à guetter mon arrivée. Jim Jeffreys ne sera pas Le Type qui a Laissé une Saloperie Arriver à Libby Day. Rien de mal ne peut arriver à la courageuse BABY DAY, la Petite Fille perdue, la pathétique petite rousse de sept ans aux grands yeux bleus, la seule survivante du MASSACRE DES PRAIRIES, des MEURTRES DÉMENTS DU KANSAS, du SACRIFICE SATANIQUE À LA FERME. Ma mère, mes deux sœurs aînées, toutes abattues par Ben. Moi, la seule survivante, je l'avais désigné comme le meurtrier. J'étais l'adorable gamine qui avait traîné son adorateur de Satan de frère devant la justice. J'ai fait les gros titres. Le magazine *People* a mis en couverture une photo de moi en larmes, avec pour manchette : TÊTE D'ANGE.

Dans le rétroviseur, je pouvais encore voir mon visage d'enfant. Mes taches de rousseur avaient pâli, et mes dents s'étaient renforcées, mais mon nez était toujours retroussé et j'avais toujours des yeux ronds de chaton. Je me teignais les cheveux à présent, d'un blond blanc, mais les racines rousses étaient apparentes. On aurait dit que mon crâne saignait, surtout au soleil de la fin de journée. Ce n'était pas ragoûtant. Je me suis allumé une cigarette. Je passais des mois sans fumer, puis ça me revenait : il me faut une clope. Je suis comme ça, rien ne tient.

« Allons-y, Baby Day », ai-je dit tout haut. C'est comme ça que je m'adresse à moi-même quand j'ai la haine.

Je suis descendue de la voiture et j'ai rejoint le restaurant en fumant ma cigarette, que je tenais de la main droite afin de ne pas avoir à regarder la gauche, celle qui est estropiée. C'était presque le soir : des nuages nomades flottaient en paquets dans le ciel comme des bisons, et le soleil était juste assez bas pour tout éclabousser de rose. En direction du fleuve, entre les rampes d'autoroute, des silos à grains obsolètes se dressaient, inoccupés, obscurcis par le crépuscule et inutiles.

J'ai traversé le parking toute seule, comme une grande, piétinant une constellation de verre brisé. Je ne me suis pas fait attaquer. Après tout, il n'était guère plus de cinq heures de l'après-midi. Jim Jeffreys dînait tôt, et il en était fier.

Il sirotait un soda au bar quand je suis entrée. Son premier réflexe, comme j'en étais sûre, a été de sortir son portable de la poche de sa veste pour regarder l'objet comme s'il l'avait trahi.

« Tu as appelé ? il a demandé en fronçant les sourcils.

– Non, j'ai oublié », ai-je menti.

Alors il a souri.

« Bon, peu importe. En tout cas, je suis content que tu sois là, ma chérie. Prête à parler franco ? »

18

Il a plaqué deux dollars sur le dessus du bar et nous a dirigés vers deux banquettes en cuir rouge dont les fissures laissaient dépasser de la bourre jaune. Les coins déchirés m'ont égratigné l'arrière des cuisses quand je me suis assise. Une nauséabonde bouffée de tabac froid s'est échappée des coussins avec un bruit de rot.

Jim Jeffreys ne buvait jamais d'alcool devant moi, et jamais il ne me demandait si je voulais boire quelque chose ; quand le serveur est arrivé et que j'ai commandé un verre de vin rouge, j'ai surpris l'effort qu'il faisait pour cacher son étonnement, sa déception, ou toute autre réaction qui n'aurait pas collé à sa contenance militante. « Quel genre de rouge ? » a demandé le garçon. Je n'en avais aucune idée – je n'ai jamais pu me rappeler les noms des rouges et des blancs, ni quelle partie du nom on est censé dire, alors j'ai juste dit : « Maison. » Jim a pris un steak, j'ai pris une pomme de terre farcie au fromage, puis le serveur nous a laissés et Jim Jeffreys a lâché un long soupir de dentiste avant de dire :

« Bon, Libby, nous abordons à présent un stade très nouveau et très différent, tous les deux.

– Combien reste-t-il ? » ai-je demandé. *Dis dix mille, dis dix mille*, je pensais.

« Est-ce que tu *lis* les comptes rendus que je t'envoie, au moins ?

– Parfois », ai-je encore menti.

J'aimais recevoir du courrier, mais pas le lire ; les comptes rendus se trouvaient probablement dans une pile de paperasses quelque part chez moi.

« Est-ce que tu as seulement *écouté* mes messages ?

– Je crois que ton portable déconne. Il y a plein de microcoupures. »

J'en avais écouté juste assez pour savoir que j'étais dans de sales draps. En général, je me débranchais après la première phrase de Jim Jeffreys, qui commençait toujours ainsi : « Ton ami Jim Jeffreys à l'appareil, Libby… »

Jim Jeffreys a joint les doigts et fait la moue.

« Il reste neuf cent quatre-vingt-deux dollars dans le fonds. Comme je l'ai déjà expliqué, si tu avais pu le regarnir avec n'importe quel travail régulier, on aurait pu le maintenir à flot, mais… »

Il a écarté les mains et grimacé :

« Les choses ne se sont pas passées de cette façon.

— Et le livre, est-ce que le livre n'a pas… ?

— Je suis désolé, Libby, le livre n'a pas. Je te le répète tous les ans. Ce n'est pas de ta faute, mais le livre… non. Rien. »

En 2003, en l'honneur de mon vingt-cinquième anniversaire, je m'étais fait approcher par un éditeur d'ouvrages de développement personnel qui m'avait demandé d'écrire comment j'avais vaincu les « fantômes de mon passé ». En aucun cas, je n'avais vaincu quoi que ce soit, mais j'avais accepté quand même – cela consistait à parler au téléphone avec une femme du New Jersey qui s'occupait de la rédaction proprement dite. Le livre était sorti avec en couverture une photo de moi grimaçant un large sourire sous une déplorable coiffure de cormoran huppé. Le livre s'appelait *Nouveau jour pour Mlle Day ! Ne vous contentez pas de survivre aux traumatismes de votre enfance : surpassez-les !* et il comprenait quelques clichés anciens de moi avec ma famille morte, coincés entre deux cents pages d'un porridge indigeste de pensée positive. J'avais touché huit mille dollars, et un petit nombre de groupes de « rescapés » m'avaient invitée à faire des conférences. J'avais pris l'avion pour Toledo afin d'intervenir dans une réunion d'hommes qui avaient été orphelins jeunes ;

pour Tulsa : un rassemblement spécial d'adolescents dont la mère avait été assassinée par le père. J'avais signé mon bouquin pour des gamins qui respiraient bruyamment en me posant des questions bouleversantes, genre est-ce que ma mère faisait des gâteaux. J'avais signé le bouquin pour des vieux types concupiscents aux cheveux gris qui me reluquaient à travers leurs lunettes à double foyer, avec leur haleine de café brûlé et d'aigreurs d'estomac : « Day-livrez-vous du passé », j'écrivais. Ou : « Comme Libby Day, un nouveau jour vous attend ! » Quelle chance d'avoir un tel nom de famille. Les jeux de mots sont tout faits. Les gens qui venaient me rencontrer, en groupes hésitants et distendus, avaient toujours l'air épuisés et désespérés. Les assemblées étaient toujours restreintes. Une fois que j'eus réalisé que je n'allais pas toucher un cent sur ces interventions, j'ai refusé de me rendre où que ce soit. Le fiasco du livre était déjà un fait, de toute façon.

« J'aurais cru qu'il aurait rapporté plus d'argent », j'ai marmonné. Je voulais vraiment que le livre rapporte du fric, d'une façon enfantine et obsessionnelle : j'avais le sentiment que si je le désirais assez fort, ça ne pouvait que se produire. Ça ne pouvait que se produire.

« Je sais », a dit Jim Jeffreys, qui n'avait rien à ajouter sur le sujet après six ans. Il m'a regardée boire mon vin en silence. « Mais en un sens, Libby, cette situation te met face à une nouvelle phase vraiment intéressante de ta vie. Je veux dire : qu'est-ce que tu veux faire quand tu seras grande ? »

Je voyais bien que sa remarque se voulait charmante, mais elle ne fit que déclencher en moi un accès de rage. Je ne voulais pas faire ni être quoi que ce soit, c'était bien ça le problème, bordel.

« Il n'y a plus d'argent ? »

Jim Jeffreys secoua tristement la tête, et entreprit de saler son steak qui venait d'arriver, flottant dans une mare de sang fluo comme du Kool-Aid.

« Et les nouveaux dons ? Le vingt-cinquième anniversaire ne va pas tarder. » J'ai senti une nouvelle poussée de colère contre lui, de m'obliger à dire ça tout haut. Ben a commencé son massacre vers deux heures du matin le 3 janvier 1985. C'était la date du meurtre de ma famille, et voilà que je me retrouvais à l'attendre avec impatience. Qui disait des choses pareilles ? Pourquoi ne pouvait-il rester ne serait-ce que cinq mille dollars ?

Il secoua de nouveau la tête. « Il n'y a plus rien, Libby. Tu as quoi, trente ans ? Tu es une femme. Les gens sont passés à autre chose. Ils veulent aider d'autres petites filles, pas…

– Pas moi.

– J'ai bien peur que non.

– Les gens sont passés à autre chose ? Vraiment ? »

Un brusque sentiment d'abandon m'a serré le cœur, comme ça m'arrivait toujours quand j'étais petite, quand quelque tante ou cousine me déposait chez une autre tante ou cousine : « Je n'en peux plus. Prends-la un moment. » La nouvelle tante ou cousine était aux petits soins pendant environ une semaine, faisait vraiment tout son possible avec une mauvaise graine comme moi, et ensuite… En vérité, c'était en général de ma faute. Et je ne le dis pas pour jouer les victimes. J'ai aspergé le salon d'une de mes cousines avec de l'Aquanet et y ai mis le feu. Ma tante Diane, ma gardienne, la sœur de ma mère, ma bien-aimée, m'a prise trois fois chez elle avant de me fermer la porte pour de bon. J'ai fait des choses exécrables à cette femme.

« Il y a constamment de nouveaux meurtres, Libby, j'en ai peur, continuait Jim Jeffreys d'une voix monocorde. Les gens n'arrivent pas à se concentrer longtemps sur la même chose. C'est vrai, quand tu vois comme tout le monde s'échauffe sur Lisette Stephens… »

Lisette Stephens était une jolie brune de vingt-cinq ans qui avait disparu en rentrant chez elle après son dîner familial de Thanksgiving. Tout Kansas City s'investissait dans les recherches – on ne pouvait pas allumer les infos sans tomber sur une photo d'elle en train de vous sourire. Les médias nationaux en avaient fait leurs choux gras en février. Un mois avait passé sans que le moindre élément nouveau surgisse dans l'affaire. Lisette était morte, tout le monde le savait désormais, mais personne ne voulait être le premier à quitter la fête.

« Par contre, a poursuivi Jim Jeffreys, je pense que tout le monde serait content de savoir que tu t'en sors bien.

– Génial.

– Pourquoi pas la fac ? »

Il mastiquait un bout de viande.

« Non.

– Et si on essayait de te dégotter une bonne planque dans un bureau, un boulot de documentaliste, un truc comme ça ?

– Non. »

Je me suis repliée sur moi-même, ignorant mon repas, exsudant de la bile noire par tous les pores. Encore une expression de m'man : la bile noire. Ça voulait dire avoir le bourdon d'une manière qui ennuyait les autres. Avoir le bourdon agressivement.

« Bon, mais pourquoi tu ne prendrais pas une semaine pour réfléchir à tout ça ? »

Il dévorait son steak, à vifs coups de fourchette. Jim Jeffreys voulait s'en aller. Jim Jeffreys n'avait plus rien à faire ici.

*

Il m'a laissée avec trois enveloppes et un grand sourire qui se voulait optimiste. Trois enveloppes, qui avaient toutes l'air de contenir des prospectus. Autrefois, Jim me donnait des boîtes à chaussures bourrées de courrier, surtout des lettres avec des chèques à l'intérieur. Je lui rendais le chèque endossé, et le donneur recevait un courrier standard de mon écriture en majuscules. *Merci de votre don. Ce sont les gens comme vous qui me permettent d'espérer des jours meilleurs. Sinsèrement, Libby Day.* Il y avait vraiment écrit « sinsèrement », une faute d'orthographe que, selon Jim Jeffreys, les gens trouveraient poignante.

Mais les boîtes à chaussures débordantes de dons étaient parties, et il ne me restait que trois pauvres lettres et le reste de la soirée à tuer. J'ai repris la route de chez moi. Plusieurs voitures m'ont fait des appels de phares avant que je réalise que je roulais tous feux éteints. L'horizon de Kansas City scintillait à l'est, un tas de bâtiments de hauteur moyenne, déchiqueté comme une illustration sur une carte de Monopoly. J'ai essayé d'envisager ce que je pourrais faire pour gagner de l'argent. Des occupations d'adulte. Je me suis imaginée coiffée d'une toque d'infirmière, avec un thermomètre, puis en uniforme de flic bleu bien ajusté, en train de faire traverser la rue à un enfant, puis avec un rang de perles et un tablier à fleurs, en train de préparer le dîner pour mon mari. *T'es vraiment grave*, je me suis dit. *Tes représentations de l'âge adulte viennent toujours des livres d'images.* Et alors même que je pensais ça, je me suis imaginée en train de tracer des « A, B, C » sur un tableau noir devant des élèves de maternelle aux grands yeux innocents.

J'ai essayé de me concentrer sur des métiers réalistes – un truc avec les ordinateurs. La saisie de données, n'était-ce pas un genre de boulot ? Le service client, peut-être ? J'avais vu un jour un film où une femme promenait des chiens pour vivre, vêtue de salopettes et de pulls assortis. Elle avait toujours des fleurs à la main, et les toutous étaient toujours baveux et affectueux. Mais bon, je n'aimais pas les chiens, j'en avais peur. J'ai fini par penser, bien sûr, à l'agriculture. Notre famille a bossé à la ferme pendant un siècle, M'man incluse, jusqu'à ce que Ben l'élimine. Puis la ferme a été vendue.

Je n'aurais pas su comment diriger une ferme de toute façon. Je garde des images de la nôtre : Ben en train de patauger dans la boue froide du printemps, écartant les veaux de son chemin à coups de pied. Les mains calleuses de ma mère fouillant dans les épis couleur cerise qui deviendraient du mil. Les cris suraigus de Michelle et Debby sautant sur les balles de foin dans la grange. « Ça pique ! » se plaignait toujours Debby, puis elle y ressautait de plus belle. Je ne peux jamais m'attarder sur ces pensées. J'ai baptisé ces souvenirs comme s'ils étaient une région particulièrement dangereuse : Zonedombre. Si je m'étends un peu trop sur une image de ma mère en train de bricoler la cafetière pour la énième fois, ou de Michelle en train de danser dans sa chemise de nuit de jersey, avec ses grandes chaussettes remontées jusqu'aux genoux, mon esprit fait une embardée en Zonedombre. Des traînées maniaques de rouge vif se répandent dans la nuit. Cette hache rythmique, inévitable, qui se meut aussi mécaniquement que si elle coupait du bois. Les détonations dans un couloir étroit. Les cris paniqués, les cris de geai de ma mère, encore en train d'essayer de sauver ses enfants alors que la moitié de sa tête est partie.

En quoi consiste le boulot d'une assistante administrative? j'ai pensé.

Je me suis arrêtée devant ma maison, et j'ai posé le pied sur une portion de trottoir où quelqu'un avait gravé : « Jimmy aime Tina » dans le béton des décennies auparavant. Parfois, j'avais des visions éclairs de ce qu'était devenu ce couple : il était joueur de base-ball de seconde division, elle était femme au foyer à Pittsburgh et luttait contre le cancer. Il était pompier et divorcé, elle était avocate et s'était noyée dans le golfe du Mexique un an plus tôt. Elle était prof, il avait succombé à une rupture d'anévrisme foudroyante à l'âge de vingt ans. C'était un bon jeu, un peu sinistre peut-être. J'avais coutume d'en tuer au moins un des deux.

J'ai levé les yeux sur ma maison de location, me demandant si le toit était de travers. Si elle s'écroulait, je ne perdrais pas grand-chose. Je ne possédais rien de valeur sinon un très vieux chat, Buck, qui me tolérait. Comme j'atteignais les marches détrempées et enfoncées, ses miaulements accusateurs me sont parvenus depuis l'intérieur, et j'ai réalisé que je ne l'avais pas nourri ce jour-là. J'ai ouvert la porte et l'ancêtre chat s'est avancé vers moi, lent et rouillé, comme une vieille guimbarde à la roue voilée. Je n'avais plus de croquettes – en acheter figurait sur ma liste de choses à faire depuis une semaine –, aussi j'ai ouvert le frigo, sorti quelques tranches de gruyère durci et les lui ai données. Puis je me suis assise pour ouvrir mes trois enveloppes, une odeur rance sur les doigts. Je n'ai jamais dépassé la première.

Chère mademoiselle Day,

J'espère que cette lettre vous parviendra, puisque vous n'avez apparemment pas de site Web. J'ai lu tous les articles à votre sujet et j'ai suivi votre histoire de près au fil des ans, et j'aimerais beaucoup savoir comment vous allez et ce que vous faites actuellement. Vous arrive-t-il de faire des interventions publiques ? J'appartiens à un groupe qui vous donnerait cinq cents dollars rien que pour faire une apparition. Si vous aviez l'amabilité de me contacter, je serais ravi de vous donner davantage d'informations.

Chaleureusement,

Lyle Wirth

PS : Ceci est une proposition sérieuse de collaboration.

Strip-tease ? Porno ? À l'époque où le livre était sorti, avec son cahier de photos « Baby Day grandit », la plus remarquable était un cliché de moi à dix-sept ans, mes seins de femme gélatineux à peine retenus par un haut dos-nu archiplouc. Résultat, j'avais reçu plusieurs propositions de magazines de charme marginaux, mais aucun ne m'avait offert suffisamment d'argent pour m'y faire songer sérieusement. Même aujourd'hui, cinq cents dollars n'auraient pas tout à fait suffi, si ces types voulaient que je me mette à poil. Mais peut-être – *pensée positive, Baby Day !* –, peut-être s'agissait-il réellement d'une proposition sérieuse. Un nouveau groupe de survivants qui avaient besoin de ma présence comme prétexte pour parler d'eux-mêmes. Cinq cents dollars contre quelques heures de sympathie, c'était dans mes cordes.

La lettre était tapée à la machine, à l'exception d'un numéro de téléphone qui avait été tracé d'une plume volontaire en bas de la page. J'ai composé le numéro en espérant tomber sur une messagerie. Au lieu de ça, c'est un silence énorme qui a envahi la ligne. Quelqu'un avait décroché, mais ne disait rien. J'ai senti un léger malaise, comme si j'avais appelé quelqu'un au milieu d'une fête dont j'étais censée ignorer l'existence.

Trois secondes, puis une voix d'homme : « Allô ?

– Bonjour. Je suis bien chez Lyle Wirth ? »

Buck me flairait les jambes, guère rassasié.

« Qui est-ce ? »

Toujours dans le fond : un gros néant bien fracassant. Comme s'il était au fond d'un puits.

« C'est Libby Day. Vous m'avez écrit.

– Oooohhhh ! La vache ! Vraiment ? Libby Day ? Heu, où êtes-vous ? Vous êtes en ville ?

– Quelle ville ? »

L'homme – ou le garçon, il avait une voix jeune – cria à quelqu'un derrière lui quelque chose qui comprenait la phrase : « Je les ai déjà faits », puis se remit à grogner dans mon oreille.

« Vous êtes à Kansas City ? C'est là que vous vivez, n'est-ce pas ? Libby ? »

J'étais sur le point de raccrocher, mais le type s'est mis à crier « Allôôô-ô ? all-ôôô-ô ? » dans le combiné comme si j'étais une gamine dans la lune en classe, aussi je lui ai confirmé que je vivais bien à Kansas City, et lui ai demandé ce qu'il voulait. Il a poussé un de ces rires qui font : « hi, hi, hi », ces rires qui disent : « Vous ne le croirez jamais, mais… »

« Eh bien, comme je vous l'ai écrit, je voudrais vous parler d'une apparition éventuelle. Peut-être.

– Pour faire quoi ?

– Euh, je fais partie d'un club spécial… il y a une réunion extraordinaire ici la semaine prochaine et…

– Quel genre de club ?

– Un club d'un genre un peu différent. Un truc assez underground… »

Je n'ai rien dit, je l'ai laissé s'embrouiller. Après son culot initial, je sentais parfaitement qu'il perdait contenance. Parfait.

« Oh ! merde, c'est impossible d'expliquer ça au téléphone. Est-ce que je peux, euh, vous offrir un café ?

– Il est trop tard pour un café », j'ai répliqué, avant de réaliser qu'il ne voulait sans doute même pas dire ce soir, mais probablement plus tard dans la semaine. Puis je me suis de nouveau demandé comment tuer les quatre ou cinq heures à venir.

« Une bière ? Un verre de vin ? a-t-il demandé.

– Quand ? »

Un silence. « Ce soir ? »

Un silence. « D'accord. »

*

Lyle Wirth avait une allure de tueur en série. Ce qui signifiait qu'il n'en était sans doute pas un. Si vous découpiez des putes en rondelles ou dévoriez des fugueurs, vous tâcheriez d'avoir l'air normal. Il était assis à une table à jouer crasseuse au milieu du Tim Clark's Grill, un rade moite qui jouxtait un marché aux puces. Le Tim Clark's s'était fait connaître pour ses ailes de poulet frites mais le lieu s'embourgeoisait : c'était à présent un mélange hétéroclite d'habitués grisonnants et d'échalas à mèches en jeans skinny.

Lyle ne correspondait à aucune de ces catégories : il n'avait guère plus de vingt ans et arborait une chevelure ondulée d'un châtain terne qu'il tentait d'apprivoiser en mettant trop de gel partout où il ne fallait pas, ce qui aboutissait à un résultat moitié crépu, moitié luisant. Il portait des lunettes sans monture, un coupe-vent gris étroit portant l'inscription « Members Only », et un jean certes skinny, mais pas d'une façon cool. Juste un jean serré. Ses traits étaient trop délicats pour être séduisants sur un homme. Les hommes ne sont pas censés avoir la bouche en cerise.

Il a repéré mon regard alors que je me dirigeais vers lui. Il ne m'a pas reconnue tout de suite : il m'examinait distraitement comme une parfaite inconnue. Quand je suis presque arrivée à sa table, ça a fait tilt : les taches de rousseur, la carrure d'oisillon, le nez retroussé qui se retroussait d'autant plus qu'on le fixait plus longtemps.

« Libby ! » a-t-il commencé. Réalisant que c'était trop familier, il a ajouté : « Day ! » Il s'est levé, a tiré une des chaises pliantes, a eu l'air de regretter son geste de courtoisie et s'est rassis.

« Vous avez les cheveux blonds.

– Ouaip », j'ai répondu.

Je déteste les gens qui engagent la conversation par des faits – comment êtes-vous censé enchaîner ? *Il fait chaud aujourd'hui. Oui, il fait chaud.* J'ai regardé autour de moi pour me commander un verre. Une serveuse en minijupe avec une voluptueuse chevelure noire nous tournait son dos charmant. J'ai tapoté la table jusqu'à ce qu'elle se retourne, m'offrant une vue imprenable sur un visage qui devait être celui d'une femme d'au moins soixante-dix ans : une tartine de fond de teint coulait sur ses joues de crêpe, des veines violettes marbraient ses cuisses. Une quelconque partie de son corps a grincé quand elle s'est penchée pour prendre ma commande, et elle a reniflé avec mépris lorsque j'ai seulement demandé une bière.

« La poitrine de bœuf est vraiment excellente ici », a dit Lyle. Mais il n'en mangeait pas non plus, il se contentait de siroter le fond d'une quelconque boisson laiteuse.

Je ne mange pas de viande, en réalité, pas depuis que ma famille s'est fait massacrer – j'étais encore en train d'essayer de me sortir de la tête le spectacle de Jim Jeffreys en train de mastiquer sa bidoche pleine de nerfs. En attendant ma bière, j'ai regardé autour de moi comme une touriste. Lyle avait les ongles sales, c'est la première chose que j'ai remarquée. La perruque noire de la vieille serveuse était de traviole : des mèches de cheveux blancs poisseux de transpiration étaient collées à son cou. Elle en a rentré quelques-unes en attrapant un cornet de frites qui grésillaient sous la lampe chauffante. Un gros bonhomme était assis tout seul à la table d'à côté, il mangeait un burger en examinant la trouvaille qu'il avait faite au marché aux puces : un vieux vase rococo avec une sirène dessus. Ses doigts laissaient des marques graisseuses sur les seins de la sirène.

La serveuse a posé la bière pile en face de moi sans rien dire puis s'est adressée d'une voix mielleuse à l'obèse, qu'elle appelait « mon chou ».

« Alors, c'est quoi ce club ? » j'ai lancé tout à trac.

Lyle a rosi, son genou s'est mis à s'agiter nerveusement sous la table.

« Eh bien, vous savez qu'il y a des types qui jouent au football imaginaire, ou qui collectionnent des images de base-ball ? » J'ai acquiescé. Il a laissé échapper un rire étrange et il a repris. « Ou il y a des femmes qui lisent les magazines *people* et qui savent tout sur tel ou tel acteur, genre le nom de son bébé et la ville dans laquelle il a grandi… »

J'ai incliné prudemment la tête, l'air de dire « attention à toi ».

« Eh bien, c'est un truc de ce genre, mais c'est, enfin, on l'appelle un Kill Club. »

J'ai bu une gorgée de bière. Des perles de sueur me dégoulinaient sur le nez.

« Ce n'est pas aussi tordu que ça en a l'air.

— Parce que ça a l'air sacrément tordu.

— Vous savez bien qu'il y a des gens qui aiment les mystères ? Ou qui se jettent corps et âme dans les blogs sur les faits divers ? Eh bien, ce club est un rassemblement de personnes de ce genre. Tout le monde est obsédé par un crime en particulier : Lacey Peterson, Jeffrey MacDonald, Lizzie Borden… vous et votre famille. Franchement, vous et votre famille, c'est très important pour le club. Énorme. Plus que JonBénet Ramsey. » Surprenant ma grimace, il a ajouté : « C'est une véritable tragédie, ce qui s'est passé. Et votre frère qui est en prison depuis, quoi, vingt-cinq ans, c'est ça ?

— Il n'y a pas de raison de s'apitoyer sur le sort de Ben. Il a tué ma famille.

— Ah ! bien sûr… » Il a sucé un cube de glace laiteuse. « Et vous parlez de ça avec lui, des fois ? »

J'ai senti mes défenses grimper en flèche. Il y a dans la nature des gens qui jurent que Ben est innocent. Ils m'envoient par la poste des coupures de presse sur lui, mais je ne les lis jamais, je les fiche en l'air dès que je vois sa photo – ses cheveux roux aux épaules, comme une espèce de Jésus, pour aller avec son visage radieux, débordant de paix intérieure. Il a bientôt quarante ans. Je ne suis jamais allée voir mon frère en prison, pas une fois pendant toutes ces années. Sa prison actuelle est, fort à propos, en bordure de notre ville natale – Kinnakee, au Kansas –, là où il a commis les meurtres. Mais je ne suis pas nostalgique.

La plupart des partisans de Ben sont des femmes. Oreilles en chou-fleur et dents longues, permanentes et tailleur-pantalon, lèvres serrées et crucifix autour du cou. De temps à autre, elles se présentent sur le pas de ma porte, l'œil trop brillant pour être honnête. Elles m'expliquent que mon témoignage était faux. Qu'on m'a induite en erreur, contrainte, qu'on m'a convaincue d'un mensonge quand j'ai juré, à l'âge de sept ans, que c'était mon frère qui avait commis les meurtres. Souvent, elles me hurlent dessus, et elles ont toujours plus de salive qu'il n'en faut. Il y en a plusieurs qui m'ont carrément giflée. Ce qui les rend encore moins convaincantes : une mégère hystérique au visage écarlate se discrédite très facilement, or je cherche toujours une bonne raison de les discréditer.

Si elles étaient plus gentilles avec moi, j'aurais presque pu me faire avoir.

« Non, je ne parle pas à Ben. Si c'est de ça qu'il s'agit, je ne suis pas intéressée.

— Non, non, non, ce n'est pas ça. Il vous suffirait de venir à… cette espèce de convention, pour ainsi dire, et de nous laisser vous poser quelques questions. Vous ne pensez vraiment pas à cette soirée-là ? »

Zonedombre.

« Non.

— Vous pourriez faire des découvertes intéressantes. Il y a des fans… des experts qui en savent plus long que les enquêteurs sur ce sujet. Il faut dire que ce n'est pas très difficile.

— Donc il s'agit d'une bande d'hurluberlus qui veulent me convaincre que Ben est innocent.

— Eh bien… peut-être. Ou peut-être que vous les convaincrez du contraire. » J'ai deviné un brin de condescendance. Il se penchait en avant, les épaules tendues, plein d'animation.

« Je veux mille dollars.

— Je peux aller jusqu'à sept cents. »

J'ai de nouveau jeté un coup d'œil circulaire dans la salle, sans m'engager. J'allais accepter l'offre de Lyle Wirth, quelle que soit la somme, car sinon j'allais être forcée de chercher un vrai boulot sans attendre, et je n'étais pas prête pour ça. Je ne suis pas quelqu'un sur qui on peut compter cinq jours par semaine. Lundi, mardi, mercredi, jeudi, vendredi ? Je ne sors même pas du lit cinq jours de suite. Me présenter sur un lieu de travail, où je devrais rester huit heures – huit longues heures hors de chez moi –, c'était infaisable.

« Sept cents, ça ira alors, j'ai dit.

– Excellent. Et beaucoup de collectionneurs seront présents, alors, apportez n'importe quel souvenir, euh, n'importe quel objet de votre enfance que vous désirez vendre. Vous pourriez facilement repartir avec deux mille dollars en poche. Plus c'est personnel, mieux c'est, évidemment. Tout ce qui se rapproche de la période des meurtres, le 3 janvier 1985. » Il a décliné la date comme s'il l'avait dite souvent. « En particulier tout ce qui peut venir de votre mère. Les gens sont vraiment… fascinés par elle. »

Ça a toujours été le cas. Les gens voulaient toujours savoir : quel genre de femme se fait assassiner par son propre fils ?

Patty Day
2 janvier 1985
8 h 02

Il était de nouveau au téléphone, elle entendait le blablabla de dessin animé de sa voix qui murmurait derrière la porte. Il avait réclamé une ligne privée – la moitié de ses camarades de classe, avait-il juré, avaient leur propre numéro dans l'annuaire. Les lignes des enfants, on appelait ça. Elle avait ri puis s'était mise en boule parce qu'*il* s'était mis en boule, *lui*, à cause de son rire. Sérieusement, une ligne téléphonique pour enfant? Peut-on être gâté à ce point-là? Ils n'avaient plus évoqué le sujet ni l'un ni l'autre – ils étaient tous deux facilement gênés –, puis quelques mois plus tard il était tout bonnement rentré à la maison, tête baissée, pour lui montrer le contenu d'un sac en plastique : un répartiteur de lignes qui permettrait à deux téléphones d'utiliser la même extension et un appareil en plastique remarquablement léger qui ne paraissait pas très différent des bricoles roses que les filles utilisaient pour jouer à la secrétaire. « Bureau de M. Benjamin Day », disaient-elles en décrochant, essayant de faire rentrer leur frère aîné dans leur jeu. Autrefois, Ben souriait et leur disait de prendre le message ; par la suite il s'était mis à les ignorer purement et simplement.

Depuis que Ben avait rapporté ses trésors à la maison, l'expression « cochonnerie d'fil » avait été introduite chez les Day. Partant de la prise de la cuisine, le cordon passait en tire-bouchon par-dessus le bar, le long du couloir, et venait se coincer sous sa porte toujours fermée. Au moins une fois par jour, quelqu'un trébuchait dessus, ce qui était suivi par un hurlement (si c'était l'une des filles) ou un juron (si c'était Patty ou Ben). Elle lui avait demandé mille fois de fixer le fil au mur, et mille fois, il avait manqué à le faire. Elle essayait de se convaincre que c'était un entêtement classique d'adolescent, mais de la part de Ben, il y avait de l'agressivité, et ça lui faisait craindre qu'il ne fût en colère, ou paresseux, ou quelque chose de pire qu'elle n'avait même pas envisagé. Et à qui parlait-il ? Avant le mystérieux ajout du second poste, Ben ne recevait presque jamais d'appels. Il avait deux bons amis, les frères Muehler, des membres en salopette des Future Farmers of America, des garçons tellement timides qu'il leur arrivait de raccrocher quand c'était elle qui décrochait. Patty disait alors à Ben que Jim ou Ed venait d'appeler. Mais jusqu'à présent, il n'y avait jamais eu de longues conversations toutes portes fermées.

Patty soupçonnait que son fils avait enfin une petite amie, mais ses quelques insinuations mirent Ben si mal à l'aise que sa peau déjà pâle devint d'un blanc-bleu et que ses taches de rousseur ambrées se mirent à luire littéralement, comme un avertissement. Elle avait fait marche arrière. Ce n'était pas le genre de mère à s'immiscer de force dans la vie de ses enfants – c'était déjà assez dur pour un garçon de quinze ans d'avoir un peu d'intimité dans une maison pleine de femmes. Il avait installé un cadenas sur sa porte lorsqu'un jour, en rentrant de l'école, il était tombé sur Michelle en train de farfouiller dans les tiroirs de son bureau. Le cadenas, lui aussi, avait été présenté comme un fait accompli :

quelques coups de marteau, et soudain il était là. Et Ben avait sa propre garçonnière, à l'abri. Là encore, elle ne pouvait pas le blâmer. La ferme était devenue sacrément féminine depuis le départ de Runner six ans plus tôt. Les rideaux, les canapés, même les bougies, tout n'était qu'abricot et dentelle. Petites chaussures roses, dessous à fleurs et barrettes encombraient les tiroirs et les placards. Les quelques petites revendications de Ben – le fil de téléphone tire-bouchonné et le cadenas métallique, viril – semblaient compréhensibles, après tout.

Elle entendit un éclat de rire derrière la porte fermée, et cela la perturba. Ben n'était pas un grand rieur, même quand il était petit. À l'âge de huit ans, il avait regardé calmement sa sœur et annoncé : « Michelle est atteinte de fou rire », comme si c'était une maladie qu'il fallait soigner. Patty le décrivait comme stoïque, mais sa retenue allait au-delà. Pour sûr, son père ne savait pas quoi faire de lui, il alternait entre les jeux brutaux (Ben raide et sans réaction alors que son père le traînait par terre comme un crocodile) et la récrimination (Runner se plaignant bruyamment que le petit n'était pas marrant, qu'il était bizarre, efféminé). Patty n'avait pas eu beaucoup plus de succès : elle s'était récemment acheté un livre expliquant comment être la mère d'un garçon adolescent – elle l'avait caché sous son lit comme si c'était de la pornographie. L'auteur disait d'être courageuse, de poser des questions, d'exiger des réponses de votre enfant, mais Patty n'y parvenait pas. La simple esquisse d'une question suffisait dorénavant à mettre Ben en rogne, et déclenchait chez lui un silence insupportablement bruyant. Plus elle essayait de comprendre ce qui lui passait par la tête, plus il se dérobait. Dans sa chambre. À parler à des gens qu'elle ne connaissait pas.

Ses trois filles étaient déjà réveillées également, elles l'étaient depuis des heures. Une ferme, même leur ferme pathétique, surendettée et dévaluée, exigeait de se lever tôt, et l'hiver ne mettait pas fin à cette routine quotidienne. Pour l'instant, les gamines s'ébattaient dans la neige. Elle les avait poussées dehors comme une bande de chiots pour les empêcher de réveiller Ben, puis s'était agacée lorsqu'elle avait entendu sa voix au téléphone, réalisant qu'il était déjà levé. Elle savait que c'était pour cela qu'elle était en train de préparer des pancakes aux myrtilles, le plat préféré des filles. Pour rétablir l'équité. Ben et les filles l'accusaient systématiquement de faire du favoritisme : Ben à qui elle demandait sans cesse d'être patient avec les petites créatures enrubannées, les filles qu'elle suppliait toujours de se taire pour ne pas embêter leur frère. Michelle, à dix ans, était l'aînée des filles, Debby avait neuf ans et Libby sept. « Bon sang, m'man, c'est comme si t'en avais fait toute une portée », entendait-elle Ben se plaindre. Elle jeta un coup d'œil dehors à travers un rideau vaporeux pour apercevoir les fillettes à l'état de nature : Michelle et Debby, la patronne et son assistante, construisaient un château de neige à partir de plans qu'elles n'avaient pas pris la peine de partager avec Libby ; la petite essayait de s'immiscer dans leur activité, offrant des boules de neige, des cailloux et un long bâton tordu qui furent tous rejetés presque sans un regard. Finalement, elle plia les genoux, poussa un grand cri et fit tomber le tout d'un coup de pied. Patty se détourna – les coups de poing et les larmes allaient suivre, et elle n'était pas d'humeur.

La porte de Ben grinça, et ses pas lourds au bout du couloir lui indiquèrent qu'il portait ces grosses bottes noires qu'elle détestait. *Ne les regarde même pas*, se dit-elle. Elle se disait la même chose lorsqu'il portait son pantalon de camouflage. (« P'pa en portait bien », avait-il répliqué d'un air boudeur lorsqu'elle lui avait fait une remarque. « À la chasse, il en portait pour aller à la chasse », avait-elle corrigé.) Il lui manquait, le gamin qui demandait des vêtements pas trop voyants, qui ne portait que des jeans et des chemises ordinaires. Le garçon avec ses boucles roux foncé et son obsession pour les avions. Il arrivait à présent avec une veste en jean noir, un jean noir et un bonnet en thermolactyl enfoncé sur les oreilles. Il marmonna quelque chose et se dirigea vers la porte.

« Pas avant le petit déjeuner », lança-t-elle. Il s'arrêta, ne lui offrant que son profil.

« J'ai des trucs à faire.

— C'est bon, mange quelque chose avec nous avant.

— Tu sais bien que je déteste les pancakes. » Bon Dieu.

« Je vais te préparer autre chose. Assieds-toi. » Il n'oserait pas s'opposer à un ordre direct, si ? Ils se dévisagèrent. Patty était sur le point de céder, mais Ben poussa un soupir appuyé et se laissa tomber sur une chaise. Il commença à tripoter la salière, versant les grains de sel sur la table et les rassemblant en une petite pile. Elle faillit lui dire d'arrêter, mais se retint. Pour l'instant, c'était déjà bien qu'il fût à la table.

« À qui parlais-tu ? lui demanda-t-elle en lui versant un jus d'orange qu'il laisserait intact, elle le savait, pour la défier.

— À des gens, c'est tout.

— Des gens, au pluriel ? »

Il se contenta de lever les yeux au ciel.

La porte grillagée s'ouvrit brusquement, puis la porte d'entrée cogna contre le mur, et elle entendit une série de bottes trébucher bruyamment sur le tapis – les petites filles bien élevées et discrètes qu'elles étaient. La dispute avait dû se régler rapidement. Michelle et Debby se chamaillaient déjà au sujet d'un dessin animé à la télé. Libby entra directement et se hissa sur une chaise à côté de Ben en secouant la tête pour faire tomber un peu de glace. Des trois filles de Patty, seule Libby avait le don de désarmer Ben : elle lui fit un sourire, un bref signe de la main, puis regarda droit devant elle.

« Salut, Libby, dit-il, sans cesser de tamiser le sel.

– Salut, Ben. J'aime bien ta montagne de sel.

– Merci. »

Patty vit que Ben rentrait dans sa coquille lorsque les deux autres entrèrent dans la cuisine, leurs voix aiguës et stridentes éclaboussant les coins de la pièce.

« M'man, Ben fait des saletés, s'écria Michelle.

– C'est rien, chérie. Les pancakes sont presque prêts. Ben, tu veux des œufs ?

– Pourquoi Ben a droit à des œufs ? dit Michelle d'une voix pleurnicharde.

– Ben, des œufs ?

– Oui.

– Moi aussi, je veux des œufs, fit Debbie.

– T'aimes même pas les œufs », lui répondit Libby du tac au tac. On pouvait toujours compter sur elle pour se ranger du côté de son frère. « Ben a besoin d'œufs parce que c'est un garçon. Un homme. »

Cela arracha à Ben un sourire imperceptible, ce qui encouragea Patty à sélectionner le pancake le plus parfaitement rond pour Libby. Elle empila les pancakes sur les assiettes pendant que les œufs crépitaient dans la poêle. Les étalonnages savants du petit déjeuner pour cinq se déroulaient étonnamment bien.

« M'man, Debby a les coudes sur la table. » Michelle, en mode dominateur, comme de coutume.

« M'man, Libby ne s'est pas lavé les mains. » Michelle, encore.

« Toi non plus. » Debby.

« Personne ne s'est lavé les mains. » Libby, hilare.

« Petite souillonne », fit Ben, et il lui enfonça le doigt dans les côtes. C'était une vieille blague entre eux, cette expression, Patty ne savait pas d'où c'était venu. Libby renversa la tête en arrière et rit plus fort, un rire théâtral destiné à faire plaisir à Ben.

« Empaffé », gloussa mollement Libby.

Patty savonna un chiffon et le passa à la ronde pour qu'ils n'aient pas besoin de se lever. Ben prenant la peine d'asticoter une de ses sœurs, c'était un événement rare, et elle avait l'impression qu'elle pourrait faire durer la bonne humeur à condition que tout le monde reste à sa place. Elle avait besoin de cette bonne humeur, de la même façon qu'on a besoin de sommeil après une nuit blanche, quand on rêve tout éveillé de se jeter au lit. Chaque jour en se réveillant elle se jurait qu'elle n'allait pas laisser la ferme la miner, qu'elle n'allait pas laisser sa ruine – elle avait trois ans de retard sur les remboursements, trois *ans* et aucune issue – la transformer en ce genre de femmes qu'elle détestait : sans joie, lessivée, incapable d'apprécier quoi que ce soit. Chaque matin elle se prosternait sur le tapis fin à côté de son lit et priait, mais en fait il s'agissait d'une promesse : *Aujourd'hui je ne vais pas crier, je ne vais pas pleurer. Je ne vais pas me rouler en boule comme si j'attendais qu'un coup de vent m'emporte. Je vais apprécier cette journée.* Parfois, elle tenait jusqu'au déjeuner avant de s'aigrir.

Ils étaient fin prêts maintenant, tout le monde s'était lavé les mains, une prière rapide et tout allait bien. Jusqu'à ce que Michelle lâche :

« Ben doit enlever son bonnet. »

La famille Day avait toujours eu pour règle de proscrire les chapeaux à table, et c'était un principe si intangible que Patty fut surprise de devoir même le formuler.

« C'est vrai, Ben doit enlever son bonnet », confirmat-elle d'une voix douce et ferme.

Ben pencha la tête vers elle et elle eut un pincement d'inquiétude. Il y avait quelque chose qui n'allait pas. Ses sourcils, normalement de fins traits couleur rouille, étaient noirs, et la peau derrière était tachée de violet foncé.

« Ben ? »

Il ôta son bonnet, faisant jaillir sur sa tête une couronne de cheveux noirs comme du geai, ébouriffés comme le pelage d'un vieux labrador. Ce fut un choc terrible, comme quand on avale de l'eau glacée trop rapidement : son petit rouquin s'était envolé. Il avait l'air plus vieux. Mauvais. Comme si ce gamin qu'elle avait sous les yeux avait plongé brutalement dans l'oubli le Ben qu'elle connaissait.

Michelle poussa un hurlement, Debby fondit en larmes.

« Ben, mon chéri, pourquoi ? » demanda Patty. Elle avait beau s'exhorter à ne pas réagir de façon disproportionnée, c'était exactement ce qu'elle était en train de faire. Cette stupide bravade adolescente – ce n'était rien de plus – semblait ôter tout espoir à sa relation avec son fils. Tandis que Ben regardait fixement la table, les yeux baissés, avec un petit sourire sardonique, se créant un champ de force contre leur émoi féminin, Patty lui chercha une excuse. Quand il était petit, il détestait ses cheveux roux. À cause d'eux, on se moquait de lui. Peut-être que c'était toujours le cas. Peut-être que c'était un acte d'affirmation de soi. Un geste positif. Mais d'un autre côté, c'était Patty qui avait donné à Ben ses cheveux roux, qu'il avait désormais oblitérés Comment ne pas l'interpréter comme un rejet ? C'était manifestement l'opinion de Libby, sa seule autre enfant rousse. Elle tenait une mèche de ses cheveux entre deux doigts maigres et la contemplait d'un air morose.

« C'est bon, dit Ben, qui engloutit bruyamment un œuf avant de se lever. Ça suffit, le drame. C'est que des cheveux, bon sang.

– Mais tu avais de si beaux cheveux. »

Il resta interdit un instant, comme s'il y réfléchissait vraiment. Puis il secoua la tête – à sa remarque, ou à la matinée dans son ensemble, elle l'ignorait – et se diriga à pas lourds vers la porte.

« Calmez-vous un peu, lança-t-il sans se retourner. Je reviens tout à l'heure. »

Elle avait supposé qu'il aurait claqué la porte, mais au lieu de ça il la ferma sans bruit, et ça lui sembla pire. Patty souffla sur sa frange et se retourna vers toutes les paires de grands yeux bleus qui l'observaient pour savoir comment réagir. Elle sourit et lâcha un rire las.

« Eh bien, c'était bizarre », concéda-t-elle. Les filles se ragaillardirent un peu, et se redressèrent visiblement sur leur chaise.

« Il est trop bizarre, ajouta Michelle.

– Ses cheveux vont avec ses fringues, maintenant », fit Debby, s'essuyant les larmes du revers de la main en engouffrant un morceau de pancake.

Libby se contentait de regarder son assiette, les épaules voûtées. Elle avait un air abattu que seuls les enfants sont capables de prendre.

« Ce n'est pas grave, Lib, dit Patty, et elle tenta de lui tapoter nonchalamment le bras sans faire démarrer les autres filles au quart de tour.

– Non, ce n'est pas grave, dit-elle. Il nous *déteste*. »

Libby Day
Aujourd'hui

Cinq soirs après ma bière avec Lyle, j'ai descendu en voiture le promontoire de ma maison, puis suivi la pente jusqu'aux West Bottoms de Kansas City. Le quartier avait prospéré à l'époque des parcs à bestiaux, puis passé de nombreuses décennies à faire le contraire de prospérer. Maintenant, ce n'était plus que de hauts immeubles en brique silencieux portant les noms d'entreprises qui n'existaient plus : Consolidated Grain Corp., London Beef, Dannhauser Cattle Trust. Une poignée de bâtiments rénovés avaient été convertis en maisons hantées sur commande qui s'allumaient à la saison d'Halloween : toboggans sur cinq étages, châteaux de vampires et adolescents bourrés qui cachaient des bières dans leur teddy.

Début mars, le lieu était simplement désert. En longeant les rues silencieuses, je repérais de temps à autre un passant en train d'entrer dans un immeuble ou d'en sortir, mais je ne voyais pas du tout pour quoi faire. Près du fleuve Missouri, le quartier passait de semi-vide à sinistrement inoccupé, une ruine debout.

J'ai senti une ampoule de malaise s'allumer en moi tandis que je me garais devant un bâtiment de trois étages qui portait l'enseigne de la Tallman Corporation. C'était un de ces moments où je regrettais de n'avoir pas davantage d'amis. Ou des amis tout court. Quelqu'un aurait dû être à mes côtés. Ou, au moins, quelqu'un aurait dû attendre de mes nouvelles. En l'état, j'avais laissé sur les escaliers à l'intérieur de ma maison un mot expliquant où j'étais, avec la lettre de Lyle. Bien sûr, si j'avais eu une amie, l'amie m'aurait dit : « Il n'est pas question que je te laisse aller te fourrer là-dedans, ma chérie », avec cette voix protectrice qu'adoptent toujours les femmes pour dire ce genre de choses.

Les meurtres m'avaient laissée complètement déphasée par rapport à ce type d'appréciation : je partais du principe que le pire pouvait toujours se produire, puisque le pire s'était déjà produit. Mais d'un autre côté, les chances qu'il m'arrive encore quelque chose de mal, à moi, Libby Day, par-dessus le marché, n'étaient-elles pas minuscules ? N'étais-je pas protégée par défaut ? Une statistique rutilante, indestructible. Je ne parvenais pas à me décider, aussi j'oscillais entre la surprécaution (dormir systématiquement avec la lumière allumée, le vieux colt en nickel de ma mère sur ma table de nuit) et l'imprudence extrême (m'aventurer toute seule dans un Kill Club perdu dans un immeuble désaffecté).

Afin de gagner quelques centimètres, je portais des bottes à talons hauts. Mon mauvais pied flottait dans l'une des deux. J'avais envie de faire craquer tous les os de mon corps, histoire de me relâcher. J'étais hypertendue, agacée, je grinçais des dents. Ça ne devrait pas être permis d'avoir besoin d'argent à ce point-là. J'avais essayé d'éclairer ce que j'étais en train de faire d'un jour inoffensif, et, par brefs flashes au cours de la journée passée, j'avais réussi à transformer mon entreprise en noble initiative. Ces gens s'intéressaient à ma famille, j'étais fière de ma famille, et je leur offrais quelques perspectives auxquelles ils n'auraient jamais pu accéder sans ça. Et s'ils voulaient me donner de l'argent, je l'accepterais, je n'étais pas bêcheuse.

En vérité, cependant, je n'étais pas fière de ma famille. Personne n'avait jamais aimé les Day. Mon père, Runner Day, était dingue, alcoolique et violent, sans flamboyance, un petit homme aux poings sournois. Ma mère avait eu quatre enfants dont elle ne parvenait pas à s'occuper correctement. Des gosses pauvres d'une ferme en faillite, puants et manipulateurs, se présentant toujours à l'école dans le besoin : petit déjeuner sauté, chemises déchirées, morveux et enroués. Mes deux sœurs et moi avions été à l'origine d'au moins trois invasions de poux au cours de notre bref séjour à l'école primaire. Saletés de Day.

Et voilà que je me retrouvais, quelque vingt ans plus tard, encore à me présenter quelque part pour réclamer quelque chose. De l'argent, pour être précise. Dans la poche arrière de mon jean, je trimballais un mot que Michelle m'avait écrit un mois avant le massacre. Elle avait arraché une page d'un carnet à spirale, en avait soigneusement retiré les franges, puis l'avait repliée en forme de flèche compliquée. Le mot parlait des préoccupations habituelles qui remplissaient sa tête de CM1 : un garçon de sa classe, son abrutie d'instit, un « jean *couture* » immonde qu'avait eu une enfant gâtée pour son anniversaire. C'était ennuyeux, sans intérêt – j'avais plusieurs cartons pleins de cette littérature inepte. Je les trimballais de maison en maison depuis des années et ne les avais jamais ouverts jusqu'à présent. J'en demanderais deux cents dollars. J'ai eu une brève et coupable bouffée de jubilation en pensant à toutes les autres saloperies que je pourrais vendre, des petits mots, des photos et des bricoles que je n'avais jamais eu le courage de balancer. Je suis descendue de voiture, j'ai pris une grande inspiration et j'ai rejeté la tête en arrière.

La nuit était froide, avec des poches isolées d'effluves printaniers. Une énorme lune jaune était accrochée dans le ciel comme un lampion chinois.

J'ai grimpé l'escalier de marbre dégoûtant. Les feuilles mortes souillées craquaient sous mes bottes comme de vieux os. Les portes étaient d'un métal lourd et épais. J'ai frappé, attendu, frappé encore trois fois, aussi exposée dans le clair de lune qu'une actrice comique chahutée par son public. Je m'apprêtais à appeler Lyle lorsque la porte s'est ouverte d'un coup sur un grand type au visage allongé qui m'a toisée.

« Oui ?

— Heu, est-ce que Lyle Wirth est là ?

— Pourquoi devrait-il être là ? a-t-il répondu sans sourire, trop content de pouvoir me brimer.

— Oh ! allez vous faire foutre », j'ai fait, et j'ai fait demi-tour, me sentant affreusement cruche. J'avais descendu trois marches quand le type m'a rappelée.

« Bon sang, attendez, sortez pas de vos gonds. »

Mais je suis née hors de mes gonds. Je pouvais très bien m'imaginer sortant de la matrice tordue et mal formée. Il ne m'en faut jamais beaucoup pour perdre patience. Je n'ai peut-être pas la phrase « allez vous faire foutre » sur le bout de la langue en permanence, mais elle n'est jamais loin. Au milieu de la langue, disons.

Je me suis arrêtée, en équilibre entre deux marches.

« Écoutez, je connais Lyle Wirth, bien sûr, il a dit. Vous êtes sur la liste des invités peut-être ?

— Je ne sais pas. Je m'appelle Libby Day. »

Il s'est décroché la mâchoire, l'a remise en place avec un bruit de crachat, et m'a lancé ce même regard inquisiteur que m'avait adressé Lyle.

« Vous êtes blonde. »

J'ai fait la grimace.

« Entrez, je vais vous emmener, il a dit en ouvrant grand la porte. Allez, je ne mords pas. »

Il y a peu d'expressions qui m'agacent autant que « Je ne mords pas ». La seule réplique qui me gonfle encore plus vite, c'est quand dans un bar un crétin ivre à face de jambon me repère en train d'essayer de me frayer un passage derrière lui et m'aboie : « Souris, ça peut pas être si terrible ! » Eh bien si, en fait, ça peut, gros nase.

J'ai remonté les marches en faisant les gros yeux au portier, avec une lenteur si exagérée qu'il a été obligé de s'appuyer contre la porte pour la maintenir ouverte. Connard.

Je suis entrée dans un vestibule en forme de cave, aux murs couverts d'appliques de cuivre cassées en forme d'épis de blé. La salle faisait plus de dix mètres de haut. Le plafond avait autrefois porté une fresque – des images vagues, écaillées, de garçons et de filles de la campagne en train de sarcler ou de creuser. Une des filles, le visage désormais effacé, avait l'air de tenir une corde à sauter. Ou un serpent ? Tout le coin ouest du plafond s'était effondré : là où le chêne de la fresque aurait dû exploser en feuilles d'été vertes, il y avait un pan bleu de ciel nocturne. Je voyais le rayonnement de la lune mais pas la lune elle-même. Le vestibule restait obscur, sans électricité, mais je pouvais distinguer des piles d'ordures poussées dans les coins de la salle. Les organisateurs de la fête avaient viré les squatteurs, puis pris un balai pour essayer de l'astiquer un peu. Ça sentait quand même la pisse. Une vieille capote était collée sur le mur comme un spaghetti.

« Vous auriez pas pu vous offrir, je sais pas, une salle des fêtes, les gars ? » j'ai marmonné. Le sol de marbre bourdonnait sous mes pieds. Visiblement, c'était en bas que ça se passait.

« On n'est pas exactement bien vus », a répliqué le type. Il avait un visage jeune, rebondi, avec des grains de beauté. À l'oreille, il portait ce minuscule brillant turquoise que j'avais toujours associé avec les fans de Donjons et Dragons. Les mecs qui possèdent des furets et qui trouvent qu'il n'y a pas plus cool que les tours de magie. « En plus, ce bâtiment possède une certaine… atmosphère, si vous voulez. Un des Tallman s'est fait sauter la cervelle ici même en 1953.

– Épatant. »

Nous nous regardions sans bouger, son visage semblait changer de forme dans la pénombre. Je ne voyais pas de manière repérable de descendre au niveau inférieur. Les ascenseurs sur la gauche ne marchaient visiblement pas, leurs cabines usées étaient bloquées entre les étages. Je me suis imaginé un bataillon de fantômes en costumes attendant patiemment de se remettre au travail.

« Alors… Nous allons quelque part ?

– Oh ! oui. Écoutez, je voulais juste vous dire… je suis vraiment navré de ce qui vous est arrivé. Je suis sûr que même après tout ce temps… Je ne peux même pas imaginer. On dirait du Edgar Allan Poe. Ce qui s'est passé.

– J'essaie de ne pas trop y penser », j'ai répondu. Réponse standard.

Le type a rigolé : « Vous n'êtes pas très bien tombée, dans ce cas. »

Il m'a guidée le long d'un couloir d'anciens bureaux. J'écrasais du verre pilé, jetant un coup d'œil dans chaque pièce en passant : vide, vide, un caddy, un tas d'excréments soigneusement empilés, les restes d'un vieux feu de camp, puis un SDF qui a lancé joyeusement : « M'sieur dame » au-dessus de son litron de bière.

« Il s'appelle Jimmy, a expliqué le gamin. Il a l'air OK, alors on l'a laissé rester. »

Comme c'est grand seigneur, j'ai pensé, mais je me suis contentée de saluer Jimmy d'un hochement de tête. Nous sommes arrivés devant une lourde porte anti-incendie, il l'a ouverte, et j'ai été assaillie par le bruit. Au sous-sol les sons de musique d'orgue et de heavy metal rivalisaient avec le brouhaha d'individus qui essayaient de crier plus fort les uns que les autres.

« Après vous », il a dit. Je n'ai pas fait un geste. Je n'aime pas avoir quelqu'un dans le dos. « Ou je peux… heu… par ici. »

J'ai pensé à battre en retraite sur-le-champ, mais ma mesquinerie interne s'est cabrée lorsque je me suis représenté ce type, ce sale *jongleur* de Festival Renaissance, en train de descendre raconter à ses potes : « Elle a flippé, elle s'est sauvée comme une voleuse ! » Et tous de rigoler en se donnant l'impression d'être des durs. Et lui d'ajouter : « Elle est vraiment différente de ce que j'aurais imaginé. » Et de lever sa main à quelques centimètres du sol pour montrer la taille à laquelle j'étais restée bloquée. « Va te faire foutre, va te faire foutre, va te faire foutre », j'ai psalmodié tout bas. Et je l'ai suivi.

Nous avons descendu l'unique escalier jusqu'à une porte couverte de prospectus. Box 22 : Lizzie Borden à gogo ! Pièces de collection à acheter ou troquer ! Box 28 : Karla Brow – Débat sur la trace de morsure. Box 14 : Jeu de rôle – Résolvez le mystère Drew Peterson ! Box 15 : Les effroyables gourmandises de Tom – punch Jonestown et liqueur Fanny Adams !

Puis j'ai vu un prospectus bleu de mauvaise qualité qui portait une photo de moi dans un coin : « Si ça c'est pas de la Day-veine ! Le massacre de la ferme de Kinnakee, Kansas – Dissection de cas avec une invitée TRÈS spéciale !!!

Une fois de plus j'ai envisagé de m'en aller, mais la porte s'est ouverte à la volée et je me suis fait aspirer dans un sous-sol humide et sans fenêtres envahi par peut-être deux cents individus, les uns sur les autres, se criant dans les oreilles, les mains sur les épaules. À l'école, un jour, on nous avait montré un diaporama sur une invasion de sauterelles s'abattant sur le Midwest ; c'est cette image qui s'est imposée à moi – tous ces yeux exorbités qui se fixaient sur moi, ces bouches qui mastiquaient, ces bras et ces coudes de traviole. La salle était arrangée comme pour une bourse d'échange, divisée en rangées de stands séparés par des chaînes bon marché. Chaque stand était consacré à un meurtre différent. J'en ai compté environ quarante à première vue. Un groupe électrogène alimentait à grand-peine une série d'ampoules suspendues à des fils électriques tout autour de la salle, oscillant irrégulièrement en éclairant les visages selon des angles effrayants : on aurait dit une assemblée de masques mortuaires.

À l'autre bout de la salle, Lyle m'a repérée et a commencé à se frayer un chemin à travers la foule, avançant de biais en se guidant de l'épaule. Saluant avec effusion. Apparemment, c'était un type important : tout le monde voulait le toucher, lui glisser un mot. Il s'est penché pour laisser un mec chuchoter quelque chose dans son oreille délicate, et quand il s'est redressé, sa tête a heurté une lampe, et tous ceux qui l'entouraient ont éclaté de rire. Leurs visages apparaissaient et disparaissaient à mesure que l'ampoule tournait comme un gyrophare. Des visages d'hommes. Des visages de mecs. Il n'y avait que peu de femmes dans l'assistance – trois que je puisse voir, toutes avec des lunettes, sans charme. Les hommes n'étaient pas séduisants non plus. Des moustachus ou des barbus avec des têtes de profs, des genres de pères de famille de banlieue passe-partout; et une bonne proportion de mecs de moins de trente ans avec des coupes de cheveux ringardes et des lunettes de matheux, qui me faisaient penser à Lyle et au type qui m'avait escortée en bas. Ils n'avaient rien de remarquable, mais un parfum d'arrogance intellectuelle émanait d'eux. Un after-shave de chargé de cours, mettons.

Lyle est arrivé à mon niveau. Les hommes derrière lui souriaient dans son dos et m'étudiaient comme si j'étais sa nouvelle copine. Il a secoué la tête : « Désolé, Libby, Kenny était censé m'appeler sur mon portable quand vous arriveriez pour que je puisse vous accompagner moi-même. » Il a toisé Kenny par-dessus ma tête. Kenny a haussé les épaules et nous a laissés. Lyle m'a guidée dans la foule, appuyant un doigt assuré à l'arrière de mon épaule. Certaines personnes étaient déguisées. Un homme avec un gilet et un haut-de-forme noirs s'est faufilé devant moi et m'a offert des bonbons en rigolant. Lyle a roulé des yeux dans ma direction et a dit : « Un clone de Frederick Baker. Depuis plusieurs années, on essaie de virer les amateurs de jeux de rôle, mais… trop de types sont là-dedans.

– Je ne sais pas ce que ça signifie », j'ai fait, craignant de disjoncter carrément. Les coudes et les épaules me bousculaient, je me faisais repousser en arrière à chaque fois que j'arrivais à avancer d'un mètre. « Sérieusement, je ne pige vraiment pas ce que c'est que ce bordel. »

Lyle a poussé un soupir impatient et regardé sa montre. « Écoutez, notre séance ne commence pas avant minuit. Vous voulez que je vous fasse la visite, que je vous en explique davantage ?

– Je veux mon fric. »

Il s'est mordu la lèvre inférieure, a sorti une enveloppe de sa poche arrière et me l'a fourrée dans les mains en me demandant à l'oreille de compter plus tard. L'enveloppe avait l'air suffisamment épaisse, et je me suis calmée un peu.

« Laissez-moi vous montrer tout ça. » On a parcouru le périmètre de la salle, des stands bondés sur notre gauche et notre droite. Toutes ces chaînes, ça me faisait penser à un chenil. Lyle a de nouveau appuyé son doigt sur mon bras, me poussant vers l'avant. « Le Kill Club – et, au passage, pas la peine de nous faire la morale, on sait que c'est un nom stupide, il est resté, c'est tout. Mais le Kill Club, on l'appelle le KC, c'est une des raisons pour lesquelles c'est ici qu'on tient notre grand rassemblement annuel, Kansas City, KC, Kill Club… euh, comme je l'ai déjà dit, c'est fondamentalement pour les gens qui aiment résoudre les énigmes. Et les fanatiques. De meurtres célèbres. Tout le monde, de Fanny Adams à…

– Qui est Fanny Adams ? » j'ai lâché brusquement, réalisant que j'étais sur le point d'éprouver de la jalousie. C'était moi qui étais censée être spéciale, ici.

« C'était une fillette de huit ans, elle s'est fait couper en morceaux en Angleterre en 1867. Le type qu'on vient de croiser, avec le haut-de-forme et tout ça, il était déguisé en son meurtrier, Frederick Baker.

– C'est vraiment malsain. » Elle était donc morte depuis une éternité. Parfait. Pas de concurrence.

« Eh bien, c'était un meurtre très célèbre. » Il a surpris ma grimace. « Oui, comme je l'ai dit, il y a une section moins acceptable. Enfin, la plupart de ces meurtres ont déjà été résolus, il n'y a pas de réel mystère. Pour moi, tout ce qui compte, c'est la résolution d'énigmes. Nous avons des anciens flics, des avocats…

– Y a-t-il des gens qui jouent… nos rôles ? Ma famille, est-ce qu'il y a des gens ici qui jouent leurs rôles ? » Un costaud avec les cheveux méchés et une poupée gonflable en robe rouge s'est immobilisé dans la foule, m'écrasant pratiquement, sans même me remarquer. Les doigts de plastique de la poupée me chatouillaient la joue. Quelqu'un derrière moi a hurlé : « Scott et Amber ! » J'ai repoussé le type, essayé de passer la foule en revue à la recherche d'un individu déguisé en ma mère, en Ben, un crétin en perruque rousse, brandissant une hache. J'avais serré le poing.

« Non, non, bien sûr que non, a dit Lyle. Certainement pas, Libby, je ne laisserais jamais faire une chose pareille, un jeu de rôle... là-dessus. Non.

– Pourquoi n'y a-t-il que des hommes ? » Dans un des stands à proximité, deux gros types en polo débattaient hargneusement au sujet de meurtres d'enfants dans le talon de la botte du Missouri.

« Il n'y a pas que des hommes, a répondu Lyle, sur la défensive. La plupart des résolveurs sont des hommes, mais, franchement, si vous allez à une convention de mots croisés, vous constaterez le même phénomène. Les femmes viennent plutôt pour se faire des amies. Elles parlent des raisons pour lesquelles elles s'identifient aux victimes – elles ont eu des maris violents et ainsi de suite –, elles prennent un café, achètent une vieille photo. Mais il nous faut faire attention à elles car il leur arrive de... s'attacher trop.

– Ouais, vaut mieux pas faire de sentiments là-dessus », j'ai dit, en parfaite putain d'hypocrite.

Heureusement, Lyle m'a ignorée. « Par exemple, en ce moment, elles sont toutes obsédées par l'affaire Lisette Stephens. » Il a désigné derrière lui un petit groupe de femmes qui s'agglutinaient autour d'un ordinateur, le cou penché en avant, comme des poules. J'ai dépassé Lyle pour m'approcher du stand. Elles étaient en train de regarder un montage vidéo de Lisette.

Lisette et ses camarades de sororité. Lisette et son chien. Lisette et sa jumelle.

« Vous voyez ce que je veux dire ? a dit Lyle. Elles ne cherchent pas à résoudre l'énigme, elles regardent juste des trucs qu'elles pourraient voir sur Internet à la maison. »

Le problème avec Lisette Stephens, c'est qu'il n'y avait rien à résoudre : elle n'avait pas de petit ami, pas de mari, pas de collègues vindicatifs, pas d'ex-taulards inconnus faisant des réparations dans sa maison. Il n'y avait tout bonnement aucune raison logique à sa disparition, sinon qu'elle était jolie. C'était le genre de fille que les gens remarquent. Le genre de fille dont les médias se font un plaisir de parler quand elles manquent à l'appel.

Je me suis frayé un passage à côté d'une pile de sweat-shirts portant des transferts « Ramenez Lisette ». Vingt-cinq dollars. Le groupe, cependant, s'intéressait davantage à l'ordinateur portable. Les femmes cliquaient dans le forum. Les gens attachaient souvent des photos à leurs messages : des photos atterrantes. « Nous t'aimons, Lisette, nous savons que tu vas rentrer à la maison », en gros, à côté d'une photo de trois femmes entre deux âges à la plage. « Paix et amour à votre famille en cette heure de besoin », à côté d'une photo de labrador. Les femmes sont retournées à la page d'accueil où trônait la photo préférée des médias : Lisette et sa mère, dans les bras l'une de l'autre, joue contre joue, rayonnantes.

J'ai haussé les épaules, tentant d'ignorer mon inquiétude pour Lisette, que je ne connaissais pas. Et luttant une fois de plus contre la jalousie. Parmi tous ces meurtres, je voulais que le stand Day soit le plus grand. C'était une bouffée d'amour : mes morts étaient les meilleurs. J'ai eu une vision de ma mère, ses cheveux roux attachés en queue-de-cheval, m'aidant à m'extraire de mes minces bottes d'hiver puis frottant mes orteils un par un. *On réchauffe le gros norteil, on réchauffe le petit norteil.* Dans ce souvenir, je sentais une odeur de toasts beurrés, mais je ne sais pas s'il y avait des toasts beurrés. Dans ce souvenir, j'avais encore tous mes orteils.

J'ai sursauté violemment, comme un chat.

« Ouah ! quelqu'un a marché sur votre tombe ? a dit Lyle avant de réaliser l'ironie.

– Alors qu'est-ce qu'il y a d'autre à voir ? » Nous sommes arrivés devant un embouteillage de gens devant un stand portant l'inscription « Le Bazar du Bizarre de Bob », tenu par un type avec une énorme moustache noire qui lapait bruyamment de la soupe. Quatre crânes étaient alignés sur une planche derrière lui avec un panneau qui disait : les quatre derniers. Le type a gueulé à Lyle de lui présenter sa jeune amie. Lyle a commencé à lui faire un signe en retour, a essayé de nous frayer un chemin à travers la foule grouillante, puis a haussé les épaules et m'a murmuré : « Jeu de rôle ».

« Bob Berdella, lui a dit Lyle, insistant sur le nom avec ironie, je te présente Libby Day, dont la famille était… dans le massacre de la Ferme de Kinnakee. Les Day. »

Le type s'est penché vers moi à travers la table, un fragment baveux de viande hachée entre les dents. « Si vous aviez une bite, vous seriez en morceaux dans ma poubelle à l'heure actuelle, il a dit avant de lâcher un rire. Les parties que je n'aurais pas utilisées pour le chili. »

Il m'a tapoté l'épaule. J'ai eu un mouvement de recul involontaire, puis je me suis de nouveau avancée vers Bob d'un pas mal assuré, le poing levé, en rage, comme je l'étais toujours après avoir eu une frayeur.

Vise le nez, fais-le saigner, fais sauter ce bout de chili de ces dents et frappe-le encore. Avant que j'aie pu l'atteindre, Bob a repoussé son siège et levé les mains en l'air marmonnant non pas à moi mais à Lyle : « Mec, je déconnais, pas de casse, vieux. » Il ne m'a même pas regardée en s'excusant, comme si j'étais une gamine. Pendant qu'il bredouillait ses explications vaseuses, je l'ai attaqué. Mon bras n'était pas tout à fait assez long, alors j'ai fini par lui donner une forte tape sur le menton, comme pour punir un chiot.

« Va te faire foutre, connard. »

Puis Lyle s'est interposé vivement, il a marmonné des excuses et m'a guidée loin de lui. Mes poings étaient toujours serrés, j'avais la mâchoire crispée. J'ai flanqué un coup de botte dans la table de Bob en m'éloignant, juste assez pour la faire branler une fois, sévèrement, et faire tomber la soupe du type. Je regrettais déjà de n'avoir pas carrément renversé la table. Rien de plus embarrassant qu'une femme de petite taille qui n'a pas le bras assez long pour faire aboutir ses gnons. J'aurais aussi bien pu me faire emporter par mon propre poids, mes pieds battant comme ceux d'un bébé en l'air. J'ai jeté un coup d'œil derrière nous. Le type était planté là, les bras ballants, le menton rose. Il essayait de décider s'il était penaud ou furieux.

« OK, ça n'aurait pas été la première bagarre à coups de poings au Kill Club, mais ça aurait été la plus bizarre, a déclaré Lyle.

— Je n'aime pas qu'on me menace.

— Il ne voulait pas vraiment… Enfin je sais, je sais, a marmonné Lyle. Comme je l'ai déjà dit, ces fans de jeux de rôle vont finir par faire scission et laisser tranquilles ceux qui s'attellent sérieusement à la résolution des énigmes. Vous allez aimer les gens de notre groupe, le groupe Day.

– C'est le groupe Day, ou le groupe du massacre de la Ferme de Kinnakee? j'ai grommelé.

– Oh. Oui, on l'appelle comme ça. » Il a essayé de se faufiler à travers un autre bouchon dans l'allée exiguë, mais s'est retrouvé écrabouillé contre moi. Mon visage était coincé à quelques centimètres à peine du dos d'un type. Chemise Oxford bleue, amidonnée. Je gardais les yeux fixés sur le pli impeccable au centre. Un mec avec une énorme panse de clown-clodo me poussait régulièrement par-derrière.

« La plupart des gens mettent Satan dans le coup, d'une façon ou d'une autre, j'ai dit. Le massacre satanique de la Ferme. Les meurtres sataniques du Kansas.

– Euh, on ne croit pas vraiment à ça. Alors on essaie d'éviter d'utiliser toute référence diabolique. Excusez-moi! a-t-il dit, avançant en se tortillant.

– Alors c'est une question de com' », j'ai lancé sournoisement, les yeux fixés sur la chemise bleue. Nous avons réussi à déboucher dans la tranquillité d'un espace vacant.

« Vous voulez en voir encore? » Il a désigné une bande de types juste à sa gauche dans le stand n° 31 : coupes de cheveux bâclées, quelques moustaches, beaucoup de chemises boutonnées jusqu'en haut. Ils débattaient passionnément à faible volume. « Ils sont assez cool, en fait, ces types, a dit Lyle. Ils créent pour ainsi dire leur propre énigme. Ils pensent avoir identifié un serial killer. Un type qui traverse les États – le Missouri, le Kansas, l'Oklahoma – et aide à tuer des gens. Des pères de famille, ou quelquefois des vieux, qui se sont surendettés, ont dépassé le plafond de leurs cartes de crédit, et se retrouvent en défaut de paiement sur leurs hypothèques. Sans issue.

– Il tue les gens parce qu'ils ne sont pas doués pour la gestion? j'ai dit, roulant des yeux incrédules.

– Nan, nan. Ils pensent que c'est une espèce de Kevorkian pour les gens qui sont surendettés et ont une bonne assurance-vie. Ils l'appellent l'Antécrise. »

L'un des membres du stand n° 31, un jeune mec prognathe dont les lèvres ne couvraient pas tout à fait les dents, épiait notre conversation. Il s'est vivement tourné vers Lyle : « Nous pensons que l'Antécrise était en Iowa le mois dernier : le propriétaire d'un McMansion[1], père de quatre enfants, a eu un accident de motoneige exemplaire à un moment vraiment idéal… Ça fait genre un par mois l'année dernière. C'est la crise, hein ? »

Le gamin s'apprêtait à continuer, il voulait nous attirer dans le stand avec ses graphiques, ses calendriers, ses coupures de presse et un mélange de graines salées qui jonchaient la table et le sol : les hommes en attrapaient des poignées trop pleines, et les bretzels et cacahuètes tombaient sur leurs baskets et rebondissaient partout. J'ai secoué la tête en direction de Lyle et l'ai attiré dans l'autre sens, pour changer. J'ai pris une bouffée d'air non salé et regardé ma montre.

« C'est vrai, a dit Lyle. Ça fait beaucoup à absorber d'un coup. On n'a qu'à avancer. Vous allez vraiment apprécier notre groupe, je crois. Il est beaucoup plus sérieux. Regardez, il y a déjà du monde. » Il a désigné un stand bien rangé en angle, où une grosse femme aux cheveux crépus sirotait du café dans un grand mug isotherme, et deux hommes d'âge moyen, soignés, examinaient la pièce, les mains sur les hanches, sans faire attention à elle. On aurait dit des flics. Derrière eux, un type plus vieux, à la calvitie naissante, était assis voûté à une table de jeu, griffonnant des notes sur un bloc tandis qu'un gamin nerveux, en âge d'aller à la fac, lisait

---

1. Terme péjoratif utilisé aux États-Unis pour désigner une grosse demeure. (Toutes les notes sont de la traductrice.)

par-dessus son épaule. Une poignée d'hommes quelconques, entassés au fond, compulsaient des piles de chemises en papier kraft ou poireautaient, simplement.

« Vous voyez, il y a plus de femmes, a fait Lyle d'une voix triomphante, désignant la masse de chair femelle aux cheveux crépus. Vous voulez y aller maintenant ou vous préférez attendre pour faire une entrée fracassante ?

– Maintenant, c'est parfait.

– C'est un groupe très dégourdi, avec des fans très sérieux. Vous allez les apprécier. Je parierais qu'ils auront même quelques trucs à vous apprendre. »

J'ai fait « hum », et j'ai suivi Lyle derrière le stand. La femme a levé les yeux la première : elle les a d'abord plissés, puis écarquillés. Elle tenait un dossier de confection artisanale sur lequel elle avait collé une vieille photo de moi au collège, avec un pendentif doré en forme de cœur que quelqu'un m'avait envoyé par la poste. Tout d'un coup, on aurait dit qu'elle voulait me passer le dossier – elle le tenait comme un programme de théâtre. Je n'ai pas tendu la main. J'avais remarqué qu'elle avait dessiné des cornes de Satan sur ma tête.

Lyle a posé un bras sur mon épaule, puis s'est lancé : « Salut, tout le monde. Notre invitée spéciale est arrivée, c'est la star de la convention du Kill Club cette année : Libby Day. »

Quelques sourcils se sont dressés, plusieurs têtes ont marqué un hochement appréciatif, l'un des types qui avaient l'air de flics a lâché : « Merde alors ! » Il s'apprêtait à taper dans la main de Lyle, mais il s'est ravisé : son bras s'est accidentellement figé en salut nazi. Le plus vieux a détourné le regard à la hâte et s'est mis à prendre encore des notes. Pendant un instant, j'ai eu peur de devoir faire un speech. Je me suis

60

contentée de marmonner un bonjour acerbe et me suis installée à la table.

Pour commencer, il y a eu les salutations habituelles, des questions. Oui, je vivais à Kansas City. Non, j'étais en quelque sorte au chômage temporaire. Non, je n'avais aucun contact avec Ben. Oui, il m'écrivait plusieurs fois par an mais je mettais les enveloppes directement à la poubelle. Non, je n'étais pas curieuse de ce qu'il écrivait. Oui, je voulais bien vendre la prochaine lettre que je recevrais.

« Eh bien, a finalement interrompu Lyle avec un grondement grandiloquent, vous avez devant vous une figure clé de l'affaire Day, un présumé témoin oculaire, alors pourquoi ne passerions-nous pas à de vraies questions ?

– J'ai une vraie question », a dit l'un des types à tête de flic. Il a fait un demi-sourire et tourné sa chaise. « Si ça ne vous dérange pas que j'aille directement au fait. »

Il a réellement attendu que je dise que ça ne me dérangeait pas.

« Pourquoi avez-vous témoigné que Ben avait tué votre famille ?

– Parce qu'il l'a fait, j'ai répliqué. J'étais là.

– Vous étiez cachée, mon chou. Il y a pas moyen que vous ayez vu ce que vous dites avoir vu, sans quoi vous seriez morte aussi.

– J'ai vu ce que j'ai vu, ai-je commencé, comme je le faisais toujours.

– Foutaises. Vous avez vu ce qu'on vous a dit de voir parce que vous étiez une bonne petite fille terrifiée qui voulait aider. L'accusation vous a niquée en beauté. Ils se sont servis de vous pour épingler la cible la plus facile. C'est l'enquête de police la plus bâclée que j'aie jamais vue.

– J'étais dans la maison…

– Ouais, et comment expliquez-vous les coups de feu auxquels a succombé votre mère ? a martelé le type, s'appuyant sur ses genoux. Ben n'avait pas de traces de poudre sur les mains…

– Messieurs, messieurs, a coupé l'homme plus âgé, agitant des doigts épais et plissés. Et mesdames, a-t-il ajouté, d'un ton obséquieux, en faisant un signe de tête dans ma direction et dans celle de la femme aux cheveux crépus. Nous n'avons même pas présenté les faits. Il nous faut respecter un protocole, sans quoi on n'ira pas plus loin que dans un tchat sur Internet. Lorsqu'on a une invitée de cette trempe, on devrait être particulièrement attentifs à mettre nos pendules à l'heure. »

Personne n'a protesté sinon par un vague grommellement, aussi le vieil homme s'est humecté les lèvres, a regardé par-dessus ses doubles foyers et s'est raclé la gorge. Il possédait une autorité indéniable, mais il avait quand même quelque chose de malsain. Je l'ai imaginé chez lui, en train de lécher le sirop d'une boîte de pêches sur son bar américain.

« Fait : le 3 janvier 1985 autour de deux heures du matin, un ou plusieurs individus ont tué trois membres de la famille Day dans leur ferme de Kinnakee, au Kansas. Les défunts sont Michelle Day, dix ans, Debby Day, neuf ans, et la chef de famille, Patty Day, trente-deux ans. Michelle Day a été étranglée. Debby Day est morte des suites de blessures à la hache. Patty Day est morte de deux coups de fusil, de blessures à la hache et de coupures profondes effectuées avec un couteau de chasse Bowie. »

J'ai senti le sang me monter aux oreilles, et me suis répété que je n'entendais rien de neuf. Pas de quoi paniquer. Je n'écoutais jamais vraiment les détails des meurtres, je laissais les mots glisser sur mon cerveau et ressortir par mes oreilles, comme un malade du cancer terrifié qui entend tout un jargon codé sans rien y comprendre, sinon que les nouvelles sont très mauvaises.

« Fait, il a continué. La cadette, Libby Day, sept ans, était dans la maison au moment des meurtres, et a échappé à l'assassin ou aux assassins en s'échappant par une fenêtre de la chambre de sa mère.

« Fait : l'aîné, Benjamin Day, quinze ans, affirme qu'il dormait ce soir-là dans la grange d'un voisin suite à une dispute avec sa mère. Il n'a jamais produit d'autre alibi et il s'est montré extrêmement peu coopératif avec la police. Il a ultérieurement été arrêté et condamné, cette condamnation se fondant en grande partie sur des rumeurs au sein de la communauté selon lesquelles il s'adonnait au satanisme – les murs de la maison étaient couverts de symboles et de mots associés aux pratiques satanistes. Tracés avec le sang de sa mère. »

Le vieil homme fit une pause pour ménager ses effets, parcourut l'assistance du regard, retourna à ses notes.

« Plus accablant encore est le fait que sa sœur rescapée, Libby, ait témoigné qu'elle l'avait *vu* commettre les meurtres. Malgré le témoignage confus de Libby et son jeune âge, Ben Day a été condamné. Cela *en dépit d'une absence criante de preuve matérielle.* Nous nous réunissons pour explorer d'autres possibilités et débattre le pour et le contre de ce jugement. Ce sur quoi nous sommes tous d'accord, il me semble, c'est que les meurtres sont la conséquence des événements du 2 janvier 1985. Tout a basculé en un seul jour de déveine, sans jeu de mots. » Rires étouffés, regards coupables dans ma direction. « Lorsque les Day se sont levés ce matin-là, on ne peut pas dire qu'il y avait un contrat sur leur tête. Quelque chose a vraiment basculé, *ce jour-là.* »

Un bout de photo de la scène de crime avait glissé du dossier de l'orateur : une jambe rebondie, pleine de sang, et un morceau de chemise de nuit lavande. Debby. L'homme a remarqué mon regard et l'a fourrée à l'intérieur, l'air de dire que ce n'était pas mes affaires.

« Je crois que le consensus général, c'est que Runner Day est l'assassin », a dit la grosse dame, fouillant dans son sac, d'où sont tombés des mouchoirs en papier roulés en boule.

J'ai sursauté au son du nom de mon père. Runner Day. Sinistre personnage.

« Franchement, c'est pas vrai ? elle a continué. Il va trouver Patty, essaie de lui extorquer de l'argent, comme d'habitude, n'obtient rien, s'énerve, perd la boule. Enfin, il était cinglé, ce type, non ? »

La femme a pris un tube et a gobé deux aspirines comme le font les personnages de film, en rejetant la tête violemment en arrière, d'un coup sec. Puis elle m'a regardée dans l'attente d'une confirmation.

« Ouais, je crois. Je ne me souviens pas très bien de lui. Ils ont divorcé quand j'avais peut-être deux ans. On n'a pas eu beaucoup de contacts par la suite. Il a vécu avec nous un été, l'été d'avant les meurtres, mais…

— Où est-il à présent ?

— Je n'en sais rien. »

Elle m'a regardée en roulant des yeux.

« Mais… et les empreintes de chaussures d'homme ? a lancé un homme dans le fond. La police n'a jamais expliqué pourquoi on a trouvé l'empreinte sanglante d'un soulier de ville d'homme dans une maison où aucun homme ne portait des souliers de ville…

— Il y a beaucoup de choses que la police n'a jamais expliquées, a commencé le vieil homme.

— Comme la tache de sang isolée », a ajouté Lyle. Il s'est tourné vers moi. « Il y avait une minuscule tache de sang sur les draps de Michelle. Elle ne correspond au groupe sanguin d'aucun membre de la famille. Malheureusement, les draps venaient de l'Armée du salut, aussi l'accusation a affirmé que le sang aurait pu être celui de n'importe qui. »

Des draps « légèrement usagés ». Oui. Les Day étaient de grands fans de l'Armée du salut : le canapé, la télé, les lampes, les jeans, même nos rideaux venaient de là.

« Vous savez comment trouver Runner ? a demandé le plus jeune type. Vous pourriez lui poser quelques questions pour nous ?

— Et je persiste à croire que ça vaudrait le coup d'interroger quelques-uns des amis de Ben de l'époque, si vous avez encore des relations à Kinnakee », a renchéri le vieil homme.

Plusieurs personnes ont commencé à discuter de la passion de Runner pour le jeu, des fréquentations de Ben et de la médiocrité de l'enquête policière.

« Hé là ! j'ai éclaté. Et Ben ? Il compte pour du beurre, maintenant ?

— De grâce, c'est la plus grosse erreur judiciaire de tous les temps, a répondu la grosse femme. Et ne prétendez pas que vous pensez le contraire. À moins que vous ne protégiez votre père. Ou que vous ayez trop honte de ce que vous avez fait. »

Je lui ai jeté un regard noir. Elle avait un fragment de jaune d'œuf dans les cheveux. *Quelle idée de manger des œufs à minuit ?* je me suis dit. *Ou est-ce que ce machin est accroché là depuis ce matin ?*

« Magda est très investie dans l'affaire, très investie dans le mouvement pour la libération de votre frère, a dit le vieux, en haussant des sourcils condescendants.

— C'est un homme merveilleux, a fait Magda, pointant le menton dans ma direction. Il écrit de la poésie et de la musique, et il est tout bonnement une véritable force d'espoir. Vous devriez faire sa connaissance, Libby, vous devriez vraiment. »

Magda promenait ses ongles sur une série de dossiers posés sur la table devant elle, un pour chaque membre de la famille Day. Le dossier le plus épais était couvert de photos de mon frère : Ben, rouquin et jeune, brandissant fièrement un bombardier miniature ; Ben, les cheveux noirs, terrifié, sur sa photo d'identification de police après son arrestation ; Ben aujourd'hui, en prison, de nouveau rouquin, l'air appliqué, la bouche entrouverte, comme si on lui avait tiré le portrait en plein milieu d'une phrase. À côté, il y avait le dossier de Debby, avec une seule photo d'elle déguisée en Gitane pour Halloween : joues rouges, les lèvres rouges, ses cheveux bruns recouverts du bandana rouge de sa mère, dans un déhanché pseudo-sexy. À sa droite, on pouvait voir mon bras couvert de taches de rousseur, tendu vers elle. C'était une photo de famille, une image dont je croyais qu'elle n'avait jamais été rendue publique.

« Où est-ce que vous avez eu ça ? je lui ai demandé.

– Je l'ai trouvée… » Elle a recouvert le dossier de sa main épaisse.

J'ai baissé les yeux vers la table, résistant à l'impulsion de lui sauter à la gorge. La photo du cadavre de Debby avait de nouveau glissé de la chemise du vieil homme. Je voyais la jambe couverte de sang, le ventre fendu, un bras presque arraché. Je me suis penchée en travers de la table et j'ai agrippé le poignet du type.

« Vous allez ranger cette saloperie, vous », j'ai murmuré. Il a de nouveau rentré l'image, puis a serré le dossier contre lui comme un bouclier, et m'a regardée en plissant les yeux.

Tous les membres du groupe me dévisageaient désormais, curieux, un peu inquiets, comme si j'étais un lapin nain dont ils venaient de réaliser qu'il était peut-être enragé.

« Libby, a commencé Lyle avec le ton apaisant d'un animateur de talk-show. Personne ne met en doute le fait que vous étiez dans la maison. Personne ne met en doute le fait que vous avez survécu à un supplice incroyablement atroce qu'aucun enfant ne devrait jamais endurer. Mais avez-vous vraiment vu de vos propres yeux ce que vous dites avoir vu ? Ou est-il possible qu'on vous ait orientée ? »

J'étais en train de revoir Debby séparant mes cheveux de ses doigts potelés et agiles pour les tresser façon « arêtes de poisson » en soulignant que c'était plus difficile que les tresses françaises, soufflant avec affectation son haleine chaude sur ma nuque. Attachant un ruban vert au bout pour faire de moi un cadeau. M'aidant à me tenir en équilibre sur le rebord de la baignoire pour voir l'arrière de ma tête striée dans le miroir au-dessus du lavabo. Debby, qui voulait si désespérément que toute chose soit jolie.

« Rien ne prouve que quelqu'un d'autre que Ben a tué ma famille, j'ai dit, me forçant à remonter dans le monde des vivants, où je vis sans personne. Il n'a même pas fait appel, bon sang. Il n'a jamais essayé de sortir. » Je n'avais pas d'expérience des prisonniers, mais il me semblait qu'ils étaient tout le temps en train de faire appel, que c'était une passion pour eux, même s'ils n'avaient aucune chance. Quand j'imaginais la prison, je voyais des survêtements orange et des formulaires jaunes. Sa simple inertie suffisait à prouver sa culpabilité, mon témoignage n'avait rien à voir là-dedans.

« Il avait suffisamment de matière pour faire huit appels », déclara Magda d'un ton solennel. J'ai réalisé qu'elle faisait partie de ces femmes qui sonnaient à ma porte pour me hurler dessus. Je me suis réjouie de n'avoir jamais donné mon adresse à Lyle. « Ça ne veut pas dire qu'il est coupable, Libby, ça veut dire qu'il a perdu espoir.

– Bon, eh bien tant mieux. »

Lyle a écarquillé les yeux.

« Oh mon Dieu. Vous croyez vraiment que Ben est coupable. » Puis il a ri. Un seul rire, accidentel, aussi vite ravalé, mais entièrement sincère. « Excusez-moi », il a murmuré.

Personne ne se moque de moi. Tout ce que je dis et fais est pris très, très au sérieux. Personne ne se moque des victimes. Je ne suis pas un objet de dérision. « Bon, si c'est comme ça, amusez-vous bien avec vos théories du complot, j'ai dit en me levant brutalement.

– Allons, ne le prenez pas comme ça, a dit le type à tête de flic. Restez. Convainquez-nous.

– Il n'a jamais… fait… appel, j'ai ânonné, comme une institutrice de maternelle. Ça me suffit.

– Alors vous êtes stupide. »

Je lui ai fait un doigt d'honneur, d'un geste dur, comme si j'enfonçais le majeur dans de la terre froide. Puis j'ai tourné le dos. Derrière moi, quelqu'un a dit : « C'est toujours une petite menteuse. »

Je me suis élancée de nouveau à travers la foule, me frayant un chemin sous les aisselles et derrière les aines jusqu'à arriver à la fraîcheur de la cage d'escalier, laissant le bruit derrière moi. Ma seule victoire de la soirée était la liasse de billets dans ma poche et la confirmation que ces gens étaient aussi pathétiques que moi.

*

Je suis rentrée chez moi, j'ai allumé toutes les lumières, et me suis mise au lit avec une bouteille de rhum poisseux. Je me suis couchée sur le côté, étudiant les plis compliqués du mot de Michelle, que j'avais oublié de vendre.

*

Dans la nuit, un équilibre m'a semblé rompu. On aurait dit qu'auparavant le monde était soigneusement réparti entre les gens qui croyaient Ben coupable et ceux qui le croyaient innocent. Mais à présent, ces douze inconnus entassés sur un stand dans une cave du sud de la ville avaient avancé sur le versant des partisans de l'innocence avec des briques plein les poches et – boum! – c'était de ce côté que se trouvait désormais tout le poids. Magda, Ben, la poésie et une force d'espoir. Des traces de pas, des alibis et Runner qui avait perdu la boule. Pour la première fois depuis le procès de Ben, je m'étais livrée pieds et poings liés à des individus qui étaient persuadés que je me trompais sur lui, et il s'avérait que je n'étais pas franchement à la hauteur du défi. Femme de peu de foi. Un autre soir, j'aurais peut-être évacué tout ça d'un haussement d'épaules, comme je le faisais en général. Mais ces gens étaient affreusement sûrs d'eux, affreusement dédaigneux, comme s'ils avaient discuté mon cas des centaines de fois et qu'ils avaient décidé que je ne valais même pas la peine qu'on me cuisine dans les règles. En y allant, je me disais qu'ils seraient sans doute comme les autres : ils voudraient m'aider, prendre soin de moi, résoudre mes problèmes. Au lieu de ça, ils s'étaient moqués de moi. Étais-je vraiment si facile à désarçonner, si fragile?

Non. J'ai vu ce que j'ai vu cette nuit-là, je me suis dit, mon mantra éternel. Même si ce n'était pas vrai. La vérité, c'était que je n'avais rien vu du tout. OK? Très bien. Techniquement, je n'avais rien vu du tout.

J'avais seulement entendu. J'avais seulement entendu parce que je me cachais dans un placard pendant que ma famille mourait et que j'étais une minable petite lâche.

Cette nuit-là, cette nuit-là, cette nuit-là. Je m'étais réveillée dans l'obscurité de la chambre que je partageais avec mes sœurs, la maison était si glaciale qu'il y avait du givre à l'intérieur des vitres. Debby m'avait rejointe dans mon lit un peu plus tôt – on avait l'habitude de se pelotonner l'une contre l'autre pour se réchauffer – et son derrière grassouillet était enfoncé dans mon ventre, me poussant contre le mur glacé. J'ai été somnambule dès que j'ai su faire deux pas, aussi je ne me souviens pas d'avoir enjambé Debby, mais je me rappelle avoir vu Michelle endormie par terre, son journal intime dans les bras comme d'habitude, suçant son crayon en dormant, l'encre noire coulant sur son menton avec sa salive. Je n'ai pas pris la peine d'essayer de la réveiller pour qu'elle retourne au lit. Dans notre maison surpeuplée, froide et bruyante, chacun défendait farouchement son sommeil, et personne ne se réveillait sans faire d'histoires. J'ai laissé Debby dans mon lit et ouvert la porte. J'ai entendu des voix au bout du couloir dans la chambre de Ben, des chuchotements pressants, presque bruyants. Le son que font des gens qui s'imaginent à tort discrets. Un rai de lumière filtrait sous sa porte. J'ai décidé d'aller dans la chambre de ma mère, j'ai remonté le couloir à pas de loup, soulevé ses couvertures et me suis collée contre son dos. L'hiver, ma mère dormait avec deux survêtements et plusieurs pulls : on aurait dit une peluche géante. En général, elle ne bronchait pas quand on allait la rejoindre au lit, mais, cette nuit-là, je me souviens qu'elle s'est retournée si vivement que j'ai cru qu'elle était en colère. Au lieu de ça, elle m'a serrée fort dans ses bras et m'a donné un baiser sur le front. Elle m'a dit qu'elle m'aimait. Elle ne nous disait presque jamais qu'elle nous aimait. C'est pour ça que je m'en souviens, ou que je crois m'en souvenir, à moins que je n'aie ajouté ce détail après coup pour me réconforter. Mais admettons qu'elle m'ait dit qu'elle m'aimait, et que je me sois rendormie immédiatement.

Quand je me suis réveillée de nouveau, ça peut être quelques minutes ou quelques heures plus tard, elle n'était plus là. Derrière la porte fermée, hors de portée de mes regards, ma mère gémissait et Ben lui beuglait dessus. Il y avait d'autres voix, également ; Debby sanglotait, hurlait : « M'manm'manm'man, Michelle » puis il y a eu le bruit d'une hache. Même sur le moment, j'ai su de quoi il s'agissait. Le métal dans l'air – c'était ce son-là – et, après le sifflement, un bruit sourd, puis un gargouillement, et Debby a poussé un grognement et émis un bruit d'asphyxie. Ben a crié à ma mère : « Pourquoi tu m'as forcé à faire ça, salope ? » Et pas de bruit de Michelle, ce qui était bizarre car Michelle a toujours été la plus bruyante, mais elle n'a fait aucun bruit. M'man a crié : « Sauve-toi ! Sauve-toi ! Non. Non. » Puis il y a eu un coup de fusil. Ma mère criait encore, mais elle n'était plus capable d'articuler des mots, elle produisait juste un cri strident comme un oiseau qui se cogne contre les murs au bout d'un couloir.

De lourds bruits de bottes, les petits pieds de Debby qui s'enfuyait en courant, pas encore morte, vers la chambre de ma mère, et moi qui pensais : *Non, non, ne viens pas ici*, puis les bottes qui ont fait trembler le couloir derrière elle, le bruit d'un poids qu'on traîne et qui racle le sol, et encore des gargouillis, des gargouillis, des coups, une chute et le bruit de la hache, et ma mère qui poussait encore des croassements atroces, et moi figée, debout, incapable de faire un pas, dans la chambre de ma mère, et la détonation qui a encore explosé dans mes oreilles, et encore un bruit sourd qui a fait trembler les lattes du plancher sous mes pieds. Moi, lâche, qui espérais que tout allait s'en aller. Recroquevillée sur le seuil du placard, je me balançais d'avant en arrière. *Partez partez partez.* Des portes qui claquaient, encore des bruits de pas et un gémissement, Ben qui parlait tout seul, à voix basse, hagard. Puis des pleurs, un sanglot profond et mâle, et la voix de Ben, je sais que c'était la voix de Ben, criant : « Libby, Libby ! »

J'ai ouvert une fenêtre dans la chambre de ma mère et me suis faufilée par la moustiquaire déchirée, m'accouchant par le siège sur le sol enneigé quelques dizaines de centimètres plus bas, les chaussettes immédiatement trempées, les cheveux emmêlés dans les buissons. J'ai couru.

« Libby ! » En regardant la maison derrière moi, je n'ai vu de la lumière qu'à une seule fenêtre, tout le reste était noir.

Mes pieds étaient à vif quand j'ai atteint la mare et me suis accroupie dans les roseaux. J'avais beau porter plusieurs couches de vêtements, des caleçons longs sous ma chemise de nuit, comme ma mère, je grelottais ; le vent qui s'engouffrait sous ma robe me crachait des vagues d'air froid sur le ventre.

Une torche s'est mise à balayer frénétiquement le sommet des roseaux, un bosquet tout proche, puis le sol juste à côté de moi. « Libby ! » Encore la voix de Ben. « Reste où tu es, chérie ! Reste où tu es ! » La lumière s'approchait de plus en plus, ses bottes faisaient crisser la neige et je sanglotais violemment dans ma manche. J'étais tellement au supplice que je m'apprêtais presque à me lever pour en finir, mais la torche s'est détournée, les pas se sont éloignés de moi et je me suis retrouvée toute seule, abandonnée à mourir de froid dans l'obscurité. La lumière dans la maison s'est éteinte et je suis restée où j'étais.

Des heures plus tard, trop engourdie pour me tenir debout, j'ai rampé jusqu'à la maison dans la faible lumière de l'aube. À chaque mouvement, mes pieds semblaient tinter comme de l'acier, mes mains étaient crispées comme les serres d'un corbeau. La porte était grande ouverte, et je suis rentrée en boitillant. Sur le sol devant la cuisine, il y avait un triste petit tas de vomi, des petits pois aux carottes. Tout le reste était rouge : des éclaboussures sur les murs, des flaques sur le tapis, une hache ensanglantée appuyée contre le bras du canapé. J'ai trouvé ma mère couchée sur le sol devant la chambre de ses filles, une tranche triangulaire du sommet de sa tête arrachée par le coup de feu, des entailles de hache dans ses épais vêtements de nuit, un sein à l'air. Au-dessus d'elle, de longues mèches de cheveux roux étaient collées au mur avec du sang et de la cervelle. Debby était couchée juste derrière elle, les yeux grands ouverts et une trace sanglante sur la joue. Son bras était presque arraché ; elle avait reçu un coup de hache dans l'estomac et son ventre béait, flasque comme la bouche d'un dormeur. J'ai appelé Michelle, mais je savais qu'elle était morte. Je suis entrée dans notre chambre sur la pointe des pieds et l'ai trouvée recroquevillée sur son lit avec ses poupées, la gorge noire de contusions, une pantoufle encore au pied, un œil ouvert.

Les murs étaient peints avec du sang : des pentagrammes et des mots obscènes. Chagattes. Satan. Tout était cassé, déchiqueté, détruit. Des bocaux de nourriture avaient été explosés contre le mur, les céréales s'étaient répandues sur le sol. La destruction s'était faite de façon si désordonnée qu'on devait retrouver un Rice Krispie dans la plaie à la poitrine de ma mère. Une des chaussures de Michelle pendait par les lacets au ventilateur bon marché accroché au plafond.

J'ai clopiné jusqu'au téléphone de la cuisine, l'ai posé par terre, et ai composé le numéro de ma tante Diane, le seul que je connaissais par cœur. Quand elle a décroché, j'ai hurlé : « Elles sont toutes mortes ! » d'une voix dont l'accent funèbre m'a écorché les oreilles. Puis je me suis fourrée dans l'interstice entre le frigo et le four et j'ai attendu Diane.

À l'hôpital, ils m'ont donné un sédatif et amputée de trois orteils nécrosés par le froid et la moitié d'un annulaire. Depuis lors, j'attends la mort.

*

Je me suis redressée dans la lumière électrique jaune. Me suis arrachée à notre maison assassine pour revenir à ma chambre d'adulte. Je n'allais pas mourir avant des années, j'avais une santé de fer, aussi il me fallait un plan. Par chance, par miracle, mon cerveau intrigant de Day est retourné à des pensées concernant mon propre bien-être. La petite Libby Day venait de découvrir son angle d'attaque. Appelez ça instinct de survie, ou appelez ça par son nom : cupidité.

Ces « fans de Day », ces « résolveurs » paieraient pour davantage que de simples vieilles lettres. Ne m'avaient-ils pas demandé où était Runner, et quels amis de Ben je serais encore susceptible de connaître ? Ils paieraient pour les informations que j'étais la seule à pouvoir obtenir. Ces bouffons qui avaient appris par cœur le plan de niveau de ma maison, qui avaient monté des dossiers bourrés de photos de la scène de crime, ils avaient tous leurs théories sur l'identité du tueur des Day. Mais cinglés comme ils l'étaient, ils auraient bien du mal à convaincre qui que ce soit de se confier à eux.

Grâce à mon statut, je pouvais faire ça pour eux. La police voudrait me faire plaisir, à moi, pauvre petite chose, et beaucoup de suspects également. Je pouvais parler à mon père, si c'était ça qu'ils voulaient, et si je parvenais à lui mettre la main dessus.

Non que ça mènerait forcément à quelque chose. À la maison, sous les lumières vives de ma cage à hamster, de nouveau en sécurité, je me suis répété que Ben était coupable (il fallait qu'il le soit, il le *fallait*), principalement parce que je ne pouvais affronter aucune autre éventualité. Pas si j'avais l'intention d'être opérationnelle, et, pour la première fois en deux décennies, j'étais dans l'obligation d'être opérationnelle. J'ai commencé à faire les calculs dans ma tête : cinq cents dollars, mettons, pour parler aux flics, quatre cents dollars pour parler à quelques amis de Ben, mille dollars pour retrouver la trace de Runner, deux mille dollars pour lui parler. J'étais sûre que les fans avaient toute une liste d'individus que je pourrais amener à donner un peu de leur temps à l'Orpheline Day. Je pouvais faire traîner l'affaire sur des mois.

Je me suis endormie, la bouteille de rhum toujours à la main, essayant de me rassurer : Ben Day est un assassin.

Ben filait à toute berzingue sur la glace, les roues de son vélo bringuebalaient dangereusement. C'était un chemin pour les VTT, pour l'été, et il avait gelé dessus, c'était donc stupide de l'emprunter. Ce qu'il faisait était encore plus stupide : il pédalait aussi vite qu'il le pouvait sur le sol bosselé, entre les épis de maïs cassés comme du chaume, tout en essayant d'arracher le fichu autocollant en forme de papillon qu'une de ses sœurs avait mis sur le compteur de vitesse. Il était là depuis des semaines, entrant et sortant de son champ de vision en bourdonnant, ce qui le fichait en rogne, mais pas assez pour qu'il s'en occupe. Il aurait parié que c'était Debby, avec ses yeux de poupée écervelée : *C'est zoli !* Ben avait réussi à enlever la moitié du sticker brillant lorsqu'il heurta un monticule de terre. La roue avant braqua complètement à gauche, la roue arrière se déroba sous lui. Il ne fit pas un vol plané net. Il fut éjecté, une jambe toujours coincée sur le vélo, et tomba sur le côté, le bras droit râpant les épis de maïs, la jambe droite ployée sous lui. Sa tête cogna violemment le sol, ses dents tintèrent comme une cloche.

Lorsqu'il put reprendre son souffle, dix battements de cils plus tard, il sentit un chaud filet de sang dégouliner lentement sur son œil. Bien. Il l'étala avec ses doigts sur sa joue, et sentit un nouveau ruisseau de sang couler immédiatement de l'écorchure de son front. Il aurait voulu s'être cogné plus fort. Il n'avait jamais eu de fracture, un fait qu'il n'avouait que lorsqu'on le cuisinait avec insistance. *Vraiment, mec? Comment t'as pu traverser la vie sans te casser un truc? Ta mère t'a enfermé dans une bulle?* Le printemps précédent, il était entré par effraction dans la piscine municipale avec quelques types, et il était resté un moment sur le plongeoir au-dessus du grand trou asséché, fixant le fond de béton, regrettant de n'avoir pas le courage de sauter, de s'amocher vraiment, d'être le dingue de service. Il avait rebondi deux ou trois fois, pris une autre gorgée de whisky, fait encore quelques petits sauts, puis était retourné vers les types, qu'il connaissait à peine, et qui ne le regardaient que du coin de l'œil.

Une fracture, ça serait mieux, mais du sang, c'était déjà pas mal. Il coulait régulièrement, à présent, sur sa joue, sous son menton, sur la glace. Des flaques d'un rouge pur.

Annihilation.

Ce mot venait de nulle part. Son cerveau était poreux, des mots et des bribes de chanson s'y logeaient constamment. Annihilation. Il eut une vision de barbares scandinaves brandissant des haches. Il se demanda pendant une seconde, une simple seconde, s'il avait été réincarné, et si c'était là un souvenir tenace, retombant comme de la cendre après un incendie. Puis il releva son vélo et chassa cette idée. Il n'avait plus dix ans.

Il se remit à pédaler, la hanche droite nouée, le bras cuisant de l'éraflure qu'il s'était faite avec le maïs. Peut-être qu'il aurait aussi un beau bleu. Ça plairait à Diondra, elle passerait un doigt léger dessus, en ferait le tour une ou deux fois et y appliquerait une pichenette pour pouvoir se moquer de lui lorsqu'il sursauterait. C'était une nana qui aimait les grandes réactions, Diondra, c'était une crieuse, une pleureuse, une fille qui hurlait de rire. Lorsqu'elle voulait prendre un air surpris, elle écarquillait tellement les yeux que ses sourcils remontaient presque jusqu'à ses cheveux. Elle aimait sortir de derrière les portes en bondissant et lui faire peur pour qu'il fasse semblant de la poursuivre. Diondra, sa nana, avec son nom qui lui évoquait des princesses ou des strip-teaseuses, il ne savait pas trop. Elle était un peu les deux : riche mais louche.

Quelque chose s'était décroché sur son vélo, et un son rappelant un clou dans une boîte en fer-blanc venait de quelque part près des pédales. Il s'arrêta une seconde pour y jeter un coup d'œil – ses mains étaient roses et ridées par le froid comme celles d'un vieillard, et tout aussi faibles – mais il ne vit pas ce qui clochait. Davantage de sang lui coula dans les yeux pendant qu'il s'efforçait de résoudre le problème. Merde, il n'était bon à rien. Il était trop jeune quand son père était parti. Il n'avait jamais eu l'occasion d'apprendre le moindre truc pratique. Il voyait les mecs qui bossaient sur des motos, des tracteurs et des voitures, l'intérieur des moteurs qui ressemblaient à l'intestin de métal d'un animal qu'il n'avait jamais vu auparavant. Par contre, il connaissait les animaux, et les armes à feu. Il était chasseur comme tout le monde dans sa famille, mais ça ne voulait pas dire grand-chose dans la mesure où sa mère était meilleure tireuse que lui.

Il voulait être un homme utile, mais il ne savait pas comment y parvenir, et ça lui flanquait une pétoche de tous les diables. Son père était revenu vivre à la ferme pendant quelques mois cet été, et Ben avait eu de l'espoir, il s'était imaginé qu'il lui apprendrait enfin quelque chose, cette fois, qu'il prendrait la peine de se comporter en père. Au lieu de ça, Runner faisait tous les trucs mécaniques lui-même, et n'invitait même pas Ben à regarder. Il précisait bien, même, que Ben ne devait pas se mettre dans ses pattes. Il voyait parfaitement que Runner le prenait pour une mauviette : chaque fois que sa mère disait qu'il y avait quelque chose à réparer, Runner répondait : « C'est un boulot d'homme », et décochait un sourire ironique à Ben, le défiant d'acquiescer. Il ne pouvait pas demander à Runner de lui montrer quoi que ce soit.

En plus, il n'avait pas d'argent. Plus exactement, il avait quatre dollars trente dans sa poche, mais c'était tout pour la semaine. Sa famille n'avait pas d'économies. Leur compte en banque était toujours quasiment à zéro. Il avait vu un relevé une fois où le solde était littéralement d'un dollar dix, ce qui signifiait que, à un moment donné, toute sa famille avait moins à la banque que ce qu'il portait dans son manteau pour l'instant. Sa mère ne parvenait pas à faire tourner correctement la ferme. Pour une raison ou pour une autre, elle la foutait en l'air. Elle amenait le grain au silo dans un camion d'emprunt et revenait avec rien, mille dollars environ, qui disparaissaient en moins de vingt-quatre heures. « Les loups sont à la porte », disait toujours sa mère. Quand il était petit, il se l'imaginait appuyée contre la porte de derrière, jetant des paquets de billets verts tout neufs à une meute d'animaux affamés qui les gobaient comme de la viande. Ce n'était jamais assez.

Est-ce que quelqu'un allait finir par confisquer la ferme ? Est-ce que ça ne devrait pas arriver ? La meilleure chose pourrait être de se débarrasser de la ferme, de repartir de zéro, sans être lié à cette grosse chose à la fois morte et vivante. Mais c'était la propriété des parents de sa mère, et elle était sentimentale. C'était assez égoïste, quand on y réfléchissait. Ben travaillait toute la semaine à la ferme, puis retournait à l'école les week-ends pour faire son boulot merdique de balayeur. L'école et la ferme, la ferme et l'école, c'était toute sa vie avant Diondra. Maintenant, il y avait un enviable triangle d'endroits où aller : l'école, la ferme et la grande maison de Diondra en bordure de la ville. À la maison, il nourrissait les vaches et transportait le fumier, et il faisait à peu près la même chose à l'école, où il nettoyait les casiers et passait la serpillière dans la cafétéria, essuyant la merde des autres gamins. Et pourtant, il était censé refiler la moitié de son salaire à sa mère. *Les familles partagent.* Ah ouais ? Eh bien, les parents s'occupent de leurs enfants, que dis-tu de celle-là ? Et si t'avais pas pondu trois autres gamins quand tu pouvais à peine te permettre le premier ?

Le vélo faisait un cliquetis incessant, et Ben s'attendait à le voir partir en morceaux comme dans un numéro comique, un dessin animé où il se serait retrouvé à pédaler juste sur une selle et une roue. Il détestait le fait d'être obligé d'aller partout à vélo tel Opie allant à son coin de pêche[1]. Il détestait le fait de ne pas savoir conduire. « Rien de plus triste qu'un garçon qui n'a pas tout à fait seize ans », disait toujours Trey. Et il secouait la tête en soufflant sa fumée dans sa direction. Il disait ça chaque fois que Ben arrivait chez Diondra en vélo. Trey était cool, dans l'ensemble, mais c'était le genre de mec qui ne pouvait pas s'empêcher de balancer des vacheries aux autres. Il avait dix-neuf ans, de longs cheveux noirs et ternes comme du goudron vieux d'une semaine, et c'était le cousin par alliance de Diondra, un truc bizarre de ce goût-là, fils d'un grand-oncle, ou d'un ami de la famille, ou beau-fils d'un ami de la famille. Soit il avait changé son histoire à plusieurs reprises,

---

1. Référence à un épisode célèbre de la sitcom des années soixante *The Andy Griffith Show.*

soit Ben n'avait pas fait assez attention. Ce qui était tout à fait possible, vu que chaque fois qu'il se trouvait en présence de Trey, Ben se crispait et devenait bien trop conscient de son corps. Pourquoi se tenait-il avec les jambes à cet angle ? Que devait-il faire de ses mains ? Sur ses hanches ou dans ses poches ?

Quoi qu'il fasse, ça faisait bizarre. Quoi qu'il fasse, il s'attirerait des quolibets. Trey était le genre de type qui cherchait chez vous le truc qui clochait légèrement, mais réellement, le truc que vous n'aviez même pas remarqué, et qui attirait l'attention de toute l'assistance sur ce détail. « Pas mal pour la pêche aux moules », c'était le premier truc que Trey lui avait jamais dit. Ben portait un jean qui était, peut-être, un centimètre et demi trop court. Peut-être deux centimètres. *Pas mal pour la pêche aux moules.* Diondra était partie d'un rire hystérique. Ben avait attendu qu'elle arrête de rire, et que Trey recommence à parler. Il avait attendu dix minutes, sans rien dire, essayant simplement de s'asseoir de telle sorte que ses chaussettes ne ressortent pas de manière trop voyante. Puis il s'était retiré dans la salle de bains, avait desserré sa ceinture d'un cran, descendu le jean sur ses hanches. Lorsqu'il était revenu dans la pièce – la salle de jeux de Diondra au sous-sol, avec des tapis et des poufs saccos partout comme des champignons –, la deuxième chose que lui avait dite Trey, c'était : « T'as la ceinture au niveau de la bite, maintenant, mec. Tu trompes personne. »

Ben descendit le sentier avec son vélo bringuebalant dans l'ombre froide de l'hiver, au milieu de nouveaux flocons de neige qui flottaient dans l'air comme des grains de poussière. Même à ses seize ans, il n'aurait pas de voiture. Sa mère avait une Cavalier achetée à une vente aux enchères ; c'était une ancienne voiture de location. Ils ne pouvaient pas s'en payer une deuxième, elle avait déjà prévenu Ben. Il leur faudrait partager, ce qui avait immédiatement dégoûté Ben de l'utiliser. Il s'imaginait déjà ce que ça serait d'essayer de passer prendre Diondra dans une voiture qui portait l'odeur de centaines d'autres individus, une voiture à l'odeur complètement rancie – vieilles frites et taches de sperme d'inconnus – et, par-dessus le marché, une voiture qui était maintenant jonchée des livres scolaires, poupées de chiffons et bracelets de plastique des filles. Ça ne fonctionnerait pas. Diondra disait qu'il pourrait conduire sa voiture à elle (elle avait dix-sept ans, un autre problème, car n'était-ce pas un peu gênant d'être deux classes en dessous de sa petite amie ?). Mais c'était une vision beaucoup plus souriante : tous deux dans sa CRX rouge à l'arrière surélevé, les cigarettes mentholées de Diondra emplissant la voiture de fumée parfumée, Slayer à fond la caisse. Ouais, beaucoup mieux.

Ils partiraient de cette ville merdique pour aller à Wichita, où l'oncle de Diondra pourrait l'embaucher dans son magasin d'articles de sport. Ben avait essayé de s'intégrer à l'équipe de basket et à celle de foot, et s'était fait éjecter très vite, sans ménagement et sans appel. Aussi, passer ses journées dans une grande salle remplie de ballons de basket et de foot semblait ironique. En plus, avec tout cet équipement à portée de main, il pourrait peut-être s'entraîner, devenir assez bon pour rejoindre une équipe d'adultes, ou un truc comme ça. Il devait y avoir un côté positif.

Bien sûr, le côté le plus positif, c'était Diondra. Lui et Diondra dans leur propre appartement à Wichita, qui mangeraient des MacDo, regarderaient la télé et feraient l'amour en fumant des paquets de clopes entiers dans la nuit. Ben ne fumait pas beaucoup quand il n'était pas avec elle. C'était elle qui était accro, elle fumait tellement qu'elle sentait le tabac même en sortant de la douche : on aurait cru que si elle se fendait la peau, de la vapeur de menthol en sortirait. Il avait appris à aimer ça : pour lui, c'était à présent une odeur familière et rassurante, comme celle du pain chaud pour d'autres. Lui et Diondra, avec ses boucles brunes en spirale toutes crissantes de gel (encore une odeur inséparable d'elle, ce parfum piquant de ses cheveux, aromatisé au raisin), assis sur le canapé pour regarder les soap operas qu'elle enregistrait tous les jours. Il s'était pris à l'intrigue : des nanas aux épaules rembourrées qui buvaient du champagne avec des diamants brillants aux doigts et trompaient leurs maris, ou l'inverse, ou des gens frappés d'amnésie qui trompaient aussi leurs époux. Quand il rentrerait du travail, avec sur les mains l'odeur poussiéreuse du cuir des ballons de basket, elle aurait rapporté pour lui des MacDo ou des Taco Bell et ils traîneraient et échangeraient des blagues sur ces femmes à paillettes à la télé. Diondra montrerait les nanas avec les plus beaux ongles, elle adorait les ongles, et elle insistait pour peindre ceux de Ben, ou lui mettre du rouge à lèvres, elle adorait ça, elle aimait le faire beau, disait-elle toujours. Ils termineraient sur le lit à faire une bataille de chatouilles, nus avec des sachets de ketchup collés dans le dos, et Diondra partirait de son rire de singe si fort que les voisins taperaient au plafond.

Le tableau n'était pas tout à fait complet. Il avait délibérément omis un détail très effrayant, occulté complètement certaines réalités. Cela ne pouvait pas être bon signe. Cela signifiait que tout ça n'était qu'un rêve éveillé. Il n'était qu'un stupide gamin qui ne pouvait même pas avoir un truc aussi petit qu'un appartement merdique à Wichita. Un truc aussi minuscule que ça, c'était hors de sa portée. Il sentit une vague de fureur familière. Sa vie ne serait qu'une longue série de dénis.

Annihilation. Une fois de plus il vit des haches, des revolvers, des corps ensanglantés écrasés sur le sol. Des hurlements laissant place aux gémissements et aux chants d'oiseau. Il voulait saigner davantage.

Libby Day
Aujourd'hui

Quand j'étais petite, j'ai vécu avec la petite-cousine de Runner à Garden City, dans le Kansas, pendant environ cinq mois, le temps que Diane se remette de ma douzième année particulièrement furieuse. Je ne me rappelle pas grand-chose de ces cinq mois sinon que nous avons fait un voyage scolaire à Dodge City à la découverte de Wyatt Earp. On pensait qu'on verrait des fusils, des bisons, des putains. Au lieu de ça, notre petit groupe de vingt a piétiné et joué des coudes dans une série de petites pièces d'archives, à regarder des registres, toute une journée pleine de grains de poussière et de geignements. Earp lui-même ne m'a fait aucune impression, mais j'ai adoré les méchants du vieil Ouest, avec leurs moustaches tombantes et leurs fringues informes, et leurs yeux qui luisaient comme du nickel. Les hors-la-loi étaient toujours décrits comme des menteurs et des voleurs. Et là, dans une de ces pièces qui sentaient le renfermé, tandis que le documentaliste récitait son discours soporifique sur l'art de l'archivage, j'ai gloussé de joie de rencontrer un compagnon de voyage. Parce que je me suis dit : « Mais c'est moi. »

Je suis une menteuse et une voleuse. Ne me faites pas entrer dans votre maison, et si vous le faites, ne me laissez pas seule. Vous risquez de retrouver votre rang de perles fines cliquetant entre mes petites pattes avides, et je vous dirai qu'elles m'ont rappelé ma mère et que je n'ai pas pu m'empêcher de les toucher, juste une seconde, et que je suis tellement désolée, je ne sais pas ce qui m'a pris.

Ma mère n'a jamais possédé le moindre bijou qui ne verdisse pas sa peau, mais ça, vous ne le saurez pas. Et j'empocherai quand même les perles dès que vous aurez le dos tourné.

Je vole des culottes, des bagues, des CD, des livres, des chaussures, des iPod, des montres. Si je vais à une fête chez quelqu'un – je n'ai pas d'amis, mais il y a des gens qui m'invitent –, je pars en portant plusieurs chemises sous mon pull, avec deux ou trois jolis rouges à lèvres dans ma poche, et la monnaie qui traînait dans un sac à main ou deux. Quelquefois, j'embarque même le sac à main, si l'assistance est suffisamment ivre. Je me le jette sur une épaule et je m'éclipse. Des médicaments, du parfum, des boutons, des stylos. De la nourriture. J'ai une flasque que le grand-père de quelqu'un a rapportée de la Seconde Guerre mondiale, je possède un pin's Phi Beta Kappa qui appartenait à l'oncle préféré d'un type. J'ai une tasse en fer-blanc pliable ancienne que je ne me rappelle pas avoir volée tellement ça fait longtemps. Je prétends qu'elle a toujours été dans la famille.

Les affaires de ma famille, en vérité, ces cartons sous mon escalier, je peux à peine supporter de les regarder. Je préfère les affaires des autres. Elles apportent l'histoire des autres.

Un des objets que j'ai chez moi et que je n'ai pas volé, c'est un roman basé sur des faits réels, intitulé *La Moisson du diable : Le sacrifice sataniste de Kinnakee*. Il est sorti en 1986, et il a été écrit par une ancienne journaliste du nom de Barb Eichel, c'est à peu près tout ce que je sais. Au moins trois semi-petits amis m'ont offert un exemplaire de ce livre, solennellement, d'un air entendu, et tous trois se sont fait jeter immédiatement après. Si je dis que je ne veux pas lire le livre, c'est que je ne veux pas lire le livre. C'est comme ma règle de dormir avec la lumière allumée. J'explique à tous les hommes avec qui je couche que je dors toujours avec la lumière allumée, et ils disent tous un truc du style : « Je prendrai soin de toi, bébé. » Puis ils essaient d'éteindre la lumière. Comme si c'était si simple. Pour une raison ou pour une autre, ils ont l'air surpris que je dorme *vraiment* avec la lumière allumée.

J'ai extirpé *La Moisson du diable* d'une pile bancale de bouquins dans le coin. Je le garde pour la même raison que je garde les cartons contenant les papiers et le merdier de ma famille, parce que j'en aurai peut-être besoin un jour, et même si ce n'est pas le cas, je ne veux pas que quelqu'un d'autre les ait.

La première page dit :

Kinnakee, Kansas, au cœur de l'Amérique, est une tranquille bourgade rurale où les gens se connaissent tous, vont à l'église ensemble, grandissent côte à côte. Mais elle n'est pas étanche aux atrocités du monde extérieur, et, aux premières heures du 3 janvier 1985, ces atrocités ont détruit trois membres de la famille Day dans un torrent de sang et d'horreur. Ceci est une histoire non seulement de meurtre, mais d'adoration du diable et de rituels sanglants liés à la propagation du satanisme aux quatre coins de l'Amérique, même dans les endroits les plus protégés, les plus sûrs à première vue.

Mes oreilles ont commencé à bourdonner des sons de cette nuit-là : un fort grognement masculin, le gémissement haletant sortant d'une gorge sèche. Les cris de harpie de ma mère. Zonedombre. J'ai regardé la photo de Barb Eichel sur la quatrième de couverture. Elle avait des cheveux courts et hérissés, des pendentifs d'oreilles et un sourire lugubre. La biographie disait qu'elle vivait à Topeka, au Kansas, mais c'était vingt ans plus tôt.

Il me fallait appeler Lyle Wirth avec ma proposition de dégotter des informations contre de l'argent, mais je n'étais pas prête à l'entendre me faire à nouveau la leçon sur le meurtre de ma propre famille. « Vous pensez réellement que Ben est coupable ? » J'avais besoin d'être capable de contre-argumenter au lieu de rester muette comme une ignorante incapable d'aligner deux mots sur le sujet. Même si, fondamentalement, c'était ce que j'étais.

J'ai continué de feuilleter le livre, couchée sur le dos, calée sur un oreiller plié en trois, tandis que Buck me surveillait de ses yeux inquisiteurs de matou, à l'affût du moindre mouvement en direction de la cuisine. Barb Eichel décrivait Ben comme « un solitaire vêtu de noir de pied en cap, exclu et en colère » et « obsédé par la forme la plus violente de heavy metal – ce qu'on appelle le black metal –, des chansons qui ne sont, selon la rumeur, rien d'autre que des appels codés au diable en personne ». J'ai sauté des passages, naturellement, jusqu'à ce que je trouve une référence à moi : « angélique mais forte », « déterminée et triste », avec « un air d'indépendance qu'on ne trouve en général pas chez des enfants qui ont deux fois son âge ». Notre famille était « heureuse et pleine de vie, aspirant à un avenir d'air pur et de vie saine ». Mouais. Néanmoins, c'était censé être le livre définitif sur les meurtres et, après ce concert de voix qui me disaient que j'étais stupide au Kill Club, j'avais hâte de parler avec une tierce personne qui croyait également à la culpabilité de Ben. Histoire de m'armer contre Lyle. Je me suis représentée en train d'énumérer des faits sur mes doigts : *ceci, cela et ceci prouve que vous avez tort, bande de nases*, et j'ai vu Lyle renonçant à sa moue, réalisant que j'avais raison après tout.

Je ne cracherais pas pour autant sur son fric s'il voulait me le donner.

Sans savoir bien par où commencer, j'ai appelé les renseignements téléphoniques de Topeka et, par un coup de bol incroyable, j'ai eu le numéro de Barb Eichel. Encore à Topeka, encore dans l'annuaire. Fastoche.

Elle a décroché à la seconde sonnerie, et répondu d'une voix joyeuse et perçante jusqu'à ce que je lui dise qui j'étais.

« Je me suis toujours demandé si vous me contacteriez un jour, a-t-elle dit après avoir fait un bruit de gorge qui ressemblait à *ihhhhhhh*. Ou si je devrais faire le premier pas. Je ne savais pas, je ne savais pas… » Je la voyais parfaitement regarder autour d'elle en se grattant les ongles, nerveuse : une de ces femmes qui étudient le menu pendant vingt minutes et n'en paniquent pas moins à l'arrivée du serveur.

« J'espérais pouvoir vous parler de… Ben, j'ai commencé, incertaine, ne sachant pas très bien quels mots choisir.

– Je sais, je sais, je lui ai écrit plusieurs lettres d'excuses au cours des années, Libby. Je ne dirai jamais assez combien je suis désolée pour ce fichu, fichu bouquin. »

Inattendu.

*

Barb Eichel m'a invitée à déjeuner. Elle voulait m'expliquer en personne. Elle ne conduisait plus (là j'ai soupçonné le fond de l'histoire – les médicaments : elle avait dans la voix la gaieté artificielle des gens qui prennent trop de cachets), aussi elle me serait très reconnaissante de venir jusqu'à elle. Par chance, Topeka n'est pas loin de Kansas City. Ce n'est pas que ça m'enthousiasmait de m'y rendre – j'en avais vu assez dans mon enfance. La ville possédait autrefois une clinique psychiatrique du tonnerre, sérieusement, il y avait même sur l'autoroute un panneau qui annonçait quelque chose comme : « Bienvenue à Topeka, capitale mondiale de la psychiatrie »! Toute la ville grouillait de cinglés et de thérapeutes, et il m'arrivait fréquemment d'y être trimballée pour des consultations externes rares et privilégiées. Chouette. Nous parlions de mes cauchemars, de mes attaques de panique, de mes colères incontrôlées. À l'adolescence, nous avons évoqué ma tendance à l'agression physique. En ce qui me concerne, la ville entière, la capitale du Kansas, dégage un effluve de bave asilaire.

J'avais lu le livre de Barb avant d'aller la voir, j'étais armée de faits et de questions. Mais mon assurance s'est quelque peu ratatinée quelque part au cours des trois heures que ça m'a pris pour faire un trajet de quarante-cinq minutes. Trop de mauvais virages : je me maudissais de ne pas avoir Internet à la maison, et de n'avoir pas pu tout bêtement télécharger l'itinéraire. Pas d'Internet, pas de câble. Je ne suis pas douée pour ce genre de trucs : coupes de cheveux, vidanges, rendez-vous chez le dentiste. Quand je me suis installée dans mon pavillon, j'ai passé les trois premiers mois emmitouflée dans des couvertures parce que faire mettre le gaz me paraissait insurmontable. Il a été coupé trois fois au cours de ces dernières années, parce qu'il m'arrive d'être totalement incapable de me résoudre à remplir un chèque. J'ai des problèmes de maintenance.

La maison de Barb, quand je suis enfin arrivée, était accueillante mais terne, un bloc de stuc correct qu'elle avait peint en vert pâle. Apaisante. Beaucoup de carillons. En ouvrant la porte, elle a eu un mouvement de recul, comme si je l'avais surprise. Elle avait toujours la même coiffure que sur le livre, désormais une masse grise et hérissée de gris, et portait une paire de lunettes avec une chaîne de perles, du genre que les femmes âgées décrivent comme « dans le coup ». Elle avait environ cinquante ans, avec des yeux sombres et perçants qui saillaient dans un visage osseux.

« Ohhh, bonjour, Libby ! » a-t-elle soufflé, et soudain elle m'a prise dans ses bras. Un de ses os m'a enfoncé violemment le sein gauche. Elle sentait le patchouli et la laine. « Entrez, entrez. » Un petit chiffon de poils informe s'est avancé dans ma direction, griffes cliquetant sur le carrelage, aboyant joyeusement. Une horloge a sonné.

« Oh, j'espère que vous n'avez rien contre les chiens, il est adorable », elle a dit, tandis qu'il me sautait dessus. Je déteste les chiens, même les petits chiens adorables. J'ai levé les mains, m'employant activement à ne pas le caresser. « Viens, Weenie, laisse passer notre amie », lui a-t-elle dit d'une voix bêtifiante. J'ai encore plus détesté l'animal après avoir entendu son nom.

Elle m'a fait asseoir dans un living-room qu'on aurait dit en peluche : chaises, canapé, tapis, coussins, rideaux, tout était rebondi, rond et encore recouvert de tissu. Elle s'est affairée entre la cuisine et le salon pendant un moment, m'interpellant par-dessus son épaule au lieu de rester immobile, m'a demandé par deux fois si je voulais boire quelque chose. D'une façon ou d'une autre, je savais qu'elle allait essayer de me refiler un mug en terre incrusté de cristal nauséabond plein d'infusion à la rhubarbe ou de Smoothie à l'élixir de jasmin, alors je me suis contentée de demander un verre d'eau. J'ai tenté en vain de repérer le bar. Pas de doute, ça avalait des cachets ici, cependant. Tout rebondissait sur cette femme – pif! pof! – comme si elle était recouverte d'une épaisse couche de laque.

Elle a apporté des sandwichs sur des plateaux pour qu'on mange dans le living. Il n'y avait que des glaçons dans mon verre d'eau, je l'ai fini en deux gorgées.

« Alors, comment va Ben, Libby ? » a-t-elle demandé en s'asseyant enfin. Elle gardait toutefois son plateau sur le côté. Ce qui lui permettait de battre en retraite rapidement.

« Oh, je ne sais pas. Je n'ai pas de contact avec lui. »

Elle n'avait pas vraiment l'air d'écouter. Elle était branchée sur sa station de radio interne. Du jazz feutré, quelque chose comme ça.

« De toute évidence, Libby, je me sens très coupable du rôle que j'ai joué là-dedans, même si le livre est sorti après le verdict et qu'il n'a pas eu d'influence dessus, a-t-elle dit d'une voix précipitée. J'ai quand même contribué à ce jugement expéditif. C'est l'époque qui voulait ça. Vous étiez tellement jeune. Je sais que vous ne vous en souvenez pas, mais les années quatre-vingt… Enfin, on appelait ça la panique satanique.

– Quoi, ça ? » Je me suis demandé combien de fois elle allait répéter mon prénom dans la conversation. Ça avait l'air d'être son genre.

« L'ensemble de la communauté psychiatrique, la police, la justice, tout le tremblement, ils prenaient tout le monde pour des satanistes, à l'époque. C'était… *tendance.* » Elle s'est penchée vers moi, faisant valser ses boucles d'oreilles, se malaxant les mains. « Les gens étaient vraiment persuadés qu'il y avait un vaste réseau de satanistes, que c'était très courant. Un adolescent commence à se comporter bizarrement : c'est un adorateur de Satan. Une gamine revient de la maternelle avec un bleu suspect ou une remarque bizarre sur ses parties génitales : ses instits sont des adorateurs de Satan. Vous vous rappelez un peu le procès de la maternelle McMartin ? Ces pauvres instits ont souffert pendant *des années* avant que les charges soient abandonnées. La panique satanique. C'était une bonne histoire. Je suis tombée dans le panneau, Libby. On ne s'est pas assez remis en question. »

Le chien s'est approché de moi en reniflant et je me suis crispée, espérant que Barb allait le rappeler. Mais elle n'a rien remarqué. Elle avait les yeux fixés sur le tournesol en vitrail suspendu à la fenêtre au-dessus de moi, qui jetait une lumière dorée.

« Et franchement, l'histoire fonctionnait parfaitement, a continué Barb. Je reconnais volontiers à présent, et ça m'a pris une bonne décennie, que je suis passée à la va-vite sur quantité de preuves qui ne cadraient pas avec cette théorie de Ben sataniste, j'ai ignoré des avertissements flagrants.

– Comme quoi ?

– Hum, comme le fait qu'il était clair que vous aviez été orientée, que vous n'étiez en aucun cas un témoin crédible, que le psy qu'ils vous avaient assigné pour, je cite, "vous faire sortir de votre coquille" mettait tout bonnement les mots dans votre bouche.

– Le Dr Brooner ? » Je me souvenais du Dr Brooner : une espèce de hippie barbu avec un grand nez et des petits yeux. Il ressemblait à un animal amical sorti d'un livre pour enfants. C'était la seule personne avec ma tante Diane que j'avais appréciée cette année-là, et la seule personne à qui j'avais parlé de cette nuit-là, puisque Diane ne voulait rien entendre à ce sujet. Le Dr Brooner.

« Quel charlatan », a dit Barb en poussant un petit gloussement. Je m'apprêtais à protester, me sentant agressée – cette femme venait au fond de me balancer en pleine figure que j'étais une menteuse, ce qui était vrai, mais ne me gonflait pas moins –, mais elle a repris : « Et l'alibi de votre père ? Cette petite amie ? Ça n'aurait jamais dû tenir. Cet homme n'avait pas d'alibi solide, et il devait beaucoup de fric à beaucoup de gens.

– Ma mère n'avait pas d'argent.

– Elle en avait plus que votre père, croyez-moi. » Je la croyais. Mon père m'avait une fois envoyée chez des voisins pour me faire offrir un repas de charité en me recommandant de regarder sous les coussins de leur canapé et de lui rapporter toutes les pièces que je pourrais trouver.

« Et il y avait encore une empreinte d'un soulier d'homme *dans le sang* dont personne n'a jamais trouvé l'origine. Mais de toute façon, toute la scène de crime a été souillée – encore une chose que j'ai négligée dans le livre. Il y a eu un va-et-vient constant dans la maison toute la journée. Votre tante est venue et a emporté des placards entiers de bric-à-brac, de fringues et d'affaires pour vous. Toutes les règles d'une enquête policière ont été bafouées. Mais *tout le monde s'en fichait*. Les gens paniquaient. Et ils tenaient un drôle d'adolescent que personne dans toute la communauté n'aimait tellement, qui n'avait pas d'argent, qui n'était pas capable de se défendre et qui, il se trouve, aimait le heavy metal. C'est tellement embarrassant. » Elle s'est reprise. « C'est affreux. Une tragédie.

– Est-ce qu'il y a quelque chose qui pourrait faire sortir Ben ? » j'ai demandé, l'estomac en vrille. Le fait que l'autorité définitive sur la culpabilité de Ben avait changé d'avis me rendait malade. Comme l'était celui de rencontrer encore quelqu'un qui affirmait sans l'ombre d'un doute que j'avais commis le parjure.

« Eh bien, vous essayez, non ? Je crois que c'est presque impossible de défaire ces choses après tout ce temps. Son délai pour faire appel, en soi, est terminé. Il faudrait qu'il tente l'*habeas corpus*, et c'est… il vous faudrait une preuve nouvelle en béton pour remettre la machine en marche. Comme une preuve irréfutable par l'ADN. Malheureusement, votre famille a été incinérée, donc…

– C'est vrai, eh bien, merci », je l'ai coupée. J'avais besoin de rentrer chez moi sur-le-champ.

« Une fois de plus, j'ai écrit le livre après le verdict, mais si je peux faire quoi que ce soit pour vous aider, tenez-moi au courant, Libby. Une part de responsabilité m'incombe. Je suis prête à l'assumer.

– Est-ce que vous avez fait une déclaration, dit à la police que vous ne pensiez pas Ben coupable ?

– Eh bien non. Apparemment, la plupart des gens ont conclu il y a bien longtemps que Ben n'était pas coupable, a répondu Barb d'une voix soudain stridente. J'imagine que vous êtes officiellement revenue sur votre témoignage ? Je pense que ce serait une aide immense. »

Elle attendait que j'en dise davantage, que j'explique pourquoi j'étais venue la trouver maintenant. Que je lui dise que, oui, bien sûr, Ben était innocent et que j'allais arranger tout ça. Elle restait assise à me dévisager en mangeant son déjeuner, elle mastiquait chaque bouchée avec un soin extrême. J'ai pris mon sandwich – concombre et houmous – et l'ai reposé, laissant une marque de pouce dans le pain détrempé. La pièce était couverte d'étagères, mais elles ne contenaient que des livres de développement personnel. *Ouvrez-vous au soleil !; Vas-y, vas-y, ma fille ; Arrêtez de vous punir ;*

Levez-vous, Redressez-vous; Devenez votre meilleur ami; Avancer, progresser! Ils s'enchaînaient comme ça jusqu'à l'écœurement, les titres infatigables, joyeux, encourageants. Plus j'en lisais, plus je me sentais misérable. Remèdes par les plantes, pensée positive, pardon de soi, vivre avec ses erreurs. Elle avait même un livre pour vaincre le manque de ponctualité. Je ne fais pas confiance aux adeptes du développement personnel. Il y a des années, j'ai quitté un bar avec un ami d'ami, un type normal, sympa, mignon, avec un pull ras du cou, et un appartement dans le secteur. Après le sexe, une fois qu'il s'est endormi, j'ai commencé à fouiner dans sa chambre, et j'ai découvert que le mur au-dessus de son bureau était couvert de mots sur des post-it :

Ne te tracasse pas avec les broutilles, ce ne sont que des broutilles.

Si seulement on arrêtait d'essayer d'être heureux, on s'éclaterait davantage.

Profitez de la vie, personne n'en sortira vivant.

Don't worry, be happy.

Pour moi, tout cet optimisme pressant était plus effrayant que si j'avais découvert un tas de crânes avec des cheveux encore accrochés dessus. Je me suis enfuie en panique totale, mon slip fourré sous une manche.

Je ne suis pas restée beaucoup plus longtemps avec Barb. Je suis partie avec des promesses de l'appeler bientôt et un presse-papiers bleu en forme de cœur que j'avais volé sur son buffet.

Patty Day
2 janvier 1985
9 h 42

Le lavabo était souillé d'un dépôt mauve gluant à l'endroit où Ben s'était teint les cheveux. Au milieu de la nuit, donc, il s'était enfermé dans la salle de bains, s'était assis sur le couvercle des toilettes, et avait lu les instructions sur la boîte de teinture qu'elle avait trouvée dans la poubelle. L'emballage portait la photo d'une femme avec des lèvres rose pâle et des cheveux de jais, coupés à la Jeanne d'Arc. Elle se demanda s'il l'avait volée. Elle ne parvenait pas à imaginer Ben, le cou toujours enfoncé dans les épaules, poser un kit de coloration sur le tapis de caisse. Il l'avait donc chipé. Puis au milieu de la nuit, son fils, complètement seul, avait mesuré, mélangé et appliqué la teinture. Il s'était assis là avec ce monticule de produits chimiques sur ses cheveux roux et il avait attendu.

Toute l'idée la rendait incroyablement triste. Que, dans cette maison de femmes, son garçon se soit teint les cheveux au milieu de la nuit sans l'aide de personne. De toute évidence, c'était stupide de penser qu'il aurait pu lui demander de l'aide, mais faire une chose pareille sans un complice semblait affreusement solitaire. La sœur aînée de Patty, Diane, lui avait percé les oreilles dans cette salle de bains vingt ans plus tôt. Patty avait chauffé une épingle à nourrice avec un bri-

97

quet bon marché et Diane avait coupé une pomme de terre en deux et appliqué sa face humide et froide contre l'arrière de l'oreille de sa jeune sœur. Elles avaient gelé son lobe avec un glaçon et Diane – « Bouge pas, bouge paaaas » – avait fiché cette épingle dans la chair caoutchouteuse de Patty. À quoi servait la pomme de terre ? À mieux viser, un truc comme ça. Patty s'était dégonflée après la première oreille, elle s'était affalée sur le rebord de la baignoire, la pointe de l'épingle sortant toujours de son lobe. Diane, passionnée et inflexible dans son immense chemise de nuit en laine, l'avait rattrapée avec une autre épingle brûlante.

« Ça sera fini dans une seconde, tu ne peux pas en percer qu'une, P. »

Diane, l'efficacité en personne. Il n'était pas question d'abandonner une tâche, pas à cause du temps, de la paresse, de l'élancement dans une oreille, de la glace fondue ni d'une petite sœur froussarde.

Patty fit tourner ses brillants dorés. Le gauche était excentré, sa faute pour s'être tortillée à la dernière minute. Cependant, ils étaient là, témoins jumeaux de leur fougue adolescente, et elle l'avait fait avec sa sœur, comme elle avait pour la première fois appliqué du rouge à lèvres ou accroché des clips en plastique à des serviettes hygiéniques de la taille d'une couche, autour de 1964. Certaines choses n'étaient pas faites pour être accomplies seul.

Elle versa du Comet dans le lavabo et commença à frotter. L'eau se teinta d'un vert presque noir. Diane allait bientôt passer. Elle débarquait toujours au milieu de la semaine si elle était « dans sa voiture », ce qui était sa façon à elle de s'arranger pour que les cinquante bornes qui la séparaient de la ferme semblent faire partie des courses de la journée. Diane s'amuserait du dernier épisode de la saga de Ben. Lorsque Patty s'inquiétait au sujet de l'école, des profs, de la ferme, de Ben, de son mariage, des enfants, de la ferme (après 1980, ce fut toujours, toujours, toujours la ferme), c'était de Diane qu'elle avait besoin, comme d'un coup de gnôle. Diane, assise dans une chaise de jardin dans leur garage, fumant cigarette sur cigarette, décréterait que Patty était une imbécile, lui dirait de se relaxer. Les ennuis vous trouvent assez facilement pour ne pas avoir à les inviter. Avec Diane, les ennuis étaient presque des entités physiques, des créatures poreuses avec des crochets à la place des doigts, destinées à être vaincues immédiatement. Diane ne s'en faisait pas, elle laissait ça aux femmes moins costaudes.

Mais Patty ne parvenait pas à se relaxer. Ben s'était tellement éloigné au cours de l'année passée, il s'était changé en un gamin bizarre et tendu qui se murait dans sa chambre pour s'échauffer sur de la musique qui faisait trembler les murs et dont les paroles éructées, hurlées, filtraient sous sa porte. Des paroles alarmantes. Au début, elle n'avait pas pris la peine d'écouter, la musique était déjà suffisamment hideuse par elle-même, suffisamment frénétique, mais, un jour, elle était rentrée plus tôt de la ville, et comme Ben se croyait tout seul à la maison, elle était restée un moment devant sa porte et avait entendu les mugissements :

Je ne suis plus,
Je suis défait,
Le diable a pris mon âme,
Je suis maintenant le fils de Satan.

Le disque avait sauté, et de nouveau la psalmodie brutale : *Je ne suis plus, je suis défait, le diable a pris mon âme, je suis maintenant le fils de Satan.*

Et encore. Et encore. Patty avait alors réalisé que Ben était bel et bien penché au-dessus de son électrophone dont il soulevait le diamant pour repasser ces mots un nombre incalculable de fois, comme une prière.

C'était Diane qu'il lui fallait. Maintenant. Diane, enfoncée dans le canapé comme un ours bienveillant dans une de ses trois vieilles chemises de flanelle, occupée cette fois à mastiquer une série de chewing-gums à la nicotine, lui parlerait de la fois où Patty était rentrée à la maison en minirobe et où leurs parents avaient littéralement failli s'étrangler, comme si elle était une cause perdue. « Et tu ne l'étais pas, si ? T'étais juste une gamine. C'est pareil pour lui. » Et Diane claquerait des doigts comme si c'était aussi simple que ça.

Les filles rôdaient devant la porte de la salle de bains, elles seraient là à l'attendre quand elle sortirait. Elles savaient par le bruit de Patty qui frottait en marmonnant qu'il y avait encore quelque chose qui clochait, et elles essayaient de déterminer si la situation exigeait des larmes et des récriminations. Lorsque Patty pleurait, cela déclenchait invariablement les sanglots d'au moins deux de ses filles, et si quelqu'un s'attirait des ennuis, les reproches soufflaient dans toute la maison. L'hystérie collective était un phénomène qu'incarnaient à merveille les femmes Day. Et elles se trouvaient dans une ferme qui ne manquait pas de fourches.

Elle rinça ses mains gercées, rouges et dures, et jeta un coup d'œil dans le miroir pour s'assurer que ses yeux étaient secs. Elle avait trente-deux ans, mais elle en paraissait dix de plus. Son front était plissé comme un éventail en papier, et elle avait des pattes-d'oie au coin des yeux. Ses cheveux roux étaient striés de mèches blanches et rêches, et elle était d'une maigreur peu séduisante, toute de bosses et de pointes, comme si elle avait avalé une étagère de quincaillerie : des marteaux, des boules de naphtaline et quelques vieilles bouteilles. Elle n'avait pas l'air du genre de personne qu'on a envie de serrer dans ses bras et, d'ailleurs, ses enfants ne se pelotonnaient jamais contre elle. Michelle aimait lui brosser les cheveux, avec impatience et agressivité, comme elle faisait la plupart des choses, et Debby s'appuyait contre elle à chaque fois qu'elles se tenaient côte à côte, avec détachement et distraction, comme pour tout. La pauvre Libby avait tendance à ne pas la toucher du tout, à moins d'être vraiment blessée, et ça n'avait rien d'étonnant non plus. Le corps de Patty était tellement usé depuis ses vingt-cinq ans que même ses seins étaient noueux : elle avait nourri Libby au biberon presque immédiatement.

Il n'y avait pas d'armoire à pharmacie dans la salle de bains exiguë (que ferait-elle lorsque les filles entreraient au lycée, une salle de bains pour quatre femmes, et où serait Ben ? Elle eut une image furtive et pitoyable de lui dans une chambre de motel, tout seul dans un désordre masculin de serviettes sales et de lait tourné), aussi elle gardait un petit nombre d'articles de toilette rangés le long du lavabo. Ben avait poussé tous les flacons dans un coin : le déodorant et la laque en bombe aérosol, une miniboîte de talc qu'elle ne se souvenait pas avoir achetée. Ils étaient maintenant éclaboussés du même violet sale qui teintait son lavabo. Elle hésita à les jeter, mais se ravisa et les essuya. Patty n'était pas prête à une autre expédition au magasin. Elle avait été jusqu'à Lebanon un mois plus tôt, d'humeur gaie, positive, pour acheter quelques produits de beauté : de l'après-shampoing, de la crème pour le visage, du rouge à lèvres… Elle avait plié un billet de vingt dollars dans sa poche de devant exprès pour l'occasion. Une folie. Mais la simple étendue du choix rien que pour les crèmes – hydratantes, antirides, solaires – l'avait submergée. On pouvait acheter un lait hydratant, mais alors il fallait acheter le démaquillant qui allait avec, et aussi un truc appelé lotion tonique, et avant même de regarder les crèmes de nuit, on avait claqué cinquante dollars. Elle avait quitté le magasin les mains vides, se sentant punie et stupide.

« T'as quatre enfants, personne ne te demande d'être fraîche comme une rose », avait réagi Diane.

Mais elle avait envie d'avoir l'air fraîche comme une rose, une fois de temps en temps. Quelques mois plus tôt, Runner était revenu, tombé du ciel avec le visage bronzé, les yeux bleus et des anecdotes sur les bateaux de pêche en Alaska et le circuit automobile en Floride. Il s'était planté sur le pas de sa porte, dégingandé dans son jean sale, sans même évoquer le fait qu'ils n'avaient pas entendu parler de lui depuis trois ans, sans parler de recevoir un dollar. Il avait demandé s'il pouvait crécher avec eux, le temps de se trouver une piaule. Naturellement il était fauché, même si, grand seigneur, il avait tendu à Debby une bouteille de Coca tiède dont il avait déjà bu la moitié comme s'il s'agissait d'un cadeau somptueux. Runner avait juré qu'il ferait des réparations dans la ferme et que ça resterait platonique entre eux, *si elle préférait*. C'était l'été, et elle l'avait laissé dormir sur le canapé, où les filles le rejoignaient en courant le matin, alors qu'il était étalé, puant, dans son caleçon déchiré qui laissait sortir la moitié de ses couilles.

Il charmait les filles – il les appelait poupée, gueule d'amour – et même Ben l'observait avec attention, il recherchait puis fuyait tour à tour les contacts avec la rapidité d'un requin. Runner n'engageait pas franchement la conversation avec Ben, mais il essayait de plaisanter un peu avec lui, d'être sympa. Il l'incluait dans le club des mâles, ce qui était une bonne chose, il disait des trucs comme : « C'est un boulot d'homme », et faisait un clin d'œil à Ben. Au bout de trois semaines, Runner s'était amené dans son camion avec un vieux canapé convertible qu'il avait trouvé et avait proposé de camper dans le garage. Ça ne semblait pas une mauvaise idée. Il l'aidait à faire la vaisselle et ouvrait les portes pour elle. Il s'arrangeait pour que Patty le surprenne en train de lui mater les fesses et faisait semblant d'être gêné. Ils avaient échangé un baiser au goût de fumée un soir alors qu'elle lui passait des draps propres, et, immédiatement, il s'était retrouvé sur elle. Les mains sous sa chemise, il l'avait pressée contre le mur, renversant sa tête en lui tirant les cheveux. Elle l'avait repoussé, lui avait dit qu'elle n'était pas prête, avait essayé de sourire. Il avait boudé et secoué la tête, l'avait regardée de la tête aux pieds avec les lèvres pincées. Lorsqu'elle s'était déshabillée pour se coucher, elle sentait la nicotine à l'endroit où il l'avait empoignée, juste au-dessous des seins.

Il était resté encore un mois. Il arborait un regard concupiscent, commençait des bricolages qu'il abandonnait à moitié finis. Quand elle lui avait demandé de s'en aller, un matin, pendant le petit déjeuner, il l'avait traitée de salope et lui avait jeté un verre au visage, laissant des taches de jus d'orange sur le plafond. Le lendemain de son départ, elle avait découvert qu'il avait volé soixante dollars, deux bouteilles d'alcool et une boîte à bijoux qui ne contenait rien, il s'en apercevrait vite. Il s'était installé dans une cabine décrépie à un kilomètre et demi de là. De la fumée sortait à toute heure de la cheminée, seule source de chaleur. Parfois, elle pouvait entendre des coups de feu au loin, le son de balles tirées en l'air.

Ce serait son dernier flirt avec le père de ses enfants. Et à présent, il était temps de revenir à la dure réalité.

Patty ramena ses cheveux secs et rebelles derrière ses oreilles et ouvrit la porte. Michelle, assise sur le sol juste en face d'elle, faisait semblant d'étudier le plancher. Elle jeta un regard interrogateur à Patty de derrière ses lunettes teintées grises :

« Est-ce que Ben a des ennuis ? demanda-t-elle. Pourquoi il a fait ça ? À ses cheveux ?

– La crise d'adolescence, je crois », répondit Patty, et juste au moment où Michelle prenait une profonde inspiration – elle aspirait toujours une grande bouffée d'air avant de dire quelque chose, ses phrases étaient des suites de mots rapides et saccadés qui sortaient sans interruption jusqu'à ce qu'elle soit obligée de reprendre son souffle –, elles entendirent une voiture qui remontait l'allée.

L'allée était longue, le temps de la remonter jusqu'au bout, le visiteur n'arriverait pas avant encore une minute. Curieusement, Patty savait que ce n'était pas sa sœur, bien que les filles aient déjà commencé à crier « Diane ! Diane ! » d'une voix stridente, courant vers la fenêtre pour regarder dehors. Il y aurait des petits soupirs tristes lorsqu'elles constateraient que ce n'était pas Diane en fin de compte. Sans pouvoir l'expliquer, elle savait que c'était Dupré, son gestionnaire de crédit de la FHA. Même sa conduite émettait un son possessif. Dupré le Prêteur du Dernier Recours. C'est comme ça qu'on appelait la Farmer's Home Administration, d'où elle tirait son argent pratiquement depuis 1981. L'année où Runner était parti pour la première fois en annonçant que ce genre de vie n'était pas fait pour lui. Il avait regardé autour de lui comme si c'était sa ferme, à lui, et non celle de Patty, de ses parents, de ses grands-parents.

Son seul fait d'arme, c'était de l'avoir épousée et d'avoir conduit l'exploitation à la ruine. Le pauvre

Runner, déçu, lui qui avait des rêves si grandioses dans les années soixante-dix, quand les gens se figuraient vraiment qu'ils pouvaient faire fortune dans l'agriculture – « Ha ! lâcha-t-elle tout haut d'un ton méprisant dans la cuisine, en y repensant, imagine un peu ». Runner et elle avaient repris la ferme de ses parents en 1974. C'était un grand jour, encore plus important que son mariage ou la naissance de son premier enfant. Ses parents, des fermiers paisibles et silencieux, n'avaient été enthousiasmés par aucun de ces deux événements. Même à l'époque, Runner sentait les ennuis à plein nez, mais, loués soient-ils, ils n'avaient jamais dit un mot contre lui. Lorsque, à l'âge de dix-sept ans, elle leur avait annoncé qu'elle était en cloque et qu'ils allaient se marier, ils avaient juste fait : « Oh. » Comme ça. Ce qui en disait assez long.

Patty avait une photo floue du jour où ils avaient repris la ferme : ses parents, raides et fiers, souriaient timidement à l'objectif, et elle et Runner, triomphants, les cheveux abondants, incroyablement jeunes, brandissaient un verre de champagne. Ses parents n'avaient jamais bu de champagne de leur vie, mais ils étaient allés en acheter une bouteille en ville pour l'occasion. Ils avaient trinqué dans de vieux pots de confiture.

La situation s'était dégradée rapidement, et Patty ne pouvait pas entièrement rejeter la faute sur Runner. À l'époque, tout le monde pensait que la valeur de la terre allait continuer de monter en flèche – *le stock est limité, n'est-ce pas ?* – alors pourquoi ne pas en acheter davantage, et de la meilleure, tout le temps ? « Plantez d'un piquet à l'autre », c'était un cri de ralliement. Soyez offensifs, soyez audacieux. Runner, avec ses grands rêves et son ignorance, l'avait escortée à la banque – il portait une cravate couleur sorbet citron, épaisse comme un édredon – et il avait tergiversé pour obtenir un prêt. Ils s'étaient retrouvés avec deux fois plus que ce qu'ils avaient demandé. Ils n'auraient pas dû l'accepter, peut-être, mais leur gestionnaire de crédit avait dit de ne pas s'inquiéter, le marché était en plein boom.

« Ils distribuent les billets comme des petits pains ! » avait hurlé Runner, et le temps de dire ouf ils avaient un nouveau tracteur, et une planteuse six rangs quand la quatre rangs faisait l'affaire. Avant la fin de l'année, il y avait un tracteur Krause Dominator d'un rouge rutilant et une nouvelle moissonneuse-batteuse John Deere. Vern Evelee, avec ses respectables deux cent cinquante hectares au bout de la route, se faisait un devoir de relever toutes les nouveautés qu'il repérait sur leur propriété, avec une petite moue à chaque fois. Runner avait acheté encore de la terre et un bateau de pêche, et quand Patty lui avait demandé : « Tu es sûr, tu es sûr ? », il avait fait la gueule et aboyé que cela le blessait terriblement qu'elle ne croie pas en lui. Puis tout s'était écroulé d'un seul coup, on aurait dit une blague. Carter et l'embargo sur la vente des céréales aux Russes (combattez les cocos, oubliez les agriculteurs), les taux d'intérêt à 18 %, le prix de l'essence qui grimpait en flèche, des pays dont elle avait à peine entendu parler – l'Argentine – qui commençaient à entrer en compétition sur le marché. À rentrer en compétition avec *elle*, sur sa petite ferme du petit bled de Kinnakee, au Kansas. Après quelques mauvaises années, Runner en avait eu assez. Il ne s'était jamais remis de Carter – avec lui, on entendait tout le temps parler de Carter. Runner s'installait devant la télé avec une bière pour regarder les mauvaises nouvelles, et quand il voyait ces grandes dents de lapin qui luisaient, ses yeux devenaient vitreux, il semblait si plein de haine qu'on aurait dit qu'il connaissait l'autre personnellement.

Alors Runner blâmait Carter, et tous les autres habitants de cette ville pourrie la blâmaient, elle. Vern Evelee faisait un claquement de langue dédaigneux à chaque fois qu'il la voyait, exprès pour lui mettre la honte. Les agriculteurs qui ne coulaient pas ne montraient jamais de sympathie, ils vous regardaient comme si vous aviez joué à poil dans la neige et que vous vouliez essuyer votre morve sur leur manche. Rien que l'été précédent, la trémie de la moissonneuse-batteuse d'un agriculteur près d'Ark City s'était faussée. Deux tonnes de blé s'étaient renversées sur lui. Ce gaillard d'un mètre quatre-vingts, il s'était noyé dedans. Suffoqué avant qu'on ait pu l'extraire de là, comme étouffé avec du sable. Tout le monde à Kinnakee avait eu bien du chagrin – quelle tragédie, cet *accident insensé* – jusqu'à ce qu'on apprenne que l'exploitation du type était en faillite. Là tout d'un coup, c'était devenu : « Eh bien, il aurait dû faire plus attention. » Des sermons sur la nécessité de prendre bien soin de son équipement, d'être prudent. Ils s'étaient retournés contre lui à une telle vitesse, ce pauvre homme qui était mort avec les poumons pleins de sa propre moisson.

Ding-dong. C'était Dupré, exactement comme elle l'avait redouté, qui tendait sa casquette de chasse en laine à Michelle, son pardessus épais à Debby et brossait soigneusement la neige de ses mocassins trop neufs. *Ils ne plairaient pas à Ben*, pensa-t-elle. Ben passait des heures à traîner dans la terre ses baskets neuves, il laissait les filles se relayer pour marcher dessus, à l'époque où il les laissait l'approcher. Du canapé, Libby lança un regard mauvais à Dupré et se retourna vers la télé. Libby adorait Diane, et ce type n'était pas Diane, il l'avait abusée en passant la porte à sa place.

Dupré ne disait jamais bonjour normalement, il faisait une espèce de yodel : « Bon-jou-our ! » et chaque fois

Patty devait rassembler toutes ses forces pour le supporter, tellement elle trouvait ce son ridicule. C'était précisément ce qu'il était en train de crier lorsqu'elle sortit dans le couloir, et elle dut se replier de nouveau dans la salle de bains pour jurer quelques instants avant de réussir à grimacer un semblant de sourire. Dupré lui donnait toujours l'accolade, ce qu'il ne faisait pas avec les autres agriculteurs qui avaient besoin de ses services, elle n'en doutait pas. Aussi elle se dirigea vers ses bras ouverts et le laissa lui donner son étreinte habituelle : il la serrait toujours juste une seconde de trop, les mains sur les coudes de Patty. Elle le sentit faire un rapide bruit de succion, comme s'il la respirait. Il empestait la saucisse et les pastilles à la menthe. À un moment ou à un autre, Dupré allait se décider à la draguer pour de bon, la forçant à prendre une décision, et ce jeu était tellement pathétique que ça lui donnait envie de pleurer. Le chasseur et sa proie, mais dans quelle pathétique émission animalière : il était un coyote rabougri à trois pattes et elle un lapin fatigué et boiteux. Il n'y avait rien de grandiose là-dedans.

« Comment va ma petite fermière ? » dit-il. Il était entendu entre eux que le fait qu'elle dirige la ferme toute seule avait quelque chose de ridicule. Et, supposa-t-elle, le moment était venu.

« Oh, on fait aller », répondit-elle. Debby et Michelle se replièrent dans leur chambre. Sur le canapé, Libby renifla bruyamment. La dernière fois que Dupré avait fait le chemin jusqu'à la maison, ils avaient dû faire un vide-grenier quelques semaines plus tard – les Day regardaient par la fenêtre leurs voisins en train d'acheter bien au-dessous de son prix l'équipement même dont elle avait besoin pour faire tourner la ferme. Michelle et Debby avaient eu un haut-le-cœur en voyant des camarades de classe, les filles Boyler, se balader parmi leurs affaires avec leurs parents comme si c'était un pique-nique. Elles sautillaient à la fenêtre. « Pourquoi on ne peut pas sortir ? » avaient-elles gémi, silhouettes colériques tordues et suppliantes, en voyant ces filles Boyler se relayer sur leur balançoire en pneu – pourquoi pas leur vendre ça aussi, pendant qu'on y est. Patty avait simplement répété : « Ces gens-là ne sont pas nos amis. » Des individus qui lui envoyaient des cartes de vœux à Noël promenaient leurs mains sur ses forets et ses herses, toutes ces formes courbes, tordues, et offraient de mauvaise grâce la moitié du prix de tous les articles. Vern Evelee avait pris la planteuse qu'il avait autrefois l'air de tant désapprouver, il s'était même débrouillé pour faire baisser le prix plancher. Sans pitié. Elle était tombée sur Vern une semaine plus tard au magasin de nourriture pour bétail. Sa nuque avait rosi lorsqu'il lui avait tourné le dos. Elle l'avait suivi et lui avait renvoyé son claquement de langue en plein dans l'oreille *pour lui mettre la honte*, à lui aussi.

« Eh bien, ça sent rudement bon ici, dit Dupré, presque avec rancœur. On dirait que quelqu'un a fait un bon petit déjeuner.

– Des pancakes. »

Elle hocha la tête. *S'il vous plaît, ne me forcez pas à vous demander pourquoi vous êtes là. S'il vous plaît, juste pour une fois, dites pourquoi vous êtes venu.*

« Je peux m'asseoir ? dit-il en s'enfonçant dans le canapé à côté de Libby, les bras raides. Laquelle c'est ? » demanda-t-il en désignant la petite. Dupré avait rencontré ses filles au moins douze fois, mais il était toujours incapable de distinguer qui était qui, ou même de hasarder un nom. Une fois, il avait appelé Michelle « Susan ».

« C'est Libby.

– Elle est rouquine comme sa maman. »

Oui, c'est juste. Patty ne parvenait pas à se forcer à dire des politesses tout haut. Plus Dupré faisait traîner, plus ça la rendait malade, et son malaise se changeait en terreur. Le dos de son pull était moite à présent.

« Ces cheveux, ça vous vient d'Irlande ? Vous êtes irlandais ?

– Allemands. Mon nom de jeune fille, c'est Krause.

– Oh, c'est amusant, parce que *krause*, ça veut dire bouclé, pas roux. Vous n'avez pas les cheveux franchement bouclés. Ondulés, peut-être. Je suis allemand aussi. »

Ils avaient déjà eu cette conversation, il y avait toujours deux possibilités seulement. Dans l'autre, Dupré disait que c'était amusant que son nom de jeune fille soit Krause, comme la compagnie de matériel agricole, et que c'était dommage qu'elle ne soit pas de la famille, hein. Les deux versions lui tapaient sur les nerfs.

« Alors, céda-t-elle finalement, il y a un problème ? »

Dupré parut déçu qu'elle introduise un but dans la conversation. Il la regarda en grimaçant légèrement, comme s'il la trouvait impolie.

« Eh bien, maintenant que vous en parlez, oui. Il y a un gros problème, j'en ai peur. Je tenais à venir vous en informer en personne. Préférez-vous qu'on soit en tête à tête ? » Il fit un signe de tête dans la direction de Libby en écarquillant les yeux. « Vous voulez qu'on se mette dans la chambre ou quelque chose ? » Dupré avait une bedaine. Parfaitement ronde sous sa ceinture, comme un début de grossesse. Elle ne voulait pas aller dans la chambre avec lui.

« Libby, tu veux bien aller voir ce que fabriquent tes sœurs ? Je dois parler à M. Dupré. » Libby poussa un soupir et se laissa glisser du canapé, lentement : les pieds, les jambes, les fesses, le dos, comme si elle était enduite de colle. Elle toucha le sol, fit quelques roulades compliquées, rampa un peu, puis finit par se mettre sur ses pieds et se traîna au bout du couloir.

Patty et Dupré échangèrent un regard, puis il se mordit la lèvre inférieure et hocha la tête.

« Ils vont saisir. »

L'estomac de Patty se contracta violemment. Il n'était pas question qu'elle s'effondre devant cet homme. Il n'était pas question qu'elle pleure. « Que pouvons-nous faire ? »

« *Nouuuss* sommes à court d'options, j'en ai peur. Je les ai retenus pendant six mois de plus que je n'aurais dû. J'ai vraiment mis mon boulot sur la sellette. Ma petite fermière. » Il lui sourit, les mains jointes sur les genoux. Elle avait envie de le griffer. Les matelas se mirent à grincer dans l'autre pièce et Patty sut que Debby sautait sur le lit, son jeu favori, rebondir d'un lit à l'autre dans la chambre des filles.

« Patty, la seule façon de régler ça, c'est l'argent. Tout de suite. Si vous voulez garder cet endroit. Je parle d'emprunter, de mendier ou de voler. Autrement dit, le temps de la fierté est passé. Alors : jusqu'où êtes-vous prête à aller pour conserver cette ferme ? » Les ressorts du matelas rebondirent plus fort. Les œufs dans l'estomac de Patty tournèrent. Dupré souriait toujours.

Libby Day
Aujourd'hui

Après que la tête de ma mère eut été arrachée d'un coup de fusil et son corps presque sectionné en deux par une hache, les gens de Kinnakee se sont demandé si c'était une pute. D'abord ils se sont posé la question, puis ils ont émis la supposition, et enfin c'est devenu un ensemble décousu de faits. On avait vu des voitures à la maison à des heures bizarres de la nuit, disaient les gens. Elle regardait les hommes comme une pute. Lors de ces discussions, Vern Evelee faisait systématiquement observer qu'elle aurait dû vendre sa planteuse en 1983, comme si ça prouvait qu'elle se prostituait.

Rejeter la faute sur la victime, quoi de plus naturel. Et les rumeurs sont devenues incroyablement substantielles : tout le monde avait une amie qui avait un cousin qui avait un autre ami qui s'était tapé ma mère. Tout le monde possédait un élément de preuve : ils parlaient d'un grain de beauté à l'intérieur de sa cuisse, d'une cicatrice sur sa fesse droite. Je ne crois pas que ces histoires puissent être vraies, mais comme pour une énorme partie de mon enfance, je ne peux pas en être certaine. Que vous rappelez-vous de l'époque de vos sept ans ? Les photos de ma mère ne révèlent pas une femme dévergondée. Adolescente, avec ses cheveux qui pointaient de sa queue-de-cheval comme un feu d'artifice, c'était la définition même de la jolie fille sympa, le genre de personne qui vous rappelle une voisine ou une ancienne baby-sitter que vous avez toujours appréciée. À partir de ses vingt ans, avec un, deux puis quatre bambins s'escrimant à lui grimper dessus, son sourire était plus large, mais traqué, comme si elle était perpétuellement en train d'essayer d'échapper à l'un d'entre nous. Je l'imagine subissant un siège constant de la part de ses enfants. Rien que notre poids. À partir de ses trente ans, il n'y avait plus guère de photos. Sur les rares qui existent, elle arbore un sourire obéissant, le genre de sourire qui dit : « Prends-la, cette saleté de photo », un sourire qui disparaîtra aussi vite que le flash. Je n'ai pas regardé ces photos depuis des années. Avant, je les tripotais de manière obsessionnelle, j'étudiais ses vêtements, son expression, le décor. Je cherchais des indices : à qui appartient la main posée sur son épaule ? Où se trouve-t-elle ? Quelle occasion est-ce ? Encore adolescente, je les ai remisées définitivement, avec tout le reste.

À présent, j'observais les cartons entassés sous mon escalier d'un air contrit. Je me préparais à refaire connaissance avec ma famille. Si j'avais apporté le mot de Michelle au Kill Club, c'est parce que je ne pouvais pas supporter de les ouvrir pour de bon : je m'étais contentée de glisser la main à un endroit où le scotch se décollait et c'était le premier truc qui m'était tombé sous la main, comme dans un pathétique jeu de foire. Si j'avais vraiment l'intention de m'y coller, si j'avais vraiment l'intention de réfléchir aux meurtres après toutes ces années passées à m'appliquer à faire exactement l'inverse, il me fallait être capable de regarder les objets élémentaires du foyer sans paniquer : notre vieux batteur à œufs en métal qui faisait un bruit de clochette quand on le tournait suffisamment vite, les couteaux et les fourchettes tordus qui avaient transité par la bouche des miens, un ou deux livres de coloriage avec des contours soigneusement crayonnés s'ils appartenaient à Michelle et des griffonnages horizontaux sans conviction s'ils étaient à moi. Les regarder, sans y voir davantage que des objets.

Puis décider quoi vendre.

Pour les cinglés du Kill Club, les objets les plus désirables de la maison Day sont indisponibles. La carabine calibre 10 qui a tué ma mère – celle qui lui servait à tirer les oies – est serrée dans quelque tiroir de pièces à conviction, avec la hache de notre cabane à outils. C'est une autre des raisons qui a entraîné la condamnation de Ben : ces armes venaient de chez nous. Les tueurs extérieurs n'arrivent pas dans une maison endormie les mains vides, dans l'espoir de trouver des armes meurtrières sur place. Parfois, j'essayais de me représenter tous ces trucs : la hache, le fusil, les draps sur lesquels Michelle était morte. Tous ces objets sanglants, pleins de fumée, collants, étaient-ils rangés ensemble, conspirant dans une grande boîte ? Avaient-ils été nettoyés ? Si on ouvrait la boîte, quelle odeur s'en dégagerait ? Je me rappelais cette lourde odeur de pourriture quelques heures à peine après le massacre. Avait-elle empiré, après toutes ces années de décomposition ?

Un jour, en visite à Chicago, j'ai vu les restes mortuaires de Lincoln dans un musée : des mèches de ses cheveux ; des éclats de balles ; l'étroit lit à barreaux sur lequel il était mort, le matelas toujours avachi au milieu comme s'il savait qu'il préservait sa dernière empreinte. J'ai fini par courir aux toilettes, presser mon visage contre la porte froide du cabinet pour m'empêcher de m'évanouir. À quoi ressemblerait la maison Day, si l'on rassemblait toutes ses reliques, et qui viendrait la voir ? Combien de poignées de cheveux collées par le sang de ma mère seraient-elles présentées dans la vitrine ? Qu'était-il arrivé aux murs, couverts de mots haineux, lorsque notre maison avait été rasée ? Pourrions-nous cueillir un bouquet de roseaux gelés à l'endroit où j'étais restée accroupie pendant de si longues heures ? Ou exposer le bout de mon doigt nécrosé par le gel ? Mes trois orteils amputés ?

Je me suis détournée des cartons – je n'étais pas à la hauteur de ce défi pour l'instant – et me suis assise au bureau qui me servait de table de salle à manger. Le facteur m'avait apporté un paquet de cadeaux hétéroclites provenant de l'esprit dérangé de Barb Eichel. Une cassette vidéo, datant de 1984 environ, intitulée : *Une menace contre l'innocence : le satanisme en Amérique ;* une liasse d'articles de journaux sur les meurtres retenue par un trombone ; quelques polaroïds de Barb devant le tribunal où se tenait le procès de Ben ; un manuel écorné intitulé : *Votre famille emprisonnée : dépassez les barreaux !*

J'ai retiré le trombone de la liasse d'articles et l'ai mis dans ma boîte à trombones dans la cuisine. Personne ne devrait jamais acheter des trombones, des stylos, tous ces articles de bureau qui se trouvent un peu partout à l'état sauvage. Puis j'ai introduit la vidéo dans mon très vieux magnétoscope. Clic, vrombissement, ronflement. Des images de pentagrammes et d'hommes portant des boucs, de groupes de rock hurlants et de morts ont envahi l'écran. Un homme avec une splendide coupe mulet soigneusement laquée longeait un mur couvert de graffitis en expliquant : « Cette vidéo a pour but de vous aider à identifier les satanistes et même à repérer les signes qui indiquent que ceux que vous aimez le plus peuvent flirter avec ce danger très réel. » Il interviewait des prêtres, des flics et quelques « vrais satanistes ». Les deux satanistes les plus puissants portaient des traits d'eye-liner épais comme des traces de pneu, des tuniques noires et des pentagrammes autour du cou, mais ils étaient assis dans leur living-room, sur un canapé en veloutine bon marché, et, sur la droite, on apercevait la cuisine, où un réfrigérateur jaune bourdonnait sur un sol en linoléum cerise. Je me les imaginais parfaitement après l'interview, en train de fouiller dans le frigo pour chercher de la salade de thon et du Coca, gênés par leurs capes. J'ai coupé la vidéo juste au moment où le présentateur préconisait aux parents de fouiller la chambre de leurs enfants à la recherche de figurines des *Maîtres de l'Univers* ou de planches Ouija.

Les coupures de presse étaient tout aussi inutiles, et je n'avais pas la moindre idée de ce que Barb voulait que je fasse des photos d'elle. Je me suis assise, vaincue. Et flemmarde. J'aurais pu me rendre à la bibliothèque pour étudier correctement tout ça. J'aurais pu m'équiper d'un accès Internet trois ans plus tôt, quand j'avais dit que j'allais le faire. Ni l'un ni l'autre ne semblait envisageable pour l'instant – je me décourage facilement – alors j'ai téléphoné à Lyle. Il a décroché à la première sonnerie.

« Hééééé, Libby, il a dit. J'allais vous appeler. Je voulais vraiment m'excuser pour la semaine dernière. Vous avez dû avoir l'impression que tout le monde se liguait contre vous, mais ce n'était pas ce qui était supposé se passer. » Joli laïus.

« Ouais, c'était vraiment immonde.

– J'imagine que je n'avais pas réalisé que nous avions chacun notre propre théorie, heu, mais qu'aucune d'entre elles n'impliquait la culpabilité de Ben. Je n'avais pas réfléchi. Et pas réalisé. Je n'ai pas pris en compte, juste, vous savez, que c'est réel pour vous. Enfin, je le sais, nous le savons, mais, en même temps, *nous ne le savons pas*. Je ne crois pas que nous puissions jamais le comprendre. Je ne crois pas. Le comprendre pleinement. À force de passer tout ce temps à discuter et à débattre, ça devient… Mais. Bon. Je suis désolé. »

Je n'avais pas envie d'apprécier Lyle Wirth, puisque j'avais déjà décidé que c'était un connard. Mais je sais apprécier des excuses sincères à la façon dont quelqu'un qui n'a pas d'oreille sait apprécier un beau morceau de musique. Je ne suis pas capable d'en faire autant, mais je peux saluer ce talent chez les autres.

« Bon, j'ai dit.

— Il y a vraiment des membres qui aimeraient toujours faire l'acquisition de tout, vous savez… souvenir que vous voulez vendre. Si c'est pour ça que vous appelez.

— Oh, non. Je m'interrogeais simplement. J'ai beaucoup réfléchi à l'affaire. » J'aurais aussi bien pu dire *trois petits points* tout fort.

Nous nous sommes rejoints dans un bar pas loin de chez moi, un endroit baptisé Le Sarah's. J'ai toujours trouvé que c'était un drôle de nom pour un bar, mais c'était un endroit assez relax, avec pas mal de place. Je n'aime pas qu'on me bouffe mon espace. Lyle était déjà assis, mais dès que je suis entrée, il s'est levé et s'est penché pour me donner l'accolade, une action qui a occasionné beaucoup de tortillements d'une gaucherie extrême dans son grand corps dégingandé. Le bord de ses lunettes a griffé ma joue. Il portait encore une veste années quatre-vingt, en denim celle-ci, couverte de badges à messages. Boire ou conduire, il faut choisir ; pratiquez la gentillesse aveugle ; bougez-vous et votez. Il a fait un bruit de cliquetis en se rasseyant. Lyle avait environ dix ans de moins que moi, à vue de nez, et je n'arrivais pas à décider si son look était intentionnellement rétro ironique ou juste ringard.

Il a recommencé à s'excuser, mais je n'en voulais pas davantage. J'avais mon compte, merci.

« Écoutez, je ne dis même pas que je suis acquise à l'idée que Ben est innocent, ni que j'ai fait des erreurs dans mon témoignage. »

Il a ouvert la bouche pour dire quelque chose, mais l'a refermée brusquement.

« Mais si j'étais prête à examiner ça de plus près, est-ce que ce serait quelque chose que le club pourrait contribuer à financer ? Payer pour mon temps, en quelque sorte ?

– Ouah ! Libby, c'est déjà formidable que vous envisagiez même de réétudier ça », a fait Lyle. Je détestais le ton de ce gamin. Il ne semblait pas réaliser qu'il parlait à quelqu'un qui avait plus de bouteille que lui. C'était le genre de mec qui, à la fin d'un cours, quand les élèves tapent du pied et que le prof demande : « Encore des questions ? », a *vraiment* des questions.

« Bien sûr, c'est vrai, nous avons tous des théories sur cette affaire, mais beaucoup plus de portes s'ouvriraient à vous qu'à personne d'autre, a dit Lyle, agitant nerveusement sa jambe sous la table. En fait, les gens ne *demandent qu'à* vous parler.

– Exact. » J'ai montré le pichet de bière que Lyle avait près de lui, et il en a versé un peu dans un gobelet en plastique, surtout de la mousse. Puis il s'est essuyé le doigt contre son nez, sans façon, l'a plongé dans la bière, a aplati la mousse, et en a versé davantage.

« Alors. À quel genre de dédommagement pensiez-vous ? » Il m'a tendu le gobelet, et je l'ai posé devant moi en me demandant si j'allais le boire ou non.

« Je crois que ça devrait se décider au cas par cas, j'ai dit, faisant comme si c'était la première fois que j'envisageais cet aspect du problème. En fonction de la difficulté que j'aurai à retrouver la personne et des questions que vous voulez que je lui pose.

– Eh bien, je pense que nous aurons une longue liste de personnes à vous envoyer voir. Vous n'avez vraiment aucun contact avec Runner? C'est lui qui serait en tête de la plupart des listes. »

Ce bon vieux cinglé de Runner. Il m'avait appelée une seule fois au cours des trois dernières années, marmonnant comme un dément dans le téléphone en me suppliant de lui câbler de l'argent avec des hoquets larmoyants et suraigus. Depuis, plus rien. Et fichtre, pas grand-chose avant non plus. Il avait fait des apparitions sporadiques au procès de Ben, parfois dans un costume fatigué et une vieille cravate, la plupart du temps dans les fringues avec lesquelles il avait dormi, tellement bourré qu'il piquait du nez. Les avocats de Ben avaient fini par lui demander d'arrêter de venir. Ça faisait mauvais genre.

Maintenant, ça faisait encore plus mauvais genre, avec tous les gens du Kill Club qui se disaient persuadés qu'il était le meurtrier. Il était allé trois fois en prison avant le massacre, à ma connaissance, mais juste pour des petites combines foireuses. N'empêche, le bonhomme avait toujours des dettes de jeu. Runner pariait sur tout : le sport, les courses de chiens, le bingo, la météo. Et il était censé verser à ma mère une pension alimentaire. Nous tuer tous aurait été un bon moyen de se dégager de cette obligation.

Mais je n'arrivais pas à m'imaginer Runner se sortir d'un truc pareil en toute impunité, il n'était pas assez malin, et à coup sûr pas assez ambitieux. Il n'était même pas fichu d'être un père pour son seul enfant survivant. Après les meurtres, il avait trimardé dans les environs de Kinnakee pendant quelques années. Il s'éclipsait pendant des mois d'affilée, m'envoyait des paquets couverts de gros scotch depuis l'Idaho, l'Alabama, le Wyoming ou le Dakota du Sud : dedans, il y avait des figurines dégottées dans des relais routiers, qui représentaient des petites filles aux grands yeux avec des ombrelles ou des chatons dans les bras. Les jouets étaient systématiquement cassés lorsqu'ils me parvenaient. Je savais qu'il était de retour non parce qu'il me rendait visite mais parce qu'il allumait un feu nauséabond dans la cabane en haut de la colline. Diane chantait *Poor Judd Is Dead* quand elle le voyait en ville, le visage maculé de fumée. Il y avait chez lui quelque chose d'à la fois pitoyable et effrayant.

C'était probablement une bénédiction qu'il ait choisi de m'éviter. Lorsqu'il était revenu vivre avec ma mère et nous, le dernier été avant la fin, tout ce qu'il faisait, c'était de m'asticoter. Au début, c'était narquois, des trucs comme « je t'ai volé ton nez », puis c'était devenu tout simplement méchant. Un jour, en revenant de la pêche, il avait traversé toute la maison d'un pas lourd avec ses grandes cuissardes détrempées, et il avait cogné à la porte de la salle de bains pendant que j'étais dans la baignoire, rien que pour m'emmerder. « Allez, ouvre, j'ai une surprise pour toi ! » Il avait finalement ouvert la porte à la volée, et son odeur de bière s'était engouffrée dans la pièce. Il avait un truc empaqueté dans les bras : il les avait ouverts largement et avait jeté un poisson-chat vivant de soixante centimètres de long dans l'eau du bain. Ce qui m'avait le plus terrifiée, c'était l'absurdité de la chose. J'ai tenté de m'extraire de la baignoire, la peau visqueuse du poisson glissait sur ma chair, sa gueule moustachue bâillait, préhistorique. Si j'avais mis le pied dans cette gueule, le poisson se serait enfilé sur ma jambe comme une botte étroite.

J'ai enjambé le rebord de la baignoire pour atterrir, haletante, sur le tapis de sol, sous les cris de Runner qui me hurlait d'arrêter de chialer comme un bébé. « Mes mioches sont tous des saloperies de poules mouillées, jusqu'au dernier. »

Nous n'avons pas pu nous laver pendant trois jours parce que Runner avait la flemme de tuer le poisson. J'imagine que c'est de lui que je tiens ma paresse.

« Je ne sais jamais où se trouve Runner. Aux dernières nouvelles, il était quelque part en Arkansas. Mais c'était il y a un an. Au moins.

– Eh bien, ça pourrait être une bonne idée d'essayer de retrouver sa trace. Il y a plusieurs personnes qui tiendraient beaucoup à ce que vous lui parliez. Même si, pour ma part, je ne pense pas que ce soit lui le coupable, a dit Lyle. Peut-être que c'est ce qui paraît le plus logique, avec les dettes, les antécédents de violence.

– La folie.

– La folie. » Lyle a souri avec impertinence. « Mais il n'a pas l'air assez futé pour réussir un crime de cette envergure. Sans vouloir vous vexer.

– Ça ne me vexe pas. Alors, dans ce cas, quelle est votre théorie ?

– Je ne suis pas encore tout à fait prêt à la révéler. » Il a tapoté une pile de dossiers à côté de lui. « Je vais vous faire lire les faits qui se rapportent à l'affaire d'abord.

– Oh ! saperlipopette », j'ai dit, réalisant, tandis que mes lèvres se serraient sur le premier p, que c'était une expression de ma mère. *Saperlipopette, faut qu'on file, où sont mes saletés d'clés ?*

« Alors, si Ben est vraiment innocent, pourquoi n'essaie-t-il pas de sortir ? » j'ai demandé. Ma voix est devenue aiguë, pressante, sur la deuxième partie de la phrase, comme un hennissement enfantin : je *veux* un *dessert* ! J'ai réalisé que j'espérais furtivement que Ben était innocent et qu'il allait me revenir, le Ben que j'avais connu, avant que j'aie peur de lui. Je m'étais autorisé une vision aussi fugitive que dangereuse de lui sorti de prison, montant les escaliers de ma maison, les mains dans les poches (un autre souvenir qui est revenu, une fois que je me suis de nouveau laissée aller à penser : Ben avec ses mains toujours enfouies bien au fond de ses poches, perpétuellement déconfit). Ben assis à ma table de salle à manger, si j'avais eu une table de salle à manger, joyeux, indulgent, « sans rancune ».

« L'espoir fait vivre », ai-je entendu ma tante Diane tonner dans ma tête. Ces mots avaient été le fléau de mon enfance, pour rappeler constamment que rien ne s'arrangeait jamais, pas seulement pour moi mais pour tout le monde, et c'est pourquoi quelqu'un avait inventé un tel dicton. Histoire qu'on sache tous qu'on n'aurait jamais ce dont on avait besoin.

Parce que – *rappelle-toi, rappelle-toi, rappelle-toi, Baby Day* – Ben était à la maison cette nuit-là. Quand j'étais sortie de mon lit pour aller dans la chambre de ma mère, j'avais vu de la lumière derrière sa porte fermée. Il y avait des murmures à l'intérieur. Il était là.

« Peut-être que vous pourriez aller lui demander, en faire votre première étape, aller voir Ben. »

Ben en prison. J'avais passé les quelque vingt dernières années à refuser d'imaginer l'endroit. Maintenant, je me représentais mon frère là-dedans, derrière les barbelés, derrière le béton, au bout d'un couloir gris ardoise, dans une cellule. Avait-il des photos de la famille quelque part ? Est-ce qu'on lui permettrait même une telle chose ? J'ai réalisé une fois de plus que j'ignorais tout de la vie de Ben. Je ne savais même pas à quoi ressemblait une cellule, à part ce que j'en avais vu au cinéma.

« Non, pas Ben. Pas encore.

« – C'est une question d'argent ? Nous vous paierions pour ça.

– C'est une question de beaucoup de choses, j'ai marmonné.

– Okaaaaaay. Vous voulez essayer Runner, alors ? Ou… quoi ? »

Nous sommes restés assis en silence. Nous ne savions ni l'un ni l'autre quoi faire de nos mains, nous n'arrivions pas à nous regarder dans les yeux. Quand j'étais petite, on m'envoyait sans cesse à des rendez-vous arrangés pour jouer avec d'autres gamins – les psys insistaient pour que je sois mise en contact avec des petits camarades. C'est à ça que ressemblait mon rendez-vous avec Lyle : ces horribles premières dix minutes de flottement, quand les adultes sont partis et que les deux mômes, ne sachant pas ce que veut l'autre, restent plantés là, près de la télé qu'on leur a défendu d'allumer, à tripoter l'antenne.

J'ai pioché dans le bol de cacahuètes, avec leur peau cassante et légère comme la carapace d'un scarabée. J'en ai laissé tomber quelques-unes dans ma bière pour récupérer le sel. Je leur ai mis une pichenette. Elles ont dansé sur le liquide. Tout mon plan semblait incroyablement enfantin. Allais-je vraiment parler à des gens qui étaient susceptibles d'avoir massacré ma famille ? Allais-je vraiment essayer de *résoudre* quelque chose ? Est-ce que je pouvais vraiment m'imaginer Ben innocent sans prendre mes désirs pour des réalités ? Et s'il l'était, est-ce que ça ne faisait pas de moi la pire salope que la terre ait jamais portée ? J'ai eu ce sentiment écrasant qui fond sur moi quand je m'apprête à abandonner un projet, cette grosse bouffée d'air quand je m'aperçois que mon coup de génie a des failles, et que je n'ai pas l'intelligence ni l'énergie d'y parer.

Mais il n'était pas question de retourner me coucher et d'oublier toute l'histoire. J'avais un loyer à payer, et je n'allais pas tarder à manquer d'argent pour me nourrir. Je pouvais m'inscrire aux allocs, mais ça impliquait de comprendre la marche à suivre, et j'aurais sûrement plus vite fait de crever de faim que de m'attaquer à la paperasse.

« D'accord, je vais aller voir Ben, j'ai murmuré. Je devrais commencer par là. Mais il me faudra trois cents dollars. »

J'ai dit ça sans penser les obtenir pour de vrai, mais Lyle a fouillé dans un vieux portefeuille en nylon retenu par du gros scotch et en a extrait trois cents dollars. Il n'avait pas l'air fâché.

« Où est-ce que vous trouvez tout ce fric, Lyle ? »

Il s'est un peu rengorgé, et s'est redressé sur sa chaise. « Je suis le trésorier du Kill Club ; je dispose d'un pouvoir discrétionnaire sur une certaine quantité de fonds. Je choisis de les placer sur ce projet. » Les petites oreilles de Lyle ont rougi, comme des embryons en colère.

« Vous faites du détournement de fonds. » Soudain, il m'est devenu plus sympathique.

Ben Day
2 janvier 1985
10 h 18

Quand le froid ne vous brûlait pas les poumons et que le sang ne vous dégoulinait pas sur le menton, il fallait une heure en vélo à bonne allure pour aller de la ferme à la ville de Kinnakee proprement dite. Ben organisait ses horaires de façon à bosser à l'école quand elle était presque vide : par exemple, il n'y allait jamais le samedi parce que l'équipe de lutte occupait le gymnase ce jour-là. C'était vraiment trop minable de se balader avec une serpillière quand tous ces mecs baraqués, musclés et bruyants se pavanaient dans tous les coins, crachant leur chewing-gum sur le sol que vous veniez de nettoyer avant de vous jeter un regard mi-coupable, mi-défiant.

Aujourd'hui, c'était mercredi, mais les vacances de Noël n'étaient pas terminées, aussi l'endroit devait être à peu près tranquille – enfin, la salle de muscu était toujours animée, il s'en élevait toujours un sourd martèlement rappelant le battement d'un cœur d'acier. Mais il était tôt. Tôt, c'était toujours le mieux. En général, il y allait de huit heures à midi, il passait la serpillière et rangeait comme le foutu maniaque qu'il était, et se taillait avant d'être vu par quiconque. Parfois, Ben se faisait l'impression d'être un elfe sorti d'un conte de fées, qui se glisserait à l'intérieur du bâtiment et laisserait tout immaculé sans être vu de personne. Les mômes s'en fichaient bien de maintenir la propreté du lieu : s'ils balançaient une boîte en carton en direction de la poubelle et que le lait se répandait partout sur le sol, ils se contentaient de hausser les épaules. Ils renversaient de la viande hachée sur leur siège à la cafétéria et la laissaient là, à se durcir, en attendant que quelqu'un d'autre s'en charge. Ben le faisait aussi, pour faire comme tout le monde. S'il laissait tomber une boulette de sandwich au thon, il faisait la moue comme si ça ne valait pas la peine de la ramasser, alors que le type qui allait la ramasser dans quelques jours, c'était lui. C'était d'une stupidité incroyable : en fait, il s'exploitait lui-même.

Alors si c'était une plaie de faire ce sale boulot de toute façon, c'était encore pire quand les autres gamins étaient présents, essayant d'éviter de le voir. Aujourd'hui, cependant, il allait prendre le risque de s'y coller quand même. Diondra partait faire du shopping à Salina pour la matinée. Cette nana avait au moins vingt jeans, tous identiques aux yeux de Ben, et il lui en fallait davantage, une marque spéciale. Elle les portait larges, et faisait un revers serré à la cheville, avec d'épaisses chaussettes apparentes. Il se faisait toujours un devoir de complimenter le nouveau jean. « Mais les chausseeeeettes ? » répliquait immédiatement Diondra. C'était une blague, mais pas vraiment. Diondra ne portait que des chaussettes Ralph Lauren, qui coûtaient quelque chose comme vingt dollars la paire, un prix qui donnait des haut-le-cœur à Ben. Elle avait un tiroir entier de chaussettes, écossaises, à pois, à rayures, avec toujours le cavalier en haut, sa canne de polo en l'air. Ben avait fait le calcul, il devait y en avoir pour quatre cents dollars de chaussettes dans ce tiroir, attendant là comme un casier de fruits de Floride – sans doute deux fois ce que sa mère gagnait en un mois. Mais bon, les gens riches ont besoin de choses à acheter, et les chaussettes font probablement aussi bien l'affaire que n'importe quoi. Diondra était un sacré numéro. Elle n'était pas vraiment BCBG – elle était trop tapageuse et déjantée pour s'insérer dans ce clan – mais elle n'était pas complètement intégrée dans la bande des fans de metal non plus, même si elle écoutait Iron Maiden à fond la caisse, adorait le cuir et fumait des kilos d'herbe. Diondra n'appartenait à aucune clique, c'était juste la Nouvelle. Tout le monde la connaissait, mais en même temps elle restait exotique. Elle avait vécu un peu partout, beaucoup au Texas, et un de ses refrains quand elle faisait un truc qui faisait tiquer les autres, c'était : « C'est comme ça qu'on fait au Texas. » Quoi qu'elle fasse, c'était OK, parce que c'était comme ça qu'on faisait au Texas.

Avant Diondra, Ben se laissait simplement flotter : c'était un fils de paysans pauvre et silencieux qui traînait avec d'autres fils de paysans dans un coin désert et isolé de l'école. Ils n'étaient pas assez abrutis pour se faire franchement injurier ; on ne leur cherchait jamais de crosses. Ils étaient le bruit de fond du lycée. Pour lui, c'était pire que de se faire humilier. Enfin, peut-être pas : il y avait ce gamin avec des grosses lunettes à double foyer, un garçon que Ben connaissait depuis la maternelle, et qui avait toujours été un peu bizarre. Le type avait chié dans son froc le premier jour du lycée. Il y avait plusieurs versions de l'histoire : selon certains, on avait vu couler des paquets de merde de son short pendant qu'il était en train de grimper à la corde en cours de gym, selon d'autres, il avait lâché une crotte en salle de classe, et il y avait une troisième, une quatrième et une cinquième version. Le principal, c'est qu'il avait été étiqueté Cul merdeux pour toujours. Il gardait la tête baissée entre les cours, ses lunettes de mouche baissées vers le sol, et il se trouvait quand même toujours un sportif pour lui donner une claque sur la tête en disant : « Salut, Cul merdeux ! » Il se contentait de continuer à marcher, un sourire sinistre figé sur les lèvres, comme s'il faisait semblant d'être de mèche avec le farceur. Alors OK, il y avait pire que de passer inaperçu, mais Ben en avait quand même marre d'être transparent, il ne voulait plus être le gentil gamin roux qu'il était depuis le CP. Mollasson et ennuyeux.

Un putain de grand merci à Diondra pour l'avoir choisi, au moins en privé. Elle l'avait heurté avec sa voiture, c'est comme ça qu'ils s'étaient rencontrés. C'était l'été – la journée d'accueil pour les secondes et les nouveaux. Ça avait été trois heures minables, et ensuite, alors qu'il traversait le parking de l'école, elle lui était rentrée dedans. L'avait renversé pile sur son capot. Elle était sortie de la voiture en hurlant : « Mais putain, c'est quoi ton problème, bordel ? » Son haleine sentait la sangria toute faite, des bouteilles tintaient à l'arrière de sa CRX. Lorsque Ben s'était excusé – c'est *lui* qui s'était excusé auprès *d'elle* – et que Diondra avait pigé qu'il n'allait pas se mettre en colère contre elle, elle s'était vraiment adoucie, elle lui avait proposé de le déposer chez lui, et au lieu de ça ils s'étaient dirigés vers la sortie de la ville, s'étaient garés, et avaient bu d'autres sangrias. Diondra lui avait raconté qu'elle s'appelait Alexis mais, au bout d'un moment, elle avait avoué qu'elle avait menti. Son nom, c'était Diondra. Ben lui avait dit qu'elle ne devrait jamais mentir avec un nom aussi cool que ça et ça lui avait fait plaisir, et, encore un peu plus tard, Diondra avait dit : « Tu sais quoi ? T'es vraiment mignon », et quelques secondes plus tard elle avait ajouté : « Tu veux qu'on se roule des pelles ou quoi ? », et ils s'étaient mis à se peloter allègrement, ce qui n'était pas pour lui la première fois, mais seulement

128

la deuxième. Au bout d'une heure, Diondra avait dit qu'elle devait y aller, mais elle avait déclaré qu'il écoutait super bien, que c'était génial qu'il écoute aussi bien que ça. Elle n'avait pas le temps de le ramener chez lui finalement. Elle l'avait déposé pile à l'endroit où elle lui était rentrée dedans.

Et ils avaient commencé à sortir ensemble. Ben ne connaissait pas vraiment ses amis, et il ne traînait jamais avec elle à l'école. Diondra traversait la semaine d'école avec la rapidité d'un oiseau-mouche, parfois elle se pointait, parfois non. Il lui suffisait de la voir le week-end, dans leur espace à eux, où l'école n'avait pas d'importance. D'être avec elle avait déteint sur lui, il était plus *présent*.

Lorsque Ben arriva à Kinnakee, une grappe de voitures de sport et de pick-up pourris étaient garés dans le parking du lycée. Des basketteurs *et* des lutteurs, donc. Il savait qui conduisait chacune des voitures. Il songea à filer à l'anglaise, mais Diondra ne serait pas rentrée avant plusieurs heures, et il n'avait pas assez d'argent pour aller glander au fast-food – le propriétaire piquait des crises terribles contre les gamins qui traînaient chez lui sans consommer. En plus, tuer le temps tout seul dans un fast-food pendant les vacances de Noël, c'était pire que de travailler vraiment. Comme sa mère était chiante à être une telle stressée ! Les parents de Diondra se contrefichaient de ce qu'elle faisait. La moitié du temps, de toute façon, ils étaient dans leur propriété au Texas. Même lorsque Diondra s'était fait choper à sécher deux semaines complètes d'école le mois précédent, sa mère s'était contentée de rire. « Quand le chat n'est pas là, hein, chérie ? Essaie de travailler un peu à la maison, au moins. »

La porte de derrière était fermée à la chaîne, aussi il dut passer par le vestiaire. L'odeur de chair et de déodorant pour les pieds le prit à la gorge quand il entra. Le bruit sourd du terrain de basket au-dessus de sa tête et le cliquetis de la salle de muscu le rassurèrent : le vestiaire, au moins, serait vide. Dehors, dans le couloir, il entendit un unique long cri – « Coooooooper ! Haut les mains ! » – se réverbérer contre le sol en marbre comme un cri de guerre. Des chaussures de tennis claquèrent dans l'entrée, une porte de métal s'ouvrit bruyamment, puis tout redevint relativement silencieux. Juste les bruits du gymnase et de la salle de muscu : boum-boum, clic, boum.

Les sportifs du lycée avaient un pacte de confiance, un signe d'appartenance : ils ne mettaient jamais de cadenas sur leurs casiers. À la place, ils attachaient tous d'épais lacets dans les boucles destinées à recevoir le cadenas. Au moins douze lacets blancs pendaient aux casiers et, comme de coutume, Ben hésita à en inspecter un. De quoi ces mecs pouvaient-ils bien avoir besoin, de toute façon ? Si les casiers de l'école étaient destinés aux bouquins, que pouvait-on fourrer dans ces trucs du gymnase ? Y avait-il des déodorants et des lotions, des dessous qui lui manquaient ? Est-ce qu'ils portaient tous le même genre de *jockstrap*[1] ? Boum-boum, clic, boum. Un des lacets pendait mollement, il n'était pas noué, un simple coup sec et le casier s'ouvrirait. Avant de pouvoir s'en dissuader, il enleva la ficelle et souleva doucement, sans bruit, le loquet de métal. À l'intérieur, il n'y avait rien d'intéressant : quelques shorts de gym chiffonnés en bas, un magazine sportif roulé sur lui-même, un sac de sport suspendu négligemment à un crochet. Le sac avait l'air de contenir quelques petits objets, aussi Ben se pencha dedans et ouvrit la fermeture éclair.

---

1. Suspensoirs.

« Hé là ! »

Il se retourna. Le sac se balança violemment sur le crochet et tomba au fond du casier. M. Gruger, l'entraîneur de lutte, se tenait là, un journal à la main, son visage dur et couvert de taches déformé par la colère.

« Qu'est-ce que tu fabriques dans ce casier ?

— Je, heu, il était ouvert.

— Quoi ?

— Il était… j'ai vu qu'il était ouvert », balbutia Ben. Il le referma aussi doucement qu'il le put. *Bon sang, merde, merde, merde, faites qu'aucun membre de l'équipe ne rentre maintenant*, pensa-t-il. Il s'imaginait tous les visages furieux tournés vers lui, les surnoms à venir.

« Il était ouvert ? Et qu'est-ce que tu fichais dedans ? » Gruger laissa la question en suspens, sans bouger, sans donner un indice de ce qu'il avait l'intention de faire, du degré de gravité de la faute. Ben se mit à fixer le sol, dans l'attente de la punition.

« J'ai dit : qu'est-ce que tu fichais dans ce casier ? » Gruger fit claquer le journal contre sa main grasse.

« Je ne sais pas. »

Le vieil homme restait planté là, Ben se disant pendant tout ce temps : *Gueule un bon coup et qu'on n'en parle plus.*

« Tu voulais voler quelque chose ?

— Non.

— Alors qu'est-ce que tu fabriquais dedans ?

— Je voulais juste… » Ben traîna encore. « J'avais cru voir quelque chose.

— T'avais cru voir quelque chose ? Quoi ? »

Des images de choses interdites traversèrent l'esprit de Ben : animaux domestiques, drogues, magazines de charme. Il pensa à des pétards et pendant une seconde il faillit dire que le casier était en feu, être un héros.

« Euh, des allumettes.

– Tu croyais avoir vu des allumettes ? » Le sang du visage de Gruger avait quitté ses joues pour remonter dans la bande de chair située juste en dessous de sa coupe en brosse crépue.

« Je voulais une cigarette.

– T'es le balayeur, c'est ça ? Machin Day ? »

Gruger donna à son nom un accent stupide, efféminé. Les yeux de l'entraîneur se posèrent sur la coupure au front de Ben, puis remontèrent à ses cheveux avec un air plein de sous-entendus.

« Tu t'es teint les cheveux. »

Ben, sous la masse noire de sa chevelure, se sentait en train d'être catégorisé et rejeté, remisé dans un groupe de losers, de défoncés, de mauviettes et de pédés. Il était presque sûr d'avoir entendu ce mot gronder dans l'esprit de l'entraîneur. La lèvre supérieure de Gruger se contracta convulsivement.

« Fous le camp d'ici. Va nettoyer ailleurs. Ne remets pas les pieds ici avant qu'on soit partis. Tu n'es pas le bienvenu. Compris ? »

Ben hocha la tête.

« Pourquoi tu ne le dis pas tout haut, que ce soit bien clair entre nous.

– Je ne suis pas le bienvenu ici, marmonna Ben.

– Maintenant fous le camp. » Il prononça ces mots comme si Ben était un petit garçon, un gamin de cinq ans qu'on renvoie dans les jupes de sa mère. Ben s'en alla.

En haut de la cage d'escalier, il s'enferma dans le réduit froid et humide où étaient rangés les produits, une gouttelette de sueur dégoulina le long de son dos. Il ne respirait pas. Il oubliait de respirer quand il était en colère à ce point-là. Il sortit le seau de taille industrielle, le flanqua bruyamment dans le lavabo, le remplit d'eau chaude, et versa dedans la mixture détergente couleur de pisse, les yeux brûlés par les effluves d'ammoniaque. Puis il le souleva de nouveau pour le mettre sur son chariot. Il avait trop rempli le récipient, et il se renversa en partie alors que Ben tentait de le faire passer par-dessus le rebord du lavabo. Deux bons litres d'eau se répandirent sur le sol, il eut l'entrejambe et la jambe complètement trempés. On aurait dit qu'il s'était pissé dessus, Day, le petit concierge. Le jean raidi lui collait à la cuisse. Il avait devant lui trois heures de sale boulot de merde avec l'entrejambe mouillé et un jean dur comme du carton.

« Je t'emmerde, salopard », murmura-t-il. Il donna un coup de pied dans le mur avec sa botte de travail, faisant voler le plâtre, et aussi un coup de poing. « Meeeeeeerde ! » brailla-t-il, son cri s'achevant dans les aigus. Il attendit dans le réduit comme un lâche, craignant que Gruger ne repère le cri et ne décide de venir lui faire encore des misères.

Rien ne se produisit. Personne ne se souciait de ce qui se passait dans le réduit d'entretien.

*

Il aurait dû avoir nettoyé une semaine plus tôt, mais Diondra avait gémi que c'était officiellement les vacances de Noël, qu'il laisse un peu ça. Aussi la poubelle de la cafétéria était pleine de vieilles canettes de soda qui dégouttaient de sirop, de papiers d'emballage de sandwichs souillés de restes de salade et de poulet, et de portions moisies du dernier plat du jour de l'année 1984, un hachis de bœuf à la sauce tomate sucrée. Le tout à un stade de décomposition avancé. Il récupéra un peu de tout sur son pull et son jean, de sorte que, en plus de l'ammoniaque et de la transpiration, il sentait

133

la nourriture rance. Il ne pouvait pas aller chez Diondra dans cet état, il était stupide d'avoir prévu de faire comme ça à la base. Il allait devoir retourner chez lui, affronter sa mère – il pouvait s'attendre à un sermon de trente minutes –, prendre une douche, puis de nouveau enfourcher son vélo pour se rendre chez sa petite amie. Si sa mère ne le consignait pas à la maison. Et puis merde, il irait quand même. C'était son corps, ses cheveux. Ses putains de cheveux noirs de pédé.

Il passa la serpillière, puis vida les poubelles de toutes les salles de classe – c'était sa tâche préférée, parce que ça avait l'air énorme, mais en fait ça se résumait à rassembler des boulettes de papier froissé, légères comme des feuilles mortes. Sa dernière obligation consistait à passer la serpillière dans le couloir qui reliait le lycée à l'école primaire et au collège (qui avait son propre élève honteux pour garçon d'entretien). Le couloir était tapissé d'affiches voyantes des clubs de foot, d'athlétisme et de théâtre du côté du lycée, puis se désintégrait lentement en un territoire enfantin où les murs étaient couverts de lettres de l'alphabet et d'articles sur George Washington. Des portes bleu vif marquaient l'entrée de l'école primaire, mais elles étaient symboliques : il n'y avait même pas de serrure. Il traîna sa serpillière du royaume des ados au pays des marmots puis laissa tomber le tissu humide dans son seau et repoussa le tout d'un coup de pied. Le seau glissa doucement sur le sol de béton et alla s'arrêter contre le mur avec un modeste clapotis.

De la maternelle à la troisième, il avait fréquenté l'école primaire-collège de Kinnakee. Il était plus familier avec ce côté du bâtiment qu'avec le côté du lycée où il se tenait à présent, des bribes de déchets collées sur lui.

Il pensa ouvrir la porte pour aller de l'autre côté, où régnait le silence, et le fit sans réfléchir. Juste pour dire salut à son ancien fief. Il entendit la porte se refermer derrière lui et se sentit plus décontracté. Ici, les murs étaient jaune citron, avec davantage de décorations devant les salles de classe. Kinnakee était suffisamment petite pour qu'il n'y ait qu'une seule salle par niveau. Au lycée, ce n'était pas la même chose, parce que deux autres petites villes y envoyaient leurs ados. Mais la petite école était toujours agréable et rassurante. Sur le mur, il remarqua un soleil souriant en feutre, avec écrit Michelle D., dix ans, sur le côté. Non loin, il y avait le dessin d'un chat en veston avec des souliers à boucle, ou peut-être que c'étaient des talons hauts, en tout cas l'animal souriait et offrait un cadeau à une souris qui tenait un gâteau d'anniversaire. Libby D., CP. Il chercha, mais ne vit rien de Debby. Il n'était pas certain qu'elle sache dessiner, cela dit. Elle avait essayé d'aider sa mère à préparer des cookies, une fois : elle respirait bruyamment et bâclait la recette, finissant par manger plus de pâte qu'elle n'en cuisait réellement. Debby n'était pas le genre de gamine dont on met les œuvres au mur.

Tout le long du couloir, il y avait des rangées de casiers jaunes où les élèves avaient le droit de garder leurs effets personnels. Le nom de chaque gamin était écrit sur une étiquette scotchée sur son casier. Il regarda dans celui de Libby et trouva un bonbon à la menthe partiellement sucé et un trombone. Dans celui de Debby, il y avait un sac en papier qui puait la bolognaise ; dans celui de Michelle, un paquet de marqueurs desséchés. Il en ouvrit quelques autres par curiosité, et réalisa qu'ils contenaient beaucoup plus de choses. Des boîtes de soixante-quatre pastels Crayola, des petites voitures et des poupées téléguidées, d'épaisses liasses de papier de couleur, des porte-clés, des livres d'autocollants et des sachets de bonbons. Triste. *C'est ce qui se produit quand on a plus d'enfants qu'on ne peut en assumer*, pensa-t-il. C'était ce que disait toujours Diondra lorsqu'il parlait des problèmes d'argent chez lui : « Eh bien, ta mère n'aurait pas dû avoir tant de bébés, dans ce cas. » Diondra était fille unique.

Ben repartit en direction du lycée, et se surprit à fouiller dans les casiers des sixième. C'était là qu'elle était, la petite Krissi qui avait le béguin pour lui. Elle avait écrit son nom en lettres vert vif et dessiné une marguerite à côté. Mignon. Cette fille était l'incarnation du mignon, on l'aurait dite sortie d'une pub pour les céréales, blonde aux yeux bleus, et tout bonnement choyée. À l'inverse de ses sœurs, elle portait toujours des jeans bien ajustés, propres et repassés. Ses tee-shirts étaient assortis à ses socquettes, à ses barrettes ou à un truc comme ça. Son haleine ne sentait pas la nourriture comme celle de Debby et ses mains n'étaient pas couvertes d'écorchures comme celles de Libby. Comme celles de toutes ses sœurs. Ses ongles étaient toujours peints d'un rose vif, on voyait que c'était sa mère qui lui appliquait le vernis. Il aurait parié que son casier était plein de poupées Charlotte aux fraises et de jouets qui sentaient bon.

Même son nom assurait : Krissi Cates, c'était un nom naturellement cool. Au lycée, elle serait pom-pom girl, porterait ses longs cheveux blonds jusqu'aux fesses, et oublierait sans doute qu'elle s'était un jour entichée d'un garçon plus âgé nommé Ben. Il aurait quoi, à ce moment-là, vingt-deux ans ? Peut-être reviendrait-il de Wichita avec Diondra pour assister à un match ? En levant les yeux au milieu d'un rebond, elle le repérerait, arborerait un grand sourire aux dents blanches, ferait un petit signe nerveux, et Diondra partirait de son rire hoquetant et dirait : « Ça ne te suffit pas que la moitié des femmes de Wichita soient amoureuses de toi, il faut que tu dragues les pauvres petites lycéennes aussi ? »

Ben aurait pu ne jamais rencontrer Krissi – elle était une classe au-dessus de Michelle – mais il s'était fait enrôler un jour au début de l'année scolaire. Mme Nagel, qui l'avait toujours bien aimé, l'avait alpagué pour lui demander de l'aider à encadrer le cours de dessin après la classe. Son moniteur habituel lui avait fait faux bond. Ben était attendu à la maison, mais il savait que sa mère ne pourrait pas lui en vouloir d'aider les petits – elle n'arrêtait pas de l'exhorter à aider ses sœurs à la maison –, et mélanger de la peinture était sacrément plus alléchant que porter des sacs de fumier. Krissi était une des gamines dont il s'occupait, mais elle n'avait pas l'air de s'intéresser tant que ça à la peinture. Elle l'étalait n'importe comment avec son pinceau jusqu'à ce que toute sa feuille de dessin soit marron caca.

« Tu sais à quoi ça ressemble ? lui avait-il dit.

– À du caca », avait-elle répondu en éclatant de rire.

Elle était flirteuse, même pour une gamine, on voyait qu'elle était mignonne de naissance et qu'elle trouvait tout à fait naturel de plaire aux gens. Eh bien, elle lui avait plu. Ils avaient eu une discussion entrecoupée de longues plages de silence.

« Alors, où est-ce que tu habites ? »

Flic, floc, flac. Bruit de la peinture qui s'étale. Tremper le pinceau dans l'eau et recommencer.

« Près de Salina.

– Et tu viens de si loin pour aller à l'école ?

– Mon école est en construction. L'an prochain, j'irai plus près de chez moi.

– Ça fait de la route. »

Crissement d'un siège, haussement d'une épaule.

« Ouaip. Je déteste. Je suis obligée d'attendre des heures après l'école avant que mon père vienne me chercher.

– Eh bien, le dessin, c'est sympa.

– Moui. Je préfère la danse, c'est ça que je fais le week-end. »

De la danse le week-end. Ça en disait long. C'était probablement une de ces gamines qui avaient une piscine dans leur jardin, ou au moins un trampoline. Il pensa à lui dire qu'ils avaient des vaches chez lui – des fois qu'elle aime les animaux – mais il se rendit compte qu'il se montrait déjà trop empressé. C'était elle la gamine, c'était elle qui devrait être en train de chercher à l'impressionner.

Il se porta volontaire pour encadrer le cours de dessin pour le reste du mois. Il se moquait de Krissi pour ses dessins ratés (« C'est censé être quoi ? Une tortue ? – Non, gros nigaud, c'est la BMW de mon papa ! ») et la laissait continuer de parler de la danse. Un jour, en bonne petite culottée qu'elle était, elle s'était introduite du côté lycée et était venue l'attendre devant son casier. Elle portait un jean avec des papillons pailletés brodés sur la poche et une chemise rose qui pointait en boules de gomme à l'emplacement futur de ses seins. Personne ne l'embêtait, à part une fille à la fibre maternelle développée qui essayait gentiment de la convaincre de retourner du bon côté du bâtiment.

« Ça va, lui avait-elle répondu, ramenant ses cheveux en arrière, puis elle s'était tournée vers Ben : Je voulais juste te donner ça. »

Elle lui avait tendu un mot plié en triangle avec son nom écrit en lettres en forme de bulles sur le devant. Puis elle était repartie en caracolant. Elle était moitié

moins grande que la plupart des gamins qui l'entouraient, mais elle n'avait pas l'air de le remarquer.

> *Un jour en cours de dessin j'ai rencontré Ben, un*
> *garçon,*
> *Et son cœur j'ai su que j'allais le gagner*
> *Il a les cheveux roux et une peau de toute beauté.*
> *Tu es « OK » ?*

En bas il y avait un grand *A*, avec *-dresse, -dmiration,
-venir* écrits à côté. Il avait vu des amis d'amis avec ce
genre de mot, mais n'en avait pour ainsi dire jamais
reçu. En février dernier, il avait eu trois cartes pour la
Saint-Valentin : une de la prof parce qu'elle était obligée d'en donner une à tous les élèves, une de la fille
sympa qui en donnait une à tout le monde, et une de
la grosse fille insistante qui avait toujours l'air au bord
des larmes.

À présent, Diondra lui écrivait de temps en temps,
mais ses mots n'étaient pas mignons, ils étaient salaces
ou colériques, des trucs qu'elle griffonnait pendant ses
heures de colle. Aucune fille ne lui avait jamais écrit un
poème, et c'était d'autant plus adorable qu'elle n'avait
pas l'air de se rendre compte qu'il était bien trop âgé
pour elle. C'était un poème d'amour d'une fille qui ne
savait rien de ce que signifiait le sexe ni même sortir
ensemble. Ou peut-être que si ? À quel âge les gamins
normaux commençaient-ils à se peloter ?

Le lendemain, elle l'attendit à la sortie du cours de
dessin et lui demanda s'il voulait s'asseoir dans la cage
d'escalier avec elle, et il dit d'accord, mais juste un
instant. Ils échangèrent des blagues pendant une heure
entière sur ces marches peu éclairées. À un moment, elle
prit son bras et se serra contre lui. Il savait qu'il aurait
dû lui dire d'arrêter, mais c'était tellement agréable,

pas du tout bizarre, juste bien, pas comme les griffures et les cris lubriques de Diondra, ni comme les pichenettes et les bousculades de ses sœurs. C'était doux, comme une fille devrait l'être. Elle portait du gloss qui sentait le bubble-gum – comme c'était tordu –, ça le faisait toujours saliver.

Et ils avaient continué comme ça ces derniers mois, à s'asseoir dans l'escalier en attendant son père. Ils ne se parlaient jamais le week-end, parfois elle oubliait même de l'attendre, et il restait planté dans l'escalier comme un con avec un paquet de Skittles tièdes qu'il avait trouvé dans la cafétéria en faisant le ménage. Krissi adorait les bonbons. Ses sœurs étaient pareilles, elles étaient aussi assoiffées de sucre que des petits scarabées ; une fois, en rentrant à la maison, il avait trouvé Libby en train de manger de la confiture à même le pot.

Diondra n'avait jamais appris son truc avec Krissi. Lorsqu'elle prenait la peine de venir au lycée, elle se tirait directement chez elle à 15 h 16 précises pour regarder ses feuilletons et Donahue. Elle faisait généralement ça en mangeant de la pâte à crêpe directement dans le saladier. Qu'est-ce qu'elles avaient toutes avec le sucre, les filles ? Et même si Diondra savait, il ne se passait rien de mal. Il était comme un soutien pédagogique, en quelque sorte. Un type plus âgé qui donnait des conseils à une petite fille sur ses devoirs et le lycée. Peut-être qu'il devrait s'orienter vers la psychologie, ou devenir prof. Son père avait *cinq* ans de plus que sa mère.

Le seul épisode douteux entre lui et Krissi s'était produit juste avant Noël et ne se reproduirait pas. Ils suçaient des Jolly Rangers à la pomme verte dans l'escalier en se bousculant gentiment, quand soudain elle s'était retrouvée bien plus près que d'habitude, et

140

il avait perçu une petite poussée de téton sur son bras. L'odeur de pomme était chaude contre son cou, et Krissi restait simplement là, blottie contre lui, sans rien dire, se contentant de respirer, et il sentait son cœur battre comme celui d'un chaton contre son biceps. Tout d'un coup, ses lèvres s'étaient retrouvées trop près, son souffle avait humecté son oreille. Ses gencives se contractaient sous l'acidité des bonbons. Puis les lèvres étaient redescendues sur sa joue, envoyant des frissons le long de ses bras. Ni l'un ni l'autre n'avaient réalisé ce qui se passait. Tout d'un coup le visage de la fillette s'était retrouvé juste en face du sien, et ses petites lèvres s'étaient pressées contre les siennes, sans remuer vraiment. Tous deux étaient restés figés, le cœur battant à l'unisson. Le corps entier de la fille était maintenant calé entre ses jambes et il gardait ses mains trempées de sueur baissées, raides, contre ses flancs. Alors ses lèvres avaient fait un mouvement imperceptible, il les avait à peine entrouvertes, et la langue était venue, collante, le laper. Tous deux sentaient la pomme verte, et sa bite était devenue si dure qu'il s'était dit qu'elle risquait d'exploser dans son pantalon. Il avait mis les mains sur la taille de Krissi, l'avait retenue une seconde et l'avait écartée de lui avant de courir au bas de l'escalier jusqu'aux toilettes des garçons en criant : « Désolé, désolé », derrière lui, et il était arrivé dans un cabinet juste à temps pour se la secouer deux fois et jouir sur ses mains.

Libby Day
Aujourd'hui

J'allais donc rencontrer mon frère, devenu adulte. Après ma bière avec Lyle, je suis rentrée chez moi et j'ai jeté un œil sur *Votre famille emprisonnée : dépassez les barreaux !* Après avoir lu quelques chapitres déconcertants sur l'administration du système pénitentiaire en Floride, j'ai tourné les pages cornées dans l'autre sens pour regarder le copyright : 1985. Pourrait pas faire moins utile. J'ai vaguement redouté que Barb ne m'envoie d'autres paquets aussi inestimables : des pamphlets sur la disparition des toboggans en Alabama, des brochures sur des hôtels de Las Vegas réduits en poussière, des mises en garde contre le bug de l'an 2000.

Finalement, j'ai chargé Lyle de faire toutes les démarches. Je lui ai dit que je ne parvenais pas à joindre la bonne personne, que j'étais bouleversée par tout ça, mais la vérité, c'est que je n'en avais pas envie. Je n'ai aucune endurance : appuyer sur la touche étoile, rester en attente, parler, repasser en attente, puis être très sympa avec une femme aigrie, mère de trois gamins et résolue à reprendre ses études, une femme qui ne fait que frétiller dans l'espoir que vous lui donniez une excuse de vous raccrocher au nez. C'est une salope, OK, mais vous ne pouvez pas lui dire ça, sinon patatras, vous revoilà à la case départ. Et c'est censé vous rendre plus sympa quand vous rappelez. Autant que Lyle se coltine ça.

La prison de Ben se dresse juste à la sortie de Kinnakee, elle a été construite en 1997 après une nouvelle vague de fusions de fermes. Kinnakee se trouve presque au milieu du Kansas, pas très loin de la frontière du Nebraska, et elle se vantait autrefois d'être le centre géographique des quarante-huit États d'Amérique. Le cœur du pays. C'était super important dans les années quatre-vingt, quand nous étions tous patriotes. D'autres villes du Kansas se sont emparées du titre, mais les habitants de Kinnakee les ont ignorées avec fierté et entêtement. C'était le seul intérêt de la ville. La chambre de commerce vendait des posters et des tee-shirts avec le nom de la ville écrit en cursive au milieu d'un cœur. Tous les ans, Diane en achetait un nouveau pour chacune de nous, les filles, en partie parce que nous aimions tout ce qui était en forme de cœur, en partie parce que *kinnakee* est un vieux mot indien qui signifie « petite femme magique ». Diane essayait toujours de nous entraîner vers le féminisme. Ma mère plaisantait qu'elle n'avait pas grand-chose et que c'était un bon début. Je ne me souviens pas de l'avoir entendue dire ça, mais je me souviens de Diane, grossière et furieuse comme elle le fut toujours après les meurtres, qui me racontait l'histoire en fumant une cigarette et en buvant du thé glacé dans une tasse en plastique avec son nom écrit en lettres en forme de rondins.

Il s'avère que nous avions tort finalement. Lebanon, au Texas, est le centre officiel des États-Unis. Kinnakee s'appuyait sur de fausses informations.

Je pensais qu'il me faudrait des mois pour obtenir l'autorisation d'aller voir Ben, mais, apparemment, le pénitencier d'État de Kinnakee, au Kansas, est prompt à délivrer les permis de visite : « Nous sommes convaincus que les relations avec la famille et les amis sont une activité salutaire pour les prisonniers, qu'elles les aident à rester socialisés en maintenant un lien avec l'extérieur. » Paperasse et autres conneries, puis j'ai passé les quelques jours d'intervalle à éplucher les dossiers de Lyle, à lire les transcriptions du procès de Ben, tâche à laquelle je n'avais jamais pu rassembler le courage de m'atteler.

Ça m'a fait transpirer. Mon témoignage était un embrouillamini de souvenirs enfantins ahurissants (« Je crois que Ben a amené une sorcière à la maison et elle nous a tuées », je disais, à quoi le procureur répondait seulement : « Mmmm, maintenant parlons de ce qui s'est vraiment passé ») et de répliques surrépétées (« J'ai vu Ben alors que je me tenais à la porte de la chambre de ma mère, il la menaçait avec notre fusil »). Quant à l'avocat de la défense, il se montrait d'une telle délicatesse que c'est tout juste s'il ne m'enveloppait pas dans un mouchoir en papier pour me déposer sur un lit de plumes (« Pourrais-tu t'être un peu embrouillée dans ce que tu as vu ? » « Es-tu vraiment, vraiment sûre que c'était ton frère, Libby ? » « Est-il possible que tu nous dises ce que tu crois peut-être que nous voulons entendre ? » À quoi je répondais : « Non. » « Oui. » « Non. ») À la fin de la journée, je répondais : « Je crois » à la moindre question. C'était ma façon de dire que j'en avais marre.

L'avocat de Ben s'était acharné sur cette tache de sang sur le couvre-lit de Michelle, et sur le soulier de ville mystérieux qui avait laissé une empreinte dans le sang de ma famille, mais il avait échoué à présenter une théorie alternative convaincante. Peut-être que quelqu'un avait été là, mais il n'y avait pas d'empreinte de pas, pas de traces de pneus dehors pour le prouver.

La matinée du 3 janvier avait apporté une hausse de température de dix degrés, faisant fondre la neige et toutes les traces qu'elle portait en bouillie printanière.

En plus de mon témoignage, plusieurs éléments pesaient contre Ben : des traces de griffure qu'il ne pouvait pas expliquer sur son visage ; une histoire sur un homme aux cheveux broussailleux qui avait tué tout le monde, avait-il affirmé au début, histoire qu'il avait vite remplacée par : « pas là de la nuit, rien vu, rien su » ; une grosse mèche des cheveux de Michelle retrouvée sur le sol de sa chambre, et son comportement globalement erratique ce jour-là. Il s'était teint les cheveux en noir, ce que tout le monde jugeait suspect. Il avait été vu en train de « rôder » à l'école, plusieurs professeurs en avaient témoigné. Ils se demandaient s'il essayait de récupérer les restes d'animaux qu'il gardait dans son casier (des restes d'animaux ?) ou s'il rassemblait des affaires appartenant à d'autres élèves pour une messe sataniste. Plus tard dans la journée, il s'était apparemment rendu dans un repaire de défoncés où il s'était vanté de ses sacrifices au diable.

Ben ne s'était pas rendu service non plus : il n'avait pas d'alibi pour les meurtres ; il possédait une clé de la maison, dont la porte n'avait pas été fracturée ; il s'était disputé avec sa mère le matin. En plus il se comportait comme un petit con. Alors que l'accusation affirmait qu'il était un tueur sataniste, Ben réagissait en parlant avec enthousiasme des rituels de l'adoration du diable, de chansons qu'il aimait qui le faisaient penser aux Enfers, et du grand pouvoir du satanisme. (« Il vous encourage à faire ce que votre instinct vous dicte, parce que fondamentalement nous sommes des animaux. ») À un moment, le procureur demandait à Ben : « Arrêtez de jouer avec vos cheveux et reprenez votre sérieux, vous comprenez que c'est très sérieux ?

– Je comprends que vous pensez que c'est sérieux »,
répliquait Ben.

Ça ne ressemblait même pas au Ben dont je me souvenais, mon frère silencieux, taciturne. Lyle avait ajouté
quelques nouvelles photos du procès : Ben avec ses cheveux noirs ramenés en queue-de-cheval (pourquoi ses
avocats ne l'avaient-ils pas forcé à les couper ?), flottant
dans un costume trop grand, affichant toujours soit un
petit sourire suffisant, soit un air totalement dépourvu
d'affect.

Alors bon, Ben ne s'était pas rendu service, mais la
transcription du procès m'a fait rougir. D'un autre côté,
ça m'a fait me sentir un peu mieux, dans l'ensemble.
Ce n'était pas entièrement ma faute si Ben était en prison (s'il était vraiment innocent, s'il l'était vraiment).
Non, c'était un peu la faute de tout le monde.

Une semaine après avoir accepté de rencontrer Ben,
je rencontrais Ben. J'étais sur la route de ma ville natale,
où je n'étais pas retournée depuis au moins douze ans,
et qui s'était transformée en ville-prison sans mon autorisation. Tout ça était trop rapide, ça me faisait des
nœuds émotionnels. Pour me résoudre à monter en voiture, je n'avais pas pu faire autrement que de me rassurer en me répétant que je n'entrerais pas dans Kinnakee
proprement dite, et que je ne prendrais pas ce long chemin de terre qui m'aurait emmenée à la maison, non je
ne le prendrais pas. Même si de toute façon ce n'était
plus ma maison : quelqu'un avait acheté la propriété
des années auparavant, avait rasé la ferme immédiatement, abattant des murs que ma mère avait décorés de
posters de fleurs bon marché, pulvérisant les fenêtres
contre lesquelles nous soufflions en attendant de voir
ce qui arrivait dans l'allée, brisant le chambranle où ma
mère avait marqué au crayon la croissance de Ben et de

mes sœurs, mais pas la mienne, car elle était trop lasse pour continuer de tenir le compte (je n'avais qu'une seule marque : Libby, 0,96 mètre).

J'ai conduit trois heures durant à travers le Kansas, monté puis descendu les Flint Hills avant d'arriver dans les Flatlands. Des panneaux m'invitaient à visiter le Greyhound Hall of Fame, le musée de la Téléphonie, la Plus Grosse Pelote de Ficelle du monde. Encore un accès de loyauté : j'aurais dû aller visiter tous ces sites, ne serait-ce que pour donner une claque aux automobilistes moqueurs. J'ai fini par quitter l'autoroute et me diriger vers le nord et vers l'ouest alternativement sur des petites routes en dents de scie. Les champs étaient des points jaunes, verts et marron, du pointillisme pastoral. Je m'appuyais contre le volant, alternant entre des stations de ballades country pleurnichardes ou de rock chrétien et de la friture. Le soleil poussif de mars est parvenu à réchauffer la voiture et à faire resplendir mes grotesques racines rousses. De nouveau, la chaleur et la couleur m'ont fait penser à du sang. Sur le siège passager à côté de moi, j'avais posé une bouteille de vodka miniature récupérée dans un avion. Je comptais l'avaler en arrivant à la prison : une dose de torpeur autoprescrite. Il m'a fallu un degré de volonté qui ne me ressemblait pas pour ne pas la descendre sur la route, une main sur le volant, la gorge renversée.

Comme par magie, juste au moment où je pensais : *Je ne suis plus très loin maintenant*, une minuscule pancarte est apparue sur l'horizon immense et plat. Je savais exactement ce qu'elle allait dire : *Bienvenue à Kinnakee, le Cœur de l'Amérique !* en lettres cursives très années cinquante. C'était le cas, et j'ai distingué à peine la volée d'impacts de balles dans le coin en bas à gauche, à l'endroit où Runner avait tiré dessus depuis le volant de son pick-up des décennies plus tôt. Puis en m'approchant j'ai réalisé que j'avais imaginé les trous. Il s'agissait d'une nouvelle pancarte sans éraflure, mais avec la même vieille inscription *Bienvenue à Kinnakee, le Cœur de l'Amérique !* Ils n'en démordaient pas, de leur mensonge. Ça me plaisait. Juste comme je dépassais la pancarte, un autre panneau est apparu : *Pénitencier d'État de Kinnakee, prochaine à gauche.* J'ai pris le chemin indiqué, roulé vers l'ouest sur une terre qui appartenait autrefois à la ferme Evelee. *Ha, bien fait pour vous, les Evelee,* j'ai pensé, mais je ne me souvenais pas pourquoi les Evelee étaient mauvais. Je me souvenais juste qu'ils l'étaient.

J'ai roulé au pas sur cette nouvelle route, dans la banlieue lointaine de l'agglomération. Kinnakee n'avait jamais été une ville prospère, elle consistait surtout en fermes au bord de la faillite et en optimistes châteaux en contreplaqué datant d'un boom pétrolier ridiculement bref. Désormais, c'était pire. Le business de la prison n'avait pas sauvé la ville. La rue était bordée de prêteurs sur gages et de maisons branlantes, qui dataient d'à peine dix ans et s'affaissaient déjà. Des enfants hébétés glandaient dans des jardins sordides. Il y avait des ordures partout : des emballages de sandwichs, des pailles, des mégots. Un repas à emporter complet – boîte en plastique, fourchette en plastique, gobelet en plastique – traînait sur le trottoir, abandonné par le mangeur. Des frites pleines de ketchup étaient répandues dans le caniveau à côté. Même les arbres étaient miteux : chétifs et rabougris, ils refusaient obstinément de bourgeonner. Au bout du pâté de maisons, un jeune couple grassouillet était assis dans le froid sur un banc du Dairy Queen. Ils étaient absorbés par le passage des voitures comme par un film à la télé.

Sur un poteau téléphonique un peu plus loin, une photocopie granuleuse du portrait d'une adolescente au visage sérieux manquant à l'appel depuis 2007 claquait au vent. Deux pâtés de maisons plus loin, ce que je pensais être une copie de la même affichette se révéla être le portrait d'une autre disparue, en juin 2008. Les deux filles étaient négligées, revêches, ce qui explique pourquoi elles n'avaient pas droit au même traitement médiatique que Lisette Stephens. Je me promis intérieurement de ne pas oublier de faire une jolie photo de moi avec le sourire pour le cas où je disparaîtrais.

Encore quelques minutes, et la prison apparut dans une grande clairière inondée de soleil.

Elle était moins imposante que je ne l'avais imaginée les quelques fois où je l'avais imaginée. Elle avait un côté tentaculaire, banlieusard, on aurait pu la confondre avec les bureaux régionaux de quelque entreprise de réfrigération, ou peut-être avec le siège des télécoms, si ce n'était le fil barbelé qui ceignait mignardement la bâtisse. Les boucles du barbelé me rappelaient le fil du téléphone qui faisait l'objet de disputes constantes entre ma mère et Ben vers la fin, celui sur lequel nous trébuchions sans cesse. Debby a été incinérée avec une petite cicatrice en forme d'étoile sur le poignet juste à cause de ce fichu cordon. Je me suis forcée à tousser bruyamment, rien que pour entendre quelque chose.

Je suis entrée dans le parking. La surface goudronnée était merveilleusement lisse après une heure de nids-de-poule. Je me suis garée et suis restée assise là, les yeux fixes, dans ma voiture que la route faisait encore crépiter. De derrière les murs venaient le bourdonnement des conversations et les cris des hommes en promenade. La vodka est passée avec une brûlure médicinale. J'ai mâché un chewing-gum à la menthe durci, une fois, deux fois, puis l'ai craché dans un papier d'emballage de sandwich. Mes oreilles se réchauffaient sous l'effet de l'alcool. Puis j'ai passé les mains sous mon pull et défait mon soutien-gorge. J'ai senti mes seins s'affaisser d'un coup, gros et flasques, tandis que j'entendais, en bruit de fond, des meurtriers faire des paniers de basket. C'est la seule chose que Lyle m'avait conseillée en bégayant, choisissant ses mots avec précaution : « Vous n'avez qu'une seule chance de passer le détecteur de métaux. Ce n'est pas comme à l'aéroport, ils n'ont pas de bâton télescopique. Alors vous devrez laisser tous vos objets métalliques dans votre voiture. Y compris, euh… les vêtements féminins, le… je crois que c'est l'armature métallique ? Dans les soutiens-gorge ? Ça pourrait, euh… Ça pourrait poser problème. »

Bon, très bien. J'ai fourré le soutien-gorge dans ma boîte à gants et j'ai laissé mes seins se balancer librement.

À l'intérieur de la prison, les gardiens étaient très bien élevés, comme s'ils avaient regardé beaucoup de vidéos d'apprentissage sur la courtoisie : « oui, m'dame », « par là, m'dame ». Leur regard était sans profondeur, mon image me revenait directement comme une patate chaude. Fouilles, questions, oui m'dame et une attente interminable. Des portes ouvertes et fermées, ouvertes et fermées, dont j'ai traversé une série, toutes d'une taille différente, comme dans un pays des merveilles métallique. Le sol puait le détergent et l'atmosphère charriait une odeur humide de viande de bœuf. Le réfectoire ne devait pas être loin. J'ai repoussé une vague nauséeuse de nostalgie, en repensant à nous, les petits Day, avec nos repas gratuits à la cantine : les cantinières girondes, embuées par la vapeur d'eau, qui criaient : « Repas gratuit ! » à la caissière tandis que nous passions avec notre louche de stroganoff et un verre de lait tiédasse.

Ben a eu du bol avec le calendrier, j'ai pensé : la peine capitale, qui disparaissait et réapparaissait régulièrement au Kansas, était sous le coup d'un moratoire à l'époque des meurtres (là j'ai fait une pause en constatant l'expression perturbante que j'employais désormais : « à l'époque des meurtres », au lieu de « quand Ben a tué tout le monde »). Bon, il avait pris perpète. Mais au moins je ne l'avais pas fait tuer. J'étais maintenant devant la porte métallique lisse de la salle de visites, qui rappelait celle d'un sous-marin. J'y suis restée un instant. *Il n'y a que le premier pas qui coûte.* Le mantra de Diane. Il fallait que j'arrête de me répéter des pensées de la famille. Le gardien qui m'accompagnait, un homme blond et raide qui m'épargnait le bavardage inutile, m'a fait galamment signe de passer la première.

J'ai poussé la porte et me suis forcée à entrer. Cinq cabines étaient installées à la file, dont l'une occupée par une Amérindienne qui parlait à son fils détenu. Les cheveux noirs de la femme dardaient sur ses épaules, agressifs. Elle murmurait d'un ton monocorde au jeune homme qui hochait la tête nerveusement, le téléphone pressé contre l'oreille, les yeux baissés.

Je me suis assise deux cabines plus loin, et je m'installais juste, prenant une grande respiration, lorsque Ben a passé vivement la porte, tel un chat qui s'échappe par une fenêtre. Il était petit, peut-être un mètre soixante-dix, et ses cheveux avaient pris une teinte rouille foncé. Il les portait longs, aux épaules, et ramenés derrière l'oreille comme une fille. Avec ses lunettes à monture d'acier et son survêtement orange, il avait l'air d'un mécanicien appliqué. La salle était petite, aussi il est arrivé à moi en trois pas, souriant tranquillement tout du long. Rayonnant. Il s'est assis, a posé une main sur la vitre, et m'a fait signe de faire pareil. Je n'ai pas pu, pas pu presser ma paume contre la sienne, moite sur la vitre comme du jambon. Au lieu de ça, je lui ai fait un sourire timoré et j'ai décroché le téléphone.

De l'autre côté de la vitre, il a pris le combiné, s'est éclairci la gorge, et a baissé les yeux. Il a commencé à dire quelque chose, puis s'est arrêté. Il ne m'a laissée regarder que le sommet de son crâne pendant près d'une minute. Quand il a relevé les yeux, il pleurait, deux larmes coulaient de chaque côté de son visage. Il les a essuyées du revers de la main puis a souri, les lèvres tremblotantes.

« Bon sang, t'es le portrait craché de m'man, il a lâché tout d'un coup, puis il a toussé et essuyé d'autres larmes. Je ne savais pas ça. » Ses yeux allaient de mon visage à ses mains en vacillant. « Oh, la vache, Libby, comment vas-tu ? »

Je me suis éclairci la gorge et j'ai dit : « Ça peut aller. Je me suis dit qu'il était temps que je vienne te voir. » *C'est vrai que je ressemble pas mal à m'man*, j'ai pensé. *C'est vrai.* Puis j'ai pensé : *mon grand frère*, et j'ai ressenti la même fierté arrogante que quand j'étais petite. Il avait si peu changé : le même visage pâle, le même nez en forme de zob caractéristique des Day. Il n'avait même pas tellement grandi depuis les meurtres. Comme si notre croissance à tous les deux s'était interrompue cette nuit-là. C'était mon grand frère, et il était content de me voir. *Il sait comment te manœuvrer*, je me suis avertie. Puis j'ai écarté cette idée.

« Ça me fait plaisir, ça me fait plaisir, a dit Ben, regardant toujours le côté de sa main. J'ai beaucoup pensé à toi toutes ces années, je me suis demandé comment tu allais… On n'a que ça à faire, ici… Réfléchir et se poser des questions. Une fois de temps en temps quelqu'un m'a donné de tes nouvelles. Mais ce n'est pas pareil.

— Non, j'ai acquiescé. Est-ce qu'ils te traitent correctement ? » j'ai demandé stupidement. Mes yeux sont devenus vitreux et tout d'un coup j'étais en larmes, et tout ce que je voulais dire, c'était : « Désolée, je suis désolée, je suis tellement désolée. » Au lieu de ça je me suis tue, me contentant de fixer une constellation d'acné à un coin de la bouche de Ben.

« Je vais bien, Libby. Libby, regarde-moi. » Mes yeux dans les siens. « Je vais bien. Vraiment. J'ai passé le bac ici, ce qui est davantage que ce que j'aurais sans doute fait à l'extérieur, et je suis même en train de préparer une licence. D'anglais. Je lis Shakespeare, putain. » Il fit le son guttural qu'il avait toujours essayé de faire passer pour un rire. « Diantre de vous, petite souillonne ! »

Je ne pigeais pas la fin de sa tirade, mais j'ai souri pour lui faire plaisir.

« Bon Dieu, Libby, je pourrais passer des heures à te regarder. Tu ne peux pas savoir comme c'est bon de te voir. Merde, je suis désolé. T'es vraiment le portrait craché de m'man, les gens doivent te le dire tout le temps ?

– Qui me le dirait ? Il n'y a personne. Runner est parti je ne sais où, Diane et moi on est en froid. » Je voulais qu'il ait de la peine pour moi, qu'il s'immerge dans ma grande flaque de pitié vide. Voilà où nous en étions, nous, les derniers des Day. S'il avait de la peine pour moi, il aurait plus de mal à me condamner. Les larmes continuaient de monter et cette fois je les ai laissées couler. Deux chaises plus loin, l'Indienne faisait ses adieux. Ses sanglots étaient aussi bas que sa voix.

« T'es toute seule, hein ? C'est pas bien. Ils auraient dû prendre mieux soin de toi.

– T'es quoi, converti à l'évangélisme ? » j'ai lâché, le visage inondé. Ben a froncé les sourcils, sans comprendre. « C'est pour ça ? Que tu me pardonnes ? Tu n'es pas censé être sympa avec moi. » Mais j'en mourais d'envie, je sentais mon besoin de réconfort, comme un besoin urgent de poser un plat brûlant.

« Non, non, je ne suis pas si sympa que ça, il a répondu. J'ai beaucoup de colère contre beaucoup de gens, simplement tu n'en fais pas partie.

– Mais…, j'ai commencé, ravalant un sanglot comme une gamine. Mais mon témoignage… Je crois… j'aurais pu… je ne sais pas, je ne sais pas… » *Ça ne pouvait être que lui*, me suis-je de nouveau mise en garde.

« Oh, ça. » Il l'a dit comme s'il s'agissait d'un désagrément mineur, un embêtement survenu pendant des vacances d'été et qu'il valait mieux oublier. « Tu ne lis pas mes lettres, hein ? »

J'ai essayé d'expliquer avec un haussement d'épaules mal à propos.

« Eh bien, ton témoignage… Ça m'a seulement surpris que les gens t'aient crue. Ce que tu as dit ne m'a pas surpris. Tu étais dans une situation complètement folle. Et tu avais toujours été une petite menteuse. » Il a ri de nouveau et je l'ai imité, des rires brefs et identiques, comme si nous avions attrapé la même toux. « Non, sérieusement, le fait qu'ils t'aient crue ? Ils voulaient que je sois enfermé, j'allais être enfermé, ça ne faisait que le prouver. Une gamine de sept ans, putain. Bon Dieu, t'étais tellement petite… » Il a levé les yeux vers la droite, songeur. Puis il s'est repris. « Tu sais à quoi j'ai pensé, l'autre jour ? Je ne sais pas pourquoi, j'ai pensé à ce fichu lapin en porcelaine, celui que m'man nous demandait de mettre sur les toilettes. »

J'ai secoué la tête. Je ne voyais pas du tout de quoi il voulait parler.

« Tu ne t'en souviens pas, du petit lapin ? Parce que les toilettes ne fonctionnaient pas correctement. Si on les utilisait deux fois en une heure, la chasse d'eau n'évacuait pas. Alors si l'un d'entre nous allait chier au moment où ça ne s'écoulait pas, il devait baisser le couvercle et poser le lapin dessus, pour que personne d'autre ne l'ouvre et ne tombe sur des chiottes pleines de merde. Parce que vous poussiez des hurlements quand ça arrivait, vous les filles. Je n'en reviens pas que tu aies oublié ça. C'était tellement stupide, ça me rendait complètement dingue. J'étais furieux d'être obligé de partager une salle de bains avec vous toutes, j'étais furieux de vivre dans une maison avec un seul W-C qui ne marchait même pas, j'étais furieux à cause du lapin. Ce lapin… » Il est parti de son rire contraint. « J'avais l'impression que c'était comme s'il m'humiliait, un truc comme ça. Qu'il m'émasculait. Je prenais ça très à cœur. Comme si m'man était censée trouver une figurine de voiture ou de mitraillette rien que pour moi. La vache, comment je m'énervais là-dessus. J'étais là, debout à côté de la cuvette, et je jurais : "Je ne mettrai pas ce lapin", puis, au moment de sortir, je me disais : "Et puis merde, faut que je mette ce lapin, sinon y a une des filles qui va rentrer là-dedans et ça va être le concert de hurlements – qu'est-ce que vous hurliez, toutes ! Des cris stridents : Hiiiiiiiiiiiih ! – et je veux pas affronter ça, alors d'accord, voilà ce foutu lapin sur ces foutues chiottes !" » Il a ri de nouveau, mais le souvenir lui avait coûté, son visage était tout rouge et son nez couvert de sueur. « C'est le genre de truc auquel tu penses ici. Des trucs bizarres. »

J'ai essayé de trouver ce lapin dans ma mémoire, essayé de faire l'inventaire de la salle de bains, de ce qu'elle contenait, mais il ne m'en restait rien, une poignée d'eau.

« Désolé, Libby, c'est un drôle de souvenir à te balancer comme ça. »

J'ai posé le bout du doigt près du bas de la vitre et dit : « C'est rien. »

155

Nous sommes restés assis en silence pendant un moment en faisant semblant d'écouter un bruit inexistant. Nous avions à peine commencé mais la visite était presque terminée. « Ben, je peux te poser une question ?

– Je crois. » Son visage a perdu toute expression. Il se préparait.

« Tu n'as pas envie de sortir d'ici ?

– Bien sûr que si.

– Pourquoi tu ne donnes pas à la police ton alibi pour cette nuit-là ? C'est absolument impossible que tu aies dormi dans une grange.

– C'est juste que je n'ai pas un bon alibi. Je n'en ai pas, c'est tout. Ça arrive.

– Parce qu'il faisait, genre, moins quinze dehors. Je m'en souviens. » J'ai frotté mon demi-doigt sous le comptoir, agité les deux orteils de mon pied droit.

« Je sais, je sais. Tu ne peux pas imaginer. » Il a détourné le visage. « Tu ne peux pas imaginer combien de semaines, *d'années* j'ai passées enfermé ici à me mordre les doigts de ne pas m'y être pris différemment. M'man, Michelle et Debby ne seraient peut-être pas mortes si j'avais juste… été un homme. Pas juste un gamin débile. Caché dans une grange, en colère contre sa maman. » Une larme s'est écrasée sur le combiné, j'ai cru pouvoir l'entendre : bing ! « Je trouvais ça normal d'être puni pour cette nuit… Je trouve ça… normal.

– Mais. Je ne comprends pas. Pourquoi as-tu été si peu coopératif avec la police ? »

Ben a haussé les épaules, et une fois de plus son visage est devenu aussi expressif qu'un masque mortuaire.

« Oh, bon Dieu. J'étais juste… J'étais un gamin si peu sûr de lui. Tu comprends, j'avais quinze ans,

Libby, quinze ans. Je ne savais pas ce que ça signifiait d'être un homme. Évidemment, Runner ne m'a pas tellement aidé. Personne ne me remarquait jamais, dans un sens ou dans l'autre et, tout d'un coup, les gens se sont mis à me traiter comme si *moi* je leur faisais peur. Tu comprends, du jour au lendemain, voilà que j'étais une terreur.

– Une terreur accusée d'avoir assassiné sa famille.

– Tu veux me traiter de crétin, Libby, vas-y, te gêne pas. Pour moi, c'était simple : j'ai dit que je ne l'avais pas fait, je savais que je ne l'avais pas fait et – je ne sais pas, par un mécanisme de défense ? – je n'ai pas pris la chose aussi au sérieux que j'aurais dû. Si j'avais réagi comme tout le monde s'attendait à ce que je réagisse, je ne serais probablement pas ici. La nuit je braillais dans un oreiller, mais je jouais les durs dès que quelqu'un pouvait me voir. C'est tordu, crois-moi, je le sais bien. Mais on ne devrait jamais s'attendre à beaucoup de larmes quand on met un gamin de quinze ans à la barre dans une salle d'audience pleine de gens qu'il connaît. Ce que je me disais, bien sûr, c'est que je serais acquitté, et qu'ensuite je serais admiré à l'école pour m'être comporté comme un tel caïd. Sans mentir, j'en rêvais, de ces conneries. Ça ne m'a même pas effleuré l'esprit que je courais le danger de... finir comme ça. » Il pleurait à présent. Il s'est de nouveau essuyé la joue. « J'ai dépassé la peur de pleurer devant les autres, c'est clair.

– Nous devons arranger ça, j'ai dit finalement.

– Ça ne va pas s'arranger, Libby, sauf s'ils découvrent qui est l'assassin.

– Eh bien, il te faut de nouveaux avocats pour travailler sur l'affaire, j'ai raisonné. Tout ce qu'on peut faire avec l'ADN, maintenant... » L'ADN était pour moi une sorte d'élément magique, une bouillie luisante qui faisait toujours sortir les gens de prison.

Ben a ri la bouche fermée, comme il faisait quand on était petits, sans vous donner la chance d'en profiter.

« Tu parles comme Runner, il a dit. Tous les deux ans environ, je reçois une lettre de lui qui dit : *L'ADN ! Il faut qu'on trouve de l'ADN.* Comme si j'en avais un placard plein et que je ne voulais pas le faire partager. *L'A-D-N !* a-t-il répété, imitant les hochements de tête et les yeux fous de Runner.

– Tu sais où il se trouve en ce moment ?

– La dernière lettre était aux bons soins du foyer pour hommes de Bert Nolan, quelque part dans l'Oklahoma. Il me demandait de lui envoyer cinq cents dollars pour qu'il puisse continuer ses recherches pour mon compte. Qui que soit Bert Nolan, il doit maudire le jour où il a laissé ce satané Runner entrer dans son foyer. » Il s'est gratté le bras, relevant sa manche juste assez pour que je distingue un prénom de femme tatoué. Il se terminait en *-olly* ou *-ally*. Je me suis arrangée pour qu'il me voie le remarquer.

« Ah ! ça ? Une vieille flamme. Nous avons commencé par correspondre. Je pensais que je l'aimais, je pensais que je l'épouserais, mais en fin de compte elle ne voulait pas vraiment être coincée avec un type en prison à vie. J'aurais bien aimé qu'elle me le dise avant que je me fasse le tatouage.

– Ça a dû faire mal.

– Ça n'a pas chatouillé.

– Je parlais de la rupture.

– Ah ! oui, ça aussi. »

Le gardien nous a lancé le signal des trois dernières minutes et Ben a levé les yeux au ciel. « C'est dur de décider quoi dire en trois minutes. Deux minutes tu

158

commences juste à projeter une prochaine visite. Cinq minutes tu peux finir ta conversation. Mais trois ? » Il a avancé les lèvres, fait un pfffft. « J'espère vraiment que tu reviendras, Libby. J'avais oublié combien la maison me manquait. T'es son portrait craché. »

Patty Day
2 janvier 1985
11 h 31

Elle s'était repliée dans la salle de bains après le départ de Dupré, avec son sourire onctueux qui suggérait encore une proposition peu ragoûtante, un genre d'aide qu'elle savait ne pas vouloir. Les filles s'étaient ruées hors de leur chambre dès qu'elles avaient entendu la porte se fermer, et, après un bref conciliabule devant la porte de la salle de bains, elles avaient décidé de laisser leur mère en paix et de retourner devant la télé.

Patty tenait son ventre dégoulinant de sueur froide. La ferme de ses parents, partie. Elle sentit le soulèvement coupable de l'estomac qui avait toujours fait d'elle une si bonne fille, cette peur constante de décevoir ses parents, *s'il vous plaît, s'il vous plaît, Dieu, faites qu'ils n'en sachent rien.* Ils lui avaient confié cet endroit, et elle avait failli. Elle se les représenta dans les nuages, au paradis, le bras de son père autour des épaules de sa mère, en train de la regarder d'en haut, secouant la tête : « Qu'est-ce qui a bien pu te prendre de faire une chose pareille ? » Le reproche préféré de sa mère.

Ils allaient devoir déménager dans une ville tout à fait différente. À Kinnakee, il n'y avait pas d'appartements, or ils allaient devoir s'entasser dans un appartement et elle, prendre un boulot dans un bureau, si elle

160

en trouvait un. Elle avait toujours eu de la peine pour les gens qui vivaient dans des appartements, coincés à écouter leurs voisins roter et s'engueuler. Ses jambes cédèrent sous elle et elle se retrouva soudain assise par terre. Elle n'aurait jamais assez d'énergie pour quitter la ferme, jamais. Les dernières années étaient venues à bout du peu qu'il lui en restait. Certains matins, elle ne pouvait même pas sortir de son lit, elle ne pouvait physiquement pas sortir ses jambes de sous les couvertures. Les filles devaient la tirer, s'arc-bouter sur leur volonté pour l'extirper du lit, et pendant qu'elle préparait le petit déjeuner et les équipait *grosso modo* pour l'école, elle rêvait de mourir. Un truc rapide, une crise cardiaque foudroyante, ou un accident de circulation soudain. Mère de quatre enfants, écrasée par un bus. Les enfants seraient adoptés par Diane, qui les empêcherait de traînasser en pyjama toute la journée, s'assurerait qu'ils aillent chez le médecin quand ils seraient malades, et les harcèlerait jusqu'à ce qu'ils finissent leurs devoirs. Patty était un petit bout de femme, vacillante et faible, prompte à l'optimisme, mais encore plus facilement découragée. C'était Diane qui aurait dû hériter de la ferme. Simplement, elle n'en voulait pas, elle s'était tirée à dix-huit ans. Elle avait suivi une trajectoire joyeuse et élastique au bout de laquelle elle avait atterri comme réceptionniste dans un cabinet médical situé à Schieberton, à cinquante kilomètres, une distance minime mais cruciale.

Leurs parents avaient pris le départ de Diane avec stoïcisme, comme si ça avait toujours été prévu ainsi. Patty se souvenait de l'époque du lycée, quand ils étaient tous venus la regarder faire la pom-pom girl par un soir humide d'octobre. C'était à trois heures de route, à l'autre bout du Kansas, presque dans le Colorado, et une pluie fine mais régulière était tombée pendant tout le match. À la fin (Kinnakee avait perdu), ses deux parents aux cheveux gris et sa sœur, trois ovales massifs, étaient descendus sur le terrain. Emmitouflés dans leurs gros manteaux de laine, les yeux plissés derrière leurs trois paires de lunettes embuées par la pluie, ils s'étaient précipités à ses côtés en souriant tous avec une telle fierté et une telle gratitude qu'on aurait pensé qu'elle avait trouvé un remède contre le cancer.

Ed et Ann Krause étaient morts désormais, ils étaient morts assez jeunes, mais sans grande surprise, et Diane était à présent chef réceptionniste dans le même cabinet médical. Elle vivait dans un mobil-home entouré d'un coquet *trailer park*[1] bordé de fleurs.

« C'est une vie assez bonne pour moi, disait-elle toujours. Je n'imagine même pas désirer autre chose. »

C'était tout Diane. Capable. C'était elle qui se rappelait les petites attentions qui faisaient plaisir aux filles. Elle n'oubliait jamais de leur acheter leurs tee-shirts de Kinnakee une fois par an : *Kinnakee, le Cœur de l'Amérique* ! Diane avait baratiné les filles en leur disant que Kinnakee signifiait petite femme magique en indien, et les filles en avaient tellement jubilé que Patty n'avait jamais pu se résoudre à leur expliquer qu'en fait ça signifiait seulement caillou ou corbeau, un truc comme ça.

Le klaxon de la voiture de Diane s'immisça dans ses pensées avec son habituel tut-tut-tut joyeux.

« Diane ! » hurla Debby d'une voix suraiguë, et Patty entendit les trois filles se ruer vers la porte. Elle voyait parfaitement la masse de nattes et de petits bourrelets. Puis elle imagina qu'elles pourraient continuer à courir

---

1. Parc de mobil-homes habités généralement par des ménages des plus modestes.

dehors, jusqu'à la voiture, et que Diane les emmènerait au loin, la laissant seule dans cette maison où elle réduirait tout au silence.

Elle s'arracha au sol, s'essuya le visage avec un chiffon piqué. Son visage était tout le temps rouge, ses yeux tout le temps roses, aussi il était impossible de dire si elle avait pleuré. C'était le seul avantage de ressembler à un rat écorché. Lorsqu'elle ouvrit la porte, sa sœur était déjà en train de décharger trois sacs pleins de boîtes de conserve et d'envoyer les petites chercher le reste dans la voiture. Ça faisait tellement longtemps qu'elle leur apportait à manger que Patty en était venue à associer l'odeur des sacs en papier marron avec Diane. C'était un parfait exemple du naufrage de la vie de Patty : elle vivait dans une ferme mais n'avait jamais assez à manger.

« Je leur ai pris un cahier d'autocollants, aussi, dit Diane en le faisant claquer sur la table.

— Oh ! tu les gâtes, D.

— Ben, je leur en ai pris qu'un, comme ça elles seront obligées de partager. Donc ça va, non ? » Elle rit et entreprit de faire du café. « Ça te dérange pas ?

— Bien sûr que non, j'aurais dû lancer une cafetière. » Patty se dirigea vers le buffet pour prendre le mug de Diane – elle avait jeté son dévolu sur une lourde tasse aussi grosse que sa tête, qui avait appartenu à leur père. Patty entendit le crachotement prévisible, se retourna, donna un coup sur la cafetière : elle se coinçait toujours après la troisième giclée de café.

Les filles revinrent. Elles hissèrent les sacs sur la table de la cuisine et, non sans quelques exhortations de Diane, commencèrent à les vider.

« Où est Ben ? demanda Diane.

— Mmm… », commença Patty, mettant trois cuillers de sucre dans le mug de Diane. Elle fit un signe de tête vers les gamines, qui avaient déjà ralenti leurs activités de rangement et lançaient vers elles des regards faussement dégagés.

« Il a des ennuis, explosa Michelle avec jubilation. Encore.

– Parle-lui de ses tu-sais-quoi », pressa Debby.

Diane se tourna vers Patty avec une grimace. Elle s'attendait visiblement à une histoire d'organes génitaux coincés ou mutilés.

« Les filles, tante D. vous a apporté un cahier d'autocollants…

– Allez jouer dans votre chambre pour que je puisse discuter avec votre mère. » Diane parlait toujours plus durement aux filles que Patty. Elle reprenait le personnage de faux bourru d'Ed Day, qui leur grognait dessus avec une lassitude tellement exagérée qu'elles savaient, même hautes comme trois pommes, qu'il les faisait un peu marcher. Patty renchérit par un regard implorant à Michelle.

« Oh ! super, un cahier d'autocollants ! » s'exclama Michelle avec un enthousiasme à peine surjoué. Michelle se faisait toujours une joie de se faire la complice de n'importe quel subterfuge d'adultes. Et une fois que Michelle faisait semblant de vouloir quelque chose, Libby n'était plus que dents serrées et mains accapareuses. Libby était un bébé de Noël, ce qui signifiait qu'elle n'avait jamais la bonne quantité de cadeaux. Patty lui mettait de côté un paquet supplémentaire – et bon anniversaire, Libby ! – mais elles savaient toutes la vérité : Libby se faisait avoir. Il était rare que Libby n'ait pas l'impression de se faire avoir.

Patty savait toutes ces choses sur ses filles, mais elle oubliait tout le temps. Qu'est-ce qui n'allait pas chez elle, pour que ces bribes de la personnalité de ses enfants la surprennent encore ?

« Tu veux aller dans le garage ? demanda Diane, tapotant ses cigarettes dans sa poche de poitrine.

– Oh », répondit seulement Patty. Diane avait arrêté et repris la cigarette au moins deux fois par an depuis qu'elle avait trente ans. À présent, elle en avait trente-sept, et elle était encore plus ravagée que Patty : son visage était craquelé comme une peau de serpent, et Patty savait depuis longtemps que le meilleur soutien qu'elle pouvait lui apporter, c'était de la fermer et de l'accompagner dans le garage. Exactement comme sa mère l'avait fait avec son père. Bien sûr, il était mort d'un cancer du poumon peu après son cinquantième anniversaire.

Patty suivit sa sœur. Elle se forçait à respirer, se préparait à lui dire que la ferme était perdue, anxieuse de voir si Diane allait hurler sur les dépenses inconsidérées de Runner, et sur sa permissivité face à ces dépenses, ou si elle allait juste sombrer dans le silence, se contenter de ce simple hochement de tête caractéristique.

« Alors qu'est-ce qui se passe avec les tu-sais-quoi de Ben ? » fit Diane en s'installant dans la chaise de jardin grinçante – deux des sangles entrecroisées étaient déchirées et pendouillaient sur le sol. Elle alluma une cigarette et fit immédiatement de grands gestes pour écarter la fumée du visage de Patty.

« Oh, ce n'est pas ce que tu crois, ce n'est pas un truc tordu. Enfin, tordu, oui, mais… il s'est teint les cheveux en noir. Qu'est-ce que ça signifie ? »

Elle s'attendait à un gloussement moqueur, mais Diane garda le silence.

« Comment va Ben ces temps-ci, Patty ? Dans l'ensemble, comment est-il ?

– Oh ! je ne sais pas. Lunatique.

– Il a toujours été lunatique. Même quand il était tout petit, il était comme un chat. Une minute, il était tout câlin, puis la suivante il vous regardait comme s'il ne vous reconnaissait pas. »

C'était vrai, Ben à l'âge de deux ans était un être fort surprenant. Il exigeait catégoriquement sa dose d'amour en empoignant un sein ou un bras, mais dès qu'il avait assez d'affection, et ça venait vite, il devenait complètement amorphe et faisait le mort jusqu'à ce qu'on le lâche. Elle l'avait emmené chez le docteur, et Ben était resté tout raide, les lèvres serrées, un petit garçon stoïque en col roulé avec une capacité perturbante à se replier sur lui-même. Même le médecin avait eu l'air un peu effrayé. Il lui avait tendu une sucette bon marché et avait recommandé à Patty de le ramener six mois plus tard s'il n'avait pas changé. Il n'avait pas changé.

« Enfin, ce n'est pas un crime, d'être lunatique, dit Patty. Runner était lunatique.

— Runner est un connard, ce n'est pas pareil. Ben a toujours ce côté distant.

— Faut dire qu'il a quinze ans », commença Patty avant de laisser mourir sa voix. Un pot de vieux clous sur l'étagère venait d'accrocher son regard. Elle doutait que personne l'ait touché depuis l'époque de leur père. Il portait une étiquette avec le mot « Clous » écrit de sa longue écriture bien droite.

Le sol de béton graisseux du garage était encore plus froid que l'air. Dans un coin, les jointures de plastique d'un vieux pichet d'eau avaient craqué sous l'effet du gel. Leur souffle s'imprégnait de la fumée de la cigarette de Diane. Cependant, elle éprouvait ici une curieuse satisfaction, parmi ces vieux outils qu'elle pouvait se représenter dans les mains de leur père : des râteaux aux dents tordues, des haches de toutes les dimensions, des étagères bourrées de pots pleins de vis, de clous et de rondelles. Même la vieille glacière en métal, à la base constellée de rouille, où leur père tenait ses bières au frais pendant qu'il écoutait les matchs de base-ball à la radio.

Ça la perturbait que Diane reste si peu diserte, puisque Diane aimait tant donner son opinion, même quand elle n'en avait pas vraiment. Ça la perturbait encore plus que Diane reste tellement inerte, qu'elle n'ait pas trouvé un plan, quelque chose à réparer ou à réarranger, car Diane était une active, elle ne restait jamais les bras croisés à papoter.

« Patty. Il faut que je te dise quelque chose que j'ai entendu. Mon premier réflexe était de ne pas t'en parler, parce que bien sûr ce n'est pas vrai. Mais tu es sa mère, tu devrais le savoir et… merde, je ne sais pas, il faut que tu le saches.

– Vas-y.

– Est-ce que Ben a déjà joué avec les filles d'une manière qui pourrait prêter à confusion ? »

Patty la regarda, les yeux écarquillés.

« D'une façon que les gens pourraient mal interpréter… sexuellement ? »

Patty faillit s'étrangler. « Ben *déteste* les filles ! » Elle fut surprise du soulagement qu'elle éprouvait. « Il fait tout son possible pour éviter d'avoir affaire à elles. »

Diane alluma une autre cigarette, fit un hochement de tête un peu raide. « Bon, OK, très bien. Mais il y a autre chose. Une amie à moi m'a répété une rumeur selon laquelle il y a eu une plainte contre Ben à l'école. Plusieurs petites filles, de l'âge de Michelle environ, ont raconté qu'elles l'ont embrassé, et peut-être qu'il les a tripotées, ou quelque chose comme ça. Peut-être pire. Ce que j'ai entendu, c'était pire.

– Ben ? Tu réalises que c'est complètement insensé. » Patty se leva. Elle ne savait pas quoi faire de ses bras et de ses jambes. Elle se tourna sur la droite puis sur la

167

gauche un peu trop vite, comme un chien distrait, puis se rassit. Une des sangles de sa chaise céda.

« Je sais bien que c'est insensé. Ou il y a un malentendu. »

C'était le pire mot qu'aurait pu dire Diane. Aussitôt qu'elle l'eut prononcé, Patty sut que c'était exactement ce qu'elle avait redouté. Ce fossé de possibilités – *malentendu* – qui pouvait transformer la rumeur en une chose réelle. Une petite tape sur la tête pouvait se transformer en une caresse sur les fesses, qui pouvait se transformer en un baiser sur les lèvres, et le toit pouvait s'effondrer tout aussi facilement.

« Un malentendu ? Ben ne se tromperait pas sur un baiser. Ni une caresse. Pas avec une petite fille. Ce n'est pas un pervers. C'est un garçon un peu spécial, mais il n'est pas malade. Il n'est pas cinglé. » Patty avait passé sa vie à jurer que Ben *n'était pas* un peu spécial, qu'il était juste un gamin comme les autres. Mais à présent elle acceptait cette qualification. Elle en prit subitement conscience, dans une secousse violente, comme quand le vent vous plaque brutalement les cheveux dans les yeux pendant que vous conduisez.

« Tu leur diras, qu'il ne ferait jamais ça ? demanda Patty, et les larmes vinrent tout d'un coup, inondant ses joues.

– Je peux le dire à tout le monde à Kinnakee, à tout le monde dans l'État du Texas, qu'il ne ferait jamais ça, mais ça ne suffira pas forcément. Je ne sais pas. Je ne sais pas. J'en ai seulement entendu parler hier après-midi, mais on dirait que ça... enfle. J'ai failli venir tout de suite. Puis j'ai passé le reste de la nuit à me convaincre que ce n'était rien. Mais quand je me suis réveillée ce matin, j'ai compris que c'était grave. »

Patty connaissait ce sentiment, une gueule de bois fantôme, comme quand elle se réveillait en sursaut à deux heures du matin et qu'elle essayait de se persuader que la ferme allait bien, que les affaires allaient reprendre cette année, puis se sentait d'autant plus malade quand elle ouvrait les yeux au son du réveil quelques heures plus tard, coupable de s'être dupée. C'était surprenant de constater qu'on pouvait passer des heures au milieu de la nuit à se faire croire que tout allait bien, et qu'il suffisait de trente secondes à la lumière du jour pour savoir que ce n'était pas le cas.

« Alors tu as fait la route avec les provisions et un cahier d'autocollants, et tout le long tu savais que tu allais m'annoncer cette *histoire* sur Ben.

— Comme je l'ai dit… » Diane haussa les épaules avec sympathie et écarta les doigts, sauf les deux qui tenaient la cigarette.

« Bon, et que se passe-t-il maintenant ? Tu connais le nom des fillettes ? Est-ce que quelqu'un va me téléphoner ou venir me voir, ou aller voir Ben ? Il faut que je trouve Ben.

— Où est-il ?

— Je ne sais pas. On s'est disputés. À propos de ses cheveux. Il est parti en vélo.

— Alors qu'est-ce que c'est que cette histoire avec ses cheveux ?

— Je ne sais pas, Diane ! Quelle importance ça peut bien avoir maintenant, nom de Dieu ? »

Mais bien sûr Patty savait que ça en avait. À partir de maintenant, tout serait analysé et passé au crible en quête d'un sens caché.

« Tu sais, je ne pense pas que ça urge, déclara calmement Diane. Je ne pense pas que nous ayons besoin de le faire rentrer sur-le-champ à moins que tu ne veuilles qu'il rentre sur-le-champ.

— Je veux qu'il rentre sur-le-champ.

– OK, alors on n'a qu'à commencer à passer des coups de fil. Donne-moi une liste de ses amis et je vais m'y mettre.

– Je ne connais même plus ses amis, dit Patty. Il a téléphoné à quelqu'un ce matin, mais il n'a pas voulu dire qui.

– On n'a qu'à essayer la touche bis. »

Diane poussa un grognement, écrasa sa cigarette avec sa botte, aida Patty à se relever et l'accompagna à l'intérieur. D'un ton sans appel, elle avertit les filles de rester dans leur chambre quand elle entendit leur porte grincer, et elle se dirigea vers le téléphone. Décidée, elle appuya sur la touche bis avec son doigt épais. Plusieurs tonalités chantantes retentirent dans le combiné – bipBipBIPbipbipbopBIP. Avant même la première sonnerie, Diane raccrocha.

« C'est mon numéro.

– Ah oui, c'est vrai. Je t'ai appelée après le petit déjeuner pour voir à quelle heure tu allais passer. »

Les deux sœurs s'installèrent à la table et Diane versa de nouveau du café dans leurs mugs. La neige étincelait dans la cuisine comme un stroboscope.

« Il faut qu'on fasse rentrer Ben », dit Patty.

Libby Day
Aujourd'hui

Dans la lune comme une écolière, j'ai refait la route jusqu'à chez moi en pensant à Ben. Depuis mes sept ans, je le voyais par éclairs comme dans une maison hantée : Ben, les cheveux noirs, le visage lisse, les mains cramponnées à une hache, poursuivant Debby dans le couloir, un bourdonnement sortant de ses lèvres serrées. Le visage de Ben éclaboussé de sang, hurlant, tandis qu'il épaulait le fusil.

J'avais oublié qu'autrefois il y avait simplement Ben, timide et sérieux, avec ses brusques saillies humoristiques bizarres et déconcertantes. Simplement Ben mon frère, qui n'aurait jamais pu faire ce qu'ils avaient dit. Ce que j'avais dit.

À un feu, le sang en ébullition, j'ai fouillé sous mon siège et en ai retiré l'enveloppe d'une vieille facture. Au-dessus de la fenêtre plastifiée, j'ai écrit : *Suspects*. Puis j'ai écrit : *Runner*. J'ai fait une pause. *Quelqu'un qui en voulait à Runner ?*, j'ai ajouté. *Quelqu'un à qui Runner devait de l'argent ?* Runner, Runner, Runner. J'en revenais toujours à lui. La voix mâle qui beuglait dans notre maison cette nuit-là, ça aurait pu être celle de Runner ou d'un de ses ennemis aussi facilement que celle de Ben. J'avais besoin que ce soit vrai, et prouvable. J'ai eu une montée de panique : je ne peux pas vivre avec ça, Ben en prison, cette culpabilité sans limite. J'avais besoin de clore l'affaire. J'avais besoin de savoir. Moi, moi. Comme de juste, j'étais toujours aussi égoïste.

En dépassant le chemin qui menait à notre ferme, j'ai détourné les yeux.

Je me suis arrêtée dans une station-service des faubourgs de Kansas City, j'ai fait le plein, acheté une bûche de fromage fondu, un peu de Coca, du pain de mie et des croquettes pour mon vieux matou affamé. Puis j'ai repris la direction de chez moi, Quelque Part Par Là. Je me suis garée en haut de la pente qui me tenait lieu de colline, je suis descendue de voiture, et j'ai fixé méchamment deux vieilles dames de l'autre côté de la rue qui ne m'accordaient jamais un regard. Elles étaient assises sur la balancelle du porche, comme d'habitude, malgré le froid, la tête bien droite, des fois que je risque de leur gâcher la vue. Je suis restée plantée là, les mains sur les hanches, jusqu'à ce qu'une des deux cède finalement. Je les ai alors saluées d'un geste plutôt grandiloquent, un salut sorti tout droit d'un corral du vieil Ouest. La vieille bique ridée m'a fait un signe de tête, et je suis rentrée nourrir le pauvre Buck, triomphante.

Pendant que j'avais encore assez d'énergie, j'ai étalé de la moutarde jaune vif sur mon pain de mie, disposé d'épaisses tranches visqueuses de fromage par-dessus, et avalé le sandwich tout en négociant avec trois standardistes qui avaient l'air de s'ennuyer autant l'une que l'autre pour obtenir le numéro du foyer pour hommes de Bert Nolan. Encore un boulot à ajouter à la liste de mes occupations potentielles, selon ce bon vieux Jim Jeffreys : standardiste. Quand j'étais gamine, c'était un truc que les petites filles rêvaient de faire, standardiste. Je ne voyais plus du tout pourquoi.

172

Une fine couche de pain collée au palais, je suis finalement parvenue à joindre une voix au foyer de Bert Nolan, et j'ai été surprise de découvrir qu'il s'agissait de Bert Nolan en personne. J'avais supposé que quelqu'un qui donnait son nom à un foyer devait être mort. Quand je lui ai expliqué que j'étais à la recherche de Runner Day, il a marqué une pause.

« Eh bien, il est là par intermittence, surtout absent depuis un mois, mais je me ferai un plaisir de lui transmettre un message », a dit Bert Nolan d'une voix de vieux klaxon rouillé. J'ai donné mon nom – qui ne l'a pas fait broncher – et je m'apprêtais à donner mon numéro de téléphone lorsqu'il m'a interrompue.

« Oh ! il ne sera pas en mesure de passer un appel longue distance, je peux déjà vous le garantir. Mes pensionnaires ont tendance à écrire beaucoup. Des lettres, vous comprenez ? Un timbre coûte moins de cinquante cents et vous n'avez pas besoin de faire la queue pour attendre le téléphone. Vous désirez laisser votre adresse ? »

Je ne le désirais pas. J'ai eu un frisson à l'idée de Runner montant mes marches d'un pas lourd avec ses bottines de surplus, ses mains crasseuses sur ses hanches étroites, souriant comme s'il m'avait battue à un jeu.

« Si vous le désirez, je peux prendre votre message et vous pouvez me donner votre adresse personnellement, a proposé Bert Nolan, avec un bon sens appréciable. Ainsi une fois que Runner aura fini sa lettre, je la posterai pour lui, et il ne connaîtra même pas votre code postal. Beaucoup de parents procèdent de cette façon. C'est une chose triste mais nécessaire. » En arrière-fond, une machine à soda cracha une canette, quelqu'un demanda à Nolan s'il en voulait une, et il répondit : « Non, merci, j'essaie de diminuer », d'une voix pateline de médecin de province. « Vous voulez procéder de cette façon, mademoiselle ? Sinon ça va être difficile de le joindre. Comme je l'ai dit, il n'est pas vraiment du genre à s'asseoir à côté du téléphone en attendant que vous rappeliez.

– Et il n'y a pas d'adresse e-mail ? »

Bert Nolan maugréa. « Non, pas d'adresse e-mail, je le crains. »

Je n'avais jamais considéré Runner comme un grand épistolier, mais il avait toujours davantage écrit que téléphoné, aussi je me suis dit que c'était ma meilleure chance, si je ne voulais pas me farcir la route pour l'Oklahoma et l'attendre sur un des lits de camp de Bert Nolan. « Est-ce que vous voulez bien lui dire que j'ai besoin de lui parler de Ben et de cette nuit-là ? Je peux descendre le voir en une journée.

– OK… vous avez dit "Ben et *cette nuit-là*" ?

– Exact. »

Je savais que ma volte-face – semi-possible, potentielle volte-face – au sujet de Ben allait rendre Lyle insupportable de suffisance. Je le voyais déjà s'adresser aux groupies du Kill Club dans une de ses drôles de vestes étriquées, leur expliquer comment il m'avait convaincue d'aller lui rendre visite. « Elle était totalement opposée à l'idée au début, je pense qu'elle avait peur de ce qu'elle risquait de découvrir au sujet de Ben… et d'elle-même. » Et tous ces visages qui le regarderaient avec admiration, enchantés de ce qu'il avait accompli. Ça m'agaçait d'avance.

La personne à qui je voulais parler, c'était tante Diane. Diane qui s'était occupée de moi pendant sept de mes onze années d'orpheline mineure. C'était la première qui m'avait prise chez elle : elle m'avait casée dans son mobil-home avec ma valise d'affaires. Des fringues, un livre préféré, mais pas de jouets. Michelle stockait toutes les poupées avec elle la nuit, elle disait que c'était la fête du marchand de sable, et elle avait pissé dessus quand on l'avait étranglée. Je me rappelle encore un cahier d'autocollants que nous avait offert Diane le jour des meurtres – des fleurs, des licornes et des chatons. Je me suis toujours demandé s'il se trouvait dans ce tas d'affaires inutilisables.

Diane ne pouvait pas se permettre de déménager. Tout l'argent de l'assurance-vie de ma mère avait servi à payer un avocat correct pour Ben. Diane disait que c'était ce que ma mère aurait voulu, mais elle le disait d'un air crispé, comme si elle aurait donné une bonne leçon à ma mère si elle en avait eu la possibilité. Donc pas un sou pour nous. Comme j'étais une vraie naine, je pouvais dormir dans un placard, à l'emplacement où le lave-linge/séchoir aurait dû être. Diane l'avait même peint pour moi. Elle faisait des heures supplémentaires, m'escortait à Topeka pour mes séances de thérapie, essayait de se montrer affectueuse, même si je voyais bien que ça lui faisait mal au cœur de me serrer dans ses bras, moi, cette pisseuse qui lui rappelait l'assassinat de sa sœur. Ses bras m'encerclaient comme un hula-hoop, comme si le jeu consistait à les mettre autour de moi en me touchant le moins possible. Mais chaque matin, sans faute, elle me disait qu'elle m'aimait.

Au cours des dix années qui ont suivi, j'ai démoli sa voiture à deux reprises, je lui ai cassé le nez à deux reprises, j'ai volé et revendu ses cartes de crédit, et j'ai tué sa chienne. C'est le coup de la chienne qui l'a achevée. Elle avait pris Gracie, un corniaud à la crinière bouclée, peu après les meurtres. C'était un petit clebs de la taille de son avant-bras, qui n'arrêtait pas de japper, et elle l'aimait plus que moi, ou du moins c'est ce qu'il me semblait. Pendant des années, j'ai été jalouse

175

de cette chienne. Je regardais Diane brosser Gracie, ses grandes mains masculines serrées sur un peigne en plastique rose, je la regardais mettre des barrettes sur le pelage grumeleux de Gracie, je voyais comme elle était plus prompte à sortir de son portefeuille une photo de Gracie qu'une photo de moi. La chienne était obsédée par mon pied, le mauvais, celui avec seulement deux orteils, le deuxième et le petit, bouts de chair ratatinés et décharnés. Cela ne me la rendait pas sympathique.

Pour une raison ou pour une autre, l'été entre la seconde et la première, j'avais été un jour interdite de sortie, et pendant que Diane travaillait j'étais restée dans le mobil-home suffocant, à m'énerver de plus en plus contre la chienne qui devenait de plus en plus agressive. Je refusais de la promener, aussi elle s'était mise à courir en boucles frénétiques autour du canapé, sans cesser de japper et de me mordiller les pieds. Tandis que je me recroquevillais sur moi-même, couvant ma fureur, faisant semblant de regarder un feuilleton mais laissant en fait ma cervelle virer au rouge, Gracie s'est arrêtée dans une de ses boucles et a mordu le petit orteil de mon mauvais pied. Elle l'a pris entre ses canines et a secoué. Je me souviens d'avoir pensé : *Si ce clébard m'arrache l'un de mes derniers orteils…* et de m'être enragée contre mon ridicule : à ma main gauche, il y avait un moignon auquel un homme ne passerait jamais d'alliance, et mon pied droit, manquant d'appui, me donnait perpétuellement une démarche chaloupée de marin dans cette ville enclavée. Les filles de mon école appelaient mon doigt un chicot. C'était pire, ça sonnait à la fois pittoresque et grotesque, quelque chose dont on ricanait avant de détourner rapidement le regard. Un docteur m'avait dit récemment que l'amputation n'était sans doute même pas nécessaire. « C'est le fait d'un médecin de campagne dévoré par l'ambition. »

176

J'ai attrapé Gracie par le milieu du corps. J'ai senti sa cage thoracique, ce tremblement de petite chose perpétuellement glacée, qui n'a fait qu'ajouter à ma colère, et soudain je l'ai arrachée de mon orteil – un morceau de chair est parti du même coup – et l'ai balancée de toutes mes forces vers la cuisine. Elle a heurté le rebord pointu du bar et s'est effondrée en un petit tas tressautant, répandant du sang partout sur le linoléum.

Je n'avais pas eu l'intention de la tuer, mais elle était morte. Pas aussi rapidement que je l'aurais souhaité, en dix minutes environ, tandis que je faisais les cent pas dans le mobil-home en essayant de trouver quoi faire. Lorsque Diane est arrivée, portant une oblation de poulet frit, Gracie était toujours sur le sol, et tout ce qui m'est venu, c'est : « Elle m'a mordue. »

J'ai essayé d'en dire davantage, d'expliquer que ce n'était pas ma faute, mais Diane a juste levé un doigt tremblant : *Non.* Elle a appelé sa meilleure amie, Valerie, une femme aussi délicate et maternelle que Diane était épaisse et rude. Diane est restée debout, penchée sur le lavabo, tandis que Valerie enveloppait Gracie dans une couverture spéciale. Puis elles se sont étreintes derrière la porte fermée de la chambre, et quand elles sont ressorties, se pétrissant les mains en pleurant, Diane m'a dit de préparer mes affaires. Rétrospectivement, je suppose que Valerie était la petite amie de Diane – tous les soirs, Diane lui parlait au téléphone, de son lit, jusqu'à s'endormir. Elles parlaient de tout ensemble et avaient exactement la même coupe de cheveux duveteuse et facile à coiffer. À l'époque, je me fichais bien de savoir ce qu'elle représentait pour Diane.

Pendant mes deux dernières années de lycée, j'ai vécu à Abilene chez un couple poli, mes grands-grands quelque chose, que je n'ai terrorisés que modérément. Tous les quelques mois, Diane téléphonait. Quand je m'installais avec elle au bout du fil, il n'y avait que les crachotements de la ligne et sa respiration rauque de fumeuse. Je me représentais la moitié inférieure de sa bouche appuyée contre le combiné, le duvet pêche de son menton et ce grain de beauté perché près de sa lèvre inférieure, un disque couleur chair dont elle m'avait dit une fois en gloussant qu'il réaliserait des vœux si je le frottais. Si j'entendais un craquement dans le fond, je savais que Diane était en train d'ouvrir le placard du milieu dans la cuisine de son mobil-home. Je connaissais cet endroit mieux que la ferme. Toutes deux, nous faisions des bruits inutiles, faisions mine de renifler, ou de tousser, puis Diane disait : « Deux secondes, Libby », absurdement car ni l'une ni l'autre n'avions ouvert la bouche. Valerie était là, en général. Je les entendais échanger des murmures, la voix câline de Valerie, le grognement de Diane, puis Diane m'accordait encore environ vingt secondes de conversation et s'excusait de devoir raccrocher.

Elle avait arrêté de prendre mes appels quand *Nouveau Jour pour Mlle Day* était sorti. Ses seuls mots : « Qu'est-ce qui t'est passé par la tête pour *faire* une chose pareille ? », ce qui était très collet monté pour Diane, mais plus blessant que trois douzaines de va te faire foutre.

Je savais que Diane serait au même numéro, elle n'allait jamais déménager, le mobil-home était attaché à elle comme une coquille. J'ai passé vingt minutes à fouiller dans des piles chez moi, à la recherche de mon vieux carnet d'adresses, celui que j'avais depuis l'école primaire, avec sur la couverture une petite fille rousse à nattes dont quelqu'un avait dû trouver qu'elle me ressemblait. Sauf qu'elle souriait. Le numéro de Diane était inscrit à la lettre T pour tante Diane, son nom tracé au feutre mauve de mon écriture enfantine boudinée.

Quel ton adopter, et quelle explication donner à mon appel ? Une partie de moi désirait seulement l'entendre souffler bruyamment dans le téléphone, entendre sa voix d'entraîneur de football me brailler dans l'oreille : « Alors, pourquoi ça t'a pris si longtemps de rappeler ? » Une autre partie de moi voulait entendre ce qu'elle pensait réellement de Ben. Devant moi, elle ne s'était jamais répandue en injures contre lui, elle avait toujours parlé de lui avec une prudence extrême, un autre point sur lequel je lui devais rétrospectivement tous mes remerciements.

J'ai composé le numéro, les épaules remontées jusqu'aux oreilles, la gorge serrée, retenant mon souffle sans m'en apercevoir jusqu'à la troisième sonnerie, lorsque je suis tombée sur le répondeur et que j'ai soudain relâché ma respiration.

C'était la voix de Valerie qui me demandait de laisser un message pour Diane ou elle.

« Salut, euh, les filles. C'est Libby. Je voulais seulement dire bonjour et vous faire savoir que je suis toujours vivante et... » J'ai raccroché. Recomposé le numéro. « S'il vous plaît, ignorez le message précédent. C'est Libby. J'appelais pour dire que je suis désolée de... oh ! de beaucoup de choses. Et j'aimerais parler... » J'ai laissé traîner au cas où quelqu'un soit en train de filtrer, puis j'ai laissé mon numéro, j'ai raccroché, et je me suis redressée sur le rebord de mon lit, prête à me lever mais sans avoir de raison de le faire.

Je me suis levée. Une activité que j'avais pratiquée davantage en une journée qu'au cours de toute l'année précédente. Comme j'avais toujours le téléphone dans les mains, je me suis forcée à appeler Lyle, espérant tomber sur sa messagerie. Comme d'habitude, il a décroché. Avant qu'il ait le temps de m'agacer, je lui ai dit que la rencontre avec Ben s'était bien passée et que j'étais prête à entendre qui, selon lui, était le tueur. J'ai dit tout cela d'un ton très précis, comme si je distribuais des informations à l'aide d'un verre doseur.

« Je savais qu'il vous plairait, je savais que vous alliez changer d'avis, a-t-il pavoisé, et une fois de plus je me suis épatée moi-même en ne raccrochant pas.

– Je n'ai pas dit ça, Lyle, j'ai dit que j'étais prête pour une autre mission, si vous voulez. »

Nous nous sommes retrouvés de nouveau au Tim Clark's Grill. La salle était embrumée d'effluves graisseux. Une autre vieille serveuse, ou la même avec une perruque rouge cette fois, s'agitait en tous sens sur ses tennis spongieuses. Sa minijupe lui battait les jambes, on aurait dit une ancienne tenniswoman professionnelle. Au lieu du gros monsieur qui admirait son nouveau vase, une tablée de mecs branchés se passaient des cartes à jouer porno des années soixante-dix en se moquant des toisons épaisses des femmes. Lyle était assis, droit comme un *i*, à une table à côté d'eux. Sa chaise était écartée selon un angle curieux. Je me suis installée avec lui et me suis servi un verre de son pichet de bière.

« Alors est-ce qu'il était tel que vous vous l'imaginiez ? Qu'est-ce qu'il a dit ? » a commencé Lyle, agitant fébrilement la jambe.

Je lui ai tout raconté, sauf l'épisode du lapin en porcelaine.

« Vous voyez ce que voulait dire Magda, quand elle disait qu'il a perdu espoir ? »

Je voyais très bien. « Je pense qu'il a fini par accepter la peine de prison », j'ai dit, une intuition que je ne partageais avec lui que parce qu'il m'avait donné trois cents dollars, ce gusse, et que j'en voulais plus. « Il pense que c'est sa pénitence pour ne pas avoir été là pour nous protéger, un truc comme ça. Je ne sais pas. Je pensais, quand je lui ai parlé de mon témoignage, quand je lui ai dit qu'il était… exagéré, je me disais qu'il se jetterait là-dessus, mais… rien.

– D'un point de vue légal, ce n'est peut-être pas si déterminant que ça après si longtemps, a dit Lyle. Magda dit que si vous voulez aider Ben, nous devons réunir davantage de preuves, et vous pourrez revenir officiellement sur votre témoignage lorsque nous déposerons une demande d'*habeas corpus.* Ça fera plus de bruit comme ça. Au point où nous en sommes, il s'agit davantage de politique que de justice. Beaucoup de gens haut placés ont fait carrière grâce à cette affaire.

– On dirait que Magda en sait long.

– Elle dirige un groupe qui s'appelle le comité Day-livrez Ben, entièrement consacré à faire sortir Ben de prison. Il m'arrive de m'y rendre mais apparemment c'est surtout pour les… euh… fans. Des femmes.

– Vous avez déjà entendu dire que Ben avait une petite amie avec qui c'était sérieux ? Une de ces femmes du comité de libération, qui s'appellerait Molly, Sally ou Polly ? Il s'est fait tatouer.

– Pas de Sally. Polly, on dirait un nom d'animal – le chien de ma cousine s'appelle Polly. Il y a une Molly, mais elle a à peu près soixante-dix ans. »

Une assiette de frites est apparue devant lui. Finalement, la serveuse n'était pas la même que la dernière fois, elle était tout aussi vieille, mais beaucoup plus sympa. J'aime les serveuses qui m'appellent mon chou ou ma chérie, et elle le faisait.

Lyle a mangé ses frites pendant un moment. Il vidait des sachets de ketchup sur le bord de l'assiette, salait et poivrait le ketchup, puis trempait les frites une par une avant de les placer dans sa bouche avec une méticulosité de jeune fille.

« Bon, dites-moi donc qui a fait le coup selon vous, l'ai-je finalement encouragé.

– Qui quoi ? »

J'ai roulé des yeux et posé ma tête entre mes mains, comme si c'était trop pour moi. Ce n'était pas loin d'être le cas.

« Oh, c'est vrai. À mon avis, c'est Lou Cates, le père de Krissi Cates. » Il s'est adossé à sa chaise avec satisfaction, comme s'il venait de gagner une partie de Cluedo.

Krissi Cates, le nom me disait quelque chose. J'ai essayé de le cacher à Lyle, mais ça n'a pas marché.

« Vous savez qui est Krissi Cates, n'est-ce pas ? » Comme je restais sans réponse, il a continué en prenant un ton onctueux et condescendant. « Krissi Cates était en sixième à votre école, l'école de Ben. Le jour où votre famille a été assassinée, la police cherchait Ben pour l'interroger, il était accusé d'attouchements.

– Quoi ?

– Oui. »

Nous nous sommes tous les deux regardés fixement, avec des regards assortis signifiant : « Vous êtes complètement dingue. »

Lyle a secoué la tête. « Quand vous dites que les gens ne vous parlent pas de ce qui s'est passé, vous ne plaisantez pas.

– Elle n'a pas témoigné contre Ben…, j'ai commencé.

– Non, non. C'est la seule chose intelligente qu'ait faite la défense de Ben, établir que les deux affaires, les attouchements et les meurtres, n'avaient pas de lien sur le plan légal. Mais pas de doute, le jury était remonté contre lui. Tous les habitants du secteur avaient entendu dire que Ben avait agressé cette gentille petite fille de cette gentille petite famille, et c'est probablement comme ça qu'on en est arrivé à ces "meurtres sataniques". Vous savez comment ça marche, les rumeurs.

– Mais est-ce que l'affaire Krissi Cates a jamais été jugée ? j'ai demandé. Est-ce qu'il a été prouvé que Ben lui a jamais fait du mal ?

– Il n'y a pas eu de suite. La police ne l'a pas inculpé, a répondu Lyle. La famille Cates a passé un accord avec l'école en catimini puis ils ont déménagé aussi sec. Mais vous savez ce que je pense ? Je pense que Lou Cates s'est rendu chez vous la nuit en question pour interroger Ben. Je pense que Lou Cates, qui était une force de la nature, est allé chez vous pour demander des explications et là…

– Qu'il a piqué une telle colère qu'il a décidé de massacrer toute la famille ? C'est complètement absurde.

– Ce type a fait trois ans pour meurtre quand il était plus jeune, c'est ce que j'ai découvert : il a jeté une balle de billard de toutes ses forces sur quelqu'un, et l'a tué. Il avait un tempérament violent. Si Lou Cates pensait que sa fille avait subi une agression sexuelle, je le vois très bien entrer dans une fureur noire. Puis il a fait les pentagrammes et tout le tintouin pour détourner les soupçons.

– Mmmmmmm, c'est absurde. » J'aurais vraiment voulu que ça ne le soit pas, absurde.

« L'idée que votre frère ait pu commettre ces meurtres, c'est absurde aussi. C'est un crime complètement dément, une grande partie va forcément rester irrationnelle. C'est pour ça que les gens sont tellement obsédés par ces meurtres. S'ils étaient logiques, ce ne seraient pas vraiment des mystères, n'est-ce pas ? »

Je n'ai rien répliqué. C'était vrai. J'ai commencé à jouer avec la salière et la poivrière, qui étaient étonnamment jolies pour un bouge dans ce genre.

« Franchement, vous ne trouvez pas que ça vaut au moins le coup de creuser un peu cette piste ? a insisté Lyle. Cette allégation énorme, horrible, qui explose le jour même où votre famille est assassinée ?

– Je suppose que si. C'est vous le patron.

– Ce que je dis, c'est que, en attendant de trouver Runner, essayez de voir si vous pouvez convaincre quelqu'un de la famille Cates de vous parler. Cinq cents dollars si c'est Krissi ou Lou. Je veux simplement voir s'ils racontent toujours la même chose sur Ben. S'ils n'ont pas de problèmes de conscience, vous voyez ? Franchement, ça ne peut être qu'un mensonge. Non ? »

De nouveau, je me sentais flageolante. Ce n'était pas le moment de mettre ma foi à l'épreuve. Toutefois, je m'accrochais à un bizarre fragment de certitude : Ben ne m'avait jamais tripotée. Si c'était un pédophile, est-ce qu'il n'aurait pas commencé par les petites filles qu'il avait sous son toit ?

« Forcément.

– Forcément, a répété Lyle.

– Mais je ne suis pas sûre d'avoir plus de chance que vous sur ce coup-là. Après tout, je suis la sœur du type qui l'a soi-disant agressée.

– Eh bien, j'ai essayé mais sans résultats, a répondu Lyle avec un haussement d'épaules. Je ne suis pas très doué pour ce genre de trucs.

– Quel genre de trucs ?

– Les finasseries.

– Oh, ça, c'est ma spécialité.

– Excellent. Et si vous arriviez à arranger un rendez-vous, j'aimerais bien vous accompagner. »

J'ai haussé les épaules en silence et me suis levée, dans l'intention de le laisser avec la note, mais il m'a hélée tout fort avant que j'aie fait trois pas.

« Libby, vous savez que vous avez la salière et la poivrière dans la poche ? »

Je me suis immobilisée une seconde, hésitant à jouer la surprise – *oh ! mon Dieu, ce que je peux être distraite.* Au lieu de ça, j'ai juste hoché la tête et me suis hâtée vers la porte. J'avais besoin de ces objets.

Lyle avait retrouvé l'adresse de la mère de Krissi Cates à Emporia, au Kansas, où elle vivait avec son second mari, avec lequel elle avait eu une seconde fille, près de vingt ans après la première. Lyle avait laissé plusieurs messages au cours de l'année passée, mais elle ne l'avait jamais rappelé. Il n'était pas allé plus loin.

Ne jamais laisser de message à quelqu'un que vous voulez vraiment joindre. Non, vous continuez de téléphoner sans cesse jusqu'à ce que la personne décroche – par colère, curiosité ou peur – et vous vous dépêchez de lâcher les mots qui la forceront à rester au bout du fil.

J'ai appelé la mère de Krissi à douze reprises avant qu'elle décroche, puis, d'un trait, j'ai dit : « Ici Libby Day, la petite sœur de Ben Day. Vous vous souvenez de Ben Day ? »

J'ai entendu des lèvres moites s'ouvrir avec un bruit pincé, puis un filet de voix a murmuré : « Oui, je me souviens de Ben Day. De quoi s'agit-il, je vous prie ? » Comme si je faisais du télémarketing.

« J'aimerais vous parler, à vous ou à un autre membre de votre famille, des accusations que votre fille Krissi a portées contre Ben.

– Nous ne parlons pas de ça… comment vous avez dit que vous vous appeliez ? Lizzy ? Je me suis remariée, et j'ai très peu de contacts avec mon ancienne famille.

– Savez-vous comment je peux joindre Lou ou Krissi Cates ? » Elle a laissé échapper un soupir, comme si elle recrachait une unique bouffée de fumée. « Lou doit être dans un bar quelconque de l'État du Kansas, j'imagine. Krissi ? Prenez l'I-70 en direction de l'ouest, juste après Columbia. Et tournez à gauche dans n'importe quel strip-club. Ne rappelez pas ici. »

Ben Day
2 janvier 1985
12 h 51

Il prit un morceau de papier à dessin rose dans le casier de Krissi, le plia en deux et écrivit dessus : « C'est les vacances de Noël et je pense à toi. Devine qui ? » Avec un *B* en bas de la page. Ça allait la faire marrer. Il songea prendre quelque chose dans le casier de Krissi pour le transférer dans celui de Libby mais décida de s'abstenir. Si Libby se retrouvait soudain avec un truc chouette, ça allait être suspect. Il se demanda dans quelle mesure lui et ses sœurs étaient la risée de l'école. Les trois filles partageaient une garde-robe et demie : Michelle se trimballait les vieux pulls de son frère, Debby portait les sapes qu'elle arrivait à taxer à Michelle, et Libby ce qui restait : des jeans de garçon rapiécés, des vieux maillots de base-ball dégueulasses, des robes de tricot bon marché que le ventre de Debby avait élargies. C'était ce qui les différenciait de Krissi. Elle, tous ses vêtements avaient du peps. Diondra aussi, avec ses jeans parfaits. Si les jeans de Diondra étaient délavés, c'était parce que c'était la dernière mode, s'ils étaient mouchetés d'eau de javel, c'est parce qu'elle les avait achetés comme ça. Diondra avait beaucoup d'argent de poche, elle l'avait plusieurs fois emmené faire du shopping : elle mettait les vêtements devant lui comme s'il était un bébé, lui demandait de sourire. Lui disait qu'il pouvait y arriver, avec un clin d'œil. Il ne savait pas trop si les garçons étaient censés laisser les filles leur acheter des vêtements, il ne savait pas trop si c'était cool. M. O'Malley, son prof principal, faisait toujours des blagues sur les nouvelles chemises que sa femme le forçait à porter, mais M. O'Malley était marié. Peu importe. Diondra aimait qu'il s'habille en noir et il n'avait pas d'argent pour s'acheter quoi que ce soit. De toute façon, elle aurait gain de cause, la petite garce, comme toujours.

C'est aussi pour ça que c'était agréable de traîner avec Krissi : comme il avait quinze ans, elle partait du principe qu'il était cool, car pour elle quinze ans semblait un âge extrêmement mûr. Rien à voir avec Diondra, qui se moquait de lui à des moments bizarres. Il lui demandait : « Qu'est-ce qu'il y a de si drôle ? » et elle se contentait de glousser la bouche fermée et de bredouiller : « Rien. T'es mignon. » La première fois qu'ils avaient essayé de coucher ensemble, il s'y était pris si maladroitement avec la capote qu'elle s'était mise à rire et il avait débandé. La deuxième fois, elle avait attrapé la capote et l'avait balancée à l'autre bout de la pièce. « T'emmerde pas », elle avait fait, puis elle l'avait introduit en elle.

À présent, il bandait rien que d'y penser. Il était en train de déposer le mot dans le casier de Krissi, la bite dure comme une barre de fer, lorsque Mme Darksilver, la prof de CE1, entra.

« Salut, Ben, qu'est-ce que tu fais là ? » lança-t-elle en souriant. Vêtue d'un jean, d'un pull et de mocassins, elle s'avança vers lui d'un pas hésitant. Elle portait un tableau d'affichage et un morceau de ruban écossais.

Il se détourna d'elle, et se dirigea vers la porte qui ramenait au lycée.

« Oh, rien, je voulais juste déposer un truc dans le casier de ma sœur.

– Hé, ne t'enfuis pas, viens me faire un bisou, au moins. Je te vois plus jamais maintenant que t'es chez les grands. »

Elle continua d'avancer vers lui, ses mocassins effleurant le béton sans bruit, un grand sourire rose aux lèvres, avec une frange coupée droit. Il avait le béguin pour elle, pour ce bandeau de cheveux noirs, quand il était petit. Il lui tourna le dos et tenta de boitiller vers la porte, la bite toujours coincée contre sa jambe de pantalon. Mais juste au moment où il pivota, il vit qu'elle avait compris ce qui se passait. Son sourire s'effaça et une grimace dégoûtée, gênée, envahit son visage. Elle ne prit même pas la peine d'ajouter quoi que ce soit, et c'est comme ça qu'il sut qu'elle avait vu. Elle examinait le casier dont il venait de s'éloigner – celui de Krissi Cates, pas celui de sa sœur.

Il se sentit comme un animal qui s'enfuit en boitant, un daim blessé qu'il faut abattre. Tirez, c'est tout. Il avait des visions éclairs de pistolets, quelquefois un canon contre sa tempe. Dans un de ses carnets, il avait recopié une citation de Nietzsche qu'il avait trouvée en feuilletant le *Bartlett*[1] en attendant que les footballeurs quittent le gymnase pour pouvoir attaquer le ménage :

« La pensée du suicide est une consolation puissante ;
elle nous aide à passer mainte mauvaise nuit. »

Il n'aurait jamais été jusqu'à se tuer réellement. Il ne voulait pas devenir le cinglé tragique en souvenir de qui les filles pleurent aux infos alors qu'elles ne lui ont jamais adressé la parole de son vivant. Quelque part,

---

1. Dictionnaire des citations.

ça semblait encore plus pathétique que sa vie ne l'était déjà comme ça. Cependant, la nuit, quand les choses allaient vraiment mal, et qu'il se sentait plus piégé et impuissant que jamais, c'était rassurant de s'imaginer ceci : aller dans l'armoire à fusils de sa mère (le code de la porte était le 5-12-69, l'anniversaire de mariage de ses parents, une blague à présent), saisir dans ses mains ce réconfortant poids métallique, glisser quelques balles dans le barillet, aussi facile que de presser un tube de dentifrice, appuyer le canon contre sa tempe, et tirer immédiatement. Il faudrait tirer immédiatement, le canon contre la tempe, le doigt sur la détente, sans quoi on risquait de s'en dissuader. Il fallait que tout se passe en un seul geste, puis vous tombiez par terre comme des fringues qui tombent de leur cintre. Juste... pschhhhhit. Sur le sol. Et pour changer, ce n'était plus votre problème.

Il n'avait pas l'intention de le faire, mais quand il avait besoin d'une soupape et qu'il ne pouvait pas se branler, ou qu'il s'était déjà branlé et qu'il avait encore besoin de relâcher la tension, c'est en général à ça qu'il pensait. Sur le sol, de côté, comme si son corps n'était qu'un tas de linge sale qui attendait qu'on le ramasse.

Aussitôt qu'il passa la porte, sa bite retomba, comme si le simple fait de franchir la ligne qui le séparait du lycée suffisait à l'émasculer. Il attrapa le seau et le roula de nouveau jusqu'au placard où il se lava les mains avec un gros pain de savon.

Il descendit l'escalier et se dirigea vers la porte de derrière lorsqu'une bande d'étudiants trottant vers le parking le dépassa. Il eut chaud à la tête sous sa chevelure noire, à s'imaginer ce qu'ils pensaient – *dégénéré*, comme l'entraîneur. Ils ne dirent rien, ne le regardèrent même pas, en fait. Trente secondes après eux, il ouvrit la porte d'un grand coup : le soleil sur la neige d'un blanc aveuglant. Si on était dans un clip, maintenant, ça aurait été l'explosion de guitare, la barre de vibrato... Ouaiiiiiiiiiis !...

Dehors, les types s'entassèrent dans une bagnole et s'éloignèrent en décrivant des grandes boucles tape-à-l'œil à travers le parking. Et lui, il détacha son vélo, sa tête le lançait, une goutte de sang coula sur le guidon. Il la préleva du bout d'un doigt, passa son doigt sur le filet de sang qui coulait de son front et, sans réfléchir, se fourra le tout dans la bouche, comme si c'était une petite boule de confiture oubliée.

Il avait besoin de réconfort. De la bière et peut-être un joint, histoire de se lâcher un peu. Le seul endroit qu'il pouvait essayer, c'était chez Trey. En réalité, ce n'était pas chez Trey, Trey n'avait jamais dit où il habitait, mais quand il n'était pas chez Diondra, la plupart du temps il était à l'Enclos, au bout d'un long chemin de terre bordé de bois d'arc qui partait de la nationale 41 et donnait sur une grande clairière passée à la tondeuse rotative et un hangar en tôle. Tout le bâtiment cliquetait dans le vent. En hiver, un groupe électrogène bourdonnait à l'intérieur, juste assez de jus pour faire tourner deux ou trois radiateurs et une télé à la réception elliptique. Des dizaines d'échantillons de moquette étaient posés en tas vifs et malodorants sur le sol de terre battue et quelqu'un avait apporté quelques vieux canapés hideux. Les gens se rassemblaient pour fumer autour des radiateurs comme s'il s'agissait de feux de camp. Tout le monde avait de la bière – ils laissaient les canettes dans le froid à l'extérieur – et tout le monde avait des joints. En général, à un moment ou à un autre, il y avait une expédition à l'épicerie, et celui qui était en fonds ce jour-là revenait avec quelques douzaines de burritos, certains passés au micro-ondes, d'autres encore congelés. S'il leur en restait, ils les fourraient dans la neige à côté des bières.

Ben n'était jamais venu sans Diondra, c'était sa bande à elle, mais où est-ce qu'il pouvait bien aller autrement, bordel ? Se pointer avec le front fracassé allait bien lui valoir un signe de tête réticent et une canette de Beast[1]. Ils ne seraient peut-être pas accueillants – Trey ne se montrait jamais franchement accueillant – mais ça ne faisait pas partie de leur code de refouler qui que ce soit. Ben était sûr d'être le plus jeune, même s'il était arrivé qu'il y ait des plus jeunes que lui : un jour un couple s'était amené avec un petit garçon, nu à l'exception d'un jean. Pendant que tout le monde se défonçait, le gamin était resté assis en silence à sucer son pouce sur le canapé, regardant fixement Ben. Dans l'ensemble, pourtant, les habitués avaient vingt ans, vingt et un ans, vingt-deux ans, l'âge où ils seraient entrés à la fac s'ils n'avaient pas laissé tomber le lycée. Il allait passer faire un tour, et peut-être qu'ils allaient l'apprécier, et que Diondra allait arrêter de l'appeler le Para (pour parasite) chaque fois qu'elle l'emmenait au squat. Ils le laisseraient au moins s'asseoir dans un coin pendant quelques heures et boire une bière.

Ce serait peut-être plus malin de rentrer à la maison, mais pas question, bordel.

L'entrepôt faisait un bruit de ferraille quand Ben arriva enfin sur son vélo. Les murs de tôle vibraient au rythme d'un riff de guitare à l'intérieur. Parfois, les mecs amenaient leurs amplis et trituraient leurs barres de vibrato jusqu'à ce que les oreilles de tout le monde se transforment en trous d'épingle. Le guitariste qui jouait en ce moment n'était pas mauvais, en tout cas –

---

1. Bière.

une chanson de Venom, parfait pour son humeur. RumadumDUM-rum! C'était le son de l'arrivée des cavaliers, des pillards et des incendiaires. Le son du chaos.

Il laissa tomber son vélo dans la neige, se dégourdit les mains et fit craquer son cou. Sa tête le faisait souffrir à présent, une douleur lancinante, pas aussi facile à ignorer qu'un mal de crâne ordinaire. Il était affamé. Il avait parcouru la nationale dans les deux sens avant de se décider à tourner vers l'entrepôt. Il lui fallait une bonne histoire pour expliquer sa coupure, quelque chose qui ne lui attirerait pas des moqueries du genre : « Oooooh, bébé est tombé de vélo. » À présent, il se prit à rêver que Diondra ou Trey arrivent juste à temps pour l'escorter à l'intérieur, pas d'angoisse. Et que tout le monde ne demanderait qu'à l'abreuver de sourires et d'alcool quand il passerait la porte.

Mais il allait devoir entrer tout seul. Il voyait à des kilomètres à travers la plaine enneigée, et aucune voiture n'approchait. Il leva le loquet d'un coup de botte et se faufila à l'intérieur. Le carillonnement de la guitare se cognait contre les murs comme un animal traqué. Le type qui jouait, Ben l'avait déjà vu. Il racontait qu'il avait été roadie pour Van Halen, mais il n'avait pas tellement de détails à donner sur la vie en tournée. Il jeta un coup d'œil dans la direction de Ben mais ne le remarqua pas, perdu dans la contemplation d'un public imaginaire. Quatre garçons et une fille, tous avec les cheveux crêpés et cramés par les teintures, faisaient tourner un joint, affalés sur les échantillons de moquette. Ils le regardèrent à peine. Le type le plus moche avait les mains sur les hanches de la fille, elle était étalée sur ses genoux comme un chat. Elle avait un nez minuscule, un visage rougi par les boutons d'acné, et elle avait l'air extrêmement défoncée.

Ben traversa l'entrepôt – il y avait un grand vide entre la porte et les carrés de moquette – et s'assit sur un mince bout de feutre vert à environ un mètre vingt des autres. Il continua à les observer de biais de façon à pouvoir leur faire un signe de tête si nécessaire. Personne ne mangeait, il n'y aurait rien à grappiller. S'il était Trey, il les aurait salués de la tête, aurait lancé : « Laissez-moi tirer là-dessus, OK ? » Et il fumerait avec eux, au moins.

Le guitariste, Alex, n'était vraiment pas mauvais du tout. Une guitare, c'était encore un truc que voulait Ben : une Floyd Rose Tremolo. Il en avait tripoté une à Kansas City quand Diondra et lui étaient allés dans un magasin de musique, et ça lui avait paru faisable, c'était un truc qu'il pourrait piger. En apprendre au moins assez pour jouer une poignée de chansons qui déchirent bien et revenir ici pour faire trembler les murs de l'entrepôt. Tous les gens qu'il connaissait excellaient dans un domaine, même s'il s'agissait seulement de dépenser de l'argent, comme Diondra. À chaque fois qu'il lui parlait de trucs qu'il voulait apprendre, de trucs qu'il voulait faire, elle éclatait de rire et répliquait que tout ce qu'il avait besoin de faire, c'était de se démerder pour toucher un bon salaire.

« Les provisions, ça coûte du fric, l'électricité, ça coûte du fric, tu ne comprends même pas », disait-elle. Diondra payait une grande partie des factures chez elle puisque ses parents n'étaient jamais là, c'était vrai, n'empêche qu'elle les payait avec leur saleté de pognon. Ben n'était pas convaincu que ce soit un si grand exploit de savoir rédiger un chèque. Il se demanda quelle heure il était et regretta de ne s'être pas contenté d'aller l'attendre chez elle. Maintenant, il allait être obligé de rester au moins une heure, pour que les autres ne s'imaginent pas qu'il s'en allait parce que personne ne lui adressait la parole. Son pantalon était encore humide à l'endroit où il s'était renversé une partie du seau dessus, et le devant de sa chemise dégageait une odeur de thon moisi.

« Salut, dit la fille. Salut, petit. »

Il leva les yeux sur elle. Ses cheveux noirs lui retombèrent sur un œil.

« Tu devrais pas être à l'école ou quelque chose ? » dit-elle. Ses mots sortaient par paquets englués par la dope. « Qu'est-ce que tu fais là ?

— C'est les vacances.

— Il dit que c'est les vacances », répéta-t-elle à son petit ami. Le type, miteux et les joues creuses, avec une ombre de moustache, leva les yeux.

« Tu connais quelqu'un ici ? » demanda-t-il.

Ben désigna Alex. « Lui, je le connais.

— Hé, Alex, tu connais ce gamin ? »

Alex arrêta la guitare, prit une pose de rocker, les jambes écartées, et regarda Ben qui était assis par terre, le dos voûté. Il secoua la tête.

« Nan, mec. Je traîne pas avec des collégiens. »

C'était le genre de vacheries qu'ils lui balançaient tout le temps. Ben avait pensé que ses cheveux noirs allaient l'aider, lui donner l'air moins jeune. Mais rien à faire, les mecs adoraient l'emmerder, quand ils ne l'ignoraient pas simplement. Ça venait de la façon dont il était bâti, de sa façon de marcher, ou de quelque chose dans son sang. Dans les sports collectifs, on le prenait toujours en avant-avant-dernier, il était le mec à qui on pensait *in extremis* avant d'appeler les vrais nullards. On aurait dit que les mecs le savaient instantanément. Ils flirtaient avec Diondra sous ses yeux. Comme s'ils savaient que sa bite se recroquevillait un peu quand il entrait dans une pièce. Eh bien, qu'ils aillent se faire foutre, il en avait ras le bol.

« Je t'emmerde, marmonna Ben.

– Ouh là ! C'est qu'il est en pétard, le petit mec !

– On dirait qu'il s'est battu, fit observer la fille.

– Hé, mec, tu t'es battu ? » La musique s'était complètement arrêtée à présent. Alex avait posé sa guitare contre un des murs gelés et fumait avec les autres en dodelinant de la tête avec un grand sourire. Leurs voix allaient se cogner au plafond et résonnaient comme des feux d'artifice.

Ben hocha la tête.

« Ah ouais, tu t'es battu contre qui ?

– Personne que vous connaissez.

– Oh, je connais à peu près tout le monde. Teste-moi. C'était qui, ton petit frère ? Tu t'es fait dérouiller par ton petit frère ?

– Trey Teepano.

– Tu mens, dit Alex. Trey, il t'aurait démoli.

– Tu t'es battu contre ce foutu barjo d'Indien ? Il a du sang indien, Trey, non ? dit le petit copain de la fille, ignorant désormais Alex.

– Qu'est-ce que ça peut bien foutre, Mike ? » demanda un de leurs potes. Il tira sur le cul du joint à l'aide de sa pince spéciale ornée d'une plume rose vif qui voltigeait dans l'air glacé. La fille fuma la dernière taffe et rangea la pince d'un coup sec dans ses cheveux. Une boucle châtain terne se mit à rebiquer bizarrement de sa chevelure.

« J'ai entendu dire qu'il se fait des trips super flippants, dit Mike. Des trucs graves, genre des délires satanistes. »

De l'avis de Ben, Trey était un poseur. Il parlait de rassemblements spéciaux à minuit à Wichita où du sang était versé lors de mystérieux rituels. Un soir d'octobre, il avait débarqué chez Diondra déchiré, torse nu et couvert de sang. Il jurait que des amis à lui avaient massacré du bétail à la sortie de Lawrence. Il disait qu'ils avaient pensé faire une virée sur le campus et kidnapper une petite étudiante pour ajouter au sacrifice, mais qu'ils s'étaient défoncés à la place. Peut-être qu'il avait dit la vérité sur ce coup-là. Les journaux ne parlaient que de ça le lendemain : quatre vaches éventrées à coups de machette, dont il manquait les entrailles. Ben avait vu les photos : elles étaient toutes couchées sur le flanc, gros corps massifs et tristes pattes tordues. C'était dur de tuer une vache, putain, ce n'était pas pour rien qu'on faisait du cuir avec leur peau. Bien sûr, Trey s'entraînait plusieurs heures par jour en écoutant du metal, il faisait des pompes et des abdos en balançant des jurons. Ben avait observé son manège. Trey était un paquet de muscles noueux, arrogant et bronzé, et il était vraisemblablement capable de tuer une vache à coups de machette, et vraisemblablement assez dérangé pour le faire juste pour l'éclate. Mais tout le trip sataniste ? Selon Ben, le diable voudrait quelque chose de plus utile que les entrailles d'une vache. De l'or. Peut-être un gamin. Pour prouver sa loyauté, comme quand les gangs chargent un nouveau de buter un type.

« C'est vrai, il est là-dedans. On est là-dedans, dit Ben. On se colle à des trucs bien noirs.

– Je croyais que tu venais de dire que tu t'étais bagarré avec lui », dit Mike, et enfin, enfin, il fouilla dans la glacière derrière lui et tendit à Ben une Olympia-Gold gelée. Ben la siffla d'un trait, tendit la main pour en réclamer une autre, et fut surpris d'obtenir effectivement une deuxième bière et pas une bordée d'injures.

« Ouais, on se bagarre. Quand on fait le genre de trucs qu'on fait, on finit forcément par se foutre sur la gueule. » Ses paroles lui semblaient aussi vagues que les histoires de roadie d'Alex.

« T'étais avec les mecs qu'ont tué ces vaches ? » demanda la fille.

Ben opina du chef. « On était obligés. C'était un ordre.

– Un ordre tordu, mon pote, dit le type silencieux du coin. C'était *mon* hamburger. »

Ils rirent, tout le monde rit, et Ben tenta de prendre un air suave mais dur. Il secoua la tête pour faire retomber sa mèche devant ses yeux et sentit la bière le faire frissonner. Deux mauvaises bières vidées d'un trait sur un ventre vide et il commençait à avoir la tête qui tourne, mais il ne voulait pas avoir l'air d'une mauviette.

« Alors pourquoi vous tuez des vaches ? demanda la fille.

– C'est une sensation extra, ça satisfait certaines exigences. On ne peut pas se contenter d'appartenir au club, il faut vraiment faire des choses. »

Ben avait chassé plus souvent qu'à son tour. Son père l'avait emmené une fois, puis sa mère avait insisté pour qu'il l'accompagne. Pour renforcer leurs liens. Elle ne réalisait pas à quel point c'était embarrassant pour un garçon d'aller chasser avec sa mère. Mais c'était sa mère qui avait fait de lui un tireur honnête, qui lui avait appris à maîtriser le recul, à quel moment presser la détente, comment attendre patiemment pendant des heures à l'affût. Ben avait tué des dizaines d'animaux, depuis des lapins jusqu'à des daims.

À présent, il pensait à des souris. Le gros chat que nourrissait sa mère avait repéré un nid et gobé deux ou trois souriceaux gluants avant de déposer la demi-douzaine restante devant la porte de derrière. Runner venait de partir – pour la deuxième fois – donc c'était Ben qui avait la tâche de mettre fin à leurs souffrances. Ils gigotaient en silence, se tortillant comme des anguilles roses, les yeux collés, et le temps qu'il fasse deux allers-retours à la grange en essayant de décider comment s'y prendre, les fourmis grouillaient sur eux. Finalement, il avait pris une pelle et les avait écrabouillés contre le sol. Des bribes de chair éclaboussaient ses bras, et sa colère montait de plus en plus : chaque grand coup de pelle augmentait sa fureur. *Alors comme ça tu crois que je suis une mauviette, Runner, tu crois que je suis une mauviette, hein !* Quand il eut terminé, il ne restait sur le sol qu'une tache collante. Il était en sueur, et en levant les yeux, il surprit sa mère qui l'observait de derrière la porte grillagée. Au dîner, ce soir-là, elle s'était montrée silencieuse. Elle fixait sur lui un visage inquiet, des yeux tristes. Il avait juste envie de lui balancer : *Parfois ça fait du bien de niquer quelque chose. Au lieu de se faire toujours niquer.*

« Comme quoi ? l'encouragea la fille.

– Comme… eh bien, parfois, les choses doivent mourir. Nous devons les tuer. Jésus exige des sacrifices, eh bien, Satan c'est pareil. »

Satan, il avait lâché le mot, comme si c'était le nom d'un type quelconque. Il ne s'était pas senti bidon et il ne s'était pas fait flipper. Ça lui était venu tout à fait naturellement, comme s'il savait vraiment de quoi il parlait. Satan. Il pouvait presque se l'imaginer là, ce type au visage long avec ses cornes, avec ses yeux de bouc fendus.

« Tu crois réellement à ces conneries ? Tu t'appelles comment déjà ?

– Ben. Day.

– Ben. Gay ?

– Ah, on me l'avait jamais faite celle-là. » Ben prit une autre bière dans la glacière sans demander. Il s'était avancé cahin-caha de quelques dizaines de centimètres depuis qu'ils avaient commencé à parler, et à mesure que l'alcool apaisait son anxiété, tout ce qu'il disait, toutes les conneries qui sortaient de sa bouche, semblait devenir incontestable. Il pouvait devenir un type incontestable, il le voyait, même avec cette dernière blague. L'autre connard savait déjà que sa plaisanterie allait siffler comme une baudruche percée et tomber à plat.

Ils allumèrent un autre joint. La fille ressortit la pince de sa chevelure, laissant retomber en place la mèche de cheveux farfelue et sympathique. Elle n'était pas aussi jolie sans. Ben inspira, prit une bouffée correcte, mais – *ne tousse pas, ne tousse pas* – pas assez, aussi des graines se coincèrent au fond de sa gorge. C'était de l'herbe merdique, de celle qui vous refile une sale défonce. Elle vous rendait paranoïaque et bavard, au lieu de vous faire décompresser. Ben était persuadé que tous les écoulements chimiques des exploitations agricoles alentour s'infiltraient dans le sol et étaient absorbés par ces mauvaises graines avides. Du coup elles étaient infectées : tout cet insecticide et cet engrais vert fluo s'installaient dans les replis de ses poumons et de son cerveau.

La fille le regardait à présent avec les mêmes yeux ahuris que Debby quand elle avait trop regardé la télé, comme si elle avait quelque chose à dire mais qu'elle avait la flemme d'ouvrir la bouche. Il avait besoin de manger quelque chose.

Le diable n'a jamais faim. Ce sont les mots qui lui vinrent, de nulle part, comme une prière.

Alex avait recommencé à gratter sa guitare. Il joua un peu de Van Halen, un peu d'AC/DC, une chanson des Beatles, puis soudain il se mit à esquisser *O Little Town of Bethlehem*. Les accords lancinants lui donnèrent encore plus mal à la tête.

« Hé, pas de chants de Noël, ça va pas plaire à Ben, lança Mike.

– Putain de merde, il saigne ! » s'exclama la fille.

La plaie de son front s'était rouverte, et maintenant le sang coulait abondamment sur son visage et son pantalon. La fille essaya de lui passer une serviette en papier, mais il la repoussa d'un signe et étala le sang sur son visage comme une peinture de guerre.

Alex avait arrêté de jouer, et tous fixaient Ben avec un sourire mal à l'aise et les épaules raides, s'écartant légèrement de lui. Mike lui tendit le joint comme une offrande, du bout des doigts, pour éviter de le toucher. Ben n'en avait pas envie, mais il tira de nouveau profondément dessus. Il sentit la fumée âcre qui brûlait davantage de ses tissus pulmonaires.

Le loquet fit alors entendre son chuintement modulé, et Trey poussa la porte. Il avait les bras croisés, les pieds solidement campés dans le sol, le dos voûté. Il parcourut la pièce des yeux et recula brusquement la tête en apercevant Ben, comme s'il avait vu un poisson pourri.

« Qu'est-ce que tu fous là ? Diondra est là ?

– Elle est à Salina. J'ai juste pensé que je passerais, histoire de tuer le temps. Ils m'ont reçu.

– On est au courant pour votre bagarre, dit la fille avec un sourire entendu, les lèvres comme de minces croissants. Et d'autres sales trucs. »

Trey, avec ses longs cheveux noirs lisses et son visage en lame de couteau, resta indéchiffrable. Il considéra le groupe assis par terre, et Ben installé avec eux, et pour une fois il eut l'air de ne pas savoir comment gérer la situation.

« Ah ouais, qu'est-ce qu'il vous a raconté ? » Les yeux fixés sur Ben, il saisit une bière que lui tendait la fille sans même lui accorder un regard. Ben se demanda s'ils avaient couché ensemble, car Trey montrait le même dédain que Ben l'avait vu un jour afficher à

201

l'égard d'une ex : « Je ne suis ni en colère, ni triste, ni content de te voir. J'en ai rien à secouer. Tu ne me fais ni chaud ni froid. »

« Des trucs sur le diable et ce que vous faites pour... l'aider », dit-elle.

Trey arborait à présent son rictus habituel, il s'était assis en face de Ben, qui évitait de croiser son regard.

« Dis, Trey ? dit Alex. T'es indien, n'est-ce pas ?

– Ouais, tu veux que je te scalpe ?

– Mais tu l'es pas complètement, si ? s'exclama la fille.

– Ma mère est blanche. Je sors pas avec les nanas indiennes.

– Pourquoi pas ? » demanda-t-elle. Elle promenait la plume de sa pince à joint dans sa chevelure. Les petites dents de métal s'accrochaient dans ses boucles.

« Parce que Satan aime les chattes blanches. » Il sourit et la regarda en redressant la tête. Elle se mit à pouffer, mais comme il gardait la même expression, elle se tut, et son hideux petit ami remit un bras sur sa hanche.

Le baratin de Ben leur avait plu, mais Trey était plus flippant. Assis là, les jambes croisées, il les dévisageait d'une façon amicale en surface, mais entièrement dépourvue de chaleur. Et si son corps était courbé avec désinvolture, chaque membre était tenu à un angle aigu, tendu. Il y avait chez lui quelque chose de profondément désagréable. Personne ne proposa de faire tourner un autre joint.

Ils restèrent tous silencieux pendant quelques minutes. L'humeur bizarre de Trey perturbait tout le monde. En général, il se comportait comme un buveur de bière bruyant, grande gueule et bagarreur, mais lorsqu'il était en colère, c'était comme s'il déployait des centaines de doigts invisibles et insistants pour enfoncer tout le monde. Couler tout le monde.

« Bon, tu veux y aller ? demanda-t-il soudain à Ben. J'ai ma bagnole. J'ai les clefs de chez Diondra. On n'a qu'à aller chez elle jusqu'à ce qu'elle rentre, elle a le câble. Ça sera mieux que ce trou glacé. »

Ben acquiesça, adressa un signe nerveux de la main aux autres, et suivit Trey, qui était déjà dehors, et balançait sa canette de bière dans la neige. Pas de doute, Ben était dans un état second. Les mots se coagulaient au fond de sa gorge, et en montant dans le GMC il tenta de bredouiller une excuse à Trey. Trey qui venait de lui sauver la peau, pour une raison obscure. Pourquoi était-ce lui qui avait les clefs de Diondra ? Sans doute parce qu'il les avait demandées. Ben ne pensait pas assez à demander.

« J'espère que t'es prêt à assumer les conneries que t'as racontées là-dedans », dit Trey en enclenchant la marche arrière. Le GMC était un tank, et Trey le conduisit droit à travers champs, cahotant sur de vieux épis de maïs et des fossés d'irrigation, les secousses forçant Ben à s'agripper à l'accoudoir pour s'empêcher de se mordre la langue. Trey lui décocha un regard plein de sous-entendus.

« Ouais, bien sûr.

— Peut-être que ce soir tu deviendras un homme. Peut-être. »

Trey donna une chiquenaude à son autoradio. Iron Maiden, en pleine chanson, putain oui, sifflant à Ben les mots : *666… Satan… Sacrifice.*

Ben fit lentement pénétrer la musique dans sa tête. Son cerveau grésillait, il se sentait fou de rage comme à chaque fois qu'il écoutait du metal, avec le raclement des cordes qui ne s'adoucissait jamais, accélérait brutalement sa nervosité et lui martelait la cervelle, tandis que la batterie explosait dans son échine, l'ensemble créant une frénésie qui le maintenait dans un état d'agitation fébrile et l'empêchait de penser correctement. Il avait l'impression que son corps entier n'était plus qu'un poing serré, prêt à cogner.

Libby Day
Aujourd'hui

Parcourir la portion de l'I-70 entre Kansas City et Saint Louis se résumait à aligner des heures et des heures de morne conduite en paysage hideux. Une route plate à travers des champs d'un jaune pisseux, parsemée de panneaux publicitaires : un fœtus recroquevillé comme un chaton (L'avortement arrête un cœur qui bat); un living-room rougi par l'éclat des phares d'une ambulance (Attention, les spécialistes du nettoyage des scènes de crime); une femme extraordinairement quelconque qui jette des regards lascifs aux automobilistes (Le Hot Jimmy's Gentlemen Club). Les panneaux recommandant l'amour de Jésus d'un ton sinistre étaient en concurrence directe avec ceux qui faisaient de la pub pour des sex-shops discounts, et les enseignes des restaurants avoisinants utilisaient invariablement des guillemets à mauvais escient : Herb's Highway Dinner : Le « Meilleur » Repas en Ville ; Le Grill de Jolene : Venez goûter nos « délicieux » travers de porc.

Lyle était sur le siège passager. Il avait soupesé le pour et le contre de sa venue (peut-être que j'aurais plus de complicité avec Krissi en y allant seule, comme nous étions toutes deux des femmes ; d'un autre côté, il maîtrisait mieux cet aspect de l'affaire mais, néanmoins, risquait de s'emballer, de lui poser trop de questions et de faire tout foirer : il lui arrivait de ne pas savoir se retenir, s'il avait un défaut, c'était qu'il lui arrivait de ne pas savoir se retenir ; mais bon, cinq cents dollars, c'était une somme, et il se sentait le droit, sans vouloir m'offenser, d'être de la partie). Finalement, j'avais lâché brusquement dans le téléphone que je passerais devant Le Sarah's Pub trente minutes plus tard, et que si je le trouvais à la porte, il pourrait venir. Clac. À présent, il gigotait à côté de moi : il montait et descendait le loquet de la portière, tripotait la radio, lisait tout haut tous les panneaux que nous croisions, comme s'il essayait de se rassurer ou quelque chose comme ça. Nous sommes passés devant un entrepôt de feux d'artifice qui faisait au moins la taille d'une cathédrale, et au moins trois mémentos d'accident : de petites croix blanches et des fleurs en plastique qui emmagasinaient la poussière sur le bord de la route. Les stations-service étaient signalées par des panneaux plus étroits et plus hauts que les girouettes flétries des fermes avoisinantes.

Sur un poteau, une affiche montrant un visage familier : Lisette Stephens, avec son sourire joyeux, et un numéro de téléphone pour donner des renseignements sur sa disparition. Je me suis demandé combien de temps ils attendraient avant de l'enlever, à court d'espoir ou d'argent.

« Oh ! bon sang, encore elle », lâcha Lyle comme nous dépassions Lisette. Je me suis hérissée, mais je partageais son sentiment. Au bout d'un moment, c'est presque impoli de vous demander de vous inquiéter du sort de quelqu'un qui de toute évidence est mort. À moins que ce ne soit votre propre famille.

« Au fait, Lyle, est-ce que je peux vous demander ce qui vous obsède tellement dans... cette affaire ? » Comme je disais ces mots, le ciel est devenu juste assez sombre pour que les éclairages de la nationale s'allument, et tous à la file, jusqu'à l'horizon, ils ont clignoté d'une lueur blanche, comme si ma question les avait intrigués.

Les yeux fixés sur sa jambe, Lyle m'écoutait en me présentant son profil, comme à son habitude. Il était affligé d'une véritable manie : il tendait littéralement l'oreille vers la personne qui lui parlait, puis attendait quelques secondes avant de réagir, comme pour traduire ce qui venait d'être dit en une autre langue.

« C'est une énigme classique, c'est tout. Il y a beaucoup de théories plausibles, donc c'est un sujet de discussion intéressant, a-t-il fait, toujours sans me regarder. Et il y a vous. Et Krissi… Des enfants qui ont… provoqué quelque chose. C'est un aspect qui m'intéresse.

– Des enfants qui ont provoqué quelque chose ?

– Provoqué un événement, quelque chose qui les a dépassés, quelque chose qui a eu des conséquences majeures contre leur intention. Qui a fait des vagues. Ça, ça m'intéresse.

– Pourquoi ? »

Il marqua une pause. « C'est comme ça. »

Nous étions les deux personnes au monde qui avions le moins de chance de soutirer des informations à quelqu'un par notre charme. Deux individus à la croissance bloquée, qui s'emmêlaient les pinceaux à chaque fois qu'ils essayaient de s'exprimer. Je ne me souciais pas trop du résultat de notre entretien avec Krissi cependant, car plus je réfléchissais à la théorie de Lyle, plus elle me semblait débile.

Après encore quarante minutes de route, les clubs de strip-tease ont commencé à se montrer : des blocs de ciment sinistres et rabougris, sans véritable nom la plupart du temps, juste des néons criards annonçant Filles en Chair et en Os ! Filles en Chair et en Os ! Ce qui est plus vendeur que Filles en Bière, j'imagine. J'ai imaginé Krissi Cates se garer sur les gravillons du parking et s'apprêter à se mettre à poil dans un club de strip-tease si complètement anonyme. Il y a quelque chose de perturbant dans le fait de ne même pas prendre la peine de trouver un nom. À chaque fois que je lis des articles sur des enfants assassinés par leurs parents, je me dis : *Mais comment est-ce possible ?* Ils se souciaient suffisamment du môme pour lui donner un nom, il y a eu un moment – au moins un moment – où ils ont passé en revue toutes les possibilités et choisi un nom spécifique pour leur enfant, décidé comment ils allaient appeler leur bébé. Comment peut-on tuer un être qu'on a pris la peine de nommer ?

« Ça sera mon premier strip-bar », a dit Lyle avec son sourire mutin.

J'ai quitté la nationale par la gauche, comme la mère de Krissi me l'avait indiqué – quand j'avais téléphoné au seul club qui soit dans l'annuaire, un type obséquieux m'avait répondu qu'il pensait que Krissi était « dans les parages » –, et j'ai débouché avec un bruit de ferraille dans un parking grand comme un pré qui desservait trois strip-bars alignés. Une station-essence et un parking de camionneurs étaient installés tout à l'autre bout : dans la vive lumière blanche, j'ai repéré des silhouettes de femmes qui filaient comme des chats entre les cabines. Les portières s'ouvraient et claquaient, les jambes nues faisaient des ruades derrière elles tandis qu'elles se penchaient à l'intérieur pour trouver leur prochaine passe. Sans doute la plupart des strip-teaseuses finissaient-elles à faire le tapin sur le parking routier quand les clubs en avaient assez d'elles.

Je suis sortie de la voiture et j'ai tripoté maladroitement les notes que Lyle m'avait confiées, une liste bien propre de questions numérotées à poser à Krissi si nous la trouvions. Numéro un : Maintenez-vous toujours que vous avez été agressée par Ben Day dans votre enfance ? Si oui, merci de développer. Je commençais à relire le reste des questions lorsqu'un mouvement sur ma droite a attiré mon attention. Vers le fond du parking des camionneurs, une ombre de petite taille s'est extraite d'une cabine et s'est mise à marcher dans ma direction selon une ligne d'une rectitude extrême, le genre de rectitude qu'on adopte quand on est défoncé et qu'on essaie de le cacher. Je pouvais voir les épaules poussées en avant, bien avant le corps, comme si la fille n'avait pas d'autre choix que de continuer à se diriger vers moi maintenant qu'elle avait commencé. Et c'était une *jeune* fille, je l'ai vu lorsqu'elle a atteint l'autre aile de ma voiture. Elle avait un large visage de poupée qui rayonnait à la lueur des réverbères, des cheveux châtain clair tirés en queue-de-cheval et un front bombé.

« Salut, t'aurais pas une cigarette ? m'a-t-elle demandé, agitant la tête nerveusement comme une parkinsonienne.

– Est-ce que ça va ? » j'ai fait, essayant de mieux la regarder, de deviner son âge. Quinze, seize ans. Elle frissonnait dans un mince sweat-shirt porté par-dessus une minijupe et des bottes qui étaient censées être sexy mais, sur elle, ne faisaient qu'enfantines – une écolière qui jouait à la cow-girl.

« T'as une cigarette ? » a-t-elle répété plus gaiement, les yeux humides. Elle a donné un bref coup de talon, et son regard s'est promené de moi à Lyle, qui fixait la chaussée.

J'avais un paquet quelque part à l'arrière de ma voiture, aussi je me suis penchée à l'intérieur et j'ai fouillé entre les vieux emballages de fast-food, un assortiment de sachets de thé que j'avais raflés dans un restaurant (encore un truc que personne ne devrait acheter : des sachets de thé) et une pile de petites cuillers en alu *(idem)*. Il restait trois clopes dans le paquet, dont une cassée. J'ai partagé les deux autres entre nous et allumé un briquet d'une chiquenaude. La fille s'est penchée maladroitement en avant puis a fini par trouver la flamme : « Pardon, j'y vois rien sans mes lunettes. » J'ai allumé la mienne et laissé ma tête faire sa petite danse après cette première montée de nicotine.

« Je m'appelle Colleen », a-t-elle dit en tétant sa clope. La température était tombée rapidement avec le soleil. Debout face à face, on sautillait sur place pour se tenir chaud.

Colleen. C'était un nom trop joli pour une pute. Quelqu'un avait eu autrefois d'autres projets pour cette fille.

« Quel âge as-tu, Colleen ? »

Elle a jeté un coup d'œil au parking de routiers derrière elle, les épaules voûtées. « Oh t'inquiète pas, je travaille pas là-bas. Je travaille là. » Elle a désigné le strip-club du milieu avec son majeur. « C'est légal. Je n'ai pas besoin de… » Elle a fait de nouveau un signe de tête en arrière vers la rangée de camions, tous immobiles, malgré ce qui se passait à l'intérieur. « On essaie simplement de veiller un peu sur les nanas qui y travaillent. Un truc d'entraide. T'es nouvelle ? »

Je portais un décolleté profond : j'avais imaginé que ça aiderait Krissi à se sentir à l'aise quand je la retrouverais, que ça lui montrerait que je n'étais pas prude. Colleen regardait ma poitrine avec un œil de bijoutier, essayant d'associer mes nichons au club approprié.

« Oh non. On cherche une amie. Krissi Cates. Tu la connais ?

– Elle a peut-être changé de nom de famille, a observé Lyle avant de détourner de nouveau les yeux vers la route.

– Je connais une Krissi. Plus âgée ?

– Dans les trente-cinq. » Tout le corps de Colleen frémissait. Elle était sans doute sous amphètes. Ou peut-être qu'elle avait juste froid.

« C'est ça, a-t-elle dit en finissant sa cigarette d'une seule bouffée agressive. Elle fait parfois les journées chez Mike. » Elle désigna le club le plus éloigné, où le néon disait seulement F-S-T.

« Ça n'a pas l'air terrible.

– Eh non. Mais il faut bien prendre sa retraite un jour, n'est-ce pas ? Enfin c'est vrai que c'est les boules pour elle, parce qu'elle a dépensé un max de fric pour se faire refaire les seins, mais ça n'a pas fait changer d'avis à Mike : il pense qu'elle ne mérite plus de faire les heures de pointe. Enfin, son opération était déductible des impôts, au moins. »

Colleen dit tout cela avec la gaieté impitoyable d'une adolescente qui savait qu'il lui restait des décennies avant d'être touchée par ce genre d'humiliation.

« Alors il faudrait qu'on revienne pendant que l'équipe de jour est en lice ? a demandé Lyle.

– Mmm. Vous pouvez attendre ici, a-t-elle dit d'une voix de bébé. Elle devrait avoir fini bientôt. » Elle est repartie en direction de la file de camions. « Faut que je me prépare pour le boulot. Merci pour la clope. »

Elle a trottiné, avec une fois de plus cette poussée des épaules, en direction du bâtiment du milieu, plongé dans l'obscurité. Elle a ouvert grand la porte et a disparu à l'intérieur.

« Je pense qu'on devrait s'en aller, ça m'a tout l'air d'une impasse », a dit Lyle. Je me préparais à le traiter de lâcheur et à lui dire sèchement qu'il n'avait qu'à m'attendre dans la voiture lorsqu'une autre ombre est descendue d'un camion vers le bout de la file, et a commencé à se diriger vers le parking. Ici, toutes les femmes marchaient comme si un monstrueux vent contraire leur fouettait le visage. Mon estomac a fait un bond quand je me suis imaginée brièvement solitaire, piégée ici ou dans un endroit similaire. Ce n'était pas si invraisemblable pour une femme sans famille, sans argent et sans compétences. Une femme dotée d'un certain pragmatisme malsain. J'avais écarté les jambes pour des types sympas car je savais que ça me vaudrait quelques mois de repas gratuits. J'avais fait ça sans jamais me sentir coupable, alors que faudrait-il pour me retrouver là ? J'ai senti ma gorge se serrer une seconde, puis je me suis reprise immédiatement. Après tout, j'avais des rentrées d'argent pour l'instant.

La silhouette était mangée par la pénombre : je ne pouvais distinguer qu'un halo de cheveux abîmés, le bas d'un minishort, un sac XXL et des jambes musclées. Quand elle est sortie de l'obscurité, elle a révélé un visage bronzé avec des yeux légèrement trop rapprochés. Mignonne, mais canine. Lyle m'a donné un coup de coude et m'a jeté un regard interrogateur pour voir si je la reconnaissais. Ce n'était pas le cas, mais je lui ai adressé un bref salut au cas où, et elle s'est arrêtée avec un sursaut. Je lui ai demandé si elle était Krissi Cates.

« C'est moi », a-t-elle répondu. Son visage de renard était étonnamment empressé, serviable, comme si elle pensait qu'une bonne chose était sur le point de se produire. C'était une expression plutôt inattendue, étant donné l'endroit dont elle arrivait.

« J'espérais pouvoir vous parler.

– OK. » Elle a haussé les épaules. « De quoi ? » Elle ne voyait pas qui je pouvais bien être : je n'étais pas une flic, pas une assistante sociale, pas l'instit de son môme si elle en avait un. Quant à Lyle, elle lui a à peine jeté un coup d'œil, vu qu'il alternait entre lui jeter des regards ébahis et nous tourner pratiquement le dos. « Sur mon boulot ici ? Vous êtes journaliste ?

– Eh bien, pour être honnête, c'est au sujet de Ben Day.

– Ah. D'accord. On n'a qu'à aller chez Mike. Vous pouvez m'offrir un verre ?

– Vous êtes mariée ? Vous vous appelez toujours Cates ? » a laissé échapper Lyle.

Krissi a fait une moue dans sa direction, puis m'a lancé un regard interrogateur. J'ai écarquillé les yeux et fait une grimace : le regard universel qu'échangent les femmes lorsque l'homme qui les accompagne leur fiche la honte. « Je me suis mariée, une fois, a-t-elle confié. Mon nom de famille, c'est Quanto, maintenant. Juste parce que j'ai eu la flemme de le rechanger. Vous savez la galère que c'est ? »

J'ai souri comme si je savais, et je me suis soudain retrouvée à la suivre à travers le parking, essayant d'éviter le sac en cuir géant qui rebondissait contre sa hanche, tout en lançant un regard à Lyle pour l'exhorter à se reprendre. Juste avant d'arriver à la porte, elle s'est appuyée contre le mur du club en murmurant : « Ça vous dérange pas ? », puis elle a sniffé quelque chose à même un paquet d'alu qu'elle a sorti de sa poche arrière. Après quoi elle m'a tourné complètement le dos et a produit un gargarisme sonore probablement très douloureux.

Quand elle s'est retournée, elle avait un large sourire aux lèvres. « *Whatever gets you through the night…* » a-t-elle fredonné. Mais au milieu du vers elle a semblé oublier la mélodie. Elle a reniflé un grand coup. Son nez était si ramassé qu'il me faisait penser à un nombril ressorti, comme celui des femmes enceintes. « Mike est un vrai nazi par rapport à ces trucs », a-t-elle fait avant d'ouvrir grand la porte.

J'étais déjà allée dans des clubs de strip-tease : dans les années quatre-vingt-dix, quand c'était considéré comme culotté, quand les femmes étaient assez débiles pour penser que c'était sexy de rester plantées là-dedans en faisant semblant d'être excitées par des nanas sous prétexte que les mecs trouvaient ça excitant. Mais je crois que je n'étais pas allée dans un truc aussi miteux, quand même. Le club était petit et embué, les murs semblaient couverts d'une couche de cire. Une fille jeune dansait sans grâce sur la scène basse. Elle marchait sur place, en fait, sa taille débordait d'un string deux tailles trop petit, et des petits cache-mamelons tournaient laborieusement au bout de ses seins qui louchaient vers l'extérieur. Toutes les deux ou trois mesures, elle tournait le dos aux hommes, se penchait en avant et les regardait entre ses jambes écartées. Son visage devenait rapidement écarlate à cause de l'afflux de sang à sa tête. En réaction, les hommes – ils n'étaient que trois, tous en flanelle, assis à des tables séparées – grognaient ou hochaient la tête. Un videur massif étudiait son propre reflet dans le miroir mural, mort d'ennui. Nous nous sommes installés sur trois tabourets alignés au bar, moi au milieu. Les bras croisés, les mains sous les aisselles, Lyle s'efforçait de ne toucher à rien et de faire semblant de regarder la danseuse sans la regarder en réalité. Je me suis détournée de la scène en grimaçant.

« Je sais, c'est terrible, hein ? dit Krissi. C'est un foutu trou à rats. C'est pour vous, hein ? Parce que je n'ai pas de liquide. » Avant même que j'aie acquiescé, elle s'est commandé une vodka-cranberry et je l'ai imitée. Lyle s'est fait demander sa carte d'identité. En la présentant au barman, il s'est lancé dans une espèce d'improvisation décalée. Sa voix ressemblait encore plus à celle d'un canard, un sourire bizarre était collé à ses lèvres. Il ne le regardait pas dans les yeux, et ne donnait aucune indication réelle qu'il était en train de faire une imitation. Le barman le dévisageait. « *Le Lauréat*, vous connaissez ? » a dit Lyle. Le type s'est détourné, sans commentaire.

Moi aussi.

« Alors, qu'est-ce que vous voulez savoir ? » a commencé Krissi en souriant, penchée vers moi. J'ai hésité à lui révéler mon identité, mais elle avait l'air si peu intéressée que j'ai décidé de m'épargner cette peine. J'avais devant moi une femme qui cherchait seulement de la compagnie. Je ne pouvais m'empêcher de loucher sur ses seins, qui étaient encore plus gros que les miens, étroitement empaquetés de façon à pointer droit devant. Je me les imaginais là-dessous, des globes luisants comme du poulet sous cellophane.

« Ils vous plaisent ? a gazouillé Krissi en les faisant rebondir. Ils sont semi-neufs. Enfin, ils ont quand même presque un an maintenant. Je devrais leur faire une fête d'anniversaire. Pas qu'ils m'aient aidée ici. Ce salaud de Mike n'arrête pas de me gratter des heures. Mais ça ne fait rien, j'ai toujours voulu des plus gros nichons. Et maintenant je les ai. Si je pouvais juste me débarrasser de ça… c'est ça qu'il faut que je me fasse enlever. » Elle a pincé un minuscule bourrelet de graisse en en exagérant l'importance. Juste en dessous dépassait la zébrure blanche d'une cicatrice de césarienne.

« Ben Day, donc, continua-t-elle. Salopard de rouquin. Il a vraiment foutu ma vie en l'air.

– Comme ça vous maintenez qu'il a abusé de vous ? » a lâché Lyle, passant la tête derrière moi comme un écureuil.

Je me suis retournée pour lui jeter un regard noir, mais Krissi n'a pas bronché. Elle avait le manque de curiosité typique des drogués. Elle a continué de s'adresser exclusivement à moi.

« Ouais. Ouais. Tout ça entrait dans son délire sataniste. Je crois qu'il m'aurait sacrifiée, je crois que c'était son intention. Il m'aurait tuée s'ils ne l'avaient pas attrapé pour, vous savez… ce qu'il a fait à sa famille. »

Les gens voulaient toujours leur part de meurtres. De même que tous les habitants de Kinnakee connaissaient quelqu'un qui avait baisé ma mère, tout le monde avait échappé *in extremis* à Ben un jour ou l'autre. Il avait menacé de les tuer, il avait donné un coup de pied à leur chien, il leur avait lancé un regard vraiment effrayant. Il s'était mis à saigner en entendant un chant de Noël. Il leur avait montré la marque de Satan, cachée derrière une oreille, et leur avait demandé de rejoindre sa secte. Krissi possédait cet empressement caractéristique, cette façon d'avaler une grande bouffée d'air avant de commencer son speech.

« Alors que s'est-il passé exactement ?

– Vous voulez la version expurgée ou la version adulte ? » Elle a commandé une nouvelle tournée de vodka-cranberry et réclamé trois shots de Slippery Nipple. Le barman les a versés, tout préparés, d'un pichet de plastique, puis il a haussé un sourcil dans ma direction et nous a demandé si nous voulions commencer une note.

« C'est bon, Kevin, mon amie s'en occupe, a dit Krissi, puis elle est partie d'un petit rire. Vous vous appelez comment, au fait ? »

J'ai éludé la question en demandant au barman combien je devais. J'ai pioché la somme dans une liasse de billets de vingt pour que Krissi sache qu'il me restait du fric. Entre tapeuses, on se reconnaît.

« Vous allez adorer ça, on a l'impression de boire un cookie, a-t-elle dit. Santé ! » Elle a levé son petit verre avec un geste provocateur vers une vitre fumée qui devait cacher Mike, au fond du club. Nous avons bu, cul sec. Le shot m'est resté en travers de la gorge, liquoreux. Lyle a poussé un petit glapissement comme si c'était du whisky.

Au bout de quelques instants, Krissi s'est rajusté un sein puis a pris de nouveau une profonde bouffée d'air. « Bon, donc. J'avais onze ans, Ben en avait quinze. Il a commencé à me tourner autour après l'école, il n'arrêtait pas de me regarder. Vous comprenez, ça m'arrivait souvent, ça m'arrivait tout le temps. J'ai toujours été une petite fille mignonne, je ne dis pas ça pour me vanter, c'était comme ça, c'est tout. Et on avait beaucoup d'argent. Mon père… » Là j'ai saisi un soupçon de douleur, un pli rapide de sa lèvre qui a exposé une unique dent… « Il s'était fait tout seul. Il s'est lancé dans l'industrie des cassettes vidéo au tout début, c'était le plus important grossiste de cassettes vidéo de tout le Midwest.

– Quoi, des films ?

– Non, des cassettes vierges, pour enregistrer des trucs dessus. Vous vous rappelez ? Enfin, vous êtes sans doute trop jeune. »

Je ne l'étais pas.

« Bref, du coup j'étais peut-être un genre de proie facile. Ce n'est pas que j'étais une gamine livrée à elle-même, pas du tout, mais ma mère n'était pas toujours suffisamment vigilante, j'imagine. » Cette fois le regard d'amertume s'est fait plus évident.

« Attendez, pourquoi êtes-vous venue, déjà ? a-t-elle demandé.

– Je fais des recherches sur l'affaire. »

Les coins de sa bouche se sont affaissés. « Oh. Pendant une seconde j'ai pensé que c'est ma mère qui vous envoyait. Je sais qu'elle sait que je suis là. »

Elle a fait cliqueter ses ongles longs couleur corail sur le comptoir et j'ai dissimulé ma main gauche, avec son moignon de doigt, sous mon verre. Je savais que j'aurais dû éprouver de la sympathie pour la vie familiale de Krissi, néanmoins ce n'était pas le cas. Mais bon, j'en éprouvais suffisamment pour ne pas lui révéler que sa mère ne viendrait jamais prendre de ses nouvelles.

L'un des clients assis à une table en plastique ne cessait de nous couler des coups d'œil furtifs par-dessus son épaule, avec un agacement d'ivrogne. J'avais envie de me sortir de là, d'abandonner Krissi et tous ses problèmes.

« Donc, reprit-elle. Ben était vraiment sournois avec moi. Par exemple, il… Vous voulez des chips ? Les chips sont super bonnes ici. »

De petits paquets de chips bon marché étaient suspendus derrière le comptoir. *Les chips sont super bonnes ici.* J'étais forcée de l'admirer pour le mal qu'elle se donnait. J'ai fait oui de la tête et, en moins de deux, Krissi a entrepris de déchirer un sachet, répandant une odeur fétide de crème aigre et d'oignons qui m'a fait saliver malgré moi. Des épices jaunes sont restées collées au gloss parfumé au bubble-gum de Krissi.

« Bref, Ben a gagné ma confiance puis il a commencé à abuser de moi.

— Comment s'y est-il pris pour gagner votre confiance ?

— Vous savez, il me donnait des chewing-gums, des bonbons, il me disait des trucs gentils.

— Et comment a-t-il abusé de vous ?

— Il m'entraînait dans le réduit où il rangeait ses produits ménagers, il faisait le ménage à l'école. Je me souviens qu'il dégageait toujours une puanteur épouvantable, il sentait le détergent dégueulasse. Il m'amenait là après les cours et me forçait à le sucer, puis il me suçait le sexe et me faisait jurer allégeance à Satan. J'étais terrifiée. Il me disait qu'il ferait du mal à mes parents si j'en parlais, vous voyez.

— Comment s'y prenait-il pour vous entraîner dans le réduit ? a demandé Lyle. Si c'était à l'école ? »

Krissi a rentré le cou dans les épaules, le même geste de colère que j'ai toujours fait quand quiconque mettait en doute mon témoignage sur Ben.

« Juste, vous savez, en me menaçant. Il avait un autel là-dedans, c'était une croix à l'envers. Je pense qu'il y avait aussi des cadavres d'animaux qu'il avait tués. Un genre de sacrifice. C'est pour ça que je pense qu'il se préparait à me tuer. Mais il a eu sa famille à la place. Toute la famille était là-dedans, c'est ce que j'ai entendu. Que toute la famille était sataniste et tout ça. » Elle a léché des miettes de chips sur ses épais faux ongles.

« J'en doute, j'ai marmonné.

— Ah oui, et qu'est-ce que vous en savez ? a répliqué sèchement Krissi. C'est moi qui ai dû vivre ça, OK ? »

J'attendais toujours qu'elle comprenne qui j'étais, qu'elle laisse mon visage – pas si différent de celui de Ben – pénétrer sa mémoire, qu'elle remarque les racines rousses qui jaillissaient de ma tête.

« Et combien de fois Ben a-t-il abusé de vous ?

— Des millions de fois. Des millions de fois. » Elle a hoché la tête d'un air sombre.

« Comment a réagi votre père lorsque vous lui avez raconté ce que Ben vous avait fait ? a demandé Lyle.

— Oh ! mon Dieu, il était tellement protecteur avec moi, il a pété un plomb, il était totalement fou de rage. Il a fait toute la ville en voiture ce jour-là, le jour des meurtres, pour chercher Ben. Je me dis toujours que si seulement il l'avait trouvé, il l'aurait tué, et la famille de Ben serait toujours en vie. N'est-ce pas triste ? »

À cette phrase, mes boyaux se sont contractés et ma colère s'est ravivée.

« La famille de Ben, ces horribles satanistes ?

— Enfin, j'ai peut-être exagéré sur ce point. » Krissi a redressé la tête, comme le font les adultes quand ils essaient d'apaiser un enfant. « Je suis sûre que c'étaient d'honnêtes chrétiens. Imaginez seulement, si mon père avait trouvé Ben… »

Imagine seulement que ton père n'ait pas trouvé Ben mais ma famille à la place. Qu'il ait trouvé un fusil, qu'il ait trouvé une hache, qu'il nous ait anéantis. Presque anéantis.

« Est-ce que votre père est rentré chez vous ce soir-là ? a demandé Lyle. Est-ce que vous l'avez vu après minuit ? »

Krissi a de nouveau abaissé le menton et m'a regardée en haussant les sourcils. J'ai ajouté une phrase plus rassurante : « Enfin, comment saviez-vous que votre père n'avait jamais pu prendre contact avec aucun des Day ?

— Parce que je ne plaisante pas, il aurait fait du grabuge. J'étais comme qui dirait la prunelle de ses yeux. Ça l'a tué, ce qui m'est arrivé. Ça l'a tué.

— Il vit dans la région ? » Lyle la faisait flipper : il avait un regard tellement inquisiteur qu'on eût dit qu'il allait la transpercer sur place.

« Heu, nous nous sommes perdus de vue, a-t-elle répondu vaguement, jetant déjà des regards vers le bar dans l'attente de la prochaine tournée. Je crois que ça a été trop pour lui, tout ça.

— Votre famille a porté plainte contre l'administration scolaire, n'est-ce pas ? » a insisté Lyle en s'avançant encore, trop avide d'informations. J'ai bougé mon tabouret de façon à le bloquer un peu, espérant qu'il comprendrait le message.

« Bon Dieu, oui. Ils le méritaient, à laisser une chose pareille se produire dans l'établissement, laisser une petite fille se faire violer juste sous leur nez. Je venais d'une très bonne famille... »

Lyle l'a interrompue. « Est-ce que je peux vous demander, avec les indemnités... comment vous êtes-vous retrouvée, euh, ici ? » Le client à la table était maintenant tourné complètement dans notre direction. Il nous fixait d'un air belliqueux.

« Ma famille a connu des revers dans ses affaires. L'argent est épuisé depuis longtemps. Ce n'est pas que ce soit si horrible, de travailler ici. Les gens s'imaginent toujours ça. Ce n'est pas le cas, ça donne de la force, c'est marrant et ça rend les gens heureux. Combien de gens peuvent dire ça de leur boulot ? Ce n'est pas comme si j'étais une pute. »

Avant de pouvoir m'en empêcher, j'ai froncé les sourcils en regardant en direction du parking de routiers.

« Ça ? dit Krissi à mi-voix. J'étais juste partie choper un petit truc pour ce soir. Je n'étais pas... oh ! mon Dieu. Non. Il y a des filles qui le font, mais pas moi. Il y a une pauvre fille, sept ans, elle travaille avec sa mère. J'essaie de la protéger un peu. Colleen. Je me dis toujours que je devrais peut-être appeler la protection de l'enfance ou quelque chose. Qui faut-il appeler, d'ailleurs, pour un truc comme ça ? »

Krissi posait la question avec autant d'inquiétude que si elle se demandait comment trouver un nouveau gynéco.

« Peut-on avoir l'adresse de votre père ? » a demandé Lyle.

Krissi s'est levée, environ vingt minutes plus tard que je ne l'aurais fait à sa place. « Je vous l'ai dit, nous ne sommes pas en contact », dit-elle.

Lyle a commencé à dire quelque chose mais je me suis retournée vers lui, ai enfoncé un doigt dans son torse et articulé : « La ferme », en silence. Il a ouvert la bouche, l'a refermée, a regardé la fille sur scène qui faisait maintenant mine de s'accoupler avec le sol, et a pris la porte.

C'était trop tard, cependant. Krissi était déjà en train d'expliquer qu'elle devait aller retrouver quelqu'un. Tandis que je réglais la dernière tournée au barman, elle m'a demandé si elle pouvait m'emprunter vingt dollars.

« Je pourrais payer à dîner à Colleen avec », a-t-elle menti. Puis elle s'est rapidement ravisée pour cinquante. « C'est juste que je n'ai pas encore déposé mon chèque de salaire sur mon compte. Je vous rembourserai sans aucun problème. » Elle a fait tout un tralala pour me trouver un crayon et un morceau de papier afin que j'écrive mon adresse. Elle m'enverrait l'argent, absolument, absolument.

J'ai mentalement mis la somme sur la note de Lyle, et l'ai filée à Krissi, qui l'a recomptée devant moi, comme si j'allais l'arnaquer. Elle a ouvert la gueule immense de son sac à main et un gobelet antifuites pour bébé a roulé sur le sol.

« Laissez, laissez », m'a-t-elle fait avec un geste de la main lorsque je me suis penchée pour le ramasser. Alors je l'ai laissé par terre.

Puis j'ai pris le bout de papier graisseux et j'ai inscrit mon adresse et mon nom. Libby Day. Mon nom est Libby Day, espèce de pute menteuse.

Patty Day
2 janvier 1985
13 h 50

Patty se demandait combien d'heures Diane et elle avaient passées à bouffer de la route dans des voitures pétaradantes : mille ? Deux mille ? Peut-être que si on les mettait bout à bout comme les marchands de matelas le faisaient toujours, ça ferait un total de deux ans : vous passez un tiers de votre vie à dormir, pourquoi pas le faire sur un Comfort-Cush ? Huit ans à faire la queue, dit-on. Six ans à faire pipi. Présentée comme ça, la vie semblait sinistre. Deux années dans la salle d'attente du médecin, mais un total de trois heures à regarder Debby rire au petit déjeuner jusqu'à ce que le lait lui dégouline sur le menton. Deux semaines à manger des pancakes spongieux que les filles avaient préparés pour elle, avec la pâte à crêpe encore crue et aigre au milieu. Seulement une heure à regarder avec stupéfaction Ben coincer sa casquette de base-ball derrière l'oreille avec un geste parfaitement identique à celui de son grand-père, son grand-père qui était mort quand Ben n'était qu'un bébé. Six *ans* passés à soulever des sacs de fumier, par contre, trois ans à esquiver les appels des créanciers. Peut-être un mois à faire l'amour, peut-être un jour à le faire bien. Elle avait couché avec trois hommes dans sa vie. Son petit copain du lycée, qui était si doux ; Runner, le branleur qui l'avait volée à son petit copain du lycée et l'avait plantée là avec quatre (merveilleux) enfants ; et un type qu'elle avait vu pendant quelques mois à un moment donné, dans les années qui avaient suivi le départ de Runner. Ils avaient couché ensemble trois fois alors que les gamins étaient à la maison. Ça finissait toujours par se révéler inconfortable. Ben, boudeur et possessif quand il avait onze ans, campait dans la cuisine de façon à pouvoir leur jeter des regards mauvais quand ils sortaient de la chambre le matin. Patty s'inquiétait d'avoir le sperme du type sur elle, cette odeur tellement âcre et gênante lorsque vos enfants étaient toujours en pyjama. Dès le début, il était clair que ça n'allait pas marcher, et elle n'avait jamais trouvé le courage de réessayer. Elle allait avoir quarante-trois ans, ce qui était supposé être le pic sexuel chez les femmes. Ou un truc comme ça. Peut-être la ménopause.

« On va vers le lycée ? » demanda Diane. Patty émergea de sa transe de trois secondes pour se rappeler l'horrible course qu'elles avaient à accomplir, leur mission : trouver son fils, et ensuite ? Le cacher jusqu'à ce que ça se tasse ? Le conduire chez la petite fille et mettre les choses à plat ? Dans les films pleins de bons sentiments, quand la mère surprenait le fils en train de voler, elle l'escortait au magasin et le forçait à rendre d'une main tremblante le bonbon volé en demandant pardon. Elle savait que Ben avait déjà commis de menus larcins. Avant qu'il se mette à fermer sa porte à clé, il lui était arrivé de trouver de drôles de petits objets qui tenaient dans une poche. Une bougie, des piles, un paquet de soldats en plastique. Elle n'avait jamais rien dit, ce qui était horrible. Une partie d'elle refusait d'affronter ça : faire toute la route jusqu'au centre-ville, et parler à un gamin qui touchait le salaire minimum et s'en fichait bien de toute façon. Et l'autre partie (encore pire) pensait : *Et pourquoi pas, bon sang !* Le petit avait si peu de choses, pourquoi ne pas continuer de faire comme si c'était un cadeau d'un copain? Le laisser profiter du petit rien qu'il avait fauché, un méfait aussi dérisoire qu'un rond dans l'eau à l'échelle de l'univers.

« Non, il ne sera pas là-bas. Il ne travaille que le dimanche.

– Eh bien où, alors? »

Elles arrivèrent à un feu rouge, secouées par les bourrasques comme du linge sur un fil. La route se finissait en cul-de-sac sur le pré d'une famille de riches propriétaires terriens qui vivaient dans le Colorado. À droite, c'était la direction de Kinnakee proprement dite – la ville, l'école. À gauche, elles s'enfonçaient dans le Kansas : des champs à perte de vue, et la maison des deux amis de Ben, ces timides Future Farmers of America qui n'osaient même pas demander Ben lorsque c'était elle qui décrochait.

« Prends à gauche, on va aller voir les Muehler.

– Il traîne toujours avec eux? C'est bien. Personne n'irait imaginer que ces garçons feraient quoi que ce soit de… tordu.

– Ah, parce que Ben, si? »

Diane poussa un soupir et tourna à gauche.

« Je suis de ton côté, P. »

Les frères Muehler se déguisaient en fermiers pour Halloween tous les ans depuis leur naissance. Leurs parents les conduisaient à Kinnakee dans le même vieux pick-up, déposaient les garçons sur Bulhard Avenue pour qu'ils aillent faire la collecte des bonbons dans leurs minuscules casquettes de base-ball et salopettes John Deere tandis qu'eux-mêmes buvaient du café au self. Les frères Muehler, comme leurs parents, ne parlaient que de luzerne, de blé et de météo, ils allaient à l'église le dimanche et priaient pour des choses qui avaient probablement rapport à la moisson. C'était une famille de braves gens sans imagination, avec des personnalités tellement liées à la terre que même leur peau semblait s'orner des rides et des sillons du Kansas.

« Je sais. » Patty tendit la main pour la poser sur celle de Diane juste au moment où celle-ci changeait de vitesse, de sorte que sa main resta suspendue en l'air juste au-dessus de celle de sa sœur et retomba sur ses propres genoux.

« Oh, espèce de sombre crétin ! » lança Diane à la voiture qui la précédait, qui roulait à trente à l'heure et ralentit délibérément lorsque Diane se rapprocha de ses pare-chocs. Elle fit un écart pour la doubler et Patty regarda droit devant elle, rigide, bien qu'elle pût sentir le visage du conducteur sur elle, telle une lune terne au bord de son champ de vision. Qui était cet homme ? Avait-il entendu la nouvelle ? Est-ce pour cela qu'il la fixait, la montrait peut-être du doigt ? *C'est la femme qui a élevé ce garçon.* Le fils Day. Si Diane l'avait appris hier soir, une centaine de téléphones crépiteraient ce matin. À la maison, ses trois filles étaient probablement assises devant la télé, passant des dessins animés au vacarme du téléphone, qu'on leur avait dit de décrocher au cas où Ben appelle. Il y avait peu de chances qu'elles obéissent à cette instruction : elles étaient encore sous le coup de la frayeur du matin. Si quelqu'un passait, il trouverait trois gamines âgées de dix ans et moins, en larmes, sans surveillance, blotties sur le sol du living, sursautant au moindre bruit.

« Peut-être qu'une de nous deux aurait dû rester à la maison… au cas où, dit Patty.

– Il n'est pas question que tu te rendes où que ce soit toute seule tant que cette histoire n'est pas réglée, et je ne saurais pas où aller. C'est la seule chose à faire. Michelle est une grande fille. Il m'est arrivé de te garder quand j'étais plus jeune qu'elle. »

Mais c'était à l'époque où ça se faisait encore, pensa Patty. À l'époque où les gens sortaient pour une soirée entière en laissant les gamins tout seuls et où personne n'y trouvait rien à redire. Dans les années cinquante ou soixante, dans cette vieille plaine tranquille où il ne se passait jamais rien. À présent, les petites filles n'étaient pas censées faire du vélo toutes seules, ni aller où que ce soit à moins de trois. Patty s'était rendue à une réunion organisée par une des collègues de travail de Diane : c'était comme une réunion Tupperware, sauf que les sifflets antiviol et les gaz incapacitants avaient remplacé les récipients en plastique sains. Elle avait plaisanté qu'il faudrait vraiment un sacré dingo pour faire toute la route jusqu'à Kinnakee dans le but d'agresser quelqu'un. Une blonde qu'elle venait de rencontrer l'avait regardée par-dessus son porte-clés-spray au poivre tout neuf et lui avait dit : « Une amie à moi s'est fait violer. » Par culpabilité, Patty avait acheté plusieurs bombes de gaz incapacitant.

« Les gens pensent que je suis une mauvaise mère, c'est pour ça que ça se produit.

– Personne ne pense que tu es une mauvaise mère. De mon point de vue, tu es carrément Superwoman : tu fais tourner la ferme, tu emmènes quatre gamins à l'école tous les matins, et tu ne bois pas un litre de bourbon par jour pour arriver à faire tout ça. »

Patty pensa immédiatement à un matin glacial, deux semaines plus tôt, où elle avait failli pleurer d'épuisement. Le simple fait d'enfiler des vêtements et de conduire les filles à l'école semblait une possibilité extrêmement ténue. Alors elle les avait laissées rester à la maison et regarder dix heures de feuilletons et de jeux télévisés avec elle. Elle avait contraint le pauvre Ben à prendre son vélo, l'avait mis à la porte avec la promesse qu'elle pétitionnerait de nouveau pour que le car scolaire passe par chez eux l'année suivante.

« Je ne suis *pas* une bonne mère.

– Chut. »

La propriété des Muehler consistait en un bout de terrain de taille honnête, au moins deux hectares. La maison était minuscule et ressemblait à un bouton d'or, une touche de jaune sur des kilomètres de blés hivernaux verts et de neige. Ça soufflait encore plus fort que tout à l'heure ; la météo avait annoncé qu'il allait neiger pendant une partie de la nuit, puis que les températures deviendraient soudain printanières. Cette promesse était profondément fichée dans son cerveau : des températures soudain printanières.

Elles parcoururent la mince bande de route peu accueillante qui conduisait à la maison, dépassèrent une moissonneuse garée juste à l'entrée de la grange, comme un animal. Ses lames recourbées jetaient des ombres de griffes sur le sol. Diane émit le son nasillard auquel elle avait toujours recours lorsqu'elle se sentait mal à l'aise, un faux raclement de gorge destiné à meubler le silence. Ni l'une ni l'autre ne se regardèrent en sortant de la voiture. Des quiscales noirs, attentifs, étaient perchés dans les arbres. Ils croassaient sans discontinuer, oiseaux désagréables et bruyants. L'un d'eux les dépassa à tire-d'aile, un fragment argenté de guirlande de Noël dans le bec. Mais à part ça, la demeure était immobile : pas de moteur d'aucune sorte, pas de porte qu'on claque, pas de télé à l'intérieur, juste le silence de la terre ensevelie sous la neige.

« Je ne vois pas le vélo de Ben, dit seulement Diane en frappant le marteau de la porte.

– Il est peut-être derrière. »

Ed ouvrit la porte. Jim, Ed et Ben étaient tous trois au même niveau au lycée, mais les frères n'étaient pas jumeaux, l'un des deux avait redoublé au moins une fois, peut-être deux. Elle pensait que c'était Ed. Il la regarda avec des yeux ronds pendant un moment. C'était un gamin petit, qui ne faisait qu'un mètre soixante environ, mais avec la carrure athlétique d'un homme. Il fourra ses mains dans ses poches et regarda derrière lui.

« Eh bien, bonjour, madame Day.

— Bonjour, Ed. Désolée de te déranger pendant les vacances de Noël.

— Non, ça ne fait rien.

— Je cherche Ben. Est-ce qu'il est ici ? Tu l'as vu ?

— Be-en ? » Il prononça le mot en deux syllabes, comme si l'idée le faisait rire. « Ah ! non, on n'a pas vu Ben depuis… eh bien, je ne crois pas qu'on l'ait vu de toute l'année. À part à l'école. Il traîne avec une autre bande maintenant.

— Quelle bande ? » demanda Diane. Ed la regarda pour la première fois.

« Heu, eh bien… »

Elle distingua la silhouette de Jim qui s'approchait de la porte, dans le contre-jour de la fenêtre panoramique de la cuisine. Plus grand et plus carré que son frère, il s'avança vers elles d'un pas lourd.

« On peut vous aider, madame Day ? » Il passa son visage, puis son torse, dans l'embrasure de la porte, poussant son frère sur le côté. À eux deux, ils bouchaient littéralement le passage. Ça donnait envie à Patty de passer le cou pour jeter un œil à l'intérieur.

« Je demandais juste à Ed si vous aviez vu Ben aujourd'hui, tous les deux, et il m'a dit que vous ne l'avez pas beaucoup vu de toute l'année scolaire.

– Mmmm, non. Vous auriez dû téléphoner, ça vous aurait fait gagner du temps.

– On a besoin de le trouver le plus vite possible, vous n'avez pas la moindre idée d'où on peut le trouver ? C'est une urgence familiale, en quelque sorte, intervint Diane.

– Mmmm, non, répéta Jim. Désolé de ne pas pouvoir vous aider.

– Vous ne pouvez même pas nous donner le nom de quelqu'un avec qui il passe du temps ? Vous devez bien savoir ça. »

Ed s'était reculé à l'arrière-plan, dans la pénombre du living-room.

« Dis-leur de téléphoner au 36-99 Satan-C-Nous ! lança-t-il en gloussant.

– Quoi ?

– Rien. » Jim regardait la poignée de la porte dans sa main en se demandant s'il devait commencer à la fermer.

« Jim, tu peux nous aider, s'il te plaît ? murmura Patty. S'il te plaît ? »

Le garçon fronça les sourcils, cogna la pointe de sa botte de cow-boy contre le sol comme une danseuse, refusa de lever les yeux. « Il traîne avec, genre, les satanistes.

– Comment ça ?

– C'est un mec plus vieux qui dirige ça, je ne sais pas comment il s'appelle. Ils prennent plein de drogues, du peyotl et des trucs comme ça, ils tuent des vaches et des co... des bêtises dans le genre. C'est juste ce que j'ai entendu dire. Ils ne sont pas dans notre lycée, les mecs qui sont là-dedans. À part Ben, bien sûr.

– Tu connais bien le nom de quelqu'un, insista Patty d'une voix enjôleuse.

– Non, vraiment pas, madame Day. On se tient à l'écart de ces trucs-là. Je suis désolé, on a essayé de rester amis avec Ben, mais… On va à l'église, ici. Mes parents, ils ne plaisantent pas avec la discipline. Heu… Je suis vraiment désolé. »

Il baissa les yeux au sol et se tut. Patty ne trouva pas d'autre question à poser.

« OK, Jim, merci. »

Il ferma la porte et, avant même d'avoir fait demi-tour, elles entendirent un beuglement à l'intérieur de la maison : « Connard, pourquoi il a fallu que tu dises ça ! » suivi d'un grand coup contre le mur.

Libby Day
Aujourd'hui

De retour dans la voiture, Lyle n'a eu que deux mots : « Quel cauchemar. » En réponse, j'ai seulement fait : « Mmmmm. » Krissi me faisait penser à moi. Avide et anxieuse, toujours en train d'entasser des choses pour un usage futur. Ce paquet de chips. Nous, les parasites, nous préférons toujours la nourriture en petits paquets, parce que les gens font moins d'histoires pour les céder.

Nous avons roulé pendant vingt minutes sans dire grand-chose, jusqu'à ce qu'il se lance finalement, avec sa voix de présentateur télé qui récapitule la situation : « Donc, de toute évidence, elle ment sur le fait que Ben l'a agressée. Je pense qu'elle a menti à son père également. Je pense que Lou Cates a pété les plombs, qu'il a massacré votre famille et que plus tard il a découvert qu'elle avait menti. Il avait tué une famille innocente pour rien. Du coup, sa propre famille s'est désintégrée. Lou Cates a disparu dans la nature, s'est mis à boire.

– Du coup ? j'ai répliqué d'un ton cinglant.

– C'est une théorie solide, vous ne trouvez pas ?

– Ce que je trouve, c'est que vous ne devriez plus m'accompagner dans ces entretiens. C'est embarrassant.

– Libby, c'est moi qui finance tout ça.

– Eh bien, vous ne faites pas avancer les choses.

232

– *Désolé* », a-t-il répondu. Nous sommes retombés dans le silence. Quand nous avons distingué les lumières de Kansas City qui coloraient le ciel au loin d'un orange malsain, Lyle a répété : « Mais c'est une théorie solide, non ?

– Toutes les théories sont plausibles, c'est pour ça que c'est un *mystère* ! j'ai lâché en le singeant. Un mystère formidable : Qui a tué les Day ? » ai-je clamé d'un ton faussement jovial. Après quelques minutes, j'ai ajouté à contrecœur : « C'est une théorie qui se tient. Mais à mon avis nous devrions également chercher du côté de Runner.

– Pas de problème pour moi. Mais ça ne m'empêchera pas de partir à la recherche de Lou Cates.

– Ne vous gênez pas pour moi. »

Je l'ai redéposé devant Le Sarah's, sans lui proposer de le ramener chez lui. Lyle est resté planté sur le trottoir comme un gamin estomaqué que ses parents aient vraiment le cran de l'abandonner à la colonie de vacances. Je suis rentrée chez moi tard, de mauvaise humeur et pressée de compter mon argent. Jusque-là, le Kill Club m'avait permis de me faire mille dollars, plus cinq cents que Lyle me devait pour Krissi, même s'il était évident que celle-ci aurait parlé à n'importe qui. Mais même en pensant ça, je savais que c'était faux. Aucun de ces cinglés du Kill Club n'aurait pu s'en sortir avec Krissi. Elle m'avait parlé parce que nous avions dans le sang les mêmes composants chimiques : honte, colère, appât du gain. Nostalgie injustifiée.

J'ai mérité mon argent, je me suis dit, pleine d'un ressentiment infondé. Le fait de me payer n'avait l'air de poser aucun problème à Lyle. Mais c'était mon habitude : j'avais dans ma tête des conversations frénétiques, hargneuses, je me mettais en colère pour des choses qui ne s'étaient pas encore produites. Pas encore.

233

J'avais mérité mon argent (je me sentais plus calme à présent), et si j'avais des nouvelles de Runner, si je parlais à Runner, j'en gagnerais davantage et serais à l'abri pour quatre bons mois. Si je vivais très chichement.

Ou même cinq mois : le temps que j'arrive chez moi, Lyle avait déjà laissé un message pour dire que des cinglés du Kill Club du coin voulaient organiser une vente, acheter des « souvenirs » de ma famille. Ça se passerait chez Magda, si j'étais intéressée. Magda, le troll des cavernes qui avait dessiné des cornes de Satan sur ma photo. *Oui, Magda, j'adorerais être votre invitée. Où est-ce que vous rangez votre argenterie, déjà ?*

J'ai éteint le répondeur, volé à une colocataire deux déménagements plus tôt. J'ai pensé à Krissi : j'étais persuadée que sa maison également était pleine des affaires des autres. J'avais un répondeur volé, un ensemble presque complet de couverts chipés dans des restaurants et une demi-douzaine de salières et de poivrières, dont la nouvelle paire, de chez Tim Clark's, que je n'ai pas trouvé le courage de transférer de la table de l'entrée à la cuisine. Dans le coin de mon living-room, près de mon vieux poste de télé, il y a une boîte qui contient plus d'une centaine de petites fioles de crèmes que j'ai fauchées. Je les garde parce que j'aime regarder toutes ces crèmes réunies, roses, mauves et vertes. Je sais que ça paraîtrait dingue à quiconque viendrait chez moi, mais personne ne vient, et je les aime trop pour m'en débarrasser. Les mains de ma mère étaient toujours rugueuses et sèches, elle passait son temps à les enduire de crème sans résultat. C'était une des manières les plus efficaces de l'asticoter : « Oh ! m'man, me touche pas, t'es un alligator ! » Dans les toilettes pour femmes de l'église que nous fréquentions par intermittence, il y avait une crème qui, disait-elle, sentait la rose : nous nous relayions pour en prendre une giclée et renifler nos mains en nous complimentant respectivement sur notre parfum raffiné.

Pas d'appel de Diane. Elle devait avoir eu mon message à l'heure qu'il était, et elle n'avait pas rappelé. Cela paraissait étrange. Diane m'avait toujours facilité les choses pour m'excuser. Même après ces six ans de silence. J'imagine que j'aurais dû lui dédicacer mon bouquin.

Je me suis tournée vers l'autre série de cartons, les cartons sous l'escalier, qui devenaient de plus en plus inquiétants à mesure que je m'autorisais à réfléchir aux meurtres. *C'est juste des objets*, me suis-je raisonnée. *Ça ne peut pas te faire de mal*.

Quand j'avais quatorze ans, je pensais souvent à me tuer ; aujourd'hui, c'est un hobby, mais à l'époque, c'était une vocation. Un matin de septembre, peu après la rentrée des classes, j'avais pris le 44 Magnum de Diane et l'avait tenu sur mes genoux comme un bébé pendant des heures. Quel luxe ce serait, de me faire sauter la cervelle, faisant disparaître tous mes esprits mauvais d'un coup de feu, comme si je soufflais sur une fleur de pissenlit. Mais j'ai pensé à Diane, qui trouverait à son retour mon petit buste écroulé devant un mur rouge, et je n'ai pas pu le faire. C'est sans doute pour ça que j'étais si odieuse avec elle, elle m'empêchait de faire ce que je désirais le plus. Mais je ne pouvais tout bonnement pas lui infliger ça ; donc j'ai passé un marché avec moi-même : si je me sentais toujours aussi mal le 1er février, je me tuerais. Ça n'allait pas mieux le 1er février, mais j'ai renégocié mon marché : si ça allait toujours aussi mal le 1er mai, je le ferais. Et ainsi de suite. Je suis toujours là.

J'ai regardé les cartons et conclu un marché moins grandiloquent : si je ne peux plus supporter de faire ça dans vingt minutes, je brûle tout.

Le premier carton s'est ouvert facilement : un des côtés s'est effondré aussitôt que j'ai ôté le scotch. À l'intérieur, sur le dessus de la pile, il y avait un tee-shirt d'un concert de Police qui appartenait à ma mère, taché de nourriture et extrêmement doux.

Dix-huit minutes.

En dessous, il y avait un tas de carnets retenus par un élastique, tous à Debby. J'ai feuilleté les pages au hasard :

Harry S. Truman était le trente-troisième président américain et il venait du Missouri.

Le cœur est la pompe du corps, il fait circuler le sang dans tout le corps.

Encore en dessous, une pile de mots, de Michelle à moi, de moi à Debby, de Debby à Michelle. En les parcourant, j'en ai tiré une carte d'anniversaire représentant un sundae glacé avec des cerises de paillettes rouges.

Chère Debby, avait tracé ma mère de son écriture en pattes de mouche. *Nous avons une chance inouïe d'avoir une fille si douce, gentille et serviable à la maison. Tu es ma cerise sur le gâteau ! M'man.*

Elle n'écrivait jamais « maman », je me suis rappelé. Nous ne l'appelions jamais comme ça, même quand on était petits. *Je veux ma maman*, j'ai pensé. On ne disait jamais ça. *Je veux ma mère.* J'ai senti quelque chose se desserrer en moi, qui n'aurait pas dû se desserrer. Un point qui se défaisait.

Quatorze minutes.

J'ai farfouillé dans d'autres mots, mettant de côté les plus ennuyeux et ineptes pour le Kill Club, regrettant mes sœurs, riant devant certains papiers, les inquiétudes bizarres qui étaient les nôtres, les messages codés, les dessins primitifs, les listes de gens que nous aimions et de gens que nous n'aimions pas. J'avais oublié que nous étions très soudées, nous les filles Day. Je n'aurais pas dit que nous l'étions, mais à présent, en étudiant nos écrits comme une vieille fille qui se passionne pour l'anthropologie, j'ai réalisé que c'était le cas.

Onze minutes. Et voilà les journaux intimes de Michelle, tous rassemblés par un élastique en une masse couverte de faux cuir. Chaque année elle en recevait deux pour Noël – il lui en fallait deux fois plus qu'à une fille ordinaire. Elle commençait toujours le nouveau alors que nous étions encore sous l'arbre : elle chroniquait tous les cadeaux reçus par chacun de nous, comptait les points.

Quand j'en ai ouvert un daté de 1983, je me suis rappelé quelle fouineuse retorse était Michelle, même à neuf ans. À la date du jour, elle racontait qu'elle avait entendu sa prof préférée, Mlle Berdall, dire des obscénités à un homme au téléphone dans la salle des profs, or Mlle Berdall n'était même pas mariée. Michelle se disait que si elle lui répétait ce qu'elle avait surpris, peut-être que la prof lui apporterait une gâterie pour le déjeuner. Apparemment, Mlle Berdall avait un jour donné à Michelle la moitié de son beignet à la confiture, et depuis Michelle fixait en permanence la jeune prof et ses sacs en papier marron. On pouvait en général compter sur les profs pour vous refiler un demi-sandwich ou un bout de fruit si on les fixait suffisamment longtemps. Simplement, il ne fallait pas en abuser, sans quoi on rapportait un mot à la maison et m'man pleurait. Les journaux de Michelle étaient pleins de drames et d'insinuations d'un niveau très école primaire : pendant la récré, M. McNanny avait fumé juste devant le vestiaire des garçons, puis il avait utilisé un spray pour l'haleine (souligné plusieurs fois) pour que personne ne le sache. Mme Joekep, de l'église, buvait dans sa voiture... et quand Michelle lui avait demandé si elle avait la grippe, pour boire dans cette bouteille, Mme Joekep avait ri et lui avait donné vingt dollars pour des cookies de girl-scout, bien que Michelle ne soit pas girl-scout.

Bon sang, elle écrivait même des trucs sur moi : elle savait, par exemple, que j'avais menti à m'man en niant avoir frappé Jessica O'Donnell. C'était vrai, je lui avais fait un œil au beurre noir, mais j'avais juré à m'man qu'elle était tombée de la balançoire. *Libby m'a dit que c'est le diable qui l'a poussée à faire ça*, écrivait Michelle. *Tu crois que je devrais le dire à m'man ?*

J'ai fermé le cahier de 1983, feuilleté ceux de 1982 et 1984. Le journal de la deuxième moitié de 1985, je l'ai lu attentivement, au cas où Michelle aurait dit un truc de notable sur Ben. Pas grand-chose, sinon des affirmations répétées comme quoi c'était un vrai crétin et que personne ne l'aimait. Je me suis demandé si les flics avaient eu la même idée. Je voyais tout à fait un pauvre bleu en train de manger de la nourriture chinoise à même le carton à minuit en lisant tout sur les premières règles de la meilleure amie de Michelle.

Neuf minutes. Encore des cartes d'anniversaire et des lettres. Puis j'ai exhumé un mot plié plus soigneusement que le reste, selon un modèle d'origami qui lui donnait presque l'air phallique, ce qui, je suppose, était l'intention, puisqu'il y avait écrit ÉTALON dessus. Je l'ai ouvert, et j'ai lu l'écriture arrondie d'adolescente :

5/11/1984

Cher Étalon,

Je suis en cours de sciences nat et je me doigte sous le bureau j'ai trop envie de toi. Tu vois ma chatte ? Elle est encore toute rouge de ton passage. Tu viens chez moi après l'école ce soir, OK ? J'ai envie de te chevaucher !!! Je suis super excitée, même maintenant. Je voudrais que tu vives avec moi

quand mes parents sont pas là. Ta mère s'en rendra
même pas compte, elle plane tellement ! Pourquoi tu
resterais chez elle quand tu peux être avec moi ? Aie
les couilles de l'envoyer promener. Je voudrais pas
que tu viennes me rendre visite un jour et que tu me
trouves en train de me contenter ailleurs. LOL ! Oh
j'ai trop envie de baiser. Retrouve-moi à ma voiture
après les cours, je me garerai sur Passel St.
À plus

Diondra

Ben n'avait pas de petite amie, il n'en avait pas.
Pas une seule personne, même pas lui, n'avait dit le
contraire. Le nom n'était même pas familier. Au fond
de la boîte, il y avait une pile de nos vieux almanachs
scolaires, de 1975, lorsque Ben avait commencé
l'école, à 1990, quand Diane m'avait virée pour la première fois.

J'ai ouvert celui de 1984-1985 pour examiner la
classe de Ben. Pas de Diondra, mais une photo de Ben
qui faisait mal : les épaules voûtées, une espèce de
demi-coupe mulet mal entretenue, et la chemise oxford
qu'il portait toujours pour les grandes occasions. Je me
le suis imaginé, à la maison, en train de l'enfiler pour le
jour de la photo, de s'entraîner à sourire dans le miroir.
En septembre 1984 il portait encore des chemises que
lui avait achetées ma mère, et, en janvier, c'était un adolescent furieux aux cheveux noirs accusé de meurtre.
J'ai passé en revue la classe supérieure, sursautant de
temps à autre quand je tombais sur des Diane et des
Dina. Mais pas de Diondra. Puis, dans la classe encore
au-dessus, alors que je m'apprêtais à renoncer, elle est
apparue – Diondra Wertzner. Le pire nom du monde.
J'ai mis le doigt sur la rangée, m'attendant à trouver
une cantinière en puissance, une fille grossière et mous-

tachue. Au lieu de ça, je suis tombée sur une jolie fille aux joues rebondies avec une cascade de boucles brunes. Elle avait des traits peu accusés qu'elle soulignait avec un maquillage lourd, mais, même comme ça, elle crevait la page. Il y avait quelque chose dans ces yeux enfoncés, un air de défi, et ses lèvres entrouvertes laissaient entrevoir des dents pointues de chiot.

J'ai sorti l'almanach de l'année précédente : plus trace d'elle. J'ai sorti l'almanach de l'année suivante : plus trace d'elle.

La bagnole de Trey sentait l'herbe, les chaussettes en éponge et la sangria sucrée que Diondra avait sans doute renversée. Diondra avait tendance à tomber dans les vapes alors qu'elle tenait encore une bouteille à la main, c'était sa façon préférée de picoler, boire jusqu'à ce que ça l'assomme, avec une dernière gorgée à disposition au cas où. Le sol était jonché de vieux emballages de fast-food, d'hameçons, d'un *Penthouse* et, sur la natte duveteuse aux pieds de Ben, il y avait un cageot de pots de haricots sauteurs mexicains. Chaque étiquette représentait un petit haricot coiffé d'un sombrero, avec des virgules dessinées sous lui pour donner l'impression qu'il sautait.

« Essaies-en un, dit Trey en désignant le paquet.

— Nan, c'est pas des espèces de cafards ou quelque chose ?

— Ouais, c'est des larves de scarabée, un truc comme ça, dit Trey, et il poussa son rire de marteau piqueur.

— Super, merci, c'est trop cool.

— Oh merde, mec, je te fais marcher, lève un peu le pied. »

Ils s'arrêtèrent dans un 7-Eleven. Trey fit un signe de la main au Mexicain derrière le comptoir – *et voilà un haricot pour toi*. Il chargea les bras de Ben avec

241

un pack de Beast, quelques nachos surgelés – Diondra en réclamait toujours en pleurnichant –, et acheta une poignée de bandes de bœuf séché, qu'il tint à la main comme un bouquet.

Le type sourit à Trey et poussa un hululement de guerre indien. Trey croisa les bras et fit mine d'exécuter une danse du chapeau. « T'as qu'à me sonner, José. » Le type n'ajouta rien, et Trey lui laissa la monnaie, ce qui représentait bien trois dollars. Ben ne cessa d'y penser tout le long du trajet pour aller chez Diondra. Son univers était rempli de gens comme Trey, qui abandonnaient trois dollars sans même y penser. Comme Diondra. Quelques mois plus tôt, fin septembre, un jour où il faisait très chaud, Diondra avait dû garder deux de ses cousins, ou cousins par alliance, un truc comme ça. Ben et elle les avaient emmenés à un parc aquatique près de la frontière du Nebraska. Elle conduisait la Mustang de sa mère depuis un mois (elle en avait marre de la sienne) et le siège arrière était plein de trucs qu'ils avaient apportés, des trucs qu'il ne serait jamais venu à l'esprit de Ben de posséder : trois différentes sortes de crème solaire, des serviettes de plage, des vaporisateurs, des bouées, des ballons, des pelles. Les gamins, des petits, genre six ou sept ans, étaient coincés à l'arrière avec toutes ces saletés, et les canots pneumatiques couinaient à chaque fois qu'ils remuaient. Aux environs de Lebanon, les marmots avaient ouvert les vitres, les canots s'étaient mis à faire de plus en plus de bruit, comme s'ils étaient dans une espèce de rituel d'accouplement de matelas pneumatiques, et Ben avait soudain réalisé ce qui faisait ricaner les gamins comme ça : ils étaient en train de ramasser toutes les pièces que Diondra avait laissées sur le siège arrière, par terre, dans les creux – elle jetait toujours sa petite monnaie à l'arrière – et de les balancer par la fenêtre par poignées pour les regarder voltiger comme des étincelles. Et pas seulement des pièces de cinq cents, il y avait aussi beaucoup de quarters.

Pour Ben, c'était une bonne façon de classer les individus. Ce n'était pas *Je préfère les chiens, Je préfère les chats, Je suis fan des Chiefs* ni *Je soutiens les Bronco.* La question, c'était de savoir si vous vous souciiez des quarters. Pour lui, quatre quarters, c'était un dollar. Une pile de quarters représentait un déjeuner. Avec la somme de quarters que ces petits branleurs avaient jetée par la fenêtre ce jour-là, il aurait pu se payer la moitié d'un jean. Mille fois, il leur avait demandé d'arrêter en leur expliquant que c'était dangereux, illégal, qu'ils allaient avoir une amende, qu'il fallait qu'ils s'assoient correctement, face à la route. Les morveux avaient ricané comme des baleines et Diondra avait hurlé : « Ben n'aura pas son argent de poche cette semaine si vous continuez à piquer sa monnaie », alors il avait compris qu'il était découvert. Il n'avait pas eu le poignet aussi leste qu'il le pensait : Diondra savait qu'il fauchait les pièces qu'elle laissait traîner. Il se sentit comme une fille qui vient de se faire soulever la jupe jusqu'aux fesses par un coup de vent. Et il se demanda ce que ça révélait sur elle, le fait qu'elle voie son petit ami gratter de la petite monnaie et qu'elle ne dise rien. Est-ce que ça signifiait qu'elle était gentille ? Ou vicieuse ?

Trey roula à tombeau ouvert jusqu'à la maison de Diondra, une gigantesque boîte beige entourée par un grillage pour empêcher les pitbulls de Diondra de tuer le facteur. Elle avait trois pits, dont un sac blanc de muscles avec des couilles énormes et des yeux fous que Ben détestait encore plus que les deux autres. Quand ses parents n'étaient pas là, elle les laissait entrer dans la maison. Ils sautaient sur les tables et chiaient partout. Diondra ne nettoyait pas : elle se contentait de vaporiser du désodorisant pour W-C sur les fibres incrustées de merde de la moquette. La jolie moquette bleue de la salle de jeux – violet cendré, disait Diondra – n'était plus désormais qu'un terrain miné de crottes écrasées. Ben essayait de s'en moquer. Ce n'était pas ses affaires, comme Diondra se faisait un plaisir de le lui rappeler.

La porte de derrière était ouverte, bien qu'il gèle, et les pitbulls entraient et sortaient en courant, dans une sorte de ballet magique – zéro pitbull, un pitbull, deux pitbulls dans la cour ! Trois ! Trois pitbulls dans la cour, qui caracolaient en cercles approximatifs, avant de se ruer de nouveau à l'intérieur. Ils ressemblaient à des oiseaux qui s'asticotent et se mordillent dans leur ballet aérien.

« Je déteste ces putains de chiens, grogna Trey, arrêtant le moteur.

– Elle les gâte. »

Les chiens se lancèrent dans un concert d'aboiements belliqueux tandis que Ben et Trey se dirigeaient vers le devant de la maison. Les animaux les suivirent obsessionnellement le long du grillage : leurs museaux et leurs pattes pointaient par les interstices, et ils aboyaient, aboyaient, aboyaient.

La porte de devant, ouverte également, laissait la chaleur s'échapper à l'extérieur. Ils traversèrent l'entrée tapissée de rose – Ben ne put s'empêcher de fermer la porte derrière lui, pour les économies d'énergie – et descendirent au sous-sol, l'étage de Diondra. Elle se trouvait dans la salle de jeux : elle dansait, demi-nue, vêtue simplement de chaussettes fuchsia trop grandes et d'un pull avec des torsades immenses, assez large pour deux, que Ben aurait plutôt vu sur un marin que sur une fille en petite culotte. D'un autre côté, toutes les filles de l'école portaient des chemises trop grandes. Des chemises « boyfriend », ou des « pulls à papa », elles appelaient ça. Diondra, bien sûr, se devait de les porter encore plus grandes, en superposition sur tout un attirail : un tee-shirt distendu, une espèce de débardeur, une chemise d'homme à rayures vives. Un jour, Ben avait offert à Diondra un de ses grands chandails noirs pour qu'elle en fasse son pull « boyfriend », vu qu'il était son boyfriend, après tout. Mais elle avait fait la moue et protesté : « Ce n'est pas la bonne forme. En plus il y a un trou dedans. » Comme si c'était plus grave d'avoir un trou dans son tricot qu'une moquette pleine de merde de chien. Ben ne savait jamais très bien si Diondra connaissait toutes sortes de règles secrètes et de protocoles privés, ou si elle se contentait d'inventer des conneries pour lui flanquer la honte.

Le bras bien écarté pour tenir sa cigarette loin de ses fringues neuves, elle se trémoussait sur *Highway to Hell* devant la cheminée qui crachait des flammes. Elle avait une douzaine de vêtements neufs, tous dans des emballages en plastique, sur des cintres ou dans des sacs luisants dont dépassait du papier de soie qui jetait des étincelles comme du feu. Il y avait aussi deux boîtes à chaussures et des paquets minuscules qui, Ben le savait, contenaient des bijoux. Lorsqu'elle leva les yeux et vit ses cheveux noirs, elle lui fit un large sourire joyeux et leva les pouces. « Terrible. » Ben se sentit un peu mieux, moins stupide. « J't'avais dit que ça t'irait bien, Benji. » Et ce fut tout.

« Qu'est-ce que t'as acheté, Dio ? » demanda Trey en farfouillant dans les sacs. Il prit une bouffée de la cigarette de Diondra alors qu'elle la tenait toujours, alors qu'elle ne portait pas de pantalon. Elle remarqua le regard de Ben, et souleva son pull pour révéler un caleçon qui n'était pas à lui.

« Y a pas de lézard, espèce de coinços. » Elle s'approcha pour l'embrasser, et son odeur de laque parfumée au raisin et de cigarettes le calma immédiatement. Il la serra doucement, comme il avait appris à le faire, les bras relâchés, mais lorsqu'il sentit sa langue toucher la sienne, il se contracta.

« Oh ! je t'en prie, dépasse cette phase "Diondra est intouchable", lui fit-elle sèchement. À moins que je sois trop vieille pour toi. »

Ben eut un petit rire. « Tu as dix-sept ans.

– Si t'entendais ce que j'entends », entonna Diondra sur la mélodie de *Do You Hear What I Hear*. Elle avait l'air en colère, elle avait l'air carrément furax.

« Qu'est-ce que tu veux dire ?

– Je veux dire que dix-sept ans, c'est peut-être bien trop vieux pour tes goûts. »

Ben ne sut que répondre. Entreprendre quoi que ce soit avec Diondra quand elle était d'humeur à jouer à cache-cache, c'était juste s'attirer une interminable série de « Non, c'est rien », de « Je t'expliquerai plus tard » ou de « T'inquiète pas, je tiendrai le coup ». Elle renvoya en arrière ses cheveux crissants et dansa pour eux. Il aperçut un verre derrière une des boîtes à chaussures. Diondra avait le cou strié de suçons violets qu'il lui avait faits dimanche. Plus il s'appliquait à jouer les Dracula, plus elle en exigeait : « Plus fort, plus fort, ça ne laissera pas de marque si tu continues comme ça, ne serre pas les lèvres, mets pas la langue, non, plus fort… Allez ! Plus fort ! C'est pas vrai que t'es même pas fichu de faire un suçon ! » Le visage tendu et furieux, elle l'avait saisi par la tête, l'avait forcé à se tourner, et s'était mise à aspirer son cou comme un poisson à l'agonie, boursouflant et recrachant la chair à un rythme frénétique. Puis elle s'était reculée : « Et voilà ! », et l'avait poussé devant le miroir. « Maintenant fais-le-moi, comme ça. »

À présent on aurait dit qu'une procession de sangsues lui était remontée le long de la gorge, laissant des traînées marron et bleu, et Ben en était tout gêné jusqu'à ce qu'il surprenne Trey en train de les fixer.

« Oh ! non, chéri, t'es tout bousillé », minauda Diondra en remarquant enfin son front fendu. Elle se lécha le doigt et entreprit d'essuyer le sang sur l'écorchure. « Quelqu'un t'a cherché des crosses ?

— Bébé est tombé de vélo », ricana Trey. Ben ne le lui avait pas dit, et le fait que Trey ait trouvé la vérité par hasard en essayant de se moquer de lui le gonfla d'un flot de rage à son égard.

« Va te faire foutre, Trey.

— Hé là », dit Trey. Il leva les mains en l'air et ses yeux devinrent gris ardoise.

« Quelqu'un t'a poussé de ton vélo, bébé ? Quelqu'un a essayé de te faire du mal ? insista Diondra d'une voix câline.

— T'as acheté quelque chose pour Benny Boy, qu'il soit pas obligé de porter ce bleu de travail dégueulasse pendant encore un mois ? demanda Trey.

— Bien sûr. » Elle sourit, oubliant instantanément la blessure de Ben, qui s'était figuré qu'elle occuperait la conversation un peu plus longtemps. Elle traversa la pièce en sautillant pour aller ramasser un immense sac rouge. Elle en sortit un pantalon en cuir noir, épais comme une peau de vache, un tee-shirt à rayures et une veste en jean noire avec des clous brillants.

« Ouah ! un fute en cuir, tu crois que tu sors avec David Lee Roth ? gloussa Trey.

— Il va être superbe là-dedans. Va l'essayer. » Elle fit la grimace lorsqu'il essaya de l'attirer à lui. « Les douches, tu connais, Ben ? Tu pues la cafétéria. » Elle lui fourra les fringues dans les mains et le poussa vers la chambre. « C'est un cadeau, Ben, lui cria-t-elle. C'est pas interdit de dire merci, à un moment donné.

– Merci ! lança-t-il.

– Et prends une douche avant de les enfiler, de grâce. » Donc elle était vraiment sérieuse, il puait. Il savait qu'il puait, mais il avait espéré que personne ne pouvait le sentir à part lui. Il alla dans la salle de bains en face de la chambre de Diondra – putain, elle avait sa salle de bains à elle, et ses parents la leur, une salle d'eau gigantesque, avec deux lavabos. Il jeta ses fringues sales en boule sur le tapis rose vif. Il avait toujours l'entrejambe mouillé à l'endroit où il s'était renversé le seau à l'école, et sa bite était ratatinée et moite. La douche fut agréable, relaxante. Lui et Diondra avaient souvent fait l'amour dans cette douche, tout savonneux et chauds. Il y avait toujours du savon, on n'avait pas besoin de se laver avec du shampooing pour bébé sous prétexte que sa mère était infoutue d'aller faire des courses.

Il se sécha, remit son caleçon. Un cadeau de Diondra, aussi. La première fois qu'ils s'étaient déshabillés, la vue de son slip blanc l'avait fait tellement rire qu'elle avait failli s'étrangler avec sa salive. Il tenta de fourrer le caleçon dans le cuir raide, mais ce n'était que boutons-pression, fermetures éclairs et crochets, et il était obligé de se tortiller comme un malade pour tirer le tout sur ses fesses, qui étaient ce qu'il avait de mieux, selon Diondra. Le problème, c'était que le caleçon faisait des plis partout où il ne fallait pas autour de sa taille quand il remontait le pantalon. Il l'arracha de nouveau et balança son caleçon d'un coup de pied sur la pile de fringues sales, hérissé par les chuchotements et les gloussements de Trey et de Diondra dans l'autre pièce.

Sans rien dessous cette fois, il renfila le pantalon qui le moula comme une combinaison de plongée en cuir. Ouf. Il avait déjà le cul en sueur.

« Viens défiler pour nous, l'étalon », appela Diondra.

Il passa le tee-shirt, fit étape dans la chambre pour se regarder dans le miroir. Les stars du metal qu'affectionnait Diondra le fixaient depuis leurs posters qui couvraient les murs et même le plafond au-dessus du lit, avec leurs incroyables tignasses hérissées, leurs corps sanglés de cuir et leurs ceintures cloutées, aux boucles semblables à d'étranges protubérances robotiques. Il se trouva pas mal. Lorsqu'il retourna dans la grande pièce, Diondra poussa un cri perçant et se précipita pour lui sauter dans les bras.

« Je le savais. Je le savais. T'es un vrai étalon. » Elle lui renvoya les cheveux en arrière. Ils tombaient à hauteur de son menton, broussailleux, à un stade intermédiaire peu seyant. « Faut que tu continues à faire pousser ça, mais à part ça, t'es un étalon. »

Ben regarda Trey, qui haussa les épaules. « Pas la peine de me regarder, c'est pas moi qui vais te baiser ce soir. »

Un tas d'ordures gisaient sur le sol : les emballages allongés des bâtonnets de viande séchée, qui ressemblaient à des doigts, et un carré de plastique souillé de quelques traînées de fromage et de miettes de nachos.

« Vous avez déjà tout mangé ? demanda Ben.

– Maintenant, à ton tour, Teep-beep », dit Diondra d'un ton trop affectueux en retirant la main des cheveux de Ben.

Trey saisit un tee-shirt clouté que Diondra avait acheté pour lui (*et pourquoi Trey a-t-il droit à quelque chose ?* pensa Ben), et se faufila dans la chambre pour prendre son tour dans le défilé de mode. Dans le couloir, on entendit un silence, le bruit d'une canette de bière qu'on ouvre, puis un rire, un rire aux larmes, un rire à se rouler par terre.

« Diondra, viens ici ! »

Diondra riait déjà lorsqu'elle se précipita pour rejoindre Trey, laissant Ben planté là à transpirer dans son pantalon neuf. Bientôt elle hurlait aussi, et ils ressurgirent, le visage débordant de joie pure. Trey, torse nu, tenait le caleçon de Ben.

« Mec, t'es tout nu dans ce moule-burnes ? s'esclaffa Trey entre deux éclats de rire, les yeux follement exorbités. Tu sais combien de mecs ont fourré leur paquet dans ce fute avant toi ? Rien que là, t'as la sueur des couilles de huit mecs différents sur les tiennes. T'as le trou du cul collé sur le trou du cul d'un autre type. » Ils rirent encore. Diondra faisait le « Oooouuuuhhhaaa » qu'elle faisait toujours dans ces cas-là. L'air de dire : « Pauvre Ben, t'en tiens vraiment une couche. »

« Je crois qu'y a même des taches de merde là-dessus, Diondra, dit Trey en inspectant l'intérieur du caleçon. Tu ferais bien de t'occuper de ça, petite femme. »

Diondra cueillit le caleçon de deux doigts, traversa la pièce et le jeta dans le feu, où il crépita mais ne s'enflamma pas.

« Même le feu ne peut pas détruire ce truc, siffla Trey. C'est quoi, Ben, du polyester ? » Ils s'affalèrent sur le canapé. La tête de Trey renversée derrière elle, Diondra se tenait les côtes pour s'arrêter de rire. Elle avait le visage contracté par les hoquets. Puis, sans se redresser, elle cligna d'un œil bleu vif et le consulta du regard. Il s'apprêtait à retourner à la salle de bains pour remettre son jean, mais elle bondit sur ses pieds et lui prit la main.

« Oh, mon chou, ne sois pas fâché. Tu es splendide. Vraiment. Ne fais pas attention à nous.

– Il est cool, ce fute, mec. Et macérer dans le jus d'un autre type, c'est peut-être exactement ce qu'il te faut pour te faire pousser une paire de couilles, hein ? » Il esquissa un nouveau rire, mais comme Diondra ne l'imitait pas, il se dirigea vers le frigo et prit une autre bière. Trey n'avait pas encore enfilé son nouveau tee-shirt, il avait l'air d'aimer se balader torse nu, avec ses poils noirs sur le torse et ses mamelons sombres larges comme des pièces de cinquante cents, avec ses muscles qui saillaient partout, et son duvet dru sur le ventre – un duvet dru que n'aurait jamais Ben. Ben, pâle, avec son ossature fine et ses cheveux roux, ne res-semblerait jamais à ça, pas dans cinq ans, pas même dans dix. Il jeta un coup d'œil à Trey. Il aurait voulu le détailler, mais ce n'était pas une bonne idée, il en était conscient.

« Allez, Ben, on va pas se disputer, dit Diondra en l'attirant sur le canapé. Avec toutes les saloperies sur ton compte que j'ai entendues aujourd'hui, c'est moi qui devrais être en colère.

– Tu vois comment t'es ? Qu'est-ce que ça veut seulement dire ? répliqua Ben. On dirait que tu parles en code ou quelque chose. J'ai eu une journée de merde et je suis pas d'humeur, putain ! »

C'était typique de Diondra, elle vous tourmentait en vous balançant des petites piques par-ci par-là jusqu'à vous rendre à moitié dingue, puis elle faisait : « Mais pourquoi t'es énervé comme ça ? »

« Ohhhhh, murmura-t-elle. Ne nous disputons pas. On est ensemble, faut pas qu'on se fasse la guerre. Viens dans ma chambre, on va se réconcilier. » Son haleine sentait la bière. Elle posa ses ongles longs sur l'entrejambe de Ben. Elle le fit lever.

« Trey est là.

– Trey s'en fiche », souffla-t-elle. Puis, plus fort : « Regarde un peu le câble, Trey. »

Trey fit un « mmmmm », sans même leur jeter un regard, et s'étala de tout son long sur le sofa. De la bière jaillit de sa canette comme d'une fontaine.

Ben était furieux à présent. C'était dans cet état que Diondra le préférait, apparemment. Il voulait la lui enfoncer bien profond, la faire gémir. Aussi, dès qu'ils eurent fermé la porte, cette porte en contreplaqué à travers laquelle Trey pourrait certainement tout entendre – tant mieux –, Ben fit mine de l'empoigner, mais Diondra se retourna et lui griffa le visage, fort, jusqu'au sang.

« Diondra, qu'est-ce qui te prend, bordel ? » Ça lui faisait une nouvelle écorchure au visage, mais il n'avait rien contre. Balafre un peu ces joues de gros bébé, te gêne pas. Diondra recula une seconde, ouvrit la bouche, puis le plaqua brusquement contre elle. Ils tombèrent sur le lit : dans le feu de l'action de nombreuses peluches firent le grand plongeon de chaque côté. Elle le griffa de nouveau au cou, et cette fois il eut vraiment envie de lui en mettre un bon coup : il voyait littéralement rouge, comme un personnage de dessin animé. Quand elle l'aida à se débarrasser du fute, qui se décolla comme de la peau qui pèle après un coup de soleil, sa bite se dressa d'un coup, plus dure que jamais. Diondra retira son pull : ses seins étaient énormes, d'un blanc bleuté et doux. Il lui arracha son caleçon. Ses yeux s'attardèrent sur son ventre, mais elle lui tourna le dos et le guida en elle par-derrière : « C'est tout ? C'est tout ce que t'as pour moi ? Tu peux me prendre plus fort, allez. » Il la ramona de toutes ses forces jusqu'à ce que ses couilles le fassent souffrir, puis ses yeux s'aveuglèrent et ce fut fini : il se retrouva sur le dos, à se demander s'il était en train de faire une crise cardiaque. Hors d'haleine, il s'efforça de repousser cette dépression qui venait toujours l'étouffer après le sexe, le blues du *c'est tout.*

Cela faisait maintenant vingt-deux fois que Ben faisait l'amour, toujours avec Diondra – il tenait le compte –, et il avait suffisamment regardé la télé pour savoir que, en principe, les hommes s'endorment paisiblement aussitôt la tâche accomplie. Cela ne lui arrivait jamais. En réalité, ça le rendait nerveux, comme s'il avait bu trop de café. Il devenait susceptible et mesquin. Le sexe était pourtant censé vous calmer, non? C'est vrai que, pendant, c'était super, l'orgasme, c'était super. Mais après, pendant dix minutes environ, il avait envie de pleurer. *Alors ce n'est que ça?* pensait-il. La chose la plus formidable de la vie, la chose pour laquelle des hommes tuent, ce n'était que ça, c'était fini en quelques minutes, et ça vous laissait dégoûté et déprimé. Il ne pouvait jamais dire si Diondra aimait ça ou non, si elle jouissait ou non. Elle grognait, elle criait, mais elle n'avait jamais l'air satisfaite après. À présent, elle était couchée sur le dos à côté de lui, sans le toucher, et respirait à peine.

« Au fait, j'ai vu des copines au centre commercial aujourd'hui, dit-elle. Elles racontent que tu baises des petites filles à l'école. Des petites filles de dix ans, je veux dire.

– Qu'est-ce que tu racontes? s'enquit Ben, encore étourdi.

– Tu connais une petite fille qui s'appelle Krissi Cates? »

Il dut se retenir de se redresser d'un bond. Il mit son bras sous sa tête, le ramena aussitôt le long de son corps et posa la main sur son torse.

« Heu, oui, on peut dire ça. Elle est dans le cours de dessin que j'animais après les cours.

– Tu m'as jamais parlé de ce cours de dessin, dit Diondra.

– Y a rien à dire, je l'ai fait que quelques fois.

– Fait quoi que quelques fois ?

– Le cours de dessin, dit Ben. J'aidais les mômes, c'est tout. C'est une de mes anciennes profs qui me l'a demandé.

– Elles disent que la police veut t'interroger. Que t'as fait des trucs pas clairs avec certaines de ces petites, des petites qui ont, genre, l'âge de tes sœurs. Que tu les as tripotées. Tout le monde te traite de pervers. »

Il se redressa, saisi par une vision de l'équipe de basket en train de se moquer de ses cheveux noirs et de le traiter de pervers. Les types l'enfermaient dans le vestiaire et le rudoyaient méchamment tout leur saoul avant de se tirer dans leurs grosses bagnoles. « Tu crois que je suis un pervers ?

– J'en sais rien.

– T'en sais rien ? Pourquoi tu viens de baiser avec moi si tu penses que je suis peut-être un pervers ?

– Je voulais voir si t'étais encore capable de bander avec moi. Si tu jouissais toujours aussi fort. » Elle se détourna de nouveau, ramena les jambes sur sa poitrine.

« Eh ben, ça, c'est sacrément tordu, Diondra. » Elle ne répliqua rien. « Quoi, tu veux me l'entendre dire ? Je n'ai rien fait avec aucune fille. Je n'ai rien fait avec personne à part toi depuis qu'on a commencé à sortir ensemble. Je t'aime. Je n'ai aucune envie de baiser avec des petites filles. OK ? » Silence. « OK ? »

Diondra tourna une partie de son visage vers lui, cet unique œil bleu fixé sur lui sans émotion. « Chut. Le bébé bouge. »

Libby Day
Aujourd'hui

Pendant que nous roulions vers chez Magda pour notre petite sauterie, Lyle est resté raide et silencieux. Je me suis demandé s'il me jugeait, moi et le paquet de petits mots que je m'apprêtais à vendre. Dans les trucs dont j'avais décidé de me séparer, il n'y avait rien qui présentait un grand intérêt : j'avais cinq cartes d'anniversaire que ma mère avait données à Michelle et Debby au fil des ans, avec des vœux joyeux griffonnés à la hâte sur l'envers, et une qu'elle avait adressée à Ben. D'après moi, celle-ci pourrait me rapporter une somme correcte. Je me sentais coupable pour tout ça, j'étais loin d'être fière, mais je craignais le manque d'argent, je redoutais vraiment d'être fauchée, et ça m'importait davantage que de me comporter en fille bien. Le mot pour Ben, à l'intérieur d'une carte pour ses douze ans, disait : *Tu grandis à vue d'œil : un matin, je vais me réveiller et tu sauras conduire !* Quand je l'avais lu, j'avais dû le retourner immédiatement et le ranger. Ma mère était morte avant que Ben apprenne jamais à conduire. Et dans sa prison, Ben n'apprendrait jamais à conduire de toute façon.

De toute façon.

Lorsque nous avons traversé la rivière Missouri, l'eau ne prenait même pas la peine de miroiter dans le soleil de l'après-midi. Ce que je ne voulais pas, c'était voir ces gens lire les mots, il y avait quelque chose de trop intime là-dedans. Peut-être que je pourrais sortir pendant qu'ils les examineraient, les évalueraient comme de vieux bougeoirs dans un vide-greniers.

Lyle m'a guidée vers la maison de Magda, à travers des quartiers de la plus moyenne des classes moyennes où toutes les deux ou trois maisons flottait un drapeau de la Saint-Patrick – et partout il y avait des trèfles et des leprechauns qui dataient de quelques jours seulement. Lyle s'agitait sur son siège, aussi fébrile que d'habitude. Tout d'un coup, il s'est tourné vers moi, manquant dévier mon levier de vitesses d'un coup de genou.

« Donc, a-t-il dit.

– Donc.

– Le but de cette réunion, comme c'est souvent le cas avec Magda, a légèrement dévié par rapport à ce que nous avions prévu.

– Comment ça ?

– Eh bien, vous savez qu'elle est dans un groupe, le comité Day-livrez Ben. Pour faire sortir Ben de prison. Et donc elle a invité quelques-unes de ces... femmes.

– Oh ! non », j'ai fait. J'ai rangé la voiture le long du trottoir.

« Écoutez, écoutez, vous avez dit que vous vouliez enquêter sur Runner. Eh bien voilà. Elles vont nous payer – vous payer – pour le retrouver, lui poser quelques questions, de père à fille.

– De fille à père ?

– Exact. Vous comprenez, je suis presque à sec. Donc c'est de là que viendra le prochain financement.

– Alors il faut que je les écoute m'insulter les bras croisés. Comme la dernière fois ?

– Non, non, elles peuvent vous renseigner sur l'enquête au sujet de Runner. Vous mettre au parfum.

Franchement, vous pensez que Ben est innocent, maintenant, n'est-ce pas ? »

J'ai eu une vision éclair de Ben en train de regarder la télé : ma mère lui ébouriffait les cheveux d'une main en passant avec un panier de linge sur une hanche, et il souriait, sans se retourner. Attendait qu'elle ait quitté la pièce pour se recoiffer.

« Je n'en suis pas encore là. »

Mes clés balançaient sur le contact, tournant au rythme d'une chanson de Billy Joel à la radio. J'ai changé de station.

« Très bien, allons-y », j'ai dit.

J'ai roulé encore quelques rues. Le quartier de Magda était aussi bon marché que le mien, mais plus joli. C'étaient des constructions miteuses, à la base, mais les propriétaires trouvaient encore assez d'orgueil pour passer une couche de peinture de temps à autre, accrocher un drapeau, planter quelques fleurs. Leurs maisons me faisaient penser à des filles pas terribles qui sortent le vendredi soir, pleines d'espoir, pour envahir les bars dans leurs hauts à paillettes. Le genre de bande de filles où on s'attendrait à en trouver au moins une jolie, mais où aucune ne l'est, aucune ne le sera jamais. Dans le lot, la maison de Magda aurait été la nana la plus moche, avec le plus d'accessoires frénétiquement superposés. La courette était hérissée d'ornements pour gazon : des nains de jardin qui rebondissaient sur des jambes en fil de fer, des flamants roses sur ressort et des canards avec des ailes en plastique qui tournaient quand le vent soufflait. Un renne de Noël en carton oublié était planté, détrempé, dans le jardin, lequel se résumait en gros à une énorme flaque de boue avec des plaques de gazon fin comme du duvet de bébé qui perçaient de loin en loin. J'ai coupé le moteur, et nous avons tous deux contemplé la courette et ses sautillants habitants, médusés.

Lyle s'est tourné vers moi, les doigts tendus, comme un entraîneur qui donne des conseils avant un match difficile : « Bon, ne vous inquiétez pas. Je pense que la seule chose que vous devez absolument retenir, c'est qu'il vous faut faire attention à la manière dont vous parlez de Ben. Ces personnes se mettent facilement en boule quand ça touche à lui.

– En boule comment ?

– Eh bien, vous allez à l'église, des fois ?

– Quand j'étais petite.

– Mettons que ce serait un peu comme si quelqu'un entrait dans votre église en criant qu'il déteste Dieu. »

Après avoir frappé plusieurs fois à la porte ouverte, comme personne ne nous a entendus, nous sommes entrés. On se serait vraiment cru dans une église. Ou peut-être une veillée funèbre. Beaucoup de café, des dizaines de silhouettes vêtues de laine sombre, des murmures, des sourires contrits. L'air était bleu de fumée de cigarettes. Je me suis fait la réflexion qu'il était fort rare que je voie ça désormais, après avoir grandi dans la caravane embrumée de Diane. J'ai respiré un grand coup. Nous sommes restés plantés dans le hall pendant cinq bonnes secondes, aussi animés qu'un tableau gothique américain, avant que les conversations s'éteignent et que les gens tournent les yeux vers nous. Une femme d'un certain âge, avec des barrettes dans ses cheveux rêches comme un tampon Jex, m'a regardée en plissant les yeux avec une intensité terrible, comme si elle était en train de me confier un code secret, un large sourire figé aux lèvres. Une brune d'à peine plus de vingt ans, d'une beauté saisissante, a cessé d'enfourner des pêches dans la bouche d'un bébé et levé les yeux. À son tour, elle a esquissé un sourire plein d'espoir. Il y avait bien une vieille nana furieuse, bâtie comme un bonhomme de neige, pour pincer les lèvres en tripotant le crucifix qu'elle portait en pendentif, mais, manifestement, tout le reste de l'assistance avait bien assimilé la consigne : soyez sympas.

Il n'y avait que des femmes, plus d'une douzaine, et elles étaient toutes blanches. La plupart semblaient ravagées par les soucis, mais une poignée d'entre elles avaient le style pimpant de la grande bourgeoisie, celle qui passe une heure à se pomponner devant son miroir. C'est comme ça qu'on les repère, pas aux vêtements ni aux voitures, mais aux finitions : une broche ancienne (les femmes riches portent toujours des broches anciennes) ou un trait de crayon à lèvres impeccable. Sans doute étaient-elles descendues de Mission Hills, le cœur gonflé de magnanimité à l'idée de poser le pied au nord du fleuve.

Pas un seul homme ici, c'était ce que Diane aurait appelé une fête de poulailler, et elle aurait ajouté un renâclement désapprobateur. Je me suis demandé comment elles avaient toutes trouvé Ben, coincé en prison comme il l'était, et quel attrait il avait pour elles. Est-ce qu'elles passaient des nuits éveillées dans leurs lits fripés à fantasmer sur une vie avec lui une fois qu'elles l'auraient libéré, tandis que leurs maris gélatineux ronflaient à côté d'elles ? Ou est-ce qu'elles le voyaient comme un pauvre gamin qui avait besoin de leur altruisme, une grande cause à défendre entre deux matchs de tennis ?

De la cuisine sortit lourdement l'imposante Magda, un mètre quatre-vingts et une couronne de cheveux crépus presque aussi large qu'elle était haute. Je n'aurais pas été capable de la remettre depuis la réunion du Kill Club : le visage de tous les participants avait été effacé de ma mémoire, comme un polaroïd arraché avant d'être sec. Magda portait une robe chasuble en jean sur un col roulé, et une quantité incongrue de bijoux : des grosses créoles en or, une épaisse chaîne en or et des bagues à presque tous les doigts, sauf l'annulaire gauche. Toutes ces bagues me déstabilisaient, comme des coquillages poussant là où ils n'avaient rien à faire. J'ai quand même serré la main que me tendait Magda. Chaude et sèche. Elle a émis un son qui faisait à peu près : « mmmaaahhhh ! » et m'a attirée à elle pour me donner une accolade. Ses gros seins se sont écartés et refermés sur moi comme une vague. Je me suis raidie, puis reculée, mais Magda ne me lâchait pas les mains.

« Oublions le passé. Bienvenue dans ma maison, a-t-elle dit.

– Bienvenue », ont lancé les femmes derrière elle. Ça faisait un peu trop unisson à mon goût.

« Vous êtes la bienvenue ici », a renchéri Magda.

Eh bien, quoi de plus naturel, vu que vous m'avez invitée, j'ai failli répliquer.

« Chères amies, je vous présente Libby Day, la plus jeune sœur de Ben.

– L'unique sœur de Ben », j'ai ajouté.

Les femmes ont hoché gravement la tête.

« Et c'est en partie pour cela que nous sommes ici aujourd'hui, a déclaré Magda pour l'assistance. Pour tenter de ramener un peu de paix dans cette situation. Et aider. À renvoyer. Ben. Chez lui ! »

J'ai jeté un coup d'œil furtif à Lyle, qui a fait une grimace presque imperceptible. Derrière le living-room, un garçon d'environ quinze ans, qui portait ses rondeurs d'une manière moins autoritaire que sa mère, est descendu par l'escalier couvert de moquette. Pour l'occasion, il avait revêtu un pantalon de toile et une chemise. Il a jeté un œil depuis le seuil de la porte, tripotant le haut de sa ceinture avec son pouce, sans croiser aucun regard.

Magda a repéré le gamin mais ne l'a pas présenté. Au lieu de ça, elle lui a lancé : « Ned, va dans la cuisine et refais du café. » Le garçon a traversé le cercle de femmes sans bouger les épaules. Il fixait sur le mur un point visible à nul autre que lui.

Magda m'a attirée dans la pièce, et j'ai dû faire semblant de tousser pour pouvoir libérer ma main. Elle m'a installée au milieu du canapé, une femme de chaque côté de moi. Je n'aime pas m'asseoir au milieu, où les bras effleurent les miens et où les genoux broutent mes jambes de pantalon. Je me balançais d'une fesse sur l'autre en essayant de ne pas m'enfoncer dans le coussin, mais je suis tellement petite que j'ai tout de même fini par ressembler à une gamine de dessin animé dans une chaise trop rembourrée.

« Libby, je m'appelle Katryn. Je suis vraiment désolée pour vos deuils, a commencé l'une des dames assises à côté de moi, baissant les yeux sur mon visage, son parfum m'élargissant les narines.

– Bonjour, Katherine. » Je me suis demandé au bout de combien de temps le délai raisonnable où l'on était censé exprimer de la compassion pour le deuil de quelqu'un d'autre arrivait à expiration. Jamais, sans doute.

« C'est Kat-ryn », a-t-elle dit d'une voix mielleuse. Sa broche en forme de fleur en or a vacillé sur son attache. Il y a une autre façon de reconnaître les femmes riches : elles corrigent immédiatement la prononciation de leur nom. A-lee-see-a, pas A-leesh-a, Deb-o-rah, pas Debra. Je n'ai pas relevé. Lyle était en grande conversation avec une femme plus âgée de l'autre côté de la pièce : il lui présentait son profil. Je me suis imaginé l'haleine chaude qui s'insinuait dans sa minuscule oreille d'escargot. Toutes les autres ne cessaient de parler et de me regarder, de chuchoter et de me regarder.

« Bon, on passe à l'action ? » j'ai dit, et j'ai frappé une fois dans mes mains. C'était grossier, mais le suspense me tapait sur les nerfs.

« Eh bien, Libby… Ned, tu veux ramener le café ? a commencé Magda. Nous sommes ici pour vous parler de votre père, en tant que suspect numéro un des meurtres dont votre frère a été accusé à tort.

– C'est ça, le meurtre des miens. »

Magda a pris une inspiration impatiente, agacée que j'affirme mes droits sur ma famille.

« Mais avant de travailler là-dessus, a-t-elle poursuivi, nous aimerions vous faire partager certaines de nos histoires avec votre frère, que nous aimons toutes. »

Une femme mince d'une cinquantaine d'années avec une coiffure de secrétaire se leva. « Je m'appelle Gladys. J'ai rencontré Ben il y a trois ans, dans le cadre de mes activités caritatives, a-t-elle dit. Il a changé ma vie. J'écris à de nombreux prisonniers… » Là, je me suis ouvertement moquée, et elle l'a remarqué. « J'écris à des prisonniers car pour moi c'est l'acte chrétien ultime, aimer ceux qui ne sont pas aimables en principe. Je suis sûre que tout le monde ici a vu *La Dernière Marche*. Bref j'ai écrit à Ben, et sa pureté a tout bonnement irradié dans ses lettres. Il est la grâce véritable sous le feu de l'ennemi, et j'adore le fait qu'il arrive à me faire rire en me décrivant les conditions horribles qu'il endure chaque jour, me faire rire, *moi*, quand c'est moi qui suis censée l'aider, *lui*… »

Là, tout le monde y est allé de son commentaire : « Il est tellement drôle… » « C'est si vrai… » « Il est incroyable pour ça. » Ned a reparu avec la cafetière et entrepris de remplir la douzaine de mugs en plastique que lui tendaient les visiteuses, qui lui faisaient signe d'arrêter de verser sans même lui adresser un regard.

Une femme plus jeune, environ de l'âge de Lyle, s'est levée, en tremblant. « Je m'appelle Alison. J'ai rencontré Ben par ma mère qui n'a pas pu venir aujourd'hui…

– Chimio, cancer des ovaires… m'a murmuré Katryn.

– … Mais nous partageons toutes deux le même sentiment, à savoir que son travail sur terre ne sera pas achevé tant que Ben ne sera pas un homme libre. » Des applaudissements isolés ont retenti. « Et c'est juste, c'est juste… » Les tremblements de la fille se sont mués en sanglots. « Juste qu'il est tellement bon ! Et c'est tellement injuste. Je ne parviens tout bonnement pas à croire que nous vivons dans un monde où quelqu'un d'aussi bon que Ben est… dans une cage, et sans raison valable ! »

J'ai serré la mâchoire. Je sentais que ça partait en vrille.

« Je pense seulement qu'il faut que vous arrangiez ça », a craché l'espèce de bonhomme de neige à crucifix, celle qui avait l'air la moins amicale de toutes. Elle n'a pas pris la peine de se lever, elle s'est juste penchée un peu. « Il faut que vous répariez les torts que vous avez commis, comme tout le monde. Et je suis vraiment désolée pour la perte de votre famille, je suis vraiment désolée pour tout ce que vous avez enduré, mais maintenant vous devez vous comporter en adulte et réparer les dégâts. »

Je n'ai vu personne hocher la tête à ce petit laïus, mais la pièce s'est remplie d'un assentiment si fort qu'il semblait faire un bruit, un « mmm-hmm » dont je ne pouvais identifier l'origine. Comme le bourdonnement des rails lorsque le train est encore à des kilomètres mais qu'il fonce implacablement sur vous.

Magda est allée se placer dans le centre de l'entrée, se rengorgeant comme un tribun alcoolique en pleine campagne électorale. « Libby, nous vous avons pardonnée pour votre rôle dans ce fiasco. Nous sommes convaincues que c'est votre père qui a commis ce crime horrible. Nous avons le mobile, nous avons la possibilité matérielle, nous avons… de nombreux éléments importants, a-t-elle dit, incapable d'aligner trois mots supplémentaires de jargon juridique. Le mobile : deux semaines avant les meurtres, votre mère, Patricia Day, a déposé plainte contre votre père pour défaut de versement de pension alimentaire. Pour la première fois, Ronald "Runner" allait se retrouver tenu de rendre des comptes vis-à-vis de sa famille devant la justice. Il avait également plusieurs milliers de dollars de dettes de jeu. Rayer votre famille du tableau aurait énormément aidé ses finances, il supposait qu'il était toujours dans le testament de votre mère lorsqu'il est allé là-bas cette nuit-là. Ben n'était pas à la maison lorsqu'il est arrivé, et vous vous êtes échappée. Il a tué les autres. »

J'ai visualisé Runner en train de respirer lourdement en arpentant la maison avec le fusil, son Stetson crasseux rejeté en arrière tandis qu'il visait ma mère avec le calibre 10. J'ai entendu le beuglement que j'entendais toujours quand je repensais à cette nuit-là, et j'ai essayé de le mettre dans la bouche de Runner.

« Des fibres textiles venant de votre maison ont été trouvées dans la cabane de Runner. Ça a toujours été négligé parce qu'il avait fait des allers-retours chez vous l'été précédent, mais ce n'en est pas moins un fait solide. Ni le sang ni les tissus d'une seule victime n'ont été retrouvés sur Ben, même si l'accusation a fait tout un pataquès du sang de Ben trouvé dans la maison.

– Hé-hooo ? On n'a plus le droit de se couper en se rasant ? » s'est exclamée la harpie au crucifix.

Les autres, bien dressées, ont ri à l'unisson.

« En dernier lieu, ce qui m'enthousiasme le plus, Libby, c'est la possibilité matérielle. Comme vous le savez, l'alibi de votre père a été fourni par une de ses petites copines de l'époque, une certaine Mlle Peggy Banion. Juste pour que vous sachiez qu'il n'y a pas de honte à réparer une erreur, Peggy est actuellement en train de faire les démarches pour revenir sur son témoignage. En dépit du fait qu'elle encourt jusqu'à cinq ans de prison.

– Mais pas question qu'elle les fasse, a lancé joyeusement Katryn. Nous ne le permettrons pas. »

Les autres ont applaudi et une femme grêle en jean stretch s'est levée. Elle avait les cheveux courts, et ses yeux trop petits étaient ternes comme des pièces de dix cents qui ont traîné trop longtemps dans un porte-monnaie. Elle m'a regardée, puis a détourné les yeux. Elle tripotait une pierre bleue démesurée qu'elle portait en pendentif, assortie avec une bande bleue sur son sweat-shirt. Je me la suis imaginée chez elle, devant un miroir taché d'eau, ravie du petit bonheur d'avoir un sweat-shirt assorti à son collier.

J'ai fixé les yeux sur la petite amie de mon père – invitée spéciale de Magda – en espérant de toutes mes forces ne pas cligner des yeux.

« Je veux simplement vous remercier toutes pour votre soutien ces derniers mois, a-t-elle commencé d'une voix flûtée. Runner Day s'est servi de moi comme il se servait de tout le monde. Je suis sûre que vous savez ça. » Il m'a fallu quelques secondes pour réaliser qu'elle s'adressait à moi. J'ai hoché la tête, et j'ai aussitôt regretté mon geste.

« Faites-nous partager votre histoire, Peggy », a dit Magda. Manifestement, Magda regardait beaucoup Oprah. Les intonations, ça allait, mais la chaleur humaine lui faisait salement défaut.

« La vérité est la suivante. Le soir du 2 janvier, j'ai préparé le dîner pour Runner à sa cabane. Du chop suey avec du riz, et, comme toujours avec Runner, beaucoup de bière. Il buvait ces bières qu'on appelait les Mickey's Big Mouths. Quand on arrachait l'anneau, il se pliait toujours selon un angle hypercoupant, on aurait dit des pinces de crabe. Runner avait toujours des écorchures partout. Vous vous souvenez de ça, Libby ? Il se faisait tout le temps saigner avec ces canettes.

– Que s'est-il passé après le dîner ? » a coupé Lyle. J'attendais qu'il lève les yeux sur moi pour lui lancer un sourire reconnaissant, mais il ne l'a pas fait.

« Nous avons eu, euh, des rapports. Puis Runner n'avait plus de bière, alors il est parti en acheter. Je crois qu'il était environ vingt heures, parce que j'ai regardé *L'Homme qui tombe à pic*, même si je me rappelle que c'était une redif et que c'était démoralisant.

– Elle a regardé *L'Homme qui tombe à pic*, a glissé Magda. N'est-ce pas ironique ? »

Peggy lui a jeté un regard vide.

« Quoi qu'il en soit, Runner est sorti et il n'est pas revenu, et, vous savez, c'était l'hiver, alors je me suis endormie tôt. Je me suis réveillée quand il est rentré, mais il n'avait pas d'horloge, donc je ne sais pas quelle heure il était. Mais c'était le milieu de la nuit, il était tard, pas de doute, parce que je n'ai pas arrêté de me réveiller ensuite, et quand je me suis finalement levée pour aller faire pipi, le soleil se levait déjà, or ça ne pouvait pas être plus de quelques heures après. »

Pendant que cette femme faisait pipi, cherchait du papier-toilette, n'en trouvait sans doute pas, puis se frayait un chemin pour retourner au lit entre les moteurs, les lames et les entrailles de télé sur lesquels Runner faisait toujours semblant de travailler, pendant qu'elle se cognait peut-être un orteil, sans doute de mauvaise humeur, je rampais à travers la neige pour rejoindre ma famille morte dans ma maison inondée de sang. Je lui en voulais pour ça.

« Et bon sang, dans la matinée la police est venue demander à Runner où il était entre minuit et cinq heures du matin, et *me* demander *à moi* où il était. Pendant tout le temps que ça a duré, il a soutenu *mordicus* : "Je suis rentré tôt, je suis rentré bien avant minuit." Et je ne pense pas que c'était vrai, mais je me suis alignée. Je me suis tout bonnement alignée.

– Eh bien, tu en as fini avec ça, ma grande ! a dit la brune avec le bébé.

– Je n'ai même pas entendu parler de lui depuis un an.

– Eh bien, ça fait toujours plus récemment que moi », j'ai lâché, avant de le regretter. Je me suis demandé si cette femme aurait gardé le secret de Runner s'il avait pris la peine de lui donner un peu plus de nouvelles. S'il avait téléphoné tous les trois mois au lieu de tous les huit.

« Et comme j'ai dit, continua Peggy, il avait toutes ces écorchures sur lui, partout sur les mains, mais je ne peux pas être sûre que c'était à cause des anneaux des canettes de bière. Je ne me rappelle pas du tout s'il s'était coupé avant de partir ce soir-là, c'est possible que quelqu'un l'ait griffé.

– On n'a retrouvé de la peau que sous les ongles d'une seule des victimes, Michelle Day, ce qui est logique, vu qu'elle a été étranglée, et a donc été physiquement plus près du meurtrier », a observé Lyle. Nous sommes restés silencieux pour quelques secondes.

Les vagissements du bébé sont montés dans les aigus jusqu'à devenir presque des hurlements. « Malheureusement cet échantillon de peau a été égaré avant d'atteindre le laboratoire. »

Je me suis représenté Runner, avec ses yeux concupiscents et écarquillés, peser sur Michelle, l'enfoncer dans le matelas de tout son poids, tandis que Michelle se débattait pour respirer, essayait d'arracher ses mains, parvenait à lui mettre un bon coup d'ongles, une estafilade sur le dos de ces petites mains tachées d'huile qu'il avait, qui s'enroulaient plus étroitement autour de son cou...

« Et voilà mon histoire », a conclu Peggy en haussant les épaules, mains ouvertes, comme un acteur comique qui fait un geste appuyé pour dire : « Qu'est-ce que vous voulez y faire ! »

« Nous sommes prêts pour le dessert, Ned ! » a crié Magda en direction de la cuisine. Ned est entré précipitamment, les épaules rentrées presque jusqu'aux oreilles, des miettes sur la lèvre inférieure, portant une assiette de gâteaux secs fourrés aux fruits bien entamée.

« Bon sang, Ned, arrête de manger mes gâteaux ! a sifflé Magda en coulant un regard noir au-dessus du plateau.

– Je n'en ai pris que deux.

– Mon œil. » Magda a allumé une clope qu'elle a tirée d'un paquet souple. « Va à l'épicerie, il me faut des cigarettes. Et des gâteaux secs.

– Jenna a pris la voiture.

– T'as qu'à marcher, dans ce cas, ça te fera du bien. »

Il était clair que les femmes avaient l'intention de passer la soirée là-dessus, mais il était hors de question que je m'attarde. Je me suis postée près de la porte, visant une bonbonnière cloisonnée qui me semblait trop jolie pour Magda. Je l'ai fourrée dans ma poche tout en regardant Lyle négocier la transaction. Magda disait : « Elle va le faire ? Elle l'a trouvé ? Est-ce qu'elle croit vraiment ? » tout en sortant son carnet de chèques. À chaque fois que je clignais de l'œil, Peggy se faufilait plus près de moi, comme dans une grotesque partie d'échecs. Avant que j'aie pu m'éclipser dans la salle de bains, nous nous sommes retrouvées au coude à coude.

« Vous ne ressemblez pas du tout à Runner, a-t-elle dit en me dévisageant. Peut-être le nez.

– Je ressemble à ma mère. »

Peggy avait l'air accablée.

« Vous êtes restée avec lui longtemps ? j'ai demandé pour lui tendre une perche.

– Par intermittence, ça fait pas mal. Oui. Bien sûr, j'ai eu d'autres petits amis entre-temps. Mais il revenait et il avait le chic pour vous donner le sentiment que c'était prévu comme ça. Du style, c'était presque comme si vous aviez discuté le fait qu'il allait disparaître et revenir et que ça serait pareil qu'avant. Je ne sais pas. J'aurais aimé rencontrer un comptable ou quelque chose comme ça. Je n'ai jamais su où aller pour rencontrer des hommes bien. De toute ma vie. Franchement, où faut-il aller ? »

Elle avait l'air de demander un endroit géographique, comme s'il existait une ville spéciale où on parquait tous les comptables et les notaires.

« Vous êtes toujours à Kinnakee ? »

Elle hocha la tête.

« Je commencerais par me barrer, déjà. »

Patty Day
2 janvier 1985
15 h 10

Patty se rua au volant de la voiture de Diane, les yeux sur les clés qui pendaient du contact, *se casser d'ici, se casser d'ici, maintenant.* Diane sauta sur le siège passager tandis que Patty mettait le moteur en marche. Elle démarra sur les chapeaux de roues et fit même crisser les pneus en s'éloignant en trombe de la maison des Muehler, faisant salement chasser l'arrière de la voiture. Toutes les saloperies qui traînaient dans le coffre de Diane – des balles de base-ball, des outils de jardin et les poupées des filles – roulèrent et s'entre-choquèrent comme les passagers d'une voiture en plein tonneau. Les deux sœurs cahotèrent le long du chemin de terre en faisant voler la poussière. Elles dérapèrent vers les arbres sur la gauche puis firent une embardée sur la droite qui faillit leur valoir d'atterrir dans un fossé. Finalement, la main puissante de Diane atterrit doucement sur le volant.

« Mollo. »

Patty continua de rouler cahin-caha jusqu'à la sortie de la propriété des Muehler. Elle prit un ample virage à gauche, se rangea sur le bas-côté et fondit en larmes, les doigts crispés sur le volant. Sa tête provoqua un coup de klaxon avorté en retombant sur le tableau de bord.

270

« Mais bon Dieu, qu'est-ce qui se passe ? » gémit-elle d'une voix suraiguë. C'était le cri d'une enfant en sanglots, trempée de larmes, furieuse et déroutée.

« Un truc pas clair, dit Diane en lui tapotant le dos. Viens, on rentre chez toi.

– Je ne veux pas rentrer chez moi. Il faut que je trouve mon fils. »

Le mot *fils* fit repartir ses sanglots de plus belle et elle ne résista pas : des hoquets spasmodiques la gagnèrent, accompagnés de pensées qui la piquaient comme des épingles. Ben allait avoir besoin d'un avocat. Or ils n'avaient pas de quoi payer un avocat. Il allait se retrouver avec un commis d'office du comté qui n'en aurait rien à faire. Ils allaient perdre. Il irait en prison. Que dirait-elle aux filles ? Combien de temps prenait-on pour ce genre de choses ? Cinq ans ? Dix ans ? Elle voyait déjà un grand parking de prison, les portes qui s'ouvraient, et son Ben qui en sortirait d'un pas mal assuré, âgé de vingt-cinq ans, effrayé par l'air libre, les yeux rétrécis par la lumière. Il s'approcherait d'elle, qui l'attendrait les bras ouverts, et lui cracherait dessus pour ne l'avoir pas sauvé. Comment peut-on vivre quand on n'a pas été capable de sauver son fils ? Pouvait-elle l'expédier au loin, en cavale, en faire un fugitif ? Combien d'argent pourrait-elle seulement lui donner ? En décembre, hébétée par la fatigue, elle avait vendu à Linda Boyler le 45 automatique de l'armée qu'elle tenait de son père. Elle voyait parfaitement Dave Boyler, qu'elle n'avait jamais aimé, le déballer le matin de Noël, ce pistolet qu'il n'avait pas mérité. Du coup, Patty, pour l'instant, avait presque trois cents dollars planqués à la maison. Elle en devait l'intégralité, elle avait prévu de faire sa tournée de remboursements du premier du mois plus tard dans la journée, mais il n'en était plus question à présent. Cela dit, trois cents dollars ne permettraient à Ben de tenir que quelques mois.

« Ben rentrera quand il en aura marre de cracher de la vapeur, raisonna Diane. Comment veux-tu qu'il aille bien loin en vélo en plein mois de janvier ?

— Mais si c'est *eux* qui le trouvent avant ?

— Ma chérie, il n'est pas recherché par une foule hystérique. T'as entendu, les petits Muehler n'étaient même pas au courant de… l'accusation. Ils parlaient d'autres rumeurs à la con. Nous devons parler à Ben pour tirer tout ça au clair, mais rien ne nous prouve qu'il n'est pas à la maison en ce moment.

— Quelle est la famille qui l'accuse d'avoir fait ça ?

— Personne ne me l'a dit.

— Mais tu peux l'apprendre. Ils ne peuvent pas balancer des choses pareilles et s'attendre à ce qu'on encaisse sans broncher, n'est-ce pas ? Tu peux trouver qui c'est. Nous avons le droit de savoir qui raconte ça. Ben a le droit de se confronter à son accusatrice. *J'en ai le droit.*

— Très bien, rentrons à la maison, voir comment se débrouillent les filles, et je passerai quelques coups de fil. Mais tu veux bien me laisser le volant ? »

*

Elles furent accueillies par un vacarme inouï. Michelle était en train d'essayer de faire frire des bandes de salami dans le poêlon en hurlant à Debby de la laisser tranquille. Libby portait une constellation de brûlures rose vif sur un bras et une joue, car la graisse l'avait éclaboussée. Elle était assise par terre, la bouche grande ouverte, et pleurait comme Patty venait de pleurer dans la voiture : comme s'il n'y avait absolument aucun espoir et que, même dans le cas contraire, elle n'était pas à la hauteur du défi.

Patty et Diane se lancèrent dans une véritable chorégraphie, comme une de ces pendules allemandes avec les messieurs et dames chic qui entrent et sortent en dansant. En trois grandes enjambées, Diane alla à la cuisine et écarta vivement Michelle de la cuisinière. Elle la tira par un bras, comme une poupée, jusqu'au living, où elle la déposa sur le canapé avec une tape sur les fesses. Patty les contourna pour aller cueillir Libby, qui se cramponna à sa mère comme un petit singe et continua de pleurer dans son cou.

Patty se tourna vers Michelle, qui laissait couler de grosses larmes silencieuses. « Je te l'ai déjà dit : tu n'as le droit d'utiliser la cuisinière que pour réchauffer de la soupe. Tu aurais pu mettre le feu à la maison. »

Michelle promena les yeux sur la cuisine et le living-room miteux, l'air de se demander si ça aurait été une grosse perte.

« On avait faim, marmonna-t-elle. Vous êtes parties depuis une éternité.

— Et ça justifie que tu aies besoin d'un sandwich au salami frit alors que ta mère t'a interdit d'en faire ? répliqua sèchement Diane en finissant de faire frire la viande, qu'elle flanqua bruyamment sur une assiette. Elle a besoin que vous soyez sages.

— Elle a toujours besoin qu'on soit sages », murmura Debby. Elle avait le visage enfoui dans un panda en peluche rose que Ben avait gagné des années plus tôt à la foire de Cloud County. Il avait abattu quelques bouteilles de lait avec ses muscles de préadolescent qui commençaient juste à se développer : les filles l'avaient fêté comme s'il avait gagné une médaille d'honneur. Les Day ne gagnaient jamais rien. C'était ce qu'ils disaient toujours, émerveillés, à chaque fois qu'ils avaient le plus minuscule des coups de chance : *On ne gagne jamais rien !* La devise de la famille.

« Et est-ce que c'est vraiment si difficile que ça d'être sage ? » Diane caressa doucement le menton de Debby qui baissa encore plus les yeux, esquissant un sourire.

« Non, sans doute pas. »

Diane annonça qu'elle allait passer les coups de fil. Elle empoigna le téléphone de la cuisine et l'embarqua au bout du couloir, tirant le fil sur toute sa longueur. En s'éloignant, elle lança à sa sœur de nourrir ses satanées mômes, ce qui agaça Patty. Comme si elle était tellement négligente qu'elle oubliait souvent les repas. Faire de la soupe à la tomate à base de ketchup et du lait à base de poudre, oui, ça lui arrivait. Toaster du pain rassis, ajouter une giclée de moutarde et baptiser le tout sandwich, oui. Les plus mauvais jours, oui. Mais elle n'oubliait jamais. Les enfants bénéficiaient de la cantine gratuite, donc ils faisaient toujours au moins un repas par jour. Même à cette pensée, elle se sentit plus mal. Parce que Patty était allée à la même école quand elle était petite, et elle n'avait jamais eu besoin de se contenter de demi-portions ni de repas gratuits. À présent, son estomac se nouait quand elle se rappelait les gamins qui bénéficiaient de la cantine gratuite et les sourires condescendants qu'elle leur adressait quand ils présentaient leurs cartes écornées aux cantinières, qui jetaient tout fort, à travers la vapeur d'eau : « Repas gratuit ! » Et le garçon à côté d'elle, avec ses coupes de cheveux à la mode et son air sûr de lui, qui chuchotait sottement : « Un repas gratuit, ça n'existe pas. » Et elle, elle était désolée pour ces gamins, mais ça ne lui donnait pas envie de les aider, ça lui donnait envie de détourner les yeux.

Libby hoquetait encore dans ses bras ; le cou de Patty était humide du souffle brûlant de la petite. Elle dut lui demander deux fois de la regarder avant que la petite finisse par tourner son visage vers celui de sa mère en clignant des yeux.

« Je… me… suis… brûûûléééééeeeee. » Puis elle recommença à pleurer.

« Chérie, chérie, c'est juste des petits bobos. Ça ne va pas rester, c'est ça qui t'inquiète ? C'est juste des petits bobos roses, tu ne t'en souviendras même plus dans une semaine.

– Il va arriver un malheur ! »

Libby était sa petite anxieuse ; elle était sortie inquiète de la matrice et n'avait pas changé depuis. C'était celle qui faisait des cauchemars, celle qui se tracassait. La grossesse avait été complètement imprévue ; ni Patty ni Runner ne s'en étaient réjouis. Ils n'avaient même pas pris la peine de faire une fête avant la naissance ; leurs familles en avaient tellement ras le bol de les voir procréer que toute la grossesse était une gêne. Libby avait dû mariner dans un bain acide d'angoisse pendant neuf mois et absorber toute cette nervosité. Lui apprendre à aller sur le pot s'était avéré surréaliste : elle hurlait en voyant ce qui sortait d'elle et s'enfuyait en courant, affolée. Quant à la laisser à l'école le matin, ça avait toujours équivalu à un acte d'abandon pur : systématiquement, l'institutrice devait maîtriser sa fille qui pressait son visage contre la vitre, avec ses yeux gigantesques trempés de larmes. L'été précédent, elle avait refusé de manger pendant toute une semaine : blême et hagarde, elle avait finalement (finalement, finalement) révélé à Patty qu'une plaque de verrues avait poussé sur un de ses genoux. Les yeux baissés, s'exprimant en phrases lentes que Patty avait mis près d'une heure à lui soutirer, Libby avait expliqué qu'elle pensait que les verrues étaient peut-être comme le sumac vénéneux. Elles allaient finir par la recouvrir entièrement et (snif) plus personne ne pourrait plus jamais voir son visage. Lorsque sa mère lui avait demandé pourquoi, mais pourquoi donc Libby ne lui avait pas confié ses inquiétudes plus tôt, la petite s'était contentée de la regarder comme si elle était folle.

Chaque fois que c'était possible, Libby prophétisait des catastrophes. Patty avait beau le savoir, les mots la firent quand même sursauter. Un malheur était déjà arrivé. Mais ça allait empirer.

Elle s'assit sur le canapé avec Libby, lui lissa les cheveux, lui frotta doucement le dos. Debby et Michelle se rapprochèrent furtivement avec des mouchoirs pour Libby, lui témoignant soudain l'attention qu'elles auraient dû lui apporter une bonne heure auparavant. Debby essaya de donner sa voix au panda, de lui faire dire que tout allait bien, mais Libby repoussa la peluche et détourna la tête. Michelle demanda si elle pouvait faire chauffer de la soupe pour tout le monde. Ils mangeaient de la soupe tout l'hiver, Patty en conservait d'énormes bacs dans le casier du congélateur au garage. En général, ils en venaient à bout vers la fin février. Février était le pire mois.

Michelle était en train de jeter un gros cube de bœuf et de légumes congelés dans une marmite, ignorant l'assiette de salami, lorsque Diane revint, la bouche déformée par une grimace. Elle alluma une cigarette – « Crois-moi, j'en ai besoin » – et s'assit sur le canapé. Avec l'effet de bascule, Patty et Libby se trouvèrent légèrement rehaussées. Diane envoya les filles rejoindre Michelle dans la cuisine. Les petites ne répliquèrent rien : la nervosité les rendait obéissantes.

« OK. Donc c'est cette famille, les Cates, qui a lancé l'histoire. Ils vivent à mi-chemin entre ici et Salina, et ils envoient leur fille à Kinnakee parce que l'école publique de leur banlieue est encore en construction.

Ça a commencé parce que Ben faisait du bénévolat après les cours avec la fille Cates. Tu savais qu'il faisait du bénévolat ? »

Patty secoua la tête.

« Du bénévolat ? »

Diane esquissa une moue : pour elle non plus, ça ne collait pas.

« Eh bien, apparemment, il faisait du bénévolat avec les gamins du primaire, et les parents de cette gamine affirment qu'il s'est passé entre eux des choses répréhensibles. Et ils ne sont pas les seuls. Il y a aussi les Hinkel, les Putch et les Cahill.

– Quoi ?

– Ils se sont tous concertés, ils ont tous contacté l'école. D'après ce que j'ai entendu dire, la police est maintenant dans le coup, et tu dois t'attendre à ce que quelqu'un, un flic, débarque dès aujourd'hui pour t'interroger et interroger Ben. On en est déjà à ce stade. Toute l'école n'est pas au courant – on a de la chance que ça se passe pendant les vacances de Noël – mais j'imagine qu'à partir de demain ce ne sera plus le cas. Je pense que tous les gamins que Ben a aidés après les cours, l'école va contacter leurs parents. Ça fait donc dans les dix familles.

– Qu'est-ce que je dois faire ? » Patty plaça sa tête entre ses genoux. Elle sentit un rire monter au creux de son ventre. Tout cela était tellement ridicule. *Je me demande si je suis en train de craquer*, pensa-t-elle. *Peut-être que je pourrais craquer un bon coup, comme ça je n'aurais plus besoin de parler à personne.* Une chambre blanche et sûre, où Patty se ferait conduire comme une enfant du petit déjeuner au déjeuner puis du déjeuner au dîner, traînant des pieds comme une mourante, manœuvrée par des individus bienveillants à la voix feutrée.

« J'imagine que, à l'heure où nous parlons, tout le monde s'est réuni chez les Cates pour discuter l'affaire, dit Diane. J'ai l'adresse. »

Patty garda les yeux fixés droit devant elle.

« Je pense qu'on devrait y aller, ajouta Diane.

– Y aller ? Je croyais que tu disais que quelqu'un devait venir ici.

– Le téléphone n'a pas arrêté de sonner », intervint Michelle, Michelle qui se trouvait dans la cuisine et n'aurait rien dû entendre de tout cela.

Patty et Diane se tournèrent vers l'appareil, attendant une sonnerie.

« Et pourquoi tu n'as pas répondu comme on te l'avait demandé, Michelle ? » demanda Diane.

Michelle haussa les épaules. « J'avais oublié si on devait répondre ou pas.

– Peut-être qu'on ferait mieux d'attendre ici, dit Patty.

– Patty, ces familles sont là-bas en train de raconter… des *saloperies* sur ton fils. Alors je ne sais pas s'il y a le moindre atome de vérité là-dedans, mais est-ce que tu ne veux pas aller le défendre ? Est-ce que tu ne veux pas aller écouter leurs accusations, les forcer à te le dire en face ? »

Non, elle ne voulait pas. Elle voulait que ces histoires s'en aillent, sans bruit, qu'elles retombent furtivement dans l'oubli. Elle ne voulait pas entendre ce que les gens de sa ville disaient sur Ben. Maggie Hinkel était à l'école avec elle, nom d'une pipe. Elle avait peur de s'effondrer devant tous ces visages furieux qui allaient se fixer sur elle. Elle allait pleurer, implorer leur pardon. Ils n'avaient rien fait de mal, et, d'ores et déjà, tout ce qu'elle voulait, c'était le pardon.

« Laisse-moi le temps de me changer. »

Elle trouva un pull qui n'avait pas de déchirures aux aisselles et un pantalon de toile propre. Elle se peigna, et échangea ses brillants pour une paire de boucles d'oreilles en fausses perles et un collier assorti. Ça ne se voyait pas vraiment qu'elles étaient fausses, elles étaient même lourdes.

Tandis qu'elle et Diane se dirigeaient vers la porte d'entrée en mettant de nouveau les petites en garde sur l'utilisation de la cuisinière, et en leur demandant d'éteindre la télé à un moment donné pour faire le ménage, Libby se remit à gémir et courut vers elles en battant des bras. Michelle croisa les bras sur son sweat-shirt taché et tapa du pied.

« Je ne peux pas m'en occuper quand elle est comme ça », dit-elle. Elle faisait une imitation parfaite de Patty. « Elle est trop. C'est trop pour moi. »

Patty prit une profonde inspiration, pensa à essayer de raisonner Michelle, pensa à l'engueuler, mais Libby braillait de plus en plus fort, tel un animal blessé, hurlant : « Je veux venir avec vous, je veux venir avec vous. » Michelle arqua un sourcil. Patty s'imagina un flic débarquant dans cette ménagerie pendant qu'elle n'était pas là : il trouverait une gamine au visage brûlé en train de sangloter par terre, inconsolable. Devrait-elle emmener les trois filles, alors ? Mais quelqu'un devrait rester là pour répondre au téléphone, pour ne pas laisser la maison vide, et il valait sûrement mieux que Michelle et Debby restent toutes les deux que…

« Libby, va enfiler tes bottes, ordonna Diane. Michelle, c'est toi qui commandes. Tu réponds au téléphone, et tu n'ouvres à personne. Si c'est Ben, il aura la clé. Si c'est quelqu'un d'autre, vous ne vous en occupez pas. Michelle ?

– Quoi ?

– Michelle, je ne plaisante pas. Michelle ?

« – OK.

– OK », dit Diane, et ce fut le dernier mot, littéralement. Plantée dans l'entrée, Patty, dépassée, regardait
Libby enfiler ses bottes et une paire de mitaines durcies
par la crasse. Elle attrapa une main couverte de laine et
escorta la petite à la voiture. Ça pouvait valoir le coup,
en fin de compte, de rappeler aux gens que Ben avait
des petites sœurs qui l'aimaient.

Libby n'était pas une grande bavarde, on aurait dit
que Michelle et Debby accaparaient tout son temps
de parole. Elle faisait des déclarations : « J'aime les
poneys » ; « Je déteste les spaghettis » ; « Je te déteste. »
Comme sa mère, elle était incapable de bluff. Incapable
ne serait-ce que d'imaginer se dissimuler. Elle était
transparente. Quand elle n'était pas en colère ni triste,
elle ne disait pas grand-chose. À présent qu'elle avait
réussi à se faire emmener pour la balade, elle restait
assise en silence, attachée à l'arrière. Le visage toujours couvert de taches roses, elle regardait dehors et
traçait la silhouette de la cime des arbres dans la buée
de la vitre.

Patty et Diane se taisaient également, et la radio restait éteinte. Patty essayait de se représenter la visite
(visite ? Pouvait-on réellement appeler visite une chose
aussi répugnante ?) mais la seule image qu'elle parvenait à faire apparaître, c'était elle en train de hurler :
« Laissez mon fils tranquille ! » Maggie Hinkel et elle
n'avaient jamais été amies, mais elles bavardaient
toujours quand elles se croisaient à l'épicerie, et elle
connaissait les Putch de l'église. Ce n'étaient pas des
gens méchants, ils n'allaient pas être méchants avec
elle. Mais pour ce qui était des parents de la première
fillette, Krissi Cates, Patty ne savait pas du tout à quoi
s'attendre. Elle se les imaginait blond clair et BCBG,

avec une maison immaculée parfumée au pot-pourri et tout ce qui va avec. Elle se demanda si Mme Cates allait repérer ses fausses perles.

Diane lui indiqua à quel moment quitter la nationale, puis la guida dans le quartier, après un grand panneau bleu vantant des pavillons témoins à Elkwood Park. Pour l'instant, ce n'étaient que des rues et des rues de carcasses en bois, des silhouettes de maisons qui laissaient voir dans les interstices la silhouette de la maison voisine, et ainsi de suite. Une adolescente était en train de fumer une cigarette au premier étage d'une des charpentes. On aurait dit Wonder Woman dans son avion invisible, assise dans l'esquisse d'une chambre. Lorsqu'elle secouait sa cigarette, la cendre tombait dans la salle à manger.

Toutes ces maisons en construction troublèrent Patty. Elles étaient reconnaissables mais complètement étrangères, comme un mot familier dont vous seriez soudain incapables de vous souvenir même si votre vie en dépendait.

« Joli, hein ? » dit Diane, montrant d'un doigt ironique le spectacle qui s'offrait à elle.

Après deux autres tournants, elles débouchèrent dans un pâté de maisons bien entretenues, de vraies maisons. Un essaim de voitures étaient garées devant l'une d'elles.

« On dirait une fête », fit Diane avec une moue dédaigneuse. Elle baissa sa vitre et cracha dehors.

Pendant quelques secondes, la voiture tomba dans un silence seulement rompu par les bruits de gorge de Diane.

« La solidarité, dit Diane. Ne t'en fais pas, le pire qu'ils puissent faire, c'est gueuler.

– Peut-être que tu devrais rester là avec Libby, dit Patty. Je ne veux pas que ça gueule devant elle.

« – Non, non, répliqua Diane. Personne ne reste dans la voiture. On peut y arriver. N'est-ce pas, Libby ? Tu es une costaude, non ? » Dans un bruissement de parka, Diane tourna son corps volumineux vers Libby sur le siège arrière, puis revint à Patty. « Ça sera bien qu'ils la voient, qu'ils sachent qu'il a une petite sœur qui l'aime. » Patty eut une bouffée de confiance à l'idée qu'elle avait pensé exactement la même chose.

Diane était déjà sortie de la voiture, et elle ouvrait grand la portière pour faire descendre Libby. Aussitôt qu'elles se mirent à longer le trottoir, Patty se sentit mal. Ses ulcères se tenaient tranquilles depuis un bout de temps, mais à présent son ventre la brûlait. Elle dut se forcer à desserrer la mâchoire. Elles se plantèrent sur le pas de la porte, Patty et Diane devant, et Libby juste derrière sa mère, distraite. Patty songea qu'un passant les aurait prises pour des amies venues participer aux festivités. Il restait une guirlande sur la porte. Elle se dit : *Ils ont passé un joyeux Noël et maintenant ils sont terrifiés et en colère. Je parie qu'ils n'arrêtent pas de penser : Mais on a passé un Noël si joyeux.* La maison avait l'air de sortir d'un catalogue, et il y avait deux BMW dans l'allée : ce n'étaient pas des gens qui avaient l'habitude des catastrophes.

« Je ne veux pas y aller, je crois que ce n'est pas une bonne idée », lâcha-t-elle d'une traite.

Diane appuya sur la sonnette en lui jetant un regard qui lui venait droit de leur père, le regard calme et inébranlable qu'il réservait aux geignards. Puis elle dit exactement ce que disait leur père quand il lançait ce regard : « Il n'y a que le premier pas qui coûte. »

Mme Cates, une blonde au visage couleur de blé doré, ouvrit la porte. Ses yeux étaient rougis par les larmes et elle tenait encore un mouchoir.

« Bonjour, je peux vous aider ?

– Je... Êtes-vous... la mère de Krissi Cates ? »
commença Patty. Puis elle éclata en sanglots.

« C'est moi », dit la femme en tripotant son propre
rang de perles. Ses yeux allèrent de Patty à Diane, puis
se posèrent sur Libby. « Oh ! est-ce que votre petite
fille... Est-ce qu'il a fait du mal à votre petite fille,
aussi ?

– Non, dit Patty. Je suis la mère de Ben. Je suis la
mère de *Ben Day*. » Elle essuya ses larmes du revers de
sa main, puis avec sa manche de pull.

« Oh mon Dieu, oh mon Dieu, oh Loouuuu, viens
ici. Vite. » La voix de Mme Cates devint forte et tremblante : on aurait dit le bruit d'un avion qui allait s'écraser. Plusieurs personnes que Patty ne reconnut pas
passèrent une tête par la porte du salon. Un homme, qui
les dépassait d'une bonne tête, sortait de la cuisine avec
un plateau de sodas. Une fillette campait dans l'entrée,
une jolie petite blonde avec un jean à fleurs.

« Qui est-ce ? gazouilla-t-elle.

– Va chercher ton père. » Mme Cates fit un pas de
côté pour bloquer l'entrée, les repoussant presque physiquement du seuil de la porte. « Louuuu... » cria-t-elle
de nouveau vers l'intérieur. Un homme apparut derrière
elle, bâti comme une armoire à glace, un mètre quatre-
vingt-quinze au moins, massif, avec une façon de garder le menton en l'air que Patty associait aux gens qui
obtiennent toujours ce qu'ils veulent.

« C'est elle, c'est la mère de Ben Day, dit la femme
avec un tel dégoût que Patty sentit son estomac se
nouer.

– Vous feriez mieux d'entrer », dit l'homme, et
lorsque Patty et Diane échangèrent un regard, il leur
répéta sèchement : « Venez, venez », comme s'il parlait à des animaux désobéissants.

Elles pénétrèrent dans un salon en contrebas où elles découvrirent avec stupéfaction un spectacle qui ressemblait à un goûter d'anniversaire. Quatre fillettes étaient en train de jouer à différents jeux. Sur le visage et les mains, elles portaient des étoiles argentées, le genre d'autocollants que donnent les profs pour récompenser les bons élèves. Plusieurs autres étaient assises avec leurs parents et mangeaient du gâteau. Si les petites avaient l'air voraces, les mères et les pères avaient l'air paniques derrière leurs masques de bravoure. Krissi Cates, affalée par terre au milieu de la pièce, jouait à la poupée avec un grand jeune homme aux cheveux sombres assis en tailleur en face d'elle, lequel essayait manifestement de s'insinuer dans ses bonnes grâces. C'étaient ces poupées spongieuses, laides, que Patty avait vues dans les *films de la semaine*, les programmes où Meredith Baxter Birney et Patty Duke Astin jouaient des rôles de mères courage ou d'avocates. Les poupées qu'on donne aux enfants pour qu'ils montrent comment on a abusé d'eux. Krissi avait ôté les vêtements des deux poupées et plaçait le garçon au-dessus de la fille. Elle se mit à le faire aller et venir brutalement en psalmodiant des mots sans queue ni tête. Une petite brune assise sur les genoux de sa mère regardait la scène en savourant le glaçage resté sous ses ongles. Elle semblait trop âgée pour s'asseoir sur les genoux de sa mère.

« Comme ça », conclut Krissi, lasse ou en colère, puis elle jeta la poupée de côté. Le jeune homme – un thérapeute, un travailleur social, un type qui portait des pulls Shetland avec des chemises écossaises, un type qui était allé à la fac – ramassa la poupée et essaya de capter de nouveau l'attention de Krissi.

« Krissi, tu veux bien… », commença-t-il. Il tenait la poupée garçon soigneusement à l'écart de son genou. Le pénis en caoutchouc pendouillait vers le sol.

« Qui est-ce ? » lança Krissi en montrant Patty du doigt.

Celle-ci traversa la pièce à grands pas sans prêter attention à tous les parents qui commençaient à se lever en vacillant.

« Krissi ? dit Patty en s'accroupissant. Je m'appelle Patty, je suis la mère de Ben Day. »

Les yeux de Krissi s'élargirent, ses lèvres frémirent, et elle s'écarta violemment. Il y eut un instant de silence, comme un accident au ralenti, où elle et Patty se regardèrent fixement. Puis Krissi recula la tête et hurla : « Je ne veux pas d'elle ici ! » Sa voix résonna contre la lucarne. « Je ne veux pas d'elle ici ! Vous avez promis ! Vous avez promis que je ne serais pas obligée ! »

Elle se jeta par terre et se mit à s'arracher les cheveux. La petite brune courut la rejoindre et se blottit contre elle en gémissant : « Je ne me sens pas en sécurité ! »

Patty se leva et fit volte-face. Elle vit les visages effrayés et révoltés des parents, elle vit Diane qui traînait Libby derrière elle, vers la porte.

« Nous avons entendu parler de vous », déclara la mère de Krissi. Son joli visage épuisé était tordu par la colère. Elle se retourna vers Maggie Hinkel, l'ancienne camarade de classe de Patty, qui la regarda en rougissant. « Vous avez quatre gamins à la maison, continua-t-elle, la voix tendue, les yeux embués. Vous ne pouvez pas payer l'éducation d'un seul. Leur père est un ivrogne. Vous touchez les allocs. Vous laissez vos petites filles toutes seules avec ce… chacal. Vous laissez votre fils s'attaquer à vos filles. Seigneur Dieu, vous avez laissé votre fils *faire* ça ! Dieu sait ce qui se passe chez vous ! »

À ce moment-là, la fille Putch se leva en hurlant. Des larmes roulaient sur les étoiles argentées collées sur ses joues. Elle rejoignit l'attroupement au milieu de la pièce, où le jeune homme murmurait des paroles apaisantes, en tâchant de continuer à les regarder dans les yeux. « Je ne veux pas d'elle ici ! cria de nouveau Krissi.

– Où est Ben, Patty ? » demanda Maggie Hinkel. Sa fille, une gamine au visage plat comme une limande, se tenait près d'elle, sans expression. « La police a vraiment besoin de parler à Ben. J'espère que tu ne le caches pas.

– Moi ? Je le cherche partout. Je fais de mon mieux pour tirer ça au clair. Je t'en prie. Je vous en prie, aidez-moi. Je vous en prie, pardonnez-moi. Je vous en prie, arrêtez de hurler. »

La fille de Maggie Hinkel, demeurée un instant silencieuse, tira sur la manche de sa mère. « M'man, je veux m'en aller. » Les autres filles continuaient de beugler en s'observant les unes les autres. Sans faire un geste, Patty baissa les yeux sur Krissi et le thérapeute, qui berçait toujours la poupée de garçon dénudée censée représenter Ben. Son estomac se contracta, et sa gorge se remplit d'acide.

« Je crois que vous devriez vous en aller », trancha Mme Cates. Elle souleva sa fille comme un bébé. Les jambes de la gamine pendaient presque jusqu'au sol et sa mère chancelait sous son poids.

Le jeune thérapeute se leva et vint se placer entre Patty et Mme Cates. Il faillit poser une main sur l'épaule de Patty, mais la mit finalement sur celle de Mme Cates. Diane appelait depuis la porte, elle appelait Patty par son nom. Sans cela, Patty n'aurait jamais pu se mettre en mouvement. Elle attendait qu'ils resserrent leur étau sur elle, qu'ils lui arrachent les yeux.

« Je suis désolée, je suis désolée, cria-t-elle. C'est une erreur, je suis tellement désolée. »

Puis d'un coup, Lou Cates se retrouva en face d'elle. Il l'attrapa par le bras, comme s'il ne venait pas de l'inviter à entrer, et l'escorta à la porte sans ménagement sous les cris funèbres des quatre fillettes. Les mères et les pères étaient partout – des adultes qui prenaient soin de leurs enfants. Patty se sentit stupide. Pas ridicule. Pas gênée. D'une impardonnable stupidité. Elle pouvait entendre les parents en train de roucouler des mots apaisants à leurs filles : « Sois mignonne, c'est ça, tout va bien. » « Tout va bien, elle s'en va maintenant, tu ne risques rien, on va arranger tout ça, chut, chut, chérie. »

Juste avant que Lou Cates la propulse hors de la pièce, Patty se retourna et vit Krissi Cates dans les bras de sa mère, une mèche de cheveux blonds sur l'œil. La fillette lui rendit son regard et dit simplement : « Ben va aller en enfer. »

Libby Day
Aujourd'hui

J'avais été déléguée pour retrouver Runner, mais toute mon activité fébrile, ambitieuse, de la semaine passée gisait sur le sol à côté de mon lit, comme une chemise de nuit sale. J'étais incapable de me lever, même quand j'entendais les gamins passer devant ma maison en marchant en canard, ensommeillés. J'avais beau les imaginer, agglutinés, en train de laisser les empreintes arrondies de leurs grosses bottes de caoutchouc dans la gadoue de mars, je ne pouvais pas davantage bouger.

Je m'étais réveillée d'un rêve lamentable, le genre de rêve dont on se répète inlassablement qu'il ne signifie rien, qu'il ne faut pas s'en inquiéter parce que ce n'est qu'un rêve, rien qu'un rêve. Il commençait à la ferme. En réalité, ce n'était pas la ferme, c'était bien trop lumineux, bien trop rangé pour être la ferme, mais ça l'était quand même. Au loin, sur un horizon orange, Runner galopait vers la ferme en poussant des yippeees de cow-boy du vieil Ouest. À mesure qu'il s'approchait – dévalait la pente qui menait chez nous, passait le portail –, je m'apercevais que son galop était en fait un cahot bringuebalant : son cheval avait des roues. La moitié supérieure était faite de chair, mais la moitié inférieure était faite de métal, grêle, comme un lit d'hôpital à roulettes. Le cheval m'adressait un hennissement de panique. Avec son cou musclé, il essayait de se séparer de son armature de métal. Runner sautait à terre, et la créature partait à la dérive, une roue bousillée, aussi agaçante qu'un chariot déglingué au supermarché. Elle terminait sa course près d'une souche d'arbre, ses yeux devenaient blancs, et elle continuait de lutter pour se scinder en deux.

« T'en fais pas pour ce truc, lançait Runner avec un sourire grimaçant en direction du cheval. Je l'ai payé.

– T'as fait une mauvaise affaire », je répondais.

La mâchoire de Runner se contractait. Il se tenait trop près de moi.

« Ta mère dit que c'est bon », marmonnait-il.

C'est vrai ! je me disais. *Ma mère est en vie.* L'idée semblait solide, comme un caillou dans ma poche. Ma mère était en vie, quelle cruche j'avais été de penser le contraire pendant toutes ces années.

« Tu ferais mieux de réparer ça, pour commencer, faisait Runner en montrant mon annulaire amputé. Je t'ai apporté ça. J'espère que ça te plaira plus que le cheval. » Il brandissait un mince sachet de velours, genre sachet de pièces de Scrabble, et l'agitait.

« Oh ! j'aime beaucoup le cheval », je disais, chassant ma mauvaise volonté. Le cheval avait dégagé son arrière-train du métal et saignait une épaisse huile rouge sur le sol.

De son sachet, Runner sortait huit ou neuf doigts. À chaque fois que j'en soulevais un qui ressemblait au mien, je m'apercevais que c'était un petit doigt, un doigt d'homme, un doigt de la mauvaise teinte ou de la mauvaise taille.

Runner me faisait la moue. « Prends-en un, OK ? C'est pas compliqué. »

J'en choisissais un qui me semblait vaguement similaire à celui que j'avais perdu, et Runner le cousait à ma main. Le cheval fendu poussait à présent des hurlements derrière nous, des hurlements de femme, terrifiés et furieux. Runner lui jetait une pelle, et il se cassait en deux et restait palpitant sur le sol, incapable de bouger.

« Voilà, faisait Runner avec un claquement des lèvres. Comme neuf. »

Entre mes deux doigts de fille trônait un gros orteil bulbeux, fixé avec des points négligés et épais. Soudain la copine de Runner, Peggy, était là. Elle disait : « Chéri, sa m'man n'est pas là, tu te souviens ? Nous l'avons tuée. »

Se cognant le front comme un type qui s'aperçoit qu'il a oublié d'acheter du lait, Runner s'exclamait : « C'est vrai. C'est vrai. J'ai eu toutes les filles, sauf Libby. » Nous restions tous trois à nous regarder en clignant des yeux et ça se mettait à sentir mauvais. Puis Runner retournait au cheval, et ramassait la pelle, désormais changée en hache.

Je m'étais réveillée en sursaut. En se dépliant brusquement, mon bras avait fait valdinguer ma lampe de chevet sur le sol. C'était à peine l'aube lorsque je m'étais tournée pour regarder la lampe couchée sur le flanc, toujours allumée, en me demandant si l'ampoule allait faire un trou dans la moquette. À présent, le matin était bien entamé, et j'étais toujours incapable de bouger.

Mais la lumière était allumée dans la chambre de Ben. Ça a été ma première véritable pensée : cette nuit-là, la lumière était allumée dans la chambre de Ben et quelqu'un parlait. Je voulais arrêter d'y penser, mais j'y revenais sans cesse. Pourquoi un tueur fou se serait-il rendu dans la chambre de Ben, aurait-il fermé la porte et se serait-il mis à causer ?

La lumière était allumée dans la chambre de Ben. Je pouvais oublier les autres hypothèses : Lou Cates assoiffé de vengeance, Runner rendu fou par les dettes, une bande de gros bras qui voulaient donner une leçon à Runner en assassinant sa famille. Je pouvais oublier le beuglement grave que j'avais entendu, qui aurait très bien pu – je crois – ne pas provenir de Ben. Mais il n'était pas à la maison quand nous nous étions couchées, et quand je m'étais réveillée, sa lumière était allumée. Je me rappelle une bouffée de soulagement parce que Ben était rentré, parce que sa lumière était allumée, et que la dispute entre lui et ma mère était finie, au moins pour le moment, parce que la lumière était allumée et qu'il parlait derrière la porte, peut-être dans son nouveau téléphone, ou tout seul, en tout cas la lumière était allumée.

Et qui était Diondra ?

Je me suis préparée à sortir du lit : j'ai rejeté les couvertures et les draps froids et humides qui gardaient l'empreinte grise de mon corps. Je me suis demandé combien de temps ça faisait que je ne les avais pas changés. Puis je me suis demandé à quelle fréquence on était censé les changer. C'est le genre de chose qui ne s'apprend pas. Désormais, je changeais enfin les draps après avoir baisé, et encore je ne l'avais appris que quelques années plus tôt en regardant un film à la télé, un thriller quelconque avec Glenn Close. Juste après avoir baisé, elle changeait les draps. Je ne me souviens pas du reste parce que tout ce que j'ai pensé, c'est : *Oh, sans doute que les gens changent les draps après avoir baisé.* C'était assez logique, mais je n'y avais jamais pensé. J'ai été élevée comme une sauvageonne et, dans l'ensemble, je n'ai guère changé.

Je suis sortie du lit, j'ai fini par reposer la lampe sur ma table de chevet, et j'ai fait un grand tour pour me rendre dans le living, où je me suis faufilée à pas de loup vers le répondeur. Je ne voulais pas lui laisser voir que je me souciais d'avoir un message ou non. C'est tout juste si je ne sifflotais pas en mettant un pied devant l'autre d'un air dégagé – *rien d'inhabituel là-dedans, je vais juste me balader.* Pas de Diane. Quatre jours, et pas de Diane.

Eh bien, pas de problème, j'avais d'autres parents.

*

Cette fois-ci, Ben m'attendait quand je suis entrée. Il s'est glissé dans mon champ de vision avant que j'y sois préparée. Il était assis, tout raide, sur le siège derrière la vitre, les yeux dans le vague, tel un mannequin de cire en survêt. J'ai failli lui dire de ne pas me faire ça, parce que ça me flanquait les jetons, mais je n'ai pas fait de commentaire, car pourquoi me flanquerait-il les jetons sinon parce que je n'étais pas encore entièrement persuadée de son innocence ?

Or je ne l'étais pas, j'imagine.

Je me suis assise : la chaise avait gardé la moiteur de la personne précédente, la chaleur du plastique donnait une impression d'intimité répugnante dans cet endroit. J'ai poussé mes fesses d'avant en arrière pour me l'approprier, en essayant de ne pas avoir l'air dégoûtée, mais quand j'ai pris le téléphone, il était encore plein de la sueur du précédent utilisateur, et ma mimique a fait tiquer Ben.

« Ça va ? » il a demandé. J'ai hoché la tête. Bien sûr, tout baigne.

« Alors, tu es revenue », il a dit. Il a opté pour un sourire à présent. Prudent, comme Ben l'a toujours été. Que ce soit à une fête de famille ou le jour de la sortie des classes, il avait toujours la même expression, celle d'un gamin qui vivrait en permanence dans une bibliothèque et s'attendrait à ce qu'on lui fasse chut à tout moment.

« Je suis revenue. »

Il avait un visage agréable, pas beau mais agréable, un visage de type bien. Lorsqu'il m'a surprise à l'observer, il a baissé précipitamment les yeux sur ses mains. Elles étaient grandes à présent, comparées au reste de son corps, c'étaient des mains de pianiste, bien que nous n'ayons jamais joué de piano. Elles portaient des cicatrices, rien d'impressionnant, de minuscules stries rose sombre d'égratignures et de coupures. Il a surpris mon regard, a levé une de ses mains, et a indiqué du doigt une entaille profonde : « Un accident de polo. »

J'ai ri parce que je voyais qu'il regrettait déjà sa blague.

« Nan, en fait tu sais ce que c'est ? a repris Ben. Ça vient de ce taureau, Jaune 5, tu te rappelles de ce petit saligaud ? »

Nous n'avions qu'une petite exploitation, mais, pour autant, nous ne donnions jamais de noms à nos bêtes, ce n'était pas une bonne idée. Même gamine, je ne voyais pas l'intérêt de m'attacher à Bossy, Hank ou Sweet Belle en sachant qu'ils seraient envoyés à l'abattoir dès qu'ils seraient assez grands. Seize mois, ce chiffre résonnait dans ma tête. Aussitôt qu'ils avaient un an, on commençait à ne les approcher que sur la pointe des pieds, on commençait à les regarder de biais avec gêne et dégoût comme un invité qui vient de lâcher un pet. Alors, au lieu de ça, on les distinguait par des couleurs pendant la mise bas chaque année, les vaches assorties avec leurs veaux : Vert 1, Rouge 3, Bleu 2 glissaient de la matrice de leur mère sur la terre battue de la grange et se mettaient immédiatement à battre des sabots, à essayer d'être les premiers dans la gamelle. Les gens s'imaginent que le bétail est docile, abruti. Mais les veaux ? Ils sont curieux et joueurs comme des chatons. C'est pourquoi je n'avais jamais le droit d'entrer dans l'enclos avec eux, je devais me contenter de les regarder entre les lattes de bois. Je me souviens de Ben, en revanche, ses bottes en caoutchouc aux pieds, essayant de se faufiler près d'eux, avançant du pas lent et délibéré d'un astronaute… Quand il arrivait à leur niveau, ils lui glissaient entre les doigts comme s'il essayait de pêcher un poisson à mains nues. Je me souviens de Jaune 5, au moins de son nom, le fameux jeune veau qui refusait de se faire castrer – pauvres Ben et Ma, qui essayaient jour après jour de s'emparer de Jaune 5 afin de pouvoir fendre ses bourses et lui couper les couilles, et chaque jour rejoignaient la table du dîner la queue basse, mis en échec par l'animal. Le premier soir, c'était une superblague à faire tourner autour d'un steak haché, tout le monde parlait à sa bidoche : « Tu vas le regretter, Jaune 5. » Le deuxième soir, c'était la cause d'un rire chagrin, et le cinquième, c'étaient des moues sinistres et le silence, comme pour rappeler à Ben et à ma mère qu'ils n'étaient pas assez bons : qu'ils étaient faibles, petits, lents, demeurés.

Je n'avais jamais repensé à Jaune 5 avant que Ben m'en reparle. J'ai eu envie de lui demander de me faire une liste de choses à se rappeler, de souvenirs que je ne pouvais pas extraire de mon cerveau par moi-même.

« Que s'est-il passé ? Il t'a mordu ?

– Nan, rien de si spectaculaire, il m'a projeté dans la clôture juste au moment où je pensais que j'avais réussi à l'attraper, il m'a filé un coup de hanche, je suis tombé de toute ma hauteur, et j'ai enfoncé le dos de ma main en plein sur un clou. C'était sur une grille que Ma m'avait demandé de réparer au moins cinq fois. Alors, tu sais, c'était ma faute. »

J'ai essayé de trouver quelque chose à dire – un truc intelligent, compatissant, je ne maîtrisais pas encore les réactions qu'attendait Ben –, il m'a interrompue : « Non, j'dis n'importe quoi, merde. C'était la faute de Jaune 5. » Un bref sourire est passé sur ses lèvres, puis ses épaules se sont de nouveau avachies. « Je me souviens que Debby, elle l'avait toute décorée, ma blessure, elle avait mis un pansement puis un de ses autocollants par-dessus, un de ses autocollants brillants avec des cœurs, des trucs comme ça.

– Elle adorait les autocollants, j'ai dit.

– Elle en collait partout, ça c'est sûr. »

J'ai pris une inspiration. J'étais tentée d'enchaîner sur un autre sujet inoffensif, la météo ou un truc dans ce goût-là, mais je ne l'ai pas fait.

« Dis-moi, Ben, je peux te poser une question ? »

Ses yeux se sont plissés comme ceux d'un requin, et j'ai vu de nouveau en lui le prisonnier, un type habitué à s'en prendre plein la figure, à subir un feu de questions et à se faire envoyer sur les roses quand il posait les siennes. J'ai réalisé quelle décadence c'était, de refuser de répondre à une question. *Non merci, je n'ai pas envie de parler de ça.* Et le pire qui peut vous arriver, c'est qu'on vous trouve impoli.

« Cette nuit-là, tu sais ? »

Il a écarquillé les yeux. Bien sûr qu'il savait.

« Je me rappelle, je me suis peut-être trompée… sur ce qui s'est passé exactement… »

Il était penché en avant à présent, les bras raides, recroquevillé sur le téléphone comme quelqu'un qui reçoit un appel d'urgence en pleine nuit.

« Mais une chose dont je me souviens, au point que j'en mettrais ma tête à couper… c'est que ta lumière était allumée. Dans ta chambre. Je l'ai vue sous la porte. Et il y avait des voix. Dans la chambre. »

J'ai laissé ma phrase en suspens, espérant qu'il allait venir à mon secours. Il m'a laissée dériver, comme pendant ces quelques minutes de chute libre où vos pieds dérapent sur la glace et où vous avez juste le temps de penser : *Oh. Je vais tomber.*

« C'est une nouvelle, celle-là, a-t-il lâché finalement.

– Une nouvelle quoi ?

– Une nouvelle question. Je ne pensais pas qu'il y aurait encore de nouvelles questions. Félicitations. » Je nous ai surpris tous deux assis dans la même posture, une paume sur le rebord de la table comme pour repousser un reste de plat. La posture de Runner la dernière fois que je l'ai vu. J'avais vingt-cinq ou vingt-six ans, il voulait de l'argent. Au début, il était tout sucre, tout miel : « Tu crois que tu pourrais éventuellement dépanner ton vieux, Libby chérie ? » Je lui avais répondu par un non catégorique, sans appel, cinglant, humiliant. « Ah bon, et pourquoi pas ? » s'était-il indigné, et il avait aussitôt redressé ses épaules et posé les mains sur ma table, paumes en l'air, tandis que je pensais : *Mais pourquoi l'ai-je laissé s'asseoir ?*, calculant déjà le temps que j'allais gaspiller à le faire déguerpir.

« J'ai fait le mur ce soir-là, a répondu Ben. Je suis rentré, et je me suis de nouveau disputé avec m'man.

– Au sujet de Krissi Cates ? »

Il a tressailli, puis décidé de laisser glisser.

« Au sujet de Krissi Cates. Mais elle m'a cru, elle était complètement de mon côté, c'est ça qui était super avec m'man, même quand elle était furieuse contre vous, elle était de votre côté, vous le saviez. Au plus profond de vous-même. Elle me croyait. Mais elle était en colère, et surtout effrayée. Je l'avais fait attendre, je ne sais pas, seize heures sans un mot, je ne savais même pas ce qui se passait. Tu sais, il n'y avait pas de portables à l'époque, tu pouvais passer toute une journée sans parler, pas comme aujourd'hui. À ce que je comprends.

– D'accord, mais…

– OK, donc on s'est disputés, je ne me souviens même pas si c'était seulement au sujet de Krissi Cates ou si on est juste partis de là. Je donnerais cher pour m'en souvenir, mais, en tout cas, elle m'a plus ou moins privé de sortie et m'a envoyé dans ma chambre. Au bout d'une heure enfermé, j'étais de nouveau dégoûté, et je me suis tiré, en laissant la radio et la lumière allumées pour qu'elle croie que j'étais encore là si elle jetait un œil. Tu sais bien comment elle dormait, elle ne risquait pas de venir jusqu'à ma chambre pour vérifier. Quand elle en écrasait, elle en écrasait. »

À entendre Ben, on aurait dit que ces quelque trente pas représentaient une expédition inouïe. Mais c'était vrai, ma mère n'entendait rien une fois endormie. Elle ne bougeait même presque pas. Je me souviens d'avoir passé de longues heures d'angoisse à veiller son corps inerte. Convaincue qu'elle était morte, je la fixais jusqu'à ce que mes yeux s'emplissent de larmes ; j'essayais de distinguer sa respiration, d'obtenir ne serait-ce qu'un gémissement. Si je la poussais du coude, elle revenait automatiquement dans la même position. Nous avions tous des histoires sur comment nous étions par hasard tombés sur elle en allant aux toilettes au milieu de la nuit. On tournait dans le couloir pour la trouver en train de faire pipi sur le trône, la robe de chambre entre les jambes, regardant à travers nous comme à travers une plaque de verre. « Je ne sais plus pour le sorgho », disait-elle. Ou « Cette graine est arrivée déjà ? » Puis elle rejoignait sa chambre en traînant les pieds, nous dépassant sans nous voir.

« Tu as raconté ça à la police ?

– Oh ! Libby, laisse tomber. Arrête. Ce n'est pas comme ça que je veux que ça se passe entre nous.

– Tu leur as dit ?

– Non. Qu'est-ce que ça aurait changé ? Ils savaient déjà qu'on s'était disputés une fois. J'allais leur dire qu'on s'était disputés deux fois ? C'est… Ça ne rime à rien. J'ai été là pendant peut-être une heure, il ne s'est rien passé à part ça, c'était sans conséquence. Complètement. »

Nous nous sommes dévisagés.

« Qui est Diondra ? » j'ai demandé. J'ai vu qu'il essayait de se faire encore plus calme. J'ai vu qu'il réfléchissait. Son escapade nocturne était peut-être véridique, peut-être pas, mais je voyais qu'à présent il s'apprêtait à mentir. Le nom de Diondra le faisait sonner comme une cloche, je pouvais voir ses os vibrer. Il a penché très légèrement la tête sur la droite, comme l'air de dire : « Oh, justement, c'est marrant que tu poses la question », puis s'est repris.

« Diondra ? » Il essayait de gagner du temps, histoire de deviner ce que je savais exactement. Je lui ai opposé un visage de marbre.

« Euh, Diondra c'était une fille du lycée. Où t'as été pêcher son nom ?

– J'ai trouvé un mot qu'elle t'avait écrit, et on dirait que c'était davantage qu'une fille du lycée.

– Ah ouais ? Eh bien, elle était dingue, ça je m'en souviens. Elle écrivait tout le temps des petits mots qui… tu sais, pour faire croire aux gens qu'elle était… délurée.

– Je croyais que tu n'avais pas de petite amie.

– Je n'en avais pas. Bon Dieu, Libby, comment tu passes d'un petit mot à une petite amie ?

– À cause du petit mot en question. » Je me suis contractée, sachant que j'étais sur le point d'être déçue.

« Eh bien, je ne sais pas quoi te dire. J'aimerais bien pouvoir dire que c'était ma petite amie. Elle était vachement trop classe pour moi. Je ne me rappelle même pas qu'elle m'ait envoyé un petit mot. T'es sûre qu'il y a mon nom dessus ? Et comment tu l'as trouvé, d'abord ?

– Laisse tomber », j'ai dit, en écartant le téléphone de mon oreille pour lui signifier que je partais.

« Libby, attends, attends.

– Non, si tu dois me baratiner comme un… prisonnier quelconque, je ne vois pas l'intérêt.

– Libby, attends, bordel. Je suis désolé de ne pas pouvoir te donner la réponse que tu veux sans doute.

– Je veux seulement la vérité.

– Et je ne demande rien tant que de te dire la vérité, mais tu as l'air de vouloir une… fable. Je… je veux dire, ma petite sœur se pointe après toutes ces années, alors je me dis : enfin, voilà qui pourrait être une bonne chose. Une seule. C'est foutrement sûr qu'elle m'a pas rendu service il y a vingt ans et quelques, mais bon, j'ai dépassé ça ; j'ai tellement dépassé ça que la première fois que je la vois, tout ce que j'éprouve, c'est du bonheur. Sans déconner, quand je t'attendais dans mon putain d'enclos pour animaux, j'étais tellement nerveux qu'on aurait cru que j'avais un rencard. Quand je t'ai enfin vue, bon sang, je me suis dit, peut-être que ça va bien se passer. Peut-être qu'il y aura une personne de ma famille qui va rester dans ma vie et que je ne serai pas seul comme un chien, parce que… Et bien sûr, je sais que tu as parlé à Magda, crois-moi, je sais tout là-dessus, et donc ouais, il y a des gens qui me rendent visite et qui pensent à moi, mais ce n'est pas toi, ce n'est pas des gens qui me connaissent autrement que comme le type avec la... Alors je me disais, ça serait tellement chouette, bordel, de pouvoir parler à ma sœur, qui me connaît, qui connaît notre famille, et qui sait que nous étions seulement, quoi, des gens normaux, ça serait chouette qu'on puisse rigoler en parlant de vaches, bordel. C'est tout, tu sais, c'est tout ce que je demande à ce stade. Juste un truc aussi minuscule que ça. Et donc je voudrais pouvoir te dire quelque chose qui ne va pas... te faire me haïr de nouveau. » Il a baissé les yeux, regardant le reflet de son torse dans la vitre.

« Mais je ne peux pas. »

Diondra avait un petit ventre, ça faisait flipper Ben, et depuis des semaines maintenant elle parlait du premier coup de pied. Le premier coup de pied était arrivé, le bébé bougeait, c'était un moment très spécial, important, et Ben devait mettre la main sur son ventre à tout bout de champ pour le sentir remuer. Il était fier d'être l'auteur de ce ventre, fier d'être l'auteur de ce bébé, de l'idée de ce bébé au moins, mais il n'aimait pas toucher pour autant cette zone ni la regarder. La chair était bizarre, dure mais granuleuse en même temps, comme du jambon rance, et la toucher, c'était carrément gênant. Depuis des semaines, elle lui attrapait la main et la pressait sur son ventre en le dévisageant en quête d'une réaction, et puis elle lui hurlait dessus lorsqu'il ne sentait rien. Pendant un moment, effectivement, il avait pensé que la grossesse n'était peut-être qu'une des blagues de Diondra pour le faire tourner en bourrique. Il restait là, avec la main qui transpirait sur cet écœurant monticule de chair et se disait : *Ce grondement, est-ce que c'était ça, est-ce que c'était le bébé ou est-ce que c'était juste une indigestion ?* Il s'inquiétait. S'il ne sentait rien – et il n'avait rien senti pendant les quelques premières semaines après le premier coup de pied –, il avait peur que Diondra se mette à lui

301

crier dessus : « C'est juste là, c'est comme un canon qui pétarade dans mon ventre, comment peux-tu ne pas le sentir ? » Et s'il disait finalement qu'il avait senti quelque chose, il avait peur que Diondra le foudroie de son rire, ce rire qui la pliait en deux comme si elle venait de prendre un coup de fusil, ce rire à se taper sur les cuisses, qui faisait branler sa coiffure pleine de gel comme un arbre après une tempête de neige, parce que, bien sûr, elle n'était pas vraiment enceinte, elle se foutait juste de sa gueule, mais est-ce qu'il ne connaissait vraiment rien à rien ?

Il avait, en fait, cherché des signes prouvant qu'elle mentait : ces énormes serviettes hygiéniques pleines de sang que sa mère roulait toujours dans la poubelle et qui finissaient toujours par se déplier en moins d'une journée. À part ça, il ne savait pas trop que chercher, et il ne savait pas s'il devait demander s'il était le père. Elle parlait comme si c'était le cas, et il n'en saurait sans doute jamais plus.

Cependant, depuis un mois, il était devenu évident, quand on la voyait nue du moins, qu'elle était effectivement enceinte. Elle allait toujours au lycée vêtue de pulls extralarges. Elle laissait ses jeans déboutonnés, la fermeture éclair partiellement ouverte, et le monticule enflait. Diondra le tenait et le frottait dans ses mains comme s'il s'agissait d'une espèce de boule de cristal annonçant leur avenir pourri. Un jour, elle prit sa main et il sentit. Pas de doute, cette chose donnait des coups, et, tout d'un coup, il vit l'empreinte d'un petit pied bouger sous la surface de la peau de Diondra, assuré et rapide.

« C'est quoi ton problème, bordel ? T'accouches bien des vaches dans ta ferme, non ? C'est juste un bébé », s'écria Diondra lorsqu'il retira brusquement sa main. Elle la reprit et la tint là, elle pressa sa paume sur cette chose qui se tortillait à l'intérieur d'elle, et il pensa : *Aider une vache à mettre bas, c'est sacrément différent de ce que ça fait avec ton propre bébé*, puis il pensa : *Lâche-moi, lâche-moi, lâche-moi*, comme si la chose allait lui saisir le poignet, façon film d'horreur de série Z, et l'attirer dans la matrice. C'était ça qu'il se représentait, une chose. Pas un bébé.

Peut-être que ça aurait aidé s'ils en avaient parlé davantage. Après le premier coup de pied, elle ne lui parla plus du tout pendant quelques jours, et il s'avéra qu'il était censé lui donner quelque chose pour l'occasion : on offrait des cadeaux aux femmes enceintes pour célébrer le premier coup de pied. Ses parents lui avaient donné un bracelet en or lorsqu'elle avait eu ses premières règles, eh bien, c'était pareil. Alors en guise de cadeau, elle le força à lui faire dix cunnis, c'est le marché qu'ils conclurent. Il pensa qu'elle avait certainement choisi cette besogne parce qu'il n'aimait pas tellement ça, l'odeur lui donnait la nausée, en particulier à présent, quand toute la zone semblait pour ainsi dire usagée. Elle n'avait pas l'air d'apprécier non plus, c'est pour ça que ça ressemblait à une punition : elle lui hurlait de mettre ses doigts comme ça, d'appuyer plus fort, de monter plus haut, « c'est plus haut, monte », poussait finalement un soupir et agrippait sa tête sans ménagement, par les oreilles, pour le tirer jusqu'au point qu'elle voulait qu'il lèche, et lui, il pensait : *pauvre salope*, et s'essuyait la bouche pour effacer ses traces quand il avait fini. *Encore huit, pauvre salope.* « Tu veux un verre d'eau, chérie ? » « Non, mais toi oui, tu sens la mouille », elle répondait. Et elle rigolait.

Les femmes enceintes étaient lunatiques. Il le savait. Mais à part ça, Diondra ne se comportait pas comme si elle était enceinte. Elle n'avait pas arrêté de fumer et elle buvait toujours, ce qu'on n'était pas censé faire quand on était enceinte : elle, elle prétendait que seules les obsédées de la santé laissaient tomber ces machins. Un autre truc qu'elle ne faisait pas : prévoir. Diondra ne parlait même pas de ce qu'ils allaient faire quand il serait né – quand *elle* serait née. Diondra n'était jamais allée chez le médecin, mais elle était persuadée que c'était une fille, parce que les filles vous rendaient plus malade, or elle avait été terriblement malade le premier mois. Mais elle ne disait pas grand-chose, d'un point de vue réaliste, à part qu'elle en parlait comme d'une fille, comme d'une véritable petite fille qui allait sortir d'elle. Au début, il s'était demandé si elle allait se faire avorter. Quand il avait eu le malheur de dire « si tu as le bébé » au lieu de dire « quand tu l'auras », elle avait piqué une crise de tous les diables, et Diondra piquant une crise de tous les diables, c'était un spectacle qu'il ne voulait plus jamais voir. Elle était déjà suffisamment dure à gérer quand elle était calme, à son niveau, mais ça, c'était comme de regarder une catastrophe naturelle. Les ongles, les larmes, les coups et ses cris comme quoi c'était la chose la plus horrible qu'on lui ait jamais dite : « C'est ta chair aussi, c'est quoi, ton problème, espèce de petit merdeux ? »

Mais à part ça, ils ne prévoyaient pas ou ne pouvaient pas prévoir, vu que le père de Diondra la tuerait bel et bien s'il découvrait jamais qu'elle était enceinte avant le mariage. S'il découvrait jamais qu'elle avait ne serait-ce que couché avant le mariage, il la tuerait. Les parents de Diondra n'avaient qu'une seule et unique règle, et c'était qu'elle ne devait jamais, au grand jamais, laisser un garçon toucher ses parties intimes à moins qu'il ne soit son mari. Pour ses seize ans, le père de Diondra lui avait offert une bague de pureté, une bague en or avec une grosse pierre rouge qui ressemblait à une alliance et qu'elle portait à l'annulaire, et qui symbolisait une promesse faite à son père et à elle-même de rester vierge jusqu'au mariage. Tout le truc écœurait Ben – « Tu trouves pas qu'on dirait que tu es mariée à ton père ? » Diondra voyait ça avant tout comme une démonstration de pouvoir. C'était *le* truc sur lequel son père avait décidé de se focaliser, et, bon Dieu de bon Dieu, elle avait intérêt à s'y tenir. Elle disait que ça allégeait sa mauvaise conscience quand il la laissait toute seule, sans surveillance, sans protection, à part celle des chiens, pendant des mois d'affilée. C'était son seul truc parental : ma fille peut boire ou prendre de la drogue, mais elle est vierge, et par conséquent je ne suis pas aussi pourri que j'en ai l'air.

Cela, elle le disait avec des larmes dans les yeux. Cela, elle le disait lorsqu'elle en était à sa phase d'ivrognerie proche du coma. Elle disait que son père l'avait prévenue que si jamais il découvrait qu'elle avait rompu sa promesse, il la sortirait de la maison et lui tirerait une balle dans la tête. Il avait fait le Viêt Nam, il parlait comme ça, et Diondra le prenait au sérieux, aussi elle ne faisait aucun projet pour le bébé. Ben fit des listes de choses dont ils pourraient avoir besoin, et il acheta des vêtements d'occasion pour bébé dans un marché aux puces de Delphos juste avant les fêtes de Noël. Il s'était senti tout gêné, alors il avait carrément pris tout le lot à la femme, pour huit dollars. En fin de compte, c'étaient des maillots de corps et des sous-vêtements pour tous les âges, beaucoup de dessous à fronces – la femme s'entêtait à les appeler des « bloomers ». C'était parfait : les gamins, ça avait besoin de culottes, ça c'était sûr. Ben les avait rangés sous son lit : il se réjouissait d'autant plus d'avoir le cadenas, il voyait très bien les filles tomber dessus et voler tout ce qui leur irait. Alors c'est vrai, il ne pensait pas suffisamment au bébé, et à ce qui allait se passer, mais Diondra, elle semblait y penser encore moins.

« Je crois qu'on devrait quitter la ville », dit soudain Diondra, sans crier gare. Ses cheveux lui couvraient encore la moitié du visage, la main de Ben était toujours pressée contre son ventre, le bébé s'agitait à l'intérieur comme pour creuser un tunnel. Diondra se tourna légèrement vers lui, un sein paresseux se prélassant sur le bras de Ben. « Je ne peux plus cacher ça pendant très longtemps. Ma mère et mon père vont rentrer d'un jour à l'autre. T'es sûr que Michelle est pas au courant ? »

Ben avait conservé un petit mot que lui avait écrit Diondra. Dedans, elle disait à quel point elle était excitée « même maintenant », or cette sale petite fouineuse de Michelle l'avait trouvé en fouillant dans les poches de la veste de son frère. La petite garce l'avait fait chanter – dix dollars pour ne pas le dire à m'man – et lorsque Ben s'était plaint à Diondra, elle avait piqué une crise de tous les diables. « Ta saloperie de petite sœur pourrait nous balancer à n'importe quel moment, et tu crois que c'est pas grave ? C'est ta faute, Ben. T'as merdé. » Diondra flippait comme une malade que Michelle pige Dieu sait comment qu'elle était enceinte à cause de ces deux petits mots – « même maintenant » – et qu'ils se fassent démasquer, et « par une foutue gamine de dix ans, trop la classe ».

« Non, elle n'en a pas reparlé. »

C'était un mensonge : la veille encore, Michelle l'avait interpellé puis elle avait secoué ses hanches et lui avait dit d'une voix aguicheuse : « Hé, Beee-eeen, comment va ta vie sex-ueeeelle ? » C'était vraiment une petite merdeuse. Elle l'avait déjà fait chanter auparavant – pour des corvées ménagères qu'il avait négligées, des trucs qu'il avait grignotés sans permission dans le frigo. Des broutilles. C'étaient toujours des petites conneries de rien du tout, comme si elle était là juste pour rappeler à Ben à quel point la vie était médiocre. Avec le fric qu'il lui filait, elle s'achetait des beignets à la confiture.

Dans la pièce voisine, Trey renâcla bruyamment puis cracha avec un grand « splassshhhh » visqueux. Ben voyait parfaitement le mollard jaune coulant le long de la vitre de la porte coulissante, et les chiens en train de le lécher. C'était une habitude pour Trey et Diondra : ils balançaient des mollards partout. Parfois, Trey mollardait directement en l'air et les chiens attrapaient au vol son glaviot dans leurs gueules baveuses. « C'est juste des sécrétions corporelles qui vont dans un autre corps, disait Diondra. T'as balancé des sécrétions corporelles dans mon corps, et ça avait pas l'air de te choquer plus que ça. »

Alors que le son de la télé enflait de plus en plus dans la salle de jeux – « Finissez, vous deux, je m'emmerde » –, Ben essaya de trouver ce qu'il fallait dire. Il pensait parfois qu'il ne disait jamais rien à Diondra qui soit de la parole pure, c'était une constante lutte verbale pour essayer de parer son agacement permanent, dire ce qu'elle voulait entendre. Mais il l'aimait, il l'aimait vraiment, et c'était ça que les hommes faisaient pour leurs nanas : ils leur disaient ce qu'elles voulaient entendre et la bouclaient. Il avait mis Diondra en cloque, et maintenant elle le possédait, et il devait assumer son rôle auprès d'elle. Il allait devoir quitter le lycée et prendre un boulot à plein temps, ce qui ne poserait pas problème. Un gamin qu'il connaissait avait laissé tomber les études l'année précédente, il bossait à présent dans une usine de briques près d'Abilene et se faisait douze mille dollars par an. Ben ne pouvait même pas imaginer comment dépenser une telle somme. Donc il quit-

307

terait l'école, ce qui était aussi bien, étant donné les conneries, quelles qu'elles soient, que Diondra pensait avoir entendues sur Krissi Cates.

C'était bizarre, au début cela l'avait rendu extrêmement nerveux, que de telles rumeurs circulent, puis quelque part il s'était mis à en tirer une certaine fierté. Même si c'était une gamine, c'était une des gamines les plus cool de l'école. Même certains lycéens la connaissaient, les filles plus âgées s'intéressaient à elle, à cette jolie petite fille bien éduquée, donc c'était assez chic qu'elle ait le béguin pour lui, et il était sûr que ce que venait de lui raconter Diondra n'était que le fruit de ses exagérations coutumières. Hystérique, elle l'était parfois.

« Hé, y a quelqu'un ? Essaie de rester avec moi. J'ai dit que je pense qu'il faut qu'on quitte la ville.

— Alors on quittera la ville. » Il essaya de l'embrasser mais elle le repoussa.

« Vraiment, tu crois que c'est si facile ? Où on va aller, comment tu vas faire pour nous entretenir ? J'aurai plus mon argent de poche, tu sais. Il faudra que tu trouves un boulot.

— Je trouverai un boulot, dans ce cas. Et ton oncle ou ton cousin, ou je sais plus qui, à Wichita ? »

Elle le regarda comme s'il avait perdu la boule.

« Celui qu'a le magasin de sport ? insista-t-il.

— Tu peux pas travailler là-bas, tu as quinze ans. Tu sais pas conduire. En réalité, je pense même pas que tu peux prendre un vrai boulot sans l'accord de ta mère. Quand est-ce que tu vas avoir seize ans, déjà ?

— Le 13 juillet », dit-il. Il eut aussi honte que s'il venait de lui avouer qu'il s'était pissé dessus.

Elle fondit en sanglots. « Oh mon Dieu, oh mon Dieu, qu'est-ce qu'on va faire ?

— Ton cousin peut pas nous aider ?

– C'est mon oncle, et il répétera tout à mes parents. Tu parles d'une aide. »

Elle se leva et se mit à arpenter la pièce, nue. Le renflement de son ventre semblait si dangereusement en déséquilibre que Ben eut envie d'aller glisser la main dessous, et songea à quel point elle allait encore grossir. Elle ne mit même pas de vêtements pour aller prendre sa douche, bien que Trey ait une vue plongeante sur le couloir, s'il était toujours sur le canapé. Il entendit le son guttural de la douche qui s'enclenchait. Fin de la discussion. Il s'essuya avec une serviette moisie qui traînait à côté du panier de linge sale de Diondra, puis se glissa de nouveau dans son pantalon de cuir et son tee-shirt à rayures et s'assit sur le rebord du lit. Il essaya de deviner quel commentaire insolent allait inventer Trey quand ils allaient revenir dans la salle de jeux.

Quelques minutes plus tard, Diondra entra en coup de vent dans la chambre, drapée d'une serviette rouge, les cheveux mouillés. Sans le regarder, elle s'assit devant le miroir de la coiffeuse. Elle fit jaillir la valeur d'une énorme crotte de chien de mousse coiffante dans sa paume, et l'écrasa dans ses cheveux, puis dirigea le séchoir vers chaque mèche, recommençant la même manœuvre plusieurs fois.

Il ne savait pas trop s'il était censé sortir ou non, du coup il resta, assis en silence sur le lit, essayant d'attirer son attention. Elle se versa du fond de teint sombre dans la paume, à la façon d'un artiste qui mélange ses couleurs, et se l'appliqua sur le visage avec des mouvements circulaires. Certaines filles la traitaient de pot de peinture, il les avait entendues, mais lui, il aimait ça, ce visage bronzé et lisse, même si son cou avait parfois l'air plus blanc que le reste, comme la glace à la vanille sous le coulis au caramel. Elle mit trois couches de mascara – elle disait toujours qu'il en fallait trois, une pour assombrir, une pour épaissir et une pour le théâtre. Puis elle attaqua le rouge à lèvres : couche inférieure, couche supérieure, gloss. Elle surprit son regard et s'arrêta, pressant ses lèvres contre de petits triangles ouatés où elle imprimait des marques collantes de baiser.

« Il faut que tu demandes de l'argent à Runner, dit-elle en le regardant dans le miroir.

— Mon père ?

— Ouais, il a du fric, non ? Trey lui achète tout le temps de la beuh. » Elle laissa tomber sa serviette, se dirigea vers son tiroir à sous-vêtements, un magma de dentelles et de satin de couleurs vives, et farfouilla jusqu'à ce qu'elle pêche un slip et un soutien-gorge rose vif avec des bords en dentelle noire, le genre de trucs que portent les filles de saloon dans les westerns.

« T'es sûre qu'on parle du même ? demanda-t-il. Mon père, il fait genre du bricolage. Ouvrier agricole. Il travaille dans les fermes, des trucs comme ça. »

Diondra le regarda en roulant des yeux tout en tirant sur l'arrière de son soutien-gorge. Ses nichons débordaient de partout, au-dessus des bonnets, sous les crochets, impossibles à manier et ovoïdes. Elle finit par lâcher le soutien-gorge et le balancer à l'autre bout de la pièce : « Putain, il me faut une saloperie de soutif qui me va ! » Elle lui jeta un regard noir. Puis son slip commença à se rouler sur lui-même, glissa sur son ventre, et rentra dans le pli de ses fesses. Aucun de ses dessous sexy ne lui allait plus. *Elle a engraissé*, pensa Ben. Puis il se corrigea : *elle est enceinte*.

« T'es sérieux ? Tu ne sais pas que ton propre père est dealer ? Trey et moi, on lui a acheté un truc la semaine dernière. » Elle jeta le slip, puis mit un autre soutien-gorge, un soutien-gorge moche et banal, et un nouveau jean en ronchonnant sur sa taille.

Ben n'avait jamais acheté de drogue lui-même auparavant. Il fumait beaucoup avec Trey et Diondra, ou avec tous ceux de la bande qui avaient de l'herbe, et il lui était arrivé de mettre un ou deux dollars dans une commande groupée, mais quand il s'imaginait un dealer, il voyait un type avec les cheveux gominés et des bijoux, pas son père, avec sa vieille casquette des Royals, ses bottes de cow-boy à talonnettes et ses chemises fanées. Pas son père, certainement pas son père. Et les dealers n'étaient-ils pas censés avoir du fric ? Ça, son père n'avait pas de fric, aucun doute là-dessus, par conséquent tout ce baratin était stupide. Et même s'il était dealer et qu'il avait de l'argent, il n'en donnerait pas à Ben. Il se moquerait de lui pour avoir demandé, peut-être même qu'il lui agiterait un billet de vingt sous le nez, juste hors de sa portée, comme une petite brute qui s'empare du cahier d'un pauvre gusse au lycée. Il rigolerait un bon coup et le remettrait direct dans la poche de son pantalon. Runner n'avait jamais de portefeuille, il se baladait juste avec des billets déchirés dans la poche avant de son jean ; est-ce que ça ne suffisait pas à prouver qu'il n'avait pas de thune ?

« Trey ! » cria Diondra dans le couloir. Elle enfila un nouveau pull à motifs géométriques bizarroïdes. Elle arracha les étiquettes et les jeta par terre, puis sortit brusquement de la chambre. Ben se retrouva seul à fixer les posters de rock, les posters d'astrologie (Diondra était Scorpion, elle prenait ça très au sérieux), les boules de cristal et les livres sur la numérologie. Tout autour de son miroir étaient agrafés des petits bouquets desséchés, flétris, souvenirs de bals où Ben ne l'avait pas emmenée. Ils venaient principalement de ce terminale de Hiawatha, Gary, que même Trey prenait pour un con. Trey, bien sûr, le connaissait.

Les bouquets mettaient Ben mal à l'aise. On aurait dit des organes, avec leurs replis et leurs tortillons, leur couleur rose et mauve. Ils lui rappelaient les boules de chair puantes qui l'attendaient dans son casier à l'instant même, un cadeau horrible que lui avait laissé Diondra – surprise! –, les organes femelles d'un animal, dont elle avait refusé de révéler la provenance. Elle laissait entendre que c'était un sacrifice sanglant qu'elle avait perpétré avec Trey. Ben supposait que c'étaient simplement les restes d'une expérience en cours de sciences nat. Elle adorait le faire flipper. Lorsque sa classe avait disséqué des porcelets, elle lui avait apporté une queue en tire-bouchon, elle trouvait ça désopilant. Ça n'était pas désopilant, c'était juste immonde. Il se leva et rejoignit la grande pièce.

« Pauvre merdeux, lui lança Trey du canapé, où il venait d'allumer un joint, sans quitter des yeux les clips. T'es pas au courant pour ton père? Sans déconner, mec. » Le ventre dénudé de Trey était presque concave, mais musculeux, parfait, bronzé. L'opposé du ventre tendre, blanc et doux de Ben. Trey avait roulé en boule le tee-shirt que Diondra lui avait offert et se l'était fourré sous la tête.

« Tiens, pauvre crevard. » Il tendit le pétard à Ben, qui en prit une longue bouffée qui lui anesthésia aussitôt l'arrière de la tête. « Hé, Ben, il faut combien de bébés pour peindre une maison? »

Annihilation.

Voilà qu'il était de retour, ce mot. Ben se représenta des hordes barbares déboulant de la grande cheminée de pierre pour arracher la tête de Trey à coups de hache, juste au milieu d'une de ses putains de blagues sur les bébés morts. La tête roulerait sur les merdes de chien et s'arrêterait juste à côté d'un des escarpins de Diondra. Et puis ensuite peut-être que Diondra mourrait à son tour. Et merde à tout ça. Ben prit une autre bouffée, qui lui fit passer un vent glacé dans le cerveau. Il rendit le joint à Trey. Le plus gros clébard de Diondra, le blanc, se glissa vers lui et le fixa d'un œil implacable.

« Ça dépend de la force avec laquelle tu les lances, dit Trey. Pourquoi faut-il mettre les pieds en premier quand on passe un bébé au mixeur ?

– Je suis sérieuse, Trey, intervint Diondra, poursuivant une conversation dont Ben avait manqué le début. Il veut pas croire que son père deale.

– Ben on va voir la réaction. Hé, Ben ? T'es en train de fumer le matos de ton père, mon pote, dit Trey, se tournant finalement vers lui. C'est de la merde. Forte, mais merdique. C'est comme ça qu'on sait que ton père a du fric. Il prend trop cher, mais personne d'autre n'a rien en ce moment. Je crois qu'il a dit qu'il l'avait chopée au Texas. Il est allé au Texas récemment ? »

Runner avait disparu de la vie de Ben après que Patty l'eut flanqué à la porte. Pour ce qu'il en savait, il aurait pu être parti au Texas cent fois. Bon sang, on pouvait faire l'aller-retour dans la journée en roulant bien, alors pourquoi pas ?

« Y a plus que du carton, dit Trey en s'étranglant sur le pétard. En tout cas, il me doit du fric, comme tout le monde dans cette ville. Ils adorent parier, tous autant qu'ils sont, mais ils ne veulent jamais payer.

– Hé, j'en ai même pas eu », fit Diondra d'un ton boudeur. Elle se détourna et commença à passer en revue les placards – le living du sous-sol avait aussi une minicuisine, imaginez un peu, avoir besoin d'une pièce à part pour toutes vos cochonneries à manger –, puis ouvrit le frigo, se prit une bière, sans demander à Ben s'il en voulait une. Ben vit l'intérieur de ce frigo, qui était plein de nourriture le mois précédent, et dans lequel il ne restait plus que de la bière et un gros pot où un unique cornichon flottait comme un étron.

« Tu m'attrapes une bière, Diondra ? » lança-t-il, agacé.

Elle redressa la tête dans un mouvement de défi puis lui passa la sienne, retourna au frigo et s'en sortit une autre.

« Alors on n'a qu'à aller trouver Runner, on aura de l'herbe et du fric, dit Diondra, se glissant sur la chaise de Ben en l'enlaçant. Comme ça, on pourra se tirer de Dodge pour de bon. »

Ben regarda cet œil bleu, cet œil brillant – on aurait pu croire que Diondra le regardait toujours de côté, il ne voyait jamais ses deux yeux en même temps – et pour la première fois il ressentit vraiment une frousse terrible. Il ne pouvait même pas abandonner le lycée sans l'accord de sa mère avant d'avoir seize ans. Et encore moins dégotter un boulot à l'usine de briques ou n'importe quel truc qui lui rapporte assez d'argent pour que Diondra ne le déteste pas et ne pousse pas des soupirs exaspérés quand il rentrerait le soir. Car à présent, c'était ça qu'il voyait devant eux : pas même ce petit appartement à Wichita, mais une usine quelconque près de la frontière de l'État, près de l'Oklahoma, là où les salaires étaient vraiment bas, où on travaillait seize heures par jour, où on travaillait le week-end, et Diondra coincée avec le bébé qu'elle détesterait. Elle n'avait pas l'instinct maternel, elle ne se lèverait pas quand il pleurerait, elle oublierait de le nourrir, elle sortirait se biturer avec des mecs qu'elle aurait rencontrés – elle rencontrait tout le temps des mecs, au centre commercial, à la station-essence, au cinéma – et laisserait le bébé tout seul dans la piaule. *Qu'est-ce que tu veux qu'il lui arrive, c'est qu'un bébé, il va pas s'envoler !* Il l'entendait d'ici. En plus, c'était lui qui passerait pour un salaud. Le pauvre salaud. Le pauvre crétin qui n'était pas capable d'assurer.

« OK », dit-il, pensant que, une fois dehors, l'idée leur sortirait de la tête. Lui-même avait presque oublié, déjà. Son cerveau se recroquevillait, devenait cotonneux. Il avait envie de rentrer chez lui.

Aussitôt Trey se leva en agitant ses clés de bagnole – « Je sais où le trouver » – et sans transition ils se retrouvèrent dehors dans le froid, à piétiner lourdement la neige et la glace. Diondra demanda son bras à Ben pour ne pas tomber, et Ben pensa : *Mais si elle tombait ? Et si elle tombait et mourait, ou perdait le bébé ?* Il avait entendu des filles à l'école dire que si on mangeait un citron par jour, on faisait une fausse couche. Il avait pensé à presser en douce des citrons dans les Coca light de Diondra, mais il avait réalisé que ce n'était pas bien, de le faire à son insu. N'empêche, si elle tombait ? Elle ne tomba pas, et ils se retrouvèrent dans l'engin de Trey. Le chauffage leur soufflait dessus, et Ben était sur le siège arrière, comme toujours – c'était à peine un siège arrière, à vrai dire, seul un gamin pouvait loger là, aussi ses genoux étaient écrasés de traviole contre sa poitrine –, lorsqu'il repéra une frite en forme de petit doigt ratatiné sur le siège à côté de lui. Il se l'enfourna dans la bouche et, au lieu de vérifier que personne ne l'avait vu, il en chercha d'autres, ce qui signifiait qu'il était affreusement défoncé et qu'il avait une faim de loup.

Libby Day
Aujourd'hui

Quand j'étais à l'école primaire, mes psys ont essayé de trouver des débouchés positifs pour canaliser mon agressivité, alors on m'a fait faire des découpages. Je découpais des tissus lourds et bon marché que Diane achetait par rouleaux. Je les fendais avec des vieux ciseaux en métal que j'actionnais de haut en bas : *j'te déteste, j'te déteste, j'te déteste.* Ah ! le doux chuintement du tissu en train de se scinder en deux, et enfin ce dernier moment, le moment parfait, celui où votre pouce s'endolorit et où vos épaules vous font mal à force de se courber pour couper, couper, couper… et vlan, vous avez soudain deux morceaux de tissu entre les mains, comme un rideau ouvert. Et puis après ? C'était la sensation que j'éprouvais à présent : j'avais l'impression d'avoir cisaillé quelque chose sans relâche, d'en être venue à bout, et de me retrouver toute seule de nouveau, dans ma petite maison, sans boulot, sans famille, avec deux bouts de tissu dont je ne savais que faire.

Ben mentait. J'aurais voulu que ce ne soit pas vrai mais c'était indéniable. Pourquoi mentir sur un sujet aussi insignifiant qu'une petite amie de lycée ? Mes pensées se couraient après comme des oiseaux coincés dans un grenier. Peut-être que Ben disait la vérité, et que le mot de Diondra ne lui était vraiment pas destiné, qu'il faisait partie des vestiges désordonnés inévitables dans une maison pleine d'écoliers. Bon Dieu, Michelle avait très bien pu le récupérer dans une poubelle après qu'un type de terminale l'y aurait jeté, ça l'aurait bien servie pour ses petits chantages constants.

Ou peut-être que Ben connaissait Diondra, qu'il aimait Diondra, et qu'il essayait de garder le secret parce que Diondra était morte.

Il l'avait tuée la même nuit qu'il avait tué notre famille, dans ses sacrifices sataniques, et l'avait enterrée quelque part dans la vieille plaine immense du Kansas. Le Ben qui m'effrayait était de retour dans ma tête : je voyais un feu de camp, de l'alcool coulait à flots, Diondra, la Diondra de l'almanach, riait en faisant tressauter ses cheveux bouclés, les yeux fermés, ou chantait, la lueur orangée du feu sur le visage, et Ben, debout derrière elle, brandissait délicatement une pelle, les yeux fixés sur le sommet de sa tête...

Où étaient les autres gamins de la secte, le reste de la bande de satanistes ? S'il existait un cercle de pâles jeunes gens aux yeux de biche qui avaient recruté Ben, où étaient-ils ? J'avais lu désormais la moindre bribe d'information concernant le procès. La police n'avait jamais trouvé le moindre individu susceptible d'avoir pratiqué le satanisme avec Ben. Tous les fumeurs de joints aux cheveux en pétard qui en pinçaient pour le diable à Kinnakee s'étaient retransformés en gamins de la campagne aux joues roses dans les jours qui avaient suivi l'arrestation de Ben. Comme c'était commode. Deux « consommateurs réguliers » d'un peu plus de vingt ans avaient témoigné au procès que Ben était passé le jour des meurtres dans un entrepôt désaffecté où ils avaient l'habitude de se retrouver. Ils avaient raconté qu'il avait poussé un cri démoniaque lorsque l'un d'entre eux avait joué un chant de Noël. Ils avaient affirmé qu'il leur avait dit qu'il allait faire un sacrifice, puis qu'il était parti avec un type nommé Trey Teepano, lequel soi-disant mutilait du bétail et adorait le diable. Teepano avait témoigné qu'il ne connaissait que vaguement Ben. Il avait un alibi pour l'heure des meurtres : son père, Greg Teepano, avait attesté que Trey se trouvait chez lui à Wamego, à plus de cent kilomètres de là.

Alors peut-être que Ben était devenu dingue sans l'aide de personne. Ou peut-être qu'il était innocent. Une fois de plus les oiseaux se sont cognés contre les parois du grenier. Et pif et paf et patatras. Cela faisait sans doute des heures que j'étais prostrée sur mon canapé à me demander que faire lorsque j'ai entendu le pas lourd de mon facteur monter les marches. Ma mère nous faisait toujours confectionner des cookies de Noël pour le facteur. Mais mon facteur, ou ma factrice, changeait toutes les quelques semaines. Pas de cookies.

J'avais trois courriers me proposant des cartes de crédit, une facture appartenant à un dénommé Matt qui vivait dans une rue fort éloignée de chez moi et une enveloppe tellement molle et ridée qu'on aurait dit un tee-shirt sale. Une enveloppe usagée. Le nom et l'adresse de quelqu'un d'autre avaient été rayés avec un marqueur noir, et le mien écrit dans l'espace exigu en dessous. Mme Libby Day.

C'était une lettre de Runner.

Je suis montée à l'étage pour la lire, assise sur le rebord de mon lit. Puis, comme je fais toujours quand mes nerfs me jouent des tours, je me suis recroquevillée dans un petit espace, en l'occurrence l'interstice entre mon lit et la table de nuit. J'ai sorti de l'enveloppe sale une feuille de papier à lettres d'un goût douteux, bordée de roses. L'écriture de mon père semblait grouiller dessus : avec sa graphie minuscule, frénétique et pointue, on aurait dit qu'une centaine d'araignées avaient été écrasées sur la page.

Chère Libby,

Eh bien, Libby, c'est sûr que nous en sommes à un drôle de stade après toutes ces années. Moi en tout cas. Je n'aurais jamais pensé être un jour si vieux, si fatigué et solitaire. J'ai un cancer. Les médecins disent qu'il ne me reste que quelques mois. Ça ne me dérange pas, je suis là depuis plus longtemps que je ne le mérite de toute façon. Alors j'ai été très content d'avoir de tes nouvelles. Écoute, je sais qu'on n'a jamais été proches. J'étais très jeune quand on t'a eue, et je n'ai pas été le meilleur père du monde, même si j'ai essayé de te nourrir et d'être présent quand j'ai pu. Ta mère a rendu ça difficile. J'étais immature et elle l'était encore plus. Puis les meurtres m'ont porté un coup terrible. Et voilà. Il faut que je te dise – et, je t'en prie, ne me sermonne pas pour ne pas l'avoir fait plus tôt. Je sais que j'aurais dû le faire plus tôt. Mais entre mes problèmes de jeu et mes problèmes d'alcool, j'ai eu du mal à affronter mes démons. Je sais qui est le véritable auteur des meurtres de cette nuit-là, et je sais que ce n'est pas Ben. Je vais dire la vérité avant de mourir. Si tu peux m'envoyer un peu d'argent, je serai heureux de te rendre visite pour t'en dire plus. Cinq cents dollars devraient faire l'affaire. J'attends de tes nouvelles avec impatience.

Runner « Dad » Day
12 Donneran Rd.
Foyer pour hommes Bert Nolan
Lidgerwood
PS : Demande le code postal à quelqu'un, je ne le connais pas.

J'ai attrapé le pied étroit de ma lampe de chevet et j'ai balancé violemment le tout à travers la pièce. La lampe s'est élevée d'un petit mètre avant que le cordon ne stoppe sa course et qu'elle ne retombe sur le sol. Je me suis précipitée dessus, l'ai arrachée de la prise et jetée de nouveau. Elle est allée heurter le mur, l'abat-jour s'est détaché et est allé rouler comme un ivrogne sur le sol. L'ampoule explosée en jaillissait telle une dent cassée.

« Je t'emmerde », j'ai crié. C'était dirigé aussi bien contre moi que contre mon père. À ce stade de mon existence, compter sur Runner pour se comporter correctement témoignait d'une stupidité effarante. La lettre n'était qu'une grande paume bien longue qui se tendait par-dessus les kilomètres pour demander une aumône à un pigeon comme un autre. Si je raquais ces cinq cents dollars, je n'entendrais plus jamais parler de Runner, jusqu'à la prochaine fois que je voudrais de l'aide ou des réponses, et il me baratinerait alors une fois de plus. Moi, sa fille.

J'allais me rendre en Oklahoma. J'ai donné deux coups de pied dans le mur, assez fort pour faire trembler les fenêtres, et je m'apprêtais à balancer un troisième coup de latte bien senti quand la sonnette a retenti au rez-de-chaussée. Par un automatisme, j'ai regardé dehors mais, de l'étage, je ne distinguais que la cime d'un sycomore et le ciel du crépuscule. Je suis restée immobile, attendant que le visiteur passe son chemin, mais la sonnette a repris de plus belle, cinq fois de suite. Grâce à ma crise de rage, l'inconnu dehors savait que j'étais là.

J'étais habillée comme ma mère en hiver : un grand sweat-shirt informe, un caleçon long bon marché extra-large, d'épaisses chaussettes en laine grossière. Je me suis tournée vers le placard une seconde, puis la sonnette a retenti de nouveau et j'ai décidé que je m'en fichais.

Ma porte ne comportait pas de judas, donc je ne pouvais pas voir qui c'était. J'ai mis la chaînette et entrouvert la porte sur l'arrière d'une tête, une masse châtaine emmêlée. Krissi Cates s'est retournée pour me faire face.

« Elles sont pas très polies, ces vieilles dames, en face », elle a dit, puis elle leur a fait un signe de la main appuyé, du même genre que celui que je leur avais fait la semaine précédente, le genre de grand signe qui veut dire je vous emmerde. « Sérieusement, hé ho, personne ne leur a jamais dit que ce n'est pas poli de fixer les gens ? »

Je continuais de la regarder par l'entrebâillement de la porte, me sentant moi-même un peu comme une vieille dame.

« J'ai eu votre adresse de l'autre fois, quand vous êtes venue au club, elle a dit, s'inclinant pour être à la hauteur de mes yeux. En fait, je n'ai pas encore l'argent. Heu, mais j'espérais pouvoir vous parler. Je n'en reviens pas de ne pas vous avoir reconnue l'autre soir. Je bois beaucoup, beaucoup trop. » Elle a dit ça sans fausse pudeur, comme quelqu'un dirait qu'il a une allergie au gluten. « Votre maison est vraiment difficile à trouver. Et cette fois, je n'ai rien bu, pourtant. Mais je n'ai jamais eu le sens de l'orientation. Genre, si j'arrive à un embranchement sur la route, et que j'ai le choix entre la gauche et la droite, je vais systématiquement me tromper. C'est que… je devrais juste me fier à mon instinct, mais je fais le contraire. Mais je ne sais pas. Je ne sais pas pourquoi. »

Elle ne cessait de parler, d'aligner des phrases les unes après les autres sans demander à entrer. C'est probablement pour ça que je lui ai ouvert la porte.

Elle s'est avancée respectueusement, les mains jointes, comme une fille bien élevée, essayant de trouver quelque chose à complimenter dans mon bazar. Ses yeux se sont finalement illuminés en s'arrêtant sur le carton de crèmes à côté de la télé.

« Oh, je suis complètement accro aux crèmes, moi aussi. En ce moment je ne peux pas me passer d'une crème parfumée à la poire, mais vous avez déjà essayé la crème pour les pis ? Celle qu'on met aux vaches à lait ? Genre, sur leur pis ? Elle est superonctueuse, et on la trouve dans n'importe quel drugstore. »

J'ai secoué vaguement la tête et lui ai proposé un café, même s'il ne me restait que quelques granules de lyophilisé.

« Mmmmmm, je m'en veux de vous demander ça, mais vous avez pas un truc à boire ? La route a été longue. »

Nous avons toutes deux fait comme si c'était à cause du trajet, comme si deux heures de route constituaient indiscutablement un motif de boire un coup. Je suis allée dans la cuisine dans l'espoir qu'une canette de Sprite apparaisse au fond du frigo.

« J'ai du gin, mais rien pour aller avec, je lui ai lancé.

– Oh, c'est pas grave, elle a répondu. Pur, c'est parfait. »

Je n'avais pas non plus de glaçons – j'ai du mal à m'obliger à remplir le bac – alors je nous ai versé deux verres de gin à température ambiante. Quand je suis revenue dans la pièce, elle fouinait près de mon carton de crèmes. Je pariais qu'elle avait déjà fourré quelques minibouteilles dans sa poche. Elle portait un tailleur-pantalon noir avec un col roulé rose pâle, un look qui trahissait douloureusement ses inaccessibles rêves d'embourgeoisement. Elle pouvait bien garder les crèmes.

En lui tendant le verre, j'ai remarqué qu'elle avait assorti son vernis à ongles à son pull, puis je l'ai surprise en train de zyeuter mon doigt manquant.

« Est-ce que ça vient de… ? » elle a commencé. C'était la première fois que je la voyais laisser une phrase en suspens. J'ai hoché la tête.

« Alors ? » j'ai dit, aussi gentiment que j'ai pu. Elle a pris une inspiration et s'est installée sur le canapé, avec des gestes aussi délicats que si elle était invitée à prendre le thé dans une maison chic. Je me suis assise à côté d'elle. J'ai d'abord croisé les jambes étroitement mais me suis forcée à les décroiser.

« Je ne sais même pas comment dire ça, a-t-elle commencé après une gorgée de gin.

– Dites-le, c'est tout.

– C'est juste que quand j'ai réalisé qui vous étiez… Après tout, vous êtes venue *chez moi* ce jour-là.

– Je ne suis jamais allée chez vous, j'ai dit, troublée. Je ne sais même pas où vous habitez.

– Non, pas maintenant, à l'époque. Le jour où votre famille a été tuée, vous êtes venue chez moi avec votre mère.

– Mmmmm », j'ai fait. J'ai plissé les yeux, j'ai essayé de réfléchir. Ce jour-là n'avait pas été si terrible que ça, je savais que Ben avait des ennuis, mais je ne connaissais ni leur cause ni leur gravité. Ma mère nous avait toutes protégées de sa panique croissante. Mais ce jour-là… je me rappelle être partie avec ma mère et Diane à la recherche de Ben. Ben avait des ennuis et donc nous étions parties le chercher. J'étais assise sur le siège arrière, toute seule, sans personne pour m'embêter, contente de ma position. Je me rappelle mon visage brûlé par le salami frit de Michelle. Je me rappelle être entrée dans une maison pleine d'agitation, un goûter d'anniversaire où ma mère pensait que Ben serait peut-être. Quelque chose comme ça. Je me rappelle avoir mangé un donut. Nous n'avions pas trouvé Ben.

« Peu importe, a repris Krissi. C'est juste que je… avec tout ce qui s'est passé, j'ai oublié. Vous, je vous ai oubliée. Je peux en avoir un autre ? » Elle m'a tendu son verre avec brusquerie, comme si cela faisait long-temps qu'il était vide. Je l'ai rempli à ras bord pour qu'elle continue son histoire.

Elle a pris une gorgée, a frissonné. « Vous voulez aller quelque part ?

— Non, non, dites-moi de quoi il retourne.

— Je vous ai menti, a-t-elle lâché tout à trac.

— Sur quelle partie ?

— Ben ne m'a jamais agressée.

— Je n'y croyais pas, j'ai dit en essayant d'éviter d'être brutale.

— Et il n'a en aucun cas agressé les autres filles.

— Non, elles sont toutes revenues sur leur témoi-gnage, sauf vous. »

Elle s'est décalée sur le canapé, ses yeux ont roulé sur la droite, et j'ai vu qu'elle se souvenait de sa mai-son, de sa vie à l'époque.

« Le reste était vrai, a-t-elle dit. J'étais une jolie petite fille, on avait de l'argent, j'étais bonne à l'école, bonne en danse classique… Je me répète toujours : si seulement je n'avais pas raconté ce stupide mensonge. Ce fichu mensonge, s'il n'était pas sorti de ma bouche la première fois, ma vie serait complètement différente. Je serais femme au foyer, sans doute, j'aurais ma propre salle de danse ou un truc dans le genre. » Elle a passé un doigt sur son ventre, là où je savais que se trouvait la cicatrice de la césarienne.

« Vous avez des enfants, quand même, non ? j'ai dit.

– En quelque sorte », elle a répliqué avec une moue. Je n'ai pas insisté.

« Alors qu'est-ce qui s'est passé? Comment ça a commencé? » j'ai demandé. Je n'arrivais pas à comprendre la portée du mensonge de Krissi, de ce qu'il nous avait fait ce jour-là. Mais elle semblait énorme, liée à tout le reste – « pleine de ramifications », pour citer Lyle. Si les flics voulaient parler à Ben ce jour-là, à cause de ce que Krissi avait raconté, cela avait un sens. C'était forcé.

« Eh bien, vous comprenez, j'étais amoureuse de lui. Super amoureuse. Et je sais que Ben m'aimait bien aussi. On passait du temps ensemble, d'une manière – et là je suis tout à fait sérieuse – qui n'était probablement pas convenable. Bien sûr, je sais que c'était un gamin aussi, mais il aurait dû être assez grand pour... éviter de m'encourager. On s'est embrassés un jour, et ça a tout changé...

– Vous l'avez embrassé.

– Nous nous sommes embrassés.

– Comment?

– De manière déplacée, comme des adultes. D'une façon dont je ne voudrais certainement pas que ma fille de sixième se fasse embrasser par un ado. »

Je ne l'ai pas crue.

« Continuez, j'ai dit.

– Environ une semaine après, je suis allée à une soirée pyjama pendant les vacances de Noël, et j'ai parlé aux filles de mon petit ami lycéen. Toute fière. J'ai inventé des trucs qu'on aurait faits, des trucs sexuels. Et l'une d'elles l'a répété à sa mère, qui a appelé ma mère. Je m'en souviens encore, de ce coup de fil. Je me souviens de ma mère qui parlait au téléphone pendant que moi j'attendais dans ma chambre qu'elle vienne me hurler dessus. Elle était toujours en colère. Mais quand elle est venue dans ma chambre, elle était genre gentille. "Chérie" par-ci et "Mon cœur" par-là, elle m'a pris la main, vous voyez le genre : "Tu peux me faire confiance, on va résoudre ça ensemble", et elle m'a demandé si Ben m'avait touchée bizarrement.

– Et vous avez répondu quoi ?

– Eh bien, j'ai commencé par parler du baiser, et c'est tout ce que je voulais dire au départ. Juste la vérité. Mais à ce moment-là, elle a eu l'air sur le point de s'en aller, genre "Ah bon, c'est pas si grave. Pas de problème." Je me souviens qu'elle a insisté : "C'est tout ? C'est tout ce qu'il y a eu ?" Comme si elle était déçue, presque, alors tout d'un coup, je me rappelle, elle était déjà en train de se lever, alors j'ai lâché ça : "Il m'a touchée là. Il m'a fait faire des trucs." Et là, elle s'est rassise.

– Et ensuite ?

– Ça a fait boule de neige. Ma mère l'a répété à mon père quand il est rentré, et il a été aux petits soins pour moi : "Oh mon bébé, ma pauvre petite fille", puis ils ont appelé l'école et l'école a envoyé un, euh, un psychologue pour enfants, un truc comme ça. C'était une espèce d'étudiant, et il a rendu impossible de dire la vérité. Il voulait absolument croire que j'avais été agressée. »

Je l'ai regardée en fronçant les sourcils.

« Je suis sérieuse. Parce que je me souviens, je m'apprêtais à lui dire la vérité pour qu'il l'annonce à mes parents mais… il demandait si Ben m'avait fait faire des choses, sexuellement, et je répondais que non mais lui, genre, il me harcelait méchamment. "Tu m'as l'air d'être une fille intelligente et courageuse, je compte sur toi pour me dire ce qui s'est passé. Ah ! comme ça, il ne s'est rien passé ? Mince alors, je pensais que tu étais plus courageuse que ça. J'espérais vraiment que tu serais assez courageuse pour m'aider là-dessus. Peut-être que tu peux me dire si au moins tu te souviens de ce genre de caresses ou si Ben t'a dit telle chose? Est-ce que tu te souviens d'avoir joué un jeu comme ça, est-ce que tu peux me dire si tu te rappelles au moins ça? Voilà, c'est bien. Je savais que tu pouvais y arriver. Tu es une fillette très intelligente et très gentille." Et je ne sais pas, quand on a cet âge-là, si un groupe d'adultes vous affirment quelque chose ou vous encouragent, ça... ça a commencé à me sembler réel. Que Ben m'ait agressée... parce que sinon, pourquoi tous ces adultes essayaient-ils de me faire dire qu'il l'avait fait? Et mes parents étaient intraitables : "Il n'y a pas de mal à dire la vérité. Il n'y a pas de mal à dire la vérité." Et donc on finit par dire le mensonge qu'ils prennent pour la vérité. »

Je me rappelais mon propre psy, après les meurtres. Le Dr Brooner, qui portait toujours du bleu, ma couleur préférée, pour nos séances, et qui me donnait des sucreries quand je lui disais ce qu'il voulait entendre. « Raconte-moi quand tu as vu Ben avec ce fusil, quand il a tiré sur ta mère. Je sais que c'est très dur pour toi, Libby, mais si tu le dis, si tu le dis tout haut, tu vas aider ta maman et tes sœurs et tu vas t'aider toi-même à commencer à te remettre. Ne refoule pas ça, Libby, ne refoule pas la vérité. Tu peux nous aider à nous assurer que Ben sera puni pour ce qu'il a fait à ta famille. » Alors je faisais la petite fille courageuse, et je disais que j'avais vu Ben découper ma sœur, que j'avais vu Ben tuer ma mère. Et comme ça, j'avais droit au beurre de cacahuète avec de la confiture d'abricots, ma douceur préférée, que le Dr Brooner apportait toujours pour moi. Je crois qu'il était vraiment persuadé qu'il m'aidait.

« Ils essayaient de vous mettre à l'aise, ils pensaient que plus ils vous croiraient de façon inconditionnelle, plus facile ce serait pour vous, j'ai dit. Ils essayaient de vous aider, et vous essayiez de les aider. » Le Dr Brooner m'avait donné un pin's en forme d'étoile avec les mots Supersmart Superstar imprimés dessus après que j'ai enfoncé Ben lors de mon témoignage.

« Exactement ! a fait Krissi. Ce thérapeute, il m'aidait à, genre, visualiser des scènes entières. On mimait tout avec des poupées. Et ensuite il a commencé à interroger les autres filles, des filles qui n'avaient même pas embrassé Ben, et, vous comprenez, en l'espace d'à peine quelques jours, nous avons inventé tout un univers imaginaire où Ben était un adorateur du diable qui tuait des lapins et nous faisait manger leurs entrailles pendant qu'il abusait de nous, ce genre de trucs. Évidemment, c'était insensé. Mais c'était… marrant. Je sais que c'est affreux à dire mais, avec les autres filles, on s'est retrouvées pour une deuxième soirée pyjama. Eh bien, on s'est assises en cercle dans la chambre, et on s'est entraînées les unes les autres à inventer des histoires de plus en plus énormes et croustillantes et… vous avez déjà joué avec une planche Ouija ?

– Quand j'étais petite.

– Bien sûr ! Alors vous connaissez le truc, vous voulez que tout soit réel. Du coup, quand quelqu'un touche un peu la goutte en forme de cœur, vous savez qu'elle ne bouge pas toute seule, mais une partie de vous pense que c'est peut-être vrai, que c'est peut-être vraiment un fantôme, et personne n'a rien besoin de dire, vous savez intuitivement que vous êtes tombés d'accord pour croire.

– Mais vous n'avez jamais avoué la vérité.

– Je l'ai avouée à mes parents. Ce jour-là, le jour où vous êtes passée, ils avaient appelé les flics, toutes les filles étaient chez moi. Ils nous ont donné du gâteau. Franchement, c'est pas un peu tordu, ça ? Mes parents m'ont dit qu'ils allaient m'acheter un chiot pour que je me sente mieux, bordel. Puis les flics sont partis, les filles sont parties et le psy est parti, et moi, je suis montée dans ma chambre et j'ai fondu en larmes. Je crois que je n'ai réalisé qu'à ce moment-là. Je n'ai réfléchi qu'à ce moment-là.

— Mais vous avez dit que votre père était parti à la poursuite de Ben ?

— Nan, c'est juste une petite invention. » Après avoir dit ça, elle a de nouveau tourné les yeux vers l'autre côté de la pièce. « Quand je lui ai dit ? Mon père m'a secouée si fort que j'ai cru que ma tête allait tomber. Et après ces meurtres, toutes les filles ont paniqué, elles ont toutes avoué la vérité. On avait toutes l'impression d'avoir vraiment convoqué le diable. Comme si on avait inventé cette sale histoire sur Ben et qu'une partie de nos fariboles s'était réalisée.

— Mais votre famille a touché d'importantes indemnités de l'école.

— Ça ne faisait pas tant de fric que ça. » Elle a scruté le fond de son verre.

« N'empêche, vos parents ont poursuivi leurs démarches, après que vous leur avez avoué la vérité.

— Mon père était un homme d'affaires. Il pensait qu'on pourrait obtenir une espèce de, euh… compensation.

— Mais votre père savait donc, ce jour-là, que Ben ne vous avait pas agressée.

— Oui, il le savait », elle a dit, en faisant un petit mouvement de cou dans ma direction, comme un poulet, sur la défensive. Buck est arrivé et s'est frotté contre la jambe de son pantalon, ça a eu l'air de la calmer. Elle a passé ses ongles longs dans la fourrure de mon chat. « Nous avons déménagé cette année-là. Mon père disait que l'endroit était gâté. Mais l'argent n'a pas vraiment aidé. Il m'a quand même acheté un chien, mais à chaque fois que j'essayais de parler de ce chien, il levait la main, comme si c'était trop. Ma mère, elle ne m'a jamais pardonnée. Je rentrais, je lui racontais un truc qui s'était passé à l'école et... et elle disait juste : "Vraiment?" Comme si je mentais, quoi que je dise. J'aurais pu lui dire que j'avais mangé de la purée à midi, elle aurait fait : "Vraiment?", comme ça. Puis elle a cessé de parler. Quand je passais la porte en rentrant de l'école, elle me jetait un regard, elle se dirigeait vers la cuisine, elle se débouchait une bouteille de vin et elle se versait verre sur verre en errant dans la maison, sans parler. Elle secouait constamment la tête. Je me rappelle qu'une fois je lui ai dit que j'aurais voulu ne pas l'avoir rendue si triste mais elle a répliqué : "Eh bien, tu l'as fait pourtant." »

Krissi pleurait à présent, caressant le chat en rythme. « Et ça a été tout. À la fin de l'année ma mère était partie. Quand je suis rentrée de l'école un soir, sa chambre avait été vidée. » Elle a laissé tomber sa tête sur ses genoux, un mouvement enfantin et théâtral, les cheveux renversés. Je savais que j'étais censée lui tapoter le dos, l'apaiser, mais au lieu de ça je me suis contentée d'attendre et au bout d'un moment elle a levé les yeux sur moi.

« Personne ne me pardonne jamais rien », a-t-elle pleurniché, le menton tremblant. J'aurais voulu lui dire que je lui pardonnais, moi, mais c'était faux. Alors je lui ai juste versé un autre verre.

Patty Day
2 janvier 1985
18 h 11

Patty ne cessa de marmonner des excuses pendant que Lou Cates la traînait vers la porte. Soudain, elle se retrouva sur les marches du perron, dans l'air glacé, à cligner rapidement des yeux. Entre deux clignements d'yeux, avant qu'elle puisse articuler un seul mot, elle vit la porte se rouvrir de nouveau pour laisser passer un quinquagénaire. Il ferma la porte derrière lui et ils se retrouvèrent tous les quatre : Patty, Diane, Libby et le nouveau venu, qui avait des poches dignes d'un basset hound sous des yeux larmoyants et des cheveux grisonnants lissés en arrière. Il jeta un regard circonspect à Patty en passant une main dans sa couche de gomina, laissant apercevoir une bague de Claddagh.

« Madame Patty Day ? » Son haleine parfumée au café resta suspendue dans l'air froid, vaguement décolorée.

« C'est moi. Je suis la mère de Ben Day.

— Nous sommes venues pour voir ce que c'est que ces histoires, coupa Diane. Nous avons entendu beaucoup de rumeurs, mais personne n'a pris la peine de s'adresser à nous directement. »

L'homme mit ses mains sur ses hanches, baissa les yeux sur Libby et les détourna rapidement. « Je suis l'inspecteur Jim Collins. C'est moi qui dirige cette enquête. Je suis venu ici aujourd'hui pour parler à ces gens, et ensuite je comptais bien sûr vous contacter. Vous m'avez épargné le trajet. Vous voulez aller quelque part pour parler ? Il fait un peu froid ici. »

Ils se rendirent dans un Dunkin' Donuts à la sortie de la nationale, dans deux voitures. Sur la route, Diane murmura une blague sur les flics et les donuts, puis maudit Mme Cates : « Elle nous a traitées pire que des chiens. La garce. » En temps normal, Patty aurait dit quelque chose pour excuser Mme Cates : les rôles de Diane et Patty, la pourfendeuse et l'apologiste, étaient profondément enracinés. Mais la famille Cates n'avait nul besoin d'être défendue.

L'inspecteur Collins les attendait avec trois gobelets en carton pleins de café et une boîte de lait pour Libby.

« Je savais pas si elle avait droit aux sucreries », dit-il. Patty se demanda s'il la prendrait pour une mauvaise mère si elle achetait un donut à Libby. En particulier s'il savait qu'elles avaient eu des pancakes au petit déjeuner. *Ça va être ça, ma vie, à partir de maintenant*, pensa-t-elle, *être constamment obligée de faire attention à ce que vont penser les gens.* Cependant, Libby avait déjà le nez collé à la vitrine des pâtisseries, sautillant d'un pied sur l'autre, et Patty farfouilla dans sa poche pour trouver un peu de monnaie. Elle acheta un donut avec un glaçage rose, et le donna à Libby sur une serviette en papier. Elle n'aurait pas supporté de voir la petite fixer toutes ces sucreries pastel d'un air tragique, soulignant comme elle se sentait rejetée pendant qu'ils essayaient d'avoir une conversation pour déterminer si son fils était ou non un sataniste pédophile. Une fois de plus, elle faillit éclater de rire. Elle installa Libby à une table derrière eux et lui recommanda de manger tranquillement pendant que les adultes discutaient.

« Vous êtes tous rouquins ? s'enquit Collins. Ça vous vient d'où, z'êtes irlandais ? »

Patty repensa immédiatement à sa sempiternelle conversation sur leurs cheveux roux avec Dupré, puis elle pensa : *La ferme va être saisie. Comment ai-je pu oublier que la ferme va être saisie ?*

« Allemands, répondit-elle, pour la deuxième fois de la journée.

— Vous avez encore d'autres petits, n'est-ce pas ? dit Collins.

— Oui. J'ai quatre enfants.

— Du même père ? »

Diane bondit sur le siège à côté d'elle. « Bien entendu, du même père !

— Mais vous êtes mère célibataire, non ? insista Collins.

— Nous sommes divorcés, effectivement, répondit Patty, essayant de paraître aussi convenable qu'une bonne mère de famille qui va à l'église tous les dimanches.

— Quel rapport avec ce qui se passe avec Ben ? coupa Diane. Au fait, je suis la sœur de Patty. Je m'occupe de ces gamins presque autant qu'elle. »

Patty grimaça légèrement, ce qui n'échappa pas à l'inspecteur Collins.

« Tâchons d'aborder cette affaire avec civilité, dit-il. Parce que nous avons un long chemin à parcourir ensemble avant que tout ça soit tiré au clair. Les accusations portées contre votre fils, madame Day, sont d'une nature très grave et très préoccupante. À l'heure actuelle, nous avons quatre petites filles qui affirment que Ben a touché leurs parties intimes, et qu'il les a forcées à toucher les siennes. Qu'il les a amenées dans un champ quelconque et qu'il a accompli certains… actes qui sont associés à l'adoration rituelle du diable. » Il

prononçait ces mots – « l'adoration rituelle du diable »
– comme quelqu'un qui n'y connaît rien aux voitures
répète ce que lui a dit le mécano : « La pompe d'alimen-
tation est cassée. »

« Ben n'a même pas de voiture, souffla Patty dans un
murmure à peine audible.

– C'est vrai que la différence d'âge entre une fille
de onze ans et un garçon de quinze n'est que de quatre
ans, mais ce sont des années tout à fait cruciales, continua Collins. Si ces accusations se révélaient fondées,
nous le regarderions comme un danger public et un pré-
dateur. Et, franchement, nous devons parler non seulement à Ben mais aussi à vos petites filles.

– Ben est un bon garçon », dit Patty. Elle détesta
le son de sa voix, molle et faible. « Tout le monde
l'aime.

– Comment est-il considéré à l'école ? demanda
Collins.

– Pardon ?

– Est-ce que c'est un gamin apprécié ?

– Il a beaucoup d'amis, marmonna Patty.

– Je ne partage pas cet avis, m'dame, dit Collins.
À ce que nous comprenons, il n'a pas tellement de
copains, c'est plutôt un solitaire.

– Et qu'est-ce que ça prouve ? aboya Diane.

– Ça ne prouve absolument rien, mademoiselle… ?

– Krause.

– Ça ne prouve absolument rien, mademoiselle
Krause. Mais ce fait, combiné avec le fait qu'il n'a pas
d'image paternelle forte dans son entourage, m'incite
à penser qu'il est susceptible d'être plus vulnérable à,
mettons, une influence négative. Les drogues, l'alcool,
les gens qui sont peut-être un peu plus durs, un peu
perturbés.

– Il ne fréquente pas de délinquants, si c'est ce qui vous inquiète, dit Patty.

– Ah bon, et qui sont ses amis, dans ce cas ? dit Collins. Citez-moi les gamins avec qui il traîne. Dites-moi avec qui il était le week-end dernier. »

Patty resta immobile, la langue empâtée, puis elle secoua la tête et croisa les mains près d'une tache de glaçage au chocolat laissée par un autre client. Ça avait mis le temps. Mais voilà que sa vraie nature était finalement démasquée : celle d'une femme qui n'arrivait pas du tout à mener sa barque, qui passait sa vie à éteindre des incendies, empruntait de l'argent à droite à gauche, courait après une heure de sommeil et fermait les yeux quand elle aurait dû veiller sur Ben, l'encourager à trouver un hobby ou à s'inscrire dans un club, au lieu d'éprouver une secrète reconnaissance lorsqu'il s'enfermait dans sa chambre ou disparaissait pour une soirée, tout ça parce que ça lui faisait un môme de moins à se coltiner.

« Il y a des lacunes dans l'éducation, là, soupira Collins, comme s'il connaissait déjà le fin mot de l'histoire.

– Nous voulons un avocat avant toutes choses, avant que vous ne parliez à n'importe lequel des enfants, coupa Diane.

– Franchement, madame Day, poursuivit Collins sans même accorder un coup d'œil à Diane, avec trois petites filles à la maison, si j'étais vous, ce que je voudrais par-dessus tout, c'est que la vérité éclate. Ce genre de comportement ne disparaît pas comme ça. En fait, si c'est vrai, et, pour être honnête, je crois que ça l'est, vos filles ont probablement été les premières victimes. »

Patty se retourna pour regarder Libby, qui léchait le glaçage de son donut. Elle pensa à la façon dont Libby se cramponnait tout le temps à Ben. Elle pensa à toutes les corvées que les gamins faisaient sans surveillance. Parfois, après une journée à travailler avec Ben, les filles rentraient à la maison agacées, larmoyantes. Mais… et après ? C'étaient des petites filles, elles devenaient grincheuses quand elles étaient fatiguées. Elle eut envie de jeter son café à la figure de Collins.

« Est-ce que je peux parler franco ? poursuivit Collins de sa voix implacable. Je ne peux imaginer à quel point ça doit être… horrible pour une mère d'entendre ces choses. Mais je peux vous dire une chose, et je la tiens directement de notre psychologue, qui a travaillé avec ces petites filles individuellement, je peux vous répéter ce qu'il m'a dit. C'est que ces gamines, elles racontent des choses, sur le plan sexuel, dont des petites de sixième ne pourraient pas avoir idée, à moins qu'elles leur soient vraiment arrivées. D'après lui, ce sont des scénarios de viol classiques. Vous connaissez l'affaire McMartin, bien sûr. »

Patty se rappelait vaguement. Une maternelle en Californie, dont tous les enseignants étaient en procès, accusés d'être satanistes et d'avoir abusé sexuellement des enfants. Elle se souvenait du reportage au 20 heures : l'image d'une jolie maison californienne ensoleillée, puis des mots apposés dessus, en noir : La Maternelle du Cauchemar.

« Le satanisme n'est pas un phénomène rare, j'en ai peur, continua Collins. Il s'est insinué dans toutes les couches de notre société, et les adorateurs du diable ont tendance à cibler les hommes jeunes pour les attirer dans leurs filets. Et le… l'avilissement des enfants fait partie de leurs rituels.

— Non mais, est-ce que vous avez la moindre preuve ? beugla Diane. Le moindre témoin, à part des gamines de onze ans ? Est-ce que vous avez seulement des enfants, vous-même? Est-ce que vous savez combien il leur est facile d'imaginer des choses? Ils passent leur vie à se raconter des histoires. Alors est-ce que vous avez quelqu'un pour corroborer ces mensonges à part une bande de petites filles et un monsieur Je-Sais-Tout de psychiatre de Harvard qui vous en met plein la vue?

– Eh bien, en parlant de preuves… Les filles ont toutes dit qu'il avait emporté leur culotte, pour garder un souvenir tordu ou quelque chose comme ça, dit Collins, s'adressant toujours à Patty. Si vous nous laissiez fouiller votre maison, nous pourrions commencer à éclaircir ce point.

– Nous devons d'abord parler à un avocat », grogna Diane à Patty.

Collins avala son café et réprima un rot, puis il se frappa la poitrine du poing et lança un sourire mélancolique à Libby par-dessus l'épaule de Patty. Il avait un nez rouge de buveur.

« Pour l'instant, il nous faut absolument rester calmes. Nous parlerons à toutes les personnes impliquées, dit-il, ignorant toujours Diane. Nous avons interrogé plusieurs professeurs de son lycée et de l'école élémentaire cet après-midi, et ce que nous avons entendu ne nous a pas rassurés, madame Day. Il y a une enseignante, Mme… Darksilver? »

Il regarda Patty pour qu'elle confirme le nom. Elle opina. Mme Darksilver avait toujours adoré Ben, c'était un de ses petits préférés.

« Ce matin même elle a vu votre fils fouiner autour du casier de Krissi Cates. Dans l'enceinte de l'école élémentaire. Pendant les vacances de Noël. Cela me gêne beaucoup… » Il regarda Patty par en dessous, lui présentant les bordures rosacées de sa paupière inférieure. « Mme Darksilver a dit qu'il était visiblement excité.

– Comment ça? gronda Diane.

– Il avait une érection. Lorsque nous avons regardé dans le casier de Krissi, nous avons trouvé un mot de nature provocatrice. Madame Day, au cours de nos entretiens, votre fils a été sans cesse qualifié de paria, d'inadapté. De garçon bizarre. On le considère un peu comme une bombe à retardement. Certains enseignants ont carrément peur de lui.

– Peur ? répéta Patty. Comment peut-on avoir peur d'un gamin de quinze ans ?

– Vous ne savez pas ce qu'on a trouvé dans son casier. »

Ce qu'ils avaient trouvé dans son casier. Patty songea qu'il allait parler de drogues ou de magazines pornos ou, dans un monde miséricordieux, d'un paquet de pétards trop puissants. Elle voulait que ce soit pour ce genre de trucs que Ben ait des ennuis : une douzaine de chandelles romaines rangées comme du petit bois dans son sac à dos. Ça, elle pouvait l'encaisser.

Même quand Collins avait fait son introduction obséquieuse – « c'est très perturbant, madame Day, je veux que vous vous prépariez » –, elle avait pensé, au pire, à un revolver. Ben aimait les armes à feu, il les avait toujours aimées. De même qu'il avait eu sa phase avions et sa phase bétonneuses, sauf que la phase des armes n'avait jamais cessé. C'était quelque chose qu'ils faisaient ensemble – qu'ils faisaient ensemble, *avant* –, aller à la chasse, tirer. Peut-être qu'il avait apporté un revolver à l'école pour frimer avec. Le colt Peacemaker. Son préféré. Il n'était pas censé ouvrir l'armoire à fusils sans sa permission, mais s'il l'avait fait, ils régleraient ça entre eux. Alors autant que ce soit un revolver.

Collins s'était alors éclairci la gorge et, d'une voix qui les avait forcées à se pencher pour l'entendre, il avait déclaré : « Nous avons trouvé des… restes…

dans le casier de votre fils. Des organes. Au début nous avons pensé qu'ils pouvaient provenir d'un bébé, mais il semble que ce soient des tissus animaux. Des organes reproducteurs femelles dans un récipient en plastique, peut-être ceux d'une chienne ou d'une chatte. Vous avez perdu une chienne ou une chatte ? »

Patty était encore sonnée par la révélation : ils avaient réellement pensé que Ben aurait été susceptible d'avoir les restes d'un bébé dans son casier. Ils le pensaient tellement perturbé que l'infanticide avait été, ni plus ni moins, leur supposition première. Ce fut à ce moment précis, les yeux fixés sur un tas de miettes de donut couleur pastel, qu'elle jugea que son fils irait en prison. S'ils le croyaient tordu à ce point-là, il n'avait aucune chance.

« Non, nous n'avons perdu aucun animal.

— Dans notre famille, nous sommes chasseurs. Éleveurs, dit Diane. On passe notre temps avec des animaux, à découper des animaux. Ce n'est pas si bizarre que ça qu'il ait un morceau d'animal.

— Ah vraiment, vous gardez des fragments d'animaux morts chez vous ? » Pour la première fois, Collins regarda Diane droit dans les yeux, un regard dur et fixe qu'il détourna après quelques secondes à peine.

« Il y a une loi contre ça ? aboya Diane en retour.

— Le sacrifice d'animaux est l'un des rituels que pratiquent ces satanistes, madame Day, dit Collins. Je suis sûr que vous avez entendu parler du bétail massacré à la hache près de Lawrence. Nous pensons que c'est lié à l'affaire des petites filles. »

Le visage de Patty était glacé. C'était fini, tout était fini. « Que voulez-vous que je fasse ? demanda-t-elle.

— Je vais vous suivre chez vous, de manière à parler à votre fils, OK ? » dit Collins. Pour prononcer ces derniers mots, il adopta un ton paternel, une voix plus aiguë et chantante, presque comme s'il s'adressait à un bébé. Patty sentit Diane serrer les poings à côté d'elle.

« Il n'est pas à la maison. Ça fait un moment qu'on le cherche.

– Nous devons absolument parler à votre fils, madame Day. Où pouvons-nous le trouver selon vous ?

– Nous ne savons pas où il est, coupa Diane. Nous sommes dans le même bateau que vous.

– Vous allez l'arrêter ? demanda Patty.

– Nous ne pouvons rien faire avant de lui avoir parlé, et le plus tôt ce sera fait, le plus tôt nous pourrons tirer tout ça au clair.

– Ce n'est pas une réponse, dit Diane.

– C'est la seule que j'aie, m'dame.

– C'est donc oui », lâcha Diane. Pour la première fois, elle baissa les yeux.

Collins se leva et se dirigea vers Libby durant ce dernier échange. Il s'agenouilla à côté d'elle et lui donna du « salut, chérie ».

Diane le prit par le bras. « Non. Fichez-lui la paix. »

Collins la regarda de haut, sourcils froncés. « J'essaie simplement d'aider. Vous ne voulez pas savoir si Libby va bien ?

– Nous savons que Libby va bien.

– Pourquoi vous ne la laissez pas me le dire elle-même. Ou nous pourrions envoyer les services de protection de l'enfance…

– Allez vous faire foutre », jeta Diane en se plantant devant lui. Patty, toujours assise, essayait de se débrancher. Elle entendait Diane et Collins se chamailler derrière elle, mais elle restait simplement assise, et regardait la femme derrière le comptoir préparer une autre cafetière. Elle s'efforçait de fixer toute son attention sur le café. Cela marcha pendant une brève seconde avant que Diane entraîne Patty et Libby, toute barbouillée de donut, hors du fast-food.

Patty avait encore envie de pleurer pendant le trajet du retour, mais elle voulait attendre que Diane fût partie. Diane la força à conduire : elle disait que ça lui ferait du bien de se concentrer sur quelque chose. Pendant tout le trajet, Diane dut lui indiquer quelle vitesse passer, tellement elle était distraite. Pourquoi t'essaies pas de passer la troisième, P. ? Je crois qu'il faudrait redescendre en seconde, là. Sur le siège arrière, Libby, recroquevillée sur elle-même, les genoux contre le menton, ne bronchait pas.

« Est-ce qu'il va y avoir une catastrophe ? demanda-t-elle finalement.

– Non, chérie.

– On dirait qu'il va y avoir une catastrophe. »

Patty eut un nouveau pic de panique : qu'est-ce qui lui prenait, bon sang, d'entraîner une fillette de sept ans dans ce genre de situation ? Sa mère n'aurait jamais fait un truc pareil. D'un autre côté, sa mère n'aurait jamais élevé Ben comme Patty – laisser faire et croiser les doigts pour que tout aille bien –, donc la question ne se serait pas posée.

Pour l'instant, elle avait un besoin presque obsessionnel d'arriver à la maison, de se blottir dans son nid, de se sentir en sécurité. Le plan, c'était que Patty resterait attendre le retour de Ben – il allait forcément rentrer bientôt, à présent – tandis que Diane sortirait pour évaluer l'étendue de la rumeur. Qui savait quoi, quel parti prenaient les gens et avec qui, au nom du Christ, traînait Ben.

Lorsqu'elles arrivèrent à la ferme dans un bruit de ferraille, un autre véhicule était garé à côté de la Cavalier de Patty : une espèce de voiture de sport à sièges baquets couverte de boue, qui avait l'air vieille d'environ dix ans.

« Qui est-ce ? demanda Diane.

– Aucune idée. » Elle le dit d'un ton tragique. Patty savait déjà que, qui que ce fût, cette visite apporterait des nouvelles déprimantes.

Elles ouvrirent la porte d'entrée et une bouffée de chaleur les prit au visage. Le thermostat devait être à plus de 26. La première chose qu'elles virent, c'est une boîte de cacao en poudre pour micro-ondes (celui avec des faux marshmallows) sur la table de la salle à manger, et une traînée de poudre chocolatée qui menait à la cuisine. Puis Patty entendit le rire poussif et sut. Runner, assis par terre, sirotait du chocolat chaud avec ses filles, qui se blottissaient contre lui. Une émission animalière passait à la télé, et les petites poussèrent des cris aigus et agrippèrent les bras de leur père lorsqu'un alligator jaillit de l'eau et referma ses mâchoires sur une quelconque bête à cornes.

Il leva paresseusement sur elle des yeux aussi expressifs que s'il regardait un livreur de pizzas. « Salut, Patty, ça fait un bail.

– On a un problème familial, intervint Diane. Tu ferais mieux de rentrer chez toi. »

Pendant ces semaines extensibles où Runner était revenu habiter avec eux, Diane et lui s'étaient accrochés à plusieurs reprises – elle lui beuglait dessus et lui la battait froid. « C'est pas toi, le mari, Diane. » Il se retirait dans le garage, se soûlait la gueule, et lançait une vieille balle de base-ball contre le mur pendant des heures. Ce n'était pas Diane qui allait convaincre Runner de rentrer chez lui.

« C'est bon, D. Appelle-moi dans une heure pour me tenir au jus, OK ? »

Diane gratifia Runner d'un regard assassin, marmonna quelque chose et sortit d'un air digne. La porte se ferma sèchement derrière elle.

« Bon sang ! Qu'est-ce qui lui prend ? » s'exclama Michelle en faisant une grimace à l'intention de son père, la petite traîtresse. Ses cheveux châtains étaient ébouriffés par l'électricité statique à l'endroit où Runner lui avait fait une savonnette. Il avait toujours été bizarre avec les enfants, affectueux et bourru, mais pas comme un adulte. Il aimait les pincer et leur faire des pichenettes pour attirer leur attention. Pendant que les filles regardaient la télé, il pouvait très bien se pencher sans crier gare pour leur coller une bonne claque sur les cuisses. Quand sa cible levait les yeux sur lui avec une moue outragée et larmoyante, il partait d'un grand rire : « Quoâââ ? » ou « Je disais juste salut. Salut ! » Et lorsqu'il les emmenait quelque part, au lieu de marcher à leur niveau, il traînait quelques pas en arrière en les observant du coin de l'œil. Cette habitude avait toujours évoqué à Patty celle d'un vieux coyote qui trotte sur les talons de sa proie afin de l'agacer sur quelques kilomètres avant de l'attaquer.

« P'pa nous a fait des macaronis, dit Debby. Il va rester dîner.

— Vous savez que vous n'êtes pas censées laisser entrer qui que ce soit quand je ne suis pas là », dit Patty, essuyant le cacao avec un chiffon qui sentait déjà mauvais.

Michelle roula des yeux et se pelotonna contre l'épaule de Runner. « Enfin, m'man, c'est p'paaaaa. »

Ça aurait été plus facile si Runner était tout bonnement mort. Il avait si peu de contacts avec ses enfants, il leur était de si peu d'aide, que s'il passait l'arme à gauche, les choses ne pourraient que s'améliorer. En l'état, il continuait de vivre dans le vaste Ailleurs, et se contentait de débarquer de loin en loin avec des idées, des projets et des ordres que les enfants avaient tendance à suivre. Parce que p'pa l'avait décrété.

Elle aurait adoré lui voler dans les plumes sans attendre. Lui parler de son fils et de la perturbante collection qu'il conservait dans son casier. L'idée de Ben en train d'arracher des organes d'animaux et de les conserver lui serrait la gorge. La fille Cates et ses copines, c'était un malentendu qui pouvait ou non se finir bien. Mais pour l'assortiment d'organes, elle ne trouvait aucune excuse et, pourtant, inventer des excuses, c'était sa spécialité. Elle ne s'en faisait pas au sujet des allégations de Collins selon lesquelles Ben avait pu agresser sexuellement ses sœurs. Elle avait examiné cette idée sur le chemin du retour, l'avait tournée et retournée dans tous les sens, l'avait regardée jusqu'à la gueule et inspectée jusqu'aux dents, avec un soin extrême. Et elle n'avait aucun doute : Ben ne ferait jamais une chose pareille.

Par contre elle savait que son fils avait un goût pour la souffrance. Elle se rappelait l'épisode des souris : ce martèlement robotique de la pelle, ses babines retroussées, son visage ruisselant de sueur. Il y avait pris plaisir, elle le savait. Il rudoyait ses sœurs, brutalement. Parfois les gloussements se transformaient en hurlements et quand elle s'approchait, elle le surprenait en train de maintenir le bras de Michelle derrière son dos, et de le lever, lentement, lentement. Ou bien c'était le bras de Debby qu'il saisissait, comme un étau, pour lui faire une savonnette, et ce qui commençait en plaisanterie devenait de plus en plus frénétique : il frottait en grinçant des dents jusqu'à faire monter des gouttelettes de sang. Elle voyait son regard devenir pareil à celui de Runner quand il était avec les gamines : un regard tendu, à cran.

« P'pa doit s'en aller.

– Bon Dieu, Patty, tu me dis même pas bonjour avant de me flanquer dehors ? Allez, quoi, discutons, j'ai une proposition d'affaires pour toi.

– Je ne suis pas en position de faire affaires, Runner, dit-elle. Je suis fauchée.

– T'es jamais aussi fauchée que tu veux bien le dire », dit-il avec un regard mauvais, puis il saisit sa casquette de base-ball et la mit à l'envers sur ses cheveux filandreux. Il avait voulu dire ça sur le ton de la plaisanterie, mais c'était sorti plutôt comme une menace, comme si elle avait plutôt intérêt à ne pas être fauchée si elle ne voulait pas avoir d'ennuis.

Il dégagea les filles de ses genoux et se dirigea vers elle, trop près d'elle comme toujours. De la sueur parfumée à la bière collait son tee-shirt à manches longues à son torse.

« Est-ce que tu viens pas de vendre la planteuse, Patty ? Vern Evelee m'a dit que tu venais de vendre la planteuse.

– Il n'en reste plus rien, Runner. L'argent file aussi vite que je le reçois. » Elle essaya de faire semblant de trier du courrier. Il resta planté juste au-dessus d'elle.

« J'ai besoin que tu m'aides. Il me faut juste assez d'argent pour aller au Texas. »

Bien sûr, il n'y avait rien d'étonnant à ce que Runner veuille aller là où il faisait chaud pour l'hiver, vu qu'il voyageait sans enfants, de saison en saison, comme un Gitan – c'était une insulte à elle et à sa ferme et à son attachement à cet unique lopin de terre. Il trouvait des petits boulots et dépensait son argent en stupidités : des clubs de golf parce qu'il se voyait bien jouer au golf un jour, une chaîne stéréo qu'il ne brancherait jamais. Maintenant, il avait l'intention de se tailler au Texas. Une fois, Diane et elle avaient été jusqu'au golfe en voiture quand Patty était au lycée. Le seul voyage qu'elle ait jamais fait. C'était le sel dans l'atmosphère qui l'avait marquée, la façon dont on pouvait se faire saliver rien qu'en se suçant une mèche de cheveux. D'une manière ou d'une autre, Runner allait trouver du fric, et il passerait le restant de l'hiver dans quelque bouge au bord de l'océan, à siroter une bière pendant que son fils irait en prison. Elle ne pouvait pas payer un avocat à Ben. Elle ne cessait de se le répéter.

« Oui, eh bien, je ne peux pas t'aider, Runner. Je regrette. »

Elle essaya de l'orienter vers la porte, au lieu de quoi il la poussa plus avant dans la cuisine. Elle dut détourner la tête pour échapper à son haleine fétide et douceâtre.

« Allez, Patty, pourquoi tu veux me forcer à te supplier ? Je suis vraiment dans la panade, là. C'est une question de vie ou de mort. Il faut absolument que je me tire de Dodge. Tu sais bien que je te le demanderais pas, autrement. Le truc, c'est que je risque de me faire tuer ce soir si je n'arrive pas à trouver un peu de fric. Donne-moi juste huit cents dollars. »

Le chiffre la fit franchement rire. Est-ce que cet abruti pensait vraiment que c'était de l'argent de poche, pour elle ? Est-ce qu'il ne pouvait pas regarder autour de lui et voir dans quelle misère ils vivaient, avec les gamines en bras de chemise au milieu de l'hiver, le congélo de la cuisine rempli de paquets de viande bon marché périmés depuis des années ? C'était ça, leur famille : un foyer qui avait dépassé la date d'expiration.

« Je n'ai rien, Runner. »

Il la regarda avec des yeux fixes, le bras appuyé contre le chambranle pour l'empêcher de passer.

« T'as des bijoux, non ? T'as la bague que je t'ai donnée.

– Runner, je t'en prie. Ben a des ennuis, de graves ennuis, j'ai beaucoup de tuiles qui me tombent dessus en ce moment. Reviens une autre fois, OK ?

– Qu'est-ce qu'il a fabriqué, Ben ?

– Il y a eu des problèmes à l'école, des problèmes en ville, c'est grave, je crois qu'il risque d'avoir besoin d'un avocat, donc j'ai besoin de tout l'argent que je peux avoir pour lui et…

– Donc tu as bien de l'argent.

– Non, Runner, je n'en ai pas.

– Donne-moi la bague au moins.

– Je ne l'ai pas. »

Les filles faisaient semblant de regarder la télé, mais comme ils haussaient le ton, Michelle, cette fouineuse de Michelle, tourna la tête et les observa ouvertement.

« Donne-moi la bague, Patty. » Il tendit la main comme s'il y avait bel et bien une chance qu'elle la porte à l'heure actuelle, cette hideuse bague de fiançailles en toc qu'elle savait être embarrassante, minable, même à l'âge de dix-sept ans. Il la lui avait donnée trois mois après l'avoir demandée en mariage. Il lui avait fallu trois mois pour se bouger le cul, aller dans un bazar, et acheter le petit bout de ferraille clinquant qu'il lui avait offert après avoir éclusé trois bières. « Je t'aime pour toujours, bébé », il avait dit. À ce moment-là, elle avait su immédiatement qu'il partirait, que ce n'était pas un homme sur qui on pouvait compter, que ce n'était même pas un homme qu'elle appréciait beaucoup. Et pourtant, elle était encore tombée trois fois enceinte, parce qu'il n'aimait pas mettre des capotes et que c'était trop fatigant de le harceler à ce sujet.

« Runner, tu te souviens de cette bague ? Elle ne va pas te rapporter un kopeck. Elle a coûté environ dix dollars.

« – Maintenant, tu vas me faire chier avec la bague ? Maintenant ?

– Crois-moi, si elle valait quoi que ce soit, il y a bien longtemps que je l'aurais mise au clou. »

Ils se tenaient face à face. Runner haletait comme un âne en colère, les mains tremblantes. Il les posa sur les bras de Patty, puis les ôta avec un effort exagéré. Même sa moustache tremblait.

« Tu vas vraiment le regretter, Patty.

– Je le regrette déjà, Runner. Ça fait longtemps que je regrette. »

Il se retourna, et sa veste accrocha un sachet de cacao qui tomba par terre, répandant davantage de poussière marron à ses pieds. « Salut, les filles, votre mère est... une SALOPE ! » Il donna un coup de pied dans une des chaises hautes de la cuisine qui alla rouler dans le living. Les filles s'immobilisèrent comme des créatures de la forêt. Runner arpentait la pièce en cercles étroits, et Patty se demandait si elle devrait se précipiter pour aller chercher un fusil, ou attraper un couteau de cuisine, sans cesser de supplier intérieurement qu'il s'en aille sans faire d'histoires.

« Merci pour QUE DALLE, PUTAIN ! » Il se dirigea d'un pas lourd vers la porte, l'ouvrit si fort qu'elle fendit le mur et se referma presque avec le rebond. Il la rouvrit d'un coup de pied, l'attrapa et la cogna de nouveau contre le mur de toutes ses forces à plusieurs reprises, courbé en deux.

Puis il partit. Tandis que sa voiture s'éloignait dans un crissement de pneus, Patty alla chercher le fusil, le chargea, et le déposa sur le manteau de la cheminée, à côté de sa collection de coquillages. Juste au cas où.

Libby Day
Aujourd'hui

En fin de compte, Krissi avait dormi sur mon canapé.
En l'accompagnant à la porte, j'avais réalisé qu'elle
n'était pas en état de conduire. Elle marchait littéralement à côté de ses pompes et un filet de mascara dégoulinait le long d'une de ses joues. Elle venait à peine de
passer le seuil d'un pas mal assuré qu'elle s'est retournée pour me demander des nouvelles de sa mère, si je
connaissais l'adresse de sa mère ou comment la trouver. C'est là que je l'ai attirée de nouveau à l'intérieur.
Je lui ai préparé un sandwich au fromage fondu, je l'ai
installée sur le canapé, et je l'ai enveloppée dans une
couverture. Alors qu'elle sombrait dans le sommeil en
posant précautionneusement le dernier quart du sandwich sur le sol à côté d'elle, trois de mes flacons de
crème sont tombés de sa veste. Une fois Krissi dans les
vapes, je les y ai remis.

Elle était partie quand je me suis réveillée. La couverture était pliée, un mot griffonné à l'arrière d'une
enveloppe était posé dessus. *Merci. Désolée.*

Donc Lou Cates n'avait pas tué ma famille, à en croire
Krissi. Et je la croyais. Sur ce point-là du moins.

J'ai décidé de ne pas tenir compte des deux messages
de Lyle et du silence de Diane et de prendre la route
pour aller voir Runner. Aller voir Runner, obtenir des
réponses. Je ne pensais pas qu'il ait quoi que ce soit

à voir avec les meurtres, quoi qu'en dise sa copine, mais je me demandais s'il savait quelque chose, avec ses dettes, son alcoolisme et ses relations interlopes. S'il savait quelque chose ou avait entendu dire quelque chose, ou si peut-être ses dettes avaient provoqué une espèce de vengeance horrible. Alors peut-être pourrais-je croire de nouveau en Ben, ce qui était mon vœu le plus cher. Je savais à présent pourquoi je n'étais jamais allée lui rendre visite. C'était trop tentant, trop facile d'ignorer les murs de la prison, et de me contenter de voir mon frère, d'entendre l'intonation qui n'apparte-nait qu'à lui, la façon dont sa voix descendait à la fin de chaque phrase, comme s'il prononçait ses derniers mots. Rien qu'à le voir, je me souvenais des choses, des choses agréables, ou même pas agréables. Simplement des choses ordinaires. Je pouvais m'octroyer une bouf-fée nostalgique de la maison. Il y a longtemps, quand tout le monde était en vie. Bon sang, comme j'avais envie de ça.

Avant la sortie de la ville, je me suis arrêtée dans un 7-Eleven pour acheter une carte et des crackers au fro-mage, mais j'ai découvert qu'ils étaient allégés en cro-quant dedans. Je les ai mangés quand même en mettant le cap sur le sud, répandant une poudre orangée dans la voiture. J'aurais dû m'arrêter prendre un vrai repas sur la route de l'Oklahoma. Sur l'autoroute, les poches d'odeurs alléchantes ne manquaient pas : frites, fish & chips, poulet frit. Mais j'étais dans un état de panique anormal et, craignant sans raison valable de manquer Runner si je faisais la moindre pause, je me suis conten-tée de mes crackers allégés et d'une pomme farineuse que j'avais trouvée sur le coin du plan de travail dans ma cuisine.

Pourquoi le mot, ce mot cochon qui n'était pas adressé à Ben, se serait-il égaré dans une boîte contenant les affaires de Michelle ? Si Michelle avait découvert que Ben avait une copine, elle aurait profité de son avantage, *a fortiori* s'il essayait de garder le secret. Ben détestait Michelle. Il me tolérait, il ignorait Debby, mais Michelle, il la détestait activement. Une fois, sous mes yeux, il l'avait tirée hors de sa chambre avec une telle force qu'il avait manqué lui arracher le bras. Elle avait dû se hisser sur la pointe des pieds pour éviter d'être soulevée de terre. Il l'avait précipitée contre le mur, et l'avait avertie que si jamais elle revenait dans sa chambre, il la tuerait. Il montrait les dents à chaque fois qu'il lui adressait la parole. Il lui hurlait dessus parce qu'elle était toujours dans ses jambes : elle rôdait devant sa porte jour et nuit, aux aguets. Michelle connaissait toujours les secrets de tout le monde, elle n'avait jamais une conversation désintéressée. Je me rappelais plus distinctement ce trait de son caractère depuis que j'avais retrouvé ses petits mots bizarres. Quand on n'a pas d'argent, les ragots sont un moyen de pression comme un autre. Même dans sa propre famille.

« Ben n'arrête pas de parler tout seul », avait annoncé Michelle au petit déjeuner un matin. Il s'était penché en travers de la table, faisant tomber son assiette sur ses genoux, et l'avait empoignée par le col.

« Fous-moi la paix, putain », avait-il hurlé. Ma mère l'avait calmé, l'avait envoyé dans sa chambre, et nous avait fait la morale, comme toujours. Plus tard, nous avions trouvé des fragments d'œuf qui avaient été catapultés sur le lustre en plastique suspendu au-dessus de la table, ce lustre qui avait l'air de sortir d'une pizzeria bon marché.

Mais ça signifiait quoi ? Ben n'allait pas massacrer sa famille sous prétexte que sa petite sœur avait découvert qu'il avait une nana.

En dépassant un champ de vaches qui se tenaient immobiles, j'ai repensé à mon enfance, à toutes les rumeurs sur les mutilations de bétail. Les gens juraient que c'était un coup des satanistes. Le diable n'était jamais loin, dans notre petite ville du Kansas, c'était une entité dotée d'autant de réalité physique qu'une colline. Notre église n'en rajoutait pas trop dans le sulfureux, mais le prêtre n'en avait pas moins fait germer l'idée : si vous ne faisiez pas attention, le diable, avec ses yeux de bouc et sa soif de sang, pouvait s'emparer de votre cœur aussi facilement que Jésus. Dans toutes les villes où j'ai vécu, il y avait toujours « les jeunes satanistes » et les « maisons du diable », exactement comme il y avait toujours un clown tueur qui sillonnait la campagne dans une fourgonnette blanche. Tout le monde connaissait un vieux hangar désaffecté à la lisière de la ville où traînait un matelas souillé, imbibé du sang d'un sacrifice. Tout le monde avait un ami ou un cousin qui avait vu un sacrifice en vrai mais avait trop la frousse pour donner des détails.

J'étais en Oklahoma depuis dix minutes, avec encore trois bonnes heures de route devant moi, quand j'ai commencé à sentir une odeur insupportablement douce mais pourrie. Ça me piquait les yeux, les faisait larmoyer. J'ai eu un ridicule frisson de peur, craignant que mes pensées sur le diable ne l'aient fait apparaître. Puis, au loin, le ciel bouillonnant a revêtu la couleur d'un hématome, et je l'ai vue. L'usine de papier.

J'ai appuyé sur le bouton de recherche automatique de station sur mon autoradio. Station 1, station 2, station 3 : des explosions de bruit déplaisant, de la friture, des pubs pour des voitures, encore de la friture. Je l'ai de nouveau éteint d'une chiquenaude.

Juste après un panneau représentant un cow-boy – *Bienvenue à Lidgerwood, Oklahoma, camarade !* – j'ai pris la rampe d'autoroute et suis entrée dans la petite ville, qui s'est révélée un piège à touristes délabré. Elle s'était autrefois targuée d'être une bourgade typique du vieil Ouest : dans la rue principale, il n'y avait que verre dépoli, faux saloons et boutiques de souvenirs. L'une des enseignes, La Vieille Boîte à Photos, proposait aux familles de se faire tirer le portrait en costumes traditionnels, le tout en sépia. Sur la vitrine était accroché un tirage de la taille d'un poster : le père, un lasso à la main, essayait d'avoir l'air menaçant sous un chapeau trop grand pour lui ; la petite fille en robe de calicot et bonnet, trop jeune pour comprendre le comique de la chose ; la mère, habillée en pute, faisait un sourire mal à l'aise, les bras croisés devant ses cuisses à l'endroit où son jupon était fendu. À côté de la photo, une pancarte « À vendre » était suspendue. Ses jumelles chez Daphne's Daffy Taffy, à l'Incroyable Galerie de Buffalo Bill et sur une vitrine au nom ridiculement tiré par les cheveux, Les Bons Coups de Wyatt Earp. Toute la ville semblait poussiéreuse. Même le toboggan aquatique abandonné, au loin, semblait obstrué par la crasse.

Le foyer pour hommes de Bert Nolan, un bâtiment bas et carré avec un minuscule jardin infesté de queues-de-renard, n'était qu'à trois pâtés de maisons de la grand-rue. J'avais toujours aimé les queues-de-renard quand j'étais petite. Elles séduisaient mon esprit littéral, car elles ressemblaient à leur nom : une longue tige fine avec une touffe de duvet au sommet, exactement comme la queue d'un renard, en vert. Il en poussait sur toute notre propriété – des prés entiers étaient livrés à cette plante. Michelle, Debby et moi, on cassait le sommet et on se chatouillait sous les poignets. Ma mère nous apprenait le nom familier de tous les végétaux : les oreilles-d'agneau, les crêtes-de-coq, toutes ces plantes qui méritaient leur appellation. Une oreille-d'agneau est aussi douce que l'oreille d'un agneau. Les crêtes-de-coq ressemblent effectivement à la crête rouge d'un coq. Je suis sortie de la voiture et j'ai passé les mains sur le sommet des queues-de-renard. Peut-être que je planterais un jardin d'herbes folles. L'herbe-moulin se déploie effectivement au sommet comme un moulin. La dentelle de la reine Anne est blanche et pleine de fioritures. Ce qu'il me faudrait, c'est de l'herbe à sorcières. Un peu de griffe du diable.

La porte du foyer pour hommes de Bert Nolan était faite de métal et peinte en gris foncé comme un sous-marin. Elle m'a rappelé les portes de la prison de Ben. J'ai sonné et attendu. De l'autre côté de la rue, deux adolescents faisaient de grands cercles indolents sur leurs vélos en me regardant avec curiosité. J'ai sonné de nouveau et donné sur le métal un coup de poing qui n'est pas parvenu à se réverbérer à l'intérieur. J'hésitais à demander aux deux garçons en face s'il y avait quelqu'un, histoire de briser le silence. Au moment où leurs cercles les approchaient de moi – « K'est-ce ke vous faites là, m'dame ? » la porte s'est ouverte sur un lutin en baskets d'un blanc éclatant, jean repassé et chemise western. Il agitait le cure-dents qu'il avait dans la bouche et feuilletait un numéro du magazine *Cat Fancy*, sans me regarder.

« On n'est pas ouverts pour la nuit avant... » Sa voix s'est éteinte lorsqu'il m'a enfin vue. « Oh ! désolé, mon chou. C'est un foyer pour hommes, il faut être un homme et avoir plus de dix-huit ans.

– Je cherche mon paternel, j'ai expliqué, accentuant mon accent traînant. Runner Day. V'z'êtes le directeur ?

– Ha ! directeur, comptable, prêtre, homme de ménage, a-t-il dit en ouvrant la porte. Alcoolique repenti. Joueur repenti. Parasite repenti. Bert Nolan. C'est chez moi. Entrez, ma p'tite, et rappelez-moi vot' nom. »

Il a ouvert la porte sur une salle pleine de lits de camp. Le sol dégageait une forte odeur de javel. Le minuscule Bert m'a guidée à travers les rangées de lits étroits, qui tous portaient encore la marque du dormeur de la nuit précédente, jusqu'à un bureau juste à sa taille et à la mienne, lequel contenait une petite table, un classeur et deux chaises pliantes sur lesquelles nous avons pris place. La lumière fluorescente n'était pas flatteuse pour son visage constellé de pores sombres et ridés.

« Je ne suis pas cinglé, soit dit en passant, a-t-il dit en m'agitant le *Cat Fancy* sous le nez. Je viens juste d'avoir un chat, je n'en ai jamais eu auparavant. Je ne l'aime pas tant que ça, pour l'instant. Il était censé me remonter le moral, mais jusque-là il se contente de pisser dans les lits.

– J'ai un chat, ai-je spontanément répliqué, surprise moi-même par mon élan de tendresse soudain et intense pour Buck. S'ils font leurs besoins ailleurs que dans leur caisse, c'est en général parce qu'ils sont en colère.

– Ah bon ?

– Oui, à part ça, ils ont plutôt bon caractère.

– Oh ! a fait Bert Nolan. Oh. Alors comme ça vous cherchez votre père ? Oui, je me souviens, on s'est parlé au téléphone. Il est comme la plupart des pensionnaires de ce foyer. Ils devraient s'estimer heureux que quelqu'un les cherche, après le bordel qu'ils ont provoqué chez eux. Des trucs en rapport avec l'argent, en général. Ou avec le manque d'argent. Pas d'argent, trop de picole. Ça fait pas ressortir le meilleur chez les gens. Runner. Hum.

– Il m'a écrit une lettre disant qu'il était ici.

– Vous voulez le ramener à la maison, vous occuper de lui ? » a demandé Bert. Il avait les yeux dilatés et luisants de quelqu'un qui vient de se raconter une blague.

« Eh bien, ça, ça reste à voir. Je veux simplement prendre contact.

– Ah ! parfait. C'était une question piège. Les gens qui disent qu'ils veulent trouver un de mes pensionnaires pour s'occuper de lui, ils ne le font jamais. » Nolan se flaira le bout des doigts. « Je ne fume plus, mais parfois mes fichus doigts sentent encore le tabac.

– Est-ce qu'il est là ?

– Non. Il est reparti. Je n'admets pas les buveurs ici. Il vient de louper sa troisième et dernière chance.

– Il a dit où il allait ?

– Ah, mon chou, j'ai pour principe de ne jamais donner les adresses. Jamais. J'ai découvert que c'était la manière la plus intelligente de traiter les demandes de renseignements en tout genre. Mais je vais vous dire, puisque vous semblez être une dame sympathique…

– Berrrrrrt ! a hurlé une voix de l'extérieur du bâtiment.

– Ah, ignorez ça, c'est juste un de mes types qui essaie de se faire admettre avant l'heure. Encore une chose qu'on apprend à ne faire sous aucun prétexte : ne jamais laisser entrer qui que ce soit en avance, jamais. Et ne jamais laisser entrer qui que ce soit en retard. »

Il avait perdu le fil de sa pensée. Il m'a regardée d'un air interrogatif.

« Alors vous alliez me dire quoi ? lui ai-je soufflé.

– Quoi ?

– Vous me disiez que vous pourriez m'aider à retrouver mon père ?

– Oh, c'est vrai. Vous pouvez me laisser une lettre.

356

– Monsieur Nolan, j'ai déjà fait ça. C'est pour ça que je suis venue. J'ai vraiment, vraiment besoin de le trouver. » Je me suis surprise dans la posture de Runner, les paumes sur le rebord de la table, prête à me lever d'un bond si je perdais patience.

Nolan a saisi une statuette en plâtre représentant un vieil homme un peu chauve qui écartait les bras dans une manifestation d'exaspération, mais je n'ai pas pu lire les mots inscrits sur le socle. Il avait l'air de trouver une certaine consolation dans l'objet. Il a laissé échapper un soupir cuisant entre ses lèvres à peine entrouvertes.

« Eh bien, mon chou, je vais vous dire, il n'est peut-être pas ici, mais je sais qu'il se trouve toujours à Lidgerwood. Un de mes pensionnaires l'a vu hier soir encore devant le Cooney's. Il fait le mort quelque part, mais il est dans le coin. Mais préparez-vous à une déception.

– Déception à quel sujet ?

– Oh, vous avez l'embarras du choix. »

Lorsque Bert Nolan s'est levé pour m'escorter vers la sortie, il m'a tourné le dos : j'ai aussitôt tendu la main pour m'emparer de sa petite statuette. Mais je me suis forcée à la reposer aussitôt, et j'ai pris son sachet de CornNuts et un stylo à la place. Il y avait du progrès. Ils sont restés posés sur le siège à côté de moi pendant que je me dirigeais vers le bar le plus proche. Le Cooney's.

Le Cooney's n'avait pas sacrifié au thème du vieil Ouest. Le Cooney's assumait fièrement sa merdique contemporanéité. Trois faces ridées se sont levées vers moi avec des regards noirs quand j'ai ouvert la porte. Le barman en faisait partie. J'ai commandé une bière. Le type m'a répliqué d'un ton sec qu'il aurait besoin de voir mon permis de conduire. Il l'a examiné longuement à la lumière, l'a ramené au niveau de sa panse, puis a lâché un soupir exaspéré en voyant qu'il ne pourrait pas prouver que c'était un faux. Je me suis assise pour siroter mon verre, le temps qu'ils s'habituent à ma présence. Puis j'ai parlé. Dès que j'ai prononcé le mot Runner, la salle s'est illuminée.

« Ce salopard m'a volé trois caisses de bière, a dit le barman. Il s'est faufilé derrière en pleine journée et il les a piquées directement dans le camion de livraison. Et je lui ai avancé un tas de verres, croyez-moi ! »

Le quinquagénaire assis deux tabourets plus loin m'a agrippé le bras trop fort et m'a dit : « Votre fichu paternel me doit deux cents dollars. Et je veux récupérer ma tondeuse à gazon. Vous lui direz que je le cherche.

— Je sais où vous pouvez le trouver, a finalement lâché un vieux type avec une barbe à la Hemingway et une carrure de jeune fille.

— Où ? s'est exclamé tout le monde en même temps.

— Je donnerais ma main à couper qu'il vit avec les autres squatteurs qui campent sur le site de déchets toxiques. Vous devriez voir ça, a-t-il ajouté, plus pour le barman que pour moi. On dirait un vrai bidonville datant de la grande dépression, avec les feux de camp et les cabanes en bois.

— Mais quelle idée, de vivre sur un site de déchets toxiques ?

— Eh bien, comme ça, t'es sûr que personne du gouvernement ne va se pointer. »

Ils sont tous partis d'un rire mauvais.

« Mais est-ce que c'est sans danger, au moins, d'aller là-bas ? » j'ai demandé. Je m'imaginais des barils de déchets toxiques et un dépôt gluant vert fluo.

« Bien sûr, si vous ne buvez pas l'eau du puits et que vous n'êtes pas une sauterelle. »

J'ai tiqué.

« C'est de là que ça vient : tout le site est imbibé d'arsenic. C'est une ancienne décharge de produit anti-sauterelles.

– Et de vauriens. »

Ben Day
2 janvier 1985
20 h 38

Ils prirent la direction de la ville. Il commençait à neiger, et Ben se rappela soudain qu'il avait laissé son vélo à l'entrepôt, et qu'il avait probablement disparu à l'heure qu'il était. « Hé ! » cria-t-il vers l'avant. Trey et Diondra parlaient, mais il ne pouvait les entendre par-dessus la musique de l'autoradio, qui balançait des sons stridents comme des feuilles de métal qui se déchirent. *Whiiiiiir – wiir – wiir – wiir.* « On pourrait s'arrêter à l'Enclos rapidos, que je récupère mon vélo ? »

Trey et Diondra échangèrent un regard.

« Non. » Diondra décocha une grimace, et ils éclatèrent de rire. Ben se tut un instant, puis se pencha de nouveau en avant. « Sans déconner, j'en ai besoin.

– Laisse tomber, mec. Il est plus là, dit Trey. Faut rien laisser à l'Enclos. »

Ils empruntèrent Bullhard Avenue, l'artère principale du centre : il ne se passait rien, comme d'habitude. Le fast-food ressemblait à un diorama[1] jaune vif représentant quelques sportifs avec leurs rencards, en train de se peloter. Les magasins étaient plongés dans l'obscurité,

---

1. Peinture panoramique sur toile présentée dans une salle obscure afin de donner l'illusion, grâce à des jeux de lumière, de la réalité et du mouvement.

et même le bar aurait pu passer pour fermé. On apercevait seulement une vague lueur dans l'unique fenêtre rectangulaire de la devanture. La porte elle-même, peinte en bleu marine, ne laissait rien filtrer.

Ils se garèrent pile en face. Diondra n'avait pas fini sa bière, mais Trey la lui prit des mains et but le reste – *c'est pas le bébé qui va s'en plaindre.* Sur le trottoir, un vieux type dont le visage était un dédale de rides au milieu desquelles le nez et la bouche avaient l'air d'avoir été modelés dans un bout d'argile leur jeta un regard mauvais et entra dans le bar.

« Allons-y », lança Trey, et il commença à sortir de la bagnole. Puis lorsqu'il vit que Ben, toujours les mains sur les genoux, n'avait pas bougé, il repassa la tête à l'intérieur et dit avec un sourire de professionnel : « T'inquiète pas, mec, t'es avec moi. Je picole très souvent dans ce rade. Et puis quoi ! En gros, tu passes voir ton paternel à son bureau. »

Diondra tripotait les bords de ses boucles crêpées : c'était sa façon à elle de se passer les doigts dans les cheveux. Ils suivirent Trey à l'intérieur. Elle avait une moue boudeuse et ses yeux sexy de chatte endormie, comme sur la plupart des photos : comme si vous la réveilliez alors qu'elle rêvait de vous. À côté d'elle, comme d'habitude, Ben se faisait l'effet d'un grand échalas tout mou. Il traînait littéralement les pieds.

Le bar était tellement enfumé que Ben s'étouffa aussitôt passé la porte. Diondra s'était déjà allumé une clope, et se voûtait à côté de lui comme si ça la faisait paraître plus âgée. Un type nerveux, les cheveux hérissés comme un oiseau en pleine mue, se précipita aussitôt pour murmurer quelque chose à l'oreille de Trey. Ce dernier l'écouta en hochant la tête, les lèvres pincées, l'air préoccupé et sérieux. Ben pensa que le type était un des patrons et qu'il voulait les virer, parce que

Diondra avait peut-être l'air plus âgée avec une couche de maquillage en plus, mais lui, non. Pourtant, Trey se contenta de donner une petite tape dans le dos du type et de dire un truc comme : « Me force pas à courir après, mec. » L'autre fit un large sourire, éclata de rire et répondit : « Non, non, non, te bile pas pour ça, te bile absolument pas, absolument pas. » Et Trey fit juste : « Dimanche », après quoi il dépassa le mec pour aller au bar, commanda trois bières et un shot de Southern Comfort au citron vert, qu'il avala cul sec.

Le barman était encore un gros vieux type avec les cheveux gris. C'était presque comique, la façon dont tous ces types se ressemblaient. À croire que la vie était tellement dure qu'elle effaçait purement et simplement les traits du visage, gommait tous les signes distinctifs. Il jeta à Ben et Diondra un regard entendu, l'air de dire « pour votre gouverne, on ne me la fait pas », mais il leur tira quand même les deux pressions. Ben se détourna du bar pour boire la sienne et posa un pied contre un tabouret, dans l'attitude qui lui semblait la plus désinvolte possible. Cependant, il avait beau essayer de cacher que c'était sa première fois, il sentait sur lui les yeux de Trey qui cherchait un motif de moquerie.

« Je le vois, je vois Runner », s'écria Diondra, et avant que Ben ne puisse lui demander pourquoi elle prononçait son nom avec un tel naturel, Trey le héla : « Hé, Runner, viens par là ! » Runner eut le même regard nerveux, équivoque, qu'avait eu le premier type.

Il s'approcha de son pas ample et chaloupé, les mains fourrées dans les poches, les yeux écarquillés et jaunes.

« Je l'ai pas, mec, je l'ai pas. J'ai essayé de rassembler la somme tout à l'heure mais j'ai pas... J'allais essayer de trouver, je viens d'arriver moi-même, je peux te donner le reste de ma ganja en attendant…

– Tu dis pas bonjour à Diondra ? » coupa Trey.

Runner sursauta, puis sourit. « Oh ! salut, Diondra, héhéhéhé, ouh là, j'ai trop picolé, j'ai pas les yeux en face des trous ! » Il fit semblant de fermer un œil pour la voir mieux, bondit légèrement sur le bout des pieds. « Hé, ouais, je me bourre la gueule jusqu'à voir double parce que cette situation me fait trop flipper.

– Runner, tu veux regarder qui est assis à côté de Diondra ? » Ben avait à peine tourné le visage vers lui, il essayait de penser à quelque chose de plus intelligent à dire que « Salut, p'pa », mais il n'y arrivait pas, alors il restait planté là, à attendre les emmerdes qui allaient inévitablement suivre.

Runner scruta la pénombre du bar et ne reconnut pas Ben.

« Salut… toi, dit-il, puis à Trey : C'est ton cousin ? J'y vois pas très bien la nuit, je devrais porter des lentilles mais…

– Oh merde », dit Trey. Il renversa la tête dans un semblant de rire, mais il avait l'air furieux. « Regarde mieux que ça, va, connard. » Ben ne savait pas s'il était censé se mettre plus en avant, comme une nana qui espère faire illusion. Au lieu de ça, il resta tout raide, les yeux fixés sur sa tignasse brune dans un vieux miroir Schlitz accroché au mur opposé. Il vit son père se glisser jusqu'à lui et avancer une main, comme dans un conte de fées, comme si Runner était un troll et Ben un trésor effrayant. L'autre continua de s'approcher, trébucha sur le pied de Ben, puis leurs yeux se rencontrèrent. Runner glapit « Ohhhh ! » Et sa nervosité sembla s'accroître. « T'as plus les cheveux roux.

– Tu te rappelles ton fils, hein, c'est bien ton fils, n'est-ce pas, Runner ?

– Oui, c'est mon fils ! Salut, Ben. Personne peut rien me reprocher sur ce coup-là, t'as plus les cheveux roux. Je savais même pas que tu connaissais Trey. »

Ben haussa les épaules et contempla le reflet de Runner loin derrière lui dans le miroir. Il se demanda combien celui-ci devait à Trey, et pourquoi il avait l'impression d'être l'objet d'une rançon, même si, en réalité, Runner s'en serait bien moqué le cas échéant. Il se demanda aussi jusqu'à quel point cette visite était le fruit du hasard. Ils avaient fait mine de venir sur un coup de tête, mais Ben devinait à présent qu'ils avaient prévu depuis le début de finir ici ce soir.

« Je ne pige pas, Runner, continua Trey, parlant un cran au-dessus de la country qui passait dans la sono. Tu dis que t'as pas d'argent, Ben ici présent dit que t'as pas d'argent, et pourtant t'avais un énorme stock de beuh y a quelques semaines à peine.

– Elle était pas terrible, cette herbe. » Il tourna à demi le dos à Ben comme pour l'exclure de la conversation. Il lui jetait des coups d'œil nerveux par-dessus son épaule et essayait de pousser Trey vers le centre de la salle en avançant progressivement sur lui. Trey ne bougeait pas d'un pouce. « Lâche-moi, vieux », fit finalement le jeune homme. Runner recula légèrement.

« Nan, nan, mec, t'as raison, elle était pas bonne, continua Trey. Mais tu faisais payer le même prix que si elle l'était.

– Je t'ai jamais rien fait payer, tu le sais bien.

– Tu m'as pas fait payer parce que tu me dois du fric, gros malin. Mais je sais pertinemment que tu faisais payer vingt dollars pour un sachet qu'en valait dix, alors où est le fric, putain, tu le refiles à ta femme pour qu'elle gère les comptes ?

– Ex ! Ex-femme », gueula Runner. Puis : « Tout à l'heure, j'essayais de lui *prendre* de l'argent, pas de lui en donner. Je sais qu'elle a du fric là-bas : même quand on était mariés, elle planquait du fric, des rouleaux de billets, des billets de cent prélevés sur les ventes des moissons. Elle les fourrait dans des drôles d'endroits. J'ai trouvé deux cents dollars dans le pied de son collant, une fois. Peut-être que je devrais y retourner. » Il jeta un œil à Ben, qui écoutait mais essayait de faire semblant de taquiner Diondra en lui tortillant les cheveux d'un doigt. Diondra ne rentrait qu'à moitié dans son jeu.

« Est-ce que je peux te parler de notre affaire là-bas, en privé ? » Runner désigna un coin où trois armoires à glace jouaient au billard. Le plus grand, un vieux type pâle aux cheveux blancs avec un tatouage de marine, brandit sa queue de billard et bomba le torse en les fixant.

« OK, dit Trey.

— Vous pouvez parler devant moi, fit Ben d'un air faussement dégagé.

— Ton fils a besoin que tu lui donnes de l'argent, tout comme moi, reprit Trey. Encore plus que moi, peut-être. »

Se soustrayant au feu noir des yeux de Trey, Runner se retourna vers Ben en se dressant de toute sa hauteur. Depuis l'été, Ben avait grandi. Il était un peu plus grand que Runner à présent : un mètre soixante-huit, un mètre soixante-dix.

« Tu dois de l'argent à Trey ? Ta mère m'a dit qu't'avais des problèmes. Tu dois du fric à Trey ? » cracha-t-il à Ben avec son haleine jaune – bière et tabac, et peut-être une salade de thon à la moutarde. L'estomac de Ben gronda.

« Non ! Non ! » Il était conscient que sa voix était nerveuse, intimidée. Diondra se serra contre lui. « Je ne dois rien à personne.

– Alors pourquoi je serais censé te filer le fric que je me casse le cul à gagner, hein ? dit Runner d'une voix pleine d'amertume. C'est un truc que je pigerai jamais, toute l'idée d'assistanat : les pensions alimentaires en tout genre, à croire que le gouvernement a tout le temps les mains dans mes poches. C'est tout juste si j'arrive à subvenir à mes propres besoins, je vois pas pourquoi les gens se figurent que je devrais me taper trois boulots supplémentaires pour filer de l'argent à ma femme, qui possède *son exploitation agricole* à *elle. Sa maison à elle* sur l'exploitation. Et qu'a quatre gamins pour l'aider à faire tourner le tout. Faut pas déconner, moi, j'ai sûrement pas grandi dans l'idée que mon père se devait de m'entretenir, qu'il devait me filer du fric pour me payer des Nike, et la fac, et des belles chemises, et…

– De la bouffe, lâcha Ben, baissant les yeux sur ses bottes déglinguées tachées de viande hachée.

– Quoi ? Qu'est-ce que tu viens de me dire ? » Runner était sur lui maintenant. Ses iris bleus roulaient dans les orbites jaunes comme des poissons à la surface d'un lac glauque.

« Rien, marmonna Ben.

– Tu veux de l'argent pour ta teinture, c'est ça ? Tu veux de l'argent pour l'institut de beauté ?

– Il veut de l'argent pour sa nana… » commença Trey, mais Diondra lui fit signe de se taire en se passant frénétiquement la main sur le cou : non, non, non.

« Alors ça, c'est certainement pas à moi d'acheter des trucs à sa petite copine. C'est toi, sa nana maintenant, Diondra ? Le monde est petit. Mais c'est carrément pas mon affaire. »

Les armoires à glace avaient complètement cessé de jouer et contemplaient la scène avec un sourire méprisant. Puis le type aux cheveux blancs avança en boitillant et posa une main ferme sur l'épaule de Trey.

« Y a un problème, Trey ? Runner, là, il va casquer. Donne-lui encore vingt-quatre heures, OK ? J'me porte garant. Pigé ? » Le type avait les jambes bien écartées, comme si la gravité l'attirait au sol par les deux jambes, mais ses mains musclées et nerveuses s'enfonçaient dans l'épaule de Trey.

Runner sourit et fit jouer ses sourcils à l'intention de Ben, l'air de dire qu'ils avaient tous deux de quoi se réjouir. « T'inquiète pas, mon pote, c'est bon, dit-il à Ben. Ça va aller maintenant. »

Trey raidit l'épaule sous la main de l'homme, sembla sur le point de réussir à se dégager, puis laissa son regard se perdre dans le vague.

« Vingt-quatre heures, OK, Whitey. Pour toi.

– Je t'en sais gré, l'Peau-Rouge », dit l'homme. Il fit un clin d'œil et émit une espèce de chuintement joyeux comme pour appeler un cheval, puis il rejoignit ses potes. Des rires étouffés s'élevèrent du groupe juste avant que la boule de billard claque.

« Espèce de pauvre trouillard, cracha Trey à Runner. Demain soir, ici. Ou je te le jure, je vais t'amocher sérieusement. »

Le rictus victorieux de Runner, son sourire de bouffon, se dissipa, et il hocha par deux fois la tête et se tourna vers le bar en jetant sèchement : « Très bien, mais après, reste à l'écart de mes affaires.

– Mais, mon vieux, j'attends que ça. »

Comme ils se dirigeaient vers la sortie, Ben aurait voulu que Runner lui dise quelque chose – désolé, à plus tard, n'importe quoi. Mais il était déjà en train d'essayer de convaincre le barman de lui offrir un verre ou de lui en mettre un sur la note de Whitey, Whitey lui paierait bien une tournée. Runner avait déjà oublié Ben.

Trey et Diondra également : ils sortirent en trombe, laissant Ben planté là, les mains enfoncées dans les poches de son jean. Il croisa son image dans le miroir, son image tellement changée, et suivit son reflet pendant qu'il parlait à Runner.

« Hé, euh… p'pa », dit-il. Runner leva les yeux, énervé qu'il soit toujours là. C'était parce qu'il avait toujours l'impression de l'agacer comme un gamin que Ben tenait tant à gagner le respect de Runner. Tout à l'heure, il avait perçu un frémissement de complicité – ce mot, *mon pote* – et il voulait le voir revenir. L'espace d'un instant, il s'était vu en train de boire quelques bières au bar avec son père. C'était tout ce qu'il voulait du bonhomme, une bière ensemble une fois de temps en temps, rien de plus. « Je voulais juste te dire quelque chose. Ça pourrait te faire, euh… je ne sais pas, plaisir », et Ben se mit à sourire sans pouvoir s'en empêcher.

Runner resta immobile, les yeux endormis, sans expression.

« Je, euh… Diondra est enceinte. Je, euh… nous, Diondra et moi, nous allons avoir un bébé. » Et à ce moment-là son sourire éclata en grand pour la première fois. Pour la première fois, il se sentit vraiment bien, à le dire tout haut comme ça. Il allait être père. Un père, avec un petit être qui compterait sur lui, qui penserait qu'il était *le* mec.

Runner inclina sa tête sur le côté, leva négligemment sa bière, et dit : « Assure-toi juste que c'est le tien. J'en doute fort. » Puis il tourna le dos à Ben.

Dehors, Trey donnait des coups de pied dans le flanc de sa bagnole en pestant violemment, les lèvres serrées. « J'vais te dire, cette vieille bande ferait bien de s'éteindre un bon coup, parce que j'en ai marre, putain, de leur code de protection à la con. Tu me dis que c'est de l'honneur ? Mon cul, c'est que des vieux Blancs à la con qui essaient de s'accrocher à la dernière miette de business qu'ils peuvent encore palper avant de commencer à se chier dessus et à avoir besoin de porter un badge à leur nom pour se rappeler qui ils sont. Connard de Whitey ! » Il pointa un doigt vers Ben. Il y avait de la neige partout, qui coulait le long de sa chemise et fondait dans son cou. « Et ton vieux est une vraie merde s'il s'imagine que je crois à son baratin. J'espère que t'es pas trop attaché à lui parce que j'aimerais bien le foutre aux chiottes comme la merde qu'il est.

– Allons-y, maintenant, Trey », dit Diondra. Elle ouvrit la portière et fit passer Ben sur le siège arrière. « Mon père rentre la semaine prochaine, et je serai morte de toute façon. »

Ben avait envie de se donner des claques. La seule chose qu'il était censé ne pas dire, il avait gâché sa salive en la confiant à Runner. Il était tellement furieux que, dès qu'il fut monté sur le siège arrière, il se mit à flanquer des coups de poing dedans à l'aveuglette, à postillonner « connard, connard, connard », à donner des coups de pied dans le coussin, à heurter ses phalanges contre le toit de la voiture, à se cogner la tête contre la vitre jusqu'à ce que son front se remette à saigner. Et Diondra qui criait : « Chéri, chéri, qu'est-ce qu'il y a ?

– Je le jure, je le jure, putain de bordel, Diondra, merde. »

Annihilation.

Il ne pourrait jamais avouer à Diondra qu'il avait parlé.

« Faudrait que quelqu'un crève, putain », cracha Ben. La tête entre les mains, il sentit que Trey et Diondra se consultaient en silence. Trey lança finalement :

« Ton père est un vrai salaud, mec. » Il passa la marche arrière et sortit dans la rue en faisant crisser les pneus, projetant Ben contre la vitre. Diondra glissa une main à l'arrière et caressa les cheveux de Ben jusqu'à ce qu'il s'assoie droit, ou presque, en un genre de tas. Le visage de Diondra était vert sous le lampadaire, et soudain Ben put voir à quoi elle ressemblerait dans vingt ans. Elle serait flasque et boutonneuse, ainsi qu'elle décrivait sa mère. Elle aurait la peau épaisse et ridée, mais avec cet éclat électrique dû aux séances d'UV.

« Y a du matos dans la boîte à gants », dit Trey. Diondra l'ouvrit et se mit à farfouiller dedans. Elle en sortit une énorme pipe bourrée de feuilles. L'herbe se renversait partout. Trey dit : « *Mollo.* » Elle l'alluma et prit une bouffée, la passa à Trey. Ben avança une main – il était presque malade à présent, tout tremblant d'inanition, étourdi par le vacillement de la lumière des lampadaires, mais il n'avait pas l'intention de se laisser exclure. Trey retint la pipe. « Je sais pas si c'est bon pour toi, mon pote. C'est notre truc, à Diondra et à moi. Elle arrache, celle-là. Je suis sérieux, Diondra, ça pourrait bien être ce soir, j'ai besoin de sentir la puissance, je ne l'ai pas sentie depuis longtemps. Il faut peut-être le faire. »

Diondra continuait de regarder droit devant, la neige tourbillonnait.

« Et Ben pourrait en avoir besoin aussi, insista Trey.

– OK, allons-y, dans ce cas. Prends à gauche, là », dit Diondra.

Quand Ben demanda ce qui se passait, ils se contentèrent tous deux de sourire.

Libby Day
Aujourd'hui

Le ciel était d'un violet malade lorsque j'ai quitté le bar de Lidgerwood pour aller cahoter sur les petites routes défoncées qui menaient au site de déchets. Je me demandais ce que ça disait sur moi, que mon propre père vive sur une décharge toxique et sans que je l'aie jamais su. Et sans que je m'en sois jamais inquiétée. Des appâts insecticides. Du son, de la mélasse et de l'arsenic pour endiguer l'invasion de sauterelles des années trente. Quand les gens avaient cessé d'en avoir besoin, ils avaient tout simplement creusé des trous à ciel ouvert pour y balancer le produit, par sacs entiers. Puis ils étaient tombés malades.

Je regrettais fort de ne pas avoir d'escorte. Lyle, en train de gigoter à côté de moi dans une de ses vestes étriquées. J'aurais dû l'appeler. Dans ma précipitation, je n'avais prévenu personne de ma destination, et je n'avais pas utilisé ma carte de crédit depuis que j'avais fait le plein à Kansas City. Si quelque chose tournait mal, personne ne s'inquiéterait de moi avant des jours. Les seuls individus à avoir la moindre idée d'où je me trouvais, c'étaient les mecs du bar. Et ils n'avaient pas franchement l'air de bons citoyens.

« C'est ridicule », j'ai fait tout haut pour m'en convaincre. Je frissonnais quand je pensais à la raison pour laquelle je cherchais Runner : un nombre considérable de personnes pensaient que c'était lui qui avait tué les Day. N'empêche que je ne parvenais toujours pas à faire fonctionner ce scénario dans ma tête. Même si son alibi ne tenait plus. En vérité, j'avais du mal à me représenter Runner manier la hache. Je le voyais bien attraper le fusil dans une crise de rage – l'épauler, l'armer, et pan ! – mais la hache, ça ne cadrait pas. Trop de boulot. En plus, le lendemain, on l'avait retrouvé chez lui, endormi et toujours bourré de la veille. Ça, oui, Runner se serait soûlé la gueule après avoir massacré les siens. Mais il n'aurait jamais eu la discipline de rester sur place. Il serait parti en cavale, ce qui serait revenu à claironner sa culpabilité à tout le monde.

La décharge était délimitée par un grillage de mauvaise qualité percé de trous aux bords déchiquetés. Des mauvaises herbes à hauteur de taille poussaient partout comme dans une friche, et on apercevait au loin l'éclat de minuscules feux de camp. J'ai longé le périmètre de la clôture. Comme les herbes et les graviers heurtaient le dessous de ma voiture avec de plus en plus d'insistance, j'ai fini par m'arrêter. J'ai fermé ma portière avec un claquement étouffé, les yeux fixés sur ces flammes distantes. Il me faudrait environ dix minutes de marche pour atteindre le campement. Je me suis faufilée sans difficulté à travers une ouverture pratiquée dans le grillage à ma droite, et j'ai commencé à me frayer un chemin à travers les queues-de-renard qui me fouettaient les jambes. Le ciel se vidait à toute vitesse maintenant, il ne restait plus de l'horizon qu'une cuticule de rose. Je me suis aperçue que je fredonnais *Uncle John's Band*, sans raison valable.

Au loin se dressaient des arbres difformes, mais sur les premières centaines de mètres, il n'y avait que des herbes hautes sur le terrain vallonné. Une fois de plus, j'ai pensé à mon enfance, ce sentiment de sécurité apporté par toute cette herbe qui effleure vos oreilles, vos poignets et l'intérieur de vos mollets, comme si les plantes essayaient de vous apaiser. Je venais de faire quelques pas souples lorsque la pointe de ma botte s'est enfoncée dans les côtes d'une femme. J'ai littéralement senti les os s'écarter au moment où le petit bout en cuir se glissait entre eux. Elle était roulée en boule dans une flaque de pisse, les bras enveloppés autour d'une bouteille de gnôle sans étiquette. Elle s'est assise à demi, groggy, un côté de la figure et des cheveux maculé de boue. Elle a tourné vers moi un visage fané et des dents magnifiques et craché : « Lâche-moi, lâche-moi !

– C'est quoi, ce bordel ? » j'ai gueulé à mon tour. J'ai reculé à pas précipités, les bras en l'air comme si je voulais à tout prix éviter de la toucher, et j'ai repris mon chemin sans tarder en essayant de faire comme s'il ne s'était rien passé. J'espérais que la femme allait retomber dans les vapes, mais elle continuait de hurler, entre deux gorgées de tord-boyaux : « Lâche-moi, lâche-moi, lâche-moi. » Ses cris se sont mués en chant, puis en sanglots.

Les beuglements ont éveillé l'attention de trois hommes qui sont apparus derrière le bosquet tordu vers lequel je me dirigeais. Deux d'entre eux m'ont jeté un regard noir, belliqueux, et le plus jeune, un type squelettique d'une quarantaine d'années peut-être, est sorti comme une flèche. Il a accouru vers moi à pleine vitesse en brandissant un bâton au bout enflammé. J'ai reculé de deux pas et me suis immobilisée.

« Qui va là ? Qui va là ? » a-t-il hurlé. La mince flamme de sa torche s'est affaiblie dans une bourrasque, et finalement éteinte alors qu'il arrivait près de moi. Il a parcouru les derniers mètres au petit trot, puis s'est planté devant moi, fixant mollement les braises et la fumée de son arme. Avec la perte du feu, il ne subsistait de sa posture macho qu'une bouderie un peu dérisoire. « Qu'est-ce que vous voulez, vous avez rien à faire ici, il faut une autorisation, ça va pas du tout. » Il avait les yeux exorbités, il était tout crotté, mais ses cheveux étaient d'un blond éclatant, comme si c'était la seule chose dont il prenait soin. « Ça va pas du tout », il a répété. Il s'adressait plus aux arbres qu'à moi. J'ai regretté de n'avoir pas pris mon colt. Quand est-ce que j'allais cesser d'être tellement débile, bon sang.

« Je cherche un type du nom de Runner Day. » Je ne savais pas si mon père avait pris la précaution de s'affubler d'un faux nom, mais j'ai parié que, même si c'était le cas, il l'aurait oublié à la troisième ou à la huitième bière. J'avais raison.

« Runner ? Qu'est-ce que vous lui voulez ? Il vous a volé quelque chose ? Qu'est-ce qu'il a pris ? Il m'a piqué ma montre et il refuse de me la rendre. » Le type a rentré la tête dans les épaules comme un môme et s'est mis à tripoter un bouton détaché au bas de sa chemise.

Juste à la sortie du sentier, une quinzaine de mètres plus loin, j'ai perçu un mouvement lancinant. C'était un couple en pleine action, jambes, cheveux et visages emmêlés avec colère ou dégoût. Leurs jeans à tous deux étaient entortillés autour de leurs chevilles, et le cul rose de l'homme s'agitait comme un marteau-piqueur. Le blond les a regardés, il a gloussé, et il a marmonné quelque chose dans sa barbe. *Fendard.*

« Je n'ai rien contre lui, contre Runner, j'ai ajouté, l'arrachant à la contemplation du couple. Je suis de sa famille, c'est tout.

— Runnerrrrr ! » a brusquement hurlé le type par-dessus son épaule. Puis il s'est retourné vers moi. « Il vit dans la maison la plus éloignée, là-bas, à la limite du campement. Vous avez un truc à bouffer ? »

Sans répondre, je me suis remise en marche, tandis que le couple jouissait bruyamment derrière moi. Les feux de camp se sont faits plus lumineux et plus rapprochés lorsque j'ai atteint l'allée principale – un bout de terrain écorché, garni de tentes qui s'affaissaient comme des parapluies déglingués par la tempête. Un grand brasier flambait au centre du camp. Une femme avec des bajoues prononcées attisait les flammes sans tenir compte des boîtes de haricots et de soupe grésillantes qui noircissaient et débordaient sous l'effet de la chaleur. Un couple plus jeune, les bras couverts de croûtes, l'observait depuis le seuil d'une tente. La femme portait sur le devant de la tête un chapeau d'hiver d'enfant qui laissait émerger un visage pâle d'une laideur abyssale. Juste derrière eux, deux vieux avec des pissenlits entrelacés dans leur tignasse dévoraient le contenu d'une boîte de conserve avec les doigts. Le ragoût épais fumait dans l'air.

« Enfin, Beverly ! a jeté l'homme couvert de croûtes à la gardienne du feu. Je crois que c'est cuit, là, bon sang. »

Lorsque j'ai pénétré sur le site du campement, ils sont tous tombés dans le silence. Ils avaient entendu l'autre crier le nom de Runner. Un vieil homme a pointé un doigt sale en direction de l'ouest – « Il est là-bas » – et j'ai laissé la chaleur des feux pour m'enfoncer dans un fouillis de ronces fraîches. De ce côté, le terrain était plus nettement vallonné : les petites collines se succédaient comme des vagues charnues dans l'océan, hautes de douze ou quinze mètres seulement. À environ neuf collines de moi, j'ai distingué la chose : une lueur constante, comme un lever de soleil.

En suivant les ondulations du terrain, j'ai enfin atteint le sommet de la dernière crête et découvert la source de lumière. La maison de Runner était en fait une énorme cuve de mélange qui ressemblait à une piscine hors sol. L'édifice émettait tant de lumière que, pendant un instant, j'ai redouté qu'il soit radioactif. Ça ne serait pas fluo, l'arsenic insecticide ?

En descendant vers le réservoir, j'ai entendu les échos amplifiés des mouvements de Runner. On aurait dit un scarabée marchant sur une peau de tambour. Il se faisait la morale à voix basse comme un instit en colère – « Eh bien, vous auriez peut-être pu y penser avant, monsieur le Petit Malin » – et la cuve diffusait le bruit jusqu'au ciel, qui avait maintenant la teinte violette d'une robe de deuil. « Ouais, je crois que t'as vraiment réussi ton coup cette fois, mon vieux Runner », qu'il disait. La cuve faisait environ trois mètres de haut, avec une échelle appuyée sur un côté. J'ai commencé à me hisser au sommet en appelant mon père.

– « Runner, c'est Libby. Ta fille », j'ai beuglé. La rouille de l'échelle me filait des démangeaisons aux mains. Des bruits de gargarismes venaient de l'intérieur. J'ai monté quelques barreaux supplémentaires avant de pouvoir jeter un œil dans la cuve. Runner était plié en deux au-dessus du sol, agité de violents haut-le-cœur. Tout d'un coup, il a expulsé une répugnante boule rougeâtre, comme un athlète aurait pu cracher une chique. Puis il s'est allongé sur une serviette de plage sale, a ajusté une casquette de base-ball de biais sur sa tête et a hoché la tête d'un air satisfait comme si un boulot, quelque part, avait été accompli proprement. Une demi-douzaine de torches brillaient comme des chandelles autour de lui, illuminant son visage buriné taillé à la serpe, et un amas de saloperies : des minifours qui avaient perdu leurs boutons, un pot en fer-blanc, un tas de montres et de chaînes en or, un minifrigo qui n'était branché nulle part. Il reposait sur le dos dans la pose nonchalante d'un type qui prend un bain de soleil, une jambe croisée sur l'autre, portant une bière à ses lèvres, un pack de douze avachi à ses côtés. J'ai beuglé son nom de nouveau et il a tourné les yeux, puis poussé le nez en avant comme un chien de chasse prêt à l'attaque quand il m'a repérée. C'était un geste que je faisais aussi.

« Qu'est-ce que tu veux ? a-t-il craché d'un ton cassant, resserrant les doigts autour de sa canette de bière. J'ai prévenu tout le monde, pas de business ce soir.

– Runner, c'est Libby. Libby, ta fille. »

Il s'est redressé sur ses coudes, et a tourné sa casquette vers l'arrière. Puis il a passé une main sur le filet de salive séchée sur son menton. Il a réussi à en enlever une partie.

« Libby ? » Il s'est fendu d'un grand sourire. « Libby, la p'tite Libbyyyy ! Eh ben, descends, mon chou ! Viens dire bonjour à ton vieux. » Il s'est remis tant bien que mal en position verticale, au milieu de la cuve. La réverbération dotait sa voix d'accents profonds et mélodieux, et les torches, comme un feu de camp, donnaient à son visage un éclat un peu fou. Toujours sur l'échelle, qui se courbait par-dessus le sommet de la cuve puis s'arrêtait, j'hésitais.

« Allez, entre, Libby, c'est la nouvelle maison de ton paternel ! » Il a levé les bras vers moi. Le saut n'était pas dangereux, mais ce n'était pas de la tarte non plus.

« Allez, quoi ! Doux Jésus, tu fais tout ce chemin pour venir me voir, et maintenant tu vas faire ta chochotte ! » a aboyé Runner. À ces mots, j'ai passé mes jambes de l'autre côté et suis restée assise sur le rebord comme une nageuse qui a le trac. Après un nouveau « Ah, bon sang ! » de Runner, j'ai commencé à me laisser glisser maladroitement. Runner avait toujours été prompt à traiter ses enfants de mauviettes, de lâches. Je n'avais véritablement connu le bonhomme que pendant un été : mais quel été ! Ses sarcasmes marchaient toujours avec moi : je finissais par me balancer à une branche d'arbre, sauter du grenier à foin, me jeter dans la crique alors même que je ne savais pas nager. Et je ne me sentais jamais triomphante après coup, juste furieuse. À présent, je me laissais glisser dans une cuve rouillée, et tandis que mes bras commençaient à trembler et mes jambes à battre l'air, Runner s'est approché et m'a saisie par la taille. Il m'a détachée du mur, et a commencé à me faire tournoyer en petits cercles frénétiques. Mes courtes jambes virevoltaient autour de moi comme si j'avais de nouveau sept ans, et je me suis mise à me débattre pour les reposer sur le sol, ce qui a eu pour seul effet de pousser Runner à me tenir encore plus serré, les bras glissés sous mes seins, tandis que je flottais comme une poupée de chiffon.

« Arrête, Runner, pose-moi, arrête. » Nous avons heurté deux torches, qui se sont mises à rouler sur elles-mêmes en promenant leurs rayons dans tous les coins. Comme ces torches qui m'avaient traquée ce soir-là.

« Dis pouce, a ricané Runner.

– Pose-moi. » Il m'a fait tourner plus fort. Mes seins étaient écrasés contre mon cou, mes aisselles meurtries par la prise de Runner.

« Dis pouce.

– Pouce ! » j'ai hurlé, les yeux rétrécis par la colère.

Runner m'a libérée. Comme si j'avais été jetée d'une balançoire, je me suis soudain retrouvée propulsée en l'air, sans poids. Quand j'ai enfin atterri, j'ai dû faire trois grands pas avant de heurter le bord de la cuve dans un grand fracas métallique. Je me suis frotté l'épaule.

« Bon Dieu, mes mômes ont toujours été des gros bébés ! » a fait Runner, hors d'haleine, les deux mains sur ses genoux. Il a renversé la tête en arrière et a fait craquer bruyamment les os de son cou. « Passe-moi une binouze, chérie. »

Runner avait toujours été comme ça – il faisait le dingue, puis se calmait d'un coup, et s'attendait aussitôt à vous voir passer l'éponge sur l'outrage qu'il venait de vous infliger. Je suis restée debout, les bras croisés, sans lever le petit doigt pour aller chercher la bière.

« Nom de Dieu, Debby, euh… Libby, qu'est-ce qu'il y a, t'es devenue féministe ou quoi ? Donne un coup de main à ton vieux.

– Tu sais pourquoi je suis là, Runner ?

– Nan. » Il est allé se chercher sa canette lui-même en me décochant un regard plein de sourcils qui faisaient disparaître tout son front dans une jungle de plis. J'avais cru que ma visite lui ferait un plus gros choc que ça, mais il y avait trop longtemps que la partie de son cerveau encore capable de surprise s'était confite dans l'alcool. Ses journées étaient tellement informes et décousues qu'il pouvait s'y passer n'importe quoi, alors pourquoi pas une visite de sa fille après la moitié d'une décennie ?

« Combien de temps ça fait que je t'ai pas vue, petite fille ? T'as eu le cendrier en forme de flamant rose que je t'ai envoyé ? » Le cendrier en forme de flamant rose que j'avais reçu plus de vingt ans auparavant, quand j'étais une non-fumeuse de l'âge de dix ans.

« Est-ce que tu te souviens de la lettre que tu m'as envoyée, Runner ? j'ai demandé. À propos de Ben ? Tu disais que tu savais que ce n'était pas lui… le coupable.

– Ben ? Pourquoi j'écrirais à ce branleur ? C'est une mauvaise graine. Tu sais, c'est pas moi qui l'ai élevé, c'est entièrement sa mère. Il est né tordu et il est resté tordu. Si ça avait été un animal, ça aurait été l'avorton de la portée et on l'aurait piqué.

– Est-ce que tu te rappelles la lettre que tu m'as écrite à *moi*, il y a à peine quelques jours ? Tu disais que tu étais en train de mourir et que tu voulais dire la vérité sur ce qui s'était passé cette nuit-là.

– Des fois je me demande s'il était même à moi, si c'était même mon môme. Je me suis toujours un peu senti comme un pigeon, quand je l'élevais. Je me disais que les gens devaient sûrement se fendre bien la gueule quand j'avais le dos tourné. Parce qu'y a rien de rien en lui qui me rappelle moi. C'était le fils de sa mère à cent pour cent. Le fifils à sa maman.

– Dans la lettre, rappelle-toi la lettre, Runner, il y a juste quelques jours, tu disais que tu savais que ce n'était pas Ben le meurtrier. Est-ce que tu sais seulement que Peggy revient sur ton alibi ? Ton ancienne copine, Peggy ? »

Runner a pris une longue gorgée de bière et a grimacé. Puis il a glissé un pouce dans la poche de son jean et poussé un rire rageur.

« C'est vrai, je t'ai écrit une lettre. J'avais oublié. C'est vrai, je suis en train de claquer, j'ai une scoli… c'est quoi le truc du foie quand il est bousillé ?

– Une cirrhose ?

– Ouais, c'est ça. Plus un truc aux poumons. Paraît que je vais crever dans l'année. Je savais que j'aurais dû épouser une femme qui ait une assurance-maladie. Peggy en avait une, elle arrêtait pas d'aller se faire nettoyer les dents, elle avait des *ordonnances*. » Il disait ça comme si elle dînait au caviar, des *ordonnances*.

« Il faut toujours prendre une assurance-maladie, Libby. C'est très important. Sans ça, tu vaux que dalle. » Il a étudié le dos de sa main, puis cligné des yeux. « Donc je t'ai écrit. Il y a quelques trucs qu'il faudrait trancher une bonne fois pour toutes. Ça a chié de tous les côtés, le jour des meurtres, Libby. J'y ai beaucoup repensé, ça m'a rongé. C'était un putain de mauvais jour. Un jour maudit, genre. Day-moniaque, a-t-il ajouté, désignant sa poitrine. Mais la vache, c'était une telle chasse aux sorcières à l'époque, ils auraient mis n'importe qui en taule. Je n'ai pas pu témoigner comme je l'aurais voulu. Ça n'aurait pas été malin. »

Il a dit ça comme s'il s'était agi d'une simple décision de routine, puis il a poussé un rot discret. J'ai envisagé de prendre le pot en fer-blanc et de le lui écraser sur la figure.

« Eh bien, tu peux parler maintenant. Qu'est-ce qui s'est passé, Runner ? Dis-moi ce qui s'est passé. Ça fait plus de vingt ans que Ben est en prison, alors si tu sais quelque chose, dis-le maintenant.

— Et puis quoi ? Je vais en taule ? » Il a poussé un grognement indigné, s'est assis sur sa serviette de plage et s'est mouché à l'aide d'un des coins. « C'est pas comme si ton frère était un petit saint, hein. Il était branché sorcellerie, Satan, toute cette merde. Tu frayes avec le diable, tôt ou tard va falloir que tu passes à la casserole… j'aurais dû m'en douter quand je l'ai vu avec Trey Teepano, ce putain de… salopard. »

Trey Teepano, le nom qui revenait sans cesse sans mener nulle part.

« Qu'est-ce qu'il a fait, Trey Teepano ? »

Runner est parti d'un grand sourire, une dent cassée dépassant de sa lèvre inférieure. « La vache, les gens n'ont aucune idée de ce qui s'est passé cette nuit-là, c'est hilarant.

— Ce n'est pas hilarant. Ma mère est morte, mon frère est en prison. Tes enfants sont morts, Runner. »

À ces mots, il a redressé fièrement la tête, et levé les yeux sur une lune aussi courbe qu'une clé anglaise. « T'es pas morte, toi, a-t-il dit.

— Michelle et Debby sont mortes. Patty est morte.

– Mais pourquoi pas toi, tu te poses jamais la question ? » Il a craché un mollard sanglant. « C'est bizarre, non ?

– Quel rapport Trey Teepano a-t-il avec tout ça ?

– Est-ce que j'ai une récompense si je parle ?

– Certainement, oui.

– Je ne suis pas innocent, pas entièrement, mais ton frère ne l'est pas non plus, et Trey non plus.

– Qu'est-ce que t'as fait, Runner ?

– Qui a récupéré tout le fric ? C'est pas moi.

– Quel fric ? On n'avait pas de fric.

– Ta mère avait du fric. Ta salope de mère, elle avait du fric, crois-moi. »

Debout désormais, il me jetait des regards noirs. Ses pupilles démesurées éclipsaient ses iris et faisaient ressembler ses yeux bleus à des éruptions solaires. Il a de nouveau rejeté la tête en arrière, en un mouvement fébrile, bestial, et s'est mis à avancer vers moi. Il tenait les paumes ouvertes, comme pour me montrer qu'il n'allait pas me faire de mal, ce qui a eu pour seul effet de me persuader que c'était précisément son intention.

« Où est passé tout cet argent, Libby, le fric de l'assurance-vie de Patty ? C'est un autre mystère sur lequel tu dois t'interroger. Parce que ce qu'est sûr, putain, c'est que je l'ai pas.

– Personne n'a eu l'argent, Runner. Il est entièrement passé à défendre Ben. »

Runner me surplombait à présent, il essayait de m'effrayer comme il le faisait quand j'étais gamine. C'était un petit homme, mais il faisait quand même une bonne vingtaine de centimètres de plus que moi, et il soufflait bruyamment sur moi son haleine tiédasse de bière métallique.

« Qu'est-ce qui s'est passé, Runner ?

– Ta mère, toujours à garder du fric pour elle, pas une seule fois elle m'a aidé. J'ai consacré des années à cette exploitation et j'ai jamais vu un cent. Eh bien, elle a eu la monnaie de sa pièce. Et ta salope de mère en est la seule responsable. Si elle m'avait filé ce fric…

– Tu lui as demandé de l'argent ce jour-là ?

– Toute ma vie j'ai dû de l'argent à des gens, il a dit. Toute ma vie, je n'ai jamais pu avancer parce que j'étais toujours endetté. T'as du fric, Libby ? Putain oui, t'en as, t'as écrit ce bouquin, n'est-ce pas ? Alors t'es pas vraiment innocente non plus. Donne-moi du fric, Libby. Donne un peu de monnaie à ton vieux bonhomme. J'irai m'acheter un foie au marché noir, puis je ferai tous les témoignages que tu voudras. Tout ce que tu voudras, bébé. » Il m'a donné une chiquenaude de deux doigts au milieu de la poitrine, et j'ai commencé à essayer de reculer lentement.

« Si tu es impliqué de quelque façon que ce soit dans ce qui s'est passé cette nuit-là, ça va être découvert, Runner.

– Ah oui ? Rien n'a été découvert à l'époque, alors pourquoi ça devrait l'être maintenant ? Tu crois que les flics, les avocats, tous les gens qui ont participé à cette affaire, tous ceux qui sont devenus célèbres grâce à cette affaire… » À présent, il me montrait du doigt, la lèvre inférieure saillante. « Tu crois qu'ils vont juste faire, quoi : "Oups, on s'est plantés, tu peux y aller, Benny chéri, sors d'ici et profite de la vie." Nan. Ça fait rien, ce qui s'est passé, il est là-dedans jusqu'à la fin de ses jours.

– Pas si tu dis la vérité.

– T'es exactement comme ta mère, tu sais, si… conne. Jamais se laisser porter, toujours chercher la difficulté. Si elle m'avait aidé ne serait-ce qu'une fois, au cours de toutes ces années… mais ça a toujours été une vraie garce. Je ne suis pas en train de dire qu'elle méritait de mourir… » Il a rigolé, s'est mordillé une petite peau… « Mais putain, c'était une femme dure. Et elle a élevé un putain de pédophile. Un sale pervers. Jamais, au grand jamais ce gamin ne s'est comporté en homme. Oh, et tu pourras dire à Peggy qu'elle peut aller se faire mettre, aussi. »

Là-dessus, je me suis détournée pour m'en aller, et j'ai réalisé que je ne pouvais pas remonter sans l'aide de Runner. Je lui ai de nouveau fait face.

« Ben, le petit agneau, tu crois vraiment qu'il a commis ces meurtres tout seul ? Ben ?

– Alors qui était là, Runner ? Qu'est-ce que t'essaies de dire ?

– Ce que je dis, c'est que Trey, il avait besoin de fric, c'était un bookmaker qui voulait son dû.

– Pas toi ?

– Je vais pas baver maintenant, mais c'était un bookmaker, et cette nuit-là, il était avec Ben. Comment tu crois qu'il est rentré dans cette baraque pourrie ?

– Si tu crois que c'est ce qui s'est passé, si tu crois que Trey Teepano a tué notre famille, il faut que tu en témoignes, j'ai coupé. Si c'est la vérité.

– Ouh là, tu sais rien du tout. » Il m'a agrippée par le bras. « Tu attends tout, tu veux tout gratuitement, un don généreux, et moi qui risque ma peau pour… Je t'avais dit d'apporter du fric. Je te l'avais dit. »

Je me suis dégagée, j'ai attrapé le minifrigo et j'ai commencé à le tirer en dessous de l'échelle. Le raclement de l'engin sur le sol était assez bruyant pour noyer la voix de Runner. Je l'ai escaladé. Mes doigts étaient encore à plusieurs centimètres du sommet de la citerne.

« File-moi cinquante dollars et je te fais la courte échelle », a dit Runner en me toisant paresseusement. Je me suis étirée pour essayer d'atteindre le rebord, je me suis mise sur la pointe des pieds, dans un effort immense, mais là j'ai senti le frigo se dérober sous moi et le temps de dire ouf je suis tombée par terre. Je me suis cogné la mâchoire et mordu le côté de la langue, mes yeux se sont emplis de larmes sous l'effet de la douleur. Runner a éclaté de rire. « Bon sang, quel bazar ! il a dit en me regardant. T'as peur de moi, p'tite fille ? »

Je me suis glissée derrière le frigo, gardant les yeux sur lui tout en cherchant des choses à empiler pour escalader le mur.

« Je tue pas les filles, a-t-il dit sans raison. Je tuerai jamais des petites filles. » Ses yeux se sont alors éclairés : « Hé, au fait, est-ce qu'ils ont trouvé Diedre, en fin de compte ? »

Je connaissais le nom, je savais ce qu'il essayait de dire.

« Diondra ?

— Ouais, Di-*on*-dra !

— Qu'est-ce que tu sais sur elle ?

— Je me suis toujours demandé s'ils l'avaient butée cette nuit-là. On l'a jamais revue ensuite.

— La… petite amie de Ben, j'ai soufflé.

— Ouais, c'est ça, j'imagine. La dernière fois que je l'ai vue, c'était avec Ben et Trey. J'espère quand même qu'elle s'est enfuie. J'aime bien l'idée d'être grand-père, des fois.

— Qu'est-ce que tu racontes ?

— Ben l'avait foutue en cloque. En tout cas, c'est ce qu'il racontait. Il en faisait toute une affaire, comme si c'était un exploit, putain. Donc je l'ai vue ce soir-là et ensuite elle a jamais reparu. Ça m'a un peu tra-

cassé, j'ai pensé qu'elle était morte. Est-ce que c'est
pas un truc de satanistes, ça, tuer des femmes enceintes
et leurs bébés ? En tout cas, ce qui est sûr, c'est qu'elle
a disparu.

– Et t'as rien dit à la police ?

– Euh, en quoi ça me regarde ? »

Patty Day
2 janvier 1985
21 h 12

La maison avait sombré dans le silence pendant quelques secondes après que Runner eut filé à la recherche de quelqu'un d'autre à qui soutirer du fric. Peggy Banion, c'était sa copine maintenant, à ce qu'avait entendu Patty. Pourquoi il n'allait pas la harceler, elle ? Mais il l'avait sans doute déjà fait.

Une, deux, trois secondes avaient passé. Puis les filles s'étaient changées en un magma de questions et d'inquiétude, et Patty s'était retrouvée avec des petites mains partout sur elle, comme si elles essayaient de se réchauffer à un feu de camp particulièrement faiblard. Runner s'était montré effrayant cette fois-ci. Il avait toujours eu un côté menaçant, il avait toujours été colérique lorsqu'il ne parvenait pas à ses fins, mais il n'avait jamais été aussi près de s'en prendre à elle physiquement. Enfin presque. Lorsqu'ils étaient mariés, il y avait eu des mêlées, des petites claques sur le sommet de la tête, destinées davantage à la rendre encore plus furieuse et à lui rappeler son impuissance qu'à faire vraiment mal. « Pourquoi y a rien à bouffer dans le frigo ? » Claque. « Pourquoi c'est un tel bordel ici ? » Claque. « Où passe tout le fric, Patty ? » Claque, claque, claque. « Tu m'écoutes, ma grande ? Qu'est-ce que tu fous de tout le fric ? » Cet homme était obsédé par l'argent. Même dans les rares moments de tendresse paternelle où il jouait de mauvaise grâce au Monopoly avec les petits, il passait le plus clair de son temps à faucher de l'argent dans la banque, serrant les billets orange vif et mauves sur ses genoux. « Tu me traites de tricheur ? » Claque. « Tu dis que ton paternel est un tricheur, Ben ? » Claque, claque, claque. « Tu te crois plus malin que moi ? » Claque.

Près d'une heure après le départ de Runner, les filles étaient toujours agglutinées sur elle, contre elle, derrière elle, partout sur le canapé, à lui demander ce qui n'allait pas, ce qui n'allait pas avec Ben, pourquoi p'pa était tellement en colère. Pourquoi avait-elle mis p'pa en colère ? C'est Libby qui était assise le plus loin d'elle, roulée en boule. Elle se suçait un doigt, son cerveau anxieux était manifestement bloqué sur la visite chez les Cates, le flic. Elle avait l'air fiévreuse, et lorsque Patty tendit la main pour toucher sa joue, elle tressaillit.

« Ça va aller, Libby.

– Non, ça ne va pas aller, dit-elle, fixant des yeux impassibles sur Patty. Je veux que Ben revienne.

– Il va revenir, dit Patty.

– Comment tu l'saiiiis ? » gémit Libby.

Debby sauta sur ces mots. « Tu sais où il est ? Pourquoi on n'arrive pas à le trouver ? Est-ce qu'il a des ennuis à cause de ses cheveux ?

– Je sais pourquoi il a des ennuis, déclara Michelle de sa voix la plus insinuante. À cause du sexe. »

Le sang de Patty ne fit qu'un tour. Ces accents affectés et médisants la mettaient hors d'elle. C'était le ton des mégères en bigoudis, des chuchotements complices dans les rayons des supermarchés. Dans tout Kinnakee, les gens employaient ce ton pour parler de sa famille à l'heure qu'il était. Elle attrapa Michelle par le bras, plus fort qu'elle n'en avait l'intention.

« Qu'est-ce que tu racontes, Michelle, qu'est-ce que tu crois savoir ?

— Rien, m'man, rien, laissa échapper la fillette. Je disais ça comme ça, j'en sais rien. » Elle se mit à pleurnicher, comme à chaque fois qu'elle s'était fourrée dans la mouise et qu'elle se savait dans son tort.

« Ben est ton frère, tu ne dis pas de méchancetés sur ton frère. Pas à l'intérieur de cette famille et encore moins à l'extérieur. C'est-à-dire à l'église, à l'école, etc.

— Mais, m'man… commença Michelle, toujours en sanglots. Je l'aime pas, Ben.

— Ne dis pas ça.

— Il est mauvais, il fait des choses mauvaises, tout le monde le sait à l'école…

— Tout le monde sait quoi, Michelle ? » Son front devint soudain brûlant. Elle aurait voulu que Diane soit là. « Je ne comprends pas ce que tu dis. Est-ce que Ben… est-ce que tu es en train de me dire que Ben t'a fait… du mal ? »

Elle s'était promis de ne jamais poser la question : le simple fait d'envisager la chose représentait une trahison vis-à-vis de Ben. Lorsqu'il était plus jeune, quand il avait sept ou huit ans, il avait pris l'habitude de se glisser dans son lit la nuit. Quand elle se réveillait, il était en train de passer les doigts dans ses cheveux, de prendre son sein en coupe dans sa main. Moments innocents mais perturbants où elle se réveillait d'humeur sensuelle, excitée, puis se précipitait hors du lit en se drapant dans sa chemise de nuit et sa robe de chambre comme une vierge effarouchée. « Non, non, non, tu ne touches pas ta maman comme ça. » Mais elle n'avait jamais soupçonné – jusqu'à aujourd'hui – que Ben aurait pu faire quoi que ce soit à ses sœurs. Elle laissa ses questions en suspens. Michelle, de plus en plus agitée, faisait tressauter ses grosses lunettes sur son nez pointu, en larmes.

« Michelle, je suis désolée de t'avoir crié dessus. Ben a des ennuis. Maintenant, est-ce qu'il t'a fait quoi que ce soit que je doive savoir ? » Elle avait les nerfs à vif : elle avait des moments de panique pure, suivis d'instants de détachement total. Elle sentait la terreur s'élever à présent, une propulsion semblable au décollage d'un avion.

« Fait quoi ?

– Est-ce qu'il t'a touchée bizarrement ? D'une façon pas fraternelle ? » Un vide sans attaches, à présent, comme si les moteurs s'éteignaient.

« Les seules fois où il me touche, c'est pour me pousser, pour me tirer les cheveux ou pour me bousculer », récita Michelle : sa litanie habituelle.

Soulagement, oh ! soulagement.

« Alors qu'est-ce que les gens racontent sur lui à l'école ?

– C'est un cinglé, c'est carrément gênant. Personne ne peut le sentir. Sérieusement, t'as qu'à aller voir dans sa chambre, m'man, il a tout un tas de trucs tordus. »

Elle s'apprêtait à faire la morale à Michelle sur le fait d'aller dans la chambre de Ben sans sa permission, et elle eut envie de se mettre une claque. Elle pensa à ce que lui avait dit l'inspecteur Collins, les organes d'animaux, dans des boîtes Tupperware. Elle les imaginait. Certains tout secs et rabougris, comme des balles toutes raides, d'autres frais, dont l'odeur vous prenait à la gorge quand vous ouvriez le couvercle.

Patty se leva. « Il y a quoi dans sa chambre ? »

Elle se dirigea vers le fond du couloir, trébucha une fois de plus sur le fichu fil de la ligne téléphonique de Ben. Elle dépassa la porte cadenassée de son fils, tourna à gauche, dépassa la chambre des filles et entra dans la sienne. Des chaussettes, des chaussures et des jeans traînaient partout, épaves de chaque jour, abandonnées en tas.

En ouvrant sa table de nuit, elle trouva une enveloppe sur laquelle Diane avait griffonné « En cas d'urgence » de son écriture régulière et allongée en tout point semblable à celle de leur mère. À l'intérieur, il y avait cinq cent vingt dollars en liquide. Elle ne voyait pas du tout quand Diane avait pu la glisser là, et elle se félicita de n'en avoir rien su, car dans le cas contraire Runner aurait senti qu'elle lui cachait quelque chose. Elle porta les billets à son visage et les renifla. Puis elle rangea l'enveloppe et sortit un coupe-boulon qu'elle avait acheté quelques semaines auparavant, juste pour l'avoir sous la main, si jamais elle avait besoin de s'introduire dans la tanière de Ben. Cette idée lui avait fait honte. Elle reprit le couloir. La chambre des filles ressemblait à un asile de nuit, il y avait des lits contre tous les murs sauf celui de la porte. Elle voyait déjà les flics en train de faire la grimace – « Elles dorment toutes là-dedans ? » – quand un arôme d'urine l'atteignit : elle réalisa qu'une des petites avait dû mouiller son lit la nuit précédente. Ou celle d'avant ?

Elle hésita à changer les draps tout de suite, mais se força à retourner directement à la porte de Ben. Au niveau de ses yeux, un vieil autocollant des guitares Fender à moitié arraché. Elle eut une brève montée de nausée et faillit renoncer. Et si elle trouvait des photos incriminantes, des Polaroid ignobles ?

Clac. Le cadenas tomba sur la moquette. Elle cria aux filles, qui l'observaient comme des biches effrayées depuis l'embrasure du living-room, d'aller regarder la télé. Elle dut le répéter trois fois – « allez regarder

la télé, allez regarder la télé, allez regarder la télé »
– avant que Michelle s'éloigne enfin.

Le lit de Ben était défait, froissé sous un tas de
vestes, de jeans et de pulls, mais le reste de la chambre
n'était pas un foutoir. Son bureau était couvert de carnets, de cassettes, et surmonté d'un globe vieillot qui
avait appartenu à Diane. Patty le fit tourner, laissant une
marque dans la poussière près de la Rhodésie avec son
doigt, puis elle se mit à feuilleter les carnets. Ils étaient
couverts de logos de groupes : AC/DC, avec la barre
de fraction en forme d'éclair, Venom, Iron Maiden. À
l'intérieur, Ben avait dessiné des pentagrammes et écrit
des poèmes sur le meurtre et Satan.

L'enfant est à moi
Mais en fait non
Car plus sombre est le dessein de Satan
Tuer le bébé et sa mère
Puis chercher plus loin
Et en tuer encore un

Elle fut traversée par une onde malade, comme si
une veine allant de sa gorge à son pelvis s'était gâtée.
Elle parcourut d'autres carnets, et comme elle secouait
le dernier, il s'ouvrit naturellement au milieu. Sur des
pages et des pages, Ben avait dessiné au stylo à bille
des vagins avec des mains qui s'introduisaient dedans,
des utérus avec à l'intérieur des créatures arborant des
sourires démoniaques, des femmes enceintes coupées
en deux, leur bébé à moitié sorti.

Patty, prise de vertige, s'assit sur la chaise de Ben,
mais elle continua d'examiner le carnet jusqu'à ce
qu'elle tombe sur une page avec plusieurs noms de
filles écrits l'un au-dessus de l'autre comme une pile de
crêpes : Heather, Amanda, Brianne, Danielle, Nicole, et

ainsi de suite, dans une calligraphie gothique de plus en plus élaborée : Krissi, Chrissy, Krissi, Krissie, Krissi, Krissi Day, Krissi Day, Krissi Dee Day, Krissi D. Day, Krissi D-Day !

Krissi Day, à l'intérieur d'un cœur.

Patty posa la tête sur le bureau frais. Krissi Day. Comme s'il allait épouser la petite Krissi Cates. Ben et Krissi Day. Est-ce que c'était ça qu'il pensait ? Est-ce que ça justifiait ce qu'il lui faisait ? Est-ce qu'il s'imaginait ramener cette fillette à la maison pour dîner, histoire de présenter sa petite amie à sa mère ? Et Heather. C'était le nom de la fille Hinkel, qui était chez les Cates. Est-ce que les autres noms étaient ceux d'autres petites filles à qui il avait fait du mal ?

La tête lourde, Patty se força à rester immobile. Elle allait juste laisser sa tête là, sur le bureau, jusqu'à ce que quelqu'un lui dise quoi faire. Elle était douée pour ça ; il lui arrivait de rester assise pendant des heures sans quitter sa chaise, à dodeliner de la tête comme la pensionnaire d'une maison de retraite en repensant à son enfance, à l'époque où ses parents avaient une liste de corvées pour elle, lui disaient quand aller au lit, quand se lever et quoi faire pendant la journée, l'époque où personne ne lui demandait jamais de prendre la moindre décision. Mais tandis qu'elle fixait les draps froissés du lit de Ben, avec leur motif d'avions, et repensait au jour où il avait réclamé des draps neufs – des draps *unis* –, environ un an plus tôt, elle remarqua un sac plastique roulé en boule qui dépassait sous le cadre du lit. Elle se mit à quatre pattes et en sortit un vieux sac de courses. Il pesait un certain poids, oscillait comme un pendule. Elle jeta un coup d'œil à l'intérieur et ne vit d'abord que des fringues, avant de s'apercevoir qu'elle regardait des motifs féminins : des fleurs et des cœurs, des champignons et des arcs-en-ciel. Elle les renversa en tas sur le sol, craignant encore que les Polaroid qu'elle redoutait tant se renversent en même temps. Mais c'étaient seulement des vêtements : des slips, des maillots de corps, des bloomers. Ils étaient tous de tailles différentes, du six mois à de l'âge de Krissi. Ils n'étaient pas neufs. Autrement dit, ils avaient été portés par des petites filles. Exactement comme l'avait dit l'inspecteur. Patty les remit dans le sac.

Son fils. Son fils. Il irait en prison. La ferme serait perdue, Ben serait en prison, et les filles... Elle réalisa, comme c'était trop souvent le cas, qu'elle ne savait pas comment réagir à bon escient. Ben allait avoir besoin d'un bon avocat, et elle ne savait pas comment s'y prendre pour lui en trouver un...

Elle retourna dans le living, persuadée qu'elle ne pourrait jamais supporter un procès. Elle expédia les filles dans leur chambre d'une voix brutale, s'attirant au passage des regards surpris, blessés et effrayés. Elle voyait bien que son statut de mère célibataire débordée allait rendre les choses encore plus difficiles pour Ben, aggraver terriblement les apparences. Puis elle plaça du petit bois et des journaux dans la cheminée, quelques bûches par-dessus, et mit le feu aux vêtements. L'élastique d'un slip à motif de marguerites commençait juste à prendre lorsque le téléphone sonna.

C'était Dupré le Prêteur. Elle commença à bredouiller des excuses, à expliquer qu'elle avait trop d'ennuis par ailleurs pour parler de la saisie. Elle avait un problème avec son fils...

« C'est pour ça que j'appelle, coupa-t-il. Je suis au courant pour Ben. Je n'avais pas l'intention de vous téléphoner. Mais... Je crois que je peux vous aider. Je ne sais pas si ça vous intéressera. Mais j'ai une solution à proposer.

– Une solution pour Ben ?

– Une façon de l'aider. Pour les frais de justice. Avec ce que vous affrontez, vous allez avoir besoin d'un paquet de fric.

– Je croyais qu'on était à court de solutions, dit Patty.

– Pas complètement. »

Dupré ne voulait pas faire le trajet jusqu'à la ferme, il ne voulait pas la retrouver en ville. Il s'était fait tout cachottier, avait insisté pour qu'elle se rende sur l'aire de pique-nique de la route rurale 5. Elle avait tergiversé, ils s'étaient chamaillés, et Dupré avait finalement poussé dans le téléphone un soupir bruyant qui avait fait grimacer Patty. « Si vous voulez de l'aide, venez là-bas, maintenant. N'emmenez personne. Ne le dites à personne. Si je fais ça, c'est parce que je pense que je peux vous faire confiance, Patty, et que je vous aime bien. » Un silence se fit, si profond que Patty regarda le combiné et chuchota « Dupré ? » dans le téléphone. Elle pensait déjà qu'il était parti, s'apprêtait à raccrocher.

« Patty, je ne vois vraiment pas d'autre façon de vous aider. Je crois que, enfin, vous verrez. Je prie pour vous. »

Elle se retourna vers la cheminée, fouilla les flammes, vit que seule la moitié des vêtements étaient brûlés. Il ne restait plus de bûche, aussi elle se précipita dans le garage, empoigna la vieille hache de son père, celle avec la lourde cognée et la lame tranchante comme un rasoir – elle datait de l'époque où on faisait correctement les outils. Elle débita une brassée de fagots et rapporta le tout à l'intérieur. Elle était en train d'alimenter le feu lorsqu'elle sentit la présence insidieuse de Michelle à côté d'elle. « M'man !

– Quoi, Michelle ? »

Elle leva les yeux : Michelle, en chemise de nuit, désignait le feu. « T'allais jeter la hache avec le bois. » Michelle sourit. « Tête de linotte. » La hache reposait sur les bras de Patty comme un fagot. Michelle la lui enleva en tenant la lame loin d'elle, comme on lui avait appris, et la posa à côté de la porte.

Elle regarda Michelle retourner vers sa chambre d'un pas hésitant, comme si elle marchait dans l'herbe haute, et la suivit de près. Les filles, entassées par terre, murmuraient à l'oreille de leurs poupées. Les gens faisaient toujours cette blague : ils aimaient surtout leurs enfants quand ils dormaient. Ha, ha, ha. Patty sentit un remords lancinant. Le moment où elle les aimait le mieux, c'était vraiment quand elles dormaient, qu'elles ne posaient pas de questions, qu'elles n'avaient pas besoin de nourriture ni de jeux, et, en second, quand elles étaient comme ça : fatiguées, calmes, indifférentes à leur mère. Elle chargea Michelle de veiller sur la nichée et les laissa là, trop exténuée pour faire autre chose que suivre les instructions de Dupré le Prêteur.

N'espère pas trop, se disait-elle. *N'espère pas.*

C'était un trajet d'une demi-heure à travers la neige luisante. Les flocons faisaient des étoiles dans la lumière de ses phares. C'était une « bonne neige », comme aurait dit la mère de Patty, la fana de l'hiver. Patty pensa que les filles pourraient jouer dedans toute la journée du lendemain. Puis elle se dit : *Vraiment ? Qu'allait-il se passer demain ? Où serait Ben ?*

Où est Ben ?

Elle s'arrêta sur l'aire de pique-nique abandonnée. L'abri se constituait d'un gros bloc de béton et d'acier construit dans les années soixante-dix, avec des tables communes et un toit orienté comme un origami raté. Deux portiques de balançoires croulaient sous quinze centimètres de neige, et leurs vieux sièges en caoutchouc noir n'oscillaient pas du tout comme ils auraient dû le faire selon Patty. Il y avait du vent, pourquoi étaient-ils immobiles comme ça ?

La voiture de Dupré n'était pas là. D'ailleurs, il n'y avait pas de voiture du tout. Elle commença à tripoter la fermeture éclair de son manteau, passa un ongle sur chaque dent en métal, produisant un cliquetis. Le meilleur scénario : elle allait s'approcher du banc et découvrir que Dupré avait laissé une enveloppe pleine de billets, un geste chevaleresque qu'elle lui revaudrait. Ou peut-être avait-il fédéré un groupe de personnes qui l'avaient prise en pitié et s'apprêtaient à arriver pour lui faire le coup de « la vie est belle » avec des dons en liquide… alors Patty réaliserait qu'en fin de compte tout le monde l'aimait.

On tapota sur sa vitre : des jointures rose vif et un épais torse d'homme. Ce n'était pas Dupré. Elle baissa à demi sa vitre et regarda dehors, s'apprêtant à entendre un « circulez, madame, s'il vous plaît ». C'était ce genre de tapotement.

« Venez », dit-il au lieu de ça. Il ne s'était pas penché, elle ne voyait toujours pas son visage. « Venez, installons-nous sur les bancs pour discuter. »

Elle coupa le moteur et s'extirpa de la voiture. L'homme marchait déjà devant, emmitouflé dans une épaisse canadienne et coiffé d'un Stetson. Elle portait un chapeau de laine qui ne lui était jamais allé, ses oreilles s'en échappaient constamment : elle était déjà en train de se les frotter lorsqu'elle arriva à son niveau.

Il avait l'air sympa, ce fut sa première impression. Elle avait besoin qu'il soit sympa. Il avait les yeux sombres et une moustache en guidon de vélo dont les extrémités lui retombaient sur le menton. Il avait une quarantaine d'années, il avait l'air d'un type du coin. *Il a l'air sympa*, se dit-elle de nouveau. Ils s'installèrent sur les bancs de l'aire de pique-nique, sans se soucier de la neige qui les recouvrait. Peut-être était-ce un avocat ? pensa-t-elle. Un avocat que Dupré avait convaincu de défendre Ben. Mais dans ce cas, pourquoi auraient-ils dû se retrouver dans ce…

« J'ai entendu dire que vous aviez des ennuis », commença-t-il d'une voix rocailleuse qui allait bien avec ses yeux. Patty se contenta d'opiner.

« Votre ferme va être saisie, et votre garçon va se faire arrêter.

– La police veut simplement l'interroger au sujet d'un incident qui…

– Votre fils est sur le point de se faire arrêter, et je sais pour quelle raison. Dans l'année à venir, vous allez avoir besoin d'argent pour repousser vos créanciers, afin de pouvoir garder vos enfants chez vous – dans leur propre maison, par Dieu – et vous allez avoir besoin d'argent pour payer un avocat à votre fils, parce que vous ne voulez pas que votre fils aille en prison avec une étiquette d'agresseur d'enfants.

– Bien sûr que non, mais Ben…

– Non, je suis sérieux : vous ne voulez pas que *votre* fils aille en *prison* avec une étiquette *d'agresseur d'enfants.* En prison, il n'y a rien de pire que d'être un agresseur d'enfants. Je l'ai vu de mes yeux. Ce qu'ils font à ces hommes, c'est un cauchemar. Donc vous avez besoin d'un très bon avocat, ce qui coûte très cher. Et vous en avez besoin de suite, pas dans des semaines, pas dans des jours. De suite. Ces choses-là prennent vite des proportions incontrôlables. »

Patty hocha la tête, attendit. Le laïus de l'homme lui rappelait le discours d'un vendeur de voitures : il fallait acheter maintenant, et *ce* modèle, et à *ce* prix. Elle était toujours perdante dans ce genre de conversations, elle prenait toujours ce que le vendeur insistait pour lui fourguer.

L'homme enfonça son Stetson, souffla comme un bœuf.

« Il se trouve que j'ai moi-même été agriculteur autrefois, et mon père avant moi, et le sien avant lui. Quatre cents hectares, du bétail, du maïs, du blé à l'extérieur de Robnett, dans le Missouri. Une exploitation de bonne taille, comme la vôtre.

— Nous n'avons jamais eu quatre cents hectares.

— Mais vous aviez une exploitation familiale, vous aviez votre terre à vous, bon Dieu. Cette terre vous appartient, bon Dieu. On s'est fait arnaquer, nous les agriculteurs. "Plantez d'un poteau à l'autre !" qu'ils disaient. Et on l'a fait, bon sang. "Achetez plus de terre, qu'ils disaient, parce que c'est pas illimité !" Puis, oups, désolés, on vous a donné un mauvais conseil. On va tout simplement prendre votre ferme, cette bâtisse qui est dans votre famille depuis des générations, on va juste la confisquer, sans rancune. Vous n'aviez qu'à pas être assez cons pour nous croire, c'est pas vraiment notre faute. »

Patty avait entendu, pensé ça auparavant. C'était une injustice. « Revenons à mon fils. » Elle s'appuya sur une hanche et tressaillit, essayant de masquer son impatience.

« Maintenant je ne suis ni un homme d'affaires, ni un comptable, ni un politicien. Mais je peux vous aider, si ça vous intéresse.

— Oui, oui, tout à fait, dit-elle. Je vous en prie. »

Et intérieurement elle se dit : *N'espère pas, n'espère pas trop.*

Libby Day
Aujourd'hui

Je suis rentrée chez moi en traversant des forêts mala-
dives. Quelque part au bout d'une de ces longues routes
squelettiques il y avait un site d'enfouissement. Je n'ai
jamais vu la décharge elle-même, mais j'ai parcouru
trente bons kilomètres d'ordures en vrac. À ma droite
comme à ma gauche, le sol vacillait sous des milliers
de sacs plastique qui dansaient et voltigeaient juste au-
dessus de l'herbe.

La pluie a commencé à crépiter puis a enflé, glaciale.
Toute la végétation a semblé se courber. À chaque fois
que je voyais un endroit isolé – un remblai, un bosquet
d'arbres velus – je m'imaginais Diondra enterrée dessous. Un amas d'ossements réclamés par personne et
quelques bouts de plastique : une montre, la semelle
d'une chaussure, peut-être les boucles d'oreilles rouges
qu'elle portait sur la photo de l'almanach.

Diondra, on s'en fiche comme de l'an quarante, j'ai
pensé, une expression de Diane qui s'est une fois de
plus imposée à moi. Qu'est-ce que ça peut faire si Ben
l'a tuée : il a tué ta famille, et c'est tout ce qui compte.

J'avais désiré si fort que Runner me cède quelque
chose, qu'il me convainque que c'était lui qui avait fait
le coup. Mais le voir n'avait fait que me rappeler à quel
point il était impossible qu'il les ait toutes tuées, nigaud
comme il était. *Nigaud*, c'était un mot d'enfant, mais

400

c'était celui qui lui convenait le mieux. Rusé et nigaud en même temps. Magda et le Kill Club allaient être déçus, même si je me ferais un plaisir de leur communiquer son adresse au cas où ils aient envie de poursuivre la conversation. Moi, j'espérais qu'il meure bientôt.

J'ai dépassé un champ plat et touffu de terre brune. Un adolescent était appuyé contre une clôture sous la pluie, dans la pénombre, boudeur ou terrassé d'ennui, et regardait la grand-route. Mon esprit est revenu à Ben. Diondra et Ben. Elle enceinte. Tout le reste de ce que m'avait dit Ben à propos de cette nuit semblait vrai, crédible, mais il y avait ce mensonge, ce mensonge appuyé au sujet de Diondra. Il m'a semblé que ça valait le coup de s'en inquiéter.

Je suis rentrée chez moi en quatrième vitesse. Je me sentais contaminée. Je me suis précipitée sous la douche et me suis frottée comme Meryl Streep dans *Silkwood*, avec une brosse à ongles extra-dure. Quand j'ai eu terminé, ma peau avait l'air d'avoir subi l'attaque d'une bande de chats. Quand je me suis mise au lit, j'avais toujours la sensation d'être empoisonnée. Je me suis retournée entre mes draps pendant une heure, puis me suis levée pour reprendre une douche. Vers deux heures du matin, je suis tombée dans un sommeil lourd et poisseux, plein de vieillards au regard concupiscent que je prenais pour mon père, jusqu'à ce que je m'approche et voie leurs visages fondre. Des cauchemars plus puissants ont suivi : Michelle préparait des pancakes, mais des sauterelles flottaient dans la pâte. Leurs pattes en forme de brindilles se détendaient à mesure que Michelle remuait. Elles cuisaient avec les pancakes, et ma mère nous les faisait manger quand même, des bonnes protéines, crunch, crac. Puis on se mettait toutes à mourir – on étouffait, on bavait, nos yeux s'enfonçaient dans nos têtes – parce que les sauterelles étaient empoisonnées. J'avalais un de ces gros insectes et le sentais lutter pour remonter dans ma gorge : son corps gluant surgissait dans ma bouche, versant une giclée de tabac sur ma langue, et il poussait sa tête à travers mes dents pour s'échapper.

L'aube a paru, d'un gris terne. Je me suis douchée de nouveau – ma peau me semblait encore suspecte – puis je me suis rendue à la bibliothèque publique du centre-ville/ un bâtiment blanc à colonnes qui était autrefois une banque. Je me suis assise à côté d'un homme à l'odeur âcre avec une barbe emmêlée et une veste de l'armée pleine de taches, le genre de type à côté de qui je finis systématiquement dans les lieux publics. Au bout d'une éternité, j'ai pu avoir le poste Internet. J'ai trouvé l'énorme et déprimante base de données sur les personnes disparues et j'ai entré son nom.

L'écran a fait son habituel bourdonnement réflexif et j'ai transpiré en espérant qu'un écran « Inconnu » s'affiche. Je n'ai pas eu cette chance. La photo était différente de celle de l'almanach, mais pas tant que ça : Diondra, avec ses boucles raides de mousse coiffante et sa frange hérissée, son eye-liner charbonneux et son gloss rose. Elle souriait presque imperceptiblement, avec une petite moue.

DIONDRA SUE WERTZNER
NÉE LE 28 OCTOBRE 1967
DISPARITION SIGNALÉE LE 21 JANVIER 1985

De nouveau, Ben m'attendait, cette fois les bras croisés, calé contre le dossier de sa chaise, belliqueux. Il m'avait laissée mariner une semaine sans un mot avant d'accéder à ma requête de le voir. Il a secoué la tête quand je me suis assise.

Ça m'a désarçonnée.

« Tu sais, Libby, j'ai réfléchi depuis la dernière fois qu'on s'est parlé, a-t-il dit finalement. J'ai réfléchi. Je n'ai pas besoin de ça, de cette souffrance. Franchement, je suis déjà enfermé là-dedans, je n'ai pas besoin que ma petite sœur se pointe, me croie, ne me croie plus. Qu'elle me pose des questions bizarres, qu'elle me force à me méfier après vingt-quatre putains d'années. Je n'ai pas besoin de cette tension. Alors si tu viens là pour essayer de "découvrir le fin fond de l'affaire" – il a fait des guillemets en l'air avec colère –, tu sais quoi ? va voir ailleurs. Parce que moi, j'ai vraiment pas besoin de ça.

– J'ai trouvé Runner. »

Il ne s'est pas levé, il est resté bien calé dans sa chaise. Puis il a poussé un soupir, un soupir résigné.

« Ouah ! Libby, t'as raté ta vocation, t'aurais dû être flic. Qu'est-ce qu'il avait à dire ? Il est toujours en Oklahoma ? »

Un sourire réflexe complètement hors de propos m'a échappé. « Il est dans un site d'enfouissement de déchets à la périphérie de Lidgerwood, il s'est fait virer du foyer. »

Le visage de Ben s'est éclairé à ces mots : « Il vit dans une décharge toxique. Ha.

– Il dit que Diondra Wertzner était ta petite amie, que tu l'avais mise enceinte. Qu'elle était enceinte et que vous étiez ensemble, elle et toi, le soir des meurtres. »

Ben a mis une main sur son visage, les doigts écartés. Je voyais ses yeux cligner au travers. Il a parlé sans se découvrir le visage, et je n'ai pas entendu ce qu'il a dit. Il a essayé à deux reprises, et je lui ai demandé les deux fois de répéter. La troisième, il a redressé la tête, et s'est penché en avant, mâchant l'intérieur de sa joue.

« J'ai dit, qu'est-ce que c'est que ta putain d'obsession pour Diondra ? C'est une véritable idée fixe, bon Dieu. Et tu sais ce qui va se passer, tu vas foutre tout ça en l'air. Tu avais une chance de croire en moi, de faire le bon choix et de croire finalement en ton frère. Qui, tu le *sais*... Et ne dis pas que tu ne sais pas parce que c'est un mensonge. Franchement, tu ne piges pas, Libby ? C'est la dernière chance pour nous. Le monde entier peut croire que je suis coupable ou innocent, nous savons tous les deux que je suis coincé ici. Il n'y a pas d'ADN qui va me libérer, il n'y a même plus de *maison*, bon Dieu. Donc... Je ne vais pas sortir. Donc, la seule personne dont il m'importe qu'elle dise qu'elle sait que je n'aurais jamais pu *assassiner* ma *famille*, c'est toi.

– Tu ne peux pas me reprocher de me demander si...

– Bien sûr que si. Bien sûr que si. Je peux te reprocher de ne pas croire en moi. Aujourd'hui, je peux te pardonner ton mensonge, ta confusion, quand tu étais petite. Mais nom de Dieu, Libby, et maintenant ? Tu as quoi, trente ans et quelques, et tu crois toujours que quelqu'un qui a le même sang que toi serait capable de commettre une chose pareille ?

– Oh ! je crois tout à fait que quelqu'un qui a mon sang en serait capable », j'ai dit. J'ai senti ma colère monter brusquement, se cogner contre mes côtes. « Je suis tout à fait persuadée que notre sang est mauvais. Je le sens à l'intérieur de moi. J'ai cassé la gueule à des gens, Ben. Moi. J'ai défoncé des portes, des fenêtres et... j'ai tué des bestioles. Une fois sur deux, quand je baisse les yeux, je m'aperçois que j'ai les poings serrés.

– Tu crois qu'on est si mauvais que ça ?

– Oui.

– Même avec le sang de m'man ?

– Même.

– Eh bien, je suis triste pour toi, ma petite.

– Où est Diondra ?

– Laisse tomber, Libby.

– Qu'est-ce que vous avez fait du bébé ? »

J'avais la nausée, je tremblais. Si le bébé avait survécu, il aurait (il ou elle) quoi, vingt-quatre ans. Le bébé n'était plus un bébé. J'ai essayé de me représenter un adulte, mais mon cerveau ne cessait de se heurter à l'image d'un nourrisson emmailloté dans une couverture. À mon prochain anniversaire, j'aurais trente-deux ans, l'âge de ma mère quand elle avait été tuée. Elle avait l'air tellement adulte. Plus adulte que je ne le serais jamais.

Alors s'il était vivant, le bébé aurait vingt-quatre ans. J'ai eu une de mes visions atroces. Une vision de ce qui aurait dû être. Nous, si tout le monde avait survécu, chez nous à Kinnakee. Il y avait Michelle, dans le salon, toujours en train de tripoter ses lunettes trop grandes. Elle donnait des ordres à une bande de gamins qui la regardaient en roulant des yeux mais obéissaient quand même. Debby, boulotte et bavarde, avec un mari agriculteur blond et costaud, et une pièce spéciale pour les travaux manuels dans sa propre ferme, bourrée de rubans de couture, de coupons de tissu et de pistolets à colle. Ma mère, la cinquantaine généreuse, burinée par le soleil, les cheveux presque entièrement blancs, toujours en train de se chamailler plaisamment avec Diane. Et dans la pièce entrait l'enfant de Ben, une fille, une rousse d'une vingtaine d'années, mince et sûre d'elle, des bracelets à breloques à ses poignets fins, une jeune diplômée de la fac qui nous prenait tous pour des bouffons. Une fille Day.

Je me suis étranglée avec ma salive, j'ai commencé à tousser, ma trachée s'est bloquée. La visiteuse à deux box de moi a sorti la tête pour regarder puis, estimant que je n'allais pas mourir, est retournée à son fils.

« Qu'est-ce qui s'est passé ce soir-là, Ben? J'ai besoin de savoir. J'ai juste besoin de savoir.

— Libby, tu ne peux pas gagner à ce jeu. Si je te dis que je suis innocent, ça veut dire que tu es coupable, tu as détruit ma vie. Si je te dis que je suis coupable… je ne pense pas que ça t'avance tellement, si? »

Il était dans le vrai. C'était une des raisons pour lesquelles j'étais restée immobile pendant tant d'années. J'ai jeté un autre pavé dans la mare. « Et Trey Teepano, là-dedans?

— Trey Teepano.

— Je sais qu'il était bookmaker, et qu'il était branché satanisme et toutes ces conneries. Je sais aussi que c'était un ami à toi, et qu'il était avec toi ce soir-là. Avec Diondra. Tout ça me paraît bien louche.

— D'où tu sors tout ça? » Ben m'a regardée dans les yeux, puis il a levé les yeux et les a laissés longuement posés sur mes racines rousses, qui m'arrivaient dorénavant jusqu'aux oreilles.

« C'est p'pa qui me l'a dit. Il a dit qu'il devait de l'argent à Trey Teepano et…

— P'pa? C'est *p'pa* maintenant?

— Runner a dit…

— Runner a dit que dalle. Il faut que tu grandisses, Libby. Il faut que tu choisisses ton camp. Tu peux passer le restant de ta vie à essayer de découvrir ce qui s'est passé, à essayer de raisonner. Ou tu peux simplement te faire confiance à toi-même. Choisis un camp. Choisis le mien. C'est mieux. »

Ben Day
2 janvier 1985
22 h 23

Ils dépassèrent les limites de la ville, la route goudronnée laissa place à un chemin de terre. Ben était ballotté sur le siège arrière. Les mains appuyées sur le toit de la bagnole, il essayait de se maintenir en place. Il était défoncé, complètement défoncé, et ses dents et sa tête s'agitaient convulsivement. *T'as pété un boulon?* Il en avait plutôt pété deux ou trois, des boulons. Il avait envie de dormir. Manger d'abord, puis dormir. Il regarda les lumières de Kinnakee s'estomper au loin puis il y eut des kilomètres et des kilomètres de neige bleu fluorescent. Une tache d'herbe par ici, une cicatrice déchiquetée dans une clôture par là, mais principalement de la neige qui donnait à la plaine l'allure d'un paysage lunaire. Comme s'il était vraiment dans l'espace, sur une autre planète, et qu'il ne devait jamais rentrer chez lui.

Ils tournèrent dans un petit chemin et s'enfoncèrent entre les arbres qui formaient comme un tunnel tout autour d'eux. Il réalisa qu'il n'avait pas la moindre idée de l'endroit où ils se trouvaient. Tout ce qu'il espérait, c'était en finir au plus vite. Il avait envie d'un hamburger. Sa mère faisait des hamburgers déments, des « aspirateurs de table », elle les appelait, à base de viande hachée graisseuse et bas de gamme, d'oignons, de macaronis et de toutes les saloperies sur le point de se gâter. Une fois, il était sûr d'avoir trouvé un morceau de banane noyé sous le ketchup. Sa mère était persuadée que le ketchup permettait de faire passer n'importe quoi. Or c'était faux, elle cuisinait comme un pied, mais pour l'heure il n'aurait pas chipoté devant un de ces hamburgers. *J'ai tellement faim que je pourrais manger une vache*, se dit-il. Puis, comme si sa prière d'affamé s'exauçait, ses yeux quittèrent une tache grumeleuse sur le siège arrière pour regarder dehors : inexplicablement, dix ou vingt vaches Hereford se tenaient dans la neige. Il y avait une étable non loin mais aucun signe d'une maison, et les vaches, trop empotées pour retourner à leur abri, restaient là comme une bande d'abruties obèses, à souffler de la vapeur par les naseaux. Les Hereford étaient les vaches les plus laides de la région : des bêtes énormes, brunes, avec des têtes blanches chiffonnées et des yeux cerclés de rose. Les vaches Jersey étaient assez jolies, dans leur genre, elles avaient de grandes faces de biche. Mais les Hereford avaient l'air préhistoriques, belliqueuses, vicieuses, avec leurs doubles mentons épais et velus et leurs cornes recourbées et acérées. Lorsque Trey s'arrêta, Ben fut pris d'une vague de nervosité.

« On y est », dit Trey. Ils étaient toujours dans la voiture, chauffage éteint, et le froid commençait à s'insinuer. « Tous dehors. » Trey tendit la main par-dessus les genoux de Diondra pour atteindre la boîte à gants. Au passage il effleura son ventre enflé, et ils échangèrent une fois de plus un sourire énigmatique. Il sortit une cassette et l'enfonça dans l'autoradio. La musique frénétique, en dents de scie, se mit à griffer le cerveau de Ben de son empreinte.

« Viens, Ben », lança Trey, qui mit un pied par terre en faisant crisser la neige. Il abaissa le siège du conducteur pour laisser sortir Ben, et celui-ci loupa la marche et manqua dégringoler. Trey le retint *in extremis*. « Il est temps pour toi d'acquérir une certaine compréhension, de ressentir une certaine puissance. Tu vas être papa bientôt, mec. » Trey le secoua par les deux épaules. « Papa ! » Il parlait d'un ton assez amical, mais il ne souriait pas. Il se contentait de le fixer avec les lèvres serrées et les yeux cerclés de rouge, presque injectés de sang. Grave. Il avait un regard grave. Puis Trey le lâcha, boutonna sa veste en jean et alla fouiller dans le coffre. Ben essaya de voir de l'autre côté du capot, d'attirer l'attention de Diondra, de lui décocher un regard pour lui demander : « C'est quoi ce bordel ? » mais, penchée à l'intérieur de la caisse, elle était en train d'extraire un autre sachet de sous son siège, portant une main à son ventre en gémissant, comme si c'était vraiment un effort surhumain de se pencher de quinze centimètres. Elle se redressa, la main sur le dos cette fois, et commença à farfouiller dans le sachet. Il était plein d'emballages de chewing-gums en alu. Elle en sortit trois.

« Donne-moi ça », dit Trey. Il en fourra deux dans sa poche et ouvrit le troisième. « Tu peux partager avec Ben.

– Je n'ai pas envie de partager, geignit Diondra. Je me sens supermal, il m'en faut un entier. »

Trey poussa un soupir exaspéré puis lui balança brusquement un petit paquet en marmonnant : « Nom de Dieu. »

« C'est quoi ? » demanda finalement Ben. Par une sensation d'écoulement tiède sur sa tête, il savait qu'il avait recommencé à saigner. Son mal au crâne avait empiré également, il sentait des pulsations derrière son œil gauche, le long de son cou et jusque dans son épaule, comme si une infection se déplaçait dans son organisme. Il se frotta le cou : au toucher on aurait dit qu'on avait fait des nœuds à un tuyau d'arrosage pour le cacher sous sa peau.

« C'est le Trip du diable, mec, t'as déjà goûté ? » Trey versa la poudre dans une de ses paumes et se pencha dessus comme un cheval sur un sucre, puis sniffa à grand bruit, renversa la tête en arrière, recula de quelques pas en titubant, et les regarda comme s'ils n'avaient rien à faire ici. Un anneau orange foncé recouvrait son nez et sa bouche.

« Qu'est-ce que tu regardes, Ben Day, putain ? »

Les pupilles de Trey allaient et venaient à toute vitesse comme s'il suivait le mouvement d'un colibri invisible. Diondra s'envoya sa dose avec le même reniflement avide, animal, puis elle tomba aussi sec à genoux dans un éclat de rire. Ce fut un rire joyeux pendant trois secondes, puis il se mua en rire aux larmes, convulsif, le genre de rire qui vous prend quand vous n'en revenez pas de la déveine qui vous tombe dessus, ce genre de rire. Entre deux gloussements hystériques, elle se laissa tomber à genoux dans la neige et finit par vomir du fromage à nachos et d'épais cordons de spaghettis qui sentaient presque bon dans leur sauce de bile douceâtre. Une nouille pendait toujours au coin de sa bouche lorsqu'elle leva les yeux. Elle mit plusieurs secondes à s'en apercevoir. Ben s'imagina la nouille en travers de sa gorge, qui lui chatouillait la luette en essayant de remonter. Toujours à quatre pattes, Diondra jeta finalement le cordon de pâte et se mit à le fixer. Tout son visage se contracta et elle partit du braillement déchirant que faisaient les sœurs de Ben lorsqu'elles s'étaient fait mal. Comme si la fin du monde était arrivée.

« Diondra, est-ce que ça va, ché… » commença-t-il.

Elle s'avança en vacillant et vomit le reste à quelques centimètres des pieds de Ben. Il s'écarta pour éviter les éclaboussures, s'immobilisa et baissa les yeux sur Diondra, qui sanglotait toujours.

« Mon père va me buter ! » gémit-elle de nouveau. La racine de ses cheveux était inondée de sueur. Elle fit une grimace en jetant un regard mauvais à son ventre. « Il va me *buter*. »

Trey ignorait complètement la présence de Diondra. D'un doigt, il fit un petit signe pour signifier à Ben de cesser de tergiverser et de prendre le Trip du diable. Il se pencha dessus et sentit une odeur de vieille gomme et de bicarbonate de soude.

« Qu'est-ce que c'est, un genre de cocaïne ?

— C'est de l'acide de batterie pour le cerveau. Verse.

— Mec, je me sens déjà archimal, je sais pas si j'ai besoin de ce machin. Je crève la dalle, vieux.

— Pour ce qui est sur le point de se passer, tu en as besoin. Fais-le. »

Diondra ricanait de nouveau, le visage blême sous son fond de teint beige. Une miette de nacho flottait en direction du pied de Ben sur un ruisseau rose baveux. Il se recula. Puis il leur tourna le dos, se mit face aux vaches qui les observaient d'un œil morne, et versa dans le creux de sa paume la poudre qui commença à voltiger dans le vent. Lorsqu'il y eut un petit tas de la taille d'une pièce de vingt-cinq cents, il le sniffa, avec le même bruit exagéré que les autres, et ne réussit pourtant à en aspirer qu'une partie.

C'était tant mieux, d'ailleurs, car le produit éclata directement dans son cerveau, âpre comme du chlore en encore plus piquant, et se mit à crépiter comme des branches d'arbre en brûlant les veines de sa tête. On aurait dit que tout son système sanguin s'était changé en fer rouge. Même les os de ses poignets commencèrent à le faire souffrir. Ses intestins se retournèrent comme un serpent qui se réveille, et, pendant une seconde, il se dit qu'il allait se chier dessus, mais au lieu de ça il éternua un peu de bière, perdit la vue et s'écroula par terre. La plaie de sa tête, rouverte, lui cuisait, le sang dégoulinait sur son visage à chaque pulsation. Il avait l'impression qu'il pourrait et devrait courir à cent trente kilomètres à l'heure, car s'il restait en place, sa poitrine allait éclater pour laisser sortir un démon, qui égoutterait le sang de Ben sur ses ailes, courberait la tête à l'idée d'être coincé dans ce monde, et s'envolerait dans le ciel pour essayer de rejoindre l'enfer. Puis, juste au moment où il était en train de se dire qu'il lui fallait un pistolet pour se tuer et mettre fin à tout ça, une grosse bulle d'air porteuse de soulagement se répandit en lui et apaisa ses veines. S'apercevant qu'il retenait son souffle depuis un long moment, il se mit à respirer avidement, et se sentit alors foutrement bien. C'était foutrement malin de respirer, voilà ce que c'était. Il avait l'impression de se dilater, de croître, de devenir indiscutable. Comme si quoi qu'il fasse, c'était le bon choix, oui m'sieur, absolument, comme s'il pouvait aligner la constellation de choix qu'il aurait à faire dans les mois à venir, les abattre comme des animaux en peluche à la foire, et gagner le gros lot. Un lot énorme. Hourra pour Ben, porté aux nues par les foules avides de l'acclamer.

« Qu'est-ce que c'est que ce truc ? » demanda-t-il. Sa voix était solide comme une lourde porte bien huilée.

Sans répondre, Trey jeta un œil à Diondra qui était en train de se relever tant bien que mal. Elle avait les doigts rouges à l'endroit où elle les avait enfoncés dans la glace. Il avait l'air de se moquer d'elle sans même s'en rendre compte. Puis il fureta dans le coffre de son pick-up et revint avec une hache au reflet aussi bleu que la neige. Il la tendit à Ben, lame la première. Ben laissa ses bras pendre, raides, à ses côtés. *Non, non,*

non, tu peux pas me forcer à prendre ça. Comme un gamin à qui on demande de tenir un nouveau-né : *non, non, non.*

« Attrape-moi ça. »

Ben obéit. L'outil était froid dans ses mains, il y avait des taches brun roux sur la lame. « C'est du sang ? »

Trey le gratifia d'un de ses coups d'œil paresseux sans prendre la peine de répondre.

« Oh ! je veux la hache ! » glapit Diondra. Elle fit un petit saut jusqu'à la bagnole. Ben se demandait s'ils se foutaient de sa gueule, comme d'habitude.

« Trop lourd pour toi. Prends le couteau de chasse. »

Diondra se tortilla dans son manteau, faisant rebondir la doublure en fourrure de la capuche.

« Je ne veux pas le couteau, c'est trop petit, donne-le à Ben, il est chasseur.

— Alors Ben aura ça aussi, dit Trey, et il lui tendit un fusil calibre 10.

— Laisse-moi prendre le fusil, alors, je m'en contenterai », dit Diondra.

Trey lui prit la main, l'ouvrit, et la referma sur le Bowie.

« Il est bien affûté, alors ne fais pas l'andouille. »

Mais est-ce que ce n'était pas exactement ce qu'ils étaient en train de faire, les andouilles ?

« Ben Day, essuie-toi la gueule, tu fous du sang partout. »

La hache dans une main, le fusil dans l'autre, Ben s'essuya le visage contre sa manche. Cette opération le laissa un peu dans les vapes. Le sang continuait de couler, il en avait dans les cheveux à présent, et sur un œil. Il gelait et se rappelait que c'est ce qui se produisait lorsqu'on saignait à mort, on se refroidissait. Puis il réalisa qu'il aurait été dingue de n'avoir pas froid, dans la petite veste toute fine achetée par Diondra, le torse entièrement hérissé par la chair de poule.

Pour finir, Trey sortit une énorme pioche à la lame si tranchante qu'on aurait dit un éclat de glace. Il la jeta sur son épaule, comme un paysan qui part pour les champs. Diondra faisait toujours la moue en regardant son couteau. Trey la rabroua :

« Tu veux le dire ? fit-il. Tu veux le faire ? »

Sortant de sa bouderie, elle hocha vivement la tête et posa son couteau au milieu du cercle qu'ils formaient accidentellement. Mais non, pas accidentellement : car à ce moment-là Trey plaça sa pioche à côté du Bowie, et fit signe à Ben d'en faire autant, d'un geste impatient de parent dont le môme a oublié de dire les grâces. Ben s'exécuta. Il mit le fusil et la hache au sommet de ce tas de métal coupant et miroitant qui lui faisait battre le cœur à tout rompre.

Soudain, Diondra et Trey lui prirent les mains et ils firent cercle autour de leurs armes. La poigne de Trey était ferme et chaude, celle de Diondra molle et collante. Le clair de lune faisait luire toute chose. Le visage de Diondra ressemblait à un masque, tout de creux et de bosses, et lorsqu'elle lança son menton en direction de la lune, entre sa bouche ouverte et le tas de métal, Ben se mit à bander et n'en éprouva aucune gêne. Son cerveau grésillait, quelque part à l'arrière de sa conscience, son cerveau était littéralement en train de frire. Diondra se mit à psalmodier.

« Satan, nous t'apportons un sacrifice, nous t'apportons la souffrance, et le sang, et la peur, et la colère, bases de la vie humaine. Nous t'honorons, Toi l'Obscur. Dans ta puissance nous devenons plus puissants, dans ton exaltation nous devenons exaltés. »

Ben ne comprenait pas le sens de ces mots. Diondra priait tout le temps. Elle priait à l'église, comme les gens normaux, mais elle priait aussi des déesses, des géodes, des cristaux et tout un tas de conneries. Elle était toujours en train de chercher de l'aide.

« On va faire de ton bébé un putain de guerrier ce soir, Dio », dit Trey.

Puis ils se séparèrent, reprirent chacun leurs armes, et se mirent à avancer en silence dans le champ. La neige faisait un bruit caoutchouteux sous leurs pas. Les pieds de Ben étaient tellement gelés qu'il ne les sentait plus. Mais ça n'avait pas vraiment d'importance, pas ça, il n'y avait pas grand-chose qui avait de l'importance, ils étaient dans une bulle ce soir, rien n'avait la moindre conséquence, et tant qu'ils pourraient rester dans la bulle tout irait bien.

« Laquelle, Diondra ? » demanda Trey lorsqu'ils s'immobilisèrent. Quatre Hereford se tenaient à proximité, immobiles dans l'herbe. Elles ne semblaient guère effrayées par les humains. Quel manque d'imagination.

Diondra marqua une pause, fit tourner son index en l'air – un am-stram-gram silencieux – puis l'arrêta sur le plus gros animal, un taureau avec un grotesque petit bout de bite poilu qui pendouillait vers la neige. Sa bouche se fendit de nouveau en un sourire de vampire, les canines dénudées, et Ben attendit un cri de guerre, une charge, mais au lieu de ça elle se contenta d'avancer à grands pas. Trois longues foulées embarrassées dans la neige jusqu'au taureau, qui ne fit qu'un pas de côté avant qu'elle lui plonge le couteau de chasse dans la gorge.

Ça y est, se dit Ben. *Ça y est, c'est en train de se passer. Un sacrifice à Satan.*

Le cou du taureau se mit à dégoutter lentement d'un sang noir et épais – avec un glouglou visqueux – puis tout d'un coup l'animal tressaillit, la veine s'étant déplacée, et le sang jaillit en pluie, une ondée furieuse qui aspergea leurs visages, leurs vêtements et leurs cheveux de petites taches rouges. Diondra hurlait à présent, enfin, comme si cette première partie s'était déroulée sous l'eau et qu'elle n'émergeait qu'à l'instant. Ses cris se répercutèrent sur la glace. Elle poignarda le museau du taureau, déchiqueta son œil gauche qui s'enfonça dans sa tête, gluant de sang noir. Le bestiau trébucha dans la neige, maladroit et désorienté, avec des grognements de dormeur réveillé par une urgence – effrayé, mais éteint. Des éclaboussures sanglantes constellaient sa robe blanche bouclée. Trey leva sa pioche vers la lune, poussa un cri triomphal, abaissa son couperet de toutes ses forces et l'enfouit dans la panse de l'animal. L'arrière-train du taureau céda un instant, puis il se reprit et se mit à trotter, chancelant. Les autres vaches avaient élargi leur cercle autour de la scène comme des gamins qui assistent à une bagarre. Elles suivaient le spectacle en poussant des meuglements.

« Attrape-le », gueula Diondra. Trey faisait de grands bonds dans la neige. Il levait haut les pieds, comme dans une danse étrange, en effectuant des moulinets en l'air avec sa pioche. Il chantait un hymne à Satan. Au milieu d'un vers, il abattit l'arme sur le dos de l'animal, brisa sa colonne vertébrale, et le fit tomber dans la neige. Ben ne bougea pas. Bouger signifiait qu'il pouvait participer, et il ne le désirait pas, il ne voulait pas sentir la chair de ce taureau s'ouvrir sous lui, pas parce que c'était mal mais parce qu'il avait peur d'aimer trop ça, comme la beuh : la première fois qu'il avait pris une taffe, il avait su qu'il n'arrêterait jamais. De même que la fumée avait trouvé une place en lui qui avait été laissée vacante rien que pour elle, et s'était logée là, il se pouvait qu'il y ait un espace, aussi, pour ça. La sensation de tuer, il pouvait y avoir un espace vide qui n'attendait qu'à en être rempli.

« Allez, Ben, nous lâche pas maintenant », appela Trey, hors d'haleine, après un troisième, un quatrième, un cinquième coup de pioche.

Couché sur le flanc, le taureau gémissait à présent, un miaulement surnaturel, lugubre, semblable au bruit qu'aurait pu faire un dinosaure dans un puits de goudron – terrifié, agonisant, abasourdi.

« Allez, Ben, à toi de l'achever. Maintenant que t'es venu, t'as pas le droit de rester planté là », beugla Diondra – comme s'il ne pouvait y avoir plus minable que de rester planté là. Le taureau leva les yeux sur elle, et elle se mit à lui donner des coups de couteau dans les bajoues d'une main rapide et efficace. Elle hurlait « Connard ! » en grinçant des dents sans cesser de le poignarder encore et encore, se couvrant le ventre de l'autre main.

« Attends, D., dit Trey, et il s'appuya sur sa pioche. Fais-le, Ben. Fais-le ou tu vas le sentir passer, mec. » Ses yeux avaient encore l'éclat de la drogue, et Ben regretta de n'avoir pas pris davantage de Trip du diable, coincé qu'il était dans cet état intermédiaire où il pouvait encore raisonner sans éprouver de peur.

« C'est le moment ou jamais, mec. Sois un homme. T'as la mère de ton enfant qui te regarde, elle a fait sa part. Ne reste pas toute ta vie un petit garçon effrayé et sans couilles qui laisse les gens le bousculer et le maintenir dans la peur. Avant, j'étais comme toi, mon vieux, et je ne veux plus jamais revenir en arrière. Être rabaissé. T'as qu'à voir comme ton propre père t'a traité… Comme une couille molle. Mais t'as que ce que tu mérites, tu sais ? Je crois que tu le sais. »

417

Ben aspira de l'air gelé dans ses poumons. Les mots de l'autre s'infiltraient sous sa peau, et faisaient enfler sa colère. Il n'était pas un lâche.

« Allez, Ben, fais-le, vas-y maintenant », le piqua encore Diondra.

Le taureau n'émettait plus à présent que de faibles râles, le sang qui coulait de ses dizaines de plaies avait formé une mare rouge dans la neige.

« Il faut que tu laisses sortir la rage, mec, c'est la clé de la puissance. T'as tellement peur, mec, t'en as pas marre d'avoir peur ? »

Le taureau sur le sol était tellement pathétique à présent, si vite vaincu, que Ben le trouvait dégoûtant. Ses mains se serrèrent de plus en plus fort autour du manche de sa hache. Il fallait tuer la bête, mettre fin à ses souffrances. Il leva la lame lourde bien haut au-dessus de sa tête, et l'abattit sur le crâne du taureau. Il y eut un craquement atroce, un ultime cri de l'animal, et des fragments de cervelle et d'os volèrent en éclats. Ben ressentit un tel bien-être à étirer et à faire jouer les muscles de ses épaules – un boulot d'homme – qu'il l'abattit de nouveau, brisant en deux le crâne du taureau qui rendit enfin l'âme. Après une dernière secousse des pattes de devant, Ben déplaça son attention vers la panse de la bête, où il pouvait vraiment faire des dégâts. À coups répétés, il fit voltiger des os et des morceaux d'entrailles bouillonnants. « Merde, merde, merde », hurlait-il, les épaules incroyablement droites, comme retenues en arrière par un élastique, la mâchoire bourdonnante, les poings tremblants, la bite dure et vibrante comme si son corps entier était sur le point d'éclater en un orgasme. Et une, et deux, et une, et deux !

Il était sur le point de se saisir du fusil lorsque ses bras cédèrent. Il était lessivé, la colère s'échappait de son corps et il n'éprouvait pas la moindre puissance. Il se sentait gêné, comme après s'être branlé sur un magazine cochon. Mou, fautif et stupide.

Diondra éclata de rire : « C'est un vrai dur quand la bestiole est pratiquement morte, dit-elle.

– Je l'ai tuée, non ? »

Tous ahanaient, exténués, le visage tout barbouillé de sang. Les traînées noirâtres autour de leurs yeux, qu'ils s'étaient hâtivement essuyés, les faisaient ressembler à d'étranges ratons laveurs. « T'es sûr que c'est lui qui t'a mise enceinte, Diondra ? dit Trey. T'es sûre qu'il est capable de la lever ? Pas étonnant qu'il soit meilleur avec les petites filles. »

Ben laissa tomber la hache et commença à se diriger vers la voiture. Il était temps de rentrer chez lui à présent, pensait-il. C'était la faute de sa mère, parce qu'elle avait été tellement chiante ce matin. Si elle n'avait pas piqué une telle crise à propos de ses cheveux, il serait à la maison ce soir, propre et bien au chaud sous sa couverture. Il y aurait le bruit de ses sœurs juste derrière la porte, la télé qui bourdonnerait au bout du couloir, sa mère qui exhumerait quelque ragoût infect pour le dîner. Au lieu de ça, il était coincé là, à se faire ridiculiser, comme d'habitude. Il avait fait de son mieux pour prouver sa valeur, il avait échoué, comme toujours, et la vérité éclatait finalement au grand jour. Les autres pourraient toujours remettre cette nuit sur le tapis, dorénavant, la nuit où Ben n'avait pas réussi à tuer.

Mais à présent il connaissait la sensation procurée par la violence, et il en redemandait. Dans quelques jours, il y repenserait. La boîte de Pandore était ouverte, on ne pouvait pas la refermer, aussi il y repenserait, il en ferait son obsession, de la mise à mort, mais il doutait que Trey et Diondra l'emmènent de nouveau en virée.

Et il serait trop minable, trop apeuré, comme toujours, pour le faire seul.

Il resta debout, dos à eux, puis il épaula le fusil, se retourna, arma le chien, posa le doigt sur la détente. Pan ! Il imagina le tintement de l'air, le fusil qui cognerait sur son épaule comme un ami lui donnerait un petit coup de poing pour dire : bon boulot ! Alors il ouvrirait l'arme, glisserait une autre cartouche à l'intérieur, avancerait dans le champ, épaulerait de nouveau et pan !

Et ses oreilles siffleraient et l'air sentirait la fumée, et Trey et Diondra pour une fois ne diraient rien car il se tiendrait au milieu d'un champ de cadavres.

Libby Day
Aujourd'hui

Pendant les journées que j'avais passées aux abonnés absents en Oklahoma, Lyle avait laissé neuf messages d'une variété de ton ébouriffante : après une espèce d'imitation d'un ton de douairière anxieuse (je crois) où il s'enquérait de ma santé avec le nez pincé, dans un petit numéro comique, il était passé par tous les stades, l'agacement, la fermeté, l'insistance et la panique, avant de recommencer à faire l'imbécile sur le dernier message. « Si vous ne me rappelez pas, je vais venir… et *l'enfer* m'accompagne ! hurlait-il, avant d'ajouter : Je ne sais pas si vous avez jamais vu *Tombstone*. »

Je l'ai vu, mais c'est un mauvais Kurt Russell.

Je l'ai appelé, lui ai donné mon adresse (choix inhabituel de ma part), lui ai dit qu'il pouvait passer s'il en avait envie. En arrière-fond, j'ai entendu une voix de femme qui demandait qui était au bout du fil et recommandait à Lyle de me poser une question – « Mais demande-lui, enfin, ne sois pas stupide, demande-lui, quoi. » Lyle s'efforça de raccrocher précipitamment. Peut-être Magda, qui voulait un rapport sur Runner ? Je le lui ferai. Je voulais parler, en fait, sans quoi j'allais me mettre au lit et ne pas en ressortir avant dix ans.

En attendant Lyle, je me suis occupée de mes cheveux. J'avais acheté un kit de teinture à l'épicerie en rentrant de ma visite à Ben. Au départ, j'avais l'inten-

421

tion de prendre mon blond habituel – Platinum Pizazz –
mais, finalement, je suis partie avec un Scarlet Sass : sur
l'emballage, une rousse me faisait un sourire coquin.
Moins d'entretien, oui, j'ai toujours préféré ce qui
demande moins d'entretien. Et puis j'envisageais de
reprendre ma couleur naturelle depuis que Ben m'avait
fait remarquer combien je ressemblais à ma mère
– l'idée exerçait sur moi un attrait irrésistible. Obscu-
rément, je me voyais bien me pointer devant le mobil-
home de Diane telle Patty Day ressuscitée. Peut-être
que ça, ça suffirait à me faire entrer. Saleté de Diane,
qui ne me rappelait pas.

J'ai appliqué sur ma tête une masse écarlate de produits chimiques qui sentaient le brûlé. Encore quatorze
minutes à tenir quand la sonnette a retenti. Lyle. Bien
sûr il était en avance. Il est entré en trombe, déblatérant
sur le soulagement que ça avait été d'avoir de mes nouvelles, puis il a eu un mouvement de recul.

« Qu'est-ce que c'est que ça ? Une permanente ?

– Je me reteins en rousse.

– Oh ! très bien. Je veux dire, c'est joli. La couleur
naturelle. »

Dans les treize minutes qui me restaient, j'ai parlé à
Lyle de Runner, et de Diondra.

« OK, a dit Lyle, regardant sur sa gauche, tendant
l'oreille vers moi, la posture qu'il adoptait pour écouter
et réfléchir. Alors la version de Ben, c'est qu'il est rentré chez vous, brièvement, ce soir-là, qu'il s'est disputé
avec votre mère, qu'il est reparti, et qu'il ne sait pas ce
qui s'est passé ensuite.

– C'est sa version, j'ai acquiescé.

– Et la version de Runner, c'est quoi ? Soit Trey
a massacré votre famille parce que Runner lui devait
du fric, soit Ben et Trey ont massacré votre famille
et Diondra dans une espèce de rituel sataniste. Qu'a

dit Runner du fait que sa petite amie revient sur son alibi ?

– Il a dit qu'elle pouvait aller se faire mettre. Il faut que je rince. »

Il m'a suivie dans la salle de bains, et a appuyé ses mains de chaque côté du chambranle, bloquant l'entrée, en pleine réflexion.

« Est-ce que je peux vous dire quelque chose sur cette nuit-là, Libby ? »

J'étais penchée au-dessus de la baignoire, de l'eau coulait goutte à goutte du pommeau adaptable – pas de douche Quelque Part Par Là – mais je me suis arrêtée.

« Franchement, est-ce qu'on ne dirait pas qu'il y a eu deux assassins ? D'une façon ou d'une autre ? Le meurtre de Michelle était juste… Votre mère et Debby ont été… euh… traquées, pour ainsi dire. Mais Michelle meurt dans son lit, les couvertures relevées. Il y a quelque chose qui ne colle pas. Il me semble. »

J'ai esquissé un haussement d'épaules tout raide. Les images de la Zonedombre tournoyaient devant mes yeux. J'ai collé ma tête sous le jet, où je ne pouvais plus entendre. L'eau a commencé à s'écouler vers le siphon, couleur bordeaux. Tandis que j'étais encore la tête en bas, j'ai senti Lyle me prendre le pommeau et tapoter l'arrière de mon crâne. Maladroitement, sans romantisme aucun, juste pragmatique.

« Vous aviez encore de la bouillasse », a-t-il crié par-dessus le bruit de l'eau, puis il m'a repassé le tuyau. Je me suis redressée, il a tendu la main vers moi, m'a attrapé un lobe d'oreille et l'a essuyé. « Y a du rouge sur votre lobe, aussi. Ça n'irait sans doute pas trop bien avec des boucles d'oreilles.

– Je n'ai pas les oreilles percées », j'ai dit. J'ai entrepris de me démêler en essayant de déterminer si la couleur faisait l'affaire. En essayant de toutes mes forces de ne pas penser aux cadavres de ma famille, de me concentrer seulement sur mes cheveux.

« Ah bon ? Je pensais que toutes les filles avaient les oreilles percées.

– Je n'ai jamais eu personne pour me le faire. »

Il m'a regardée me brosser, un sourire inepte aux lèvres.

« Alors, bien, ces cheveux ? il a demandé.

– On verra quand ils seront secs. »

Nous sommes retournés nous asseoir sur le canapé du salon, chacun à un bout, et nous avons écouté la pluie qui recommençait à tomber.

« Trey Teepano avait un alibi, a-t-il observé finalement.

– Oui, enfin, Runner aussi avait un alibi. Apparemment, c'est pas sorcier à trouver.

– Peut-être que vous devriez vous lancer et revenir sur votre témoignage ?

– Je ne reviendrai sur rien du tout tant que je ne suis pas sûre, j'ai dit. Non. »

La pluie s'est mise à tomber plus fort. J'ai eu une envie terrible d'une cheminée.

« Vous savez que la ferme a été saisie le jour des meurtres, n'est-ce pas ? » a dit Lyle.

J'ai hoché la tête. C'était un des quarante mille faits nouveaux qui m'encombraient le cerveau, grâce à Lyle et à tous ses dossiers.

« Est-ce que ça n'a pas l'air capital ? a-t-il ajouté. Est-ce que tout ça ne semble pas trop bizarre, comme si quelque chose d'évident nous échappait ? Une fille raconte un mensonge, une ferme fait faillite, un joueur invétéré se voit exiger le montant de ses paris par un… bon sang, par un bookmaker sataniste. Tout ça le même jour.

« – Et tout le monde sans exception dans cette affaire ment ou a menti.

– Qu'est-ce qu'on devrait faire maintenant ? il a demandé.

– Regarder la télé », j'ai répliqué. J'ai allumé le poste, me suis laissée glisser en arrière, tirant une mèche de cheveux à moitié secs pour vérifier la couleur. Elle était d'un rouge vif pur, mais bon, après tout, c'était ma couleur naturelle.

« Vous savez, Libby, je suis fier de vous, avec tout ça, a fait Lyle d'un ton solennel.

– Ah ! ne dites pas ça, vous êtes tellement paternaliste, ça me rend dingue quand vous faites ça.

– Je n'étais pas paternaliste », a-t-il répondu. Sa voix partait dans les aigus.

« Juste cinglé.

– Ce n'est pas vrai. Je veux dire que c'est chouette de faire votre connaissance.

– Ouais, quel pied. Je suis tellement digne d'intérêt.

– Vous l'*êtes*.

– Lyle, arrêtez, OK ? » J'ai replié un genou sous mon menton et nous avons tous deux fait semblant de regarder une émission de cuisine. La voix du présentateur était trop joviale.

« Libby ? »

J'ai tourné les yeux dans sa direction avec lenteur, comme si ça me coûtait terriblement.

« Je peux vous dire quelque chose ?

– Quoi ?

– Vous avez déjà entendu parler de ces feux de forêt près de San Bernardino, en 1999, ils ont détruit peut-être quatre-vingts foyers et environ quarante-cinq mille hectares ? »

J'ai haussé les épaules. On dirait qu'il y a tout le temps le feu en Californie.

« Je suis le gamin qui a allumé ce feu. Pas intentionnellement. Ou du moins je n'avais pas l'intention que ça se répande de manière incontrôlée.

– Comment ça ?

– J'étais seulement un môme, j'avais douze ans, et je n'étais pas pyromane ni rien, mais je me suis retrouvé avec un briquet, un petit briquet, je ne sais même pas pourquoi j'avais ce truc, mais j'aimais bien faire jouer le mécanisme, vous savez, et je faisais de grandes marches dans les collines derrière mon lotissement, mort d'ennui. Le sentier était juste… complètement couvert d'herbes sèches et de brindilles. Et je marchais, en faisant jouer le briquet, juste pour voir si je pouvais faire prendre le sommet des herbes, qui se terminaient par des petites boules de poils…

– Des queues-de-renard.

– Quand je me suis retourné… elles avaient toutes pris feu. Il y avait environ vingt minifeux derrière moi, comme des torches. En plein pendant la période des vents de Santa Ana. Du coup le sommet des herbes a commencé à être emporté, et quand les petites boules atterrissaient, elles déclenchaient une nouvelle poche de feu, puis rebondissaient encore sur trente mètres. Et tout d'un coup, ça n'a plus été seulement des petits feux éparpillés. Ça a été un brasier.

– Si vite ?

– Oui, en l'espace de quelques secondes, c'était un *incendie*. Je me rappelle toujours ce sentiment, comme si pendant un instant j'avais pu défaire ce que j'avais fait, mais non. Déjà, ça me dépassait complètement. Et… et ça allait être grave. Je me souviens seulement de m'être dit que j'étais au milieu de quelque chose dont je ne me remettrais jamais. Et je ne m'en suis pas remis. C'est terrible de réaliser une chose pareille quand on est si jeune. »

J'étais censée dire quelque chose à ce moment-là.

« Vous ne l'avez pas fait exprès, Lyle. Vous n'étiez qu'un gamin, et vous avez été frappé par un terrible coup du sort.

— Eh bien, je sais, mais c'est pour ça que je m'identifie à vous, vous savez. Il n'y a pas si longtemps, quand j'ai commencé à apprendre votre histoire, je me suis dit : *Elle est peut-être comme moi*. Elle connaît peut-être ce sentiment de quelque chose qui échappe complètement à votre contrôle. Vous savez, avec votre témoignage, et ce qui s'est passé ensuite…

— Je sais.

— Je n'ai jamais raconté cette histoire à personne. Enfin, volontairement. Je me suis simplement dit que vous…

— Je sais. Merci. »

Si j'étais une meilleure personne, j'aurais posé ma main sur celle de Lyle à cet instant et l'aurais serrée chaleureusement, pour lui faire savoir que je comprenais, que je me mettais à sa place. Mais je ne l'étais pas, et c'était déjà assez dur de dire merci. Buck a sauté sur le canapé entre nous pour me réclamer à manger.

« Au fait, euh… vous faites quoi ce week-end ? a dit Lyle, tripotant le rebord du canapé, à l'endroit même où Krissi avait enfoui son visage dans ses mains pour pleurer.

— Rien.

— Heu… dans ce cas ma mère voulait que je vous demande si vous vouliez venir à cette fête d'anniversaire qu'elle organise pour moi, a-t-il dit. Juste, euh… un dîner ou un truc comme ça. Rien que des amis. »

Les gens organisent des fêtes pour leur anniversaire, c'est vrai, même les adultes, mais, à sa façon de présenter la chose, j'ai immédiatement pensé à un truc avec des clowns, des ballons et peut-être une balade en poney.

« Oh, mais vous voulez sans doute profiter de ce moment seulement avec vos amis, j'ai dit, fouillant la pièce des yeux en quête de la télécommande.

– Tout juste. C'est pour ça que je vous ai invitée.

– Ah. OK, dans ce cas. »

Je me suis efforcée de ne pas sourire, ça aurait été trop infect, et j'ai essayé de trouver quelque chose à lui dire, lui demander quel âge il allait avoir – douze ans en 1999, ça fait, quoi, bon Dieu, vingt-deux ans ? – mais un bulletin spécial d'information a commencé. Lisette Stephens avait été retrouvée assassinée ce matin-là au fond d'un ravin. Elle était morte depuis des mois.

Patty Day
3 janvier 1985
0 h 01

Kinnakee, ville déglinguée. Il ne lui manquerait pas vraiment, ce patelin, en particulier en hiver, lorsque les routes se crevassaient et que le simple acte de conduire vous réarrangeait le squelette. Lorsque Patty rentra à la maison, les filles dormaient à poings fermés. Debby et Michelle étaient étalées sur le sol, comme toujours, Debby avec une peluche pour oreiller, Michelle avec son stylo dans la bouche, son journal sous le bras. Elle avait l'air à l'aise bien qu'une de ses jambes fût tordue sous elle. Libby était dans son lit, roulée comme de juste en petite boule compacte, les poings sous le menton, et elle grinçait des dents. Patty pensa les border convenablement, mais elle ne voulait pas prendre le risque de les réveiller. Au lieu de ça, elle leur souffla un baiser et ferma la porte, saisie par l'odeur d'urine qui lui rappela qu'elle avait oublié de changer les draps, en fin de compte.

Le sac de vêtements s'était consumé complètement, seules de minuscules bribes de tissus surnageaient au fond de la cheminée. Un carré de coton blanc avec une étoile pourpre, provocante parmi les cendres. Patty mit une autre bûche, juste pour être sûre, et jeta le fragment directement sur le feu. Puis elle appela Diane et lui demanda de venir à l'aube le lendemain pour se remettre à chercher Ben.

« Je peux venir maintenant, si tu veux de la compagnie.

– Non, je suis sur le point de me fourrer au lit, dit Patty. Merci, pour l'enveloppe. L'argent.

– J'ai déjà commencé à faire de la prospection ici et là pour avoir des noms d'avocats, je devrais avoir une bonne liste demain. Ne t'en fais pas, Ben va rentrer. Il est sans doute paniqué. Il aura passé la nuit chez quelqu'un. Il va refaire surface.

– Je l'aime tellement, Diane… commença Patty avant de se raviser aussitôt. Dors bien.

– J'apporterai des céréales, j'ai oublié d'en apporter ce matin. »

Des céréales. Ça semblait tellement normal qu'elle eut l'impression de prendre un coup de poing dans le ventre.

Patty se dirigea vers sa chambre. Elle avait envie de se poser et de réfléchir, de méditer en profondeur. C'était un besoin impérieux mais elle le combattit. Autant essayer de combattre un éternuement. Finalement, elle se versa deux doigts de bourbon et enfila ses épaisses couches de vêtements de nuit. Le temps de la réflexion était révolu. Il valait mieux se détendre.

Elle pensa qu'elle allait pleurer – avec soulagement – mais elle n'en fit rien. Elle se mit au lit, regarda le plafond fissuré et pensa : *Je n'ai plus besoin de me préoccuper de l'affaissement du plafond.* Elle n'aurait plus à regarder cette fenêtre grillagée déchirée à côté de son lit en se disant année après année qu'elle devait la réparer. Elle n'aurait plus besoin de redouter le matin où elle aurait besoin de café et où elle découvrirait que la cafetière avait finalement rendu l'âme. Elle n'aurait plus à s'inquiéter du prix des matières premières, des

430

frais d'exploitation, des taux d'intérêt ou de la carte de crédit que Runner avait prise à son nom et sur laquelle il avait fait tant d'achats qu'elle ne pourrait jamais rembourser. Elle ne verrait plus jamais la famille Cates, au moins pas de sitôt. Elle n'aurait plus à redouter Runner et ses grands airs, ni le procès ni l'avocat chic aux cheveux lisses avec la grosse montre en or qui dirait des choses apaisantes et la jugerait. Elle n'aurait pas à passer des nuits blanches à se demander ce que l'avocat dirait à sa femme, lorsqu'ils reposeraient dans leur matelas en plumes d'oie, quand il lui raconterait des histoires sur la « mère Day » et sa saleté de progéniture. Elle n'aurait pas à craindre que Ben aille en prison. Elle n'aurait pas à s'inquiéter de son incapacité à s'occuper de lui. Ni des autres. Les choses allaient changer.

Pour la première fois en dix ans, elle ne s'en faisait pas, aussi elle ne pleura pas. Peu après une heure du matin, Libby ouvrit la porte bruyamment et la rejoignit au lit d'un pas somnambule. Patty se retourna, lui donna un baiser de bonne nuit, et lui dit : « Je t'aime. » Elle se réjouit de pouvoir le dire tout fort à une de ses enfants. Libby s'endormit si vite que Patty se demanda si elle avait seulement entendu.

Libby Day
Aujourd'hui

Je me suis réveillée avec le sentiment d'avoir rêvé de ma mère. J'avais une fringale terrible de ses hamburgers bizarres dont nous nous moquions toujours, avec des bouts de carottes et de navets, parfois même de fruit pourri. Ce qui était bizarre, car je ne mange pas de viande. Mais je *voulais* un de ces burgers.

J'étais en train de réfléchir à la façon dont on s'y prend pour confectionner un hamburger dans la vraie vie lorsque Lyle a téléphoné avec son baratin. Un dernier. C'est ce qu'il n'a cessé de répéter : juste une dernière personne à qui je devrais parler, et si ça ne donnait rien, je pourrais laisser tomber. Trey Teepano. Je devais passer voir Trey Teepano. Quand j'ai rétorqué que ce serait trop dur de retrouver sa trace, Lyle a déclamé son adresse. « Ça a été facile, il a une entreprise à lui, Teepano Nourriture pour bétail et matériel agricole », a dit Lyle. J'ai eu envie de lui dire « joli travail » – qu'est-ce que ça m'aurait coûté ?– mais je n'en ai rien fait. Lyle a ajouté que les femmes de l'équipe de Magda me donneraient cinq cents dollars pour cet entretien. Je l'aurais fait gratuitement, mais j'ai quand même accepté.

En vérité, je savais que j'allais continuer sur cette voie. Je ne pourrais pas m'arrêter avant d'avoir trouvé une réponse quelconque. Ben savait, j'en étais sûre à présent, Ben savait quelque chose. Mais il n'allait pas dire quoi. Puisque c'était ainsi, je n'avais qu'à persévérer. Je me souviens d'avoir vu un jour à la télé un spécialiste des relations amoureuses très sensé. Son conseil : « Ne vous découragez pas : toutes les relations sont des échecs, jusqu'à ce qu'on trouve la bonne. » C'était mon sentiment au sujet de cette maudite quête : chaque personne à qui je m'adresserais me laisserait en plan jusqu'à ce que je trouve l'unique personne qui pourrait m'aider à débrouiller les fils de cette nuit-là.

Lyle m'accompagnait dans ma visite à Trey Teepano, en partie parce qu'il voulait voir à quoi il ressemblait, et en partie, je crois, parce qu'il se méfiait de lui. « Les satanistes ne m'inspirent pas trop confiance, *a priori.* » Teepano Nourriture pour bétail et matériel agricole était situé juste à l'est de Manhattan, au Kansas, quelque part dans un lopin de terre agricole coincé entre plusieurs banlieues nouvelles. Les bâtiments étaient blancs et propres. Ils avaient l'air aussi toc que les boutiques de souvenirs de Lidgerwood, comme si les gens faisaient seulement semblant d'y vivre. À ma gauche, les maisons en forme de boîtes à chaussures ont finalement laissé place à une lagune d'herbe couleur émeraude. Un terrain de golf. Tout neuf, et riquiqui. Dans la pluie froide du matin, quelques hommes s'attardaient sur le fairway. Ils se tordaient et se penchaient en soulevant leurs clubs, pareils à des drapeaux jaune et rose sur l'étendue verte. Puis, aussi vite qu'ils étaient apparus, les fausses maisons, la fausse herbe et les hommes en chemises pastel ont disparu, et je me suis retrouvée à contempler un champ de jolies vaches brunes Jersey, qui me fixaient avec l'air d'attendre quelque chose. Je leur ai rendu leur regard – les vaches sont parmi les seuls animaux qui ont l'air de vous voir réellement. Je me suis tellement perdue dans leur contemplation que j'ai manqué le grand bâtiment ancien en brique qui portait l'enseigne Teepano Nourriture pour bétail et matériel agricole. Lyle m'a tapoté l'épaule : « Libby, Libby, Libby. » J'ai enfoncé la pédale de frein et dérapé sur l'eau sur quinze bons mètres. Ce sentiment d'envol m'a rappelé le moment où Runner m'avait lâchée après m'avoir fait tournoyer. J'ai fait une marche arrière musclée et une embardée sur le parking couvert de gravier.

Une seule voiture était garée devant le magasin, qui ressemblait à une épave. Les joints de ciment entre les briques étaient pleins d'une bouillasse visqueuse et le manège installé à côté de la porte principale – vingt-cinq cents le tour – n'avait plus de siège. Tandis que je montais les larges marches de bois qui cernaient la devanture, les néons de la vitrine se sont allumés en clignotant. « Nous avons des lamas ! » Drôles de mots pour un néon. Un panneau de fer-blanc « Sevin en poudre 5 % » pendait à l'un des poteaux. « C'est quoi, les cailles royales ? » a demandé Lyle tandis qu'on atteignait la dernière marche. Une clochette a retenti lorsque j'ai poussé la porte, et nous sommes entrés dans une pièce plus froide que l'extérieur. L'air conditionné rugissait furieusement, ainsi que la stéréo qui passait du jazz cacophonique évoquant la bande-son d'une crise d'épilepsie.

Derrière un comptoir allongé, des carabines étaient bouclées derrière une vitrine étincelante, aussi attirante que la surface d'un étang. Des rangées et des rangées d'engrais et de granulés, de pioches, des sacs de terre et de selles s'étiraient jusqu'au fond du magasin. Contre le mur du fond, une cage grillagée renfermait un peloton de lapins impassibles. *L'animal domestique le plus stupide du monde*, je me suis dit. Quelle idée de prendre un animal qui ne bouge que pour trembler et pour chier partout ? On a beau prétendre qu'on peut les habituer à faire leurs besoins dans une caisse, c'est un mensonge.

« Ne... vous savez, j'ai commencé à dire à Lyle, qui tournait frénétiquement la tête en tous sens, passant inconsciemment en mode inquisiteur. Vous savez, ne...

– Je ne le ferai pas. »

Le jazz horripilant continuait d'aboyer. « Bonjour ! » a lancé Lyle. Je ne voyais pas un seul employé, ni un seul client d'ailleurs, mais bon, c'était un mardi pluvieux, en milieu de matinée. Entre la musique et l'éclairage calciné des néons implacables, j'avais l'impression d'être défoncée. Puis j'ai distingué du mouvement, quelqu'un tout au fond, courbé dans une des allées, et je me suis dirigée vers la silhouette. L'homme avait le teint sombre, il était musclé, avec des cheveux noirs épais attachés en queue-de-cheval. Il s'est cabré en nous voyant.

« Oh, zut ! » il a lâché, dans un sursaut. Il nous a regardés, puis a regardé la porte, comme s'il avait oublié que sa boutique était ouverte. « Je vous ai pas entendus entrer.

– Sans doute à cause de la musique, a crié Lyle, désignant le plafond.

– Trop fort pour vous ? Z'avez sans doute raison. Deux secondes. » Il a disparu dans un bureau au fond et soudain la musique a cessé complètement.

« C'est mieux ? Maintenant en quoi puis-je vous aider ? » Il s'est appuyé contre un sac de grains et nous a adressé un regard qui signifiait qu'on avait intérêt à avoir une raison valable de lui avoir fait couper la musique.

« Je cherche Trey Teepano, j'ai dit. Est-ce que c'est le propriétaire de ce magasin ?

– Oui. C'est moi. Je suis Trey. Qu'est-ce que je peux faire pour vous ? » Plein d'une énergie nerveuse, il rebondissait sur le bout de ses pieds, se mordait les lèvres. Il était d'une beauté saisissante, avec un visage qui vacillait entre la jeunesse et l'âge mûr, en fonction de l'angle.

« Eh bien… » Eh bien, je ne savais pas. Son nom flottait dans ma tête comme une incantation, mais comment procéder maintenant : lui demander s'il avait été bookmaker, s'il connaissait Diondra ? L'accuser de meurtre ?

« Euh… c'est au sujet de mon frère…

– Ben.

– Oui », j'ai confirmé, stupéfaite.

Trey Teepano a esquissé un sourire froid de crocodile. « Ouais, il m'a fallu une minute, mais je vous ai reconnue. Les cheveux roux, j'imagine, et le même visage. Vous êtes celle qui a survécu, n'est-ce pas ? Debby ?

– Libby.

– Ah ! oui. Et vous êtes ?

– Je suis juste son ami », a simplement répondu Lyle. Je sentais qu'il faisait des efforts pour rester discret et ne pas me refaire le même coup qu'avec Krissi Cates.

Trey s'est mis à arranger les rayons, réajustant des bouteilles de Deer Off dans une tentative peu convaincante de faire semblant d'être occupé. Aussi crédible qu'un type qui lit le journal à l'envers.

« Vous connaissiez mon père aussi ?

– Runner ? Tout le monde connaissait Runner.

– Runner a cité votre nom la dernière fois que je l'ai vu. »

Il a rejeté sa queue-de-cheval en arrière. « Ah ouais, il est mort ?

– Non, non, il vit en Oklahoma. Il a l'air de penser que vous étiez… impliqué d'une manière ou d'une autre dans les événements de cette nuit-là, que vous pourriez peut-être m'apporter des lumières sur ce qui s'est passé. Avec les meurtres.

– C'est ça. Le vieux est cinglé, il l'a toujours été.

– Il dit que vous étiez une espèce de bookmaker, quelque chose comme ça, à l'époque.

– Exact.

– Et que vous étiez branché satanisme.

– Exact. »

Il a dit ça avec un ton fatigué d'ancien toxico qui en a vu de toutes les couleurs, une paix un peu résignée.

« Alors c'est vrai ? » a demandé Lyle. Puis il m'a jeté un regard coupable.

« Oui, et Runner me devait de l'argent. Beaucoup d'argent. Il me le doit toujours, d'ailleurs. Mais ça ne veut pas dire que je sais ce qui s'est passé chez vous ce soir-là. J'ai déjà expliqué tout ça à l'époque, il y a dix ans.

– Plutôt vingt-cinq. »

Trey a haussé les sourcils.

« Ouah ! si vous le dites », a-t-il dit. Il n'avait pas l'air convaincu. Son visage s'est crispé tandis qu'il faisait le calcul.

« Vous connaissiez Ben ? j'ai insisté.

– Un peu, pas vraiment.

– C'est juste que votre nom n'arrête pas de revenir sur le tapis.

– J'ai un nom accrocheur, fit-il en haussant les épaules. Écoutez, à l'époque, Kinnakee était archiraciste. Les Indiens, ils avaient pas bonne presse. On m'a accusé d'un tas de conneries que j'avais pas faites. C'était avant *Danse avec les loups*, vous me suivez ? C'était juste ALI tout le temps à TCM.

– Quoi ?

– ALI, Accusez les Indiens. Je le reconnais, j'étais un salopard. Vraiment pas un type bien. Mais après cette nuit-là, ce qui est arrivé à votre famille, ça m'a quand même foutu les jetons, et j'ai arrêté les conneries. Enfin, pas tout de suite après, mais un an plus tard environ. J'ai arrêté les drogues, j'ai arrêté de croire au diable. C'est ça qui a été le plus dur.

– Vous croyiez vraiment au diable ? » a lâché Lyle.

Il a haussé les épaules. « Bien sûr. Il faut bien croire en quelque chose, non ? Tout le monde a son truc. »

Pas moi, j'ai pensé.

« Le truc, c'est que si vous croyez que vous avez le pouvoir de Satan en vous, vous avez le pouvoir de Satan en vous, a repris Trey. Mais c'était il y a longtemps.

– Et Diondra Wertzner, là-dedans ? »

Il s'est interrompu, s'est détourné, s'est avancé jusqu'à la cage à lapins et s'est mis à en caresser un du bout de l'index à travers le grillage.

« Où est-ce que vous voulez en venir, Deb… heu… Libby ?

– J'essaie de retrouver la trace de Diondra Wertzner. J'ai entendu dire qu'elle était enceinte du bébé de Ben à l'époque des meurtres, et qu'elle a disparu ensuite. Certaines personnes disent que la dernière fois qu'elle a été vue, c'est avec vous et Ben.

– Ah merde, Diondra. J'ai toujours su que je me la reprendrais dans la gueule tôt ou tard, celle-là. » Cette fois, il a fait un grand sourire. « La vache, Diondra. Je n'ai aucune idée d'où elle se trouve, mais elle était toujours en cavale, toujours en train de créer des drames. Elle fuguait, ses parents en faisaient toute une histoire, elle revenait, ils jouaient à la famille parfaite pendant quelque temps, puis ses parents recommençaient à se comporter comme des cons – ils la négligeaient comme c'est pas permis – alors il lui fallait de nouveau du drame, elle foutait la merde d'une façon ou d'une autre, elle fuguait, ou n'importe quoi. Un soap opera permanent. Je suppose qu'elle a fini par s'enfuir pour de bon, et décider que ça ne valait pas le coup de rentrer. Sans déc', vous avez essayé les pages blanches ?

– Elle est inscrite au fichier des personnes disparues », a placé Lyle, puis il m'a regardée de nouveau pour voir si l'interruption me dérangeait. Ce n'était pas le cas.

« Oh, elle va bien, dit Trey. À mon avis, elle vit quelque part sous un de ses surnoms à la con.

– Comment ça ? j'ai demandé, posant une main sur le bras de Lyle pour le tenir au silence.

– Oh, rien, c'était juste une de ces nanas qui passent leur temps à essayer d'être quelqu'un d'autre. Un jour elle parlait avec l'accent anglais, le lendemain avec l'accent du Sud. Elle ne donnait jamais son vrai nom à personne. Elle donnait un faux nom à l'institut de beauté, un faux nom quand elle commandait une pizza. Juste pour le plaisir de se foutre de la gueule des gens, vous savez, juste pour le fun. "Je m'appelle Desiree, je viens de Dallas, je m'appelle Alexis, je viens de Londres." Elle donnait… euh… utilisait toujours son nom d'actrice porno, vous pigez ?

– Elle faisait du porno ?

– Non, c'est un jeu. Quel était le nom de votre animal de compagnie préféré quand vous étiez petite ? »

Je l'ai fixé sans répondre.

« Quel était le nom de votre animal de compagnie préféré quand vous étiez petite ? » il a répété.

J'ai pris le nom du chien de Diane : « Gracie.

– Et quel est le nom de la rue où vous avez grandi ?

– La route rurale 2. »

Il a rigolé. « Ah, ben ça marche pas avec celle-là. C'est censé donner un nom graveleux, genre Bambi Evergreen ou un truc comme ça. Celui de Diondra, c'était… Polly quelque chose… Palm. Polly Palm, c'est pas un peu la classe ?

– Vous ne pensez pas qu'elle soit morte ? »

Il a haussé les épaules.

« Vous pensez que Ben est réellement coupable ? j'ai demandé.

– Je n'ai pas d'opinion sur la question. Sans doute. »

Soudain, Lyle est devenu tout nerveux. Il s'est mis à sautiller sur place en m'enfonçant un doigt dans le dos pour me diriger vers la porte.

« Bon, merci d'avoir pris le temps de nous parler », a-t-il lâché brusquement. Je lui ai fait les gros yeux et il m'a rendu mon regard. Un néon au-dessus de nous s'est mis à clignoter avec un bourdonnement, projetant une lumière malsaine sur nous, et les lapins se sont mis à trottiner dans la paille. Trey a jeté un regard noir à la lampe et elle s'est arrêtée, comme si elle s'était fait gronder.

« Bon, je peux vous laisser mon numéro, au cas où quelque chose vous revienne ? » j'ai demandé.

Trey a souri, secoué la tête. « Non, ça ira, merci. »

Puis il nous a tourné le dos. Tandis que nous nous dirigions vers la porte, la musique s'est remise à cracher à pleins tubes. J'ai jeté un regard derrière moi alors que l'orage commençait à crépiter. Une moitié du ciel était noire, l'autre jaune. Trey était ressorti du bureau, il nous observait, les bras ballants. Derrière lui, les lapins s'étaient lancés dans une soudaine bagarre.

« Hé, Trey, c'est quoi TCM, au fait ? j'ai lancé.

– Le Trou du Cul du Monde, Libby. Notre ville natale. »

Devant moi, Lyle a descendu les marches quatre à quatre. Il a atteint la voiture en trois longues foulées, et s'est mis à agiter frénétiquement la poignée pour entrer, *allez, allez, allez*. Je me suis laissée tomber à côté de lui, agacée d'avance. « Quoi ? » j'ai fait. Le tonnerre a grondé. Une rafale de vent a soulevé une odeur de gravier mouillé.

« Démarrez d'abord, tirons-nous d'ici, vite.

– Oui, m'sieur. »

J'ai tourné pour sortir du parking et repris la direction de Kansas City, sous une pluie devenue torrentielle. Je conduisais depuis environ cinq minutes lorsque Lyle m'a dit de me ranger et s'est précipité sur moi en s'exclamant : « Oh, mon Dieu ! »

Ben Day
3 janvier 1985
0 h 02

Ils se garèrent devant chez Diondra. Les chiens aboyaient frénétiquement comme d'habitude, comme s'ils n'avaient jamais vu ni une voiture, ni un être humain, ni même Diondra. Ils passèrent par la porte de derrière, et Diondra commanda à Ben et à Trey de rester devant la porte coulissante et d'enlever leurs vêtements pour ne pas mettre du sang partout. « Désapez-vous, mettez vos fringues en tas, on va les brûler. »

Les chiens avaient peur de Trey. Ils aboyaient mais ne s'approchaient pas de lui. Une fois, il avait flanqué une raclée mémorable au blanc et depuis lors ils le contournaient tous avec précaution. Trey enleva son tee-shirt par le dos, pareil que les mecs dans les films, façon gros dur, puis il déboutonna son jean, les yeux fixés sur Diondra, comme s'ils étaient sur le point de baiser. Comme s'il s'agissait d'une espèce de préliminaire malsain. Ben enleva son tee-shirt de la même manière et fit glisser son pantalon, ce pantalon en cuir que sa sueur avait déjà traversé. Aussitôt les chiens furent sur lui. Ils lui reniflaient l'entrejambe et lui léchaient les bras, on aurait dit qu'ils allaient le dévorer. Il en écarta un en poussant brutalement son

442

museau avec sa paume, mais l'animal revint aussitôt, baveux, agressif.

« Il veut te sucer la bite, mec, rigola Trey. Profite de ce que tu trouves, hein ?

– C'est pas moi qui vais lui faire, alors il a tout intérêt », jeta sèchement Diondra, avec son petit dodelinement furibard de la tête. Elle se débarrassa de son jean. Il y avait des marques de bronzage là où il n'y avait pas de slip, juste de la chair blanche et une touffe noire hérissée comme un chat mouillé là où aurait dû être son slip. Puis elle enleva son pull et resta là avec son seul soutien-gorge, les seins gonflés, striés de vergetures blanches.

« Quoi ? fit-elle à Ben.

– Rien, tu devrais rentrer.

– Merci, trop fort. » Elle rassembla ses fringues du bout du pied et dit à Trey – Dieu sait comment, elle s'arrangea pour bien faire comprendre qu'elle ne s'adressait qu'à Trey – qu'elle allait chercher de l'essence à briquet.

Trey balança son jean au centre. Debout dans son caleçon bleu, il lança à Ben qu'il avait échoué dans son épreuve.

« Je ne vois pas ça comme ça », marmonna Ben, mais lorsque Trey dit : « Quoi ? », il se contenta de secouer la tête. Un des chiens était complètement sur lui à présent, il avait les pattes sur les cuisses de Ben et essayait de lui lécher le ventre, là où le sang s'était accumulé. « Lâche-moi », protesta Ben, et lorsque le chien bondit de nouveau sur lui, il lui donna une claque du revers de la main. Le chien gronda, puis le deuxième s'y mit, et le troisième aboya, les babines retroussées. Ben, tout nu, se replia derrière la maison d'un pas frénétique en hurlant : « Cassez-vous », aux chiens, qui ne reculèrent qu'au retour de Diondra.

« Les chiens respectent la force, dit Trey, la lèvre un peu retroussée à l'adresse de la nudité de Ben. Joli buisson ardent. »

Trey prit l'essence pour briquet des mains de Diondra, qui était toujours presque nue, le nombril ressorti comme un pouce. Trey aspergea les vêtements en tenant le flacon au niveau de sa bite, comme s'il pissait. Il alluma son briquet, et WHOUFFF ! les vêtements s'embrasèrent, forçant Trey à reculer en trébuchant sur deux bons pas, manquant tomber. C'était la première fois que Ben lui voyait l'air ridicule. Diondra détourna les yeux pour ne pas gêner Trey en assistant à ce spectacle. Cela rendit Ben plus triste que tout ce qui avait pu se passer ce soir-là : la femme dont il voulait faire son épouse, la femme qui allait accoucher de son enfant, elle avait ce petit égard pour un autre homme, mais elle ne l'aurait jamais, jamais pour lui.

Il fallait qu'il se fasse respecter d'elle.

*

Il était coincé là, chez Diondra, à les regarder fumer de la beuh. Il ne pouvait pas rentrer sans son vélo. Il faisait vraiment trop froid, un froid de canard, et la neige tombait dru de nouveau, le vent s'engouffrait dans la cheminée. Dans le cas où ça se transformerait en blizzard et si ce pauvre fainéant de paysan ne faisait pas quelque chose, le reste des vaches seraient mortes de froid au matin. Bien fait. Ça lui apprendrait. Ben sentit sa colère remonter, concentrée.

Donner une leçon à tout le monde, putain. À tous ces salopards qui avaient l'air de n'avoir jamais le moindre problème, comme si tout leur glissait dessus. Bordel, même Runner, tout ivrogne minable qu'il était, semblait se faire moins emmerder que Ben. Il y avait beaucoup de gens qui méritaient une leçon, qui méritaient de comprendre vraiment, comme Ben, que rien ne s'obtenait facilement, et que la plupart des choses étaient vouées à se dégrader.

Diondra avait accidentellement brûlé son jean avec le pantalon en cuir. Du coup, il portait un jogging mauve appartenant à Diondra, un grand sweat-shirt, et des épaisses chaussettes de polo qu'elle avait dit déjà deux fois vouloir récupérer. C'était l'heure creuse de la nuit, celle où l'événement marquant est derrière, et Ben se demandait toujours ce que ça signifiait, s'il priait vraiment le diable, s'il allait vraiment commencer à sentir son pouvoir. Ou si ce n'était qu'un canular, ou un de ces trucs auxquels on se persuade de croire, comme une planche Ouija ou un clown tueur qui se balade dans une camionnette blanche. Est-ce que tous trois s'accordaient en silence à croire qu'ils avaient réellement fait un sacrifice pour Satan, ou n'était-ce qu'une excuse pour se défoncer à mort et faire un max de dégâts ?

Ils auraient dû arrêter les drogues depuis un bon moment. C'était de la mauvaise came, il le sentait, elle faisait beaucoup trop mal, même la beuh accrochait dans la gorge, comme un produit nocif. Or la mauvaise came rendait les gens mauvais.

Trey s'assoupit doucement en regardant la télé. Il commença par cligner des yeux, puis sa tête dodelina de droite et de gauche, se redressa, tomba sur sa poitrine, se redressa de nouveau. Enfin il s'affala sur un côté et sombra dans un sommeil profond.

Diondra se leva pour aller pisser, et Ben se retrouva tout seul dans le living. Il regrettait de n'être pas chez lui. Il s'imaginait ses draps de flanelle, s'imaginait au lit, en train de parler à Diondra au téléphone. Elle ne l'appelait jamais de chez elle, et il n'avait pas le droit de l'appeler parce que ses parents étaient trop dingues.

Alors elle prenait des cigarettes et allait s'installer dans une cabine près de la station-essence ou au centre commercial. C'était la seule chose qu'elle faisait pour lui, et ça le regonflait, qu'elle fasse cet effort, il appréciait vraiment. Peut-être aimait-il davantage l'idée de parler à Diondra que le fait de lui parler réellement. Ces derniers temps, elle était tellement salope quand ils étaient ensemble. Il repensait au taureau en sang et il se dit qu'il aurait aimé avoir de nouveau le fusil, c'était de ça qu'il avait envie. Diondra cria alors son nom depuis la chambre à coucher.

Quand il déboucha dans le couloir, elle se tenait à côté de son répondeur rouge vif, la tête inclinée. « T'es niqué », dit-elle simplement. Puis elle appuya sur le bouton.

« Salut, Dio, c'est Megan. Je suis *complètement flippée* au sujet de Ben Day. T'as entendu ce qui s'est passé, qu'il a *agressé* toutes ces gamines ? Ma sœur est en sixième. Elle va bien, Dieu merci, mais, bon sang, quel *pervers* ! Je suppose que les flics l'ont arrêté. En tout cas, appelle-moi. »

Un clic, un ronronnement, et la voix d'une autre fille, grave et nasale : « Salut, Diondra, c'est Jenny. Je te l'avais *dit* que Ben Day était un sataniste, non mais t'as entendu ce bordel ? Je suppose qu'il est, genre, en train de se *planquer* des flics. Y aura sûrement une grosse réunion là-dessus au lycée demain. Je sais pas, je voulais voir si tu voulais y aller. »

Diondra surplombait la machine comme si elle voulait la pulvériser, comme si c'était un animal qu'elle pouvait blesser. Elle se tourna vers Ben et hurla : « C'est quoi ce bordel ? » Elle rougit et se mit à postillonner. Ben dit immédiatement ce qu'il ne fallait pas : « Je ferais mieux de rentrer.

– Tu ferais mieux de rentrer ? Qu'est-ce que c'est que ce bordel, Ben, qu'est-ce qui se passe, putain ?

– Je sais pas, c'est pour ça que je ferais mieux de rentrer.

– Non, non, non, non, espèce de fifils à sa maman. Espèce de putain de *bon à rien* de fifils à sa maman. Quoi, tu vas rentrer *à la maison*, attendre les flics et me laisser là pendant que tu vas en taule ? Me laisser plantée là comme une conne à attendre que mon connard de *père* rentre ? Avec ton putain de *bébé* dont je peux pas me débarrasser ?

– Qu'est-ce que tu veux que je fasse, Diondra ? » Rentrer à la maison. C'était devenu une idée fixe.

« On quitte la ville ce soir. Il me reste environ deux cents dollars en liquide de mes parents. Combien tu peux trouver chez toi ? » Ben ne répondit pas tout de suite. Il songeait à Krissi Cates, il se demandait s'il risquait de se faire arrêter à cause de ce baiser, quelle part de vérité il y avait là-dedans et si les flics le recherchaient vraiment. Diondra s'avança vers lui et lui colla une gifle, forte. « Combien t'as chez toi ?

– Je sais pas. J'ai quelques économies, et ma mère garde en général cent ou deux cents dollars planqués quelque part, mais je sais pas où. »

Diondra se pencha, ferma un œil et regarda son réveil. « Est-ce que ta mère se couche tard, est-ce qu'elle risque d'être réveillée ?

– Si les flics sont là, oui. » S'ils n'étaient pas là, elle dormait, même si elle était morte de frayeur. La grande blague dans la famille, c'était que sa mère n'avait jamais célébré le nouvel an parce qu'elle était toujours endormie avant minuit.

« On va y aller, et si on voit pas de voiture de police, on entre. Tu prends du fric, t'emballes quelques fringues, et on se casse de là *fissa*.

– Et ensuite ? »

Diondra se rapprocha de lui et caressa sa joue encore cuisante. Elle avait des traînées de mascara dégueulasses jusqu'à la moitié de la joue, mais il sentit quand même une bouffée de, quoi, d'amour ? De puissance ? Quelque chose. Une bouffée, une sensation, une impression agréable.

« Ben chéri, je suis la mère de ton enfant, n'est-ce pas ? » Il hocha la tête, presque imperceptiblement. « OK, alors sors-moi de ce bled. Sors-nous tous de ce bled. Je peux pas y arriver sans toi. Faut qu'on se tire. On ira vers l'ouest. On peut camper quelque part, dormir dans la caisse, n'importe. Sinon tu te retrouves en taule, et je meurs de la main de mon père. Il me ferait accoucher puis il me tuerait. Et tu ne veux pas que notre môme soit une orpheline, n'est-ce pas ? Pas quand on peut l'empêcher ? Alors allons-y.

– Je n'ai pas fait ce qu'ils racontent, avec ces filles, je ne l'ai pas fait, chuchota finalement Ben, tandis que Diondra s'appuyait sur son épaule et que des mèches de ses cheveux s'enroulaient dans sa bouche comme de la vigne.

– Qu'est-ce que ça peut bien faire ? » souffla-t-elle dans sa poitrine.

Libby Day
Aujourd'hui

Lyle trépignait sur son siège. « Libby, vous avez remarqué ? Putain de merde, vous avez remarqué ?

– Quoi ?

– Le nom porno de Diondra, celui qu'elle utilisait tout le temps, vous avez remarqué ?

– Polly Palm, et alors ? »

Lyle arborait un grand sourire. L'éclat de ses longues dents se détachait de son visage dans la pénombre de la voiture.

« Libby, c'était quoi, le nom que votre frère avait tatoué sur son bras ? Vous vous rappelez les noms qu'on a passés en revue ? Molly, Sally, et celui que j'ai dit qui ressemblait à un nom de chien ?

– Oh, mon Dieu !

– C'était Polly, n'est-ce pas ?

– Oh, mon Dieu ! j'ai répété.

– Sérieusement, ce n'est pas une coïncidence, je me trompe ? »

Bien sûr, ce n'en était pas une. Tous les gens qui gardent un secret brûlent de le révéler. C'était la façon de Ben de le révéler. Son hommage à son amoureuse secrète. Mais il ne pouvait pas utiliser son vrai nom sur un tatouage, Mlle Diondra la Fille de l'air. Alors il avait pris le nom qu'elle utilisait quand elle jouait un rôle. Je l'ai imaginé en train de se passer les doigts sur les lignes enflées, la peau encore cuisante, fier. Polly. Peut-être un geste romantique. Peut-être un mémorial.

« Je me demande de quand date le tatouage, a dit Lyle.

– Il n'avait pas l'air si vieux que ça, en fait, j'ai dit. Il était encore, je ne sais pas, vif, pas du tout effacé. »

Lyle a sorti précipitamment son ordinateur portable et l'a posé en équilibre sur ses genoux serrés. « Allez, allez, donne-moi du réseau.

– Qu'est-ce que vous faites ?

– Je ne crois pas que Diondra soit morte. Je crois qu'elle est en exil. Et si vous partiez en exil, et que vous deviez changer de nom, est-ce que vous ne seriez pas tentée de choisir un nom que vous avez déjà utilisé, un nom que seuls quelques amis connaîtraient, un clin d'œil pour vous-même et un fragment de… chez vous ? Quelque chose que votre petit copain pourrait se tatouer sur le bras et qui aurait un sens pour lui, quelque chose de permanent qu'il pourrait regarder. *Allez !* » a-t-il jeté à l'intention de l'ordinateur.

Nous avons roulé encore vingt minutes, déambulant le long des nationales jusqu'à ce que Lyle capte un signal réseau. Il s'est alors mis à taper à toute vitesse au rythme de la pluie, tandis que j'essayais de regarder l'écran sans nous flanquer dans le décor.

Il a fini par lever les yeux, un sourire fou aux lèvres : « Libby, il a fait, vous devriez peut-être vous arrêter de nouveau. »

J'ai donné un brusque coup de volant pour rejoindre le bas-côté, juste avant Kansas City. Un semi-remorque furax a fait beugler son klaxon en nous dépassant à toute vitesse. La voiture a tremblé.

Son nom était là, sur l'écran : Polly Palm, rien que ça, à Kearney, dans le Missouri. Adresse et numéro de téléphone, juste là, la seule Polly Palm de tout le pays, à l'exception d'un salon de manucure à Shreveport.

« Il faut vraiment que je m'abonne à Internet.

– Vous croyez que c'est elle ? a demandé Lyle, regardant fixement le nom comme s'il risquait de disparaître. Ça ne peut être qu'elle, n'est-ce pas ?

– On va voir ça. » J'ai sorti mon téléphone.

Elle a décroché à la quatrième sonnerie, juste au moment où je prenais une grande bouffée d'air pour lui laisser un message.

« C'est bien Polly Palm ?

– Oui ? » La voix était charmante, une douce voix éraillée de fumeuse.

« Êtes-vous Diondra Wertzner ? »

Pause. Clac.

« Vous pouvez me trouver l'itinéraire pour aller là-bas, Lyle ? »

Lyle voulait venir à tout prix, il pensait vraiment, vraiment qu'il devait venir, mais je ne voyais tout bonnement pas comment ça pouvait fonctionner, et je ne voulais pas de lui, alors je l'ai déposé au Sarah's Pub. Il s'est efforcé de ne pas faire la tête quand je suis repartie, et j'ai promis de téléphoner à la minute où je quitterais la maison de Diondra.

« Je suis sérieux, n'oubliez pas ! a-t-il lancé derrière moi. Sérieusement ! » J'ai donné un coup de klaxon et accéléré. Il criait encore quand j'ai tourné au coin de la rue.

J'avais des crampes dans les doigts à force de tenir le volant. Kearney était à quarante-cinq bonnes minutes au nord-est de Kansas City, et l'adresse de Diondra, selon l'itinéraire très détaillé fourni par Lyle, était encore à quinze minutes de la ville proprement dite. Quand j'ai commencé à croiser tous les panneaux indiquant la ferme de Jesse James et la tombe de Jesse James, j'ai su que je n'étais pas loin. Je me suis demandé pourquoi Diondra avait choisi de vivre dans la ville natale d'un hors-la-loi. C'était le genre de truc que j'aurais pu faire, il me semble. J'ai dépassé la route de la ferme James. Je l'avais visitée avec l'école primaire, une bicoque minuscule et froide dans laquelle, au cours d'une attaque surprise, le jeune demi-frère de Jesse s'était fait tuer, et je me souvenais d'avoir pensé : *Exactement comme notre maison.* J'ai continué sur une route étroite en lacets qui montait et descendait des collines avant de déboucher de nouveau dans la plaine, où des maisons en bardeaux poussiéreuses trônaient au milieu de grands terrains nus, avec des chiens qui aboyaient au bout de leur chaîne dans chaque jardin. Il n'y avait pas un être humain en vue ; le secteur semblait complètement désert. Simplement les chiens et quelques chevaux, et un peu plus loin une bande de forêt luxuriante qu'on avait daigné laisser vivre entre les maisons et la nationale.

La maison de Diondra est apparue encore dix minutes plus tard. Elle était hideuse, arrogante, penchée d'un côté comme une femme en colère, la hanche en avant. Elle avait besoin de son arrogance, car elle n'avait pas grand-chose d'autre pour elle. Elle était très en retrait par rapport à la rue, et ressemblait beaucoup aux dépendances d'une ferme plus importante, sauf qu'il n'y avait pas d'autre maison, simplement quelques hectares de boue de chaque côté, onduleuse et bosselée, comme frappée d'acné. Et ce triste rappel des bois pour arrière-plan.

J'ai emprunté le long chemin de terre qui menait à la maison, redoutant déjà que ma voiture ne s'embourbe et les conséquences que ça pourrait avoir.

Derrière les nuages orageux, le soleil de la fin d'après-midi a émergé juste à temps pour m'aveu-

gler tandis que je claquais ma portière et me dirigeais
vers la maison, le cœur au bord des lèvres. Alors que
je m'approchais des marches du perron, une grosse
femelle opossum a déboulé de sous le porche en feulant
à mon intention. La bestiole m'a perturbée, cette tête
pointue et blanche et ces yeux noirs de mort-vivant. En
plus les mères opossums sont des garces vicieuses. Elle
a couru jusqu'aux buissons, et j'ai tapé des pieds sur les
marches pour m'assurer qu'il n'y en avait pas d'autres
avant de monter l'escalier. Mon pied droit de traviole
s'est recroquevillé dans ma botte. Un attrapeur de rêves
en dents d'animaux sculptées et en plumes oscillait doucement près de la porte.

De même qu'en ville la pluie faisait ressortir les
odeurs du béton, elle avait ici réveillé une odeur de
terre et d'engrais. Une odeur qui me rappelait la maison, ce qui n'était pas bien.

Un long flottement a suivi le moment où j'ai frappé,
puis des pas feutrés se sont approchés. Diondra, décidé-
ment bien vivante, a ouvert la porte. Elle n'avait même
pas trop changé par rapport aux photos que j'avais
vues. Elle avait abandonné la permanente en spirale,
mais avait gardé ses larges boucles sombres, et s'appliquait toujours un épais trait d'eye-liner noir qui faisait
ressortir ses yeux turquoise comme des bonbons. Son
mascara, en double couche, faisait ressembler ses cils
à des pattes d'araignée, et laissait des mouchetures
de noir sur la peau en dessous de ses yeux. Ses lèvres
étaient aussi charnues que les lèvres d'un vagin. Tout
son visage et son corps étaient constitués d'une série
de courbes douces : des joues roses avec un début de
bajoues, des seins qui débordaient légèrement de son
soutien-gorge, un bourrelet de peau qui dépassait du
haut de son jean.

« Oh ! elle a fait en ouvrant la porte, laissant échapper un afflux de chaleur. Libby ?

– Oui. »

Elle a pris mon visage entre ses mains. « Bordel de merde, Libby. J'ai toujours pensé que vous alliez me trouver un jour. Petite maligne. » Elle m'a donné une accolade, puis m'a tenue un instant à bout de bras. « Bonjour. Entrez. »

Je suis entrée dans une cuisine débouchant sur une salle de jeux. La disposition me rappelait trop ma propre maison perdue. Nous avons longé un petit couloir. À ma droite, la porte du sous-sol était ouverte, laissant remonter des bouffées d'air frais. Négligente. Nous sommes entrées dans un living à plafond bas. De la fumée s'élevait en volutes d'un cendrier posé par terre, les murs étaient jaunis, tous les meubles avaient l'air défraîchis. Un énorme poste de télé était poussé contre un mur tel une causeuse.

« Vous voulez bien enlever vos chaussures, mon chou ? » elle a dit, désignant la moquette du salon, qui était collante et sale. Toute la maison était de traviole, déglinguée, tachée. Une minuscule crotte de chien formait un petit tas près des escaliers. Diondra l'a évitée adroitement.

Elle m'a conduite au canapé, laissant dans son sillage au moins trois odeurs différentes : une laque parfumée au raisin, une lotion florale, et peut-être… de l'insecticide ? Elle portait un chemisier décolleté et un jean étroit, avec des bijoux en toc d'adolescente. C'était une de ces femmes mûres qui pensent pouvoir tromper leur monde.

Je l'ai suivie. Privée des quelques centimètres de plus que me donnaient mes talons, j'avais l'impression d'être une gamine. Diondra a tourné son profil vers moi, et m'a examinée du coin de l'œil. J'ai vu une canine pointue percer sous sa lèvre supérieure.

Elle a fait un signe de tête : « Allez-y, asseyez-vous. Bon sang, vous êtes vraiment une Day, hein ? Ce roux incendiaire, j'ai toujours adoré ça. »

Dès que nous nous sommes assises, trois petits chiens courts sur pattes sont entrés en courant, avec des colliers qui tintaient comme des clochettes, et se sont hissés sur ses genoux. Je me suis crispée.

« Oh merde, vous êtes *vraiment* une Day, a-t-elle gloussé. Les chiens rendaient toujours Ben nerveux, aussi. Bien sûr, ceux que j'avais à l'époque étaient plus gros que ces bébés. » Elle a laissé les chiens lui lécher les doigts. Les bestioles dardaient mécaniquement leurs langues roses. « Alors, *Libby*, a-t-elle commencé, comme si mon nom, mon existence étaient une blague pour initiés, est-ce que c'est Ben qui vous a dit où me trouver ? Dites-moi la vérité.

— Je vous ai trouvée grâce à quelque chose qu'a dit Trey Teepano.

— Trey ? Mince alors. Comment avez-vous déniché Trey Teepano ?

— Il a un magasin de nourriture pour bétail, on le trouve dans les pages jaunes.

— Un magasin de nourriture pour bétail. J'aurais jamais deviné. À quoi il ressemble maintenant, au fait ? »

J'ai hoché la tête avec enthousiasme – il est super-beau ! – mais je me suis reprise à temps. Et j'ai dit : « Vous étiez avec Ben ce soir-là.

— Mmmm-mmm. C'est vrai. » Elle m'a dévisagée, prudente mais intéressée.

« Je veux savoir ce qui s'est passé.

— Pourquoi ?

— *Pourquoi ?*

– Désolée, mam'zelle Libby, c'est tellement impromptu. Ben vous a dit quelque chose ? Je veux dire, pourquoi venir me trouver maintenant ? Pourquoi maintenant ?

– J'ai besoin d'en avoir le cœur net.

– Oh ! Libby. Oooh ! » Elle m'a jeté un regard plein de sympathie. « Ben est d'accord pour purger la peine pour ce qui s'est passé cette nuit-là. Il veut purger sa peine. Laissez-le faire.

– A-t-il tué ma famille ?

– C'est pour ça que vous êtes là ?

– Est-ce que Ben a tué ma famille ? »

Elle s'est contentée de me sourire, sans relâcher ses lèvres lisses.

« J'ai besoin de trouver un peu de paix, Diondra, je vous en prie. Dites-le-moi, c'est tout.

– Libby, il s'agit de paix, alors ? Vous croyez qu'une fois que vous connaîtrez la réponse vous trouverez la paix ? Comme si savoir allait vous guérir, d'une certaine façon ? Vous pensez qu'après ce qui s'est passé vous pourrez trouver un jour la moindre paix ? Que dites-vous de ça : au lieu de vous demander ce qui s'est passé, contentez-vous d'accepter que c'est arrivé. Accordez-moi la sérénité d'accepter les choses que je ne peux pas changer… la Prière de la Sérénité. Elle m'a beaucoup aidée.

– Dites-le-moi, Diondra, dites-le-moi, simplement. Alors j'essaierai d'accepter. »

Le soleil couchant nous frappait à présent de plein fouet par la fenêtre de derrière et la luminosité me faisait cligner des yeux. Elle s'est penchée vers moi, a pris mes deux mains.

« Libby, je suis vraiment désolée. Je ne sais pas, c'est tout. J'étais avec Ben ce soir-là. Nous nous apprêtions à quitter la ville. J'étais enceinte de lui. Nous nous

456

apprêtions à nous enfuir ensemble. Il devait passer chez lui pour prendre un peu d'argent. Une heure est passée, deux heures, trois heures. J'ai pensé qu'il s'était dégonflé. Je me suis finalement endormie en pleurant. Le lendemain matin, j'ai appris ce qui s'était passé. Au début, j'ai cru qu'il avait été tué aussi. Puis on me dit que non : il est en garde à vue et les flics pensent qu'il fait partie d'une bande de sorciers – un clan sataniste, à la Charles Manson – ; qu'ils sont recherchés. Je m'attends à ce qu'on frappe à *ma* porte. Mais rien. Les jours passent, et j'apprends que Ben n'a pas d'alibi, il n'a pas du tout cité mon nom. Il me protège.

– Toutes ces années.

– Toutes ces années, oui. Les flics ont toujours eu du mal à croire que Ben était le seul coupable. Ils en voulaient d'autres. Ça faisait mieux. Mais Ben n'a jamais dit un mot. C'est mon héros, bon Dieu.

– Alors personne ne sait ce qui s'est passé cette nuit-là. Je ne vais jamais, jamais le découvrir. » J'ai ressenti un étrange soulagement à prononcer ces mots à haute voix. Je pouvais laisser tomber, à présent, peut-être. Si je ne pouvais jamais, jamais savoir, peut-être que je pouvais laisser tomber.

« Je crois sincèrement que vous pourriez trouver une certaine paix en acceptant ça. Honnêtement, Libby, je ne pense pas que Ben soit coupable. Je pense qu'il protège votre père, c'est ça que je crois. Mais qui sait ? Je déteste dire ça mais, quoi qu'il se soit passé cette nuit-là, Ben avait besoin d'être en prison. Il le dit lui-même. Il avait en lui quelque chose qui n'était pas adapté au monde extérieur. Une violence. Il s'en sort tellement mieux en prison. Il est très populaire là-bas. Il a un tas de correspondantes, toutes les femmes sont complètement folles de lui. Il reçoit des dizaines de demandes en mariage tous les ans. Une fois de temps en temps, il pense qu'il voudrait ressortir. Mais il ne le désire pas réellement.

– Qu'est-ce que vous en savez ?

– On reste en contact », a-t-elle lâché d'un ton sec, puis elle a fait un sourire mielleux. Un rayon de soleil jaune orangé s'était posé sur son menton, tandis que ses yeux étaient soudain plongés dans la pénombre.

« Où est le bébé, Diondra ? Le bébé que vous attendiez ?

– Je suis là », a lancé la fille Day.

Ben Day
3 janvier 1985
1 h 11

Ben ouvrit la porte sur le living plongé dans l'obscurité et pensa : *la maison.* Comme un marin héroïque rentrant chez lui après des mois en mer. Il faillit fermer la porte au nez de Diondra – tu ne m'auras pas – mais il la laissa entrer parce que. Parce qu'il avait peur des conséquences s'il ne le faisait pas. Au moins c'était un soulagement de n'avoir pas été obligé d'emmener Trey. Il ne voulait pas voir Trey déambuler dans son foyer, à faire ses commentaires malveillants sur des choses que Ben savait déjà embarrassantes.

Tout le monde dormait à présent, toute la maisonnée inspirait et expirait à l'unisson. Il avait envie de réveiller sa mère, il aurait voulu la voir surgir du couloir, les yeux vitreux dans une carapace de vêtements, et lui demander où diable il était : « Qu'est-ce qui t'a pris, bon sang ? »

Le diable. C'est le diable qui m'a pris, m'man.

Il ne voulait aller nulle part avec Diondra, mais elle était derrière lui, la rage s'exhalait de son corps comme de la chaleur, ses yeux étaient écarquillés – *magne-toi, magne-toi* –, aussi il se mit à fouiller sans bruit les placards, vérifiant les cachettes où sa mère planquait du liquide. Dans le premier, il dénicha une vieille boîte de flocons de blé, l'ouvrit et avala toutes les céréales sèches qu'il put. Les flocons collaient à ses lèvres et à sa gorge, et le faisaient tousser très légèrement, une toux de bébé. Puis il mit la main entière dans le paquet et en attrapa des poignées qu'il se fourra dans la bouche. Il ouvrit le frigo et trouva un Tupperware plein de petits pois et de carottes en dés, surmontés d'une pellicule de beurre. Il planta une cuillère dans la mixture, plaça les lèvres sur le rebord de plastique et enfourna le tout dans sa bouche. Des petits pois roulèrent sur sa poitrine, sur le sol.

« Allez ! » siffla Diondra. Il portait encore son survêt mauve : elle portait un jean neuf élégant, un pull rouge et les souliers d'homme noirs qu'elle aimait, même qu'elle avait de si grands pieds que c'étaient vraiment des souliers d'homme. Elle n'aimait pas qu'on le lui fasse remarquer. Justement, elle tapait du pied. Allez, allez.

« Allons dans ma chambre, dit-il. C'est sûr que j'ai de l'argent là-bas. Et un cadeau pour toi. » Le visage de Diondra s'éclaira à ces mots. Même à présent, alors qu'elle avait du mal à garder les yeux ouverts et vacillait sous l'effet des drogues et de l'alcool, les cadeaux arrivaient à la distraire.

Le cadenas de sa chambre avait été sectionné. Ben fut agacé, puis inquiet. Sa mère, ou les flics ? Ce n'était pas qu'il y avait quoi que ce soit à découvrir. Mais quand même. Il ouvrit la porte, alluma la lumière. Diondra referma derrière eux et se vautra sur le lit. Elle parlait, parlait, parlait, mais il n'écoutait pas, alors elle se mit à pleurer et il interrompit ses préparatifs pour s'allonger près d'elle. Il lui lissa doucement les cheveux en arrière, frotta son ventre et essaya de la faire tenir tranquille, de lui murmurer des paroles apaisantes, de dire combien leur vie ensemble allait être épatante, ce genre de mensonges. Il fallut une bonne demi-heure pour qu'elle se calme. Et c'était elle qui insistait pour se grouiller. Classique.

Il se releva en regardant le réveil. S'ils devaient vraiment s'en aller, il préférait le faire sans tarder. La porte s'était entrouverte et il ne voulait même pas la refermer, il voulait qu'elle soit ouverte, car le danger le forçait à aller plus vite. Il jeta jeans et pulls dans un sac de sport, avec son carnet plein de prénoms de filles qui lui plairaient pour le bébé – Krissi Day était toujours son favori, c'était un beau nom, Krissi Day. Krissi Patricia Day ou bien, en hommage à Diane, Krissi Diane Day. Celui-ci lui plaisait bien parce que comme ça ses amis l'appelleraient D-Day, ça serait cool. Mais il allait devoir batailler avec Diondra, elle trouvait tous ses prénoms trop banals. Elle, elle préférait des trucs comme Ambrosia, Calliope ou Nightingale.

Sac de sport sur l'épaule, il fouilla le fond du tiroir de son bureau et sortit son magot. Il avait mis de côté des billets de cinq et de dix par-ci par-là, et s'était convaincu qu'il avait trois cents, quatre cents dollars. Il dut se rendre à l'évidence : il n'en avait même pas tout à fait cent. Il fourra le paquet dans sa poche, se mit à quatre pattes pour chercher sous son lit, et ne vit qu'un espace vide en lieu et place du sac de vêtements. Les vêtements de sa fille.

« Où est mon cadeau ? » dit Diondra, d'une voix gutturale car elle était couchée à plat sur le dos, le ventre en l'air, agressif comme un doigt d'honneur.

Ben leva la tête, la regarda. Avec son rouge à lèvres étalé et le mascara noir qui coulait de ses yeux, il trouva qu'elle ressemblait à un monstre. « Je ne le trouve pas, dit-il.

– Comment ça, tu ne le trouves pas ?

– Je ne le trouve pas, quelqu'un est entré ici. »

Ils restèrent tous deux immobiles dans la lumière crue de son unique ampoule, sans savoir quoi faire ensuite.

« Tu crois que c'est une de tes sœurs ?

– Peut-être. Michelle passe son temps à fouiner ici. En plus, je n'ai pas autant de fric que je pensais. »

Diondra se redressa et empoigna son ventre, ce qu'elle ne faisait jamais de façon affectueuse et protectrice. Elle l'agrippait comme s'il s'agissait d'un fardeau que Ben était trop demeuré pour proposer de lui porter. Elle le tenait à présent, le pointait vers lui, et crachait : « Tu es le père de ce fichu bébé, alors tu ferais bien de trouver une idée vite, c'est toi qui m'as mise en cloque, alors t'as intérêt à trouver une solution. Je suis presque enceinte de sept mois, je pourrais accoucher à n'importe quel moment maintenant, et tu... »

Il y eut un frémissement à la porte, le froissement presque imperceptible d'une chemise de nuit, puis un pied qui dépassait, tâchant de garder l'équilibre. Un heurt accidentel et la porte s'ouvrit en grand. Michelle rôdait dans le couloir depuis un moment pour essayer d'écouter à la porte. Elle avait fini par trop se pencher et sa face de lune entra brusquement dans leur champ de vision, avec ses grosses lunettes qui réfléchissaient des carrés jumeaux de lumière. Elle tenait son journal neuf, et une goutte d'encre coulait de sa bouche.

Les yeux de Michelle allèrent de Ben à Diondra, puis descendirent ostensiblement sur le ventre de Diondra, et elle dit : « Ben a mis une fille enceinte. Je le savais ! »

Ben ne pouvait voir ses yeux, juste la lumière sur les lunettes et le sourire en dessous.

« Tu l'as dit à m'man ? demanda Michelle, survoltée, d'une voix affreusement insinuante. Je vais le dire à m'man ! »

462

Ben s'apprêtait à l'attraper et à la recoller au lit avec une menace bien sentie, lorsque Diondra plongea. Michelle essaya d'atteindre la porte, mais Diondra empoigna ses cheveux, ces longs cheveux châtain terne, et la tira au sol. Elle tomba lourdement sur le coccyx. « Pas un mot, sale petite conne, pas un mot, putain », murmurait Diondra. Michelle réussit à se libérer en se tortillant et en donnant des coups de pantoufles contre le mur. Elle laissa Diondra avec dans la main une mèche de cheveux qu'elle jeta par terre pour s'élancer à sa poursuite. Si seulement Michelle avait couru dans la chambre de m'man, ça aurait pu bien se passer, m'man aurait réglé tout ça. Mais au lieu de ça, elle se dirigea directement dans la sienne, la chambre des filles, et Diondra la suivit. Ben, sur ses talons, chuchotait : « Diondra, arrête, Diondra, laisse tomber. » Mais Diondra n'avait aucune intention de laisser tomber. Elle se précipita sur le lit de Michelle, où la fillette se tapissait contre le mur en geignant. Elle la tira par une jambe, l'immobilisa et s'assit sur elle : « Tu veux raconter à tout le monde que je suis enceinte, c'est ça ton plan, un de tes petits complots minables, un putain de petit secret que tu vends pour cinquante cents. Tu veux le dire à ta môman, eh ben, tu sais quoi ? Je crois que ça va pas être possible, petite merdeuse. Non mais pourquoi tout le monde est tellement débile dans cette famille ? » Elle encercla le cou de Michelle de ses mains. Les pieds de la petite, enveloppés dans des pantoufles qui étaient censées ressembler à des pattes de chiot, se mirent à battre l'air. Ben, déconnecté, les fixa en se disant qu'elles ressemblaient vraiment à des pattes de chiot, puis Debby se réveilla lentement de son sommeil de zombie et Ben ferma la porte, au lieu de l'ouvrir grand et d'appeler sa mère. Il voulait que tout reste silencieux, son instinct ne lui dictait rien d'autre que de s'en tenir au programme, qui consistait à ne réveiller personne. Il essaya de raisonner Diondra, se disant que tout irait bien : « Diondra, Diondra, elle ne dira rien, laisse tomber », mais Diondra raffermit sa prise sur le cou de Michelle : « Si tu crois que je vais passer le restant de ma vie à m'en faire à cause de cette petite garce. » Michelle griffa, puis frappa la main de Diondra avec son stylo. Une goutte de sang perla. Diondra relâcha son étreinte pendant une seconde, l'air surprise, comme si elle n'en revenait carrément pas. Michelle en profita pour se pencher sur le côté et avaler goulûment une gorgée d'air mais Diondra empoigna de nouveau son cou. Ben plaça ses mains sur les épaules de Diondra pour la tirer en arrière. Au lieu de ça, elles restèrent posées là, inertes.

Libby Day
Aujourd'hui

La fille Day était mince, presque grande. Le visage qu'elle me présenta en entrant dans la pièce était quasiment le mien. Elle avait également nos cheveux roux, teints en châtain, mais les racines dépassaient, tout juste comme les miennes quelques jours auparavant. Sa stature devait lui venir de Diondra, mais son visage, c'était nous tout craché : moi, Ben, ma mère. Elle m'a regardée, bouche bée, puis a secoué la tête.

« Pardon, ça m'a fait bizarre », a-t-elle dit en rougissant. Sa peau était constellée de nos taches de rousseur familiales. « Je ne savais pas. Enfin, je suppose que c'est logique qu'on se ressemble, mais… Ouah ! » Elle a regardé sa mère, puis moi de nouveau, mes mains, ses mains, mes doigts manquants. « Je m'appelle Crystal. Je suis votre nièce. »

J'ai eu le sentiment que je devrais la prendre dans mes bras, et j'en avais envie. Nous nous sommes serré la main.

Elle est restée plantée là, hésitante, se tortillant les bras l'un autour de l'autre comme une tresse, sans cesser de me jeter des coups d'œil de côté, comme lorsque l'on s'aperçoit en passant devant la vitrine d'un magasin, et qu'on essaie de se regarder sans se faire remarquer par personne.

« Je t'avais dit que ça se produirait si c'était censé se produire, ma chérie, a dit Diondra. Eh bien voilà. Viens là, assieds-toi. »

Elle s'est laissée tomber paresseusement contre sa mère et s'est blottie dans le creux de son bras, la joue sur son épaule. Diondra jouait avec une mèche de ses cheveux châtain-roux. Elle m'a observée depuis cet observatoire privilégié. Protégée.

« Je n'en reviens pas d'avoir finalement l'occasion de vous rencontrer, a-t-elle dit. En principe, je n'étais jamais censée vous voir. Je suis un secret, vous savez. » Elle a levé les yeux sur sa mère. « Une enfant secrète de l'amour, n'est-ce pas ?

– C'est ça », confirma Diondra.

Donc la fille savait qui elle était, qui étaient les Day, elle savait que son père était Ben Day. J'étais époustouflée que Diondra ait accordé cette confiance à sa fille, qu'elle ait compté sur elle pour garder ce secret, pour ne pas partir à ma recherche. Je me suis demandé depuis combien de temps Crystal savait, si elle était déjà passée devant ma maison en voiture, juste pour voir, juste pour voir. Je me suis demandé ce qui avait poussé Diondra à révéler à sa fille une si terrible vérité, quand rien ne l'y obligeait.

Diondra a dû deviner le cours de mes pensées. « Il n'y a pas de problèmes, elle a dit. Crystal connaît toute l'histoire. Je lui dis tout. C'est ma meilleure amie. »

Sa fille a acquiescé. « J'ai même un petit carnet avec des photos de vous tous. Enfin, juste des photos que j'ai découpées dans des magazines, des trucs comme ça. C'est comme un faux album de famille. J'ai toujours voulu vous rencontrer. Je peux vous appeler tante Libby ? Ça fait bizarre ? Oui, c'est trop bizarre. »

Je ne trouvais rien à dire. Je ressentais juste un soulagement. Les Day n'étaient pas tout à fait en train de s'éteindre, pas encore. En fait, ils florissaient, avec cette jolie jeune fille de haute stature qui me ressemblait, mais avec tous ses doigts et ses orteils, et mon cerveau cauchemardesque en moins. Je brûlais de poser une rafale de questions indiscrètes : avait-elle une mauvaise vue, comme Michelle ? Était-elle allergique aux fraises, comme ma mère ? Avait-elle du sucre dans le sang, comme Debby, et se faisait-elle bouffer toute crue par les moustiques, était-elle forcée de passer l'été à puer le Campho-Phenique ? Est-ce qu'elle était soupe au lait, comme moi, ou distante, comme Ben ? Est-ce qu'elle était manipulatrice et sans vergogne comme Runner ? Comment était-elle, comment était-elle ? Je voulais connaître ses nombreuses ressemblances avec les Day, pour me rappeler comment nous étions.

« J'ai lu votre livre aussi, a ajouté Crystal. *Nouveau jour pour Mlle Day.* C'était superbien. J'avais envie de dire à quelqu'un que je vous connaissais parce que, vous savez, j'étais fière. » Sa voix chantait comme une flûte, comme si elle était perpétuellement au bord d'éclater de rire.

« Oh, merci.

— Ça va, Libby ? a demandé Diondra.

— Euh, je… je suppose que je n'arrive tout bonnement pas à comprendre pourquoi vous êtes restées dans la clandestinité comme ça pendant si longtemps. Pourquoi vous faites jurer à Ben qu'il ne vous connaît pas. Enfin, j'imagine qu'il n'a jamais même rencontré sa fille. »

Crystal secoua la tête. « Mais j'adorerais le rencontrer. C'est mon héros. Il nous a protégées, ma mère, moi, pendant tant d'années.

— Nous avons vraiment besoin que vous gardiez ce secret, faites-le pour nous, Libby, a enchaîné Diondra. Nous comptons vraiment sur vous. Je ne peux absolument pas prendre le risque d'être considérée comme une complice, ou quelque chose comme ça. Je ne peux pas prendre ce risque. Pour Crystal.

– Mais je ne vois pas en quoi c'est nécessaire…

– S'il vous plaît? a lâché Crystal d'une voix simple, mais pressante. S'il vous plaît, je ne peux vraiment pas supporter l'idée qu'ils peuvent débarquer à n'importe quel moment et m'arracher ma mère. C'est vraiment ma meilleure amie. »

C'est ce qu'elles avaient dit toutes les deux. J'ai failli rouler des yeux dubitatifs, mais j'ai vu que la jeune fille était au bord des larmes. Elle avait donc réellement peur de ce spectre qu'avait créé Diondra : les flics en croque-mitaines vengeurs qui risquaient de débouler et d'emmener sa maman. Rien d'étonnant à ce que Diondra soit sa meilleure amie, somme toute. Toutes ces années, elles avaient vécu dans un cocon à deux places. Cachées. Il faut rester cachée pour maman.

« Alors vous vous êtes échappée et ne l'avez jamais dit à vos parents?

– Je suis partie juste au moment où ça commençait à se voir, a dit Diondra. Mes parents étaient dingues. J'étais contente d'être débarrassée d'eux. Le bébé, c'était notre secret à tous les deux, à Ben et à moi. »

Un secret dans la maison Day, comme c'était inhabituel. Michelle avait finalement manqué un scoop.

« Vous souriez, a observé Crystal, elle-même un petit sourire aux lèvres.

– Ha, j'étais juste en train de me dire que ma sœur Michelle aurait adoré mettre la main sur cette information. Elle avait une passion pour le drame. »

Elles ont eu la même expression que si je leur avais mis une gifle.

« Je ne voulais pas avoir l'air de prendre ça à la légère, désolée, j'ai fait.

— Oh, non, non, ne vous en faites pas », a dit Diondra. Nous nous sommes regardées tour à tour, tortillant nerveusement nos doigts, nos mains et nos pieds. Diondra a brisé le silence : « Voulez-vous rester dîner, Libby ? »

Elle m'a servi un rôti en cocotte trop salé que j'ai avalé à grand-peine et quantité de vin rosé d'un cubi qui semblait sans fond. Nous n'avons pas siroté, nous avons bu. Le genre de femmes que j'aime bien. Nous avons parlé de choses futiles, échangé des anecdotes sur mon frère, et Crystal a insisté sur des questions auxquelles j'avais honte de ne pouvoir répondre : est-ce que Ben aimait le rock ou la musique classique ? Est-ce qu'il lisait beaucoup ? Est-ce qu'il avait du diabète, parce qu'elle avait un problème de taux de glycémie bas ? Et sa grand-mère, Patty, comment était-elle ?

« Je veux les connaître comme des gens, vous savez. Pas comme des victimes », a-t-elle déclaré avec sa ferveur de jeune fille.

Je me suis excusée pour aller aux toilettes ; j'avais besoin de me couper un instant des souvenirs, de la jeune fille, de Diondra. De réaliser que je n'avais plus personne à aller interroger, que j'arrivais au bout, et que je devais maintenant revenir en arrière et réfléchir de nouveau au cas de Runner. La salle de bains était aussi dégueulasse que le reste de la maison. Les murs étaient couverts de moisissures, la chasse d'eau fuyait, des boulettes de papier-toilette tachées de rouge à lèvres jonchaient le sol autour de la poubelle. Seule dans la maison pour la première fois, je n'ai pu résister à m'offrir un souvenir. Un vase rouge verni était posé sur le dessus des toilettes, mais je n'avais pas mon sac à main. Il me fallait quelque chose de petit. J'ai ouvert l'armoire à pharmacie et trouvé plusieurs fioles de médicaments sur ordonnance avec le nom de Polly Palm sur l'étiquette. Des somnifères, des antidouleur et des trucs contre les allergies. J'ai pris quelques Vicodin, puis j'ai empoché un rouge à lèvres rose pâle et un thermomètre. Un vrai coup de chance, car il ne me serait jamais, jamais venu à l'esprit d'acheter un thermomètre, mais j'en avais toujours voulu un. Quand je m'alite, autant savoir si je suis malade ou juste flemmarde.

Je suis retournée à table. Crystal était assise avec un pied sur sa chaise, la tête appuyée sur son genou. « J'ai encore des questions, a-t-elle repris de sa voix flûtée.

– Je n'ai sans doute pas les réponses, j'ai commencé, essayant d'esquiver. J'étais tellement jeune quand c'est arrivé. C'est vrai, j'avais oublié tellement de choses sur ma famille avant de recommencer à parler avec Ben.

– Vous n'avez pas d'albums photo ?

– Si. Je les avais mis de côté pendant un long moment. Dans des cartons.

– Trop douloureux, a commenté Crystal d'une voix étouffée.

– Alors je viens seulement de recommencer à regarder dans les cartons, les albums photo, les almanachs, et plein d'autres saloperies.

– Comme quoi ? a demandé Diondra, qui écrasait des petits pois avec sa fourchette comme une adolescente qui s'ennuie.

– Eh bien, les affaires de Michelle en représentent presque la moitié, ai-je concédé, ravie d'être à même de répondre à une question avec un peu de précision.

– Quoi, ses jouets ? s'est enquise Crystal, qui jouait avec le rebord de sa jupe.

– Non, des petits mots, des machins comme ça. Des journaux intimes. Avec Michelle, tout finissait couché noir sur blanc. Elle voyait un prof faire un truc bizarre, ça allait dans son journal, elle pensait que notre mère favorisait l'un ou l'une d'entre nous, ça allait dans son journal, elle s'engueulait avec sa meilleure amie au sujet d'un garçon qui leur plaisait à toutes les deux, ça allait…

– …odd Dellhunt », a murmuré Crystal en hochant la tête. Elle a avalé bruyamment une gorgée de vin.

« … dans son journal », j'ai continué, sans avoir entendu tout à fait. Puis j'ai entendu. Avait-elle dit Todd Dellhunt ? C'était Todd Dellhunt, je ne me serais jamais souvenue du nom toute seule. Cette grosse dispute qu'avait eue Michelle au sujet du petit Todd Dellhunt. C'était arrivé juste à la période de Noël, juste avant les meurtres, je me souviens qu'elle avait fulminé toute la matinée de Noël en griffonnant dans son nouveau journal. Mais… Todd Dellhunt, comment ?…
« Vous connaissiez Michelle ? j'ai demandé à Diondra, le cerveau toujours en surchauffe.

– Pas trop, a répliqué Diondra. En fait, pour ainsi dire pas du tout, a-t-elle ajouté, et elle a commencé à me faire penser à Ben lorsqu'il prétendait ne pas connaître Diondra.

– C'est mon tour d'aller faire pipi, a dit Crystal, prenant une dernière goutte de vin.

– Alors… » j'ai commencé. Puis j'ai calé. Il n'y avait aucun moyen pour Crystal d'être au courant du béguin de Michelle pour Todd Dellhunt, à moins… à moins d'avoir lu le journal de Michelle. Celui qu'elle avait reçu le matin de Noël, pour démarrer 1985. J'avais supposé qu'aucun des journaux ne manquait, puisque 1984 était intact, mais je n'avais même pas songé à 1985. Le nouveau journal de Michelle, neuf jours de pensées, tout juste, c'était de là que venait la citation faite par Crystal. Elle avait lu le journal de ma défunte…

J'ai aperçu un éclair de métal à ma droite, et Crystal a abattu un vieux fer à repasser sur ma tempe, la bouche tordue sur un cri muet.

Patty Day
3 janvier 1985
2 h 03

Effectivement, Patty avait fini par s'endormir, totalement groggy. Elle s'était réveillée à 2 h 02, s'était dégagée de l'étreinte de Libby et avait longé le couloir à pas feutrés. Un chuintement venait de la chambre des filles, un lit grinçait. Michelle et Debby avaient l'habitude de dormir profondément, mais elles faisaient toujours du bruit – elles remuaient leurs couvertures, elles parlaient dans leur sommeil. Elle passa devant la chambre de Ben, qui était restée allumée depuis le moment où elle l'avait fouillée. Elle se serait volontiers attardée, mais elle était en retard, et Calvin Diehl n'avait pas l'air du genre à tolérer le retard.

Ben chéri.

C'était mieux de ne pas avoir le temps. Elle se dirigea vers la porte et, au lieu de s'inquiéter du froid, elle pensa à l'océan, à cet unique voyage au Texas lorsqu'elle était jeune fille. Elle s'imagina enduite de crème solaire, en train de cuire sous les rayons, l'eau qui montait à toute vitesse, du sel sur ses lèvres. Le soleil.

Aussitôt qu'elle ouvrit la porte, le couteau pénétra sa poitrine, et elle s'effondra dans les bras de l'homme, qui chuchotait : « Ne vous en faites pas, ça sera fini dans environ trente secondes, on va juste en mettre un autre pour être sûrs. » Quand il l'écarta de lui comme une danseuse en plein tango, elle sentit le couteau tourner dans sa poitrine. Il n'avait pas atteint son cœur comme il l'aurait dû. Elle sentait l'acier remuer à l'intérieur de son corps. L'homme la regardait avec bienveillance, s'apprêtant à frapper de nouveau. Mais lorsqu'il jeta un coup d'œil par-dessus son épaule, son expression débonnaire se lézarda, sa moustache se mit à trembler…

« C'est quoi, ce bordel ? »

Patty tourna presque imperceptiblement le visage vers l'intérieur de la maison : c'était Debby dans sa chemise de nuit lavande. Le sommeil avait froissé ses nattes, un bout de ruban blanc traînait le long de son bras. Elle criait : « M'man, m'man, ils font du mal à Michelle ! » Sans même remarquer qu'on faisait du mal à m'man également, tellement elle était concentrée sur son message : « Viens, m'man, viens. » Patty put seulement penser : *moment mal choisi pour un cauchemar.* Puis : *ferme la porte.* Le sang coulait sur ses jambes, et alors qu'elle tentait de refermer la porte pour que Debby ne puisse la voir, l'homme l'ouvrit toute grande et gueula : « Borrrrdellll ! » Il gronda son juron dans l'oreille de Patty, et lorsqu'elle sentit qu'il essayait de sortir le couteau de sa poitrine, elle comprit ce que ça signifiait. Ça signifiait qu'il voulait Debby, cet homme qui avait dit que personne ne devait être au courant, que personne ne devait le voir, il voulait que Debby s'en aille avec Patty. Elle empoigna fermement le manche et enfonça l'arme plus profondément en elle. Sans cesser de hurler, l'homme lâcha finalement le couteau, poussa la porte d'un coup de pied et entra. Dans sa chute, Patty le vit s'emparer de la hache, cette hache que Michelle avait appuyée à côté de la porte, et Debby se mit à courir en direction de sa mère, à voler au secours de sa mère. « Sauve-toi ! » cria Patty de toutes ses forces.

Debby s'immobilisa, hurla, se vomit dessus, dégringola sur le carrelage et repartit dans l'autre sens. Elle réussit presque à atteindre le bout du couloir, mais l'homme était juste derrière elle, il brandissait la hache. Patty vit la hache s'abattre et elle se redressa, titubant comme un ivrogne, aveugle d'un œil. Elle se déplaçait comme dans un cauchemar : ses pieds allaient à toute vitesse mais elle n'avançait pas d'un pouce. « Sauve-toi, sauve-toi, sauve-toi », hurlait-elle. Lorsqu'elle tourna dans le couloir, elle vit Debby gisant par terre avec des ailes de sang, et l'homme furieux à présent, les yeux mouillés et fous, qui criait : « Pourquoi tu m'as forcé à faire ça, salope ? » Il fit mine de s'en aller. Patty le dépassa et ramassa Debby, qui vacilla sur quelques pas comme lorsqu'elle n'était qu'un gros bébé. Elle était vraiment blessée, son bras, son doux bras : « Ça va aller, chérie, ça va aller… » Le couteau glissa de la poitrine de Patty et tomba par terre dans un fracas métallique, le sang se mit à gicler plus rapidement de sa plaie et l'homme revint avec un fusil. Le fusil de Patty, qu'elle avait placé si prudemment sur le manteau de la cheminée du salon, où les filles ne pouvaient l'atteindre. Il le pointa sur elle tandis qu'elle essayait de se poster devant Debby parce qu'à présent elle ne pouvait pas mourir.

L'homme arma le chien et Patty n'eut que le temps de formuler une dernière pensée : *Si seulement, si seulement, si seulement je pouvais revenir là-dessus.*

Puis avec un grand zoum, comme l'air de l'été qui s'engouffre par la vitre d'une voiture qui roule à toute blinde, la détonation lui arracha la moitié de la tête.

Libby Day
Aujourd'hui

« Désolée, maman », disait Crystal. J'étais à demi aveugle, je ne distinguais qu'une lueur orange foncé, comme quand on ferme les yeux face au soleil. Des aperçus fugaces de la cuisine ont traversé mon champ de vision pour disparaître immédiatement. Ma joue me faisait mal, je sentais la douleur palpiter tout le long de mon échine, jusque dans mes pieds. J'étais à plat ventre sur le sol et Diondra me chevauchait. Je la sentais bien en équilibre au-dessus de moi, avec son odeur d'insecticide.

« Oh, mon Dieu, j'ai merdé.

– C'est pas grave, chérie. Va me chercher le flingue. » J'ai entendu les pas de Crystal dans l'escalier, puis Diondra m'a retournée et m'a empoigné la gorge. J'aurais voulu qu'elle m'injurie, qu'elle crie quelque chose, mais elle restait silencieuse, lourde, et respirait calmement. Ses doigts se sont enfoncés dans mon cou. Ma jugulaire a sauté, puis commencé à cogner contre son pouce. Je n'y voyais toujours rien. Je m'apprêtais à mourir. Je le savais : après s'être emballé, mon pouls s'était beaucoup trop ralenti. À l'aide de ses genoux, elle a plaqué mes bras par terre, je ne pouvais plus les bouger, tout ce que je pouvais faire, c'était de cogner sur le sol avec mes pieds qui dérapaient. Elle me soufflait sur le visage, je sentais la chaleur, je me représentais sa bouche béante. Oui, c'est exact, je me représentais parfaitement l'emplacement de sa bouche. J'ai donné une énorme poussée en me contorsionnant sous elle, j'ai réussi à me dégager les bras, et je lui ai flanqué mon poing dans la figure de toutes mes forces.

J'ai touché quelque chose, suffisamment pour la renverser de dessus moi quelques secondes, juste un petit craquement d'os, mais suffisant pour que mon poing me lance, puis je me suis traînée sur le sol, j'ai essayé de trouver une chaise, j'ai essayé d'y voir quelque chose, putain. Sa main a saisi ma cheville. « Pas cette fois, mon chou. » Elle tenait mon pied à travers ma chaussette, mais comme c'était mon pied droit, celui auquel il manquait des orteils, il y avait moins de prise, les chaussettes n'étaient jamais ajustées et tout d'un coup je me suis retrouvée debout, la laissant avec ma chaussette entre les mains. Et toujours pas de Crystal, pas de flingue. Je me suis enfuie vers le fond de la maison, mais je n'y voyais goutte, je n'arrivais pas à aller en ligne droite, au lieu de ça j'ai viré à droite, passé une porte ouverte, et suis tombée tête la première dans l'escalier qui descendait dans le sous-sol glacial. Je me suis ramollie comme une enfant, sans résister du tout, ce qui est la meilleure façon de tomber, ainsi aussitôt que j'ai touché le fond je me suis relevée dans l'odeur fétide. Ma vision tremblotait comme une vieille télé et j'ai juste pu apercevoir l'ombre de Diondra qui s'attardait dans le rectangle de lumière en haut des escaliers. Puis elle a refermé la porte sur moi.

Je les entendais à l'étage. Crystal est revenue, elle a demandé : « Est-ce qu'on va être obligées de…

— Eh bien, *maintenant*, on peut pas faire autrement.

— Je n'en reviens pas, j'ai juste… C'est sorti tout seul, je suis trop stupide… »

Je me suis mise à arpenter le sous-sol comme une folle, en quête d'une issue : trois murs de béton, et un mur au fond, couvert de saloperies jusqu'au plafond. Diondra et Crystal ne s'en faisaient pas pour moi, elles jacassaient entre elles derrière la porte à l'étage, tandis que je déblayais le tas, cherchant une cachette et un truc qui puisse me servir d'arme.

« … sait pas vraiment ce qui s'est passé, pas avec certitude… »

J'ai ouvert une malle dans laquelle je pouvais me planquer, et crever.

« … sait, elle n'est pas stupide… »

J'ai commencé à balancer un porte-chapeaux, deux roues de vélo. Le mur de saloperies se décalait à chaque objet que je dégageais pour fouiller plus avant.

« … je vais le faire, c'est ma faute… »

J'ai cogné une montagne de vieux cartons, aussi affaissés que ceux que je gardais sous mes escaliers. Une fois écartés, une vieille échasse sauteuse est tombée, mais elle était trop lourde pour que je puisse la manier.

« … je vais le faire, c'est bon… »

Les voix : en colère – coupables – en colère – coupables – décidées.

Le sous-sol était plus grand que la maison elle-même, un bon sous-sol du Midwest, profond et sale, conçu pour résister aux tornades et pour stocker des légumes. J'ai déblayé les saloperies et continué d'avancer, et tandis que je me contorsionnais pour passer derrière un bureau massif, je suis tombée sur une vieille porte. Elle donnait sur une autre pièce, la partie sérieuse de l'abri antitornade, eh oui, une impasse, mais pas le temps de réfléchir, fallait continuer d'aller de l'avant : à présent de la lumière inondait le sous-sol, Diondra et Crystal arrivaient. J'ai fermé la porte derrière moi et me suis avancée dans la pièce étroite, où étaient entreposés encore d'autres machins : des vieux tourne-disques, un berceau, un minifrigo, le tout empilé sur les côtés. Je n'avais pas beaucoup plus que cinq mètres pour m'enfuir dorénavant, et derrière moi j'entendais le tas de bordel qui continuait de s'effondrer devant la porte, mais ça ne m'aidait pas beaucoup, elles l'auraient dépassé en quelques secondes.

« T'as qu'à tirer dans cette direction, elle est forcément par là », a dit Crystal. Diondra lui a fait chut. Leurs pieds résonnaient lourdement sur les dernières marches, elles prenaient leur temps. Diondra a écarté à coups de pied les cochonneries qui bloquaient le passage et elles se sont frayé un chemin jusqu'à la porte. Elles me cernaient comme un animal enragé qu'il fallait abattre. Diondra n'était même pas si concentrée que ça : « Il était trop salé, ce rôti », elle a soudain balancé. À l'intérieur de mon réduit, j'ai repéré une lueur presque imperceptible dans un coin. Qui venait de quelque part au plafond.

Je me suis précipitée vers le jour, mais j'ai trébuché sur un wagon jouet rouge. Les femmes ont éclaté de rire en m'entendant tomber. « Maintenant, tu vas avoir un bleu », a crié Crystal. Diondra a renversé des objets, et je me suis retrouvée sous la source de lumière : c'était l'ouverture d'une turbine à vent, le puits d'aération de l'abri antitornade. Il était trop petit pour laisser passer un individu moyen, mais pas un petit format comme moi. J'ai commencé à empiler des objets pour l'atteindre, pour passer mes doigts au sommet de façon à pouvoir me hisser à l'air libre. Diondra et Crystal avaient déjà presque dépassé le fatras. J'ai essayé de me jucher sur une vieille poussette, mais les roues ont cédé et je me suis déchiré la jambe. J'ai recommencé à entasser des trucs : une table à langer tordue, puis des encyclopédies, et j'ai grimpé dessus. Je sentais qu'elles risquaient de glisser d'un moment à l'autre, mais j'ai passé mes bras par le puits, entre les lattes de la turbine rouillée. Une bonne poussée m'a permis de respirer l'air frais de la nuit. Je m'apprêtais à me sortir complètement avec une autre poussée lorsque Crystal m'a empoigné les pieds pour essayer de m'attirer de nouveau en bas. Je lui ai donné des coups pour m'efforcer de me dégager. Des cris derrière moi : « Tue-la ! » et Crystal qui hurlait : « Je la tiens. » Son poids m'entraînait vers le bas, et je perdais ma force de levier. La moitié de mon corps était sortie du sol, l'autre moitié encore en bas. J'ai donné un grand coup de mon mauvais pied et flanqué mon talon en plein dans sa figure. Le nez a cédé, il y a eu un hurlement de loup, Diondra a crié : « Oh, chérie ! », et je me suis libérée. Je me suis hissée de nouveau. Le rebord supérieur du puits avait marqué mes bras de profondes éraflures rouges, mais j'étais en haut. J'ai basculé sur le sol et, tandis que je haletais dans la boue pour reprendre mon souffle, j'entendais déjà Diondra lancer : « Monte, monte. »

Mes clés de voiture, perdues quelque part à l'intérieur, avaient disparu, aussi j'ai fait volte-face et couru en direction des bois, d'un trot clopinant d'animal à trois pattes, un pied en chaussette, l'autre nu, me crottant dans la boue qui puait le purin sous le clair de lune. Puis je me suis retournée, je me sentais presque bien, mais j'ai constaté qu'elles étaient hors de la maison, elles étaient derrière moi, à ma poursuite, deux visages blanc pâle qui dégouttaient de sang. J'ai quand même réussi à atteindre la forêt. J'avais la tête qui tournait, mes yeux étaient incapables de se fixer sur quoi que ce soit : un arbre, le ciel, un lapin qui s'enfuyait, effrayé. « Libby ! » hurlaient-elles derrière moi. Je me suis enfoncée davantage dans les bois, presque prête à m'évanouir, et, juste au moment où mes yeux commençaient à se brouiller, j'ai trouvé un chêne gigantesque. Il était en équilibre sur une pente abrupte d'un mètre vingt et ses racines noueuses irradiaient comme le soleil. Je suis descendue dans la terre humide et me suis glissée dans un vieux terrier sous une des racines aussi épaisses qu'un homme adulte. J'ai creusé le sol froid et suintant, petite chose dans un petit creux, tremblante, mais silencieuse, cachée. Tout à fait dans mes cordes.

Les torches se sont approchées, les deux femmes ont atteint le tronc de l'arbre, et ont enjambé mon abri. J'ai aperçu le bas d'une jupe, un tronçon de jambe couvert de taches de rousseur : « Elle est forcément là, elle n'a pas pu aller bien loin. » J'essayais de me retenir de respirer, je savais que, dans le cas contraire, ce serait une bouffée d'air qui me vaudrait un coup de fusil en pleine poire, alors j'ai retenu mon souffle quand j'ai senti leur poids faire ployer légèrement les racines de l'arbre. Crystal a demandé : « Est-ce qu'elle a pu retourner à la maison ? », et Diondra a répliqué : « Continue à chercher, elle est rapide », comme quelqu'un qui sait de quoi il parle. Puis elles ont changé de direction et se sont enfoncées dans les bois au pas de course, et j'ai respiré la terre, avalé de l'air terreux, le visage pressé contre le sol. Pendant des heures, les bois ont retenti de leurs cris d'indignation, de frustration : « Ça va pas du tout, c'est très grave. » À un moment donné, les cris ont cessé mais j'ai attendu encore plusieurs heures, jusqu'à l'aube, avant de m'extirper de mon trou et de me diriger vers chez moi en boitillant entre les arbres.

Ben Day
3 janvier 1985
2 h 12

Toujours juchée sur le corps de Michelle, Diondra écoutait. Ben, recroquevillé dans un coin, se balançait d'avant en arrière tandis que du couloir s'élevaient le fracas de hurlements et de jurons, la hache qui s'abattait dans la chair, ponctués par le coup de fusil et le silence. Puis sa mère reprit ses cris. Elle n'était pas blessée, peut-être pas blessée… puis il sut qu'elle l'était, elle produisait des sons incohérents, « oullaaallallla » et « seeeeeigneur », et se cognait contre les murs. Ces lourdes bottes s'étaient rapprochées et avaient longé le couloir en direction de la chambre de sa mère, puis il y avait eu le son terrible des petites mains qui essayaient de trouver une prise, les mains de Debby qui griffaient le plancher, et la hache de nouveau, un souffle bruyant, et un nouveau coup de feu, qui fit sursauter Diondra, toujours au-dessus de Michelle.

La nervosité de Diondra se trahissait seulement dans ses cheveux, dont les épaisses boucles tressaillaient autour de sa tête. À part ça, elle ne bougeait pas. Les pas s'arrêtèrent devant la porte, la porte que Ben avait fermée après le début des hurlements, la porte derrière laquelle il se cachait tandis que sa famille gisait dehors, à l'agonie. Ils entendirent un gémissement – « bordel de merde » – puis les pas sortirent de la maison en courant, lourds et durs.

Désignant Michelle, Ben chuchota : « Elle va bien ? » Diondra fronça les sourcils comme s'il l'avait insultée : « Non, elle est morte. »

Ben fut incapable de se lever. « T'en es sûre ?

– J'en suis absolument sûre », répliqua Diondra. Elle s'écarta. La tête de Michelle penchait sur le côté, ses yeux ouverts étaient fixés sur Ben. Ses lunettes brisées gisaient à côté d'elle.

Diondra alla se planter devant Ben. Ses genoux arrivaient au niveau de son visage. Elle lui tendit une main : « Viens, lève-toi. »

Ils ouvrirent la porte. Les yeux de Diondra s'agrandirent comme si elle voyait la neige pour la première fois. Il y avait du sang partout. Debby et sa mère baignaient dans une flaque rouge, la hache et le fusil avaient été jetés dans le couloir, et un couteau un peu plus loin. Diondra s'avança pour voir de plus près. Elle projetait un reflet sombre dans la mare de sang qui ruisselait toujours vers Ben.

« Nom de Dieu, chuchota-t-elle. Peut-être bien qu'on a vraiment fricoté avec le diable. »

Ben courut à la cuisine pour vomir dans l'évier. Les haut-le-cœur avaient un côté rassurant, « fais sortir, fais tout sortir », comme disait sa mère lorsqu'elle lui tenait le front au-dessus des toilettes quand il était petit. *Fais sortir toutes les saloperies.* Mais il ne se passa rien, alors il se dirigea vers le téléphone en titubant. Diondra lui barra la route

« Tu vas me dénoncer ? Pour Michelle ?

– Il faut qu'on appelle la police, dit-il, les yeux fixés sur la tasse à café sale de sa mère, qui contenait encore quelques gouttes d'instantané.

« – Où est la petite ? demanda Diondra. Où est la dernière ?

– Oh, merde ! Libby ! » Il courut de nouveau au bout du couloir en s'efforçant de ne pas regarder les corps, de faire comme s'il s'agissait simplement d'obstacles à enjamber. Quand il regarda dans la chambre de sa mère, il sentit l'air froid, vit la brise qui agitait les rideaux et la fenêtre ouverte. Il retourna dans la cuisine.

« Elle est partie, annonça-t-il. Elle a réussi à s'enfuir, elle est partie.

– Eh bien, débrouille-toi pour la ramener. »

Ben se tourna vers la porte, s'apprêtant à courir dehors, puis s'immobilisa. « La ramener, pourquoi ? »

Diondra traversa la pièce pour le rejoindre, prit ses mains et les posa sur son ventre. « Ben, est-ce que tu ne vois pas que c'était écrit, tout ça ? Tu crois que c'est une coïncidence ? On accomplit le rituel ce soir, on a besoin d'argent et – pan ! – un type tue ta famille. Tu vas hériter de l'assurance-vie de ta mère maintenant, tout ce que tu veux, aller vivre en Californie, sur la plage, aller vivre en Floride, on peut le faire. »

Ben n'avait jamais dit qu'il voulait vivre en Californie ou en Floride. C'était son idée à elle.

« On est une famille à présent, on peut être une vraie famille Mais Libby représente un problème. Si elle a vu quelque chose.

– Et si elle n'a rien vu ? »

Diondra secouait déjà la tête : « Il faut tourner complètement la page, chéri. C'est trop dangereux. Il est temps d'être courageux.

– Mais s'il faut qu'on quitte la ville ce soir, je ne peux pas me tourner les pouces à attendre l'assurance-vie.

– Bien sûr qu'on ne peut pas s'en aller ce soir. Maintenant on est forcés de rester, ça aurait l'air suspect si tu t'en allais. Mais tu vois l'aubaine que ça représente : les gens vont oublier toutes ces conneries au sujet de Krissi Cates, parce que c'est toi la victime à présent. Tout le monde va vouloir être aux petits soins avec toi. Je vais essayer de cacher ça – elle désigna son ventre – pendant encore un mois, d'une façon ou d'une autre. Je porterai un manteau tout le temps, un truc comme ça. Puis on recevra l'argent, et à ce moment-là on se tire. Libres. T'auras plus jamais besoin d'avaler des couleuvres.

– Et Michelle ?

– J'ai son journal, dit Diondra, lui montrant le nouveau journal avec Minnie Mouse sur la couverture. On est bons.

– Mais qu'est-ce qu'on dit pour Michelle ?

– Tu dis que le dingue l'a tuée, comme les autres. Comme Libby, aussi.

– Mais et...

– Et, Ben, tu ne peux en aucun cas dire que tu me connais, pas avant qu'on parte. Je ne peux être reliée à ça d'aucune façon. Tu comprends ? Tu veux que je donne naissance à notre bébé en prison ? Tu sais ce qui se passe, dans ces cas-là ? Le bébé est placé dans une famille adoptive et tu ne le revois jamais. C'est ce que tu veux pour ton bébé, pour la mère de ton enfant ? T'as encore une chance de te comporter comme un grand garçon, ici, d'être un homme. Maintenant, va me chercher Libby. »

Il prit la grosse torche et sortit dans le froid en appelant Libby. C'était une gamine rapide, une bonne coureuse, peut-être qu'elle avait déjà atteint le bout de la petite route qui menait à la maison et qu'elle avait déjà rejoint la nationale à présent. Ou peut-être qu'elle se planquait dans sa cachette habituelle à côté de la mare. Il avança dans la neige crissante en se demandant si tout ça n'était qu'un mauvais trip. Il allait retourner à la maison et tout serait comme auparavant, lorsqu'il avait entendu le cliquetis de la serrure et que tout était normal, tout le monde endormi. Une nuit ordinaire.

Puis il revit Diondra accroupie sur Michelle, comme un rapace géant, il les vit s'agiter frénétiquement toutes deux dans le noir, et il sut que rien n'allait s'arranger. Il sut aussi qu'il n'allait pas ramener Libby dans la maison. Il balaya le sommet des roseaux avec sa torche, et aperçut une mèche de cheveux roux parmi le jaune fade et cria : « Libby, reste où tu es, chérie ! », puis fit volte-face et retourna vers la maison en courant.

Diondra était en train de donner des coups de hache dans les murs, dans le canapé, en poussant des hurlements avec les babines retroussées. Elle avait couvert les murs de sang, elle avait marqué des trucs bizarres. Avec ses chaussures d'homme, elle avait fait des traces de sang partout, elle avait mangé des Rice Krispies dans la cuisine en abandonnant des traînées de céréales derrière elle, elle laissait des empreintes digitales partout et ne cessait de crier : « Voilà, ça fait bien comme ça, c'est parfait. » Mais Ben savait de quoi il s'agissait : c'était la soif de sang, le même sentiment qu'il avait eu plus tôt, cette flambée de rage et de puissance qui vous donnait une telle sensation de force.

Il nettoya les empreintes, assez bien, se dit-il, même s'il était difficile de distinguer celles de Diondra de celles de l'homme – *Mais qui pouvait bien être ce type, putain ?* Il essuya tout ce qu'elle avait touché : les interrupteurs, la hache, le plan de travail, tout ce qu'il y avait dans sa chambre. Diondra apparut dans l'embrasure de la porte : « J'ai essuyé le cou de Michelle », dit-elle. Ben s'efforça de ne pas penser : *Ne pense pas*, se répétait-il. Les mots sur les murs, il n'y toucha pas, il ne savait pas comment les ôter. Elle s'était attaquée à sa mère avec la hache, et le corps présentait de nouvelles entailles étranges, profondes. Il se demanda comment il pouvait être si calme, à quel moment ses os allaient commencer à fondre et quand il allait s'effondrer, et il se commanda de se reprendre : *Putain, sois un homme, bordel, fais-le, sois un homme, fais ce que tu as à faire, sois un homme.* Quand il escorta Diondra dehors, toute la maison empestait déjà la terre et la mort. En fermant les yeux, il vit un soleil rouge et pensa de nouveau : *Annihilation.*

Libby Day
Aujourd'hui

J'allais encore perdre des orteils. Je suis restée assise devant une station-service fermée pendant près d'une heure à attendre Lyle en frottant mon pied palpitant de douleur. À chaque voiture qui passait, je m'esquivais derrière le bâtiment au cas où ce soit Crystal et Diondra lancées à ma poursuite. Si elles me trouvaient maintenant, je ne pourrais pas m'enfuir. Elles m'auraient, et c'en serait fini. J'avais voulu mourir pendant des années, mais pas récemment, et certainement pas de la main de ces salopes.

J'avais appelé Lyle en PCV d'un téléphone devant la station-service dont j'étais sûre qu'il n'allait pas marcher. Il avait commencé la conversation avant même que l'opératrice ne quitte la ligne : « Vous m'avez entendu ? Vous m'avez entendu ? » Je n'avais pas entendu. Je ne voulais pas entendre. Venez juste me chercher. J'ai raccroché avant qu'il n'ait le temps de se lancer dans son interrogatoire.

« Qu'est-ce qui s'est passé ? » a demandé Lyle lorsqu'il s'est finalement rangé devant moi. Je claquais affreusement des dents, l'air était gelé. Je me suis jetée dans la voiture, m'enveloppant de mes bras comme une momie pour me protéger du froid.

« Pas de doute, Diondra n'est pas morte, putain. Ramenez-moi chez moi, j'ai besoin de rentrer chez moi.

– Vous avez besoin d'aller à l'hôpital, votre visage est… c'est… Vous vous êtes vue ? » Il m'a attirée sous le plafonnier de sa voiture pour mieux regarder.

« Je me suis touché le visage. Je sais dans quel état je suis.

– Ou le commissariat ? Que s'est-il passé ? Je savais que j'aurais dû venir avec vous. Libby. Libby, que s'est-il passé ? »

Je lui ai raconté. Tout, lui laissant le soin de faire un tri dans tout ça entre mes crises de larmes. Pour finir j'ai hoqueté : « Et alors elles… alors elles ont essayé de me tuer… » À m'entendre, on aurait pu me prendre pour une petite fille vexée qui raconte à sa maman que quelqu'un lui a fait des misères.

« Alors Diondra a tué Michelle, a fait Lyle. On va chez les flics.

– Non, on n'y va pas. J'ai juste besoin de rentrer chez moi.

– Nous devons aller chez les flics, Libby. »

J'ai commencé à hurler des horreurs en claquant la vitre de ma main, j'ai gueulé si fort que je postillonnais, et ça n'a fait que renforcer la résolution de Lyle de m'emmener à la police.

« Vous allez vouloir aller à la police, Libby. Quand je vous aurai dit ce qu'il faut que je vous dise, vous allez vouloir y aller. »

Je savais que c'était la seule chose à faire, mais mon cerveau était infecté par les souvenirs de ce qui s'était passé après le meurtre de ma famille : les longues heures à m'épuiser à vérifier encore et encore mon histoire avec les flics, les jambes pendantes sur des chaises trop grandes, en buvant du chocolat tiédasse dans des tasses en plastique, incapable de me réchauffer, voulant seulement dormir, dans cet état d'épuisement total où même votre visage s'engourdit. Et puis vous pouvez dire tout ce que vous voulez, ça n'a pas d'importance, vu que tout le monde est mort à présent.

Lyle a mis le chauffage à fond, en orientant vers moi tous les conduits de la soufflerie.

« OK, Libby, j'ai des… des nouvelles. Je pense que… bon, OK, je vais juste le dire. OK ?

— Vous me faites flipper, Lyle. Accouchez. » Le plafonnier ne donnait pas assez de lumière, je n'arrêtais pas de regarder partout dans le parking pour m'assurer que personne ne venait.

« Vous vous souvenez de l'Antécrise ? a commencé Lyle. Le type sur qui enquêtait le Kill Club ? Il s'est fait arrêter dans un faubourg de Chicago. Il s'est fait pincer alors qu'il était en train d'aider un pauvre pigeon du marché financier à organiser sa mort. C'était censé ressembler à un accident de cheval. L'Antécrise s'est fait arrêter sur un des parcours de promenade. Il était en train de fracasser le crâne du type avec un caillou. Il s'appelle Calvin Diehl. C'est un ancien paysan.

— OK, j'ai dit », mais je savais que ce n'était pas fini.

« OK, alors il s'est avéré qu'il aide des gens à se tuer depuis les années *quatre-vingt*. C'était un malin. Il a des lettres manuscrites de tous les gens qu'il a assassinés – trente-deux personnes – qui jurent qu'ils l'ont engagé.

— OK.

— Une de ces lettres était de votre mère. »

Je me suis pliée en deux, mais sans quitter Lyle des yeux.

« Elle l'a engagé pour qu'il la tue. Mais c'était censé être seulement elle. Pour toucher l'assurance-vie, sauver l'exploitation. Vous sauver, vous les filles, et Ben. Les flics ont la lettre.

– Alors. Quoi ? Non, ça n'a pas de sens. Diondra a tué Michelle. Elle avait son journal intime. On vient de dire que c'était Diondra qui…

– Eh bien, c'est justement ça. Ce Calvin Diehl essaie de se faire passer pour un héros populaire. Je le jure, une foule s'est attroupée devant la prison ces derniers jours, des gens avec des pancartes comme "Diehl le Deal utile". Bientôt on écrira des chansons sur lui : le type qui aide les pauvres gens endettés pour que les banques ne confisquent pas leurs propriétés, et qui gruge les compagnies d'assurances par-dessus le marché. Les gens gobent ça. Mais, euh… il dit qu'il n'avouera le meurtre pour aucune des trente-deux victimes, il affirme que c'étaient tous des suicides assistés. Pour les aider à mourir dans la dignité. Mais il accepte de payer pour Debby : il explique qu'elle est entrée par hasard, qu'elle s'est retrouvée au milieu, que les choses ont dégénéré. Il dit que c'est la seule qu'il regrette.

– Et Michelle ?

– Il soutient qu'il n'a jamais vu Michelle. Je ne vois pas pourquoi il mentirait.

– Deux tueurs, j'ai dit. Deux tueurs dans la même nuit. C'est bien notre veine. »

Quelque part entre le moment où j'étais cachée dans les bois, celui où j'étais en train de gémir à la station-service, puis de brailler dans la voiture de Lyle, puis enfin de convaincre un shérif adjoint local que je n'étais pas dingue (Vous êtes la sœur de *qui* ?), j'ai perdu sept heures. Au matin, Diondra et Crystal avaient disparu sans laisser de trace, ce qui s'appelle vraiment sans laisser de trace. Elles avaient aspergé leur maison d'essence, et elle était complètement carbonisée avant même que les camions de pompiers aient quitté la caserne.

J'ai raconté mon histoire encore un grand nombre de fois, histoire qui était reçue avec un mélange de perplexité et de doute, puis à la fin avec un soupçon de croyance.

« Il va seulement nous falloir quelques éléments supplémentaires, vous savez, pour la relier au meurtre de votre sœur », a dit un inspecteur en me poussant un gobelet de plastique plein de café froid dans la main.

Deux jours plus tard, des enquêteurs se sont présentés sur le pas de ma porte. Ils avaient des photocopies de lettres de ma mère. Ils voulaient vérifier si je reconnaissais son écriture et voir si je désirais les lire.

La première était un mot très simple d'une page, absolvant Calvin Diehl de son meurtre. La seconde nous était adressée.

Chers Ben, Michelle, Debby et Libby,
Je ne pense pas que cette lettre vous atteindra jamais, mais M. Diehl a dit qu'il la garderait pour moi, et je suppose que ça me procure un certain réconfort. Je ne sais pas. Vos grands-parents m'ont toujours dit : Mène une vie utile. Je n'ai pas le sentiment d'y être franchement parvenue, mais je peux avoir une mort utile. J'espère que vous me pardonnerez tous. Ben, quoi qu'il arrive, ne te reproche rien. Les choses ont échappé à notre contrôle, et c'est la seule chose à faire. Cela m'apparaît très clairement. Je suis fière en un sens. Ma vie a été tellement déterminée par des accidents, je trouve heureux que maintenant un « accident volontaire » vienne remettre les choses en ordre. Un accident providentiel. Prenez bien soin les uns des autres, je sais que Diane ne vous abandonnera pas. Je suis seulement triste de savoir que je n'aurai pas la chance de voir les bonnes per-

sonnes que vous allez devenir. Même si je n'en ai
pas besoin. Tant j'ai confiance en mes enfants.
  Je vous aime,

                                                    M'man

Je me suis sentie vidée. La mort de ma mère avait
été tout sauf utile. J'ai eu un accès de rage contre elle,
puis j'ai imaginé ces derniers moments sanglants dans
la maison, lorsqu'elle avait réalisé que ça avait mal
tourné, lorsque Debby gisait, agonisante, et qu'elle terminait là sa vie sans éclat. Ma colère a cédé la place à
une étrange tendresse, comme celle d'une mère pour
son enfant, et je me suis dit : *Au moins elle a essayé.*
Elle a essayé, en ce dernier jour, plus passionnément
que quiconque.

Et j'allais essayer de trouver de la paix dans ce fait.

C'était stupide, comme ça avait tourné si mal, si vite.
Et en plus il lui faisait une faveur, à la fermière aux cheveux roux. Bon Dieu, elle ne lui avait même pas laissé
assez d'argent ; ils s'étaient mis d'accord sur deux
mille dollars, et elle avait laissé une enveloppe avec
seulement huit cent douze dollars et trois pièces de
vingt-cinq cents. C'était mesquin, bas et stupide, toute
cette nuit. C'était un désastre. Il était devenu négligent,
trop sûr de lui, indulgent, et ça avait conduit à… Elle
avait été tellement facile à convaincre, aussi. La plupart
des gens étaient difficiles avec leur façon de mourir,
mais tout ce qu'elle avait demandé, c'était de ne pas se
noyer. Elle ne voulait pas se noyer, de grâce. Il aurait
pu le faire d'un tas de façons simples, comme il avait
toujours fait. Mais alors il était allé boire un coup au
bar, rien de grave, des camionneurs passaient tout le
temps par là, et il ne se faisait jamais remarquer. Mais
le mari de la femme était là, et c'était une telle tête
de nœud, un tel rat, minable, que Calvin s'était mis à
tendre l'oreille pour essayer de découvrir ce que c'était,
le truc de ce Runner. Les gens racontaient toutes sortes
d'histoires, comment l'homme avait ruiné l'exploitation, ruiné sa famille, comment il était endetté jusqu'au

cou. Et Calvin Diehl, un homme d'honneur, s'était dit :
Pourquoi pas ?

Poignarder la femme au cœur sur le pas de sa porte,
et faire transpirer un bon coup ce salopard de Runner.
Laisser les flics l'interroger, ce pauvre minable qui ne
prenait aucune responsabilité. Le forcer à en prendre un
peu. Au bout du compte, l'affaire serait classée comme
un crime gratuit, aussi crédible que les autres trucs qu'il
avait organisés, des accidents de voiture ou l'effondre-
ment d'une trémie. Près d'Ark City, il avait noyé un
homme dans son propre blé, installant la machine de
sorte que ça ait l'air d'un renversement. Les meurtres
de Calvin suivaient toujours les saisons : noyades pendant les inondations du printemps, accidents de chasse
à l'automne. Janvier, c'était la saison des cambriolages
et des agressions. Noël était fini, et la nouvelle année
vous rappelait seulement comme votre vie avait peu
changé et, bon sang, les gens se mettaient en rogne en
janvier.

Alors la poignarder au cœur, vite, avec un gros couteau de chasse Bowie. Terminé en trente secondes, et
la douleur n'était pas du tout atroce, à ce qu'on disait.
Le choc anesthésiait. Elle meurt, et c'est la sœur qui la
trouve, elle s'était assurée que sa sœur arriverait tôt.
C'était une femme prévoyante finalement, par certains
côtés.

Calvin avait besoin de rentrer chez lui, après la frontière du Nebraska, et de se laver les cheveux. Il s'était
nettoyé avec des morceaux de neige, sa tête fumait sous
l'effet du froid. Mais ça collait encore. Il n'était pas
censé recevoir du sang sur lui, et il lui fallait l'enlever,
il le sentait dans la voiture.

Il se gara sur le bas-côté, les mains en sueur à l'intérieur de ses gants. Il crut voir un enfant qui courait dans
la neige devant lui, mais il réalisa qu'il voyait simple-

ment la petite fille qu'il avait tuée. Une petite chose potelée, les cheveux encore tressés, qui courait, et lui, paniqué, qui ne la voyait pas comme une petite fille, pas encore, mais comme une proie, une bête à abattre. Il ne voulait pas le faire, mais personne ne devait voir son visage, il devait se protéger lui-même avant tout, et il devait l'attraper avant qu'elle réveille les autres mômes. Il savait qu'il y en avait d'autres, et il savait qu'il n'aurait pas le cœur de les tuer tous. Ce n'était pas sa mission. Sa mission, c'était d'aider.

Il vit la petite fille faire volte-face pour s'enfuir et il se trouva soudain avec cette hache dans les mains, il vit également le fusil, et pensa : *La hache est plus silencieuse, je peux encore réussir à faire ça en silence.*

Puis peut-être était-il devenu fou, il était tellement en colère contre l'enfant – il avait taillé en pièces une petite fille – tellement en colère contre la femme rousse pour avoir tout fait foirer, pour n'être pas morte proprement. Il avait tué une petite fille avec une hache. Il avait explosé la tête de la mère de quatre enfants au lieu de lui donner la mort qu'elle méritait. Ses derniers moments avaient été d'horreur, un cauchemar dans sa maison alors qu'il devait se contenter de la tenir dans ses bras tandis qu'elle saignait sur la neige et mourait le visage sur son torse. Il avait coupé en morceaux une petite fille.

Pour la première fois, Calvin Diehl se vit comme un meurtrier. Il se renfonça dans son siège et se mit à brailler.

Libby Day
Aujourd'hui

Treize jours après la disparition de Diondra et de Crystal, la police ne les avait pas retrouvées, et n'avait pas trouvé non plus de preuve matérielle reliant Diondra à Michelle. La traque se réduisait à une affaire d'incendie volontaire et s'essoufflait.

Selon sa nouvelle habitude, Lyle est passé regarder des conneries à la télé avec moi. Je le laissais venir à condition qu'il ne parle pas trop. J'attachais une importance primordiale à ce qu'il ne parle pas trop, mais il me manquait les jours où il ne venait pas. Nous étions en train de regarder un reality-show particulièrement grotesque lorsque Lyle s'est brusquement redressé : « Hé, c'est mon pull. »

Je portais un de ses pull-overs trop étroits que j'avais trouvé un jour à l'arrière de sa voiture. Il m'allait vraiment beaucoup mieux qu'à lui.

« Il me va vraiment beaucoup mieux qu'à vous, j'ai dit.

— Enfin, Libby. Vous pourriez au moins demander, vous savez. » Il s'est retourné vers la télé, où des femmes se jetaient les unes sur les autres comme des chiens dans une fourrière. « Libby la Petite Voleuse. Dommage que vous ne soyez pas partie de chez Diondra avec, genre, une brosse à cheveux. On aurait son ADN.

496

– Ah, le fameux ADN magique », dis-je. J'avais cessé de croire à l'ADN.

À la télé, une blonde tenait une autre blonde par les cheveux et la poussait au bas de quelques marches. J'ai zappé sur une émission sur les crocodiles.

« Oh, oh, putain ! »

Je suis sortie de la pièce en courant.

Je suis revenue et j'ai plaqué le rouge à lèvres et le thermomètre de Diondra sur la table.

« Lyle Wirth, vous êtes un génie, j'ai fait, puis je lui ai donné une accolade.

– Eh bien, a-t-il balbutié, puis il a ri. Ouah ! Euh… un génie. Libby la Petite Voleuse pense que je suis un génie.

– Absolument. »

*

L'ADN présent sur les deux objets correspondait à celui retrouvé sur le couvre-lit de Michelle. La traque s'est enflammée. Rien d'étonnant à ce que Diondra ait insisté pour n'être jamais reliée même vaguement à Ben. Tous ces progrès scientifiques, l'un après l'autre, avaient rendu de plus en plus facile de comparer les ADN : elle avait dû se sentir plus en danger chaque année, au lieu de moins. Bien fait.

Ils l'ont coincée dans une boîte de transferts d'argent à Amarillo. Crystal était introuvable, mais Diondra était faite, même s'il a fallu pas moins de quatre flics pour la faire monter dans la voiture. Ainsi Diondra était en taule et Calvin Diehl avait avoué. Même un immonde agent de prêt s'était fait serrer. Son simple nom me filait la chair de poule : *Dupré*. Avec tout ça, on aurait pu croire que Ben serait libéré, mais les choses ne vont pas si vite que ça. Diondra n'avouait pas, et, jusqu'aux conclusions de son procès, ils allaient garder mon frère, qui refusait de l'impliquer. J'ai fini par aller lui rendre visite fin mai.

Il avait l'air un peu bouffi, fatigué. Il m'a souri faiblement quand je me suis assise.

« Je n'étais pas sûre que tu accepterais de me voir, j'ai dit.

– Diondra a toujours été persuadée que tu la retrouverais. Elle en a toujours été sûre. J'imagine qu'elle avait raison.

– Apparemment. »

Nous ne semblions ni l'un ni l'autre désireux de nous aventurer plus loin sur ce terrain. Ben avait protégé Diondra pendant près de vingt-cinq ans, j'avais défait tout ça. Il semblait contrarié mais pas triste. Peut-être avait-il toujours secrètement espéré qu'elle serait découverte. J'avais envie de le croire, pour ma part. C'était facile de ne pas poser la question.

« Tu vas être bientôt dehors, Ben. Tu arrives à le croire ? Tu vas sortir de prison. » Ce n'était en aucun cas une certitude – une traînée de sang sur un drap, c'est bien, mais un aveu, c'est mieux. Malgré tout, j'avais de l'espoir. Malgré tout.

« Ça ne me dérangerait pas, dit-il. Il est peut-être temps. Je pense que vingt-quatre ans, c'est peut-être suffisant. C'est peut-être suffisant pour… être resté sans rien faire. Avoir laissé ça arriver.

– Je crois, oui. »

Lyle et moi avions reconstitué le puzzle de cette nuit-là à partir de ce que m'avait révélé Diondra : ils étaient à la maison, prêts à s'enfuir, quelque chose l'avait fait sortir de ses gonds, et elle avait tué Michelle. Ben ne l'avait pas arrêtée. D'après moi, d'une façon ou d'une autre, Michelle avait découvert la grossesse, l'enfant secret. Je demanderai à Ben un jour, je lui demanderai les détails. Mais je savais qu'il ne me lâcherait rien pour l'instant.

Les deux Day étaient assis l'un face à l'autre, pensant à mille choses et les ravalant. Ben s'est gratté un bouton sur le bras, dévoilant le Y de son tatouage « Polly » sous sa manche.

« Alors : Crystal. Qu'est-ce que tu peux me dire sur Crystal, Libby ? Qu'est-ce qui s'est *passé* l'autre soir ? J'ai entendu plusieurs versions. Est-ce qu'elle est… est-ce qu'elle est corrompue ? Mauvaise ? »

Comme ça, c'était Ben à présent qui se demandait ce qui s'était produit dans une maison froide et solitaire à l'extérieur de la ville. J'ai porté les doigts aux deux cicatrices en forme de larmes sur ma pommette, marques des conduites de vapeur du fer à repasser.

« Elle a été assez maligne pour réussir à éviter la police pendant tout ce temps, j'ai dit. Et Diondra ne dira jamais où elle est.

— Ce n'est pas ce que je demandais.

— Je ne sais pas, Ben, elle protégeait sa mère. Diondra a dit qu'elle racontait tout à Crystal, et je crois que c'était sincère. Tout : J'ai tué Michelle et personne ne doit le savoir. Qu'est-ce que ça fait à une fille de savoir que sa mère est une meurtrière ? Elle en fait une obsession, elle essaie de trouver un sens à tout ça, elle découpe des photos de ses parents morts, elle lit et relit le journal intime de sa défunte tante jusqu'à être capable de le citer de mémoire, elle connaît tous les points de vue, elle passe sa vie sur le qui-vive, prête à défendre sa mère. Et là je me pointe et c'est Crystal qui les met dedans. Alors qu'est-ce qu'elle fait ? Elle essaie de rattraper le coup. Je comprends, en un sens. Je veux bien fermer les yeux sur ce coup-là. Elle n'ira pas en prison par ma faute. »

Avec les flics, j'étais restée dans le vague sur le rôle de Crystal – ils voulaient l'interroger au sujet de l'incendie, mais ils ne savaient pas qu'elle avait essayé de me tuer. Je n'allais pas moucharder sur un autre membre de ma famille, c'était hors de question, même s'il se trouvait que celui-ci était coupable. J'essayais de me convaincre qu'elle n'était pas si perturbée que ça. Ça pouvait avoir été une folie passagère, déclenchée par l'amour. Mais d'un autre côté, la même chose était arrivée à sa mère une fois, et ma sœur n'en avait pas réchappé.

J'espère ne jamais revoir Crystal, mais si je la revois, je serai contente d'avoir un flingue, disons les choses comme ça.

« Tu l'excuses vraiment ?

– Je sais un peu ce que c'est d'essayer de faire pour le mieux et de merder complètement, j'ai ajouté.

– Tu parles de m'man ? a demandé Ben.

– Je parlais de moi.

– T'aurais pu parler de nous tous. »

Ben a pressé sa main contre la vitre, et ma paume est allée rencontrer celle de mon frère.

Ben Day
Aujourd'hui

Debout dans la cour de la prison l'autre jour, il avait senti de la fumée. De la fumée flottait sur un courant d'air à environ deux mètres cinquante au-dessus de sa tête, et il s'était représenté les feux d'automne dans les champs quand il était petit, les flammes qui avançaient sur le sol en rangées tremblotantes, consumant tout ce qui ne servait à rien. Il avait détesté être un gamin de la campagne, mais, à présent, c'était la seule pensée qui lui occupait l'esprit. L'extérieur. La nuit, lorsque les autres hommes faisaient leurs bruits poisseux, il fermait les yeux et voyait des hectares de sorgho, bruissant contre ses genoux avec leurs épis bruns luisants comme des bijoux de fille. Il voyait les Flint Hills du Kansas, avec leurs sinistres sommets aplatis, comme si chaque monticule attendait son propre coyote pour venir hurler dessus. Ou il fermait les yeux et il imaginait ses pieds enfoncés profondément dans la boue, la sensation de la terre qui l'aspirait, qui s'accrochait à lui. Une ou deux fois par semaine, Ben avait un moment d'euphorie où il riait presque. Il était en prison. À vie. Pour avoir assassiné sa famille. Est-ce que ça pouvait être juste ? Désormais il pensait à Ben, au Ben de quinze ans, presque comme si c'était son fils, un être entièrement différent, et parfois il avait envie de l'étrangler, ce gamin, le gamin qui n'était tout bonnement pas armé pour la vie.

Il s'imaginait en train de secouer Ben jusqu'à ce que son visage se brouille.

Mais d'autres fois il était fier.

Oui, il avait été un petit lâche geignard et minable ce soir-là, un petit garçon qui n'avait rien fait pour empêcher le drame. Terrifié. Mais après les meurtres, quelque chose s'était mis en place, peut-être. Il avait gardé le silence pour sauver Diondra, sa compagne, et le bébé. Sa seconde famille. Il n'avait pas réussi à se résoudre à se précipiter hors de cette chambre pour sauver Debby et sa mère. Il n'avait pas réussi à se résoudre à arrêter Diondra et à sauver Michelle. Il n'avait pas réussi à se forcer à faire quoi que ce soit sauf la fermer et encaisser. Se taire et encaisser. Ça, il avait pu le faire.

Il serait ce genre d'homme.

Il deviendrait célèbre parce qu'il était ce genre d'homme. D'abord il avait été le sataniste endurci, et tout le monde s'éloignait de lui en sursautant, même les gardiens étaient flippés, puis il était devenu le prisonnier incompris, bienveillant. Des femmes venaient sans cesse lui rendre visite. Il essayait de ne pas en dire trop, de les laisser imaginer ce qu'il pensait. Elles imaginaient en général qu'il pensait des choses bonnes. Parfois c'était le cas. Et d'autres fois il pensait à ce qui se serait produit si cette nuit-là s'était déroulée différemment : lui, Diondra et un bébé braillard quelque part à l'ouest du Kansas, Diondra pleurant des larmes amères dans quelque chambre de motel aussi accueillante qu'une cellule, minuscule, empestant le graillon, qu'ils loueraient à la semaine. Il l'aurait tuée. Un jour ou l'autre, il aurait pu la tuer. Ou peut-être qu'il aurait embarqué le bébé et se serait enfui, et lui et Crystal seraient heureux quelque part, elle diplômée de la fac, lui gérant l'exploitation agricole, la cafetière toujours allumée, comme à la maison.

À présent, peut-être était-ce son tour d'être dehors et le tour de Diondra d'être enfermée. Il allait sortir et trouver Crystal, où qu'elle soit, c'était une enfant surprotégée, elle ne pouvait pas disparaître bien longtemps, il la trouverait et s'occuperait d'elle. Ça serait chouette de s'occuper d'elle, de faire quelque chose de concret à part la fermer et encaisser.

Mais, même en pensant cela, il savait qu'il lui faudrait viser plus bas. C'est ce qu'il avait appris de sa vie jusque-là : toujours viser plus bas. Il était né pour être seul, cela, il en était sûr. Lorsqu'il était enfant, lorsqu'il était adolescent, et plus que jamais à présent. Parfois, il avait l'impression d'avoir été parti toute sa vie, en exil, loin de l'endroit où il était censé être, et que, tel un soldat, il languissait de rentrer. Il avait le mal d'un pays où il n'avait jamais été.

S'il sortait, il irait trouver Libby, peut-être. Libby qui ressemblait à leur mère, qui lui ressemblait, qui avait tous ces rythmes qu'il connaissait, qu'il connaissait tout simplement, sans discussion. Il pouvait passer le restant de sa vie à rechercher le pardon de Libby, à veiller sur Libby, sa petite sœur, quelque part, de l'extérieur. Dans un petit endroit.

C'était tout ce qu'il désirait.

Libby Day
Aujourd'hui

Les bouts tire-bouchonnés des barbelés reflétaient une lumière jaune lorsque j'ai atteint ma voiture, et je pensais à tous les gens qui avaient été bousillés : intentionnellement, accidentellement, à juste titre, légèrement, complètement. Ma mère, Michelle, Debby. Ben. Moi. Krissi Cates. Ses parents. Les parents de Diondra. Diane. Trey. Crystal.

Je me suis demandé quelle proportion de ces dommages pouvait être réparée, si quiconque pouvait être guéri ou même consolé.

Je me suis arrêtée à une station-service pour demander ma route, parce que j'avais oublié le chemin du trailer park de Diane, et, bon sang de bonsoir, j'allais voir Diane, coûte que coûte. Je me suis arrangé les cheveux avec les doigts dans le miroir des toilettes de la station, et je me suis mis un peu de pommade pour les lèvres que j'avais failli voler mais avais finalement achetée (je n'étais pourtant pas très satisfaite de cette décision). Puis j'ai traversé la ville, et j'ai rejoint le trailer park, avec ses poteaux blancs, les jonquilles qui éclataient, jaunes, partout.

Ça peut exister, un joli trailer park, vous savez.

La caravane de Diane était exactement au même emplacement que dans mon souvenir. Je me suis arrêtée devant et j'ai klaxonné trois fois, son rituel lorsqu'elle nous rendait visite à l'époque. Elle était dans son petit jardin, en train de farfouiller dans les tulipes, son large derrière tourné vers moi, un gros morceau de femme avec des cheveux aux boucles d'acier.

Elle s'est tournée à mes coups de klaxon, a cligné violemment des yeux lorsque je suis sortie de la voiture.

« Tante Diane ? » j'ai fait. Elle a traversé le jardin à grandes enjambées décidées, le visage contracté. Lorsqu'elle s'est retrouvée juste au-dessus de moi, elle m'a attrapée et m'a serrée dans ses bras tellement fort que son étreinte a expulsé l'air de mes poumons. Puis elle m'a donné deux rudes tapes dans le dos, m'a tenue à bout de bras, et m'a serrée de nouveau.

« Je savais que tu pouvais y arriver, je savais que tu le pouvais, Libby », elle a marmonné dans mes cheveux. Son haleine était tiède et sentait la fumée.

« À faire quoi ?

– Un petit effort. »

Je suis restée chez Diane pendant deux heures, jusqu'à ce qu'on arrive à court de sujets de conversation, comme c'était toujours le cas. Elle m'a encore donné une accolade bourrue et m'a recommandé de revenir le samedi. Elle avait besoin d'aide pour installer un plan de travail.

Je ne suis pas retournée directement sur la nationale, mais j'ai roulé doucement vers l'ancien emplacement de notre ferme, comme pour tomber dessus par hasard. Le printemps avait été long à venir, mais à présent je baissai les vitres. Arrivée au bout de la longue bande de route qui menait à la ferme, je me suis préparée mentalement à déboucher sur des cités pavillonnaires ou une zone commerciale. Au lieu de ça, c'est une boîte aux lettres en fer-blanc qui est apparue. L'inscription « les Muehler » était peinte à la main sur le côté. Notre ferme était redevenue une ferme. Un homme marchait dans les champs. Plus bas, vers la mare, une femme et une petite fille regardaient un chien s'ébrouer dans l'eau. La petite faisait des moulinets avec ses bras, elle avait l'air de s'ennuyer.

J'ai étudié la scène pendant quelques minutes, empêchant fermement mon cerveau de s'égarer dans la Zonedombre. Pas de hurlement, pas de coups de feu, pas de cris perçants. J'ai écouté simplement le silence. Quand l'homme m'a finalement remarquée, il m'a fait un grand signe de la main. Je lui ai rendu son salut mais j'ai redémarré lorsqu'il a commencé à s'approcher dans un esprit de bon voisinage. Je ne voulais pas le rencontrer, et je ne voulais pas me présenter. Je voulais simplement être une femme quelconque, qui rentrait chez elle, Quelque Part Par Là.

REMERCIEMENTS

Ayant grandi à Kansas City, dans le Missouri, où vingt minutes de voiture suffisaient pour se retrouver dans d'immenses champs de maïs et de blé, j'ai toujours été fascinée par les fermes. Fascinée, mais pas franchement au fait, il faut le reconnaître. De grands mercis aux fermiers et spécialistes qui m'ont initiée aux réalités de l'agriculture, à la fois pendant la crise rurale des années quatre-vingt et à l'heure actuelle : Charlie Griffin du Service d'assistance téléphonique aux familles rurales du Kansas, Forrest Buehler du Service de médiation agricole du Kansas, Jerrold Oliver, ma cousine Christy Baioni et son mari David, qui a été toute sa vie fermier dans l'Arkansas. Je suis aussi immensément redevable à Jon et Dana Robnett : non content de me laisser jouer à la fermière pendant une journée sur ses terres dans le Missouri, Jon a répondu à d'innombrables questions sur l'agriculture – portant sur une variété de sujets, des silos à grains à la castration des taureaux. Il s'est abstenu de m'indiquer exactement comment sacrifier une vache dans un rituel satanique, mais je lui pardonne ce résidu de bon goût.

Mon frère, Travis Flynn, une des meilleurs gâchettes de la région du Missouri et du Kansas, s'est montré incroyablement généreux de son temps : il m'a renseignée sur l'époque des différentes armes à feu et sur leur usage dans la société et m'a emmenée tirer avec tous les engins imaginables – d'une carabine calibre 10 à un Magnum 44. Merci à son épouse, Ruth, de nous avoir supportés.

Pour mes questions concernant les scènes de crime, je me suis de nouveau tournée vers le lieutenant Emmet B. Heldrich. Pour le rock, je me suis adressée aux groupes Slayer, Venom et Iron Maiden. Mon cousin, l'avocat Kevin Robinett, a répondu à mes questions juridiques avec son mélange caractéristique d'humour et d'intelligence. Un immense merci à mon oncle, le juge Robert M. Schieber, qui a supporté mes questions sinistres et bizarres sur *Les Lieux sombres* pendant deux ans, et toujours pris le temps de discuter en profondeur de ce qui pourrait se passer, ce qui risquerait de se passer, et ce qui arriverait probablement d'un point de vue légal. S'il reste des erreurs concernant l'agriculture, les armes à feu ou la justice, elles sont de mon fait. J'espère que mes compatriotes de Kansas City pardonneront les quelques licences romanesques que j'ai prises au sujet de notre bonne vieille cité du Missouri.

Du côté éditorial, merci à Stephanie Kip Rostan, sur la bonne humeur, la vivacité d'esprit et la sensibilité de laquelle je peux toujours compter. Merci à mon éditrice Sarah Knight, qui me fait confiance tout en me poussant à me remettre en question – une combinaison idéale – et qui a le chic pour organiser une virée du tonnerre. En Angleterre, Kirsty Dunseath et sa bande à Orion ont été d'une gentillesse inépuisable. Pour finir, merci à l'inimitable Shaye Areheart, qui m'a donné ma chance il y a quelques années.

J'ai la chance d'avoir un adorable groupe d'amis et de parents qui me prodiguent constamment des encouragements. Une mention spéciale à Jennifer et Mike Arvia, Amie Brooks, Katy Caldwell, Kammeren Dannhauser, Sarah et Alex Eckert, Ryan Enright, Paul et Benetta Jensen, Sean Kelly, Sally Kim, Steve et Trisha London, Kelly Lowe, Tessa et Jessica Nagel, Jessica O'Donnell, Lauran Oliver, Brian Raferty, Dave Samson, Susan et Errol Stone, Josh Wolk, Bill et Kelly Ye, et au délicieux Roy Flynn-Nolan, qui m'a aidée à composer des phrases magnifiques telles que : nfilsahnfiofijos343254nfa.

À ma grande famille du Missouri-Kansas-Tennessee : les Shieber, les Dannhauser, les Nagel, les Welsh, les Basler, les Garrett, les Flynn, et ma grand-mère Rose Page. Ma tante Leslie Garrett et mon oncle Tim Flynn m'ont offert un soutien tout particulier et ont apporté nombre d'éclairages précieux à mon écriture « féministe gonzo ».

À ma belle-famille : James et Cathy Nolan, Jennifer Nolan, et Megan et Pablo Marroquin, pour avoir été toujours si aimables avec le livre, pour m'avoir fait rire à des moments inattendus, et pour m'avoir laissée dévorer tous leurs desserts. Je n'aurais pas pu rêver d'une belle-famille plus extrabath. Non, *extrabath* n'est pas un mot.

Et à mon supergroupe d'amis écrivains : Emily Stone possède un fabuleux sens du détail et me rappelle de me réjouir pendant l'acte parfois ingrat qu'est l'écriture. Scott Brown lit et relit sans cesse, et sait toujours me donner l'impression d'être assez brillante. En plus, il sait quand il faut s'arrêter d'écrire pour aller visiter des poulaillers hantés en Alabama.

À mes parents, Matt et Judith Flynn. Papa, ton humour, ta créativité et ta gentillesse m'épatent perpétuellement. Maman, tu es la personne la plus bienveillante et généreuse que je connaisse et un jour j'écrirai un livre où la mère ne sera ni maléfique ni assassinée. Tu mérites mieux ! Merci à vous deux de m'avoir accompagnée dans de nombreuses virées sur les routes du Missouri et du Kansas, et pour m'avoir toujours fait savoir que vous étiez fiers de moi. Un enfant ne peut rêver mieux.

Enfin, merci à Brett Nolan, mon mari, un homme génial, drôle, supersexy, et doté d'un cœur gigantesque. Que puis-je dire à un homme qui connaît ma façon de penser et continue de dormir à côté de moi dans le noir ? À un homme qui me pose les questions qui m'aident à trouver ma voie ? À un homme qui dévore les livres, prépare un gumbo redoutable, a une classe folle en smoking, et siffle mieux que Bing Crosby ? À un homme qui possède une élégance nonchalante aussi intemporelle que Nick Charles, bon sang ! Que puis-je dire de nous ? Deux mots.

Gillian Flynn
dans Le Livre de Poche

Les Apparences   n° 33124

Amy et Nick forment en apparence un couple modèle.
Victimes de la crise financière, ils ont quitté Manhattan
pour s'installer dans le Missouri. Un jour, Amy disparaît
et leur maison est saccagée. L'enquête policière prend
vite une tournure inattendue : petits secrets entre époux et
trahisons sans importance de la vie conjugale font de Nick
le suspect idéal. Alors qu'il essaie lui aussi de retrouver
Amy, il découvre qu'elle dissimulait beaucoup de choses,
certaines sans gravité, d'autres plus inquiétantes.

Sur ma peau   n° 37274

La ville de Wind Gap dans le Missouri est sous le choc : une
petite fille a disparu. Déjà, l'été dernier, une enfant avait été
sauvagement assassinée… Une jeune journaliste, Camille
Preak, se rend sur place pour couvrir l'affaire. Elle-même
a grandi à Wind Gap. Mais pour Camille, y retourner,
c'est réveiller de douloureux souvenirs. À l'adolescence,
incapable de supporter la folie de sa mère, Camille a gravé
sur sa peau les souffrances qu'elle n'a pu exprimer. Son
corps n'est qu'un entrelacs de cicatrices… On retrouve
bientôt le cadavre de la fillette. Très vite, Camille comprend
qu'elle doit puiser en elle la force d'affronter la tragédie de
son enfance si elle veut découvrir la vérité…

Le Livre de Poche s'engage pour
l'environnement en réduisant
l'empreinte carbone de ses livres.
Celle de cet exemplaire est de :
500 g éq. CO$_2$
Rendez-vous sur
www.livredepoche-durable.fr

PAPIER À BASE DE
FIBRES CERTIFIÉES

Composition réalisée par Belle Page

Achevé d'imprimer en avril 2015, en France sur Presse Offset par
Maury Imprimeur – 45330 Malesherbes
N° d'imprimeur : 196977
Dépôt légal 1re publication : mars 2011
Édition 11 – avril 2015
LIBRAIRIE GÉNÉRALE FRANÇAISE – 31, rue de Fleurus – 75278 Paris Cedex 06

31/5713/8